七十年代的四口之家

青年时代

夫唱妇随

老伴、老伴

参观郭沫若故居

三尺讲台

2003 年 4 月在《黑龙江文学通史》首发式

2008 四川蜀林竹海

与作家张雅文

与作家迟子建

与儿子晓川在武汉

与岳父王明远合影

2006 年与姐姐

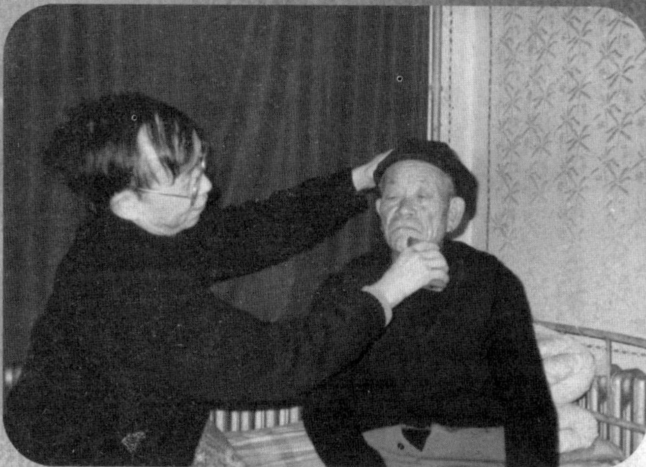

给哥哥刮胡子

四川妹妹彭德芳夫妇

四川南充家乡永丰乡

2006 春节给孙子们发压岁钱

去丽江的路上

顽皮的长孙彭正达与小孙彭正浩

与长孙彭正达

2006 年四川杜甫草堂与小孙

长子一家人

次子一家人

长媳与长孙

小孙彭正浩与二儿媳在四川外事学院

2015 年春节与两个孙儿合影

长孙、小孙与奶奶

2015 年春节全家人合影

2006 年广州参加中国当代文学研究会十四届学术年会

2007 年参加中国小说年会

2007 年与四川外事学院的学生在一起

2008 年重庆码头

四川家乡风景

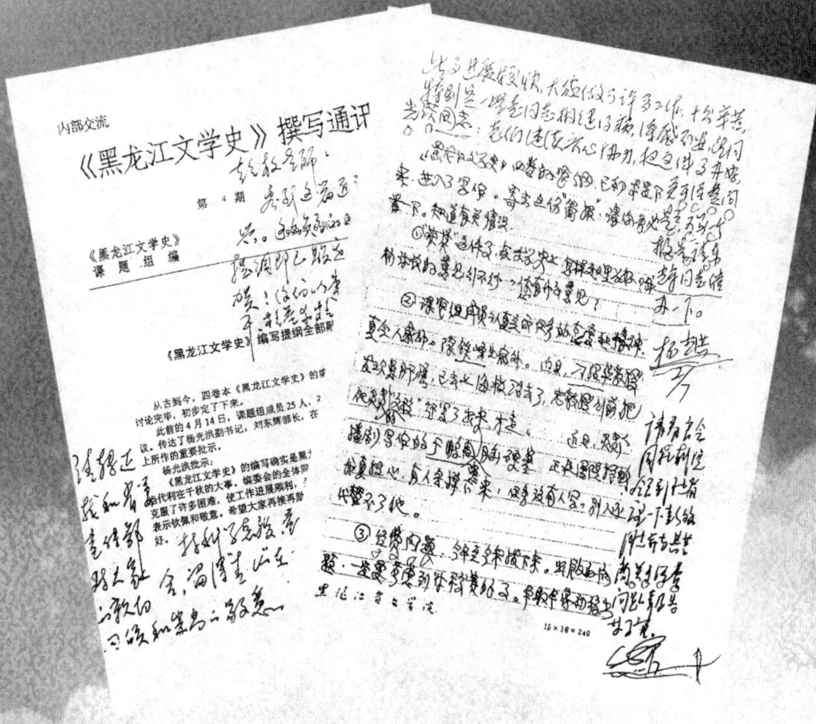

内部交流

《黑龙江文学史》撰写通讯

第 4 期

《黑龙江文学史》课题组编

《黑龙江文学通史》批示

黑龙江日报

文化视角

WEN HUA SHI JIAO

千年辉煌文学史 铸就龙江半世梦

——记《黑龙江文学通史》的诞生

几代文化人的半世夙愿

六年成史书 三作者辞世

移民文学贯穿历史

站在反法西斯斗争的前列

本土作家硕果累累

彭放文论选
北大荒文学艺术
黑龙江文学通史 1
黑龙江文学通史 4
黑龙江文学通史 3
黑龙江文学通史 2
中国沦陷区文学研究

作品展

当代文学研究会第十四届学术年会

与白晔

笔耕岁月

——彭放文论别集

彭晓川◎编

黑龙江人民出版社

图书在版编目(CIP)数据

笔耕岁月:彭放文论别集 / 彭晓川编. — 哈尔滨 : 黑龙江人民出版社, 2016.7(2021.3重印)
ISBN 978 - 7 - 207 - 10772 - 5

Ⅰ. ①笔… Ⅱ. ①彭… Ⅲ. ①文学研究—文集 Ⅳ. ①I0 - 53

中国版本图书馆 CIP 数据核字(2016)第 167624 号

责任编辑:孙国志
封面设计:张　涛
责任校对:秋云平

笔耕岁月
——彭放文论别集
彭晓川　编

出版发行　黑龙江人民出版社
地　　址　哈尔滨市南岗区宣庆小区 1 号楼
邮　　编　150008
网　　址　www. longpress. com
电子邮箱　hljrmcbs@ yeah. net

印　　刷　三河市华东印刷有限公司
开　　本　787 × 1092　1/16
印　　张　25. 5　插页 12
字　　数　440 千字
版　　次　2016 年 7 月第 1 版　2021 年 3 月第 2 次印刷
书　　号　ISBN 978 - 7 - 207 - 10772 - 5
定　　价　56. 00 元

序

我的夫君彭放,出生在四川东部偏远的山区,成长在新中国成立后的怀抱,耕耘于文学批评领域,一晃走过了八十个春秋。

童年,由于家庭贫寒,母亲为了“带出去一张嘴”,听信当时四川乡下广为流传的“要挣钱,到广元”的传说,托乡亲把他带到离家600里开外的广元找出路,那年他十二岁,徒步近700里,走了七天。开始他在纱厂扫地,粉尘大得塞满鼻孔,蒙住眼睛,实在受不住,就为一个制糖的小作坊卖芝麻糖。他胸前挂着个托盘,走街串巷,在小剧场、小茶馆不停叫卖。渴了讨口别人剩下的茶,饿了到饭馆要碗“涮棒汤”(剩菜、剩饭汇在一起的食物),晚上向老板交账,睡在灶旁的柴草堆里。这种流浪式的童工生活过了一年多,传来了中国解放胜利的消息。他在随人流返乡的路上知道毛主席登上了北京天安门宣布:中华人民共和国成立了!

回到乡下不久,土改工作队进村,相中了“见过世面”的他,认为这个娃儿出身好、机灵、胆大,常常让他带路、传信。不久,这个山里的穷娃子,成了远近闻名的“红小鬼”。又后来,他随工作队到了乡政府,为占领党的宣传阵地,每天捧着话筒(喊话的喇叭),有时站在街边,有时站在凳子上,打着板儿宣传国家政策。再后来,他揣着乡政府给他的口粮,走家串户,宣传翻身解放的好思想。最后,乡政府觉得他是个根红苗正的好后生,秘密发展他加入中国新民主主义青年团。这一年他十四岁,从苦难中看到光明。

当年,四川的土改工作在川北行署主任胡耀邦的领导下,开展得很顺利。彭放是有组织的人了,受组织推荐,开始了求学之路。

他只有私塾基础,又步入了青少年,被直接推荐入初中,当他第一次看到两个数字被一个横线上下隔着的分数时,着实蒙了,第一学期学不明白,成绩在倒数第几名。于是他下定决心,不辜负组织的期望,努力学习,硬是在第二年赶了上来，临到初中毕业，各科成绩均为甲级，被保送到南充高中就读。那是一所男生高中，制度正规，教学严谨，一律住校封闭管理，使他养成刻苦钻研的学习习惯。一路下来，成绩均为前茅，又被学校保送，进入到四川大学汉语语言文学专业深造。

彭放的青年时代，在文化的校园里不断吸取知识，尤其是就读全国重点大学川大后，丰富了知识，扩展了视野，为其步入社会、笔耕文学打下了坚实的基础。

一路走来，是解放的号角，唤醒他参加革命的热情，是新中国成立后的党、团组织培养他走在革命的大路上。正如他在本书回忆一章，《解放区的天》中写的那样："……我很幸运，从流浪儿到教授，感谢共产党的解放，使我同新中国一起成长。……知识改变命运的是一个人，时代改变命运的，是我的一家人，是整个国家……没有共产党，就没有新中国，也就没有我自己。"有了这样经历和体会的彭放，一辈子感恩共产党，热爱新中国。他生活知道艰苦，从不乱花一分钱，他工作知道刻苦，从来不觉得辛苦。

自 1963 年他大学毕业后，先后在学校当过老师，在文化局做过创作评论员，最后落脚黑龙江省社会科学院文学所。他写剧评，写影评，写书评；他写理论文章，研究当代文学。他思想解放，看问题尖锐敏感，对"文革"后西方现代派的各种文艺思潮进入中国，对新生的"伤痕文学""改革文学"和"朦胧诗"等新生事物给予热情鼓励和支持。写过许多有分量、有新锐观点的文章。在批评文艺上的极"左"思潮"拨乱反正"方面始终站在新时期文学前列，是当代文学批评界最活跃的人物之一。他勤于思索，善于讲真话，文笔犀利，总能淋漓尽致地直抒胸臆，这常常让他的文章一发表，就引来社会公众的关注。

在彭放的笔耕生活中，公开发表的论文、专著等学术文章近 800 万字，其中专著及合著十余本，具有代表性的有四部：《黑龙江文学通史（全四卷）》《文学人才学》《浪漫的思潮》《中国沦陷区文学研究》。他分别研究了 85 位黑龙江作家，写出他们的专论文章近 230 万字。

本书收集编入的学术论文共 58 篇，是他几十年耕耘学海的一部分。他生长在科技不发达的年代，不会用现代电脑打字写作，为此他书写的每一篇文章全凭一支笔在稿纸上爬行，名副其实的"笔耕"。每一字每一行无不浸透着心血。然而他无怨无悔，这是一个穷苦出身的孩子对党的感恩，对国家的报答！

我的夫君是从四川山沟里走出来的文学评论家，他为黑龙江笔耕了一辈子，我作为土生土长的东北妻子心存感激，感谢他为黑龙江做出的卓越贡献，在此恕不赘言。

千秋功过，后人评说。

王巾中

2016年6月16日　哈尔滨昆仑商城家中

目　录

第一辑　回　忆

第二辑　学　术

第三辑　附　　录

第一辑 回忆

童 年

我不相信世上有天堂和地狱，但我相信，人生就是一部活的历史，一幕戏。童年是这幕戏的开场。

不该出生

我生下来的第一声啼哭，并没有给家庭带来惊喜。后来听母亲说，我是在不该出生的时候生下来的。那是丙子丁丑年，川北连续三年遭旱灾，山上树木都干死了，粮食颗粒无收。老家黄土观那地方，农民都饿得跑光了，死人无数。我小名叫茂娃，母亲没有名字也不识字。小时候，邻里阿姨笑话我，是你妈妈做梦时生下的。在我出生之前，已有了哥哥和姐姐，加上我五口之家，靠什么养活呀！母亲生我时，大约年纪很大了。老年得子，既喜又忧，还好像有点不好意思。邻居阿姨常拿她开玩笑："人要生到四十八，狗要下得眼睛瞎。"那年月又没有避孕和计划生育一说。显然，我是多余的"狗剩"。年成不好，俗话说："宁添一斗，莫添一口。"加之，多了一张嘴巴吃饭，就多一份负担。母亲虽然常在我耳边唠唠叨叨，但暗地里她是很喜欢我的。我在家中是老幺，当地的风俗，重男轻女，女孩生下来，不给起名字，都叫"乜(乜斜，不正眼看，表示看不起，不满意)女子"。认为养女孩是赔钱货，长大了出嫁，是人家的。我在家中是老幺，我刚生下来，母亲就找人给我取了小名叫"茂娃"。"黄帝爱长子，百姓爱幺儿"。小时候常听大人这么说，不晓得啥意思，长大了才知道，封建社会，长子可以接皇位当大官，老百姓想的是"养儿防老，积谷防饥"，幺儿长大了可以养父母的老，祖上传下来的习惯，父母老了，就跟幺儿子住在一起。

小时，我家是佃农，父母耕种的土地，都是租地主家的。有的农家，大人上山干活，就把孩子关在家里，母亲不是这样，她下地也要我跟着她，我好像是她的尾巴，母亲带我上山，我帮她放牛、割草、捡柴，行走三步不离，回家时，她让我骑在牛背上风光，让其他小孩见了十分羡慕。我已长到四岁了，有时饿了，常向母亲要吃的。这时,母亲总是撩起她衣衫的前襟,把我揽在怀中,让我吮吸她干瘪的乳房。邻家的婶婶看见了,用手指刮着脸蛋,笑我说:“羞!羞!”母亲说:“早就没有奶水了,娃儿饿,没法。”母亲常抱怨说:“你们老彭家太穷,分家时只得到三口碗,一个破锅。”一床被子还是她结婚时娘家陪送的嫁妆,盖了20多年了,棉絮斤斤吊吊,当中有几个破洞,那时,我睡觉不老实,钻进洞洞找不着。

四川山区的冬天,屋子里冷得像冰窖。母亲缠了小脚,俗话“三寸金莲”。我看恐怕没有三寸。母亲每次洗脚时,她都偷偷藏在黑屋里自己洗,不让我看见。冬天裹着青布的小脚,冻得像冰块。从我记事起,晚上睡觉,母亲总把我放在她的脚那头,让我替她暖脚。她又怕冻着我,在我的棉被上面,再压一件蓑衣,压得我喘气都困难。我们母子俩相依为命,过了一年又一年,直到我离家去城里上中学。

农民养家糊口,最困难的还在吃。“嗷嗷待哺”这句成语,用在我们家最合适。我家祖上无田无地,每年秋收,谷物交了地租后,所剩无几。夏天长时间不下雨,农民组织起来赶旱魃。晚上打起灯笼火把,到山顶上驱赶妖怪。就叫小孩唱两句民谣:“老天爷爷下大雨!保佑娃娃吃白米。”一年能吃上几顿没有加野菜的净白米饭,大约就是最幸福的生活了。

稀汤的菜饭缺乏营养,野菜加多了,小孩嗓子细,又咽不下去。母亲为了养活我,每天要从口中省下一小勺米,把生米含在口中咀嚼,磨成米浆再吐出来,做成米糊喂我吃。大人吃的菜稀饭,是将红苕、野菜、青菜和少许大米一锅煮。若遇上年成不好,青黄不接的正月、二月、三月,往往是吃了上顿无下顿。

罐罐饭　桐叶馍

我童年的记忆中,最好吃东西是罐罐饭。我相信,与我同时代的四川小孩,都吃过罐罐饭,有的甚至是靠吃罐罐饭养大的。做这种饭的炊具是一个小陶罐。家人每顿用大铁锅煮饭时,在灶孔旁边留一个小孔,陶罐中加米和水,放在大灶孔旁的小孔上,一把柴火煮两锅。大人吃大锅里的菜稀饭,我吃小灶孔里的罐罐饭。今天流行说的“吃小灶”,大约是从这里开始的。这样用陶罐煨出来的净米饭,又软又甜,满屋飘香。我能活下来,没有被饿死,真要感谢聪明的穷乡巴佬,想出了这种养育孩子的好办法。

桐叶馍,一年只能吃一回。是在每年夏天,新麦子成熟的时候。平日里我家的小麦,藏在一个小缸里,上面蒙一层草纸,纸上面压一层草木灰,这种密封的目的，一是防潮湿不容易生虫；二是轻易不去动用它，要留到过年磨面，压面条、蒸馍馍。每年三四月份度春荒，顿顿吃不饱。母亲望着他可怜的儿子，眼巴巴地说："茂娃，你看那地里的麦穗都低头了，要不了十天，就吃桐叶馍了。"我也就更加勒紧裤腰带，天天到麦田边，盼望麦子早熟。等小麦收到家，趁着收租的老板没来，母亲舀了一大碗，用石磨磨成面粉，摘回一张巴掌大的桐叶，加水和面，做成一个巴掌大的馍馍，埋在灶孔里的灰火中去烧。不一会儿馍馍外层的桐叶，烤黄了焦了，自然脱落，剩下表皮黄黄的馍，闻起来特别香，拍打卜卜有声的新麦面馍，我拿起来咬一口，高兴地冲到院里喊，"我吃桐叶馍了！"馋得我身后一帮光屁股的娃娃跟着跑。

小时候，我不知道什么是童年，大人下地干活，我也跟着下地，像拔草、间苗、下种之类农活，不用学也就会了。

从小我干得最多的农活是拾粪，捡粮食。

每日，天刚麻麻亮，母亲就喊："幺儿快起来，太阳晒屁股了！"其实，天没亮，公鸡还没打鸣呢。农民，家里没有时钟，靠公鸡叫声报晓。一般是公鸡打鸣三次，太阳露出红脸儿，这时，母亲就要起床，做早饭，把鸡圈门打开，把公鸡母鸡放出来觅食。

这时农民家的小孩就要赶快出门去捡狗屎。那时农民种地没有化肥。全用人畜的粪便做肥料。农谚说："庄稼一枝花，全凭粪当家。"四川北部的山坡地，土薄地少，靠天吃饭，肥料少了，粮食没收成。小孩早晨起来去捡狗屎好像是家家户户小孩的一种职责。人畜粪便积成的农家肥，比粮食还金贵。狗每天到屋外去拉屎，有固定时间和固定的地方，去晚了，狗屎就被别人捡走了。所以，每天早晨我必须去得越早越好。为了多捡狗粪，得到母亲夸奖，天天我都要很早起来，冬天路边的小草挂满青霜，小孩呼出口中的呵气，把眉毛染成白色。清晨光脚踩在土路上，冻得钻心地疼。只有抬腿快跑，减少脚底停留地面的时间，这样才能缓解脚板心的冰冻。

小时候，我没有鞋穿，我们全家五口，只有春节，母亲才能给每人做一双新鞋。大人平时出门穿自己用稻草打的草鞋。记得我上了高中，母亲觉得儿子进城了，才跟人学会用旧布和棉线，给我做了一双麻耳棉线的"布草鞋"。长期光足在碎石的路上跑，足板底磨起的茧子，比铜钱还厚，碎玻璃、炭渣子都扎不透。读大学了，还光脚板上体育课，怕女同学笑话，才向我初中的老师，要了一双破皮鞋，我把它修好了穿上。皮鞋尺码大不跟脚，走起路来呱嗒呱嗒地响，同学给我取了一个外号叫"卓别林"。

鸡狗朋友

在我童年的印象中，好朋友不多，也不知道什么是幼儿园、托儿所。我的玩伴是家里养的鸡、黄牛和狗。公鸡是我心目中最讲哥们的男子汉，每天他准时站在房梁上打鸣，把母鸡妈妈和她们的孩子叫起来，放在自己保护之下，谁也不敢欺侮。打起架来，脖子上彩色的毛发雄起，啄得鸡毛满天飞，鸡冠子啄出了血，也满不在乎。

我还喜欢家里养的一只大黄狗，我们叫他大黄。我父亲是农村的"刀儿匠"，是以屠宰卖肉为业的屠夫。农村杀猪，一般在天亮前的早晨。有生意来了，父亲要晚上磨刀，半夜出门，这时，大黄就跟班护送，从来不缺席。不管山路有多远，他都能在第二天，吃饱了肚子独自回来。鸡和狗给了我童年的快乐，也给我留下了终生难忘的记忆，以致我长大成人了，还演绎出几个鸡和狗的有趣故事。

我喜欢农村家养的笨狗。不管这狗多么厉害，多么凶，我能在几分钟内就与它交上朋友。上世纪 70 年代，领导分派我去农村工作，住在果园。主人为了防备有人去园中偷果子，养了一只十分凶恶、高大的狼狗。村长安排我住在果园，晚上我要去村里农户家串门，访贫问苦，大狼狗都在前面引路，好像我贴身的保镖。有时，我在户外，这狗远远看见了我，我不叫它，它也要飞快地奔跑到我跟前，把两只前爪搭在我的肩上，站起来，个子与我一般高，把它的长长的大嘴，靠在我肩头，在脖子上摩擦、亲昵！嘴里还不断发出呜呜的叫声。

一天，这狗突然不见了，我难过得掉了泪。后来有人报信说，村里有几个贼娃子，讨厌它，把它弄死了，还要炖了吃肉。我气得火冒三丈，非得把这帮人找出来不可。一天晚上，我揣了一小瓶汽油，去村里调查，走到一户灯光昏暗的农家，见一帮人正围在一起甩扑克，灶房大锅里煮着东西。一个家伙阴阳怪气地讽刺说："×同志，这么晚了还深入基层？一会儿跟我们一起吃狗肉。"我去揭开锅盖一看，我可怜的朋友，被他们大卸八块，正煮在汤锅里。我的气不打一处来，把随身带的一瓶汽油倒进锅里，也不便和他们理论，就说："我祖上是满族，不吃狗……"心里恨恨地说，让你们一帮坏蛋去吃……

鸡的故事，延续到我妻坐月子的上世纪 60 年代，当时，我在学校当教员，住在校内操场边的学生寝室。学生都停课搞串联，闹革命去了，整个楼房空着。当年，市场卖所有的副食品都要用副食票。没有法子，我想到了小时候在农村养鸡。我在自己卧室的过道上，筑鸡舍、鸡窝，把冬天的冻白菜堆起来，晚上下班回来剁白菜，拌苞米面养鸡，把在学生时代学的生物学知识也用起来，给鸡吃碎骨头、蛋壳帮它补钙，使鸡能天天生蛋。那时，电视机难买，我家邻居有一台9寸的黑白电视，每天晚上把孩子关在屋里，我家的孩子十分地羡慕。为了哄孩子玩，每晚都把鸡放进屋来，一边给鸡喂食，让孩子玩鸡取乐。后来，我发现鸡喂熟了，对人也很有感情。我每天早晨打开鸡舍，打开楼道走廊的窗户，我养的五只母鸡，一溜烟地直奔窗口，扑棱棱地展翅飞向楼下操场，十分壮观。每天上午10点，怀蛋的母鸡，一路咕咕地唱着歌，摇摇晃晃列队从后门进楼来，一步一跳地上二楼的窝里，下完蛋，再从窗口飞出去。在我不经意的童年中学到的这些生活和经验，没曾想在度过困难时期，还派上了用场。

七十年代初，熬到我妻子第二次坐月子的时候，市场供应仍不见好。我所在那个省会城市，每人每月只凭票供应半斤肉、二两油，而且，一个月享受的这点副食定量，常常要去排队购买，有时还买不着。国家困难没办法，我们又想到了自力更生再养鸡。

有了第一次养鸡的经验，算出妻子的预产期，我又到市场，买一只被鸡场淘汰的母鸡回来。准备先养肥了，等妻子产后，杀了炖鸡汤下奶。那鸡长得难看极了！背上的毛已全部掉光，长长的脖子没毛，像一根直不起的松枝棍。谁知喂了几天后，鸡长出了新毛，两周后，油光粉白的新毛铺满了全身，鲜红的鸡冠子也直起来，走起路来摇摇摆摆，像骄傲的公主。同时，它开始下蛋了，一天下一个不间断。产后的妻子喜欢得了不得，把它抱在怀里亲昵："你真是好样的！"此后再也不忍心杀了它。一个鸡蛋蒸一碗鸡蛋羹，解决我儿子一顿饭的口粮，这鸡一直养到我儿子上小学。

穿牛鼻子

俗话说"初生牛犊不怕虎"，但牛犊也有怕人的时候。家乡农民养牛很有经验，刚生下来的牛犊不服管，成天欢蹦乱跳，踩坏了庄稼，还有时跑丢了找不着。牛犊长到一岁的时候，农民就给他的鼻孔穿上绳子，据说，那地方是细皮嫩肉，牛要是不老实，就拉它鼻孔的绳子，小牛犊怕疼，就乖乖地听话了。

我五岁那年，就跟在哥哥的屁股后上学了。当地人把儿童上学发蒙读书，叫"穿牛鼻子"。那时偏远的山沟沟里，还没有官办的新式小学校，学校办在一大户人家的堂屋内，通称"私塾"。

老师是当地的一名秀才。姓孙，五十来岁，戴红顶子瓜皮帽，穿长衫，有点像鲁迅笔下的孔乙己。孩子入学要自己带书桌板凳，还要交一斗稻谷作学费。

第一次进学堂，由大人领着，我爸用竹篮提两盘下酒菜，一小泥壶烧酒，领我去给先生磕头拜师。老师收了我这个学童，当面发给我一本他自己用手抄写的教材，名叫《三字经》。我就成为他的学生了。

老师上的第一堂课，是让我跟着他摇头晃脑地读书。"人之初，性本善，性相近，习相远，苟不教，性乃迁。"连续重复几遍后，他就挨个叫我们，站起来，到他跟前背诵这几句。我小时候记忆能力很强，反复三遍就全背得了。但对"苟不教，性乃迁"不知道啥意思。老师也不给讲解，只是让学生背诵。因为，我家院子的狗，个个都能叫呀，为什么说"狗不叫"呢？但又不敢问老师。

一本《三字经》不到一周，就全背得了。

老师教的第二门课程是写字。先从磨墨学起，再将毛笔在墨盘调出笔锋，就开始练习。当时用的是毛笔，如何把毛笔握紧很有讲究。老师说写字有方法，要心平气和，笔杆与鼻梁垂直成一线，注意力集中，把毛笔杆握得紧紧的。有时老师走到你的背后检查，冷不丁地抽你的笔。如果握得不紧，笔杆被抽出来了，老师就叫你站起来训斥你，甚至用他手中的"戒方"(打人用的木板块)轻轻敲你的头，这是一种含有某些爱意的轻轻的体罚。在我们那个山沟里，老师对学生体罚是常事，父母不反对，这叫"黄荆棍棍出好人"。老百姓口中有两句古训："养不教，父之过，教不严，师之惰"。如果教书先生不打人，反而认为这个先生"温"，管教学生不严，不是好先生。对学生进行体罚是家常便饭，体罚的形式有好几种，通常用的是"罚站"、打手板心、敲击头部。对男学生最重的体罚是趴在板凳上打屁股。有的家长心痛自己的孩子，就在裤子的内层缝一块狗皮，让老师打时减轻疼痛。

练毛笔字先写一、二、三。讲究基本笔法要"横平竖直，从左到右"。有的小孩不会拿笔，写出的字很难看，生气地把写了字的废纸揉成一团，顺手就扔在脚下。老师见了很生气，就让你站起来教训学生说："当学生'要敬惜字纸，学敬圣人'。那些眼睛看不见的瞎子，就是乱扔字纸的报应。"他让学生将废纸捡起来放在竹篓里。每周六大扫除，拿到一个石窟里去烧。更不准学生用字纸擦屁股。

我在这所私塾读了三年，能背诵《三字经》《百家姓》《增广贤文》《幼学琼林》《声律启蒙》《大学》《中庸》和《论语》，那时的学习，只管背诵，老师不讲内容是啥意思，学习到能从头到尾背诵一本书了，就换另一本新书。这种基础教育的方法很管用，甚至终身受益。老师是小山村唯一有文化的人，受人尊敬。农民见了都要同他打招呼，称他为"先生"。老师对农民也很好，每逢春节都帮乡亲写对联，写几天几夜，不收任何报酬。见哪家有困难，会主动去帮助。邻里、家中夫妻吵架了,他主动去劝解。村子里农民嫁闺女、娶媳妇,都有他在场,有的人家死了人,办丧事,念经、做道场,看阴地都要请他。修房造屋看风水选地基,就由他说了算。老师见我聪明,人小鬼大,特别喜欢我,他要出去办事情,也常带着我,一来是让我替他背"行头"(工具、书籍);二来是想收我当徒弟,把他的手艺传给我。可是后来,我让老师失望了。直到今天我还十分怀念他,他是我最好的启蒙老师啊。

叫魂儿

我妈经常对人说:我家茂娃能活过来,是他的命大。那时农村缺医少药,小孩生得多,成活的少。"死生有命,富贵在天"。听从命运,讲究迷信,是旧社会平民百姓的思维。比如,孩子有轻微的不舒服了,就认为是掉了魂儿,需要叫魂儿。叫魂儿就是"招魂、请魂",这种做法由来已久,古代大诗人屈原就曾经写过"招魂"诗。民间通常的做法,是把小孩的名字写出来,贴在行人经过的路口,或者贴在路边的大树上、墙上,请人念出来。并赋几句打油诗:"小儿夜哭/请君诵读/小儿不哭/谢君万福"。叫魂儿还有一种通常仪式,是在晚间母亲牵着我的手,来到门外一个角落里,烧香插地,口中念念有词。一阵暗暗祷告之后就起来行走,母亲在前,我走在后。母亲小声喊着我的名字说:"茂娃,你在山上放牛放羊丢掉的魂儿回来没有?"我答:"回来了!"母亲又问:"茂娃,前几天下雨打雷,吓掉的魂儿回来没有?"我答:"回来了!"叫魂要呼唤的内容随机应变,有很多。在这种夜深人静的黑夜里,听起来瘆人,倍感凄凉。这种迷信活动不可取,它表现了穷人家祈望孩子平安的一种十分无奈的风俗。若孩子真的感染了风寒头痛发热,民间就用祖传的土法子治。如伤风感冒咳嗽时用薄荷、紫苏、荆芥,加葱白熬水喝发汗,喝下就好了。记忆中我进城上中学前,没有吃过西药。都是喝这种中草药苦水治病的。这些草药,农民在房前屋后自己种,可以顺手拔来,很方便。还有,就是揪痧和刮痧。揪痧,用手指在额头挤出一些红点。刮痧,用铜钱在后脖颈或脊柱两侧刮出一道道红印,刮红了,就认为是痧出来了,病就好了。再不好,就是请神婆或巫师画符、念经、跳端公、驱鬼。

我六岁那年得了一种怪病,大腿两侧长个大硬块,红肿发热,疼得我在床上打滚。邻居说我患了"巴骨癀",按今天的说法,叫"骨结核"。母亲把农村土法子用完了,也不见好,我真以为要死了。父母每天要下地干活,把我关在一间黑屋子里,只有墙壁上一个碗口大的洞,向屋里透一点光。我望着那个有光亮的小孔,盼望他们早点回来。后经人介绍,母亲领回一个神婆。说他会治我的病,那时不管是死是活,“死马当活马医”。神婆进屋要了一碗水,口中念念有词,用手比比划划,向我躺的床上喷水。我顿时感到清凉,疼痛似乎觉得减轻了。接着,她拿一块黄纸伸出食指在上面画几下,把纸烧成灰,放进水碗里搅动几下,要我把这碗水喝下去。她说,能把附在我身上的鬼驱走。家乡小镇上有号脉看病的中医,但家中无钱请不起,死活听天由命了。第二天神婆又来,母亲哭着求她,要我跪在床上给她磕头,拜她为干妈。她把头一天用过的画符、念咒、喷水等法式重演一遍之后,从怀里掏出一包草药,吃进嘴里咀嚼吐出来,敷在我的疮上,如此她天天都来换药。一周之后,我疼痛的疮头,穿孔出脓了,挤出大约一酒杯脓水,我腿上疮就慢慢好起来。如今我大腿左侧,留下一块大伤疤,皮下的肌肉瘪了,只有一块皮,紧紧贴在腿骨上。虽然很不美观,但不影响走路。

我的大难不死,对我以后成长影响很大。当初我真以为干妈有神,能给人治病,她家里一定挣了很多钱。春节母亲嘱咐我,不要忘了恩情。人要懂得知恩必报,今生欠了人家的,来世变牛变马也要去还。我从家里拿了一条干腊肉,两斤面条去给干妈拜年。她家离我家不远,到家一看,他家也是同我家一样的“干人”(穷光蛋),穷得没有多余的吃饭碗。以后我上大学了,常常也想这件事,农村一些跳大神给人家治病的“端公”“巫婆”,真有神吗?直到我参加了工作,已经评上了副研究员,在接待几位从美国来的学者,他们来东北考察“萨满教”为什么能治病时,美国学者说:美国印第安人中的萨满,是从你们东北传过去的。萨满治病,主要是一种心理治疗。人体自身有一种免疫抗病毒的基因,有许多病不治可以自然好。回忆我年轻时在农村观察到的事:我家养的猫、狗、羊,它们生病了,不吃饭饿两天,自己到野外吃一种灰白色的野草,就把自己的病治好了。古代神农氏尝百草给人治病,是否就是跟这些不会说话的动物学的呢?

娃娃亲

随年龄一天天见长,家中的日子也过得越来越困难。首先是父亲患了严重足疾,脚指头一个一个烂掉,据后来医生说,是他冬天下水田捕鱼受冻,落下的病。无钱治,也治不好。再一个是国民政府发行的纸币“金圆券”贬值。年初交给地主的租金,年底收回来,就一文不值了。家中无任何积蓄,我爸正商量邀几个朋友去外地逃荒。这年,我十四岁的姐姐,为了生活,要嫁出去,减少一个人吃饭。听说，给她找的婆家是富农，有田有地。早嫁过去不致被饿死。从这件事上，我第一次懂得了，土地对于农民有多么重要！姐姐出嫁前，屯子里的小姐妹们天天晚上来陪她哭嫁。头几天我觉得很有趣儿。帮他哭嫁的小姐妹，用一条花手绢捂住脸，盘腿坐在床上，咿咿呀呀地唱“嫁歌”。内容多是骂媒婆，不舍得离爹离娘，说爹妈偏心眼，重男轻女等。这些哭嫁歌的歌词，印在一个小歌本上。哭嫁也是我们当地风俗，一般要哭七个晚上，帮助哭的姐妹多，哭的时间长，姑娘嫁出去的身价才高。开始哭时，我觉得好玩，同小姐妹在床上顽皮、打闹。邻近婚期了，我发现姐姐是在真哭，哭得很伤心，眼睛都肿了。我想安慰他，姐姐一反手把我搂在怀里，更加大哭起来。说：“弟，你要快些长大，姐走了，要多帮妈干活，姐命苦…… ”此后，我好像真的懂得一些事了。直到今天和姐分别那场面，还常常浮现在眼前。

土地，是农民的命根子。在旧社会，没有土地的农民就意味着贫穷、压迫、饿死。母亲有两位同父异母妹妹，一个我叫三姨，还有一个叫幺姨。三姨夫早去世了，三姨年轻守寡，是我家常客。幺姨也是年轻时，姨夫就去世了，丈夫给他留下了一份田产，家中缺劳力，就租给我家耕种。她有一个女儿，小名叫唤男，是我私塾同班同学。九岁那年，三姨来我家。她与妈商量，她当媒人，撮合我们两家结为姻亲，这样，我们家将可能获得一份养家糊口的土地。唤男大我三岁，我俩是表姐弟，又是同学，她个头比我高，头上扎两根羊角辫，很活泼爱玩。每当我和同学打闹时，她都事事护着我。订婚前，我们以姐弟相称，她衣兜里常揣有小食品，偷偷给我吃。可是订婚后，就处处回避我，再不跟我来往了。订婚仪式是三姨一手操办的。首先是三姨去提亲，说媒，夸我如何聪明，将来一定有出息，我还可以过继到幺姨家，当上门女婿。我的这些条件，对一个缺少劳力的年轻寡妇来说，是有吸引力的。双方谈妥了，我家穷，没有钱送订婚礼，只是请先生算了命，选个吉日交换了生辰八字，母亲和三姨、幺姨三姐妹一起在我家吃了一顿饭，就妥了。这事对我和唤男两个当事人来说，一点感觉也没有。可是，在我们那个封闭的小山村，屁大个事，就很快传开了，成为家喻户晓的新闻。我自己上学走在路上，总觉得背后有大人小孩异样的眼光看我、议论我。更有那些调皮捣蛋的男生，见我就大喊：“茂娃有了一个大婆娘了，女大三，抱金砖。”我气得去追打这帮小屁蛋儿，可一个也抓不着。此后，我仍然天天去学校念书，可唤男她不来了。甚至她的家，我幺姨那里，逢年过节走亲戚，我也不好意思去了。我的这段由老人包办的婚姻，没等我们长大成人就夭折了。三年后共产党来了，家乡解放了。农村实行“土改”。幺姨家被划为地主成分。根据当时的政策，地主是阶级敌人，贫雇农是革命阶级。如果我与唤男结合，就是“阶级混线”。两家从此断绝了往来，我再以不敢走亲戚去幺姨家，也没有再见到表姐唤男，土改后，听说她嫁给山后一个木匠，最后死于难产。

抓壮丁

在我刚刚记事的时候，就从父辈的言谈中知道了四川农民为躲避抓壮丁而演出的许多家庭悲剧。长大了在文学作品中又读到剧作家陈其通在话剧《抓壮丁》中描写的故事，像王保长、李老拴这样的人物，将悲剧演成喜剧。虽然是含着眼泪的笑，但在实际生活中，并不真实。农民为了躲避抓壮丁，用尽心机。采用各种自残的方法，真是惊心动魄，惨绝人寰。当时，四川各派军阀混战，蒋介石退守重庆，强迫农民家庭中的男子服兵役。口上说是“三丁抽一，五丁抽二。”实际上，有钱有势的大富人家，可以拿钱去买壮丁顶替名额。腐败的地方政府乡保长，又以抓壮丁为由，大肆敲诈勒索老百姓，乘机发“国难财”。

那年，我哥十七岁了，按政策“三丁抽一”，我家两个男丁，况且，我哥还不到当兵的年龄，服兵役轮不到我们。一天夜里，地方保长，突然闯进门来，把我哥抓走了。我爸求情送礼说好话，才把人放回来。以后，我哥每晚都躲到山上去，再也不敢在家睡觉了。山沟里到处传说着，某某人家的男子，自己弄瞎了一只眼睛，某某的父母，狠心用菜刀剁掉自己儿子右手扣扳机的那根手指，使其不能打枪，以自残的手段来对抗被抓去当炮灰。我爸同母亲商量，出钱给保长送礼，让我哥长到 18 岁，在家过一个太平年。几天后，我发现圈里养的那只准备喂肥杀了过年的架子猪不见了，家中大缸里储存的小麦、稻谷也不见了。显然，一年到头，辛辛苦苦挣的家资，全部进了保长的腰包。我念的私塾也就在这一年停学了。

为减少家中多一口人吃饭的压力，母亲给我找了一个去处。她有个侄儿在四川与陕西交界的广元县城，给老板打工做手工棉絮，她把侄儿请到家来吃饭时说：“不求儿子能挣多少钱，只是想带出去一张嘴，让他自己去找饭吃，求一条生路。”

红萝卜蜜蜜甜/盼到盼到要过年/
娃儿想吃肉/老子又没钱。

这是我记得的童年唱的一首儿歌。要准备过一个团圆年。妈说，娃儿要走了，让他们玩得快乐、高兴,吃的穿的不要比别人差。腊月二十三,灶王爷上天的那一天,母亲就开始忙着过年的事,做“米豆腐”“蒸醪糟”“炒爆米花”“苕糖棍”,夜里还要赶做新衣新鞋。山沟里的小孩,一年难得吃几次零食,穿新衣、新鞋,也只有逢年过节这几天才有的享受。最让大人难堪的,是过新年这几天,男孩女孩凑在一起,互相攀比。富人家儿童的衣兜里常揣着带壳的炒花生,口里吃着又脆又香的米花糖,故意在我面前显摆。那时,在我幼小的心里总是暗暗发恨说:“哼,将来我也会有的!”

过年,我有自己的任务,那就是烧香、敬神、请爷爷。我家堂屋正中,墙上装了一个不大的神龛,供着“天地君亲师”的牌位。照老辈人的说法,男孩是家中接香火的,平时给祖宗烧香火磕头,“晨昏三叩首,早晚一炷香”都是我的事。这一次,爸爸提前嘱咐我:给祖宗好好磕个头,出门在外求祖宗多多保佑。另外,我家房前有两棵果树,听老人家说,也不要忘了它们。我照着去年的规矩,用刀在果树上砍一个口,拿一片肥肉在口子上抹一下,表示过年了,给果树也见点油荤,求它来年多结果子。还有,灶王爷也是得罪不起的。据说,腊月二十三,他要上天到玉皇大帝跟前,汇报这家人一年表现的善恶。求灶王爷爷“上天报好事,下地保平安”。以上种种花样和礼节,都是前几辈人代代传下来的,是一种风俗。但却也表现了,纯朴厚道的农民,对除旧迎新的来年,寄予了一种祈福和希望。

因为是全家大团圆,我去把爷爷和奶奶请来。奶奶个子不高,缠小脚,走起路来,一步三摇,慈目面善,皮肤嫩白,她见了孙子我,紧紧搂在怀里亲,我觉得自己已经是大人了,不必这样,就从她怀里挣脱出来。但爷爷对我感觉不同,他颌下长几根稀稀疏疏的山羊胡,带长烟杆,吸叶子烟,形象没有奶奶好看。吃午饭时,爸爸安排我和他坐在一起,我感觉如坐针毡。吃饭不留心,饭粒掉在了桌子上,爷爷当着众人的面,要我把饭粒捡起来吃到嘴里。他还说,我拿筷子的姿势不准确,咀爵时嘴里有吧嗒声。我顿觉面红耳赤,提前从饭桌上退下来。我离家一年后,爷爷去世了。没想到那次不愉快的年饭,成了我和爷爷的终生一别。

要挣钱 上广元

出行的那天,我是穿着母亲给我做的新鞋上路的。山乡的村民,一般都没有报时钟。早晨听公鸡打鸣就起床了。晨露将房前屋后的竹林、果树团团围住。我们一行七人,背上竹编的背篓,就悄无声息地出发了。爬上房后的山梁往回看,远处公鸡打鸣声喔喔啼,农户茅屋烟囱里冒出做早饭的白色的炊烟,好像山间半坡上的白桦林。头天晚的家庭会上,爸爸就说好了,送孩子出远门图个吉利,不要送,也不许哭。刚出门上坡路行走时不觉得累,不一会就走出了三五里路程。再回头看,渐去渐远的村庄,感觉青山绿水的穷乡热土还真美呀!太阳在天边露出了脸儿,驱散了半山的浓雾……突然,大家都惊呆了,我家大黄狗,飞奔地追了上来。大家同时发出喊声:“回去!快回去!”可大黄转眼跑到我的身边,我一把扑上去抱住它,哇哇地放声大哭。表哥哄着我说:“走吧,到了广元就好了,那里可以吃净米饭、白糖蒸馍。”

从南充到广元行程七百里,全是山路,也没有车。外地人都把四川称作“天府之国”。走出了四川我才知道,所谓“天府”其实就只有成都平原那一小块地方。如果把四川省比做一个盆,盆底在成都,盆底周边的地方,全是穷山恶水。唐代大诗人李白曾住在江油,那地方属于川北,山高路远,出行很不方便。诗人写诗惊呼“噫吁嚱,蜀道之难,难于上青天”,而今我是走在“青天”之上了。大部分时间是穿越丛林的羊肠小道,走熟了这条山路的人说:“七昭化,八广元”,说的是去广元先要经过昭化,要走八天才能到达。在家时,我从未出过远门,一切都感觉很新鲜,表哥和同行的几个人,故意讲些外面的事吓唬我,逗我取乐,可两三天后,我穿的新鞋夹脚,打了几个血泡走不动了。表哥和几个同行的老乡轮流背着我走,晓行夜宿,又过了一天。晚上宿在山垭口的店子里,感觉就像《水浒传》中孙二娘开的黑店一样。一盏忽明忽暗的桐油灯,像鬼火一闪一灭,墙壁四面透风,七八个人围坐在火塘周围烤火过夜,远处不时传来野狼嚎叫的凄厉之声,难以入睡。夜深人静之时,我开始想家了,爸妈他们这时干什么呢?

表哥说还要翻两座大山,才能到达广元。他照顾我,要了一乘滑竿抬我走。因为路况十分复杂,我怕把自己摔到山下去,可抬滑竿的山民,一点也不怕。滑竿前后两人,有说有笑,前面的人,给后行的人报路,一报一答。如前面看到有水坑时就报:“前面明晃晃。”后面的人答:“踩黑不踩亮。”前抬的人,路上碰见石头,就报:“元宝挡路哇。”后答:“大跨一步哟!”前面的人遇上了弯路就报:“弯弯拐了。”后答“两头甩呀。”前后抬夫,一报一答,说词顺口押韵,既有文采,又很好听,他们在劳动中创作了歌谣。

难忘“涮棒汤”

到了广元,表哥领我到他的住处,打开房门,用板凳搭成的铺面出现在眼前。表哥说:“到家了,今晚我们就住在这里。”后来,我知道,表哥所说的家,是弹棉絮的铺子,白天干活,在这里加工棉絮,晚上就睡在铺面的木板上,连个睡安稳觉的地方都没了。看到表哥如此穷困的处境,我有点后悔不该来呀。第二天,表哥带我去县城边一个破茅屋的地方。他说,这里是做糖果的作坊,老板姓李,也是南充人老乡。从此,我成了这家糖坊的小伙计,任务就是每天胸前,用绳索托一个“掌盘”,走街串巷,替李老板叫卖糖块。馋得不行了,就用指甲在米花糖上抠,抠掉几个米粒,放在嘴里,终究舍不得完完全全吃一个。因为晚上回去结账,少一块米花糖是要扣我工钱的。

晚上回糖坊,没有睡觉的地方,吃完老板免费供应的一碗稀饭后,就连身滚在灶门口的稻草堆上入睡了。我到广元县城的流浪生活,就是每天重复着这样的劳动,根本吃不到什么净米饭和白糖蒸馍。好在我作为一个流浪儿,可以自己挣钱了。

老板用计件方法给我开支。早上出发时发给我糖果总数,晚上回来再查数。看我一天卖了多少,按卖出去的数,折扣成一天的工钱。方圆不过十里的县城,不几天我都走遍了,小朋友们听到我唱的“花生糖啊——米花糖啰”,高亢悠扬的叫卖声,就哭喊着大人给他买。开始我的生意不错,一天下来能挣到两三个小铜板。但肚子饿的问题仍然没法解决。每天早出晚归,中午没饭吃,看到自己卖的糖果,再饿也舍不得吃一个。

作为出入四川的重镇广元城,很开放,有许多流动人口,街上卖吃的也多。听人说广元的特产“核桃饼”很好吃,明知自己兜里没有钱,也常常凑到跟前去看一看,闻闻香。一天广元南门的出城口,晚上快关门了。一位老厨师提一小捅东西放在门外,我快步走过去一看,见桶里那东西上面,有一层明晃晃的浮油。我问是什么?老头回说“涮棒汤”!立刻就有一些人围过来要买。很便宜,一个小铜板就可以买一碗。好些人站在街边,不用找座位站着就把它吃完了。当时,我觉得是我吃过的最好的东西,吃过后还想。以后三天两头要去光顾一次。听当地的人说:这东西叫“杂菜”。是饭桌上没有吃完的残汤剩菜,再加些“甑脚水”(一种蒸笼锅底的水)混合而成的。别人叫它“涮棒汤”,如果碰上好运气还可以在汤里吃到“月亮肉”(猪肉皮),吃到只剩下鱼刺的“篦子鱼”,吃到啃得光光骨头的“棒棒鸡”。我把自己在流浪中享受过的这种“美食”,长期埋在心里,不愿意告诉我的儿孙,怕他们知道了他的教授爷爷,童年吃过这样肮脏不洁的东西,会恶心反胃、呕吐。

金圆券 用称约

1945 年日本投降后,国内混战不已,处于大后方西南的四川,依然是“前方吃紧,后方紧吃”,老百姓遭殃。这座川陕交界的广元,涌来大批活不下去的,川北地区逃难的饥民。大街小巷,还可以看见携家带口逃难的富绅。街头巷尾私下里,到处传播着蒋介石快垮台了的消息,但老百姓仍然处于对“朱毛”不理解的恐惧之中。从西北溃逃入川的胡宗南中央军,像蝗虫一样涌进广元。出入县城的公路、土路都被战车、大炮堵死了,到处有抢劫和枪声。我不敢上街卖糖,李老板也跑了,我尝到了无事可做的失业滋味。去找表哥,他答应借我钱去批发花生,买一杆小秤和提篮,提着花生日夜串茶馆叫卖。

街上没有好去处,茶馆成了逗留此地闲杂人等的避风港。有装饰一新的高档茶楼,还有兼营西北和四川地方小曲演唱的小茶馆。坐茶馆的人,一边喝着茶水,嗑着瓜子花生,一边听着小曲,摆龙门阵,很是悠闲自在。我天天走串茶馆。见多识广,也认识了几位茶房伙计,和他们交上了朋友。有时口渴极了,兜里无钱,还可以找个空位坐下来,吃点“加班茶”(客人走了留的剩茶),堂倌见了也不撵我走。有时还给加点开水,坐下来听一段台上演唱的小曲儿。比起那些拥挤在茶馆门外围观,站着听“山西梆子”“四川评书”的站客,要舒心多了。我叫卖花生的小生意,也突然在几天之内好起来。以前买花生的顾客用铜圆,一个小铜板,称花生二两,不用找零很方便。不几天铜板、银圆都不见了,全都拿出纸币叫“金圆券”,面额很大,动辄十元、百元、千元,买二两花生也给一千。而且不要我再找零。买花生的人多得很,忙得不可开交。一天下来卖几十万。我发财了,高兴得真想在地上打滚。几麻袋花生卖完后,收入半麻袋金票子。我做着回老家去买田置地的美梦,还想再去批发站批点花生,钱再多赚点。我把这些钱打成捆,扛到批发站一看,关门了!找了几家批发花生的地方,也都是人走家搬了。我无论如何不甘心,这么多白花花的票子,都是真钱,怎么不管用了呢?我扛着它遍街走,哪怕能买一个烧饼,也可以解决我半天没有吃早饭,肚子还饿着呢?走到一个十字街口的地方,那里有家店开了一个小门,外面排着长队买盐巴。轮到我跟前,老板恶狠狠地说“把东西拿出来,放在盘上。”经过旁边的人指点,我拿出几捆票子让老板称“三斤”。老板对这些东西看也不看,数也不数。三斤票子,换了三斤盐巴。

我哭哭啼啼回到表哥的弹花铺,表哥气狠狠地对我说:“你把我的血本都赔光了!”

回家吧,表哥弹花铺的老板跑了!广元城的市民也跑了!广元成了一座拥挤的大兵营。想逃走已没有了路,没有地方。表哥不知从哪里得到消息,有一艘木船,老板跑了,几十个南充老乡挤在一个船上,自己推着船,沿着嘉陵江下行,往回家的方向走。

正是冬天枯水季节,船行十分的慢,有的地方河水断流,全船人都下来,抬着推着让木船经过浅滩。几天后,祸不单行,船快要经过江油时,这木船遭遇抢劫。有人说是土匪干的,有人说是胡宗南的垮杆队伍干的。木船的底部,船帮都被这些家伙打穿了孔,船不能走了。抢劫者登上船来,一个一个地搜身,所有值钱的细软都被抢去。我胸前吊挂一个小口袋,里面全是装的铜圆,他们搜到我跟前,我自觉地扯下钱口袋,哗的一声,把钱都倒在船板上。这些土匪看我是小孩,没多大油水,就一脚把我踢到船下。他们不知道我身上的两个银圆,早已偷偷地塞进了我穿了袜子的脚板心,后来带回家去,给母亲买了两床新棉絮。我的表哥也抓走了,四川解放几年后才回到老家来。

被抢劫的逃难旅客,男人抓走了,娘哭儿啼。坐船回南充也没了希望,当晚我们逃到附近村子的农民家,好容易才吃到一顿晚饭。许多人都自想办法,各奔前程。有人劝我就留在村子里暂住,他们先回去给我捎信,让家里的人来接我。三天后,我的四叔找来,他见面,就高兴地对我说:"回家吧,四川解放了!"

《彭放自传》之一

解放区的天

知识改变命运,改变的只是个人。

共产党改变的是一个民族,一个国家。

同志与"小鬼"

在广元漂泊了两年,回到家乡,父母健在,山河依旧。但家乡人民的生活确实变化多了。穷苦的老百姓扬眉吐气,我爸连说话的声音都与以前不同。我哥常住家中,学会了织布,长高了,也长结实了,也不用到处躲壮丁了,晚上在他自己的房间里睡得很香,由于每晚熬夜织布,早晨母亲把早饭煮好了,才唤他起来。一家人和乐融融,比起我在广元流浪闯天下安逸多了。

村里办起了新式国民小学,换了一位年轻的女教师,据说是从南充城里派来的大学生。

村公所和学校在一起,学校门前的旗杆上,飘扬着五星红旗。回家不几天,村长和老师亲自到家动员我去学校读书,我高兴地回到学校,见到了当初和我一起上学、打闹做游戏的同学们。他们围着我,问这问那,好像我是他们远道而来的"稀客"。

开学的第一堂课是教唱歌,歌名叫《解放区的天》,歌词写在黑板上。

解放区的天/是明朗的天/解放区的人民好喜欢/民主政府爱人民呀/共产党的恩情说不完。呀呼咳,呀呼咳呼咳,一个呀咳!

逢场赶集的那天,我同爸爸到街上去。市场兴旺繁荣,人山人海拥挤不通。和以往不同的一个突出变化是,乡政府门口有人站岗,一些我从未见过的新人进进出出。他们头戴八角帽,身着浅灰色军装,腰扎皮带,很是英武。爸爸告诉我这是新来的土改工作队,去年办完"减租"了,要马上进行土地改革。

爸爸说的都是一些我从未听过的新名词，一点不懂。他说你哥哥织的布卖完了，要赶快把棉花买回去，你妈妈在家等着纺线用呢。

爸说，自从解放军进沟以后，我们村的杨保长就"鼠灭"了。见了人都点头哈腰，面带微笑。去年"减租"时，国家实行"二五减租"的政策，少交了一半的租金，过春节时，全家还吃上了新鲜猪肉。

没几天，我在乡镇上看到的"兵"到家来了。爸热情地端凳子出来，说："王同志来了，请坐。"那兵很礼貌地回答说："听说小鬼回来了，来看看。"我立马出来欢迎客人。兵问我："小鬼，多大了？"爸抢着替我回答说："十二了，属牛。"兵说，他要到后山老李家去串门，要我给领路。一路上，兵问了我许多话。他介绍自己姓王，是人民解放军，南下干部，川北土改工作团队员。今后叫我"王同志"就行了。

这一天，我与王同志交上了朋友。学校放假，我天天去村公所和工作队的同志一块儿，他们问了屯子里的许多情况，包括谁是地主、恶霸等等。说我是走南闯北、见过世面的人，敢说实话。王同志交给我任务，把屯子里的少年儿童组织起来，帮助工作队工作。所谓工作，其实很简单，他们给了我一些"宣传手册"，要我看熟了，帮助宣传。山区的住户很分散，难得把农民聚起来开会，那时先进的电器化的广播还没有。要把党的政策宣传到家喻户晓，很困难。而且，农民有许多是不识字的，全凭面对面口讲。我家姐夫，很聪明，他会编背篓竹筐。他给我编一个喇叭筒，外面糊上一层纸，是一个拿起来轻便结实的土喇叭，我爬到村公所管辖区域的几个山头上，开始向农民广播。公布开会通知，宣传政府的公告和政策。从不缺席。每天麻麻亮，公鸡刚打鸣，我就起床上山了。每天早晨的广播就这样开始。先给大家唱刚学会的那首歌《解放区的天》，然后播报新的内容。这时每家妇女老头对家人说："小鬼广播开始了，该起床了！"至于家乡人熟知的我的小名茂娃，反倒没人提及了。

"土改"运动开始后，我的"工作"更忙，首先按土改工作队要求，组织了儿童团，我当团长，然后分派各位团员，到山头路口站岗，盘查过往行人。每逢赶集，山民一般都要到乡城上买东西、会朋友。这时，正是向农民宣传的好机会。我把个人的广播宣传，变成一支队伍。选择八名女同学，学习唱歌、打花鼓、打快板、扭秧歌，逢场赶集的当天，到乡政府的所在地去宣传。在人多的地方，地上放一条板凳，我们轮流站到板凳上去，向农民唱歌，宣传土改政策。解放初期，农民没见过这么热闹的事，都围拢来看稀奇，特别是要看漂亮的姑娘当众表演节目。我家那个山村，距大城市南充94里，许多人一辈子关在家里，不知道外面世界什么样。新社会把妇女也解放了！碰到节假日，政府开大会，过新年，我们儿童团宣传队要排练文艺节目，向农民宣传演出。在土改工作团中文艺干部的帮助下，演出老解放区演过的秧歌剧《兄妹开荒》《夫妻识字》《二诸葛和三仙姑》。为了对农民更通俗有效地宣传党的政策，我还把《婚姻法》和组织生产互助小组的政策，改编成合仄押韵的唱词，进行演唱。我的"小鬼"外号，更是名扬四方了。

秘密入团

川北的土改运动，开始于1950年，从全国土改的进度看，属于较晚的第三期，工作已经有相当的经验了。而且政策也相对的平和、宽松，加之，山区经济十分落后，穷人多，即便划阶级成分，够得地主富农的人，也很少。在我所住的那个大村里，划了五户富农、两户地主。我家划为无田无地的佃贫农，土改中分了田分了地，分了几件简单的农具。发土地证那天晚上，我爸拿土地证回家，把它供在神龛上，跪地磕了个头，哭了。

紧接着农村组织新政权，成立农会，组织生产合作社，我爸选为生产队队长，我哥当上了武装队长。曾经欺压老百姓的乡长、保长，全部被换掉，农民当家做了主人。

新的中华人民共和国的诞生，实现了中华民族的改天换地，"中国人民从此站起来了"！

1951年3月19日，是我一生中不可忘记的一天，王同志通知我，晚上去乡政府开会。从我家到乡政府八里路程，我按时到会了。全乡到会的共七人，六男一女，都是和我年龄相仿的青年。王同志宣布说：经组织上考查，批准你们为中国新民主主义青年团团员，今晚举行宣誓。从今天开始，你们就是有政治生命有组织的人了，要牢牢记住这一天，我是你们的介绍人。

讲话和宣誓仪式进行得非常简单，也非常机密。事前没有人找我谈话，也没有写入团申请书，也没有填入团登记表，因为是解放后第一批入团，也没有对外公开。入团后不久，乡里要选拔人到南充县干部训练班学习，我首批被选上了。学习培训结束回来，我留在乡政府工作。我的任务仍然是宣传，负责收发全乡的报纸、刊物，管理地方的邮政信件。那时，我有机会读到农村工作的许多文件，天天看报纸。看我最喜欢的《川北演唱》《川北文艺》等刊物。有时也学习写一点四言八句的顺口溜之类，所谓"诗"。后来，我之所以喜欢文学，大概跟我这一段时间的工作和学习有关，文学的种子无意之间播进了我的心田。

那时，乡政府的工作人员很少，农忙时我也要和大家一起派到基层去，宣传“统购统销”政策，催促农民自觉自愿地去交公粮。下村时每人发一个红布口袋，装上一碗、两碗大米带下乡，住在谁家，就把大米交给主人，开饭时就同主人一块吃，这叫干部与农民“三同”，同吃同住同劳动。那时当干部没有工资，实行供给制，后来，实行工资制的时候，我已经离开乡政府了。

在我成长的道路上，发生的一次关键转机，是从下农村基层工作开始的。我住在乡下一所小学校里，与教员王仲皆老师同吃同住，我们俩相处时间长，谈话也相当随便和投机。那时我13岁，还应该是上学校的年龄。王老师说：“你工作年龄太小，还是去读书吧。”回原来的小学去读，我是大孩子了，经过了“土改”运动的锻炼，不甘心再回去当原来那样打打闹闹的小学生了。我只读过三年私塾，没有小学毕业文凭，也没有学过数理化，对分数小数的运算一窍不通。

王老师鼓励我继续深造，同时帮助我补习数学，他说，现在是新中国了，你的成分又好，将来前途远大，国家有许多重要工作需要你做。我听信了王老师的指导，同年秋天拿着乡团组织的介绍信，去报考了南充市第一初级中学。发榜时，我的名字排在三名“备取生”的第一名。以后，我按部就班，从初中、高中，直读到大学毕业。成了我们乡解放后第一个大学毕业生。

60年后回头看，与我同期入团七个团员，有的就地做官，从乡长、乡党委书记，做到县长、县政协主席，有的在“三年自然灾害”中犯了经济错误，也有犯男女关系错误的，被贬回原籍务农。读了大学，毕业后成了教授、专家仅我一个。我很幸运，从流浪儿到教授，我感谢王老师的指引，感谢共产党的解放，使我能同新中国一起成长。在庆祝建国胜利50周年时，我写过一篇文章，题为“我命运中的几个‘假如’”：

> 假如，我早生了几年，我就不是我了；假如没有共产党的解放，我的一家将会过一种什么样的生活呢？假如后来我没有去读书，我将会是一个什么样的人呢？对于前一个问题我不敢想。因为，在旧社会像我们家那样的佃农，恐怕永远也翻不了身，只有祖祖辈辈受剥削，当牛做马的命。对于我自己，我幸运赶上了一个好时代。
>
> 每个人在成长的道路上，都可能经过许许多多的假如，每一个假如都是人生的十字路口，道岔搬向何方，那就是命运的抉择，也就是所谓机遇。有许多假如，是自己主宰不了的。如“时代”和“出身”。

前些日子,电视上宣传“知识改变命运”,这话没错。但一细想,在旧社会哪些人才配享有知识?才会有学习知识的机会?我认为时代改变命运才是第一位的。知识改变命运的只是一个个人,时代改变命运的,是我的一家,是整个中国的半个世纪,没有共产党,就没有新中国,也就没有我自己。

破碎的文学梦

1952年,我以备取生的资格,考入南充市模范街第一初级中学,这是一所专收男生的学校。我是山沟里解放后,第一个进大城市读中学的人。我爸高兴得合不上嘴,逢人便说,我家茂娃进城读书了。邻里也顺情讨好说,你家孩子,从小看大——聪明,心眼好,将来一定做大官儿。当时,在我心里也飘飘然,晕乎乎的。心想做不做大官,是将来的事,可眼下要筹一笔学费,把我的一家人都难住了。幸好,我姐送来了她出嫁时一床家织的方格布床单,还把她放衣服的一个薄木板小箱子也给我装衣服。可是每天都要用的洗脸盆怎么办?当时没有塑料的脸盆。木盆、陶瓷的脸盆笨重,拿在路上不方便。初中三年,我每天早晨都是在自来水笼头下用双手在脸上抹几下,就算洗脸了。既快捷又省事。

我记得进学校报道那天,交学费和书费的钱凑不齐,一位年纪稍大的女老师温和地对我说:“孩子,不急,回乡政府开个证明来。”学校距我家住的山区90里,我光着脚板爬山路,来回一整天,有了乡政府的证明,把报名需要的费用全免了,还给我评了甲等助学金,标准每月五元。除了交饭费,剩下五角。这五角钱的开支,每月剃头一次,买牙粉(刷牙用)一包,买钢笔墨水粉(兑墨水)一袋,外加一张给家中写信的邮票,全都有了。从此我过上了有组织、有饭吃的学校集体生活,我简直快乐极了。因为是长期住校,每月回家一次看爸妈,山路崎岖不平,我一路唱着歌快步小跑。解放区的天真蓝呀!山风吹在脸上暖融融的。如此美好的学校生活,是解放区给我带来的。直到今天每当我想起当年学唱《解放区的天》这首歌时,心里总是充满了快乐和幸福。

我一心扑在学习上。认真读书。虽说我没读过新式小学,但数理化没有难倒我,各科成绩都很好,甚至还创造了期终统考11科,各科总平均成绩达96分以上,第二学期我被推选为全校学生会学习部长,第二学年被选为学生会副主席。

那时我满脑壳都是幻想,幻想我的未来当科学家,当大官,为祖国为人民干大事。快乐得不知所措,再不愁吃不上饱饭了,天天坐下来学习。在我眼前，阳光明媚。有时全校集体排队走在街上，心里充满着一种骄傲。感觉新中国、新社会真好！我所在南充一中隔壁是一所专门教养蚕的农校。我想养蚕还要学吗？我家养蚕，母亲天天去山上摘桑叶很辛苦。我想为什么不把蚕虫放到桑树上去，让它自己去选了吃，长大了自己把蚕茧结在树上，农民上树摘茧子就行了。但小孩子的幻想，有时也走火入魔，搞一些胡闹的恶作剧。比如，我喜欢看同学的长相，给他取外号，班上52个男生，几乎人人都有外号，大家互相叫着取乐。有一个同学姓贾，个子短粗，把他取名"夜壶"，他很生气，平时我们不叫他外号，见了他就打一声招呼"噫——"把读音拉长，就把他气跑了。五十年代初，"除四害"还没有开始，我家住的茅草房，耗子多得很，长得又肥又大，最讨厌的是晚上倾巢而出，在房梁上来回奔跑、打仗、碰撞，吱吱乱叫，有时掉下来落在我睡觉的蚊帐顶上，吓得我半夜突然从梦中惊醒。后来，中央开始动员除"四害"，把老鼠定为"麻雀、苍蝇、蚊子"四害之首。虽有民间说法："老鼠上街，人人喊打"。但真要把老鼠除掉也很难办。我又突出奇招，心想何不动员全国人民都吃老鼠呢？那时，粮食收成不好，人民缺乏肉食，一只老鼠至少有二两肉，吃掉它，把老鼠吃掉的粮食用来养猪，不是一举两得吗？五十年代中期，党中央公布了"农业发展纲要"。大力发展农业，农村缺乏知识人才，毛主席号召"知识青年到农村去""广阔天地，大有作为"。中央和地方报纸刊登了"河北省中学生邢燕子，自愿回到农村"的典型。我是全校学生的头儿，领导要我上台发言表态，起个带头作用。我把"养蚕""吃老鼠"的奇思妙想当作"大有作为"的例子，在大会上发了言，并进一步告诉大家，老鼠肉好吃，扒皮去内脏，加点咸盐、辣椒面腌熏起来制成麻辣耗子肉，香得很，听得满堂哄然大笑。

当然，我有理想，我有自己很认真的事要干，就是喜欢文学，想当一个像赵树理那样为农民写作的作家。为此我在星期日休息时不回家，早晚课余时间，把自己关在寝室读小说，有一篇写初中生回农村的小说《韩梅梅》，叫我读得入迷。于是我开始了当作家的准备。我随身携带几个笔记本，一个专门记载我在阅读中碰到的好句子、好语言，一段生动优美的景物描写，一段刻画美丽姑娘脸蛋漂亮的形象，都让我想入非非，我把这些都照抄下来，空闲时间就悄悄拿出来自我欣赏。另一个笔记本专门搜集和记录农民口头语言，一些幽默有趣的俏皮话。特别是流行在川北地区，一些方言、口语，如：

歇后语："乌龟打屁——冲壳子"（吹牛）；

"铁匠死了不闭眼——欠捶"；

"耗子爬秤钩——自称"（自吹自擂）；

"城隍娘娘有喜了——心怀鬼胎";

"孔夫子的褡裢——书袋(呆)子";

"老婆子打粉——不嫩(论)"。

方言:"闲谈——摆龙门阵";"不愉快——不安逸";"巴结上司——浮上水"

谚语:"天上鱼鳞班,明天晒谷不用翻";"栽桑种桐,子孙不穷"。

歌谣:"老婆婆,脚尖尖,汽车来了走边边";"有女不嫁拉船郎,终年四季无衣裳,不知那天船打烂,抛妻丢儿见龙王"。

我开始向报社投稿子。《川北日报》和南充市有线广播电台收业余通讯员,我报名参加,写稿成了我的业余爱好。那时向报社投稿,免贴邮票,不花钱。稿子一旦被采用了,还可以得五角或一元钱稿费,对于身无分文的我,还很有些吸引力哩!

初中二年级,学校和团市委组织中学生看电影《鸡毛信》,写观后感。这次我写的影评落选了。但我没有灰心。后来南充市文联春节征文,可以任选题材,写文艺作品。我写了一篇花鼓词《新年夜话》,结果评上了三等奖。领奖那天,我见到了南充市的大人物地区专员,一个老头给我发奖,奖金五元,相当我一个月的伙食费,这事更加刺激了我写稿挣钱的欲望。我的文学之路,就从这时开始了。

初中毕业,我被保送进入高中,假期,别的同学准备升学考试,我回到家里,埋头写小说。小说的题材是从我同桌那里听来的。同桌姓罗,他父亲是"通南巴"(通江、南江、巴中)红四方面军根据地的一名烈士。经常有附近小学少先队,请他去讲他父亲的英雄事迹。我常跟着去听。假期我从学校回到家中,把这个听来的故事,写成小说名叫《爸爸的故事》,在南充市文联内刊《百花》上发表了。这是我在文学的道路上,又一次成功的练笔。以后上了大学,读了许多如《文学概论》"怎样写小说""怎么写诗"之类的书。老师也给我讲了许多如"文学史""作品分析"之类教材。我在理论上明白了,却在创作实践上糊涂了,创作冲动和激情没有了,我不理解这是为什么?直到几十年后的今天,还后悔我当初要是不读大学,说不定还真的当上了作家,还有"精品传世"什么的。我甚至怀疑,作家需要大学培养吗?今天,我们大学的文学院,它所教授的课程内容和教学方式、方法,是否存在什么问题?

红色保险箱

我生活的中学时代，有许多人羡慕我成分好，是“红色保险箱”中的人。那个时候，非常讲究阶级成分和出身，班上有些同学不快乐，愁眉苦脸，因为他家庭成分高，是富农或者地主，有的还有所谓“海外关系”。我在介绍同学入团时，经常碰到这种情况，很难做他们的思想工作。比如有的同学学习好，思想进步，要求入团，就是因为家庭成分不好入不上。这种“唯成分论”的现实，耽误了许多年轻人的成长和进步啊！在我的内心里非常同情这些人，因为人的出身是不能自己选择的。人不能从娘肚子里生下来就有罪。我后来长大了读《圣经》才知道，这“原罪”思想的根源是从基督教学来的。神父要求他的信徒，一生中天天都要忏悔。可是，上世纪五六十年代政治运动一个接一个，每次运动下来，就要增加一批阶级敌人，即所谓“地富反坏右”“黑五类”，同时也增加一批“黑五类”子女，后又改称“可教育子女”，这些人在考学校、参军、入团、入党等都要受到成分不好的影响，有时我幸运自己的命好，没有投错娘胎。我可以无忧无虑地学习，可以放心大胆地玩。即使犯一些小错误，头上有一顶红帽子顶着，没有大的风险。我在说话和处事方面，有时也就无所顾忌起来。

初中毕业那年，班上派来了一位数学老师，据说是刚从班房放出来的。他教几何教得特别好，他家有大小孩子六个，一男，五女，我对几何学不进去，常去他家请教，就和这几个小朋友相好起来，以兄弟姐妹相称，几乎每周星期天都带着这帮小孩玩，与这个“反革命家庭”相处得像一家人似的，学校教师和家属中传出来闲言，说我阶级界限不清，校团委老师找我谈话，批评我要注意自己的影响。

就在这年的冬天放寒假，我回家了，妈一见我就大哭起来。我开始猜想她与我嫂子婆媳关系不好，又来找我诉苦了。可她拉着我去看我们的房子——是土改时分的两间茅草房。房顶盖的茅草没有了，支撑房顶的竹竿也被人拆了去。妈说这是生产队夜战，打火把造声势，把房子拆去烧了。后来我调查清楚，原来是上面下来的文件说，中国要“大跃进”“赶英超美”，中国要“跑步进入共产主义”，农民土改后，组织起来的生产合作社太慢了，要新成立“一大二公”的人民公社。到处贴着宣传标语“共产主义是天堂/人民公社架桥梁”。妈说你爸原来的生产队长也被拿下来了，还说他是“小脚女人”“右倾”，开会尽挨批判。妈越说越生气，竟拿自己作比方说：“你看我 16 岁就是小脚女人，走路端端正正的，既不“左倾”，也不右倾。你爸为这事在家怄气，睡了几天不起床。”

妈好像还有话,没说完又说:“我看‘人民公社好’。吃饭不要钱,行动军事化,生活集体化,白天睡大觉,晚上才集体出工,不干活。打起灯笼火把,上山敲锣打鼓造声势,迎接上面来人检查。搞得红火热闹的,还可以得奖。我们生产队的杨二狗子就得过奖。”

我忽然想起了杨二狗子这个人,他是我读私塾时的同学,脑袋笨,鼻涕邋遢的,经常挨孙老师的板子。妈说:“人家现在可红了。打麻雀抓耗子还上了报,放了卫星。”我说,“杨二狗子不是喜欢吃耗子吗?”人家现在不吃了,发明了养耗子!”听得我越来越糊涂。后打听得知,上面除“四害”的通知下来后,每天要交耗子尾巴到公社去报数,杨二狗子告诉他们队的社员,抓到耗子不要全都整死,公的扒皮割尾巴,母的养起来,让它生小耗子。耗子每三个月生一窝,每窝生五六个,扒下的皮剪成一指宽的长条,中间包一根竹棍,用针缝起来,就造出一根尾巴了。所以王二狗他每天向公社报的耗子尾巴,总是比别人多,有时多出好几倍。他成了当地“除四害”的一面旗子,不久还升官了。我说:“这不是明目张胆的造假骗人吗?”妈说:“你们城里人晓得个啥子嘛?现今农村兴的就是这个。”

我赶回学校先去数学老师家,报告我这次回家见到、听到的农村新闻,老师听了吓得脸都发青,忙说,学校已打上晚自习的铃了,你快回学校吧。就把我支走了。

开学不几天,城市和学校都大变样了。先是市政府要求学校停课,全体学生参加义务劳动,抢修莲花池。我作为校学生会主管宣传的学习委员,忙着办校刊、出黑板报,把校广播站搬到工地上,现场报道进行做宣传鼓动工作。不久我忽然得到一份通知,要我作为中学生代表去市府大楼参加“政协”鸣放大会。我和市蚕丝厂代表分在一个小组。一些工会的女代表,她们鸣放的内容,恳请政府关心厂女工,说他们厂几百名女工找不到对象。我对这事毫无兴趣,每天签到后就同一位断了一只手臂的老头,去操场投篮球,帮他捡球他投篮,我俩合作很好,他好像对“鸣放”也没有兴趣。我感觉开会最大的收获,就是吃到了我从前没有吃过的好饭菜。会场离我学校住的寝室不远,每天我回自己的寝室住宿,男生寝室一般都是10点钟闭灯,大家天南海北地吹牛,交流他们知道的来自大道与小道的消息。有的说这几天食堂饭菜少了,去晚了的吃了头一碗再去添就没有了,有的说这几天报纸用大黑字登北京有人说“党天下”。我说,“对呀,我们是共产党领导下无产阶级专政的国家,难道‘党天下’不对吗?”我借参加政协会的空闲赶写了一篇文章,题名《自由食堂的党争》在学校广播了。我在文章中说，我们学校的食堂，像个自由市场。要想吃饱得有秘诀："头碗松，二晚紧，三碗四碗不要等。"去晚了就吃不饱。就是说吃饭动作要快。第一碗少盛，赶快吃完了，添第二碗，去添第二碗干饭时，要压得紧紧实实的。想吃第三碗、四碗就没有饭了，等也没用。文中我还写到某次吃面条，面条装在一个水桶里，男女生凑在一起抢面条，女学生的头发挂住了男生衣领的扣子，双方难舍难分，解不开(确有此事)，以此闹剧来取笑。文章播出后，在全校同学中引起轰动，说我反映了民意，写得好。我很得意这篇文章，寄去一个刊物编辑部想发表，几天后文章退回校团总支，我受到了批评。就在这一年的寒假，1957 年的冬天，学校通知共青团员不准离校，进行社会主义思想教育。我真以为是通常一般的学习。谁知学习的第一天上午，团支书点名要我站起来，全班 15 个团员都以愤怒的眼睛看着我，批头盖脸的大批判，一齐向我开火。我惊吓得不知所措，会间休息，又有事先准备好的大字报，一齐贴在黑板上。休息后批判继续进行，我的罪名是攻击社会主义制度，把食堂说成是自由市场，跟反革命教师划不清界限，污蔑新农村除"四害"造假，与北京说"党天下"言论的大右派是一丘之貉等等。

批判完后，我十分委屈地大哭起来，其他团员都回家了，我留寝室哭了一整天，我初中同班的好朋友张同学来安慰我，把我领回他家里住两天，张同学也是当年在农村入了团考进来的，我与他在班上共同介绍了十几个人入团，今天批判我的，其中就有我当年介绍入团的团员，我怎么想也不服气。

我灰溜溜地回乡下家中，爸说："你已是老彭家的状元了，愁啥？休两天跟你哥学织布，再跟我学杀猪，现在家里房也有了，地也有了，饿不死你。"

这个假期学校推荐了保送上大学的学生，其中没有我。我是自己去报考，考上四川大学的。我的"红色保险箱"这时也不起作用了。

大学入学报到后，我回学校转团组织关系，还是那位好朋友，张同学接待我，他是高中团委组织委员、管档案，他把档案口袋甩给我说："你看看，当中有一份材料，是支部报上来的，给你'查看'处分，总支没有批，要不要拿出来？"我一听正在气头上，那份处分我的材料，只是瞟了一眼说："没批，就是说没事嘛，随便！"材料就手封进口袋，我带走了……

影响我人生的一个"黑影"

四川大学位于成都九眼桥。中文系新生 90 人，多数是从"复转"军人学校上来的。开学第一周，班上推荐我去系学生会当秘书，我很喜欢这所学校，也喜欢我的这份工作。我接受了在中学时期过分张扬的教训,夹着尾巴做人。每天食堂→图书馆→寝室,三点一线埋头读书,继续实现我当作家的梦。可是一个月后,我的学生会秘书的职位被拿下了。这个打击对我不算大,当学生干部,只是个名分问题,有书读,上了大学就好。那时正是全国人民挨饿艰难渡过"三年自然灾害"的困难时期。家中母亲找人写来一封信说:家中的茅草房已被生产队打火把拆了烧光了,她没了住处,搬到了我当年读私塾的那个祠堂。家中煮饭用的铁锅,被公社大炼钢铁搜去,做了高炉引铁水出来用的"引流"。她辛苦经营的房前房后的"自留地"。地里种的南瓜、茄子眼看开花结果了,强行被生产队铲掉,说是要斩断"资本主义道路的尾巴"。妈还说,她天天盼我回去,给她带回几斤全国粮票,她生病了,想吃市场上只有用"全国粮票"才能买得到的蛋糕。母亲那里晓得她的儿子在外面上学弄粮票的艰难。一斤全国粮票在城边子的马路上,可以领走一个要饭的孩子,我也只有放假回家,学校食堂才能发放。我对不起她老人家,眼泪只能往肚子里流。

应该说,在当时农村许多人饿死了的情况下,我躲在一所高等学府里,还是十分幸运的。学校虽然不是梦想中的"桃花源",老师、教授们天天挨批走"白专"道路,弄得人人自危。我感到欣慰的是遇上了全国一流的著名教授学者教我们,与我们同甘共苦。如《文心雕龙》专家杨明照、鲁迅的同仁林如稷、古汉语名师周菊吾、敦煌学专家任二北、现代文学大师华忱之、欧美文学教授石朴,还有汉学家、史学家赵振铎、向楚、庞石帚等等。他们有的戴着"右派""白专""反革命""反动学术权威"的帽子给我们讲课,聆听他们的教学如沐春风。大学的五年时间虽长,但还是不知不觉地就过去了。在临近毕业时,我报考了周贻白的《中国戏曲史》的研究生,准备继续深造,因父亲吃大锅饭饿死在农村,我停止了参加研究生的入学考试。

我们那个时代的毕业生,一切都是听党的话,跟党走,一身交给党安排,哪还有毕业分配选自愿的自由,把命运交给党总支的几个人,秘密进行分配,公布我分配到哈尔滨的一所中专学校去教书时,我不知道哈尔滨在哪里,回到寝室现从地图上找。同寝室一位同学说,他分到了内蒙古,那个地方很荒凉他不想去,要给我换,我当即同意了。我说:"好呀,那儿是牧区骑着马儿过草原。"我俩一起去中文系党总支办公室,请求我俩地方互换。主管分配的一位女书记说:"是组织决定的,不能换!"她还告诉我说:"哈尔滨那地方很冷,去领50元钱高寒补助费。"我拿着这钱去城里弹了一床九斤重的棉絮,打起包裹行李没有回家和母亲告别,从成都买票直接去哈尔滨报到了。

我对这个城市是完全陌生的。一是举目无亲,二是天气实在太冷。过八月十五中秋节，想家，我买了月饼一个人到江边斯大林公园过节。正吃月饼，天空下起大雪来，一个从未见过大雪的四川人，感觉很可怕，我赶忙去中央大街买一顶狗皮帽子把自己武装起来。

1963年，我走上工作岗位的这一年，全国挨饿吃不饱的日子还未完全过去，成都的饭吃不饱，在产粮大省黑龙江的饭吃不了。政府照顾南方吃大米的习惯，每人每月两斤大米、四斤白面，其余顿顿都是高粱米，这东西太难吃，剩饭冷冻了，它的硬度好像装在火药枪里打兔子用的铁沙子。我每天中午买一个馒头，晚上掺开水浸泡，加白糖少许，就算解决了一顿晚餐。

报到没几天，办公室通知，有人找我谈话，来人不认识，他自报是公安局五处的，他要我注意观察几位青年教师（右派）的言行，常与他联系。一个月后，此人再也没有找我了。学校好像很重视培养我，派我去北京参加"郭兴富教学法比赛"，用毛泽东语录进课堂。回来又派我参加"四清"去农村锻炼。在"四清"工作队我表现积极要求进步，已经填了入党申请书，准备讨论我入党，可是填表后再没有了下文。

紧接着"文化大革命"开始，学校停课闹革命，教师没课了。省里有两个单位来调我，一是省体委体工二队调我去当记者，二是省文化局"创评办"调我去搞文化研究。我本想去当记者的，学校干部处告诉我，你的档案被文化局先拿走了，只能去"创评办"。这时我才知道还有档案管着我，这东西竟有如此重要。去"创评办"以后，那里的领导也非常关照我培养我，派我去绥化县农村，搞"基本路线教育"。因为表现好，不久又填了入党志愿书，准备吸收我入党。还是当年那位拿走我档案的老领导，私下告诉我，你档案里有材料知道吗？我一下子想起来了，当年我转团组织关系时，我的好朋友甩给我看的那份材料，没有拿出来，它像魔鬼幽灵一样跟了我半辈子！处处坏我的大事。我好恨、好悔呀！我感谢"创评办"的党组织，派了两名支部委员，从哈尔滨到我当年读书的四川大学、南充高中，再到我出生的乡下，搞了外调回来，才批准我入党。那也是我人过中年的1978年3月了。

有时，我与班上的朋友闲聊，谈起我档案中黑材料这事，他们说，你这算什么？我们主席，在反胡风运动中，被撤职开除党籍，打到农村，监督改造20多年，"文革"后平反，查档案无记载，当年批判他时，因他是文学爱好者，胡风当编辑，他向胡风投过稿。以后关于档案的事，又听到一些奇闻，说当年"反右"时，各单位按人员编制比例分配指标，完不成任务的要后补。有个单位的支部书记，为自己单位指标完不成犯愁，他带头把他自己补了进去。20年后，右派平反，查档案上面记载说，他是自愿去当右派的。

退休以后,许多老朋友都先我而去了,经常参加他们的追悼会。在那里我看见亲人为死者送纸人纸马,还有用纸扎成的宝马、奔驰轿车,液晶、等离子彩电。在生者的想象中,阴间和人间是一样的。思前想后到这里,我要给活着的亲人留下遗嘱,日后焚烧我的遗物时,一定要把我档案中黑材料拿出来,因为那东西太重要了。最近我从刊物《炎黄春秋》上看到,1957 年我在高中寒假经受的那场"社会主义教育运动",是有来头、有文件、有批示的。文件说:"大学生中许多右派分子,就是因为中学生时审查不严混进去的,这是应该吸取的教训",又说"有些高中生,若是在大学就是右派了。"——天哪,我好险!那场教育运动是"反右"前的演练,我是很幸运地漏网了。

《彭放自传》之二

人生从四十岁开始

我从事文学批评的经历，大约已过了半个世纪，发表的评论文章有五六百篇。我的“评龄”应起于1954年，我写的第一篇评论电影《鸡毛信》的征文。那时我读初中三年级，常写些“报屁股”文章，只是想出名，别无目的，以后又从事专业研究。我经历的这半个多世纪，文坛往事，不堪回首，风波乍起，恍如昨日。

我的前三十年，走过了中国老知识分子共同经历的道路“反右”“大跃进”“文革”。但由于我从事的职业的特殊性，常常要在阶级斗争、路线斗争的风口浪尖上翻跟斗。有位老评论家曾向我们发牢骚说，我们这些人不是人。我们把昨日写的文章和今天写的文章剪下来粘贴一起，你会发现是自己打自己的耳光，昨天左一撇子，今天右一撇子，那还叫人吗？前几年我读作家贾平凹的长篇小说《废都》，常把自己与书中“四大文化名人”对号，我发现“庄之蝶就是我”。他自称著名作家，写出了什么作品呢？他跟我一样，都是那个时代，那种精神文化、政治文化，那种学校教育培养出来的“废人”。为此，我曾写过一篇短文，标题是《来世不当作家》。可人生没有来世，我这一辈子就只有“认命”了。

2000年退休之前，我为自己编选了一部文学评论集：《浪漫的思潮——20年文学观念之嬗变》，该书选入论文50篇，结果按年代统计，前三十年，我写的文章，一篇也没有入选。为此，我感到很悲哀，说明我的前三十年是白过了，白活了。我人生中的这个分界线，恰好是与党的十一届三中全会同一年。那时，如噩梦般的“文化大革命”刚刚结束，我和我的朋友们欣喜若狂，如饥似渴地学习、讨论“实践是检验真理的唯一标准”。我按照“解放思想、实事求是”八个大字检讨过去，认识到我从事文艺批评几十年的教训，关键就在于没有“实事求是”。当年，我怀着沸腾的热血，以圣洁的虔诚，写出的那许多文章，有多少是“实事求是”的呢？我们把文艺批评纳入“斗争哲学”的轨道，充任阶级斗争的工具和晴雨表，我们曾经制造了那么多“论”。如“现实主义深化论”“写中间人物论”“写真实论”等。制造了那么多“重放的鲜花”,损害了文艺批评的信誉和形象,读者把批评家称作“带枪的人”。我们否定了和批判了那么多不该否定和批判的东西。还有,错误的理论把创作引向歧途的教训等等。一种“觉今是而昨非”之感,使我有勇气去面对现实。

三中全会之后,我写第一篇文章就是研究“作家自我”的。在当时这是一个有极大风险的问题。在一次创作会上,我把自己研究的成果在会上发了言,有的赞成,也有人反对。会后还有人私下打听我是不是共产党员。言外之意是指责我不跟中央保持一致,“没有党性原则”。当时报刊都在批评“自我表现说”,我在会上大谈“自我”,岂不是要顶风上。果不其然,我的发言稿从会议出的专刊上撤了下来。在我们长期形成的观念中,中国人只有“大我”,没有“小我”;只有集体没有个人,“大我”是集体主义;“小我”是个人主义,“是小资产阶级的自我表现”。文艺创作中多年不准谈“我”,或者只讲“大我”的理论,使许多有独创性的作家和诗人,丧失了自己的风格,甚至有的还从文学史上除了名。诗人张志民,有一篇文章,对我很有启发,他说:文艺界存在一种“病”的临床表现,“就是忌讳谈‘我’”。[①]

既然,“实践是检验真理的唯一标准”,我用实践检验自己,下决心重新学习,认真读书。过去在学校里,我是历年历届的优等生,可我读的都是经过“消毒”的教科书,听过的都是“形势大好,越来越好”的报告。我的理想原来是当一个像赵树理那样的为农民写作的作家。到头来不仅小说没写成,甚至连一篇生动活泼的文章也没写出来。我这是“读书过万卷,下笔如有绳”。三中全会以后,我结合我的研究,解放思想,坚持自学。我找来《现代西方哲学》阅读,又专门从书店买回费西特《人的使命》,浏览柏格森、萨特等人的著作,又重新学习马列著作中关于“人”的论述。发现过去我们曾被极“左”思潮的云雾蒙住了眼睛;学习马列,采用的是实用主义的态度,只是断章取义,用其所需。比如,马克思说:“人是一个特殊的个体”,这种特殊性,使人“成为一个现实的、单个的社会存在物”。[②] 我想既然马克思说了,“我”是一个现实的“社会存在物”,我就应该面对现实。当时文艺界讲“拨乱反正”,我弄不懂“正”在哪里?路在何方?是不是越过文革,回到十七年就“反正”了?但是忌讳谈“我”,只讲“大我”的理论,在十七年就盛行了。显然,不能回到十七年。我坚持我的研究把文章写出来,在《北方论丛》1983 年第 4 期发表了。标题是《论作家自我

---

① 张志民:《从“我”谈起》,载《文学:回忆与思考》,第 241 页。

② 参阅《马克思恩格斯全集》第 42 卷,第 123 页。

在创作中的地位和作用》。可是不久一个清除“精神污染”的“运动”，在刊物审查摸底中，把我的文章作为“嫌犯”搂了上来，差一点被抓了“自由化”的典型。幸好，就在这一年，我的论文在《新华文摘》10 期上，给予转载，才救了我的驾。

三十年过去，回过头来认识，这篇文章是指引我人生道路上解放思想、实事求是的开端，它已经超出了单纯的文艺批评，更包含了我自己对人生领悟的一次升华。我出身佃农贫农家庭，在新中国成立前的旧社会当过流浪儿和童工，我今天的一切都是源于解放的新社会。感恩的火焰，已将我融于时代和人民之中。“反右”前十七岁的我，一直被新生活的鲜花和歌声包围着。可就在我高中即将毕业之时，学校遵照上级通知，在全省高中、中师毕业生中，开展社会主义思想教育运动。通知中说“大学生中的许多右派分子，就是中学审查不严混进去的”，“有些高中生，若是在大学就够右派了”，“这是应该记住的教训”。① 这次的教育运动，实际是一次“模拟反右”的演习。在一次团支部会上我突然遭到批判，大字报贴在黑板上，我的罪名是“附和右派‘党天下’的言论”。虽然我躲过了“戴帽”一劫，但“材料”装进了档案，一夜之间我成了有“政治问题”的人。

“两个自我”在我身上纠缠不清。“真实自我”我热爱党，热爱新社会。凭着我朴素的直觉，看到自己一向尊敬的老师，突然成了阶级敌人，看到处处放“高产卫星”所糊弄的虚假，看到校园外漫延的饥饿和狂热。我远在农村的父亲，也在这场吃“大锅饭”的饥饿中饿死了。可是，我头脑中还有一个“符号自我”说，上级的路线方针是正确的，你不要去相信那些“右派言论”，你必须用阶级斗争、路线斗争的眼光去看待这一切。回想我的前三十年，曾经参与过的那些“发热浮夸的大合唱”，总是难以忘怀；回想我曾写过的那些为政治服务的遵命文章，也常怀愧疚之心。我也常想，要不是有前三十年那段特殊的经历，我认识不到作为一个文艺评论家坚持“真我”的必要性，也没有“真理标准”大讨论给我带来的人生的第二个春天。

三中全会之后，我写的第二篇文章，是给“写中间人物”平反。1964 年当我还是一名狂热的文学爱好者的时候，就从《人民日报》转载《文艺报》编辑部撰写的《“写中间人物”是资产阶级的文学主张》长篇大批判文章，文艺界有“写中间人物”一说，同时还读到《文艺报》编辑部提供大家批判用的《关于‘写

---

① 李临雅：《高中生遭遇模拟反右——记 1958 年成都市高中生毕业生寒假社会主义教育运动》，载《炎黄春秋》2008 年第 7 期。

中间人物'的材料》。"材料"历数"十五年来资产阶级'反对创造工农兵英雄人物'的五大罪行"。《人民日报》转载此文所加发的"编者按",又把这一问题上升到"关系文艺走社会主义道路还是走资本主义道路的一场大是大非之争"。"文革"中"四人帮"拿起我们制造的"写中间人物"的这根棍子,横扫文艺界,造成文坛百花凋零的悲剧,惨不忍睹,冤死的好人和好作家,决不只是邵荃麟和赵树理两个。后来在"文革"文学和"样板戏"创作中出现的"三突出"模式和写"高大全"超级英雄人物,都与此次批判有关。"四人帮"垮台后把这一切都推给林彪、江青一伙,恐怕也不是实事求是。

1979 年 4 月 12 日,我化名易佳言以《写中间人物"何罪之有"?》为题,在《黑龙江日报》发表了为"写中间人物"平反的第一篇文章。当时三中全会刚过,乍暖还寒,人们远未能摆脱"阶级斗争为纲阴魂的束缚"。我听到反映说:"这不是要否定我们当年的批判吗?"认为当年批判有理,是我们文艺界自己搞的,不能否定。

研究这个问题,我手中没有第一手资料,我三次进京,请朋友《文学评论》编辑王信先生帮助,从中国作协弄到大连小说会议记录,包括邵荃麟副主席在会上的两次发言。另一长篇论文在 1979 年初写出来了,标题是:《"中间人物论"必须彻底推倒》发表于《学习与探索》1979 年创刊号。后收入"文集"时,改名为《20 年沉冤终昭雪——为"大连小说会议"平反》。那时对文艺界来说,我还是一个局外人,发表的文章犹如嫁出去的姑娘,泼出去的水,社会怎么评说不得而知,但我最感欣慰的是,北京召开邵荃麟同志追悼会时,给我这个不相识的作者寄来的那份唁电和邀请函。

三中全会以后,我写的第三篇文章,是关于"大跃进"民歌的研究。我是这场运动的亲历者和参与者。1958 年 3 月毛泽东主席在成都中央工作会议上提出"要搜集点民歌",并且指出"中国新诗的出路,第一条是民歌,第二条是古典,在这个基础上产生出新诗来"。平心而论,毛泽东的这个讲话,在当时即或在今天,对发展新诗的方向来说都是有意义的。没有想到一个单纯文学问题,在毛泽东的一句话之后,立刻形成一场政治运动,并且同"大跃进"的政治路线结合了起来。

我当时作为中文系的大学生,也被派到乡下去搜集民歌。我所知道的农民,对创作民歌根本无任何兴趣,他们只关心的是公共食堂什么时候开饭,如何吃饱自己的肚子。但为了完成每天要上报给公社的民歌创作指标,下去搜集民歌的人,自然就成了弄虚作假、捉刀代笔的"枪手"。据《星星》诗刊 1958 年 12 月份统计,仅一个四川省一年出版的各种民歌选集,就有 3 723 种之多,印数多得无法计数。单是一个300多人的叙永县鱼凫乡五星社就“创作”诗歌四万多首。

我所看见的另一个现实是:成千上万的农民都在挨饿,许多人得了浮肿病,可带着袖标的征粮队,进到农民家中把粮食都搜走了(不准在家起火,强迫统一吃大锅饭),公社组织的搜铁队,强行把农民家中的铁锅、铁铲、铁工具、门锁都搜去炼铁了,我没有看到有全民炼钢的“土高炉”炼出了铁水。可是歌颂大炼钢铁的民歌首首都是“钢花怒放,铁水奔流”。“滚滚钢水像海洋”,“搬来东海盛不了”。我还看到歌颂粮食大丰收的民歌铺天盖地,有的还写得相当有“艺术”。如一首产自四川郫县的民歌说:“玉米稻子密又浓/铺天盖地不透风/就是卫星掉下来/也要弹回半空中”。殊不知,这种“密又浓”的水稻,是从几十亩稻田中,将成熟的稻子拨来,塞在一块田里的。由于塞得太密,在炽热的阳光下稻穗发了芽,没得办法,只好在田坎四周架上风车,向稻子的缝穴里鼓风。像这样弄虚作假的奇迹,居然写成了诗,作为民歌的样板,选进了《红旗歌谣》。有周扬为之作序,题为《新民歌开拓了诗歌的新道路》,说这是“共产主义的萌芽”“社会主义时代的新‘国风’”“两结合”的典范。① 还有著名诗人、评论家出来吹捧,进行艺术分析,说这一个“‘弹’字用得很有力量”,并誉为“是用夸张来表现,今年粮食丰收的民歌珍品”。

我耳闻目睹的这些真实情况,埋在我心里几十年不敢讲,因毛泽东是我翻身解放的大恩人,再加上1957年毕业前的那场“模拟反右”对我的“教育”使我学乖了,领会了说真话的“下场”与说假话的“好处”。我看到全社会的“聪明人”都是这样干的,组织上、学校老师也都是这样教育我的,我学会了“听话”。如果要反其意而为之,吃亏就在眼前。例如当年与我同系的一名三年级学生,化名红百灵,为参加《星星》诗刊组织的“关于诗歌下放问题”的讨论,写了两篇文章,他认为“把目前民歌看成是我国当代不可逾越诗的顶峰是不能成立的”,主张“让多种风格的诗去接受检验”,主张“各种能歌唱我们时代的歌手,都应排成大队来歌唱我们一代的战斗和建设乐章”。② 同时,他希望民歌“不能成为滥流,要健康地发展下去”。应该说红百灵的意见是语重心长的,非常正确的。可惜正确的意见却遭到了一个省委的宣传部长亲自组织的批判和围攻。这位部长还亲临我们学校作报告,点名批判红百灵,他还大发诗兴举一首民歌说:“田中秧苗绿成行/阳雀才叫快栽秧/自己落后不检讨/洋洋得意唱

① 周扬:《新民歌开拓了诗歌的新道路》,载《红旗》1958年6月创刊号。

② 红百灵:《我对诗歌下放的补充意见》,载《星星》1958年9月号。

旧腔”。借此批判红百灵同学落后于时代。“实质上是知识分子要在诗歌战线争正统,争领导权”。此后我的这位同学结局非常悲惨,他毕业后被遣送回到老家农村监督改造,找不到工作。1976 年“文革”结束后,他精神恍惚地跑去北京,要找周扬给他平反。

1980 年三中全会之后的第一次“中国诗会”在南宁召开。我得到通知,连夜赶写了一篇,标题是《“大跃进”民歌与新诗道路》。与会代表百余人,集中了中国第一流诗人、作家与著名学者教授,因为有三中全会的思想指导,会议开得十分活跃,会上会下都畅所欲言,我鼓起勇气,把自己文章的观点也在会上作了介绍。我的自我感觉认为,我这篇论文是从实际出发的,讲的是真话,没有讲假话。虽然也有不同意我的观点的人,但大家都是心平气和、各抒己见,使我真的感到了我们曾经制定的“双百”方针,盼望已久的百花齐放的文艺的春天来了。

这篇论文选入了会议出版的论文集,很快又在《辽宁大学学报》1980 年第 4 期刊登出来。一石激起千层浪。我文章的观点、内容,在几大媒体引起强烈反响。首先是《光明日报》《新华文摘》刊登了该论文的“学术提要”。其次,《解放日报》1980 年 7 月 29 日以“‘大跃进民歌’是浮夸风的传声筒”为题介绍了本论文的主要观点;《新闻战线》1980 年 9 月号以‘大跃进’民歌给新诗带来消极影响”为题,摘编介绍本文观点。本文又被“人大”报刊复印资料全文转载。有不同观点的人也在《民间文学》发表文章与我“商榷”。我写了回应文章《“大跃进”民歌再评价》。《民间文学》在发表此文时加编者按说:“希望能够在百家争鸣的指导下,实事求是地进行一番认真的探讨”。讨论持续一年多。结果,中国社会科学院文学研究所动态组,发表了《1958 年新民歌运动再评价问题讨论综述》,我的观点得到学术界同仁的认同。有不同观点,也可心无芥蒂地互相交流,再也不怕“打棍子,戴帽子,揪辫子”了。过去我曾经为自己写文章定下一条不成文的规则,就是在每篇文章中必须用一条毛泽东语录,来掩饰自己免遭“五子登科”的伤害。

上述三篇文章的写作是我在三中全会精神指导下的实践。从此,我形成了一种新的观念,作为一位理论工作者,应该具备的思想品质,必须是人民立场,坚持真理,讲真话,不讲假话。真话不一定都正确,但它是经过自己头脑讲出来的,即使挨了批判,知道自己错在什么地方,好从中获得对真理的认识。我抱着一种从实践中去寻找真理的态度,敏锐地去关注学术前沿中的一些新问题,同时认为,大凡有争论的问题,都有某种研究价值。后三十年,我的文章的选题,都坚持从创作实践出发,实事求是,勇于去探索新问题。比如“关于朦胧诗的论争”,关于文学创作中的“主义”与“文化”问题,关于现实主义与现代派,关于“文学大逃亡”与“轰动效应”说,关于“文学守成思潮”,关于文学上的“方法年”与“寻根热”,关于文学创新的尺度,关于“全球化”与中国文学问题等。

回想20世纪80年代,那也是一个火热年华,激情岁月。中国当代文学思潮迭起,流派纷呈,从“朦胧诗”到“后现代”,“城头变幻大王旗,各领风骚三五天”,在众声喧哗、吹吹打打的热闹中,我和我的文友、难友、诤友们,畅谈学术,多音齐鸣,争论不休,那是何等的潇洒和浪漫啊!我把我的文集命名为《浪漫的思潮》,那是珍惜来之不易的成果,纪念那段不可忘却的记忆。对于读者那是历史的回声,也许,还可以从中窥见中国当代文学曾经走过的充满艰辛和曲折的路。

第二辑 学术

我所批评的就是我

——《彭放文论选》(自序)

当今出书人的惯例,“序言”应请一位德高望重,比自己更有权威的人来写,以便借助名家的威望,给自己的文章增加一些含金量,或者来一点歌功颂德什么的。殊不知,自古文坛无虚名,功过自有人评说,还是由我来再献一次丑吧。

我的这本“文选”,只收入了1979年以后发表的评论文章。照说我的“评龄”应起于1954年我写的第一篇评论电影《鸡毛信》的影评征文。半个世纪了,文坛往事不堪回首,风波乍起,恍如昨日。

我要说的第一个问题,是我这一辈子对文学有多么钟情、多么投入、多么热爱,要不,当初报考中文系干什么?我是农民的儿子,想当一名像赵树理那样为农民写作的作家。可是,五年大学读下来,读书破万卷,下笔如有“绳”。读的都是些经过层层把关,“消过毒”的革命教科书,听的尽是些“六亿神州尽舜尧”,“形势大好,越来越好”的报告。我把一颗虔诚的心愿都交给了文学,可文学并不那么爱我。作家当不成了,甚至连一篇可以选入这本集子的文章也没有留下。前几年我读《废都》,常把自己与书中“四大文化名人”对号,我发现“庄之蝶”就是我。他号称著名作家,写出了什么作品?他跟我一样,都是那个时代,那种精神文化、政治文化,那种学校教育培养出来的“废人”。我怀疑当年批评《废都》的那些人,未必都读懂了《废都》,没读懂也要去批,这就是批评家的悲哀。

我要把这本书献给黑龙江,这是养育我的第二故乡。1963年我穿着草鞋来到哈尔滨,一晃就是40年,我也算是“献了青春献终身,献了终身献子孙”的支边“荒友”了。当年与我同期而来的五位同学都先后打道回了“天府”,我把他们中最后的一位送上南下的列车，自己坐在车站的台阶上，落寞得痛哭了一场。编完书稿我蓦然发现，选入这本集子里的104篇文章，有83篇是评论黑龙江的作家和作品的。加上我此前参与主编和撰稿的《黑龙江作家评论集》(1988)、《北大荒文学艺术》(1989)、《黑龙江作家论》(1997)，还有我负责主编即将完成的四卷本《黑龙江文学史》，我把大半生的精力和心血，都投入研究黑龙江的地域文学，至今还没有画上一个圆满的句号。我欠下的文债太多，我的评论文章中，推心置腹讲真话。真批评的太少！老之将至，时不我待，剩下的只是这颗还没有完全冷却的心。

我把这本书献给我的妻子——王巾中，若说我在事业上有什么成就，有一半的功劳应归于她。选入这本书的每一篇文章，几乎都凝聚了她的心血。我们是因文学的爱好而结缘的，而她却把成功的机遇给了我，自己做出了牺牲，我今天有了出“文选”的机会，不提出这一点，是对她的不公平。我们几十年来含辛茹苦，相濡以沫，生活过得十分清苦，不敢有古人“红袖添香夜读书”的雅兴，却常有“奇文共欣赏”的快乐。一个和美幸福的家庭环境，是我个人成功的后方。

关于文艺批评，我赞成这样一种说法：“我所批评的就是我。”我向来认为，批评文章要有作者自己的个性和风格，要允许批评家对作家作品进行独立思考，发表自己的独立见解，哪怕他的观点有片面性，甚或错误，也要允许人家讲话，讲错了有不同看法，被批评的一方有权反批评。不管是批评或反批评，都是文人之间的提高创作水平的一种“游戏”，双方是平等的、友善的、民主和气的一对诤友。这是正常、健康的批评“规则”，也是心无芥蒂、共同为促进文艺繁荣的美好形象。

近年来对文艺批评现状的议论颇多，信誉不高，形象不美，从无人喝彩到无人理睬，甚至连个发表文章的地盘都被挤占得差不多了。可是，另一种虚吹胡捧的商业批评却大行其道。批评家看作家的脸色行事，没有了自己的精神自我和主体人格。我是在“十七年”和“文革”中做过“工具”的人，深知工具难当，我们不能走出一种工具，又投入“金钱工具”的怀抱。更有甚者，是有的人容不了批评，只能说好，不能说坏，真批评的文章难写，不违心的评论家难当。我曾寄希望于清洁文艺批评的环境，让批评家实话实说，有话敢说，把良好的批评环境和正气高扬起来。为此，我写过一篇《来世不当批评家》的文章，发表于《文论报》和《北方文学》，又在《文艺报》和《读书人报》上相继转载，后来，还收到几位评论家的来信，表示“深有同感”。[1] 文艺批评落到如此爹不亲娘不爱的地步怨谁呢？也许是我们的批评曾经作为“斗争哲学”的武器，摧残了许多“重放的鲜花”，伤了许多人；也许是我们的文艺批评曾经充任过阶级斗争的晴雨表，对作家和文艺创作进行过“横加干涉”，损害了文艺批评家的形象和声誉。

文艺批评所曾经扮演过的不光彩的角色还没有来得及做一点起码的忏悔，就被一股来自西方的文艺思潮席卷而去。求新若渴的中国评论家们，以为从此盼来了复兴中国文论的“救星”，有的欣喜若狂，囫囵吞枣；有的眼花缭乱，如堕五里雾中；有的争夺话语霸权，城头变幻大王旗。众声喧哗，各说各是，一场吹吹打打的演练，制造了文艺理论“空前繁荣”的假象之后，又归于沉寂。当我们冷静下来，反思中国文论如何“拨乱反正”、如何同世界接轨时，竟不知“正”在哪里？路在何方？

在文艺批评呈现无规则游戏的混乱中，我一直在检讨我们的过去，寻找我自己的位置。我以为中国文学受苏联文艺理论的影响根深蒂固，至今都还没有走出来。前些年有人提出“重写文学史”，依我看，首先要重写的是“中国现当代文艺理论史”，理论指导行动嘛！让文学真正回到“人学”的本位上来，让艺术规律成为统率文艺创作的灵魂，让文艺摆脱沉重的历史负荷，成为自由飞翔的精灵，展现更加开阔的艺术视野。中国文学走向世界，重建中国文论话语，这两个问题都必须以传统为依归。我向来主张，文化开放不应该是瘸腿的，对外开放吸收外来文化的同时，也必须向内开放。中国传统文论话语非常丰富，灌注了中国特色，是创造中国文论体系宝贵的精神资源，可惜我们对它开放不够，学习研究和运用也不多。

我作为一位批评行当中人，深知自己的浅薄。所谓“经国之大业，不朽之盛事”，哪是我辈人所能为？我只知道，文艺批评是一门极其严肃的科学，来不得半点虚浮。你对人家的作品评判公正与否，深度、准确如何，人家（含读者）也在评判你，你的观点、学识、才能都显露在你的评论文章中，即所谓“你站在桥上看风景，看风景人在楼上看你”（卞之琳《断章》）。一篇好的批评文章，是对一个评论家品格、才情、良知的全面检验。所以，我国古代文论家非常重视自己在这方面的学识储备和人格修养。“操千曲而后晓声，观千剑而后识器”，作为一个评论家的第一位工作，就是要反复熟读人家的作品，要设身处地多替

---

① 此文已收入我的另一本论文集《浪漫时代：中国20年文学观念之嬗变》，黑龙江人民出版社出版。

作者着想,“暗于自见,谓己为贤”,不要总以为自己的观点正确。同时要“无私于轻重,不偏于爱憎”,“评理若衡,照辞如镜”(《文心雕龙·知音》)。这样才算得一位够资格的评论家。我半生习染文墨,写了数百万字的评论文章,到晚年不想当评论家了,这是我火热之心的一种扭曲的表达。人生没有“来世”,惜乎,连“现世”予我已经不多,廉颇老矣!

2000 年圣诞之夜

论陈云对待中国传统文化的态度

中华传统文化是我们祖国最珍贵的一份遗产,如何利用这一笔精神财富,去焕发年轻人的爱国热情,树立民族振兴、国家富强的远大理想。这是无产阶级革命家陈云一生所关注的大事。他多次指示:“应该加强大学文科教育”,“学理工的人也要有一定的文化传统知识。”他从1959年起发表了近40篇“关于评弹的谈话和通信”,对关于“古为今用”、破格创新的问题,关于尊重艺术的客观规律“寓教于乐”的问题,都发表了许多精辟的见解。今天,我们继承和学习陈云同志对待传统文化的态度和方法,对于建设有中国特色的社会主义,振兴中华民族文化,具有现实的指导意义。

一、以马克思主义辩证思维的方法,正确对特传统文化

文化是一种历史的积淀。每个民族都有自己的文化传统,每个时代的新文化,都只有在批判继承前人创造的文化成果的基础上,才能发展起来。正如列宁所说:我们“应当明确认识到,只有确切地了解人类全部发展过程中所创造的文化,只有对这种文化加以改造,才能建设无产阶级的文化。”①这是马克思主义文化发展的基本观点。问题是从历史长河中沉积的文化遗产,决不是单一的,它负载着人类历史前进中陈旧腐朽的和新生健康的诸多因素,如何达到正确利用、正确继承,这其中既有一个对待传统文化的态度和观点问题,也有一个思想方法问题。

陈云同志十分重视对我国传统文化艺术的发掘、整理和继承。他对几千年遗留下来的文化典籍视为“国宝”,多次指示要组织一批专家、学者去研究整理,使今天的年轻人能读懂、会利用。他认为,这是关系子孙万代的大事,要像搞国民经济计划那样,分期分批出版。1923年陈云同志曾在商务印书馆工作,看过浙江图书馆有一部《四库全书》,事隔54年后的1977年,他再一次满怀兴

① 列宁:《青年团的任务》,载《列宁选集》第4卷,第348页。

致地去看了那部书，为这书没有在“文革”中毁掉而庆幸。他说：“《四库全书》现在是国宝了，如果讲内容，大部分不也都是封建的吗？这是历史资料。”[1]历史有历史的价值，按照马克思的理解，“历史不外是各个世代的依次交替。每一代都利用以前各代遗留下来的材料、资金和生产力”。[2] 文化和艺术也是一样。因此，陈云同志对长期流传于民间的评弹书目非常重视，曾经指示文化部花点钱，“把所有老艺人说的传统书目都录下来”，他认为，这是一项抢救遗产的工作，功在后世。录下来不是要全盘肯定它。记录是一回事，演出是另一回事。公演要整理，好的留下，坏的删除。闭目不看有几千年历史的传统书，是一种历史虚无主义，全部肯定传统与全部否定传统一样，都是错误的。

陈云同志坚持用辩证唯物主义的历史观对待文化传统。其中一个重要特点，就是把传统看作是一个流动的、发展的、有生命的过程，注重对传统的分析、研究、比较，分出层次，区别对待。1959 年他在充分调查研究的基础上，把评弹演出的书目分为三类。一类是传统书；二类是解放初期，经艺人整理、改编的书；三类是解放后新编的书。他认为，三类书中思想和艺术的等级各不相同。传统书长期流传，说表艺术较为丰富，但精华与糟粕并存，对于这类书的整理要特别慎重。一是要分步走，走群众路线；二是要充分讨论，不搞强迫命令。总的原则是：“要防止反历史主义倾向，以免损害了精华部分，好的东西，优秀的传统艺术，千万不能丢。”[3]对于后两类书，陈云认为，这是解放后经过净化、改编和新创作的，毒素虽然较少，思想性一般较强，但艺术上比较粗糙。这种从实际出发，一分为二区别对待传统的观点，是符合辩证法的。马克思在《<资本论>第一卷第二版跋》一文中说：“辩证法在对现存事物的肯定的理解中，同时包含对现存事物的否定的理解。”又说：“辩证法对每一种既成的形式都是从不断运动中，因而也从它的暂时性方面去理解。”[4]陈云同志深深懂得这个道理。他一生钟爱评弹艺术，但决不是盲目去颂扬，也不是无批判地兼收并蓄，而是有批判地继承。他对解放初期一些艺人发起的停说传统书目的“斩封建主义尾巴”的运动，持反对态度。他特别强调：“不能离开历史条件，要用历史唯物主义观点来看问题，不能以现代人的要求来要求古人。”[5]陈云同志的

① 陈云：《对新的东西要撑腰》，载《关于评弹的谈话和通信》，中国曲艺出版社 1983 年版，第 94 页。

② 马克思、恩格斯：《德意志意识形态》，载《马克思恩格斯全集》第 3 卷，第 51 页。

③ 陈云：《评弹工作中的几个问题》，载《关于评弹的谈话和通信》，第 3 页。

④ 马克思：《<资本论>第一卷第二版跋》，载《马克思恩格斯选集》第 2 卷，第 218 页。

⑤ 陈云：《关于<玉蜻蜓>》，载《关于评弹的谈话和通信》，第 72 页。

这些意见,对指导正确吸收文化遗产起了重要作用。因为,在中国新文化运动发展的进程中,我们曾有过完全以现代人来要求古人的失误。比如"五四"运动初期提出"打倒孔家店",彻底废除古典文言文的做法,就是一个例子。及至后来,我们又发生过把文化和文艺完全"从属于政治"的失误,用陈云同志的说法:这些人对什么是"封建"缺乏分析,"过激了、狭隘地运用阶级观点"[①]脱离了群众。以后,在"文化大革命"中,文化激进主义情绪发展到了极点,把古人和外国人,几乎全部当作"封、资、修"扫进历史的垃圾堆,造成了一代人的文化断裂和精神危机,直到今天我们还在吃这种毁灭文化的苦头。

陈云同志正确对待传统文化的思想是从实践中得来的。他以一位久经考验的老革命家的睿智,长期坚持调查研究和实事求是的工作作风。1962 年他在参加扩大的中央工作会议上讲话说:"我们犯错误,就是因为不根据客观事实办事。但犯错误的人,并不都是没有一点事实根据的,而是把片面当成了全面。"[②]历史地、全面地、客观地、比较地、反复地看问题,构成了陈云同志的唯物史观和对待传统文化的正确态度。

二、坚持"古为今用"的原则,继承传统,破格创新

传统文化的重要意义,还在于能够直接或间接地服务于现实。陈云同志重视整理古籍的一个出发点,就是"为了让更多的人看得懂",他说,古代典籍没有标点、注释,加之语言文字的障碍,今天的年轻人没有兴趣去阅读它。所以,他指示,整理古籍出版时,要有今译,争取做到"能读报纸的人都能看"。这是"古为今用"的一个方面。对于评弹艺术,陈云同志更是把为今人服务,作为他思考的出发点。他认为,传统旧书目是经过几代艺人磨炼过的成品,弥足珍贵,不能用简单粗暴的办法一弃了之。我们这一代人有责任把它加以整理,使精华部分更突出,保存下去,让后代子孙知道灿烂的古代中国文化是可以引以为自豪的,培养他们的爱国主义情怀。

不仅如此,陈云同志更重视利用传统的民族艺术形式创作新书。他在关于评弹的几十次讲话中,多次强调创作新书目的重要意义。对待传统不能抱残守缺,泥古不化。"保古"不是目的,目的是"保古以创新",让传统的文化艺术发扬光大。传统艺术形式有自己规律,"守格"为的是"破格"和"创格"。传

---

① 陈云:《关于 < 玉蜻蜓 >》,载《关于评弹的谈话和通信》,第 72 页。

② 陈云:《怎样使我们的认识更正确些》,载《陈云文选(1956—1985)》,人民出版社 1986 年版,第 180 页。

统的东西,加入了新内容,注入了生机,就能更好地适应时代的需要、革命的需要。这是弘扬民族文化,振兴民族艺术的必由之路。陈云站在这样一种承先启后、继往开来、光大优秀民族文化传统的高度,指出要在继承的基础上创新,“要努力搞好新书目的创作”。他苦口婆心从原则指示,具体分工,到新编评弹的选材、创作改编新书目,都有详尽的分析、具体的指导。可谓循循善诱,晓之以理、动之以情。他鼓励有成就的中年艺人,努力搞些新作品,以反映时代。认为创作新书目对发展评弹艺术有三个好处:一是书目增加了,二是题材广阔了,三是满足了听众需要。他还建议,试搞一些普通话说书,以推广评弹艺术。总之,传统要在为“今用”中发展,在“今用”中增强民族的凝聚力和自信心。为发展民族艺术,支持新节目创作,陈云同志亲自到书场听新书,听后找演员和创作人员交换意见,指导如何修改。他深知要创作一部保留的新书目之不易,就热情鼓励说,新书是萌芽,但有生命力,“我们对新的作品,只要有三分好,就应该鼓掌,加以鼓励扶植。”①他寄希望于青年一代,鼓励他们,多学习,深入生活,熟悉时代,大胆革新,超过老一辈,把继承和发展评弹艺术,同“出人、出书、走正路”结合起来。他说:“我们要用走正路的艺术去打掉邪门歪道”,“钱的问题是第二位的。”②面对当前的文化艺术领域,受金钱魔力诱惑,各种歪风邪气充斥文化市场,出好书难,出好人才更难的现象,重温陈云同志发表于1981年的这些讲话,可谓警钟长鸣,音犹在耳。

对中国传统文化的继承,任重道远。以戏剧改革为例,多亏陈云同志的力主倡导,才出现了如评弹《青春之歌》《苦菜花》《野火春风斗古城》《林海雪原》等新书目。但是这种“旧瓶装新酒”式的革新,在实践中常常碰到的一大难题,就是传统的形式与现代内容的矛盾,不能很好地统一。加之,频繁的政治运动,时不时地加诸文化的压力,强行使之“配合”,这样“继承传统”又常常与“政治保守”挂上了钩。用陈云的话说,就是过分强调了教育作用的结果,“忽略了文化娱乐的一面”,“失之于太严肃,不敢加入穿插、笑料、味头。”③影响了说新书的卖座率。他亲自给当时任文化部部长的周扬写信,希望动员更多一些新文艺工作者,参加创作新书。并嘱咐各级领导,支持创作新书的人,“不要挫伤他们的积极性。”到1960年统计,表现新人新事的短篇和长篇书目有了大幅度的增加,而且各书场都有自己的保留“段子”。陈云称这是一种“可喜的

---

① 陈云:《做好整理旧书的工作》,载《关于评弹的谈话和通信》,第17页。

② 陈云:《出人、出书、走正路》,载《关于评弹的谈话和通信》,第105页。

③ 陈云:《给周扬的信》,载《关于评弹的谈话和通信》,第42页。

现象”。可是,一场“文化大革命”,把这一切来之不易的成果都否定了。林彪、“四人帮”连新长篇也不让演出。陈云同志说:“那才是耽误了许多人的艺术青春。”1978 年陈云同志重新出来工作时,他再一次理直气壮地重申:“要肯定 1964 年说新书的成绩。”他说:解放后评弹发展经历了四个阶段,“现在到了以说新书为主,同时保存传统书优秀部分的百花齐放阶段”。这是陈云同志一生不懈地致力于振兴和发展民族艺术所取得的一项成果。

三、尊重艺术的客观规律,重视传统文化的当代意义

中国的传统文化和艺术,都有其自身的规律和美学特征。以评弹为例,它是流行江南水乡的地方曲艺品种之一,听众很广。初始,民间艺人在街头巷尾或“勾栏”“瓦肆”,表演技艺,收取菲薄的“川资”,有卖艺的性质。评弹的诞生和发展,都表现出对演出市场和欣赏者兴趣的依赖。这种流行和演出的特征,就决定了它要沾染上商业化的倾向。即便在它繁荣兴旺的盛年,也是精华与糟粕错杂的。因此,在对待如何批判继承上,除了在内容上弃其糟粕、取其精华外,在艺术形式上也必须有所革新。然而,革新又不能完全离开传统,否则就不是评弹了。因此,陈云说:“评弹应该不断改革、发展,但评弹仍然应该是评弹,评弹艺术的特点不能丢掉。”①陈云同志的这个意见是正确的,这是尊重艺术规律,按客观规律办事。因为,每一种民间艺术,都有它自己的形式、个性和风格。这是构成艺术园地百花争艳的基本条件,如果把评弹的特点改没了,评弹变得和相声差不多,或者像“四人帮”把评弹改得像“演戏、唱歌”一样,那不是发展了民族艺术,而是糟蹋、毁坏了一个剧种。

评弹到底有哪些特点?如何根据它自身的规律进行革新?综合陈云同志的研究和谈话,可以归纳为以下两点:

一、评弹的“唱本”要有利于“说表”和“演唱”。所谓评弹,实际是“评话”与“弹词”的总称。“评话”有说无唱,“弹词”有唱有说。这种艺术主要运用苏州地方口语,说表人物故事,细腻地刻画环境和人物,给人一种如临其境、如见其人的真实感。一个唱本的基础好,说起来有兴趣,听起来也吸引人。1960 年陈云在谈到《林海雪原》《野火春风斗古城》的改编时说:“把小说改成评弹,对原著要有所增删,唱本与看本有所不同。唱本要有更生动的描写和必要扩充。”②因为评弹演出时有个特点,要说表细腻,充分展示人物内心世界,通过细

---

① 陈云:《对当前评弹工作的几点意见》,载《关于评弹的谈话和通信》,第 81 页

② 陈云:《艺人要努力创作折作品》,载《关于评弹的谈话和通信》,第 30 页。

腻的细节描写,环境气氛、人物性格才能突出。比如传统段子《西厢记》中的《传柬》一回,红娘将莺莺的回信交给张生,在原著中只有几百字,评弹却要说唱一个晚上。张生得信喜出望外,但这信是喜是忧,没有把握,评弹艺人抓住张生的心理矛盾,尽情渲染、虚构,甚至夸张,去展示人物的心理活动,人物性格栩栩如生。所以,陈云说:把小说改成评弹,不能单纯"表故事","不能光是骨头,还要有肉","有穿插",不使人感到单调。当然,细腻不等于啰嗦,要做到"有话则长,无话则短",还要在结构、情节上"立主脑,减头绪",组织好"悬念",把"关子"安排好,才能抓住人。

二、评弹的演出,要懂得听众的心理,寓教于乐。评弹来自民间,是适应城乡人民健康的娱乐需要而产生的。具有娱乐的天性。用陈云的话说:"他们来听曲艺,首先是为了文化娱乐的需要,不是来上政治课。"①轻松、愉快、乡土味,是评弹的基本品格。评弹的个性和风格要通过演员的说、味、弹、唱表现出来。尤其是"噱头",是评弹的基本表现技巧之一。所谓"噱头",即讽刺、滑稽等笑料。有结合故事中派生的噱头,艺人称为"肉里噱";有在故事之外的穿插,相当马戏场上的小丑专门制造笑料。噱头用得好,不仅可以活泼书场空气,还可以启发听众思想,使听众精神放松,消除疲劳。好的穿插,可增加知识性和趣味性,使听众在文化知识和审美方面得到满足。所以"噱头"和"穿插",是构成评弹艺术的有机组成部分,缺一不可。可是在狠抓阶级斗争、强调政治挂帅的六十年代,文艺的娱乐性和趣味性往往被忽视了。表现在评弹演出上,不敢继承和借鉴传统书目中的"噱头"。书场太严肃,干巴巴,缺少趣味。陈云及时地指出:"干巴巴也是缺点,应该是既严肃又活泼。穿插和噱头是要的,以前是滥放,现在又稍失之于拘谨。"②文学艺术对读者潜移默化的教育作用,是要通过审美娱乐的功能来实现的,这是文艺影响人的灵魂的基本规律。也就是人们常说的寓教育于娱乐之中。如果,节目太政治化,也不能达到教育的目的。陈云针对当时文艺界不尊重艺术规律的错误倾向指出:"要注意某些艺术形式的趣味性的特点。现在某些相声不引人笑,有些滑稽戏并不滑稽,就像评弹缺少味头一样。"③

中国的文化和艺术,如何遵循它们自身运行的客观规律向前发展,这是个

① 陈云:《不能忽视曲艺的娱乐作用》,《关于评弹的谈话和通信》第61页。

② 陈云:《关于评弹创作和演出的一些问题》,载《关于评弹的谈话和通信》,第14页。

③ 陈云:《在党的十二届三中全会上的书面发言》,载《陈云文集(1956—1985)》,人民出版社1986年版,第299页。

事关民族兴旺发达的大问题。一个民族的文化和艺术代代沿袭,从古到今,绵延不绝,自有它生存发展的本体,不管政权和政治有怎样的更替,民族的文化传统,总是作为民族延续、再生、发展的根基和向心力而存在的,这是经过历史上无数次改朝换代的历史证明了的事实。所以,一个开明、清醒的政权,总是要在尊重自己的民族遗产的前提下,批判继承列祖列宗用智慧和劳动所创造的精神财富,使自己的国家富强起来,民族精神振兴起来。陈云同志从整理古籍与评弹艺术的局部来谈文化传统,其理论和观点显示了某种普遍性,引起了我们对如何正确地继承前人创造的文化和艺术遗产的认真思考。比如说,在文化与政权、政治和艺术、批判与继承、东方和西方的关系上,我们常常囿于一种简单的二元对立的思维模式,把传统当作适履的“脚”来任意切割和剪裁。“文革”之前那种“宁左勿右”粗暴对待传统的文化心态,发展到“文革”中“破四旧”批“牛鬼蛇神”的恶作剧,对民族传统文化带来的毁灭性打击,其思想根源,就是视传统为保守落后反动的垃圾,与革命和建设水火不能相容。轻视自己民族文化传统而产生的自卑和偏见,随着中国的改革和对外开放,有愈演愈烈之势,在有些人的心目中,西方的全是现代的、先进的,洋人的东西一好百好。在这样一种世风下,陈云同志坚持对传统文化和艺术的继承和发展,无疑是一剂苦口良药。一个简单的常识是:文化作为一种历史现象,无论是古代和现代、东方和西方,都有一个区别精华与糟粕的问题。“传统文化落后论”与“西方文化先进论”都是不能成立的片面观点。那种认为:中国搞市场经济,走现代化的道路,必然要抛弃传统文化,全盘引进西方文化的看法,是值得商榷的。目前,还有一种“文化趋向论”“文化对接论”,理由说:“中国文化太落后了,跟人家西方无法对话。”“中国走向世界,也要在文化上与西方实行对接。”如果这种观点能成立,我们就要毫无警惕地打开国门,像废品收购站一样地去接纳西方,最终使我们成为失去精神家园的弃儿。这不是有中国特色的社会主义!我们认为,陈云同志的意见是正确的。他在党的十二届三中全会上的书面发言中说:“我们在抓物质文明建设的同时,必须抓精神文明建设,两个文明一起抓。”[①]我们要像陈云同志那样,站在抓精神文明建设的高度,解决好正确对待民族传统文化和艺术的问题。

载《龙江社会科学》1995 年第 5 期(总第 32 期)

---

① 陈云:《不能忽视曲艺的娱乐作用》,载《关于评弹的谈话和通信》,第 61 页。

艺术民主是文艺发展的客观规律

——学习周总理《在文艺工作座谈会和故事片创作会议上的讲话》

周恩来《在文艺工作座谈会和故事片创作会议上的讲话》中指出;“文艺同工农业生产一样,有客观的发展规律。”艺术民主就是文艺发展的一种客观规律。作为观念形态的文艺作品,它是社会生活在头脑中反映的产物,是一种精神产品。它的特点是通过形象思维反映的产物,是一种精神产品。它的特点是通过形象思维反映生活。这就决定了艺术生产的方法,与物质产品生产不同,不能搞社会化和现代化,不能强迫命令,也不能干涉过多,艺术生产是一种以个人为主的、精细复杂的脑力劳动。作家的生活、个性、才能、艺术爱好和艺术修养,都直接参与艺术创作,并对作家的艺术成就和艺术风格起着重要作用。每个作家只能写他自己认为最有意义、最熟悉、最感动的题材和人物,才能获得成功。每个成功的作家的作品,都有着任何一个别的作家所不能替代的艺术个性和艺术风格。文艺的这种特性和它的特殊生产方式,决定了艺术需要民主,需要保护作家的特性和特长,需要有创作自由。

不仅如此,艺术民主还贯穿艺术欣赏的全过程。观众从文艺作品中接受教育,完全是一种自觉自愿的精神生活,同时,观众看戏看电影都是各取所需的。文化专制,或者强行灌输,只能引起观众与读者的反感。所以“艺术是要人民批准的”。只有人民群众才最有权威去评价它的好坏优劣,并不能由“长官”说好就好,说坏就坏。因此,艺术民主,是文艺作品本身固有的一种社会属性,也是文艺所要实行它的社会功能所必须具备的一种特点。

艺术民主既然是文艺发展的一种客观规律,那么只能按客观规律办事,违背了客观规律,就要受到惩罚。林彪、“四人帮”在领导艺术生产时,大搞“样子”,划框子、定调子,制造“三突出”的“最高法则”,结果扼杀了艺术民主,使我国文艺园地遭受了十年浩劫，而他们制造的那些“阴谋文艺”也在我国文学史上遗臭万年。在“四人帮”“左倾”机会主义路线的影响下，我们有些同志也存在对艺术规律尊重不好的问题。比如，对艺术民主，不是从文艺的客观规律去理解它，自觉地实行它，而是把它看作是“长官”的“恩赐”。在文艺与政治的关系上，用政治代替艺术。在组织创作的时候，热衷于划框框，定方案，控制审批权，搞衙门式的作品“把关”。有的人认为这样可以不出纰漏，作品的质量就提高了。结果那是事与愿违的。

按艺术规律办事，必须坚持“放”的方针。毛泽东同志在1956年提出了“百花齐放，百家争鸣”的口号，它符合艺术发展的客观规律，体现了艺术民主。“双百”方针提出后，曾带来了我国文学艺术的一度繁荣。毛泽东同志也明白地告诉我们：“百花齐放，百家争鸣，这是一个基本性的同时也是长期性的方针，不是一个暂时性的方针”。“党中央的意见，就是不能收，只能放。”回顾二十多年来，我们在贯彻“放”的方针上，为什么这么难？其中既有对“双百”方针的意义不能正确理解的问题，也有在执行“双百”方针上存在的许多政策问题。比如，有的人把党的这一根本性的方针，误认为是暂时的权宜之计。把“放”看作是为缓和矛盾的一种“让步政策”，“放”一个时期，就要“收”了。有的人把“放”当作“引蛇出洞”的诱饵，借此机会整人。周恩来同志所批判的“五子登科”的不好风气就是典型的例子。还有一种人，他们怕“放”出了“毒草”，所以不相信群众，只许“一言堂”，不许“群言堂”。二十多年来，由于我们在执行“放”的方针上，没有严格遵守“三不主义”的诺言，许多人在“放”的问题上吃了苦头，心有余悸。在林彪、“四人帮”推行“文艺黑线专政论”的时候，更是把“放”的方针完全“收”起来，搞“秋后算账”，给许多人施行了“钳口术”，体现艺术民主的“双百”方针，根本不能贯彻执行。

粉碎“四人帮”以后，文艺的民主空气开始复苏，在华国锋同志为首的党中央领导下，坚持了“放”的方针，才有今天文艺舞台许多新作品的出现。现在又听到有人议论：“‘放’得差不多了，再‘放’下去就要出问题了。”他们不理解，只有“放”才能解放思想，进行艺术上的自由探索；只有“放”才能百花争艳。搞文艺上的自由竞赛，只有“放”才能促进文艺的题材、风格、流派多样化；只有“放”才能引导作者独立思考，讲真话，提出并回答人们最关心的社会问题。同时，也只有“放”，才能彻底打破“四人帮”的文艺模式和框框，创造出适应“四个现代化”需要的文学艺术作品。至于担心“放”出毒草中毒的问题，那不过是一种“杞人忧天”。实践证明，采取“放”的方针，大量的是放出了香花，而不是毒草。至于有毒草，也只有让它放出来，让群众鉴别，跟它斗争，才能锄掉毒草。只准放香花，不让放毒草，出了一点毒草就神经紧张，这种思想方法起码是缺乏辩证法。实行“放”的方针，还需要有一种民主的空气，不能搞“舆论一律”，要“允许发表不同的意见”。对那些不同的意见要做到正确区别两类不同性质的矛盾，“要区别何为政治问题，何为思想问题，何为习惯势力，不能不分清问题性质事事斗争。”更不能把什么问题都说成是“阶级斗争的新动向”。只要允许大家讲话，实行“放”的方针，文艺领域的许多是非问题，思想认识问题，包括一些政治问题，都是可以通过民主讨论的方法得到解 决的。周总理殷切希望改变这种“民主作风不够”的风气。他认为，要改变文艺界的作风，首先要改变干部作风，改变干部作风，首先要从领导干部做起。

按照艺术规律办事，还必须实行创作自由。周总理指出：“精神生产是不能划一的要求的”，“至于题材完全可以允许作者自由选择”，让作家“发挥所长”，“各显所长”。要允许作家写他自己认为应该写的一切东西。这就是说要给作家的创作以充分的自由。这样说，并不是意味着文艺事业不接受党的领导，而是遵循文艺的客观规律更好地加强党的领导。列宁在谈到“党的文学应受党的监督”的时候，首先肯定了“这将是自由的文学”，并认为，无产阶级的作家“每个人都可以自由地，不受任何限制地写他所愿意写的一切，说他所愿意说的一切。”自由文学，是社会主义文学的一个重要特征。因为，它已经摆脱了对资产阶级“钱袋”、“收买”和“豢养”的依据，而成为“为千千万万劳动人民”服务的文学。

在“创作自由”问题上，多年来我们有的同志，不敢说不敢做，其原因，是因为资产阶级在向无产阶级进攻的时候，举过“创作自由”这个招牌。我们曾经批判过资产阶级自由化。当时的批判，虽有必要，但也存在着上纲过高、扩大化，以及界线划得不清等等缺点。林彪、“四人帮”正是利用了我们理论工作上的偏差，在民主、自由问题上推行极“左”路线。他们把艺术民主同极端民主主义等同起来，把“创作自由”同提高资产阶级自由化等同起来。甚至把有关艺术创新的呼吁、建议和实践，统统诬蔑为“自由化”而加以批判。“创作自由”几乎成了“自由化”的同义语。这些极“左”的东西，正表现了“四人帮”形而上学猖獗。事实证明，从文艺创作来说，是一点也离不开创作自由的。离开了创作自由，就没有文学艺术的多样性和独创性。

还有的同志提出“遵命文学”来反对“创作自由”，这也是十分错误的。鲁迅先生在谈到“遵命文学”时说：“我所遵奉的，是那时革命的前驱者的命令，也是我自己所愿意遵奉的命令，决不是皇上的圣旨，也不是金元和真的指挥刀。”鲁迅先生所遵奉的是革命先驱的遗愿，这是我们子孙万代都要奋斗的目标。如果,把“遵命文学”,理解成为“领导出思想,群众出生活,作家出技巧”,或者说成是按“长官意志”命题作文,那就大错特错了。用曲解“遵命文学”来反对创作自由,是根本站不住脚的。

总之,艺术民主是文艺发展的一种客观规律。为了保障社会主义文艺沿着它自身的规律向前发展,还必须实行文艺立法。这是广大文艺工作者深受“四人帮”摧残用血泪换来的一条经验。也是实现文艺工作转变到四个现代化轨道上来的迫切要求。随着社会主义文艺的法制建设,作家进行精神劳动的权利有了法律保护,长期受压制和束缚的艺术创造力,将会无穷无尽地发挥出来,四个现代化的伟大事业,又给文艺创作打开了广阔的新天地,一个科学的、民主的文艺繁荣的新时代,必将到来。

发表于《黑龙江日报》1979 年 3 月 29 日

也谈文化守成思潮

有人曾经把“创新”比做文坛的“疯狗”，它驱赶得作家四出奔突，许多被后来事实证明了的“新”，实际仍是捡拾别人之“旧”。今天提出的“文化守成”新说（或曰：“文化守成主义”），[①]也许是又一次“狼来了”的呼声？说它是“又一次”是因为前几年，不断有批评家强占“话语权力”，随意将作家划归“某某思潮”“某某流派”“某某主义”，理论家们乱点鸳鸯谱，害得作家哭笑不得。这一次的张承志、张炜、贾平凹却时运不佳，在他们先前的弟兄，虽说是不情愿的“拉郎配”，有的却荣幸地戴上了“先锋作家”或“后现代”的桂冠，而今的张承志们，却被说成是不太光彩的、笼罩着晦气的“文化守成思潮”。

一、向传统文化开放并非“守成思潮”

当然，要肯定陈美兰教授和她的研究生们，提出一种文化现象来讨论，用意是真诚的，许多富于新意的见解，让人茅塞顿开，思想解放。但要认定张承志、张炜、贾平凹等作家就是“守成思潮”的代表，他们写的是“守成主义小说”，并举出小说《心灵史》（张承志）、《九月寓言》（张炜）为例，我以为这种判断未免有些太匆忙了。因为，作家在艺术道路上的追求和思考，有许多层次，其艺术个性的弦外之音十分复杂，要经过时间和读者检验，不能一家之言，一锤定音。尤为甚者，更不能捕风捉影，凭只言片语，就推论出张承志等“重要作家”是所谓“信仰失落”“现代性立场消失”“人民话语的隐退”。并以鄙夷的口吻指责人家说：“张承志们看来也无法成为新的信仰的构建的承担者。”因为他们“精神困惑使他们对信仰的追求也困惑”。[②]

还是冷静地回到现实中来。我以为陈美兰教授等提出的一些现象或问题，并非什么“守成”或“守旧”，而是一种向传统文化开放，借复古以求新，重

① 陈美兰等：《如何看待文学创作中文化守成思潮的滋生》，载《文艺报》1996年2月16日。
② 陈美兰等：《如何看待文学创作中文化守成思潮的滋生》，载《文艺报》1996年2月16日。

建现代精神文明的一种自觉要求。实行对外开放,给中国现代化带来巨大的物质效益,但同时,西方各种思潮和文化,也打着开放的旗号席卷而至。影响所及,是西方的精神垃圾,与我们刚刚兴起的市场经济所产生的负面效应的合流,造成世道人心的巨变。敏感于时代神经的文人、作家,深刻意识到自己的神圣职责。如何才能拯救民族的灵魂,找到精神家园的安妥之所,开放传统文化,以拒斥"恶性西化"冲击是这种思潮的起因。政府对弘扬民族传统文化的提倡,民间兴起的"国学热",以及自发兴起"人文精神"的大讨论,可见汹涌之势锐不可当。陈美兰教授说:有种"思潮在滋生"。我以为"思潮"存在,但不是"守成"或"保守",也不是"信仰"失落了,而是在"寻找"。寻找是一个过程,一个艰难的历程。矛盾产生在错综复杂的寻找之中。一部分人追逐新潮,面向西方,媚下脸来,想与西方实行"对接",可人家不赏脸,自讨没趣,国人也不认可。另一些人,包括海外学者有识之士,则转向东方,从中国古代哲学中寻找智慧,寻找重建现代人文精神的因子。这就是向传统文化开放,采用传统的视角。这两部分潮流,都怀着寻找的渴望和善意,为国家富强、民族振兴的目标是一致的。在中国众多的文人、作家中,绝大多数人,面对国人的文化素质和道德意识的低落,心怀焦急忧患,上下求索。他们当中有的人怀瑾握瑜、坚守气节,不崇洋,不媚俗,能够自律自重、守我清贫。他们以神圣的信仰存在于中国文坛,是当代中国的精神财富。还有一部分人,负笈踽行,像一位传统文化精神的布道者,他们向宗教心灵、儒道禅宗、大地母亲、民族家史,寻觅做人的哲学,以抗拒物化的污染。他们或寻根忆祖,或清理古典养分、传统美德,对现代人性良知的泯灭进行修复。他们在精神侵犯面前,不随波逐流,要坚定做一位"不撤退者"的勇气和傲骨,应引以为民族的骄傲,人民的福祉。被陈美兰教授等人指出并批评的张承志、张炜等作家,也许正是这些佼佼者。我们怎能治病乱投药方,射箭投错了靶子呢?

向传统文化开放,也许算不了什么"新潮",与陈美兰教授所说的"新理想主义"也沾不上边。但它是中国的、民族的,是建设有中国特色的社会主义新文化的基础。它不"反对现代化",也不是没有"现代性立场",只是不与那种"伪现代""假新潮"同流合污罢了。

本来,讲"开放"应该是向西方文化开放的,同时也应对传统文化开放,在东、西方文化交融、比较、碰撞中,发展社会主义新文化,这是马列主义关于文化建设的基本观点。可是,对中国传统文化,自五四"打倒孔家店"以后开放就极少。在极"左"横暴的年月,"传统"与"封建保守"画上等号,扫进了历史的垃圾堆。新时期文学自"伤痕"以后,出现过"寻根文学"热潮,那也是向传统文化开放的一种尝试。步入90年代以后,文化转型出现了危机,使作家更增加了对本土文化失落的惶恐,以及对代之而起的西方价值观及其生活方式的负面作用的忧虑。这时,在知识文人中,产生某种东方怀古情结,有些人站出来呼吁弘扬传统文化,挽救高雅艺术,这是人心所向,顺乎潮流之事。可是也有人不赞同。他们称这些人为"狂呼派"。说他们是看到自己得不到喝彩,便愤世嫉俗,好比堂吉诃德与风车作战。我在一次座谈会上,亲自聆听到这种声音,他们把这些人称为"后保守""后保国""后乌托邦"。看来有所谓"新保守主义"的概念悬在空中,正在寻找适合它的猎物。

"文化守成思潮",应该怎样来界定它?显然,这不是一个令人高兴的美称。它与上面所说的"后保守""后乌托邦"有什么联系呢?按陈美兰教授的文章所说:"称它为文化守成是因为它不是站在完全守旧的立场来反对现代化,不同于那种顽固落后的封建保守主义。"①这个定义说明两点,一是文化守成思潮与"顽固落后的封建保守主义"是不同的;二是文化守成思潮,有站在"守旧的立场""反对现代化"的一面,区别只在于不"完全"是。如果这个"定义"能成立,所谓"文化守成思潮"笼罩的范围,就够宽泛的了。

张承志的《心灵史》、张炜的《九月寓言》分明是现代化进程在作家心灵深处留下的轨迹,是作家向民族传统文化开放的深化。《心灵史》向人们诉说的是一种理想、信仰和精神,这正是我们今天向丑恶、污秽、平庸抗衡的精神支柱。这正是现代性的高扬,而不是"退隐"和"退却"。说张承志站在"偏执的文化守成立场"进行创作,根据是什么呢?

姑且承认这就是所谓"守成思潮"了。守住中华民族赖以生存的安身立命立国之本,守住做一个公民最基本的人格和美德,守住经过血与火考验的革命传家宝,守住那些为世界人民尊为中华国粹的文化艺术,有什么不好呢?我们对传统的精华不是守得太多,而是继承和发扬很不够,有些应批判、扬弃的糟粕,反而被挖掘出来,在新时期沉渣泛起。从这个意义上,我赞成张炜为"保守主义"辩护:"我们缺少真正的保守主义者"。

二、"信仰""现代性"与"土地精神"

批评家喜欢用"信仰""现代性"等词来否定"二张",说他们不是"创建"而只是"退守",最后退守到自己的"西海固"和"葡萄园",并把这种"土地精神当作时代精神来膜拜"。借以证明张承志、张炜等作家"信仰失落""现代性立场

---

① 陈美兰等:《如何看待文学创作中文化守成思潮的滋生》,载《文艺报》1996年2月16日。

消失”。——这是守成主义作家。“令人扼腕叹息”的遗憾。

“信仰”与“现代性”确实是个闪亮的名词。“人无信不立”,人活在世界上,总要追求点什么,否则猪狗不如。那么张承志、张炜等作家,他们的追求是什么?或者说他们通过作品想要追求什么呢?先说张炜。读他的小说《秋天的愤怒》《古船》《柏彗》《我的田园》《九月寓言》,以及他的许多散文和访谈录,我们感到他是一位在社会责任方面压力很重的作家,他忧愤深广,为人民的苦难任性歌哭,他强压着胸中的怒火,以诗一样激动的语言,去叙述人间的许多不平事。《九月寓言》是一首优美的田园诗。通过小村庄的变迁和衰落,显示了现代工业文明对传统的村社道德和小农经济的胜利。小说用一种隐喻、象征的手法,怀着一种依恋和乡愁,向读者唱出的是一首悲壮地守望最后一个家园的挽歌。张炜决不是那种没有理想的作家。他关心的是如何使人的精神,在现代生活的侵犯下,才不会变得畸形。读他近期出版的长篇小说《家族》,虽然也是写的历史长河中两个家族的浮沉兴衰,但作家似乎已经超越了他对人物的“道德关怀”,而上升为对革命英雄主义和理想主义的礼赞了。可见,张炜没有“守成”,他的“信仰”是十分明确的。

再说张承志,他是一位回族学者兼作家,明确这一点很重要。《心灵史》是张承志走近他的同胞,体验了他们的贫瘠、历史、苦难,达到与他们心灵相契合而写作的一本超乎世俗的神圣的书。对张承志的“母族”——回族来说,《心灵史》是他们民族史上的神圣和骄傲,对皈依哲合忍耶的儿子张承志来说,才是他的“心灵史”。陈美兰教授等人的文章,对《心灵史》作了完全否定的评价。认为,这是在更深的层次上“折射了张承志们文化心理的衍变特征:现代性立场的消失。具体于作品中便是‘人民’话语的隐退,这是守成思潮的内核之一”。这样的判断是否恰当,应由作品和读者来发言。据《宁夏社会科学》1994年5期发表伊言的文章说:《心灵史》“被回族读者视为珍品”,许多人不惜重金四处求购。他说,他亲眼看见一位回族老学者,手中的《心灵史》“几乎页页被红笔标示段落,并认真抄录笔记”。[①] 另据《回族研究》发表陆迪《做整个中华的儿子》一文,全面综述了回族作家张承志及其《心灵史》“对全国文坛的影响”。文中说《心灵史》在当代作家和知识分子中反响十分强烈。有人认为它在“文化界的上空掠过了一道闪电”,是“对这种媚俗潮流吹响的一声嘹亮的号角”。[②] 读者对《心灵史》的评论,有许多文章为证,不想重复。我想着

① 伊言:《回族文学与民族心理刍议》,载《宁夏社会科学》1994年第5期。

② 陆迪:《做整个中华的儿子》,载《回族研究》1995年第1期。

重说明以下几点：

(1)《心灵史》是回族历史上的一部英雄史诗，书中记录了哲合忍耶民族史上，许多为本民族的生存不惜舍身殉教的英雄。他们那近乎病态的刚毅，那前仆后继、宁死不屈的信仰，那万众一心、用头颅和鲜血写成的血泪史，令人感慨嘘唏，震惊不已。张承志用《心灵史》向我们证明了，中国回民是一种有信仰、有骨气的中国人，他们的精神是我们可以借鉴的一种财富。(2)《心灵史》表现回族同胞为民族生存而坚持信仰的精神有其现实的意义。表面看来书中写的是宗教，其实表现的是一种理想，对信教的回民来说，哲合忍耶无疑是他们战胜灾难、逆境、厄运的精神支撑和凝聚力，依靠了这种信仰，才有回民生生不息、兴旺发达的今天。当然，这不是鼓励大家去"信教"，而是说明信仰作为人类不屈的精神力量，是伟大而神圣的。回族同胞为着心灵世界不受侵犯，付出惨重代价而终于取得胜利，它对于我们今天追求崇高的理想、健全的人格和新的人文精神，无疑是重要的启迪。(3)在《心灵史》一书中，充满了"人民话语"。用张承志的话说："'为人民'三个字……我全靠了它"。[①] 事实是：张承志放弃职位和城市生活，去到西海固的沙沟，和中国最穷的农民结合，作他们的"代言人"，这行动的本身，就是一首为理想而殉道而献身的凯歌。《心灵史》表现的人道精神，也是纯净而高贵的，那里的人们可以忍受最贫瘠、最荒凉的物质生活，然而心灵不可受辱，人格不可出卖。这种自由、理想、人道主义，远比那些甘做精神贱民，在酒足饭饱之余，来高谈阔论"人道""理想""为人民"更具有"现代性"，更实用得多。

认定张承志、张炜、贾平凹等是守成主义作家的另一根据，是说他们"无法摆脱小农意识对都市的仇视"，他们选择的"守成道路"是"回归土地"。"并把'土地精神'当作时代精神来膜拜"，"以战斗的姿态走向退隐"。这种把"怀乡""怀土""回归土地"当作"守成思潮"来批评，是完全错误的。因为，作家创作，只能写自己最熟悉的题材，"农裔作家"从小生长在农村，与田园风光、农民和土地有着天然的情分。

德国浪漫派诗人诺瓦利斯说过："哲学原就是怀着一种乡愁的冲动到处去寻找家园。"文学创作也是如此。作家从小生活过的地理意义上的田园，正是他寻找精神家园的起始之所。这是一种精神现象，与"守成"无关。人作为自然之子，自脱离母体以后，就成为无家可归的精神流浪儿，回归家园，寻找母亲——祖国·大地·故乡——母亲的形象，成为永恒的主题。郭沫若在日本

① 张承志：《心灵史·前言》，载《回族题材小说选》，青海人民出版社1993年版，第245页。

怀念祖国,他写了著名的诗篇:《地球,我的母亲!》,大地·祖国·母亲的形象融于一体。人的精神有一种重返故乡的潜意识,这就是寻找精神家园。特别是在物质文明日益高涨的现代社会,人的精神自由的空间被挤压得越来越小,人性被异化,就愈益希望在心灵深处留下一片古老的绿荫,以还我的本真、本我、本色。当然,这不是寻找乌托邦的理想主义,而是净化人的灵魂的一个休闲之所。大地是万物之母,土地联结着人的生命和归宿。只有“土地精神”,才能牵挂大地的劳动者,不忘母亲,不忘本。用作家张炜的话说,作家“应有面对土地的‘大感觉’”,“‘大感觉’确立了,‘小感觉’才有深度”。他还认为,现代人若要寻找“拯救自己的方法”,就是“面临着一片永远神秘又永远陌生的大地”,“如此,他才不会背叛,才会有个立场”。[①] 今天文学创作中有的作品胡编乱造,脱离生活,有些理论文章照搬“西方话语”,中国人读不懂,与中国现实也不沾边,恐怕就是这些人离开了“土地”,没了“根”,只悬在空中“做”文章。我们的现实,很需要“土地精神”。这是前进和战斗的需要,而不是“背过脸去,不断地退却”。“土地精神”的现代意义会越来越被更多的人所认识。

上面我谈了对“守成思潮”的不同意见,也许这看法的本身,就是“守成思潮”。若是,也就认了。

① 张炜:《拒绝宽容》,载《中华读书报》1995年2月15日。

灵感与灵视

——试论艺术思维的两个重要阶段

人类思维中“灵感”这种特殊形态是确实存在的。但对艺术创作来说，当作者在聚精会神思考中，因某事物的启迪而突然获得创造性思路后，还需要充分运用主观显象能力以获得对表现对象的灵视，做到“枢机方通，畅无隐貌”①即不仅使朦胧的文情逐渐清晰，并要进一步使形象昭然可见，才能使笔下象趣横生。“灵感”和“灵视”虽然经常相伴而生，但“灵感”侧重于“感”，“灵视”侧重于“视”，二者属于艺术思维两个相互依存的阶段。

无论在抽象思维或形象思维过程中，都有一种思致勃发和高潮迭起的情况，经常使思索者在几秒钟内出现电火石光般的顿悟，出现豁然开朗和欣喜若狂的精神状态。古希腊哲学家德谟克利特称之为“心灵的火焰”“疯狂似的灵感”。柏拉图将这种情绪高度兴奋的心理现象发展为神灵附体的“迷狂状态”的灵感说。亚里士多德也认为灵感是创造活动中思致焕发的心理状态。在我国古代文论中没有用“灵感”这个词，但类似概念如“感兴”“妙悟”“文机”“俄顷”等都有相通的意思。陆机在《文赋》中对灵感有很精彩的描绘。他的描述，说明了灵感的某些性质及其作用：其一是灵感萌发和文思通塞的关系。灵感涌现时文思通畅，思绪繁盛，意象纷至沓来，落笔铿锵有韵；没有灵感则文思枯竭，心田涸而无水，豁然空虚，下笔艰难。其二是阐明灵感出现是创作者难以抑制的。灵感产生经常同某些事物激发相关，因而来去不可遏止，具有飘忽不定，时隐时现的性质。艺术家卓越才能之一就表现在善于及时捕捉创作灵感，做到心有灵犀和下笔如有神。

要科学解释灵感现象的产生，就必须承认潜意识（下意识）和意识（显意

① 刘勰：《文心雕龙》。

识)同时存在的事实。人脑是巨大而庞杂的信息储存器。被大脑所接受的外界信息,处于自觉和可控制状态的属于显意识。但大量信息被保留在记忆中潜藏着,这些处于相对静止状态、非自觉的不可控制并带有模糊性的意识活动,就是潜意识。这种潜意识不仅有个人无意积淀下的知觉表象,还包括社会历史保留在潜意识层的沉淀物。它们虽经常处于潜伏状态却富有能动性,有时明显的意识活动没进行,潜伏的意识活动却更加频繁。富有生活经验,习惯于思索的作家和诗人大多是潜意识积累丰富,对外界事物敏感的人,当其艺术构思被某种事物所诱发,不仅自觉的意识活动频率加快,原来沉淀在潜意识层中的知觉表象,也被搅动、活跃而朝着那个"突触点"聚拢、组合起来,进入思维极为振奋和想象极为丰富的状态。因此,灵感就其实质来说是意识和潜意识的交相感应,尤其是人脑潜意识层中的经验原型,受到外界有激发力的偶然因素的刺激和唤醒,使神经中枢形成强烈的兴奋点,因而产生了一种思维顿悟的功能。英国作家罗伯特·路易斯·史蒂文生在写作《化身博士》这部小说时,为构思其中关键性情节而绞尽脑汁,一个晚上突然在一场噩梦中叫喊起来,以致将熟睡中的妻子惊醒,而他却神采奕奕地从床上跃起,在桌旁潦草写下噩梦的大意:主人公服用一剂奇怪药物后变成一个杀人者。后来他将这个噩梦作为构思基础,通过主要人物杰克尔医生以药剂在自己身上做实验,成为谋杀狂海德的化身,杰克尔却无法控制海德,以致发生了骇人听闻的杀人事件,从而通过这部离奇的小说探讨了善与恶在人身上搏斗的哲理问题。这种情况看来似乎荒诞,但只要理解人们白天紧张的思维活动在梦中是继续着的,而且在这种特殊的"虚静"精神状态中,潜意识异常活跃并且容易巡回,就能经由某个"突触点"产生灵感,便不会感到奇怪了。考虑到艺术创作规律及其复杂的主客体因素,我们认为可以从以下几方面来概括艺术灵感的特点:

(一)思维的凝缩性。灵感的出现都要经历观察、积思到顿悟的过程,而顿悟经常是在排除杂念干扰,凝神沉思和浮想联翩,处于最佳精神状态时出现的。所以我国古代文艺理论家认为"虚静"的精神状态容易产生灵感,如刘勰主张"陶钧文思,贵在虚静,疏瀹五藏,澡雪精神。"[①]皎然进一步说:"意静神旺,佳句纵横,若不可遏,宛若神助。"[②]都说明灵感需要在神气旺盛时将心静下来,使精神集中和思维凝缩,才能使艺术构思在某个突破点上取得进展。苏轼曾根据自身创作经验说明过缘由:"欲令诗语妙,无厌空且静。静故了群动,空

① 《文心雕龙·神思篇》。

② 《诗式》。

则纳万景。”[①]普希金有过《波尔金诺之秋》的创作经历。他那著名短篇小说《驿站长》及其他抒情诗,都是在幽静的布尔金诺乡间和将要结婚的愉快心境中,因思维容易集中而连续获得灵灵感写成的。

(二)感兴的突发性。虽然灵感是思维凝缩所取得突破性的进展,但何时何地取得突破常带有一定的偶然性。苏联作家巴乌托夫斯基认为灵感需要某些事物刺激:“谁知道一次邂逅、一句记在心中的话、梦、远方传来的声音、一滴水珠里的阳光或者船头的一声汽笛不就是这种刺激。我们周围的一切和我们自身的一切都可以成为刺激。”[②]他谈的便是偶然因素的刺激。歌德说灵感经常强迫他梦游似的写成诗:“往往有这样的事,就是在我的面前有一张纸,完全歪斜地摆着,到统统写好了的时候,我才觉察。”[③]他谈的是灵感具有冲动性。这些偶然性的激发,振奋状态的冲动感及其来去的短暂性,便综合构成灵感突发性的显著特点。灵感所以具有这种特性是因为创作主客体总是处在动态之中。从创作主体看,人脑潜意识和意识经常发生转化,认识处在不断建构(建立新的心理结构)中,需要加强其审美动力定型;在客体方面,社会实践总是朝人脑输送着新的信息,使其意识中各种沉淀物不断被激活而处于高能状态中。这种高度激发状态再受到某种偶然因子冲击,便会顿时呈现顿悟似的思想闪光。但当偶然因素消逝或因内外干扰使思维中断,这种突发性感兴便会很快消失。

(三)意象的模糊性。如果说,从一定意义上讲形象思维是带有模糊性的思维方式,那么灵感阶段模糊性更加明显。这不仅因为灵感总是以作者激情为驱动力,而任何感情内容都带有难做定量分析的模糊性;并且灵感是“顿悟”似的遐想,作者要表达的意向并不像概念那样精确,脑海里浮现的意象不是确定的,忽隐忽现、若浮若沉,有时还互相纠缠。别林斯基认为艺术家创作时,“首先是他的本能,朦胧的,不自觉的感觉”[④]就是根据这种模糊性特点而谈的。何其芳谈他写《夜歌》时,说那是一个美丽的五月之夜,他很久不能入睡,想到了“我的身体睡着,我的心却醒着”这句话,并由此引出似乎矛盾的众多思绪:“而且我的脑子是一个开着的窗子/而且我的思想,我的众多的云/自我纷乱地飘来。”这说明灵感虽是大脑储存的意识经验和潜意识被刺激和唤醒的结

① 《送参廖师》。
② 《金蔷薇》。
③ 《歌德谈话录》。
④ 《别林斯基选集》第1卷,第420页。

果,但各种遐想和意象,却是处于不断撞击和比较中,带有较大的不确定性和不稳定性,这就必然造成意象模糊性的特点。

夏夫兹博里曾认为单靠五种外在感官是不够的,艺术家还应有一双天生审辨美丑善恶的“内在眼睛”(第六感官),才能不假思索地进行审美观照。排除这种说法中的唯心成分,它就是极有见地的。艺术创造终究不能满足于“感悟”式的思致勃发,在大脑神经中枢出现兴会淋漓状态之后,还要进行一番冷静的观照和熔化冶炼的功夫,以便使含有模糊性的“顿悟”进入清莹澄澈的“可视”境地,也就是说,艺术创作在获得“灵感”后应有一个“灵视”阶段,即通过主观显像力造成艺术形象在内心可视的境地。诗人流沙河认为:“所谓灵视就是幻想状态中的视觉,肉眼看不见,灵视可看见,从无中看出有来。”①如果以创作心理学来解释,应该认为灵视是顿悟后的艺术直观,主要是艺术家获得灵感后,进而凭借想象力和知解力的帮助,对意识经验和潜意识层的表象,进行筛选加工和连贯融汇,使之由飘忽到稳定,由模糊到鲜明,成为自己“内心视觉”中可见幻象的心理活动。用歌德的话说就是“内心知觉”转化为“内心幻觉”,在创作时睁开心灵上的眼睛,能够看到虽不存在而他却需要的形体色彩。雕塑家握刀前胸中有“呼之欲出”的形体,美术家在挥笔前脑中有“栩栩如生”的形象,就是“灵视”所起的作用。别林斯基生动地谈到文学家“灵视”的逼真景象:“他还没有拿起笔来的时候,他已经清楚地看见他们,已经可以数清他们衣服上的褶襞,他们额上犁刻着热情或痛苦的皱纹,已经熟悉他们,比熟悉你的父亲、兄弟、朋友、母亲、姐妹、爱人更清楚些;他也知道他们将说些什么,做些什么,看见那缠绕他们,维系他们的全部事件的线索。”②“灵视”的主要特点在于:

(一)意象的明晰化。据说普希金在写作前,喜欢在稿子上画出要写的东西,大约就是为了使心中意象趋于明晰化。由意象模糊朝逐渐明晰的转化,主要是作者在感悟基础上进一步发挥想象力的问题。当然在灵感阶段想象活动也很活跃,但侧重是普通联想的心理活动,即持续的思维受到某种偶然因素的刺激,使记忆中的材料达到表象联合,顿时获得思路畅通的效果。而在灵视阶段,则主要依靠艺术变形的想象活动。它除具有一般想象对表象重新组合的性质之外,其中的“艺术推理”性质更为明显,要按照心灵的希冀使事物凝聚成合乎艺术情理的可见意象,并为作者表现激情所驱动,带着成熟感在心中跃跃

---

① 流沙河:《写诗十二讲·显象》。

② 别林斯基:《别林斯基选集》第1卷,第179页。

欲出。艾青曾谈到他一首诗的创作情况时说:"譬如写《雪落在中国的土地上》那首诗,我是预感到天要下雪了,想象开去,出现了雪的草原,戴着皮帽、冒着大雪的马车夫,雪夜的河流、破烂的乌篷船里蓬头垢面的少妇……"①

(二)主客的一体化。由于灵感具有感悟性质,是内心受外界事物触发产生的感兴勃发的心理状态,所以还是物我可分的。而灵视是幻想状态中的视觉,其极致是物我合而为一的心境,因而具有主客一体化的特点。出现这种主客一体化的情况是因为人脑左右两半脑具有让步倾向,虽然左半脑主管抽象思维,而右半脑侧重于形象思维,但其分工配合并不是机械的。当艺术家"思入杳冥"之际、分管形象思维的右半脑便会迫使分管抽象思维的左半脑失控,激越的情思就能将人带进"物我难分"的忘身之境。文艺家创作时"情不自禁"的情况是屡见不鲜的。福楼拜写《包法利夫人》中主人公服毒时,心中产生服毒临死的感觉;巴尔扎克写《欧也妮·葛朗台》时,甚至边写边骂:"你这个恶棍,我要给你点颜色瞧瞧。"这些都是"内心视觉"和"内心幻觉"交织所致,使主体完全客体化了。还有些艺术上达到"化境"的优秀作品,也有主客一体化的特征。如李白《独坐敬亭山》:"众鸟高飞尽,/孤云独去闲。/相看两不厌,/只有敬亭山。"如果说前两句还是纯客观的映照,后两句则进入主客一体化的物化境界了。王国维认为"无我之境,以物观物,故不知何者为我,何者为物。"②他说的实际是灵视的极致。

(三)内控的心智化。灵视是既自觉而又非自觉的。巴甫洛夫高级神经学认为,人的第一信号系统以对事物的表象的感知为特点,但各种感性刺激信号毕竟要接受第二信号系统的诱导、抑制和理性调节,"归根结底,人的一切复杂关系都已转变为第二信号系统了。"③因此具有智性的情感是制约着感觉和知觉的。但这些在艺术创作中都是表现为内控心智化的,创作者各种心理因素仿佛经过"化合"变为一种直觉智境,"潜在于心,自然而然",并且是采取如同艺术家本能的状态表现出来的。台湾诗人詹冰在《诗法》中说:"动脉震裂了——/从裂口就喷出七彩的血液/于是就把那血液涂在/画布上、稿子上。混浊的诗情中/搅拌了知性的明矾/于是语言就逐渐沉淀下去/终于变成了澄清的诗篇"。他是强调汹涌的诗情必须经过"知性明矾"沉淀,意思精辟并且说法形象,但完全可将"搅拌"作为"化合"来理解。因为即使一个较佳意象在诗

① 艾青:《与青年人谈诗》。
② 王国维:《人间词话》。
③ 巴甫洛夫:《巴甫洛夫选集》,第376页。

人“灵视”中清晰浮现出来，也需要调动亿万神经元所赋予的感受力、想象力、洞察力和判断力，并巧妙综合各种感觉、知觉、表象和理念才能实现。

以上是艺术创作“灵视”阶段一些心理活动的特点，必须承认有些特点也存在灵感阶段和整个艺术构思过程中。这不仅因为各种心理因素在创作过程中是彼此促进的，而且从形象思维特性来看，它本来就是各种主客观因素模糊集合的过程，尤其即兴写作“感”和“视”模糊交织的情况更为明显，如普希金谈到他某些诗写作情况时说：“思潮在脑海汹涌澎湃，韵律迎面驰骋而来，手去找笔，笔去就纸，瞬息间——诗章迸涌自如。”①这类写作特别因时间短促更使作者难以分辨究竟。但在各种因素模糊交织中依然有内心显象阶段，不过时长时短抑或时显时隐罢了，因为任何人不调动内心视觉终究是难以进行形象刻画的。

必须着重指出，将创作者的“灵视”看作“灵感”重要的后继阶段，并没有否认灵感的重要作用。但灵感在艺术创作中的性质和意义，终究只能如艾青所说：“灵感是诗人对于外界事物的一种无比调协、无比欢快的遇合，是诗人对于事物的禁闭的门的偶然的开启。灵感是诗的受孕。”②就是说灵感虽是艺术构思的突破性阶段，对于艺术创作来说则仅属于“受孕”的阶段。因主客体欢快遇合而感到“受孕”之后，任何创作者都面临两个不容忽视的问题：一方面当事物禁闭之门朝作者偶然开启之后，如不继续劳心役声务求潜心入境，则所谓灵感便仅是心灵振奋、瞬即消逝的精神现象而已；另一方面走进事物偶然开启之门后，如果“内在眼睛”（第六感官）睁不开，不能神用象通和拟容取心，则必然使灵感仅剩“感”而没有“象”。所以主观世界与客观世界最愉快邂逅而获得灵感后，就大多数作品来说尚有较长的艺术探求过程，能否在这个过程中进入“灵视”这种更深入的心理境地，“给思想以翅膀，给情感以衣裳，给声音以彩色，给颜色以声音，使流逝幻变者凝形”③不仅是感悟后的必然深化，而且是对灵感思维成果的保证。这便是我们为什么在艺术思维中要特别提出“灵视”以补充“灵感”的原因所在，而这决不属于理论推断而是一个创作实际问题，众多创作者的成败得失，都经常在从各方面证明解决好这个问题的重要。

载《求是学刊》1987 年第 5 期

① 普希金：《秋》。
② 艾青：《诗论·美学》。
③ 艾青：《诗人论》。

成功学一个典型范例

——通过曲伟著作探索其成才之路

摘要：自我设计和自我选择是人才成功路上的第一个阶段；在浩瀚的信息海洋中学会思想，进而产生灵感，则是成功学的一个关键因素；灵感是在辛勤劳动和生活积累的基础上产生的。曲伟在青年时代是开放的、超常规的。在他的脑海中，时常闪现出灵感思维的火花。产生这些灵感并激发他的工作能力的还有其志向、动机、毅力、勤奋、品德等等非智力因素。

黑龙江省社会科学院院长、研究员曲伟已经出版了三本专著，还有散见于报刊未曾结集出版的文章数十篇。他的成功道路和经验，为新兴的人才科学提供了值得研究的佐证。

成功路上的第一个阶梯

成功学告诉我们，任何人才的成功，都是对个人智力资源的开发。人才成功的道路上首先遇到的问题就是自我设计和自我选择。可是，曲伟在青年时代却没有选择的自由。

他 1953 年生人。1969 年卷入上山下乡的知青潮，属于“广阔天地，大有作为”的中国“老三届”。直到 1975 年得以返城，他的所谓“参加工作”，实际就是上山下乡，务农、烧砖、织布、当钳工。1985 年后，他相继任黑龙江省财政厅办公室副主任、主任，省委办公厅副主任，省委书记秘书，省委政研室主任，省社会科学院院长。从 1985 年到 1996 年间，43 岁的他，在任副处级干部后仅经过 11 年时间，就晋升为年轻的正厅级。曲伟自学成才，快速晋升是否有什么诀窍呢？1997 年他在出版的第一本专集《谋事之基》中，道出了个中的奥秘。

书中“按语”说:“这个社会培育了我,我应该怎样回报这个社会;这块黑土地培育了我,我应该怎样回报这块黑土地;党和人民培育了我,我应该怎样回报党和人民”?! 曲伟选择了自己独特的“回报方式”。他把自己的工作定位于为改革开放,促进黑龙江经济发展的大局服务。他的“谋事之基”,就是从实践出发,着眼于到基层社会搞调查。在近20年的调查研究中,他走遍了省内各大企业和工厂,而且“每一份调查,多是在业余时间进行的”,调查是他的工作,也是他在成才道路上迈出的成功的第一步。

他第一本专集《谋事之基》收入文章的篇目看:有“调查研究”27篇,“决策建议”21篇,“问题探讨”15篇,“纪实专论”16篇。这些文章都是作者从生产第一线搜集资料数据,采访领导、群众等艰苦细致的工作中“做”出来的。1993年曲伟对大庆油田连续六年“戴着巨额亏损帽子”的系列调查,一连写出了6篇报告,[①]从《富饶的贫困》《巨大的贡献》《财政的忧思》《体制的局限》到《未来的发展》,指出解决大庆油田资金亏损的出路,必采用“石油开采、石油化工、替代产业”三分天下的经营格局。五年后的1998年,大庆的改革深入初见成效,曲伟怀着兴奋喜悦的心情再次深入现场采访,写成了著名的调查研究报告《明珠何以更夺目》。文中充分肯定大庆领导“重视科技力度超常”,在发展多元经济上抢抓“三个重大机遇”,在深化改革中励精图治、精细管理、挖潜增效的经验。指出:“弘扬大庆精神和铁人精神,就是弘扬中国工人阶级的优秀品质,就是发扬艰苦创业的优良传统,就是形成创造物质财富的强大动力。在市场经济条件下,大庆精神不仅没有过时,反而更加重要。”文章在同年《光明日报》发表后,收到了强烈的社会反响。也当之无愧地获得了中宣部当年“五个一工程”优秀文章奖。

调查研究和文章,在曲伟成才的道路上,也是一块重要的基石。正如中共中央政研室副主任郑科扬同志给该书写序时所言:任何成大事业者,“总是把调查研究作为自己必备的基本功”。曲伟把自己的第一本专集命名为“谋事之基”,似乎对自己选择的道路已经有了预感。自那以后,他坚守自己确定的方向,坚持认真的研究调查,积学储室、研阅富才,努力使自己的认识符合客观事物发展的规律。

---

① 对大庆的系列调查6篇,均刊于1993年中共黑龙江省委办公厅《情况通报》。又载《谋事之基》,黑龙江人民出版社1997年版,第55~71页。

非线性的灵感思维

信息时代,知识爆炸,人在堆积如山的信息中如何学会思想,也是成功学的一个关键因素。曲伟几十年如一日,把深入实际调查研究,为领导写决策建议当作自己为官、为政的第一要务。他掌握的社会信息、资料数据是可以顺手拈来的。但信息只是生产精神产品的资源,重要的是思想。一个能思想的人,才是力量无边的人。曲伟的思维是开放、超常规的。在他的脑海中,时常有灵感思维的火花闪现。

1. 常用反向思维的方法,走出习惯性思维的旧框子。在《打破传统思维惯式,遵循市场经济规律——学习十五大报告体会与建议》[①]一文中,他从十个方面提出如何走出传统计划经济观念误区。其中关于进一步打破歧视非国有,特别是非公有制经济的思维惯式,打破粗放、简单加工的思维惯式,打破先抓生产、后抓流通的思维惯式,打破只患不均而不患贫的思维惯式等思想,对进一步认识、把握和遵循市场经济规律具有启发和创新的意义。

2. 善于使用比较的思维方法,从相似或不相似的条件、环境中找到可以学习借鉴的经验。《在国际比较中正确认识基本国情》一文,是他运用比较思维写成的一篇大文章。作者在承认我国经济与发达国家尚存在巨大差距的基础上,强调认清中国国情的重要性,强调坚持社会主义方向,发展市场经济,走共同富裕道路的"五个不动摇"。又如《感悟日本》一文,作者从日本近十年来经济发展的不景气中,既分析它存在的问题,也看到日本是中国"招商引资引智"的一个"窗口"。他认为,通过研究日本,中国至少可以从中得到两点启示:一是强烈的忧患意识——在人均资源最贫乏的国家,自强于世界民族之林的拼搏、敬业精神;二是优胜劣汰,争强好胜的工作机制——奖勤罚懒,每年一次用考评淘汰人才,实行岗位津贴与绩效挂钩的激励机制。同时,他建议中国地方政府学习日本地方政府集中办公、政务公开、对外开放的经验,实施一种与国际惯例接轨的举措。

3. 运用前瞻性思维登高望远,从预见的趋势中提出相应的对策方案,是曲伟常用的思维方法,也是他的著作中最具闪光的亮点之处。古今中外,无论是雄才大略的政治家,运筹帷幄的军事家,还是卓有成就的理论权威或学者,都

---

① 原载中共黑龙江省委政策研究室《决策参考》1997 年第 34 期。

是有先见之明的成功型人才。在《成事之道》专著中,曲伟的前瞻性研究比之前期更具活力,眼界更开阔,提出的谋略和举措更具科学性和操作性。比如《从世界发展的十大趋势看应采取的对策》一文,提出的“贫富差距的扩大化趋势”“经济发展的多极化趋势”“规模效益的明显化趋势”“主导产业的信息化趋势”“农村人口的城市化趋势”等,对中国加入WTO后经济发展未来的预测,很有针对性。该文在中共中央党校《理论动态》第1447期发表后,引起理论学术界的广泛关注。还有《中俄区域合作的战略思考及实际操作》《中俄大经贸再上新台阶的战略思考》《关于俄罗斯经济形势与发展中俄经贸合作的思考》等文章提出了面向未来的中俄经贸的新思路与对策,为做大做强中俄经贸合作这篇文章,提供了有应用价值和策略意义的应急方针,有的已在实践中得到采用。

4. 提出“建设全国一流地方社科院”的设想。曲伟1999年10月,省委决定调任省社会科学院院长一职,同时,他也将自己擅长灵感与创新思维的方法,运用到自己的领导工作岗位上。他赴任的第一个想法,就是要首先明确地方社科院的任务。他说:地方社科院要增强为省委、省政府中心工作的服务意识,必须从省内实际出发,找准自己的位置。他说:他今后的中心工作,要由一段时间省委、省政府对社科院“用不上,记不住”变为“用得上,离不开,忘不了……”

首先,要办成全国一流的地方社科院,一是需要钱财,二是需要人才。解决这两个关系社科院生存和发展难题,曲伟似乎胸有成竹。他说:“人才和钱财一样都不能少。”一句话,就是“用钱财服务人才”。也许是灵感思维在曲伟开拓财源方面起了作用。他与党委一班人群策群力,一是深挖潜力,就地生财;二是以课题引资,用人才换钱财。在他上任的两年来,社科院增收节支的经费,超过历史上最好的年份。

其次,实施能人战略,是曲伟管理决策上的另一种新思维。他认为,办好社会科学院“关键在人才,成败在人才”。他说:“领导爱才,也应取之有道”。这个“道”,曲伟归纳为“重视、重用、培养、留住、引进”的十字方针;这个“道”,包括提拔重用能办事、会办事、能干成事的“能人”,也包括他对离退休的老专家、老研究人员的爱惜。

第三,围绕建设全国一流地方社科院的目标,锐意改革,走创新之路。曲伟首创对精品科研成果的评价标准和激励机制;首次把以“犹太人研究中心”等确立的国际课题研究推向市场。首次对院外获奖和在国家级报刊发表的文章给予院内奖励；首次公开提出社会科学院要成为省委、省政府的“思想库”和“智囊团”；首次提出“让课题与问题接轨”，把《要报》作为联系省委、省政府的桥梁；首次将《要报》创刊以来被省委、省政府领导批示转化为重要决策建议的60余篇文章，收编成《来自脑库的思考》一书，并对收入的文章给予奖励。这种管理上的新机制，虽然只有短短的三年，但表现在科研成果上，是精品越来越多，社会的影响越来越大，受重视的程度越来越高。三年来仅《要报》发表的决策、建议文章，经省领导批示采用的就有近50篇。

“成事在天”的非智力因素

灵感的源泉从何而来？有人认为，产生灵感最典型的条件是：对问题进行了一段时期的研究和关注，并伴之以对解决方法的渴求。目前大家都比较能够接受的一种说法是：灵感是在辛勤劳动和生活积累的基础上产生的。有的心理学者通过调查发现，一个人平常表现的工作能力，与经过激发可能达到的能力，差距在60%左右。激发人工作能力的条件是什么呢？那就是我们通常所说的志向、动机、毅力、勤奋、品德等等非智力因素。

前面已经谈到曲伟从事调查研究，写作对策和建议，有一种自觉的“社会责任”和朴素的报恩思想。但凡读过他的书，有过多次和他接触的人，还会从他身上发现，他有一种超出常人的勤奋和惊人的毅力。正如他在书上所说，他相信“天道酬勤”“事在人为”，相信“靠天才能做到的事，靠勤奋同样能做到”。他善于学习，与人讨论。有哲人说：两人交换苹果各得其一，如果交换两种思想，就可以开阔多种思路，而且闻一知十，触类旁通。他的所有文章都是自己忙里偷闲写出来的。广泛地学习、不倦地探索，使他成为名副其实的领导者型的学术理论专家。早年，他每到一处调查，如同进入了一个完全陌生的领域，各个企业、机关、工厂，都有管理、生产、技术的专门业务，但他都能在短时间读懂那些像天书般的资料数据，还要同时写出文章。他多次出国考察，每到一处都有笔记和调查报告发表。并且随身带着电脑，走到哪，写到哪。他那篇《感受俄罗斯》（上、下）的报告文学，洋洋数万言，简直是一篇介绍俄罗斯的政治、经济、历史、名人、文化景观的百科全书。

他聪明过人，才思敏捷，但他似乎并不看重这些，他看重的是“亦练亦说的真把式”。他以单位为家，几乎把自己的假日都变成了工作日。他的这种为事业而献身的精神，源于一种崇高的目标。他说：出版《谋事之基》，“是想证明自己凭什么走上领导岗位的”。推出《成事之道》,是想“证明自己作为一名专家、学者是不是合格”。《域外见闻随想》的问世,为我们以智者的眼光观察世界、学习人类文明成果开启了一扇窗户。他还说:“在有竞争、有压力的条件下生存与发展才是强者”。这些都是激励曲伟成才的非智力因素,也是他为政、为学,立身、立言的行为哲学。

该文发表于《学习与探索》2004 年第 3 期

论文艺创新的“尺度”

创新要有一个“度”

近读罗大冈先生《文学是艺术》一文,很受启发。罗先生在文中说:“一个人人皆知的美学规律就是:艺术必须不断创新。创新是艺术创作最基本的规律。”①的确,创新问题,是文艺的生命所在。清代诗人赵翼在《瓯北诗话》卷四中说:“必创前古所未有,而后可以传世。”一部世界文艺史,可以说是世代相传的创新史。

然而,细加分析起来,创新问题并不那么简单。它既然是文艺“最基本的规律”,这规律是沿着一种什么轨迹在运动?为什么文艺上许多貌似新奇的东西,往往昙花一现,成为匆匆的过客?为什么许多真正新生的文学幼芽,被扼杀在摇篮中,待历史经过一次大回环之后,再来一次重演?契诃夫在谈到他的中篇小说《草原》的创作时说:“我是以独创一格的面目出现的,不过我会因独创一格而挨骂。”②可见,创新又不是一厢情愿的事情,它要受到许多客观条件的制约。即是说,创新要有一个“度”。

首先,什么是文艺的创新?新与旧是比较而言,没有旧,也就无所谓新。鲁迅先生对中国文学艺术创新的道路发表过精辟的见解,他说:“采用外国的良规,加以发挥,使我们的作品更加丰满是一条路;择取中国的遗产,融合新机,使将来的作品别开生面也是一条路。”③按照这个说法,所谓创新,无非是两个方面的内容:一是借鉴和引进外来的经验,结合本国的特点加以创造;二是继承和发扬民族传统,融合新的时代气息加以革新。上述两方面的内容,不能

① 罗大冈:《文学是艺术》,《文学评论》1987 年第 4 期。

② 契诃夫:《论文学》,人民文学出版社 1958 年版,第 67 页。

③ 鲁迅:《且介亭杂文·<木刻纪程>小引》。

截然分开,常常是水乳交融地结合在一起。我以为,鲁迅先生所指出的两条路,是文艺在创新发展中最基本的规律。

马克思在谈到"尺度"时指出:"人则懂得按照任何物种为尺度来进行生产,并且随时随地都能用内在固有的尺度来衡量对象,所以,人也按照美为规律来塑造物体。"①对马克思的这一段话如何解释,尚有分歧,我想至少可以肯定两点:(一)人们从事艺术生产,是按照"美的规律"来进行的;(二)任何事物都有它自己特殊的规律,即"物种的尺度"。就文艺创新来说,它决不可能超然物外,想入非非,有自己的规律。由于人的社会性和实践性,"美的规律"也是很复杂的。审美标准、价值尺度,可以因时代、社会、制度的不同而呈现出差异,也可以因种族、文化、心理以及人的感官与对象形式和环境的适应性而产生区别。所以,创新不是一个抽象的名词。离开文艺本体运行规律的异想天开,那叫"胡闹",只有符合"美的规律"的"新、奇、怪"才有形式和内容的创新可言。正如法国浪漫派首领雨果,在高举"艺术自由主义"的旗帜时所指出的那样:"艺术有它自己所遵循为法则,就像其余的事物有各自的法则一样。"②他不主张文艺革新为先锋们胡来,他说:"自由不是混乱,独创性在任何情况下都不能当作荒谬的借口。"③雨果比较辩证的理性思维,使他领导的十九世纪浪漫主义文学运动,在西方产生了重大影响。

其次,文艺创新要有一个"度"。这不仅有理论上的依据,而且还有实践的意义。从哲学的范畴说,"度是有质的限量"(黑格尔语),事物的质和量都是相互制约、相互依存的。任何事物要保持它的性质不变,必须有一个限量和范围,如果超出它的临界点和极限,该事物就变成他物了。这从文艺创作的一般性而言,就是要注意分寸,懂得节制,防止失度和过火。我们还记得列宁的名言:即便是真理,"只要再多走一小步","真理便会变成错误"。④ 文艺创新不能没有一点"度"的哲学意识,忽视规律,骛奇求新,越新越好,夸大主观能动性,一味以自己的新奇去超越别人,这种创作的欲望是盲目的。如果把文艺创新的着眼点单纯放在"突破禁区""爆冷门"上,"别人不敢涉足的领域我敢写",不是潜心于艺术的探讨,而是热衷于赶潮流、追形势,把创新视为比勇气,比胆量,这些都应算作是创新的歧途。

---

① 马克思:《1844 年经济学——哲学手稿》,第 51 页。

② 雨果:《秋叶集》序,载《古典文学理论译丛》第 2 册。

③ 雨果:《克伦威尔》序言,载《外国文学参考资料》(十九世纪部分),第 301 页。

④ 《列宁全集》第 31 卷,第 85 页。

我想，创作上的“突破禁区”，也不能没有一个“度”的极限。我们的文学，在过去受极“左”思潮的干扰，画地为牢，人为地制造了许多禁区，严重地束缚了艺术的创造力。粉碎“四人帮”以后，为“文艺正名”，拨乱反正，解放思想，许多禁区都相继突破，使原先荒凉冷落的文坛，获得了前所未有的生机。这些成绩要充分肯定。但是，还必须看到：建设具有中国特色的社会主义文学，有些原则和规律是不能当作“禁区”去突破的。相反，我们要通过自己的创作，坚持四项基本原则，坚持文艺的“二为”方向，使文艺在改革、开放、搞活的时代潮流中，显示自己的威力。从这个意义上说，文艺创新的“尺度”，还包容了党的方针、路线、政策和法制上的制约。我赞成罗大冈先生这样的观点：“为了人民的事业，我们没有理由反对政治指挥文学，但是必须理解文学是艺术这个客观事实，必须按照文学作为艺术的客观规律去干预文学。”如果说，以往文艺上的许多“尺度”“原则”“规定”妨碍了作家创作的心灵自由，原因不在政治的干预，而是这些干预违背文学是艺术的客观规律。今天，打破那些清规戒律的束缚是完全必要的，但并不意味着文艺创新不需任何尺度的规范，甚至反对重建一种新的秩序，或者对某些尺度进行必要的革命的调整。

一代成熟文学的建构，必须要有一个相对稳定的文学环境。而稳定秩序的建立，就需要把文艺创新的规律法律化、制度化。比如，对文艺进行“立法”，重建一种符合艺术规律的文学新秩序，以保障文艺运动的健康发展，这难道不是“尺度”吗？我们不能不加区别地把一切尺度都看作“绳索”和“笼子”。同经济领域的改革一样，文艺的繁荣也必须要有立法来保证。前几年，文坛忙于破禁区，打扫战场，那种横冲直撞的先锋性是需要的。但是长此“过热”和“匆忙”，多变和速变，也会给作家的创作心理带来过度紧张之后的疲劳，使读者的喜新厌旧欲填平之后而不满足。

可见，在一种“尺度”的制约下创新，也是文艺本体运行的规律。社会生活，政治制度，文艺方针，道德尺度，审美标准，情感尺度，以及艺术表现的分寸感等等，都是客观存在的，无法超越。人们从事文艺生产，不是在这样一种尺度，就是在另一种尺度下进行。问题是要找到一个适合中国国情而又合乎艺术客观规律的、恰到好处的尺度，来促进文艺运动的正常运转。

寻找“尺度”的困惑

如前所述，文艺创新要有一个“度”，那么，对每个从事文艺创作和文艺批评的同志来说，这个“尺度”是否已经找到了呢？回答是否定的。

面对色彩斑驳、流向歧异的新时期文学，有人喝彩，有人担忧，怒斥的、叫好的、摇头的、赞颂的都在“亮相”。之所以产生这种“错位”和“分歧”，是因为原先评价文学的统一“尺度”被打破了，作家们在主体意识觉醒之后，面临选择，他们焦躁不安，六神无主，正在承受创新的折磨。这其中既有对“多元”“多向”，实际上是“无定向”“无主潮”，流于“漂泊”的焦虑。同时，又表现了文学自身发展，需要一个相对稳定的“最佳尺度”，而今又尚未找到的困惑。

其一，是在“多元”“多向”中寻找“定位”。这一问题，在两年前的“方法热”中就凸现出来。当然，为了文学观念的更新，使用自然科学的方法研究文艺，引进现代西方的新方法是完全必要的。科学的方法如何与文艺规律挂钩，外来成果如何与中国文化传统和创作实际相适应？这些问题始终未得到解决。在文艺批评领域出现了大分化，不仅单一是社会学批评遭到了诘难。而且，许多传统为批评方法也受到了冷淡。“新三论”“老三论”，美学的、精神分析学的、结构主义的，心理学的、符号学的、耗散结构的等等，像旋转风车似的，令人眼晕。本来，“拿来主义”本身，就包含了批评和选择，可我们似乎未曾认识到有选择的必要，就轻率地宣称传统的方法过时。中国是社会主义国家，我们的目标是要建设有中国特色的马克思主义文艺的当代形态，引进新方法的目的是为了丰富和发展马克思主义文艺理论体系，而不是去替代它，或者是与之对抗。只满足于对西方哲学和文学命题横向移植上的“多元”“多向”，甚至连那些似是而非的名词、概念都照抄照搬，不惜借用别人的思想武器，来否定自己，那就潜伏着一种丧失自己个性的危险。在文艺理论批评面临分化和重建的关节点上，许多人似乎都在忙于寻找自己的位置，建构自己的批评体系。企图迅速摆脱原有的理论框架，重“筑一个新巢”。由此形成了文学思潮的快速更迭，艺术探索上浅尝辄止的频频转移，表现了“城头变幻大王旗”的创新尴尬。在这紧锣密鼓的“观念更新”中，一方面表现了文学在挣脱沉重羁绊之后活跃奔腾的生命之力。同时，也暴露了寻找不到哲学定位的焦虑，隐含着一种无定向选择的轻薄和误入歧途的危险。

其二，是在“多变”“速变”中寻找“定向”。当代文学向何处去，一直是人人关注、众说纷纭的问题。一说，“我们走向世界”，将民族传统“全面开放”，向世界看齐，一说“让世界走向我们”，“中国本身就在世界中，还往哪里走?”如何将民族化和现代化结合，如何在开放中保持民族的自主性，这当中都还没有一个为多数人所认同的尺度和准则。为使中国民族文学尽快走向世界，有一种探索和寻求的紧迫感在鞭打快牛，于是在紧迫中，急不择路，想一举把自己推向世界的冲动，造成了当代文学心理的浮躁和局促不安。如一时对传统方法的盲目否定,使现代派成为时髦;对照搬现代派的否定,又使民族寻根成为时髦。总之,好像一位劣等厨师,不是兢兢业业于自己的风味菜肴,而是想方设法去揣摩外国人的口味。我想,文学的世界意义,不一定是先瞅准了世界文坛上有什么东西吃香,我们再去紧跟照办。“走向世界”和“紧跟世界文学潮流”不应是同义语。

以上两点困惑,还可以从创作的实例得到证实。比如,文学上的“拨乱反正”,这个“正”的尺度是什么?过去在极“左”思潮下,文艺作了政治斗争的工具,那时的尺度规范,粗暴地对文艺进行干涉,直至扼杀其生机。文学解放的起始,就从那个极“左”的制高点往下落。古人云:“举直错诸枉,能使枉者直。”(《论语·颜渊》)“矫枉”不“过正”。过去,政治对文艺粗暴干预,把社会价值强调到不适当的程度,忽视了文学是艺术这一规律。但“拨乱反正”不能反过来将社会性视作文学之害,一种对文学社会性的厌倦带来的漠视和反抗心理,使文学的观念更新、价值取向无节制地沿着过去极“左”的方向悖逆。以文学表现“人性”为例,这个问题从“十七年”批判“文学是人学”开始向“左”,直到“样板戏”中回避“夫妻之爱”“儿女情长”,英雄人物都变成“鳏寡孤独”,拒绝一切有人情味的东西。粉碎“四人帮”后,刘心武《爱情的位置》首破爱情题材的禁区,接着爱情文学蜂拥而至。“禁区”变成了“闹区”,一个超越一个,汇成一股竞相追逐的性文学潮流,直至《亮出你的舌苔或空空荡荡》,达到登峰造极。当然,这其中绝大多数写爱情的作品是健康的、好的。但就其两个“极端”来看,恰好形成了一个“逆向重复”的轨迹。马克思主义哲学告诉我们:“事物总归有个限度。”如果仅仅以“逆向思维”作为创新意识的尺度是不可靠的。它虽然有不断进取、永不知足的一面,但就其哲学基础来说,缺乏辩证法,盲目排斥异己,走向极端,给创新意识带来自我封闭。

制约“尺度”的客观因素

文艺创新尺度的探寻,为什么如此之难?原因还在于“创新尺度”要受到许多客观条件的制约。

有人说,艺术的“新大陆就在我们自身”。创作主体的能动性固然重要,但主体在社会生活中,也会成为制约主体的客体。作家蒋子龙说:“作家也是‘社会人’,不可能不受政治、经济、文化等许多外界因素的制约。”①

① 蒋子龙:《自由的生命是真诚》,载《文学自由谈》1985年创刊号。

说起来也许是一些不知重复了多少遍的大道理。“为人生”的艺术也好，“为艺术而艺术”也好，反映主体心灵也好，反映社会生活也好。也不管你是什么艺术流派，什么创作方法，什么文艺思潮，标榜什么主义，什么“多元”“多向”“全方位”“多功能”等等。但有一个最基本的事实不能否认：艺术是人创造的。“人们首先必须吃、喝、住、穿，然后才能从事政治、科学、艺术、宗教等等”[①]，即是说，艺术的生产，要受制于物质的生活资料的生产，艺术作为一种意识形态，是由一定的经济发展阶段决定的。所以，艺术自从它诞生的那一天起，先天就带有对经济的依附性。

首先，作家必须接受时代的制约。今天我们时代处在社会主义的初级阶段，生产力发展水平不高，物质基础和文化教育都比较落后，几千年遗留下来的封建、愚昧、贫穷、落后、官僚主义，以及长期形成的僵化保守，“文革”十年带来的创伤和危机，在这样一个物质、文化、意识形态的基础上，来搞四化建设，搞改革、开放，搞文艺创作，它逼迫我们必须从实际出发来考虑问题，一切能够唤起人们对改革的热情，能够对阻碍改革潮流的旧思想、旧势力进行有效斗争的作品和作家，他们就是强有力的当代意识的体现者。改革是我们时代的主流，要求文艺表现出时代的主旋律。描写社会主义时代新人，塑造四个现代化建设的创业者形象，充分表现我国人民的优秀品质，赞美他们为振兴中华所进行的艰苦卓绝为斗争。这是时代制约艺术生产的价值尺度。一切创新和探索的归宿，一切题材的选择和方法的运用，都必须统一到这里面来，所谓“作家心里有禁区”，“创作有自由，作家有选择”，这就是时代使命感、社会责任感在作家心中掂量出的一个“内在尺度”。一个把自己的艺术创造和时代结合的作家，他知道人民最需要什么，即使他使用了象征派手法、荒诞手法、意识流的手法，像王蒙、谌容等作家那样，仍然会写出时代感很强的严肃主题的作品来的。

其次，制约“尺度”的另一重要因素是作品的接受者——读者群。刘再复在《论文学的主体性》一文中，把读者提到“接受主体”加以重视和研究是正确的。因为，艺术活动的过程本来就包容了读者在内，读者对作品的接受程度和他的信息反馈，在客观上就是给作家的创造成果立了一个检验的标准。当代苏联著名文艺理论家梅拉赫提出了“接受模型”的理论，他认为作家同读者交往不是在阅读作品时才开始为。从作品构思、写作到最后完成，作家要始终不渝地同想象中的读者打交道。“即作家在创作过程中都有自己的‘接受模

① 恩格斯：《在马克思墓前的演说》，《马克思恩格斯选集》第 3 卷，第 574 页。

型’，并且都得依靠一定的‘接受模型’。”①在许多西方研究接受美学专家那里，梅拉赫的见解得到印证。有的把这种“接受模型”称作“期待视野”，并认为作家从创作构思开始，就必须对读者的“期待视野”进行预测，考虑到读者的接受能力、文化程度和欣赏习惯，去选用何种创作方法写作。

读者对文艺创新尺度的制约，不仅是使创作和欣赏处于一个“动态系统”，而且也是文艺生产和社会效益的“调节机制”。不考虑读者对象的探索和创新是盲目的。那种只管自己创作，不管读者懂不懂的做法多么呆气。喜剧大师莫里哀说，喜剧的“最大法则是叫人喜欢”，能“博得广大观众喜爱是最大的规律”。如果不把这话简单地理解为“迎合低级趣味”，莫里哀是正确的。

新时期文学在接受读者制约方面，打破了过去“雅俗共赏”的静态平衡，对“接受模型”划分层次，满足不同层次读者审美要求，这是在文学观念更新中的一大成绩。有了这个基本点，才有文学的多样化、多品种，才有对外来的各种创作方法的采用。也正是在读者接受能力的检验中，许多不适合中国国情的东西，有的被同化了、改造了，有的被抛弃了。开放改革，文学需要现代化，跟上时代步伐，当现代派的横向移植行不通，才有王蒙的“意识流东方化”，才有转向民族文化深层去“寻根”的探讨。当多样化、多元化已成定局为时候，“缺乏主旋律”的呼声又起来了，这说明读者的制约是个活跃的因素，不可等闲视之。他们好像是文艺气候的晴雨表，时刻都在进行检验和监测。

第三，由文化传统形成的审美习惯，也是制约文艺创新“尺度”的重要因素。中国封建文化受儒家学说影响很深，思维模式纵向单一，文化心理趋于保守，审美心理的承受力比较内向、含蓄、中和、温文尔雅。艺术上追求“温柔敦厚”的诗趣。引而不发、含而不露的内秀美，与现代派艺术追求强烈刺激、怪诞离奇、全面开放不可调和。民族心理的承受力，在很大程度上制约着中国文学中的性描写和悲剧观。所以，文学的开放和创新，传统既是一种阻力，也是一种动力。有人以为，彻底的反传统，就能摆脱新时期文学的“危机”，这种想法是无知的。因为文艺创作不是从零开始，从我做起。人一来到人世间就享受前人创造的成果，接受传统的影响，不管你宣称对传统多么反叛，你“跳出三界外，仍在五行中”。传统的优秀部分，可以作为你创新的借鉴，传统的劣质部分，可以变成你推陈出新的参照物，前些时候，有人性急地要借用西方文化传统来改造东方，将“传统人”变成“现代人”，在创作上也有这方面的作品问世，其结果没有行通。那些有损于民族尊严的、违背民族审美心理和道德规范的

① 见吴元迈《苏联“艺术接受”的探索》，载《文学评论》1986年第1期。

性关系、性描写，也遭到了指责。这些都说明，中国文化开放，表现手法和描写内容的更新，要循序渐进，缓缓渗透，不能超越现阶段读者的承受力，要规范在一个“适可”的尺度之内。只把眼睛盯在如何走向世界，向西方看齐，而忘记了国情，冷淡了中国读者的需要，恐怕会给我们的探索和创新带来苦恼和麻烦。

创新与尺度的动态和谐

“尺度”对于文艺创新，除了有规范和制约的关系，它们还遵循着一条动态和谐的运动轨迹。

照传统的说法，文学作品是一本书，是死的。其实，作家与作品，只有在读者中流传才有价值，它们是人类的精神现象。一部作品的评价标准和审美尺度，也随着时代不同、读者各异而发生变化。所以，尺度只有相对的标准，而无绝对的标准。流动不息，创造不止，艺术的生命就存在于这流动的过程之中。

理解“尺度”是一个开放的动态系统十分重要。因为，认知心理学告诉我们，人总是运用自己思维中业已形成的认知结构，作为模式去认识外界客观事物的。“尺度”就是一种为多数人认同的“观念范式”。人在认识客体对象时，总是首先从原有的认知结构模式中寻找“经验范型”，去对新的认知对象做出合理的说明和解释，对此，皮亚杰称之为“同化机制”。但是，事物是不断变化和发展为。许多新事物的出现，从原有认知结构中找不到相同的表征或概念，“同化”不能实现时，主体自身的认知结构就实现自我调节，补充、改变原有的认知组合或方式，寻找新的认知尺度或说明，皮亚杰称这个为“顺化机制”。这两种机制的结合，使人的认知心理结构能适应事物的发展，不断更新原有的观念，提高认识的能力。

文艺的“创新”与“尺度”，也是沿着“同化”和“顺化”机制向前运动的。一种艺术范式或尺度的形成，是创作上富有经验和成熟的表现。它规范创作而又提高和指导创作。所以，王蒙不主张作家把模式视为“天敌”。他认为，“创造突破模式，又依赖旧的模式以提供新的模式，模式限制创造又完善着创造。”①如果把这里的“模式”换为“尺度”，可以认为，尺度只是一个历史范畴，不具有终极的性质。它是开放的、流动的，随着新的艺术范式的出现而不断更新。所以尺度对创新的制约，不是封闭、僵化、固守，不是把活跃的创新意识困入牢笼，而是站在一定理性的高度，高瞻远瞩，引导创新朝着预见的未来方向

① 王蒙：《读评论文章偶记》，载《文学评论》1985 年第 6 期。

发展。即如阿城所说,“限制即自由”。启发我们自觉地去认识规律,运用规律,接受规范,发挥创造,达到“从心所欲,不逾矩”。

但是,要使“尺度”指导文艺创作,促进创新,不致成为“绳子”和“棍子”,创新与尺度的关系,必须融洽和谐。本来,“尺度”就意味着限制,与创新处在一个对立的统一体中。鉴于文艺史上的历史教训,更新尺度的观念、调整尺度的内容时,必须处理好限制与自由、“党的领导”与“横加干涉”、坚持马克思主义与尊重艺术特殊规律等关系,使文艺的路子越走越广,真正做到如列宁所说的:“绝对必须保证有个人创造性和个人爱好的广阔天地,有思想和幻想、形式和内容为广阔天地”,充分保证作家个人的创作自由。

对于政治倾向尺度的把握尤其要十分严肃。坚持“四项基本原则”和改革、开放、搞活,也是文艺创作的“两个基本点”,不能偏废,既反自由化,也要反对僵化。同时,对反对“资产阶级自由化”的尺度,要严格规范在反对“四项基本原则”之内,不能把艺术风格,创作方法,题材范围的拓展,表现手法的试用,有选择借鉴外来形式,“别求新声于异邦”等等出于改革动机的“实验”,说成是“自由化”。只要是出于真诚改革文艺的目的和愿望的人,即使在创新和探索途中有失足,要允许改正错误,允许再探索。因为,“创新是艺术创作的最基本的规律”。支持鼓励创新,保护在创新中暂时失误的探险者,也就是按艺术规律办事。

“尺度”要对创新提供一个宽松和谐的环境,使创作的心态放松,才能激发创作的灵感。文艺创造的心理规律,是心灵和想象的自由。如陆机《文赋》所言“精骛八极,心游万仞”,“笼天地于形内,挫万物于笔端”。而提供这种自由的条件,是使作家在进入创作的时候保持“虚静”。历史的教训证明,政治上的精神压力是窒息创造性劳动的镣铐。这不是说文艺可以脱离政治,“在文学领域里,就像在政治领域里一样,秩序要奇妙地和自由和平共处,它甚至就是自由的产物。”[①]今天,当我们对十年来新时期文学进行反思的时候,要记住这条教训。毛泽东同志曾说:错误和挫折教育了我们,使我们变得更加聪明了。这个“聪明”我想就是“实事求是”。在运用一种“尺度”去批评创新失误时,要具体问题具体分析,政治的和艺术的要区别界限,不搞无限上纲,不搞敲山震虎,不搞莫须有的推论。尤其要警惕僵化思想和极“左”思潮重新抬头,破坏创新情绪,以重演“万马齐喑”的历史。

《学习与探索》1987 年第 6 期,总第 53 期

① 雨果:《短曲与民谣集·序》,载《古典文艺理论译丛》第 2 册。

献给创世纪的先行者

——读《礼物》

读梁南这首抒情长诗《礼物》，我想起他的另一篇传记文学的标题《来自炼狱的朝圣者》。在这首诗中，诗人再一次以“中国虔诚的朝圣者”自许，先后两个抒情诗人的自我形象有延续，也有着不同。

十余年前的他，从炼狱归来，如诗人诗中所述：“炭面瘦肢”“驮着满头黄叶，形容枯槁”，然而“向上的意志没有死亡”，正期待着春日的雨露阳光(《孤树咏》)；即使变成枯萎的落叶也眷恋土地，“落满母亲怀里”。这种“棒打不走”的爱的痴迷，令人嘘唏！面对20世纪行将结束的契机，诗人今日之我，已不同于昔日之我。你我在“黄金的路上”“不期而遇”，两位“生死难改的朝圣者”，相约“去寻找一个预言的故乡”——“红色的相思地”。诗人把自己终其一生执著追求的东西，指喻为“珍异的礼物”“神圣的遗产”。把它“郑重地驮在背脊”，负重疾行，朝着一个目标：“向前，去播种明天”——诗人心中“膜拜的圣地：明天的祖国！”这礼物的寓意性是形象而深刻的，它既是诗人九死未悔投入感情负荷的理想和信念的象征，也隐喻着“按照一位总设计师的图样”，去创造“一个古老民族的辉煌”。

这是一首可以称之为时代主旋律的政治抒情诗。诗人站在时代的潮头，以喷薄的激情，呼唤改革，吟诵开拓者上路，对前途充满信心。表明诗人的“新我”，已从他“归来诗”中那种被扭曲的“苦恋情结”里解脱出来，更多地关注现实，不作行吟泽畔的怨天尤人，而是参与行动。“头发永远是风的形象”，义无反顾地前行，不只是诗人自己，还“携带着正在梳妆的城镇和乡村/全民族，一起，向繁荣迁徙”。这朝圣者的洪流，简直就是今天时代的缩影。

对生活思考的凝聚，情感出自内发而不是人为，是这首诗的一个显著特点。梁南在写《礼物》之前，曾以他犀利的文笔，撰写过许多匡时救弊的诗文，鞭挞社会的丑恶现象。在这首诗中，诗人把信仰作为“礼物”虔诚地举过额头，是因为现实中有人把信仰“涂成黑色贱价抛售”。如果人们都穷得只剩下钱了，说明丧失信仰比穷更可怕。所以，《礼物》歌唱的“就是诗人的内心和灵魂”①出自诗人内在的痛苦和欢乐的表露，昂扬的格调中，流露出诗人的真诚和愤懑，表现出一种力度美。

情感热烈而不外露，向往拼搏而执著进取，是《礼物》的另一特色。通常认为，政治抒情诗，免不了要振臂高呼，对于宏观题材的处理，也常用平面推进的铺陈写法。这可以造成一种大江东去的声势，但又往往显出力不从心、底气不足、形式单一的弱点。诗人梁南说：他“有特殊喜爱独特感受和逻辑结构的癖好”②在这首诗中，他采用了拟人化的意象手法，通过你我对话，平静地介入生活，在灵秀之中潜藏着思想深度。尤其对意象的处理悠游自如。时而采撷自然界有明丽色彩的物象入诗；时而运用意象铺陈一连串的形象排比和比喻，如玉盘落珠，目不暇接；时而展开奇幻的想象，把多种意象浓缩、叠映一起，以增强诗的容量和表现力；时而以虚代实，采用暗示和象征，使意象流动、转换，把历史与现实杂糅，显示诗的空间感和立体感。

《礼物》是一首理性色彩较重的诗，由于诗人对意象手法的成功运用，形象优美，章法横肆，读来不觉干枯，避免了“直言易尽”、空洞说教的宣传，而有着“婉道无穷”的韵味。

发表于《诗刊》1993 年第 7 期

① 黑格尔：《美学》第 3 卷下，第 192 页。

② 《追索红宝石和珍珠》，载《诗刊》1986 年第 2 期。

试论作家的气质、个性与文学风格(一)

一、文艺产品的个性化特征

文艺作品不同于物质产品之处,就在于它有鲜明的个性特征,这是由精神产品的特殊性而来的。文艺创作虽然依据的是客观生活材料,但是创作对现实生活的反映,决不是机械地模仿或照搬。通常认为,人的眼睛对外界事物的观察是客观的,但是科学实验证明,观察不仅仅是用眼睛,而且还要用思想,有时头脑使视觉滋生错误。“我们见到的只是我们知道的”(歌德语)东西。这说明创作从积累生活素材开始,就带有了明显的主观性。站在作品和生活之间的是“人”,这个人就是艺术生产的主体——作家。作家观察生活、反映生活,总是把自己的着眼点,放在自己最感兴趣、最受感动的方面,他用自己的眼睛(包括情感和观点)去捕捉自认为最有意义的形象、细节、事件,生活像碎块或细胞一样储存在他的记忆里,一旦创作冲动袭来时,作家就动员了自己的全部生活库存,包括审美的情趣、理性的思考、情感的逻辑,甚至包括个人的气质、个性、阅历和经历的感受,一齐来参与艺术形象的塑造。所以,艺术的精神产品,是艺术家全部心灵和智慧的结晶。哪怕是一首小诗,一篇小小说,都表现为一个完整的世界,这个世界,既是生活的,又是心灵的,是客观的现实生活与作家主观心灵化的艺术表现。我们在阅读和欣赏这些作品时,会感受到作家的心灵的跳动和体会到作家的人格品质。作家在作品中塑造人物,同时也塑造了作家自己。

风格,就是作家艺术家存在的标志,是他们艺术独创性的升华。在联结生活与艺术,表现创作主体与客体相融合的外在形态方面,风格是可感的。它是有千姿百态的独异色彩的,是作家所独具的创作个性的外在表现。李白的飘逸雄放,有别于杜甫的凝重沉郁;白居易的明快晓畅,不同于李商隐的绮丽凄婉;即使同是豪放派词人,苏轼的自然洒脱,与辛弃疾的悲怨激越也大不同。在现代作家中,鲁迅的老辣峻刻,给人以清醒的警策,读他的作品仿佛皓月临空，使人心灵敞亮；郭沫若的纵横恣肆、奔腾浩荡的热情，呼唤着光明的新生，表现出一种摧枯拉朽的力量和气魄。此外，如孙犁的清新秀雅，赵树理的幽默质朴，茅盾的缜密，巴金的缠绵，周立波的清丽，各具有特色，都堪称风格大师。从宽泛的意义上说，世上不存在没有风格的作家，但是，有创作而无风格，其作品必将湮没无闻。愈是优秀的作家，其风格愈是有其独特性。

风格既然是一个闪耀着光彩迷人的字眼，但是它的内涵是什么，一个作家的风格是怎样形成的，历来众说纷纭，在实践中给人一种难以确认的朦胧感。其原因是我们远远还没有形成一门科学的风格学，历来论风格的文章，又多是缥缈虚空，令人不着边际。法国的丹纳似乎想从更实在的方面赋予风格以确切的内涵，他在《艺术哲学》一书中说：文学作品由人物、情节、风格三种元素组成，而风格“这是唯一看得见的元素，其他两个元素只是内容，风格把内容包裹起来，只有风格浮在上面”。风格“不过是一连串的句子”。

我们认为，从语言艺术的文艺作品看，风格鲜明地表现在语言上，这是无疑的。优秀的语言艺术大师，他们在使用词语、句法结构，或者情感色彩、叙述方式上，都有自己的特点，显示自己独特的语言个性，读者可以从语言的情韵、风采、格调、气势方面，去辨别一个有风格的作家。但是，语言决不是风格的全部，如果那样认为，风格学就混同于修辞学了。德国语言学家、文学理论家威克纳格(1806—1869)对风格学和修辞学作了比较研究，他说：“风格并不仅仅是机械的技法，与风格艺术有关的语言形式，大多必须被内容和意义所决定。风格并非安装在思想实质上面的没有生命的面具，它是面貌的生动表现，活的姿态的表现，它是由含蓄着无尽意蕴的内在灵魂产生出来的。”①威克纳格的观点，说明了风格的内容与形式的辩证关系。从客观方面看，语言是风格的表现形态，而构成风格的主要方面则是“灵魂”——内容。“只有灵魂才赋予肤体以这样或那样的动作或姿势”。那么，语言是风格的表现形态，但是威克纳格还认为：语言的个性决不仅仅是个形式问题，它的一部分“被表现者的心理特征所决定，一部分则被表现的内容和意图所决定”。

风格构成的因素十分复杂，总起来说，不外乎是主观与客观两个方面。从客观方面说，作家总是要生活在一定的社会环境中，社会生活的千差万别，造成了作家艺术风格的差异。同时，由于时代精神的共同特征，反映这个时代的哲学、道德、审美趣味和文艺思潮的主流影响着作家，又会使许多作家的作品在风格上表现出相同或近似之处，结合成一种所谓时代的风格。此外，作家的

① 歌德等著，王文化译：《文学风格论》，第15页。

个人风格的形成，还要受到本民族文化艺术传统的熏陶。民族的审美心理和欣赏习惯，乃至风俗民情、地理气候，总是千丝万缕地同作家的生活发生联系，使他的作品不仅在描写内容、题材选择和语言的结构上，表现出某种民族特色，而且，他的作品中的人物性格，总是浸透着民族精神，表现出民族心理素质的某些特征，使他们的个人风格打上民族传统的深刻印记。

还有文学作品的形式、体裁，也从客观条件方面制约着风格的特色。这是我国古代文论中早已论及的，今天许多讨论文章，还未引起足够的注意。比如，陆机的《文赋》说："诗缘情而绮靡，赋体物而浏亮；碑披文以相质，诔缠绵而凄怆，铭博约而温润，箴顿挫而清壮，颂优游以彬蔚，论精微而朗畅，奏平彻以闲雅，说炜烨而谲诳。"这里提及的文体有诗、赋、碑、诔、铭、箴、颂、奏、说，有的不属文艺作品范畴，但是它说明了，不同的文体对语言的运用、结构的安排、情绪的节奏、感情的色彩方面，都有不同的选择和要求，每一种文体要求一种相应的风格去适应它。

上面所说的构成风格的客观因素，如果同创作主体作家联系起来考察，就可以看出：任何时代的、民族的、文体的风格，都和创作主体有关，都需要经过作家的心灵"过滤"之后，才能反映出来。由于人的精神个体性千差万别，即使是同一时代的不同作家去描写同样题材，如果他们的作品有风格的话，那风格也是大异其趣的。这就是精神产品的个性化特征。西方结构主义者否认创作主体对创作个性的必然联系，他们把文艺作品的创造，仅仅联结为文艺内部运动过程中变化着的结构关系，用研究物理学的方法去寻找文学的原型，追溯小说的"模式系统"，把作家创作看作是预先制定图纸，按工序进行各种操作的机器，否认作家个性对创作的影响，抹煞文学风格的存在。显然这是违背文艺创作的客观规律的。

究竟什么是文学风格？我们想到了马克思和黑格尔都曾经引用过的法国作家布封的一句名言："风格就是本人"（又译作"风格即人"）。布封讲这句话之前还有一段话是这样的：

只有写得好的作品才是能够传世的，作品里面所包含的知识之多，事实之奇，乃至发现之新颖，都不能成为不朽的确实保证。……因为知识，事实与发现都很容易脱离作品而转到别人手里，它们经更巧妙的手笔一写，甚至于会比原作还要出色些哩。这些东西都是身外物。风格却就是本人。

布封这段话的意思很明白,它说明风格是作家本人血肉相连的东西,它既不能脱离作品而单独存在,又不能转借或者变换到别的人手里。所以,模仿创造不出风格,风格必须依靠作家本人全部智力机能的配合与活动,是只属于作家自己独有的东西。

风格即是个性,它包括了形式与内容,主观与客观。威克纳格认为:"布封的名言'风格就是人'即指风格的主观方面"。"主观方面是个人的面貌。无论一位诗人或一位历史家具有怎样强烈的同族相似,总是跟他同时期的其他诗人或其他历史家有所区别。"兰恩·库珀在为威克纳格《风格论》的英译本作注时,进一步指出:"确切地说,个人风格是当我们从作家身上剥去所有那些并不属于他本人的东西,所有那些为他和别人所共有的东西之后,所获得的剩余或内核。"①库珀的解释,更是从风格的主观方面,说明了风格就是作家自己。

二、气质类型与风格特色

简单分析了风格的客观因素之后,再来研究一下风格的主观因素。如马克思所说:"我只有我的精种个体性的形式。'风格就是人'。"②在马克思看来,真理是普遍的,它为大家所共有,只有"精神个体性的形式"才属于自己。每个人有权力去表露自己的精神面貌,都应当用自己的风格去写,而反对那种官方"指定的表现方式"。当然,这里所说的"人",决不是仅含生物性的自然的人。人是一种单个的社会存在物。所谓"精神个体性",也不可能是纯心智、天赋遗传的本能,而是由人的主体对外界客观事物的认识与实践所共生的。根据马克思自然人化和人化自然的原理,文学风格的形成,应是人的本质力量的性质与对象的性质,主体实践与客观生活的辩证统一,是人的本质力量的对象化。

丹纳在论及风格时曾经指出:"科学按照各人的嗜好去喜爱合乎他气质的东西,特别用心研究与他精神最投机的东西。"③丹纳提出的问题是具有启发性的。但是气质怎样影响作家,外化为各种风格呢?回答这个问题,我国古代文论家早有过一些朦胧的论述。比如,曹丕在《典论·论文》中说:"文以气主,气之清浊有体,不可力强而致。"曹丕的"文气说",分明指出了一个人的气质禀赋,对文学作品的风格有着密切关系。他说:"王粲长子辞赋,徐干时有齐

① 《文学风格论》,第28页。

② 《马克思恩格斯全集》第1卷,第7~9页。

③ 《艺术哲学》,第11页。

气,然粲之匹也。”“孔融体气交妙,有过人者,然不能持论。”在曹丕看来,由于作家所含“气”的不同,他们所擅长的文体和风格就有区别,这种对立关系是顺乎自然,“不可力强而致的”。甚至于“引气不齐,巧拙有素,虽在父兄,不能移其子弟”。曹丕强调先天的禀性对文学风格的影响,提醒作家根据各自的“所善”,去培养文学风格,这有正确的一面,但曹丕的论述,似乎忽略了后天的习得对风格形成的作用。后来,刘勰在《文心雕龙·体性》篇中,发挥了曹丕的“文气”说,他认为“气有刚柔”,“风趣刚柔,宁或改其气”。刘勰还把文章的风格划分为“典雅”“元奥”“精约”“显附”“繁缛”“壮丽”“新奇”“轻靡”八种。他又说:“八体屡迁,功以学成;才力居中,肇自血气;气以实志,志以定言,吐纳英华,莫非情性。”这是比曹丕更进一步说明了风格的形成和变迁是下苦功夫学习的结果。但是作家内在的气质、才能是很重要的,它影响着人的意志,决定着语言的风格。

许多作家、评论家都从实践中认识到气质与风格的关系。别林斯基说:“要着手研究一个诗人,首先就要在他的许多种不同形式的作品中抓住他的个人性格的秘密,这就是只有他才有的那种精神特点。”[①]作家孙犁曾经发表过这样的意见,他说:“从事文学工作和一个人的气质很有关,我们研究作家常常不注意这一点。”作家刘绍棠也说:“我想每个作者偏爱某一作家的作品,总是和他自己的艺术气质有关。”[②]但是,气质是什么,它通过什么样的途径和方式影响文学的风貌,这是对创作主体——作家的研究中一个饶有趣味的问题。

气质在心理学史上是一个古老的概念。有所谓以人体内所含液体混合的比例划分气质的“体液说”;以情感和情绪的强弱程度划分气质类型的“情绪说”;以人的体型肥瘦或长短划分气质的“休型说”;还有根据人的倾向,将气质分为“内倾型”和“外倾型”两种。总之,心理学家们都注意到了人的气质表现是可分成若干类型进行研究的,只是各自依据的现象材料和分类的标准不同罢了。

据现代心理学研究成果表明:气质是人的高级神经活动类型的特点,在行为方式上的表现,是个人心理活动的动力特征。这种特征主要表现在人的心理过程的强度、速度、稳定性、灵活性及其指向性方面。比如,有的人心理活动发生得迅速敏捷,情绪表现顽强有力,有的人心理活动发生得缓慢迟钝,情感倾向于自身内部;有的人情绪和情感活动转变非常敏捷,有的人情绪和情感的

① 《别林斯基论文学》,第137页。

② 《文学的梦》。

活动很容易形之于外。气质总是与人的情绪和情感活动极其密切地联系着。有的心理学家,干脆把气质理解为一个人的情绪、情感和动作方面表现的各种心理特征的总和。巴甫洛夫说:"气质是每一个个别人的最一般特征,是他的神经系统的最基本的特征,而这种特征在每一个人的一切活动上都打上了一定的烙印。"①巴甫洛夫通过对高级动物的神经系统活动规律的研究发现,人和动物的神经系统有三种基本特征:即兴奋和抑制过程的强度,它们彼此之间的平衡性以及这些过程的灵活性。由于这三种基本特征的不同组合,就形成了人和动物的各种神经类型。气质就是这种神经类型的基本特征,它赋予了人和动物一切活动的外貌。人之所以具有不同的气质,是以高级神经活动类型作为它的生理基础的。巴甫洛夫继承希波克拉特关于气质"体液说"的四分法,把人的气质类型划分为多血质、胆汁质、黏液质和抑郁质四种。当然由于人的精神个体性形式千差万别,气质类型可以有不同类别和层次,有的以一种气质为主,兼有两种以上气质的特征等不同情况。

气质影响文学风格也是极其复杂的,大略可以表现在以下几个方面:

第一,气质主要以情感态度为"中介",在文学创作过程中,决定对艺术表现内容的取舍,对艺术内容个性的审美评价,造成风格的各种情致和意蕴。这是由于人脑分析器的作用,是向探究反射机能活动情况不一,形成人的感觉和兴趣不同,如对色彩的敏感与迟钝,声音的知觉准确度,空间知觉的清晰度。同时,这些个性生理特征,又影响人后天对学习和环境的适应程度,使人在知识、经验、情感和兴趣方面各有不同,决定着他们的审美趋向,产生了对题材、素材、人物以表现方法和艺术风格的不同偏爱。苏联作家法捷耶夫在同初学写作者谈他的创作经验时写道:"作家的才力、修养、智力发展的趋向,气质、意志以及其他个人特征,在选择材料时,都起着重要作用。"②法捷耶夫的见解是正确的,可以找到许多例子来证明。拿果戈理的创作来说,作家常常把自己的个性和气质特征赋予他的主人公。据苏联心理学家研究,果戈理属于抑郁质的气质。他性格孤僻,不苟言笑,情绪内向。一生中除了沉溺于他所爱的文学事业外,几乎没有别的什么追求。他致力于搜集文学素材,从平淡的生活中去发现发人深省的意蕴,特别善于觉察人们最隐秘的内心世界,捕捉那种不可告人的隐私。这种气质和个性特征,对果戈理选择素材,创造具有讽刺幽默的作品风格,提供了内在的心理条件。就在果戈理笔下的人物身上,我们可以发现

① 转引自杨清《心理学概论》,第58页。

② 《苏联作家谈创作经验》,第48页。

作家的某些气质特色。比如，在玛尼洛夫形象身上，我们看到了果戈理的多愁善感和矫揉造作；在阿卡基·阿卡基耶维奇形象身上，我们领会到果戈理忧郁气质的某些特色。当然，这样说并不意味着果戈理的创作是完全从自我出发的。作家本人也不情愿这样。他曾在《作家自白》中清楚地写道："我不喜欢我的龌龊行为，不像我的主人公那样维护这种行为。我现在同他们做斗争，将来还要斗争，并且要消灭他们。我已经摆脱了自己许多龌龊行为，把它转到了自己的主人公身上，我讥笑他们。"[①]这说明创作主体的气质，转化到作品中形成艺术个性，是一种自然流露，有时是自觉的，有时是不自觉的。读果戈理的作品，你会忍俊不禁发出会心的微笑，俄罗斯官场的腐败，人民生活的悲惨，又使你在笑声中尝到一种辛酸的苦味。社会生活内容，通过作家性格气质的三棱镜折射之后，总要不同程度地蒙上作家的个性色彩。所以，作家常常是描写自己，面向生活，或者说他是通过研究个人的精神面貌，以个人的内心生活为诱导，去体验、推测别人，从而进入人物的内心世界的。

作家的气质特征，还影响着他选择素材的一贯性、人物描写的系列性和艺术风格的一致性。以同样描写俄罗斯下层人民生活的作家契诃夫和高尔基来做些比较。契诃夫最喜欢描写的是官吏、学徒、车夫、下层知识分子。这些失意的小人物，他们被生活压得喘不过气来，但他们又心地善良，对生活怀着灰色的空想。据苏联作家爱伦堡的分析，契诃夫为什么总是把同情和关心倾注在这些小人物身上？他说据契诃夫日记和他同时代的人的回忆，契诃夫本人就是一个非常温和和忧郁的人，他受不了分量太重的字眼，他避免戏剧性的情节，他对于他周围的人们的逆境和精神上的弱点，总是抱着宽厚的态度。这些性格和气质特征，决定了契诃夫对他笔下人物的态度，也决定了他对人物素材的选择。当然一个人的气质并不是一成不变的。作家的生活经历和他世界观的变化，也影响着气质的变化，影响着作品风格的变化和发展。高尔基早期的创作，也主要描写俄罗斯下层的小人物，不过高尔基主要写的是工人、流浪汉、妓女和酒鬼。并写他们的对立面——商人、老板、地痞和豪绅。尽管这两位作家都是使用严肃的现实主义手法，但是，高尔基的现实主义更深刻，视野更广阔，他描写俄罗斯社会的各个方面，揭露了当时进步工人和农民所关心的社会矛盾。特别是在他接近革命以后，受了无产阶级先进思想的鼓舞，使他看到了人民的力量。他在长篇小说《母亲》这部划时代的作品中，写出了一个顺从、怯懦、忍让的母亲如何成长为追随革命，起来掌握自己命运的主人翁的过程。

① 转引自《文艺创作心理学》，第62页。

《母亲》的风格积极向上,刚劲有力,一反高尔基早期作品中那种阴郁、低沉的气氛。就其早期作品而言,同契诃夫作品中的温和、感伤的情调比,也有着明显的区别。

第二,气质又以情感为动力,在创作过程中,构成创作心理的内在力度和气势,转化成文学风格的各种状貌。据近代生理、心理学研究成果表明,人脑的神经活动过程,除了巴甫洛夫发现的强度、平衡性和灵活性的三种特征外,还发现了神经过程的动力性和易变性。前者表现为兴奋或抑制过程的快慢、难易,称为兴奋或抑制过程的动力性;后者决定兴奋或抑制过程产生的速度。人的气质类型,受神经过程动力性的影响,使热情、激情、情绪的产生,有快慢、淡弱之区别。如果气质属于"多血质"或"胆汁质"的人,他们的激情或情绪来得敏捷,情绪高昂,热血沸腾。处于这种情感状态的作家,如果主体受到外界条件的刺激,他们就会心潮翻滚,不能自已。胸中郁积着狂喜或悲愤,非长歌无以逞其情。按郭沫若的说法:"大波大浪的波涛便成为'雄浑'的诗,便成为屈子的《离骚》,蔡文姬的《胡笳十八拍》,李杕的歌行,但丁的《神曲》,弥尔敦的《失乐园》,歌德的《浮士德》。"[①]我想郭沫若可能就是属于这种"多血质"或"胆汁质"的"雄浑"诗人,他以热情奔放的浪漫主义气质,登上"五四"的诗坛,像在烈火中新生的凤凰一样,搏击着狂风暴雨,歌唱自由和新生。他的诗集《女神》情感炽热,风格雄浑豪迈,有排山倒海气吞山河之势。他的文学风格的主流虽然不像鲁迅那样坚韧和深邃,但他思想敏锐,大呼创造,表现出一种锐意进取的探索精神。郭老文学风格的形成是多方面的,但有一点可以肯定,是同他的"偏于主观",放纵自己的情感冲动有关。郭沫若曾经自我表白说:"我又是一个冲动性的人,我约朋友每向我如是说,我自己也承认。我回顾我所走过的半生行路,都是一任我自己的冲动在那里奔驰;我便作起诗来,也任我一己的冲动在那里跳跃。"[②]事实的确如此据郭老自己说他写《地球,我的母亲》和《凤凰涅槃》这两首诗时,受着内发情感的强烈冲击,"全身都有点作寒作冷,连牙关都在打战"。观念的奔流和着感情的狂涛,应接不暇,诗意不断袭来,他伏在枕上用着铅笔只是火速地写。这可以看出气质的功能,如何直接作用于诗人的情绪,表现在心理过程的行为和动态之中,甚至影响着作家的审美趣味和写作习惯等等。郭沫若早年喜爱泰戈尔比较清新婉转的诗,后来又接近拜伦、雪莱的诗,只有受了惠特曼狂放奔腾的诗风的影响后,才使他"在诗的

---

① 见笔者编《郭沫若谈创作》,第6页。

② 《论国内评坛及我对于创作上的态度》。

感性上发过一次狂”。[①] 鲁迅早年在《摩罗诗力说》一文中,也曾热衷过如拜伦、雪莱、普希金和裴多菲这些浪漫气质的诗人,但没有把他引向浪漫派的道路,只有郭在内在的气质同“摩罗派”的气质相符合时才一拍即合,形成他自己的个性和风格。这其中的奥秘,除了从他们各自的生活道路和思想修养去寻找外,还必须从他们各自气质类型不同去考察,才能穷究其深刻的内在底蕴。

从郭沫若诗歌的总体风格看,他的哪些气势磅礴的搏击宇宙的雄放的新诗,是他“那种火山爆发式的内发情感”的自然流露。但是,郭沫若还写了许多风格冲淡、清新的诗。比如收在《星空》集里的那些诗,有的歌唱静夜的月光、雨后的松原、天上的市街、游子的乡恋,有的抒发诗人孤寂的心曲、哀怨的情怀。诗的意境是恬淡而幽远的。他收在《瓶》里为四十二首爱情诗,情意缠绵,细腻柔美。所谓“冲淡”的诗,同他早写的那些“我飞奔,我狂叫,我燃烧”的诗句相比,判若两人。《星空》和《瓶》写于“五四”狂涛退后,革命处于转折的低潮时期,诗人郭沫若产生《女神》时代那种狂涛暴涨的激情已经淡泊了,剩下的只是“潮退后的一些微波”。那些冲淡、幽雅的诗,是诗人孤寂、苦闷心境的表露。正如他自己所说的:自己的心境在没有受到外界刺激的时候,“譬如一湾清澄的海水”,一遇到风浪的冲击,便波翻浪涌起来。大波大浪的狂涛产生“雄浑”的诗,小波小浪的涟漪,便成为“冲淡”的诗,诗的风格状貌,决定于诗人所受外界刺激,情感活动的波澜。这是“有它自然的周期,振幅(Rnrthm);不容你写诗的人有一毫的造作。”(《论诗三札》)这里可以说明,气质仅仅是诚于中的内因,它要与外界客观环境的结合才能发生作用。气质的动能虽不能决定诗的内容和道德的准则,但它可以左右情感和情绪的指向性和稳定性,使文学风格的变化,反映着客观社会生活作用于创作主体之后所引起的反响。可以看到,心理学的气质论,如何纠正了以往纯生理、遗传的气质说的偏颇。先天的神经类型,只是决定气质活动的前提,而时代特征,生活实践的过程,甚至年龄差别也会反过来影响和形成某些关于速度、强度、稳定性和灵活性方面的心理特征。作家审美情感对象化的结果,使作品在旋律、节奏、色彩、形象和韵味上,都留下了他本人气质活动的轨迹。这就形成了风格的特殊外貌。真所谓“情致异区,文变殊术”,“如机发矢直,涧曲湍回,自然之趣也”。[②] 完全是一种因情得体,因势利导,自然而然的事情。丹纳对此有过很好的见解,他说:“总之,我们不难看出,一切风格都表示一种心境,或者松弛,或者紧张,或者激动,

---

① 郭沫若:《我的作诗的经过》。

② 《文心雕龙·定势》。

或者冷淡，或者心神明朗，或者骚乱惶惑。"[①]郭沫若诗的风格的变化，正是表现了同诗人的气质、个性和心境的一致性。

第三，气质影响文学风格的途径，是通过语言的媒介，对作家情感兴奋状态和心理过程的行为动态作有形的模拟过程。文学是语言的艺术，研究文学风格，不能不注意到语言与人的心理活动的关系。作家进入创作之前的构思，直到进入创作时的落笔为文，他都是在用语言进行思维。不过只是在酝酿形象过程中使用的是一种没定型化的"内部语言"。当代生成语法创始人乔姆斯基认为，语言作为一个特殊系统，与人的生理遗传有关。他通过研究语言的"初始状态"指出，儿童之所以能获得某种语言，是因为人类生物禀赋本身含有一个确定着人们可能获得的语言的基本语法结构的原则系统。后天的经验只是以某种特定的方式对这些原则系统起到一种完善的强化的作用。即是说，人脑的"初始状态"不是一个"白板"，通过遗传基因，使之具有特定的结构，这个特定的结构，规定知识的可能范围。如果不是这样，把知识看作是经验作用于"白板式"的人脑，可由后天经验任意涂抹，这是不可思议的。乔姆斯基的语言理论的认识论基础，受了现代遗传理论的很大影响，他研究人脑特殊结构，或初始状态，希望从人类遗传密码中找到人类获得知识过程的遗传因素，这是很有意义的。拿语言来说，它的"深层结构"或者"初始状态"是什么样子？语言获得的机制，描写语言潜在形态的规律，必定要与人脑的生理机制和相关的心理机制的配合，这样说，语言的初始状态，就同人的神经类型和气质因素联系起来了。我们平常接触的语言、句子结构，也还只是表面的东西，在语言、句子底部还隐藏着更为深刻的东西。深层结构是看不见、摸不着的一种语言，有的心理学家把它称之为"内部语言"。认为"内部语言"的特点，是"残缺不全和连续不断的"，"具有高度的情景性"的。[②] 作家审美体验获得的艺术信息，以意象的样式存在于头脑中时，依靠的是一种含深层结构的内部语言在起作用。文学创造的过程，就是将作家头脑中的艺术意象转化为形象，将思维中的内部语言，转化为"交往语言"。交往语言是语言的"表层结构"。语言由深层转移到表层，凝聚了作家的思想、情感、趣味、激情等，是高度个性化了的。这些语言的声调、句式、结构、色彩、节奏、明暗、软硬、冷暖无不与人的情绪的强弱、气质特征和神经过程的动力性有关。比如，胆汁质的人性急，情绪易冲动，他们的语言节奏明快，活泼，声韵高昂；多血质的人灵敏，语言机智风趣，有幽

---

① 《艺术哲学》，第 399 页。

② 彼得罗夫斯基主编：《普通心理学》，第 240 页。

默感;黏液质和抑郁质的人性子慢,言语迟,节奏平稳,沉静,不喜欢使用亮色和鲜艳的词汇等等。古人云:“言为心声”。每个人精确、细密、敏锐的语言个性,一是要靠后天环境的学习和修养,二要依靠每个人先天的“语感”。所以,郭沫若说,“作家自己的语言依作家的气质而不同,有的偏于散文的”。他认为作家和诗人,对于言语的敏感,很难说出个所以然来,这东西“如水到口,冷暖自知”。[①] 应该说,通常的语言有两种,一种是真实情感的记录,这种语言是从心灵流出来的,读到它仿佛感到了作者心灵的颤动;另一种是做出来的辞藻,显得雕琢、做态。布封说:风格是刻画思想的。只有前一种语言,才能表现为真正的风格。

高尔基说:“语言是一切事实和思想的外衣。”作家将头脑中储存的艺术信息,借助语言符号外化为艺术形象时,必然留下思维与情感活动的轨迹。以普希金的文学风格为例。据苏联心理学家研究,普希金属于胆汁质的。在普希金才华横溢的诗句中,除了对沙皇的憎恨,对自由的渴望外,也反映了诗人胆汁质的气质色彩:奔放、直率、热情,不屈不挠的毅力,同时又表现出极易冲动的情绪特征和刚愎自用的脾性。别林斯基在评论普希金的文学风格时说:普希金像魔术师一样,从自然界窃取了迷人的形象和形式、色彩和音响;“任意操纵我们的感情,……他唱着歌,俄罗斯听他的歌,听得怎样地发呆啊!”[②]以上不难看出,语言在反映作家艺术个性上的特殊作用,难怪高尔基要把语言规定为文学的“第一要素”了。有的批评家甚至干脆把文学风格说成是语言的风格。

同样的道理,一切艺术作品的风格,都可以通过艺术家使用的艺术符号传达出来。语言不过是艺术符号的一种。此外,如画家使用线条、色彩、明暗、虚实对客观事物进行空间造型;而舞蹈构成的材料,是由舞蹈演员一系列舞姿的连续展现,创造动态的形象;音乐则是以乐音的规定性,有规则的排列、组合成一种流动的旋律,直接模仿人的情感。这些物质媒介的作用,是将人们内在感受的“虚象”变成现实,把某种心理状态赋之以形。人的气质常常表现为一种情感状态,情感和情绪除了通过人的自身表情显现外,某些内在的情感形式,还必须借助艺术的媒介进行模拟。以音乐风格为例,人在欢乐时,情绪亢奋、昂扬,声音流利响亮,心跳和呼吸急促而剧烈;人在悲哀时,情绪低沉,动作节奏缓慢,语音迟缓;人在安闲时,呼吸平和轻柔,动作节奏舒缓。音乐的表情性作用,就是通过不同的音素、音阶、节奏、旋律,对人的生理、心理运动的情绪节

---

① 《怎样运用文学语言》。

② 《别林斯基选集》第一卷,第80页。

奏进行直接的或客观的模拟，音乐风格的态势和状貌就存在于这种模拟的态势和状貌之中。从气质到风格，艺术表现的“媒介物”和表现的方式，是联续这二者之间的桥梁。“畅快人诗必潇洒，敦厚人诗必庄重，倜傥人诗必飘逸，疏爽人诗必流丽，寒涩人诗必枯瘠，丰腴人诗必华赡，拂郁人诗必凄怨，磊落人诗必悲壮，豪迈人诗必不羁，清修人诗必峻洁。”①古人如此这般来论述风格，把气质、个性与风格直接画上等号，尽管绝对化了一点，但是可以说明“风格即人”的。

三、个性修养与风格追求

生活通过复杂的途径影响作家。作家的个人风格受到气质的潜在影响，然而作家的个性和人格，也是决定风格要素的重要方面。

个性是什么？心理学对个性的界说五花八门。我们不妨认为：所谓个性，就是一个人在思想行为、能力兴趣、语言习惯、情绪、敏感等方面，经常表现出来的某种个别性。个性的形成，受先天气质的影响，同时，也受着后天社会生活条件的制约。按巴甫洛夫的说法，是上述二者的“合金”。即是说个性是在气质的基础上，受社会生活条件的制约，通过个人的努力培养而形成的。个性的行为，体现着人品的高下，道德品质的优劣。文学是社会生活通过作家主观头脑的反映，反映者的主观色彩必然包含其中，这不仅是说，作家要对生活现实做出独特的符合历史规律的评价，同时，也要将自己的独特个性、气质、爱好转移到作品的思想和风格上来，从而在其作品中“完全看出他的个性的一些特点”（黑格尔）。英国李斯托威尔伯爵早在半个世纪以前，在其所著《近代美学史述评》一书中，引用梅依曼的论述说：“艺术创造的动机，并不纯粹是个人的、心理学的，而是社会的，并且在这个意义来说，也是非个人的，它们既来自环境，也来自艺术家独特的人格。艺术家的人格，不可避免地打上教养、趣味和风尚的烙印，打上了他所处的时代的经济、政治和宗教制度的烙印，有时甚至打上了他本国的地理和气候条件的烙印。但是除了上面这些强烈地影响艺术家的外界影响之外，还有心理的力量在他的头脑中起作用。”②这就看出来个性影响风格，不仅仅是在生理、心理的素质方面，更重要的是社会、政治、经济生活的影响。情绪通过姿态和身体动作直接或不自觉地表现出来，这对艺术并没有什么意义，比如说，哭与笑，那只是人的基本的生理、心理本能，艺术家表

① 薛雪：《一瓢诗话》。

② 《近代美学史评述》，第84页。

现这些情绪时,他是“有意识地苦心经营的,具有自觉的特征”的。李斯托威尔认为,艺术家在创作中,常常会遇到这样的矛盾:“有意的精心结构和自然的感情鼎沸;技巧要使情绪就范,而情绪却要挣脱技巧的束缚。”[①]所以,只有加强作家的品格修养,提高艺术创作的自觉性,才能使作品具有更加完善的审美价值。

“诗品出于人品”。[②] 人格因素常常直接参与风格的铸造。这样的事例不胜枚举。大家听熟知的郭沫若与胡适,“五四”初期,他们同是白话诗的始作者。胡适的《尝试集》,还早于《女神》的问世。但是它们的风格迥异。《女神》开一代诗风,而《尝试集》几乎被读者遗忘了。又如大家所熟知的毛泽东同志的词《卜算子·咏梅》,这是“读陆游咏梅词,反其意而用之”。两人同是以梅花为歌咏对象以寄寓自己的品格,抒写情怀的。在陆游笔下,梅花寂寞孤苦,生在驿外断桥旁边,日暮黄昏,风吹雨打,好不凄凉。然而它自己无意争春,也没有积极斗争的勇气,在邪恶势力的打击下,只好保持个人的清高,孤芳自赏。毛泽东同志的咏梅词,一反陆游的消极颓丧,充满坚强乐观的革命精神,一反陆游的孤芳自赏,表现了一个革命者伟大的胸襟和谦虚自处的品质。同是写梅花,两种截然不同的思想境界和风格,正是两种不同人格、胸怀的反映。文学风格呈现的格调的高下,常常是作家人品、人格在作品中的投影。所以,古人论风格讲究“胸襟”和“识度”。叶燮在《原诗》中把“人之胸襟”,说成是“诗之基”。他认为,杜诗之所以被“千古诗人”推崇,原因就是杜甫的诗“有其胸襟以为基,如星宿之海,万源从出;如钻燧之火,无处不发”。如果不是这样,尽管你日涌万言、吟千首,那样的诗,犹如“剪彩之花,根蒂既无”。[③] 古人听说的“胸襟”“识度”,包括在个性修养和人格品质之中。所谓“人格”,那是指一个人的道德操行、思想作风、生活态度的总和。文艺反映生活,总是要按照作家自己的人格理想去评价生活,塑造形象,不管是自觉与否,他总是要通过自己的心胸来描绘客观世界,通过自己的个性去展现社会生活的某些特征。成功之作品在表现作家的个性和表现社会生活某些本质特征时,在“文格”与“人格”方面,常常是统一的。所以苏联作家卡达耶夫曾经这样说:“在每一个人物身上,都有着创作他的那个艺长家的一部分灵魂。不能够简单地虚构出一个主人公来,作家必须进入他里面去,他必须把自己的一部分灵魂和心灵赋予这

① 《近代美学史评述》,第85页。

② 刘熙载:《艺概·诗概》。

③ 《原诗·内篇(下)》。

个主人公。如果这样做,写起来就容易了。作家决不对自己说,'我将描写一番山卡或米佳'。不,他必须变成山卡或者米佳,像进入自己的经历一样,进入他们的生活经历,他必须变成一个想象中的形象。"[①]这样,作家把描写的对象消融到自己的胸中,变成自己的血肉和灵魂,表现自己和表现人物合而为一。

同样的道理,左拉在论及都德的创作个性时也说过:"他(指都德)自己变成了这些人物,他生活到作品的环境中去,把他自己的个性和他要描写的人物和事物的个性合而为一。也就是说,他把自己融化到作品里,而又在作品里获得了再生,在这样一种紧密的结合中,书中景象的现实性与小说家的个性合而为一。"(《论小说》)左拉把作家的个性表现,看作是作品的生命和灵魂。他认为:正确的文法,流利的笔调,华丽的辞藻,都不足以使作品获得生命,因为这些飞翔的文句,不是出于他自己的。他们没有创造的脑袋,没有自己的独特风味,只知道用大家熟悉的句子、流行的短语来涂抹纸张,就像打开水龙头那样滥造作品。只有像都德那样"甚至在句子的细枝末节处也表现了独特的风味",他的作品才有自己的生命。文学作品的风格,表现作家个性的重要性,可以作如是观。

所以,风格的追求,与作家的个性修养的关系十分密切。虽然,我们不能把风格与人格直接画上等号,因为在文学这个复杂的领域中,"文格"与"人格"分裂的现象确也存在,比如洪承畴、阮大铖、严嵩这些奸相倭臣,他们的人格卑下,却偶也有"清峻""修洁"的作品为问世。正如金代元好问,在论及潘岳的诗品与人品的矛盾时,所感叹的那样:"心画心声总失真,文章宁复见为人! 高情千古《闲情赋》,怎识安仁拜路尘?"[②]西晋诗人潘安仁,在其《闲情赋》里表现的风格超然高雅,而此人行为却是利禄熏心,为逢迎权贵,竟达到望尘下拜的无耻程度。这些事实只能说明,作家的主观人格与人格理想呈现出的复杂性,不能以此否定作家的个性修养对健康明朗的文学风格追求的作用。

一个作家要使自己的作品风格优美,引人向上,给人以健康的美感,他必须具有高尚的道德情操,树立为崇高的目的而献身的远大理想,他要心胸坦白,忠诚积极,情趣高尚,超脱世俗的功名利禄,致力于对人类艺术精神的追求。因为高尚的道德情感和更高层次的生活目标,对人的思维活动,直接产生影响。卑下的感情,卑微的心理活动,对思维品质的影响也是卑下的,崇高的感情会激励人去进行创造性的探索,去追求明朗、向上、昂扬的风格。只有具

① 转引自《作家的创作个性是文学的发展》,第91页。

② 见《遗山文集》卷十一《论诗三十首》。

备了崇高人格品质的人,他才会怀着极大的兴趣和热情去创造人格高尚的人物形象,去鞭挞人格卑下的小丑;他也才能选择与自己人格相应的景物,去寄寓自己的情怀。许多写景咏物的抒情诗,表现出来的风格美与诗人内心的人格美,常常是一致的。屈原以"香草"、美人自况,就是诗人人格的表现。所以郭沫若在他的早期诗歌理论中,一再强调要做诗,必先做人。他认为:"诗是人格创造的表现,是人格创造冲动的表现","人格比较圆满的人才能成为真正的诗人"。[①] "人之不成,诗于何有"?[②]

风格,决不只是凭主观可以强求的,风格的学习和追求,也不单纯是艺术形式问题。"风格就是生命,这是思想本身的血液。"(福楼拜语)袁枚在《随园诗话》批评后人无杜甫之情性,而又想学杜甫之风格,那是舍本逐末的事。作家丰厚的生活根基,对人民诚挚的热情,气宇轩昂,胸怀博大,人品高尚,强烈的责任心和事业心,这些都是构造风格的人格因素。正如作家孙犁在《论风格》一文中说:"在作家方面,如果不努力使自己思想前进和生活充实,而只是希望造成自己的风格,他就永远不会获得任何的风格。"

四、发挥作家的个性优势

认识了气质和个性对风格形成的潜在力量后,作家要想培养个人风格,必须有内省的客观态度,对自己的气质类型和个性特征也应有清醒的了解。比如说,按照自己气质的内在要求去选择题材,在创作时尽量不违背自己气质特征。作家茹志鹃,她最初以短篇小说《百合花》初露文坛时,她的作品的风格问题,就引起了一场争论。茅盾首先撰文肯定《百合花》的风格清新、俊逸,并且认为:"庄严的主题,除了常见的慷慨激昂的笔调,还可以有其他的风格。"茅盾肯定了茹志鹃的创作,她指出了文学的风格应当是多样化的。有的评论家却认为《百合花》的风格缺乏时代精神。批评作者只会写"一朵浪花"。这样的批评忽略了作家自身的气质和个性特点,因而只能起到抑制创作个性发展的消极作用。后来茹志鹃总结自己创作的经验教训时,谈到了自己对风格成因的见解。她认为:风格与作家怎样在生活中吸取养料大有关系,风格从体验生活获得素材就开始了。她说:"我这个人不太喜欢去做一哄而上的事,……有些东西人家有兴趣,我没有兴趣,我有兴趣的,人家不见得有兴趣。每个人的生活、教养和经历,养成了他观察生活、感受生活的独特眼光,这个眼光就决定

---

① 《论诗三札》。

② 《三叶集》。

他的视力范围,决定他到生活中找到单单属于他自己的东西。"[①]茹志鹃的艺术气质和兴趣,决定她对某些素材和人物的敏感和偏爱,她选"一朵浪花",一支插曲,用委婉、清新、柔美的笔调,由小到大地反映生活。在这类平淡无奇的素材中,去施展自己的才能,这恐怕是她的创作优势。幸亏茹志鹃没有违背自己的个性,没有去写热烈的场面,去追求所谓粗野浓烈的火药味(她说自己也写过,但没有成功),她才成了今日的茹志鹃,成为文坛上风格卓著的作家。

风格是个性的产物,不可强求,但可以通过劳动获得。问题是个性的养成,也是非常复杂的。各个人的遗传基因(密码)不同,加上胚胎期在母体内的遭遇所形成胎儿环境不同,这就导致了胎儿落地就带有不同的先天素质,出生后由于接受的外界环境条件的影响各不相同,以及每个人自身的努力、学习、教养不同,各人在头脑中所接受的信息的加工编码方式,以及由此而形成的信息系统、思维方式千差万别,这就造成了人们的认识方式、思维方式、感受方式,及其习惯、兴趣、注意力等等方面的个性差别,每个作家独特的思维习惯,写作习惯,感受生活的着力点,以及对艺术趣味的追求,都与上述形成自己个性的条件有关。

作家之所以对各自的写作素材有所偏爱,感受生活有差异,这原因恐怕主要从创作主体自身去寻找。比如,同是写农村题材的高晓声、周立波、柳青,他们从生活中吸取的营养各不相同,他们也只能在顺应了自身内在个性、气质的趋势去选择题材的时候,其创作才得心应手,显现出自己的特色。契诃夫晚年想写一个女革命家,题目叫《未婚妻》,魏列萨耶夫读过他的手稿后,对契诃夫说:"安东·巴甫洛维奇,女孩子们不是这样去参加革命的,像你的娜嘉这样的姑娘,是不会参加革命的。"契诃夫改了小说的情节,娜嘉没有参加革命,她像契诃夫笔下其他女性一样,只是朦朦胧胧地幻想着美好的生活。沈从文的小说描写远离尘嚣的纯朴人性,勾勒出山水的秀美,充满淡雅质朴的韵味,形成独立的风格,这是与沈从文注意发挥自己个性优势分不开的。沈老从小喜爱中国画,喜爱家乡的民间音乐,对乡土的风俗民情有着深沉的热爱,所以他总是怀着一颗充满天真纯洁的心,去感受家乡民间带有原始生活气息的纯朴的美。研究一位作家个性优势,常常要追溯到他的童年。比如,冰心爱海,那是因为他从小生活在海军军官世家,又在海滨城市长大,同大海结了不解之缘。在她的作品中,涉及海的题材占了很大的比重,常常是充满幻想地对海的女神作了绘声绘色的形象描写。作家冯骥才谈到他气质中的个性因素如何影响了

① 《漫谈我的创作经历》。

他的创作时举例说:“比如,我容易被感动,动感情,容易怜悯和同情,这些因素最容易融进感伤的调子中去。还说那篇《高女人和他的矮丈夫》,我本想写得幽默些,但最后仿佛必须落得一个伤感的结局才得尽情尽意。当然,我并不是一个完全感伤又柔弱的人。我天性也快乐,喜欢嘲弄,我才写了《哈哈镜》、《酒的魔力》和《BooK! BooK!》;我骨子里也有坚韧的成分,我才对《义和拳》、《神灯》和《爱之上》等有激情;我对地方乡土有着浓厚的情爱,使我写了《鹰拳》和《逛娘娘宫》;我连皮肤上都充满了敏感,于是我写了《雾中人》。”①可以说在当代中青年作家中,冯骥才是比较注意发挥自己创作优势的,他在创作上的丰硕成果,并在不长的创作实践中形成自己的风格,与他善于清醒地认识自己的长处有关。

人难得有自知之明,有时还要走过一段弯路之后,回头来才能认识自己。老舍开始在国外写小说时,是出于“想家”,异国的寂寞引起他对家乡故土的怀恋。他写《老张的哲学》就是将自己记忆中色彩鲜明的图画,用文字画了下来,写出自己的风格。后来他写话剧《茶馆》,起初是想配合一下关于新宪法的政治宣传,第一次试笔失败了,以后他找到了自己优势,他熟悉旧北京下层人民的生活,将《茶馆》初稿第一幕戏加以发展,写成了今天轰动中外文坛的戏剧名篇。这是老舍认识了自己,扬长避短的结果。以后,老舍为配合“大跃进”的宣传,他写了《青年突击队》《红大院》,这些作品又通统失败。所以,创作光有良好的愿望是无济于事的。作家必须充分认识自己,有所不为,才能有所为。同时,要十分珍惜自己对生活的独到见解和发现,只有这样,才有可能建造自己独立的艺术风格。

中国当代文学经历了一场历史性巨变之后,许多人才对尊重艺术个性的意义有了比较清醒的认识。历史的教训是深刻的。在艺术上抹煞个性和风格的时代一去不复返了。许多作家在为创造出自己的风格而付出艰巨的劳动。像作家邓友梅说的那样:“大家应当求政治上的同,存艺术上的异,我不赞成青年作者死学某个名作家。”②作家对艺术个性和独特风格的追求,必将带来文学艺术的繁荣。

1984 年 12 月 10 日完稿

《绥化师专学报》(社会科学版)1985 年第 2 期

① 《创作的体验》。

② 《当代》1983 年第 4 期“石骆驼笔会”。

"北大荒文学风格"讨论会在哈尔滨召开

新年伊始,来自全省的作家、评论家、报刊编辑、大学教授、讲师四十余人,参加了"北大荒文学风格"讨论会。历时三天的会议,集中讨论了以下几个问题。

(一)如何从时间和地域上界定"北大荒"文学。一种观点认为:北大荒文学应指狭义的垦区文学。地域范围即今三江平原及牡丹江以东的军垦农场部分,时间从五十年代十万官兵开发北大荒,到七十年代四十万知青奔赴北大荒形成两代人的垦区文学,或者又叫开拓者文学。这一文学潮流与开发北大荒的历史几乎是同步的,不仅有队伍,有《北大荒文艺》刊物,还有一批作品描写开发北大荒的战斗生活,歌颂北大荒人战天斗地的豪情壮志,有一个集合两代垦区作家的作家群。另一种观点认为:北大荒文学应以垦区文学为中心,包含整个黑龙江的乡土文学在内,是一个广义的"北大荒派"。这些作家共同生活在北大荒,受着这里的气候景物、山川地貌、风俗人情的熏陶,客观的自然条件和社会习俗,对作家的心理、艺术气质和美学追求,都产生一些共同的特征,他们的作品染上浓厚的地域特色,形成一种雄浑、凝重、豪放、开阔的格调。他们的作品显示出这一派作家的群体特征,在题材内容、人物系列乃至语言风格上,都保持着自己的独特性和一贯性。

(二)当具体讨论到什么是"北大荒"文学风格时,同志们说:北大荒文学风格的特色,首先,表现在地域特色方面。"北大荒"有天宽地大的特点,大荒原、大农场、大风雪,这些特色进入文学领域,表现出一种粗犷、剽悍的阳刚之美。如周立波的《暴风骤雨》、李克异的《历史的回声》、林予的《雁飞塞北》、张抗抗的《荒原》、梁晓声的《这是一片神奇的土地》等。除此而外,北大荒文学风格还有一种散发着沃野芳香的"小派",这些作品描写小家小院、荒原上的小花小草,语言不甚雕琢,风格淡雅清新,洋溢着恬静之美。其次,北大荒文学风格,还突出表现在刻画北大荒人的性格、气质方面。许多作品表现了北大荒人粗犷、豁达的性格和开拓进取的创业精神。总的说来,表现北大荒人性格的基调是一个“壮”字,五十年代十万官兵开发北大荒,其作品风格以壮情、昂扬为主调,八十年代“知青”作家笔下,这种壮情又染上了悲剧色彩。梁晓声的《今夜有暴风雪》其悲壮的色彩就十分浓烈。总之,北大荒文学风格表现出多层次,它的语言富于色彩美,节奏明快,表现力强,有一种特殊的“北大荒味”。

(三)大家对北大荒文学风格的源和流进行分析讨论时指出:北大荒文学应是关东乡土文学的一个分支,受“东北作家群”文学风格的影响。五十年代十万官兵中产生了一批北大荒作家,1958 年以后,又从中央下放一批作家到北大荒来,八十年代一批“兵团战士”作家走向全国,他们的作品在读者中有广泛影响,“北大荒作家群”已初见规模,正方兴未艾。但是,目前称“北大荒派”还不够理直气壮的原因,是因为在北大荒本土还缺乏可以称之为“风格领袖”的代表作家。虽然,在较低层次上的作家已有不少,但像孙犁、赵树理那样风格突出的代表还不够成熟。这种原因恐怕要归结到长期以来,我们文艺领域风格、流派不发达的历史。所以,今天还不能指望对“北大荒派”求全。但是,改革的新时期,已为“北大荒派”的勃兴,提供了良好条件。风格和流派虽不是凭主观愿望可以强求的,但作家可以有自己的美学追求,自觉地去发挥自己的个性优势,只要我们今天勇于把“北大荒派”的旗帜鲜明地举起来,有目的有方向地加以引导,“北大荒派”的文学风格,就有可能在新时期文坛上站住脚跟。

时代的发展与文学的变革

——四十年黑龙江文学创作的繁荣与收获

一

改革的热潮席卷中国大地。我们伟大祖国度过了三十五个风雨春秋。地处北国边陲的黑龙江省文艺战线的同志们,满怀喜庆的心情,迎接这盛大的节日。

不平凡的三十五年啊！祖国——母亲带领她的儿女,走过了一条艰苦跋涉到改革振兴之路。文学也在曲折的历史进程中,经历了严峻考验,走向欣欣向荣。回顾黑龙江当代文学的发展历史,我们不能不想念那些在这块土地上留下了深深足迹的老一辈革命作家:周立波、舒群、罗荪、严文井、罗峰、白朗、草明、刘白羽、萧军等等,他们撒下的革命文学种子,在黑龙江这片肥沃的土地上生根发芽。在此基础上,开始了建国初期的革命文学新的历程,产生了像《赵小兰》《炉》等比较优秀的作品。随着革命和建设的发展,1958 年从祖国各地涌来了大批开发北大荒的军垦战士,在那富有传奇色彩的战斗生活中,哺育和锻炼了一大批文学新人,这些新人后来都成为我省创作队伍的中坚力量。六十年代初期,在党的正确路线和方针的指引下,黑龙江当代文学又出现了一个短暂的繁荣时期。至今还留在读者记忆中的长篇小说《雁飞塞北》(林予)、《大甸风云》(钟涛)、话剧《千万不要忘记》(丛深)、电影《冰山上的来客》(白辛)以及王书怀那些充满泥土气息的新诗,都是在这个时期创作出来的。可惜,文艺创作兴旺发达的大好形势,被一场错误的"革命"运动彻底破坏了。文联各协会被打成了"裴多菲俱乐部",作家们被打成"叛徒""特务"和"反动学术权威"。黑龙江的文坛万马齐喑,一片荒芜。历史又经过了十年,那个被彻底否定和诅咒的年代终于结束了,我省新时期的文学,在"四人帮"造成的文苑荒芜的废墟上重新开始起步。时间不过八年,而创作成果的丰收令人欢欣鼓舞。已出版长篇小说《男婚女嫁》、《幸运儿》(刘亚舟),《大学时代》、《春天的呼唤》(程树榛),《精明人的苦恼》(董玉振),《长长的乌拉银河》(孙俊然),《鹰击长空》(王忠瑜)等十多部;中篇小说《光明屯纪事》(钟涛、毕方),《痴情女》(刘柏生),《北极光》(张抗抗)等三十余部,短篇小说《笨人王老大》(王毅、锦云)、《八百米深处》(孙少山),《你是共产党员吗?》(张林)和报告文学《励精图治》(程树榛)、《大洋的彼岸和此岸》(蒋巍执笔、贾宏图)等上千篇;短诗《给他》(林子)等数千首;诗集《树叶和小溪》(刘畅园),《爱的火焰花》(梁南)等十多部;电影文学剧本、电视剧、广播剧二十多部,其中《勿忘我》(鲁琪)、《飞来的仙鹤》(刘子成等)被搬上银幕,受到了好评。此外还有短篇小说集《巴波小说选》、《雾暗霞明》(关沫南)、《彩莲》(潘青)等十多部。散文集《橄榄》(张抗抗)、《兴安雪》(屈兴歧)、《返青集》(鲁秀珍)、《蓝色的乌苏里江》(丁继松、英奎)、《漠河的白夜》(门瑞瑜)等十多部。儿童文学集《小狒狒历险记》(孙幼忱)等多部。戏曲剧本《皇亲国戚》(王毅)等多部。文学研究专著《鲁迅年谱》(王观泉)、《红楼梦十二论》(张锦池)、《诗词论析·续集》(张志岳)等多本;有创见的文艺评论和学术研究论文百余篇。

根据这些不完全统计可以看出,我省的作家,在继承革命文学的优良传统的基础上,高度发扬了自己的智慧、才能和创造精神,迈出了可喜的一步。这些成绩的取得,证明了党的十一届三中全会制定的路线、方针、政策的正确英明,是我们遵循党的文艺政策,按艺术规律领导文艺所收到的丰硕成果。可以说,这是黑龙江文艺发展史上从未有过的好时期,不仅是创作丰收了,而且是队伍壮大了。老作家青春焕发,文学新人成批涌现,年富力强的中青年作家成了文学创作的主力。

这些不同形式和体裁的作品,从不同的角度和侧面,广泛地描绘了黑龙江的绚丽多姿、前进变革中的现实生活,展示了我省四化建设蓬勃发展的新面貌。“文革”前我省反映工业题材的作品,是一个短腿。这几年来,有许多作家把自己的目光投向工矿生活,并且取得了出色的成绩。其中突出的是程树榛同志,他的长篇小说《春天的呼唤》、中篇小说《人约黄昏后》和报告文学《励精图治》,在描写工业战线实行体制改革、塑造为振兴中华而呕心沥血的改革者形象方面,是很有特色的。煤矿工人孙少山,是新涌现出来的文学新秀,他的《八百米深处》为描写今天矿区的生活,讴歌工人阶级集体英雄主义的壮阔胸怀,开拓了一个新的境界。《男婚女嫁》《光明屯纪事》《能媳妇》和王忠瑜的短篇小说《新任队长彭大怪》等,对如何描写新时期农村题材作了新的探索。

坚持文学的现实主义传统对生活的深邃思考和艺术上的执着追求,是这一时期文学作品的突出的特征。老作家巴波在粉碎“四人帮”之后所写的《你是在为人类服务吗?》等短篇小说,鲁琪的小说《妻子》《丫蛋》,王毅、绵云合写的《笨人王老大》,在揭露“四人帮”的倒行逆施,歌颂人民在逆境中的纯洁美好的心灵方面是震撼人心的。特别是《妻子》,写得朴实、自然,感情细腻而真切,可算作鲁琪艺术风格的代表篇。中青年作家屈兴岐、张抗抗的小说,梁南、刘畅园、满锐、林子的诗歌,都在艺术风格上有独特的追求。张抗抗的探索人生意义和青年价值观的小说,在青年读者中产生了广泛的影响。总之,这些作品适应时代发展的趋势,符合历史的庄严要求,与奔腾向前的生活潮流同步前进。无论是批判极“左”的思潮对革命和建设事业以及给人们心灵造成的损害,还是反映社会历史进程,描写新时期的巨大变化,歌颂我省人民建设四化的英雄业绩,都达到了相当的思想深度,收到了良好的艺术效果。

历史只能说明过去,未来要从现在起步。今天,我们面对着滚滚而来的改革潮流,文学怎么办?我们应该看到,文学的现状与时代的潮流、生活的步伐还有一定的差距,变革的时代向文学提出了更高更新的要求,人们期望作家们热情地注视着现实,站在时代的前列,有胆有识地描写人民走向新生活的脚步和可歌可泣的英雄事迹。所以,如何鲜明地表现新时期文学的当代性问题;如何发挥作家艺术创造的独创性,发展我省富有地方色彩的多民族文学,形成代表自己“北大荒”文学风格的特色和流派;如何进一步解放艺术生产力,适应今天和未来的读者对艺术欣赏多样化的选择,使作家们在实践中学会把握生活角度的多面化,和表现生活的形式、技巧、手法的多样化;如何培养我们自己的作家群,让老作家摆脱旧的条条框框的束缚,焕发艺术青春,中青年作家进一步汲取生活和知识的营养,在未来的文学实践中充分发挥主力军为作用。这些都是时代的大趋势向我们文艺家提出来的新问题。

二

变革的时代,需要趋时求新的革命文学。今天,我们的国家已进入了一个新的历史时代,党的十一届三中全会以来,一个巨大的改革浪潮席卷中国大地。它已成为生活的主调,江河里的激流,人民的命运,国家的未来,这一切都已引起了人们的关注和思考。文学是时代的镜子,作家是时代的代言人,“任何伟大诗人之所以伟大,是因为他的痛苦和幸福深深植根于社会和历史的土壤里,他从而成为社会、时代以及人类的代表和喉舌。"[①]历史上一切伟大文学现象的出现,多半是社会大变动的结果,这是产生优秀文学作品的外部条件,也是文学发展的一条规律。新时期我省文学发展的历史已经证明,没有十一届三中全会以来的巨大的生活变化,就没有文学内容的极大丰富和充实,就没有如此众多的文学硕果。

时代正在发生着巨变,锐意革新的生活气息扑面而来,人民创造历史的激情鼓舞着我们,生活的战鼓催促着我们,怎样才能写出深刻揭示生活变革、呼唤人们觉醒、体现时代精神的作品,我们认为以下几点意见是值得重视的:

(一)作家首先必须以改革者为姿态,直面人生,描写现实。应该承认,我们许多人都是带着历史的陈迹走到八十年代的。由于旧的思想、旧的观念的存在,在急剧变化的生活面前,众说纷纭、褒贬各异,便会感到迷惑不解甚至会产生偏见,因此,对改革的现实抱着观望的态度、徘徊在生活潮流之外,这种情况在一部分同志中间是存在的。由于改革是一个破旧创新的过程,许多事物都带有不稳定的状态,生活现象错综复杂,有些同志苦于看得不准,认识不透,便采取与生活保持一定的距离,而把目光投向历史。在大变革中人们的思想感情、心理状态、道德观念、价值观念和审美观念,都会有很多新的连锁反应和新的变化。可是,我们有的同志还用旧的眼光看待它们,做出不适当的评价。另一方面,许多老一代的作家,他们有着丰富的创作经验,这些经验是他们对过去的生活感受、认识和表现形式的总和,是一笔宝贵的财富,应该加以珍视。但是,生活前进了,如果固守这些经验,而不加以发展、突破,就可能变成自己前进的负担。

对于崭新的生活,我们希望作家要用变革的目光进行独立思考,掌握一套新的笔墨,那些熟悉的一套已经不适应当前丰富多彩的生活了。就我们曾经看到的某些思想平庸、内容陈旧、手法一般的作品来看,多数是由于没有摆脱陈旧的套子造成的,他们没有以历史的眼光,在现实与历史的联结中,向生活纵深开掘,表现改革者思想性格上的历史印记和现实表现的统一。许多改革者形象概念化、类型化,没有反映出改革者的精神风貌和命运的旅程。有的作品局限于"方案之争",有的用政策条文图解生活。总之,如果不着力挖掘改革者为祖国的未来忧心如焚的爱国主义精神,渴望祖国繁荣昌盛而无所畏惧的革命情操,敢于正视时弊,坚定果敢,"从自我做起"的思想品格,那么,这样的作品就会缺少精神的火炬和时代的光彩。当然,要达到这样高的要求,并非是

① 《别林斯基论文学》,第26页。

件容易的事情,愿我省的作家们为此而共勉。

在艺术表现形式和手法上,也不能保守,应该锐意创新。我们有些同志满足于已取得的成就,固步自封,这种现象不应该再继续下去了。需要有开拓者的气魄,探索者的勇气,既不囿于前人,也不重复自己,用自己独创的手法和技巧,去表现多姿多彩的现实生活,以适应读者对艺术欣赏多样化的选择。当然,艺术上的创新,既要继承传统,又要借鉴外来,但更重要的是立足于生活。那种对传统泥古不化或步西方现代派的后尘,都是不足取的。至于如何创造具有中国民族化特色的艺术形式,需要作家付出心血和劳动,在艺术实践中去探索。新时期以来,无论诗歌、小说、戏剧、电影,在表现形式和手法上,已有许多创新。单以小说结构为例,就已经从传统的单线组合解放出来,出现了“封闭性结构”“开放性结构”“心理结构”之类,出现了“戏剧型”“散文型”“电影型”的小说。特别是将心理学内容引进艺术创作和欣赏领域之后,文学的技巧和手法,更加显得丰富多彩。然而,我省的文学创作,从总的方面来看,在这方面是有些落后了。我们应该看到,生活的节奏快了,时间观念、空间观念以及读者的审美趣味的变化,必须对文学的表现形式和手法提出新的要求,否则就适应不了读者审美需要。为了解决上述问题,应该做到:第一,提高思想认识水平,增强锐敏的观察力,准确、深邃地把握现实及其发展趋势,在复杂的现象中,看清事物的主流和方向。第二,要作为改革者的一员,投身到火热的斗争生活中去亲身参加变革的实践,同改革者们风雨同舟,共同走完一段改革的历程。如果仅以一个旁观者身份站在生活的外围匆匆观望一下,那是不可能熟悉生活、熟悉人物的。有的同志说,我还熟悉某一方面的生活,用不着再到改革的洪流中去。其实,这种看法是片面的。社会是个整体,社会的变革不能不直接或间接地影响到生活的各个角落。大海的每一朵浪花,不会脱离大海而存在,只有博大的生活经历,才会有对局部生活的精深理解。“杯水风波”不与时代的激流相通,那是没有更大意义的。近几年,有的人长期浮在上面割断了与生活的联系,面壁苦思,敷衍成篇,结果写出了一些没有价值的作品。第三,对陈旧的知识结构进行更新。时代的变迁、科学的发展要求作家的知识面要广博,要不断充实新的知识,改变知识结构。有的同志不大重视这个问题,以有了一点生活积累为满足,殊不知这已不适应今天的创作需要了。

(二)要以浓墨重新描绘当代英雄人物的典型形象。文学的历史证明,决定艺术生命长青的是艺术典型的塑造,它是衡量文学时代意义的重要尺度。过去许多配合形势“写政策”“写中心”的作品之所以失败,原因就在于忘却了文学写人这条规律。今天的改革者形象是顺应时代潮流而出现的一批叱咤风云的人物,他们不同于过去传统观念中的新人了。他们的理想、情感、意志都赋予了许多新的素质和时代特征。像《励精图治》中的宫厂长、《生活变奏曲》中的及羽、《改革者》中的徐枫,他们为振兴中华而开拓的气度,坚定果敢,勇于迎着各种时弊,大刀阔斧干事业的魄力,都是当代改革者形象的性格特征。我们的作家,应该到生活中去发现这样的新人,表现他们在事业上的强烈进取心和创造能力;歌颂他们为改变我们祖国面貌的雄心壮志和科学态度。而要发现和写好这类典型人物,已有的性格描写的技巧和手法就不够使用了,作家们在艺术上需要越过的新的高度。回顾我们以往作品中的人物,似曾相识的多,真正有个性、有独特风采者少,这样的艺术形象怎能列于当代英雄之林呢?我们需要的是在现实和历史的联结中,在复杂的社会关系和不同人物的矛盾冲突中,展现他们的雄姿,描绘出他们思想性格上的历史印记,充分表现出驱使人物行动的内在的思想容量,刻画出人物性格深层结构的内在特征,展现出改革的深刻性和历史的必然。在这里我们要排除现代派的非英雄化思潮的影响,克服对新人的偏见。

(三)我们许多作品思想贫乏,缺乏震憾人心力量的原因,在于作家没能站在时代和历史的宏观高度去观察生活,满足于就事论事,低起点,低标准,在艺术上,雄心壮志不足。精神文明建设的大趋势,对当代作家提出了更高的要求,包括马列主义修养,广博的科学文化知识,精辟的艺术见解。总之,对生活的思考应该是纵深的、哲理的。就以当前的改革来说,经济体制、生产方式、生活方式的变革,必然引起人们道德观念、价值观念和审美观念的连锁反应。人与自然的关系,人与人的关系都面临一个重新认识和评价的问题。加之,在破旧创新的过程中,生活现象错综复杂,外部的和内在的交织在一起,组成一个矛盾的网络。只有表现出这种丰富多彩的复杂性,才能反映出生活真实的原貌。从历史的纵深考察,生活是一条长河,现实与历史是联结的,今天是从昨天过来的,既有继承和创新,又有所决裂和扬弃。优良的革命传统要继续发扬,使之成为建设新生活的精神动力,旧的思想习气和道德规范,也会成为习惯势力,阻碍改革的顺利进行。生活时刻都在进行着新与旧、革新与保守的搏斗。我们的文学要反映新时代的宏大气势,作家观察生活的立脚点站得不高,那是无能为力的。回避生活的矛盾,光靠生活的泡沫来写不行;或者远离生活,写什么小花小草,小街小巷,小市民的小小悲欢(这样的作品也可以写,但不能成为文学的主流),这样的文学创作的小家子气,同激动人心的时代主旋律相去甚远。我们的文学要打出黑龙江,首先要有一种不甘人后的志气,有敢攀艺术高峰的广阔胸怀,自己替自己树立一个艺术上的高标准。

三

文学的未来,属于拥有风格的作家。发展北大荒文学风格,这是我省文学变革的另一个迫切问题。法国作家福楼拜曾说:“一部写得很好的作品,从来不会使人感到厌倦,风格就是生命。这是思想本身的血液。”①可见拥有风格,并不是一件容易的事情。因为,风格是特色,就是独创,它是一个作家成熟的标志。只有那些艺术上成熟的作家,才能显现自己鲜明、独特的风格。一个在文学上有抱负的作家和诗人,一生都在对自己的特异风格进行追求。我省三十五年的文学创作,究竟成长了多少有风格的作家?代表黑龙江文学的乡土特色是什么?近年来关心黑龙江文学命运的人都在思考。有的人读了梁晓声反映北大荒生活的小说《今夜有暴风雪》和《这是一片神奇的土地》之后,深感我们的作品在反映北大荒的生活上,还缺乏那么一点气派和特色,担心“北大荒派”的雅号会被“兵团战士”夺魁。是的,这的确是一个比较尖锐的问题。因为近几年,一批在黑龙江锻炼过的知识青年,许多人在文学创作上显示了才能,他们的作品洋溢着北大荒生活的气息。比如,梁晓声、肖复兴、陆星儿、张抗抗、郑九蝉等。这些各显才情的作家,他们把青春的岁月,献给了这里的土地,在这片神奇的土地上,他们懂得了生活的意义,认识了人生。他们作品中流露出来的北大荒气息正是这里的土地和人民赋予他们的。有人因此说:“北大荒成了文学的摇篮”,如今文坛上又“崛起一个‘北大荒’作家群”②。这些盛赞之词,使我们感到压力,也使我们受到鼓舞。因为,它使我们看到了北大荒确是一个可以孕育自己的文学风格,成长大批作家的肥沃土壤。从历史上考察,黑龙江开发较晚,文风不盛。但也并不是文学上的“空白”。除去清代流放文人吴兆骞等人之外,近几十年内,号称东北作家群的许多作家,都生活在这里。要说北大荒文学风格,萧红、舒群、骆宾基、白朗、萧军等人的作品,已经给我们奠定了基础。继后,周立波的《暴风骤雨》,在描写北大荒农村风土人情,刻画北大荒人剽悍强直的性格方面,独具特色。书中大量使用黑龙江人民富有地方色彩和音乐美的语言,显示了乡土文学特色的一个方面。

北大荒文学风格的特色是什么?我们不应该作简单的、狭义的理解。在我们的印象里,北大荒人还有一种十分宝贵的创业精神。这种精神同开发北

① 转引自《作家的创作个性与文学的发展》,第181页。

② 蒋子龙:《从兵团到文坛》,载《文艺研究》1983年第5期。

大荒的历史进程相联系,又是和这里独特的气候、山川风貌等自然条件影响有关。各兄弟民族的生活习性和性格,也对北大荒人的性格,产生了相关的影响。有人把北大荒人的性格基调归纳成四句话:“粗犷中带着不难觉察的蛮荒般的强悍;豪放中带着丝丝缕缕的冰雪般的凛冽;豁达中带着点什么都不在乎的味道;开朗中带着几分复始气息的单纯。”①这种概括也还只能说明“一般”。因为“粗犷”“强悍”“豪放”“豁达”,具体到一个北大荒人身上,情况非常复杂了。因此,我们认为,北大荒文学风格,首先在于它表现黑龙江人的气质和精神。这种风格的形成,还要以作家审美主体为“中介”,通过作家主观的个性、气质、修养、禀赋,同客观生活环境,人物情态的结合而熔铸出来的。由于作家的经历和个性不同,即使描写同一题材、同一环境中的人物,其作品也会风格迥异。这样北大荒文学风格,就不是一个单原色,它是由多重色调组成的一幅北国风光色彩浓烈苍劲的油画。在这样一种感情色彩之下,北大荒文学风格,可以有多种层次,多种分支。以诗歌来说,王书怀的简洁明快,富有民歌风味的诗篇,与刘畅园那种精巧、淡雅的小诗相比,显得有些“土气”,然而浓烈的泥土气息,又何尝不可以成为北大荒文学的一格? 至于小说方面,更显示出了北大荒文学特色的斑斓。林予在长篇小说结构上的纵横恣肆,显示了这位作家有说书人讲故事的才能。钟涛、毕方两人个性各异,但在小说中表现出来严肃的写实手法所形成创作个性却是一致的。至于巴波的冷静诙谐,鲁琪的朴素自然美,刘亚舟的田野芳香,都应该被看作是北大荒文学风格的派生。有人说北大荒文学没有形成自己的风格,这种看法可能有一点“虚无”。我们认为,黑龙江文学的乡土特色已初见端倪,只是还没有像“山药蛋派”“荷花淀派”那样,有一个或几个带头人。我们的文学风格,在散漫的“一般”中被淹没了。

所以,我们热切地盼望,在未来的黑龙江文坛上,能够诞生出有自己风格的典型代表。风格的形成不能够脱离时代和区域特色。今天大变革时代的生活,是一个可以孕育和产生文学巨人的新时代。如果说黑龙江文学前人已经在这里开疆拓土奠下了基石,剩下的路就要靠我们自己来走了。

首先,要重新认识生活。这是形成北大荒文学风格的土壤。因为,一个作家的创作个性的形成是离不开他赖以生长和生活的环境,以及特定条件下的生活阅历的。过去的事实证明,但凡在这片土地上长期生活,动过感情,洒下了心血的人,他们的气质、禀性,都要受到这片土地上人民的气质、性格,乃至饶有风趣的语言、民俗风貌的影响。久而久之,这些人也“北大荒化”了。北大

① 耕荒:《北大荒特色漫谈》,载《文艺评论》1984 年第 1 期。

荒文学风格的发展，离不开北大荒生活的土壤。出身湖南的周立波，为什么能写出北大荒风格的《暴风骤雨》，从浙江来的知识青年郑九蝉，为什么能写出北方人读了都感到“够味”的小说《能媳妇》？这是生活哺育作家的明证。就以梁晓声那批“兵团战士”来说，他们的作品能显出一些北大荒特色，也是当年他们在艰苦的环境中，有意识与无意识的生活积累促成的。如果生活不充实，没有爱也没有恨，这样的人恐怕他永远也不能获得真正的风格。左拉在论及阿尔封斯·都德独特风格形成的过程时说：首先是一种追忆，都德先生能忆起他曾见过的一切，他看见了某些人物，看见了他们各自的姿态，看见了某些境界，看见了他们不同的轮廓。都德在表现这一切的时候，“他把自己变成这些人物，他生活到作品环境中去，把他自己的个性与他要描绘的人物和事物的个性熔铸在一起。因而热情激动，最后，他和他的作品合而为一。”[①]这样把自己整个地融化到作品的故事和人物中去，书中场景的现实性与小说家的个性合而为一，这就使作家的个性在作品里获得了再生，自己的创作风格也就不期而然地流露出来了。所以，归根结底，还是一个对生活爱不爱的问题。梁晓声谈他写《这是一片神奇的土地》的体会说，是因为有人要“否定和嘲弄”北大荒知识青年那段历史，他感到“对一千五百万走过艰辛而严峻的道路”的人加以嘲弄，这太不公正了。他重返北大荒，看了当年知识青年连队的遗址，到知识青年烈士的墓前献了花圈，这使他产生了写作小说的创作冲动。我们在小说中看到，当梁珊珊被“鬼沼”吞没，王志刚被狼群吃掉，李晓燕在恶劣的气候下奄奄待毙时，她死后的唯一要求，就是希望人们在自己的墓前立一个石碑，刻上“垦荒者”三个大字。这是何等催人泪下的情怀啊！想当年我们许多作家，在讴歌“垦荒者”的英雄业绩时，不是也有过这样一种苍凉而激昂的体验吗？应该说我们许多北大荒的老作家，他们并没有忘却当年建设边疆、开垦荒原的记忆，只不过是五十年代生活的库存，还没有充分利用。特别是没有用八十年代的眼光对它们作重新认识。如果认识达到了时代的高度，老题材同样可以写出新特点的作品。丛维熙的《北国草》就是很好的例子。可惜我们有的人似乎太小看了自己过去的生活积累。当年的北大荒已今非昔比，当年的“地窨子”“小马架”，而今已是现代化的农场了。但是生活的进程是有连续性的，北大荒的农村也在变，时代感不能割断历史感。站在今天“反思”过去，去熟悉今天变革的生活，我们会看得更深刻，对新与旧、改革与反改革的交错复杂的斗争，可能观察得更加准确。什么是今天北大荒人的精神风貌？也必须联系过去的历

---

① 左拉：《论小说》，载《古典文艺理论译丛》第8集，第126页。

史去重新认识。即使像过去在许多作品中描写和赞美过的北大荒人的豪情义气，大碗喝酒的古朴遗风，在今天恐怕也有了新的升华。如何去描写新的北大荒人，写他们摆脱历史的重负，而走向明天的新的性格，这些都是发展北大荒文学风格的重要问题。

其次，要重新认识自己。说一个人对自己不认识，可能有点玄虚，但在文艺创作中却是常有的事情。比如有的人写了一辈子作品，但他不知道自己的特点和优势是什么，自己拥有的生活经历、个性特征、禀赋和美学趣味最适宜表现什么样的题材和人物，这一点不清楚。他们创作时，就会处于一种封闭和拘谨的状态，不能自如地发挥。左拉称这种作家是“一个打开了水龙头的滥造散文的人”。左拉还别具讽刺地说，这种人“与其写小说还不如去卖蜡烛”。最近读到张贤亮在陕西座谈会上的一次讲话，他也认为“文学创作的一个首要条件是作家心灵的自由”。但是要使创作进入“自由状态”，又是谈何容易啊！从维熙说，粉碎“四人帮”后，他经过了几次反复才认识了自己。过去他崇拜孙犁，希望步老师的后尘，沿着50年代的步子走下去，可是他在写短篇小说《女瓦斯员》和《洁白的睡莲花》时，深感有“江郎才尽”之苦恼。1978年以后，他经过反复思考，终于认识到过去那种充满诗情画意的笔调，很难以表现他所经历的那些蹉跎岁月。他经过创作中篇小说《大墙下的红玉兰》，才茅塞顿开，终于重新找到了自己。① 作家创作风格的形成，浸透了自己的主观色彩，而只有属于自己个性、气质和见解的东西，才是别人所不能重复和替代的。而这一点我们过去往往不敢承认，思想受着许多束缚。要么对政策、政治作狭隘理解，用抽象的理论原则对其作品和人物贴标签；要么回避生活矛盾，用对生活“反着写”去配合运动，把作家自己内心的真诚感受和个性，消融到原则中去了。粉碎“四人帮”以后，许多作家从应该否定自己过去的那一部分中走出来，重新获得艺术青春。文学艺术的变革，需要这样一种自我认识、自我松绑的突破，不停歇地寻找自己，使每个作家把自己个性的本来面目反映出来，做到创作从心灵流出，没有故作雕琢之态。自己有什么优势就发挥什么优势，达到这样一种自然的境界，何愁没有创作个性，何愁不能产生独具风格的作家。

马克思曾经引用法国作家布封的一句名言“风格即人”之后解释说，每个人都有构成自己的“精神个体性的形式”，每个人也“有权利表露自己的精神面貌”，只有“用自己的风格去写”，而不是按一种“指定的表现形式去写”②，才

---

① 《从维熙谈“认识自己”》，载《钟山》1984年第2期。

② 《马克思恩格斯全集》第1卷，第7页。

能使精神面貌的表现形式有无穷无尽的变化。说到底,艺术风格是一个作家的思想修养和艺术解放的问题。正如作家孙犁所说:一个作家"如果不努力使自己思想前进和生活充实,而只是希望造成自己的风格,他就永远不会获得任何的风格。"①

总之,时代呼唤作家。丰富的变革生活为我们文学艺术提供了丰富的表现内容。我们有驰骋自己艺术才才能的广阔天地,产生优秀作品的时代到了。让黑龙江文学的未来,在我们的笔下繁荣兴旺,前程更加灿烂!

——写于1984年8月

发表于《学习与探索》1984年第5期,总第34期

---

① 孙犁:《文学短论·论风格》。

读不懂的诗

诗的懂与不懂的争论,延续了好几年。当年的朦胧诗,如北岛、顾城、舒婷等人的诗,虽说朦胧,但还是可以读懂的。步入90年代以后,读不懂的诗越来越多了。如《梦想》:

我躺在宝塔的心里/双臂上长满番薯叶子/松树站在我肋骨上歌唱阴天的雨水/屎壳郎钻进我腋窝

这首诗的字面意义,还算可以懂得,但是"番薯叶子"、"屎壳郎"和"腋窝"联系起来的形象意义是什么?谁能说得清楚?即使说清了,也不过是痴人说梦,能算诗吗?

再如另一首诗,标题为:《事件:停电》。诗中有这样一些断断续续的呓语:

冰块冰箱里/衣服衣架上/水在水管里
时间钟壳后面/柔软的是布/锋利的是水果刀
碰响的是声音/痒痒的是皮肤……

据说这首诗是诗人"事件系列"的代表作。有读者曾批评读不懂,说是"非诗",认为它是一堆"语言垃圾"。可是,有评论家写文章反驳说:"这种'非诗'的说法,从反面证实了诗歌革命的成功。"

怪了!中国新诗,从"五四""诗界革命",写到今天70余年,写得让中国人读不懂,反倒是"革命成功"了?这岂不是历史的倒退,新诗的自杀吗?

这几年有人动不动挥舞"现代派"诗歌的大旗唬人,认为诗写得愈像符咒、天书,就愈像现代派。这其实完全是一种误解。现代主义诗歌翻译到中国来,也是好懂的。我国30年代,一批留学欧美和日本的诗人,如艾青、闻一多、郭沫若、戴望舒、徐志摩，还有台湾诗人洛夫、余光中等，他们精通外文，能直接阅读西方现代主义大师们的原著，品味其精髓，对其进行深入研究。他们没有掉入西方现代诗潮的泥淖中，而是“入乎其内，出乎其外”。用郭沫若的话说，是“各个有意为之”，写出了各具特色的新诗来。

说句不客气的话，今天一些年轻的现代派诗人，能直接用外文品读现代主义诗歌的能有几人？多数人学外国诗靠的是读译本、当“二传手”，学到的现代派，不过是一些皮毛罢了。更何况，这中间还有个东西方文化、时代内容、民族心理、审美习惯的差别。我们怎能不顾国情就照猫画虎胡诌呢？

语言是思想的外衣，是要负载情感内容的。你写的诗，拒绝“情感”，消解“价值”不让别人读懂，何必要发表出来浪费纸张呢？也许有人说，这就是诗的哲理了，内涵很深奥，只有高人雅士才能破译其玄机。我说，这也不用唬人。因为，我说的是诗。诗的最高境界是哲学，但哲学毕竟不是诗。挤干了情感的汁液，让人去咀嚼纯理性的苦涩，甚至像算命先生一样去猜字破谜儿，那人们还要诗歌干什么？还要你诗人干什么呢？

发表在《哈尔滨日报》1996 年 8 月 9 日 太阳岛第 98 期

小说本体文化论

一、小说文化的内涵及其特征

“文化”是一个复杂的内涵。文学不过是整体文化的一个组成部分。小说文化意指体现在作品中的文化状态、文化思想和文化水准。它与一般的文化概念有所不同,一个简单的事实可以说明:历史、哲学、政治经济学的著述,都是以文字符号为载体的文化成果,所不同的是,一般的文化著作,重在介绍事实,阐明观点,陈述过程,总结经验教训,它们通过语言文字所传达的是诉诸概念和推理的东西,是一种知识性的文化。

小说文化(虽然也包含了知识性的内容)有其自身独立的文化系统,它主要是通过个性化的情感语言,描绘事物的情状,以其直观性、含蓄性和不可言喻的象征性为其特征的。小说也描写事实,但事实往往虚构,它不表现某一事物概念的科学性和准确度,而是暗示一种言外之意,象外之旨,它主要作用于人的情感和知觉,涉及更为深层的心理过程,简单地说,它的目的不是要“再现”或者“说明”什么。“艺术甚至连一种私密或隐蔽的再现都不是,因为很多艺术品是什么东西也没有再现的。”①比如,音乐只表现一种情绪,建筑只是一种纯粹的形式。说明艺术文化(包括小说文化)是一种审美文化。

小说审美文化的构成,可以分为形式和内容两大部分,就形式说语言是小说文化的第一要素,词语通顺准确与否,只是小说文化的最低要求,最精彩的小说语言是发自心灵的,不仅表现事物的个性特征,而且还富有象征和情态的功能,传达出一种愉悦读者感官的美。此外,结构、情节、技巧熟练的程度,既可以表现作家的文化素养,也直接表现为小说文化水准的高低。在内容方面,小说文化的内涵极为复杂,诸如题材的选择,主题思想的提炼,人物典型化程

① 苏珊·朗格:《艺术问题》,第120页。

度的高低，知识价值的容量，渗透在作品中文化因素的丰富性和独特性，以及体现出来的作家的审美关观、伦理观和道德观等等，都表现为小说文化。成熟的文学，应该是文化意识异常丰富、意蕴深厚而独特的文学。

考虑到小说文化构成，受社会文化影响的复杂关系，研究小说文化的特征，首先应注意到它的民族性、“受容性”和层次性的特点。

就民族性说，小说是一切文化成果中表现民族特色最为鲜明的，首先在语言上由于地域、种族的隔离，形成文学语言在韵律、音素、词汇方面不同的感情色彩，不同的社会结构和生活习惯在民族心态、民情风俗、传达感情的方式上也形成差异，同时各民族的作家用本民族特点的文化眼光观察生活，在他的作品中必须要反映出他所处的那个时代和他民族的文化意识、民族精神，比如，曹雪芹在《红楼梦》里，就为我们描绘了一个封建社会的文化景观，我们从一个小小的大观园里，不仅看到了历史的文化潜流如何在不同人物的性格和心灵中留下的深刻印记，而且，在较深层次上，受到了一种民族性格和文化精神的感染。

就受容性说，主要表现在小说文化对其他社会文化无所不包的融汇和吸收上。日常生活知识、科学文化知识，历史、哲学、宗教、道德的知识，经过作家的提炼，有机地融合在作品中，给阅读作品带来一种知识性、趣味性和哲理思考。一部文化层次较多的优秀作品，必须有赖以生存它的文化背景、文化氛围和文化土壤，创造这样作品的作家，必须有较丰富的知识和较高的文化修养。

由于社会的文明程度和作家学者文化程度不同，在一个社会里不同的作品表现出不同层次的文化特征，由低到高构成一个金字塔形的文化宝塔，代表本民族最高水平的艺术，是引导审美文化向高级发展的火车头。

其次，小说文化浸透着作家强烈的主观色彩，这是因为作家对生活的反映，不同于一般的哲学的反映，哲学的反映虽然也包含了能动的创造因素，然而，它偏重的是政治经济学、社会伦理的规范和社会实践。而审美反映则注重心理现实，偏向人的内在精神。尽管两者认识的源泉都是同一的现实生活，但同一源泉，作家可以有不同的感受和感知。他们要依据自己的生活经历和各自的敏感、个性、气质等心理因素，对生活形成选择性和差异性。只有被作家心灵化和主体化的现实生活，才能进入作家描写的对象，所以，研究小说文化的特征，不只是从民族文化的积淀、集体无意识中去寻求，还需深入作家的个体无意识。

审美反映主体对生活有改造和再造的潜能。一个作家他用自己的眼光去观察生活,生活和他的心灵、情绪结合,就具有流动的不确定和假定性。小说文化绚丽多姿,夸张的、变形的、荒诞的、象征的、幽默的,这异彩纷呈的现象,都是主体创造的结果。过去看不见小说文化反映主体的特殊性,只是一般地谈论"生活选择作家",仿佛有了生活就会自动地生产出作品来。近年来谈论区域性文学流派和风格者也很多。有人力主创造以区域性内容为特色的小说文化。比如西部文学流派、"西藏魔幻""百越境界""岭南风格""北大荒风格"等等。如果这种风格、流派特色的主观设计,抛开了作家个人的主体因素,只在地域特色、地理气候条件"认同"上做文章,恐怕是一厢情愿的事情。文学中的大自然人格主题是很重要的,但是环境对文学、对人的关系,决不是一种单向的关系,作家主体心灵的自主性、自由性和矛盾,才是决定小说文化的独创性和形式风格多样性的动力源。

第三,小说文化以其自身的要素构成一个相对独立的系统,形成文学本体,王蒙在谈到文学本体时说:"我以为文学本体是存在的,它就是所反映所追求所赖以发生的宇宙、自然、世界、人生、社会、生活、人类的精神世界,它就是古往今来古今中外的文学作品文学宝库本身。"①文学(包括小说)自它产生以来生生不灭,自有它存在和发展的根基。这个根不止于对小说历史文化的纵向继承、横向吸收,更重要的还有文学自身在表现生活、表现人物精神世界方面独有的规律性和手段。这是现实、世界、人生提供给小说文化的营养。比如,由于生活中不断发生的价值观念的矛盾,才有小说的故事、情节和矛盾冲突,价值观念变了,小说又必然寻找新的情节模式。由于人的本体有着对英雄的向往、好奇心、对异性的思慕、探求他人内心秘密的欲望,才提供了小说在表现形式和内容、题材和风格、方法和技巧方面各式各样的追求。如果没有人的心理流动中意识与潜意识的交错、想象与联想的随意性,可能也不会产生创作中的所谓"意识流"。至于情节上的淡化与强化,意境上的寓意与象征,幻觉和错觉的运用,对白与内心独白的错综交织,散文化情绪化和音乐性的运用,结构中的封闭、辐射与开放,时空观念上的有序与无序,艺术风格上的严肃、怪诞与幽默,等等。所有这一切形式、内容、技巧、方法、"主义"和风格,首先是人类生活和人的心灵早给文学提供了去表现它们的依据。所以,文学观念的变革、

---

① 王蒙:《读评论文章偶记》,载《文学评论》1985 年第 6 期。

创作手法和技巧的更新，首先是来源文学本体自身运动的必然趋势。并不是个人主观随意就变得了的。文学所要表现的心理现实，那是现实生活在人的心理活动中的投影。首先人类精神世界是一个不能穷尽的内宇宙。小说的艺术世界是作家同读者共同创造的，灵感随着机遇而爆发，创造性的大脑随机应变，这给小说创作带来千变万化的形式和外壳。所谓“文无定法”，“无法之法是为法也”。如果说，文学的最高境界是无技巧，我想这“无技巧”大约就是文学本体与生活的一种默契。

二、小说文化层次与读者层次的关系

作为审美文化的小说，只有通过审美欣赏才能产生社会效果。文学作品的本质是承载艺术情感的符号，只有人类才有这种将艺术信息的符号“翻译”为有关视觉形象的能力。读者通过阅读作品、同作家进行生活经验的交流，也参与艺术的创造，分享一种审美的快感。所以，小说本体与作家和读者存在着一种互为默契、相互理解和信任的关系。

另一方面，由于人是一个社会存在的个体，个人的生活经历、文化教养、心理功能，又存在着各自不同的特征。这又使读者和作家在艺术情趣、文化水准、理解和认识能力的诸多方面，很难协调起来，艺术欣赏也是一种劳动和创造。作家的心理动向异常敏锐，他们对现实生活的描写，往往要超越具象的本身，召唤着某种新的时代精神，他们的审美理想往往背离传统而处在人类文化的领先地位。罗曼·罗兰在谈歌德、雨果、但丁、莎士比亚这些艺术大师的作品时说，在他们的作品中“总是有两股激流，一股与他们当时的时代运动相汇合。另一股则蕴藏得深得多，超越了那个时代的愿望和需要，直到现在它还滋养着新的时代。”①列宁评论托尔斯泰时也认为：“在他的遗产里，却有着没有成为过去而是属于未来的东西。”②马克思称赞塞万提斯和巴尔扎克高于其他一切作家，可是塞万提斯的《堂吉诃德》第一部在1605年出版后，只被看作是一部“供人消遣的闲书”，未被重视，而作家本人穷愁潦倒，死无葬身之地，在极端的困境中才把第二部写完。通过小说表现出来的文艺复兴的民主精神和人文主义理想，过了一两个世纪以后才被人们所认识。文学史上有许多作品在

① 《法国作家谈文学》，三联书店版，第33页。
② 列宁：《列·尼·托尔斯泰》，《列宁全集》第16卷，第326页。

作家当时被人讥笑、指责或冷落，只有在时代嬗变、人类文化意识觉醒之后，才被突然重视起来。可见，小说文化层次与读者欣赏层次，又在许多方面表现为不适应，甚至是对抗性的。

在小说文化层次与读者层次的关系上，必须正确理解文化适应的意义与阻力，首先，适应性是不能否定的。因为，在任一个社会里读者的文化层次十分复杂，下至不识字的文盲，上至学者、教授，他们都要文艺欣赏。作为一个心中想着人民的作家，他要对读者接受能力进行预测。从创作选材构思，到技巧手法的运用，都要同时为自己作品设计读者模式，头脑中要时刻关照"隐在读者"的要求。这是文艺深入群众、作家同人民结合的需要。目前，我国读者对小说的欣赏大致可分为三个层次。一是通俗小说。这类作品其中好的，继承和发扬了民族小说"话本"、"传奇"的传袭（迎合低级趣味庸俗的小说除外），富有知识性、趣味性和娱乐性，形成一个具有中等以下文化水平的读者圈。二是"问题小说"。这类作品承袭赵树理以来的传统，或"干预生活"，或"暴露弊端"，紧密联系现实，注重现实政治的功利性。这部分作品读者文化层次较为复杂，是我国目前小说文化层次的主体。第三是"内向小说"。这是依据现代小说观念而创作的新成果。在创作上已由单一的表现客体，进到主体与客体的结合，或侧重描写客体在作家主体心灵的折射。其表现形式多种多样，情绪的、空灵的、写意的、象征的、感觉的、荒诞的，重在刻画人物的不同心态，表现出一种"内探索"的特征。这是小说文化出现的新浪潮，显示了十分活跃的因素。这部分小说的读者，主要集中在当代最敏锐的青年知识分子中间，小说表现出来的现代观念和具有创新精神的当代意识适应了这部分读者的要求。我认为，我国新时期小说，经过一个恢复、一个调整、一个突破，其文化层次与读者审美层次基本上是适应的。从刘心武的《班主任》开始，我们恢复了现实主义传统，其后"伤痕文学"的发展，并在一定程度上，实现了现实主义深化。但是，由于社会的安定、经济发展、生活水平提高，文化欣赏中的娱乐性和消遣性逐渐增长。单纯配合"政治运动"的问题小说，已无法满足需要。于是才在小说文化这种几十年稳定的平衡中，杀出一股"通俗文学"浪潮，对审美文化层次进行一次调整。但是，随之而来的，人民要求普及，也要求提高。思想文化的开放，对社会问题的"反思"推动着小说文化的深化。从写"问题"到写"人生"，从"外向"到"内向"，从"一元"到"多元"，抛弃许多非小说本体文化的因素。小说向前发展了，可以说这是小说文化在我国处于稳定平衡中一次带根本性的突破。它在更高的层次上取得平衡,反映了小说本体文化螺旋式上升的历史规律。

但是,决不可忽视潜在的消极适应的一面。这首先是由于文学接受中习惯性的心理造成的。在中国以儒家思想为代表的传统文化,是在封闭式的农业文明下的文化传统。这种自然经济格局,使人们的思维模式趋于保守、狭隘、自满自足,乃至陷于固步自封。造成人们的心理模式也是压抑型的。在文学观念上受儒家"文以载道"的影响很深,注意文艺的教化作用和社会功能,注重劝善惩恶、因果报应、大团圆、"温柔敦厚"的诗教。鲁迅曾指出:"若文艺设法俯就,就很容易流为迎合大众、媚俗大众、迎合与媚悦,是不会于大众有益的。"[①]今天我们需要警惕为了经济利益而出现的"媚悦"和"俯就"现象,同时,更需要警惕那种表面热热闹闹、平平安安,没有前进,也没有什么创造的文艺假繁荣。

理智与情感常常是有矛盾的。理智趋向未来,情感趋向过去。人们的审美经验本身就有一种适应规范化模式的惰力,总是想舒舒服服不费气力消费一种艺术成果。当一种新的文学样式、新的写法生出来时,有的人先是惊讶、不习惯,然后就回过头去寻找旧有的规范模式,并以此为准,对新的创造进行评头品足,不予认可。这样的较量在新时期文学十年中已屡见不鲜了。"朦胧诗"初出的遭遇自不待说。"伤痕文学"的兴起又是一例。《天云山传奇》和《人到中年》这些优秀作品,引起的多次反复的论争,说明在读者层中追求消极适应的能量还是很大的。

适应与对抗的矛盾,这是小说本体文化自身运动的一种规律。可是,创新的东西,往往一时不为人们所接受,和读者的审美惯性发生碰撞,打破了欣赏平衡。经常制造这种对抗、矛盾的人,就是勇于探险的艺术家。事实证明,艺术审美价值的实现,是常常处于矛盾之中的。没有矛盾就没有审美观念的更新,没有文学前进的动力。可是,这种对抗性又常常被人误解。比如,一当创作中出现了读者欣赏层次不相适应的作品时,有人就感到不安。试想,如果没有四年前"朦胧诗"对中国诗坛的冲撞,新诗恐怕不会有像今天这样由"危机"到兴旺的征兆。如果没有王蒙以"集束手榴弹"的爆破力,将"意识流"用于小说的创作中,中国小说的心理描写,可能还停留于"十七年"描写的水平。今

① 《鲁迅全集》第7卷,人民文学出版社1963年版,第579页。

天，随着文化开放，东西方文学中许多新的表现方法介绍进来，把现实主义大一统的小说模式打破了。依我看中国文学要和世界读者对话，是需要有一点“呼应”的，用作家邓刚的话说：中国当代小说的阵容，简直像一个原来秩序井然的车队，突然被一些不遵守交通规则的车辆撞开，大家争先抢道，把道路冲轧得更宽了。许多“例外”的小说，把小说章法和几大要素冲击得荡然无存，使一些作家“乱了方寸。”①是的，我们应该正确认识文艺欣赏中不适应性的活力，它可能蕴涵着文学本体运行中某些新的因素，我们更应该以满腔热情去支持探索，与其去挑剔、讥笑探索者的不足，不如退而去帮助他们尽快成熟起来。

三、小说本体文化的开放系统

小说文化创造的主体是人——作家和读者。小说文化系统的开放，首先是人的精神主体性的开放。文学是人的心灵学，人的心灵在反映客观世界的丰富性、自由性和自主性方面有着神秘的无限广阔的空间。但是，这个空间的运用和开拓，离不开心灵的自由，离不开作家精神世界的充分展示。

刘再复在《论文学的主体性》一文中，把人的精神主体划分为“表层结构”和“深层结构”两个层次。他认为表层结构只反映作家对生活认知的理性处理，而深层结构才是作家全部心灵、人格、意志、能力和创造性的全面实现。这种分析有一定道理。不过在心理学上还有另外的划分法。心理学认为，人有“多个自我”。即“自我”不是一个，有自己意识到的，自己意识不到的，它们都在紧张地工作。一旦有了机遇触发，彼此忽然沟通，爆发了创造性的灵感，灵感的状态才是主体开放、自我超越的一种最佳创作心境。作家取得心灵的最大自由，他对小说形式的把握，技巧和方法的运用，主体精神的外化，才是无拘无束的，他们的全部心灵、人格才能与时代和人民息息相通。比较高级的文学，应该是作家灵魂的淋漓暴露。小说文化的深层意蕴，来源于作家最高审美价值的自我实现。

其次，小说文化的开放，还表现在小说本体文化系统自身的开放。这个问题可分为两个层次去谈。一是小说在它产生和发展的过程中，借鉴和继承了中外古今文化传统的相关要素，经过改造、消化，而容纳到自己的系统中来，丰富了自己。二是小说自身在表现客观世界和表现人的精神主体方面，有它自

---

① 《文坛出现了空前活力》，载《文艺报》1986年2月22日。

已的规律性和形式、技巧的基本规范。

文学本体的开放，还从东西方艺术的逆向交流中表现出来。日本著名的美学家今道友信在《关于美》一书中说："东西方关于艺术与美的概念，在历向上是同时向反方向展开的。西方古典艺术理论是模仿再现，近代发展为表现。……而东方古典艺术理论都是写意即表现，关于再现和写意的思想则产生于近代。"①今道友信的论断基本准确，只是我们在把西方"模仿说"拿来以后，就把自己的"表现说"抛掉了。聪明的艺术家们，总是把开放看作是双向的开放。你学习我，我学习你，"各各有意为之"（鲁迅语），"我走我自己的路"（郭沫若语）。鲁迅、郭沫若之所以能够向外来文化学习，"出而参与世界的文艺之业"，就在于他们在世界文学图像的纵横坐标上，找到了自己跻身的位置。西方艺术家们向中国学习尽管起步较晚，但也不可忽视他们的成就。德国戏剧家布莱希特把中国京戏的传统拿去，创造了一个独立的戏剧流派。据西方认为，他们的科幻小说是借鉴中国的"西游"，甚至有人认为，后起的拉美"魔幻现实主义"，也与这部"神魔小说"有关，还认为日本兴起的推理小说，是借用中国"公案""传奇"的写法。人家拿去创造了，我们又将人家的创造请回来。甚至，我国的读者在接受这些"异域文学"，观看布莱希特的代表名剧《伽利略传》时，把这些作家的国界、民族都模糊了。正如马克思在研究了资本主义生产方式打开世界市场，使生产和消费成为世界性的时候指出："物质生产是如此，精神的生产也是如此。各民族的精神产品成了公共的财产，民族的片面性和局限性日益成为不可能，于是由许多民族的和地方的文学形成了一种世界的文学。"②

二十世纪初席卷世界文学的西方现代主义，成功地运用了小说本体文化的开放原则，敢于对传统桀骜不驯，窃取了现实主义之火，才使自己燃烧起来。今天许多现代派头面人物高唱反传统的调子，把"巴尔扎克式"写法说得一无是处，但是他们谁敢否认自己的标新立异没有现实主义留下的印痕？就心理描写方法说，他们创造了一种"内视法"，直接去展示人物的内心活动，但这种写法的发明权，属于现实主义大师福楼拜。法国新小说派的开创者们，把福楼拜尊为他们的保护神，说他为身后好几代作家开辟了小说创作的新路子。卡

---

① 今道友信：《关于美》，第 74 页。

② 《马克思恩格斯选集》第 1 卷，第 255 页。

夫卡、乔伊斯、亨利、詹姆斯，都认为福楼拜启发了他们的创作新意。这说明在小说文化系统内，方法可以互用，流派的界限可以跨越，可以拼合，可以寄生、互相渗透、互补不足，在艺术掌握世界的方式上，好像人的左右手。卡夫卡的《变形记》中人在一夜之间变成了甲虫，但它的思维和意识并没有脱离现实的人类。现实主义许多常用手法，比如，陪衬、虚构、夸张、比喻、对比、渲染、烘托等，都是现代主义各派常常使用的。

中国小说要走向世界，绝不可拒绝运用小说本体文化系统开放的规律。问题是：开放原则的世界文学与民族文学是什么关系？那种非此即彼的单线思维模式，已经把我们搞得够苦了。当前急需的是站在宇宙宏观的视点，获得对人类文化的整体性把握。民族文学的民族特征，也只有在横向坐标的参照系上，对传统文化性格进行重新审视和"重铸"，才能重现出民族文化的异彩。我以为，世界文坛虚席以待的"交椅"，只能留给那谁也不可替代的具有独创的大师。

1986 年 4 月于哈尔滨安和居；1987 年 4 月发表于

《绥化师专学报(社会科学版)》1987 年第 4 期

“全球化”语境中的中国文学问题

文学走向世界，成为“世界的文学”，为全人类所共享，这在马克思的《共产党宣言》中，早就明确地讲过了。我们中国只是在新时期改革开放以后，人们才遗憾地发现，当代世界文学顶尖级的诺贝尔文学奖，将12亿人口的中国排除在外。于是一批有血性的富于民族自豪感的作家和评论家，明确地提出了中国文学要走向世界，同世界接轨。并且，决心在20世纪的最后几年间，向诺贝尔文学奖进军，实现零的突破。可是，1999年10月，诺贝尔文学奖的桂冠被德国作家格拉斯摘走，2000年20世纪最后一次诺贝尔文学奖得主高行健，他是入了法国籍的华裔作家，不属于中国人。而今，远比获一个诺贝尔文学奖更重要的文艺全球化问题又摆在我们面前，中国作家和艺术家，又该如何面对呢？

从历史的积淀中反求诸己

关于高行健如何获取了诺贝尔文学奖问题，在全球华人世界引起了一场冲击波，但在事实上这场冲击波也警醒着中国作家，中国当代文学究竟怎么了？议论蜂起，各说各是，怨天尤人。不管怎样，毕竟有了一位用汉字写作的华人作家获此殊荣了。高行健也曾是中国作家协会会员，在国内著有探索性话剧《车站》、《绝对信号》和《野人》等。此次他因长篇小说《灵山》和《一个人的圣经》获奖，这两部作品的中文版，国内没有发行，我们也没有读过，没有读过人家作品，而又要去说三道四，那就是文人的不自重和轻浮了。

对照格拉斯，他上次获奖的长篇小说《铁皮鼓》写成于40年前的1958年。那时，正是中国“大跃进”的时候，我们的作家正在大放文艺卫星，实行文艺大跃进，可德国作家格拉斯头脑没有发烧，他把“二战”中德国法西斯带给全世界人们的灾难，引入了更深层次的思考。《铁皮鼓》的故事荒诞不经，但它处处勾起德国人民对自己在希特勒那段历史中所扮演的角色的回忆。故事以1933

年希特勒的势力在但泽地区发展为背景，写了一个患呆小症的男孩名叫奥斯卡，他随身携带一个铁皮鼓，他的嗓音足以震碎玻璃，他永远也长不大，但他能看清纳粹的可怕。他也经常参加一些纳粹组织的活动，目睹了四邻的小市民如何依附于纳粹的势力去打抢犹太人的住宅和商店。他说："整个轻信的民族以为应当有信仰，相信圣诞老人，但圣诞老人却是个收煤气费的。"这就是奥斯卡评价德国人民当初对希特勒的狂热和崇拜。这样，作家没有在"灾难"之后，把罪责都推给希特勒一人，而是把个人摆进来，对德国民族的精神痼疾、对自己的良知包括对作家自我的拷问。所以 1999 年瑞典皇家学院在颁奖词中赞扬格拉斯"以欢快的黑色寓言手法，描绘出令人难忘的历史"。

中国当代文学和中国作家，如何去发掘和运用民族的历史和现实的精神资源呢？扪心自问，"五八年"那场砸锅炼铁，小麦亩产数万斤的浮夸风、造假风，致使千万人饿死还说形势大好的大跃进，是怎么煽动起来的？像"文化大革命"掀起的那种造神运动，许多人发疯般地狂热，全民皆斗，扫"四旧"、关"牛棚"，历史颠倒，良知泯灭，许多人不也是在维护自己所信奉和尊崇的某种神圣的理想吗？涉及"大跃进""反右"和"文革"题材的写作，至今据说还存在许多不好处理的敏感问题。中国的抗战文学，似乎还停留在《地道战》《地雷战》《小兵张嘎》的平面上。几年前好容易弄出一部电影《南京大屠杀》却被人喝了倒彩。中国人遭受战争的悲剧，胜过于西欧许多国家，但悲剧在中国实在难产。写战争文学缺乏悲剧，写"反思"文学缺乏忏悔意识。没有勇气否定自己，不敢坦诚自己的过失，有时，为了应对某种政治高压，各种"思想汇报"的假象又成为"蒙混过关"的形式，如此等等。涉及国民性精神的痼疾，我们的文学作品缺席，作家也似乎还没有进入这一层次的思考。

我们的当代文学缺乏什么？作家贾平凹说："可惜的是，因战乱和'文化大革命'，以及政治化规范的种种限制，中国人的生存窘迫所造成的特殊语境，使文学未能确立文学自身的独立性，被各种利益集团利用，为其作非文学的宣传和服务，严重地缺乏文学精神。"[①]长期以来中国作家的创造性思维陷入敌与我、好与坏、革命与反革命、两个阶级两条路线对立的模式中，从文学革命到革命文学，再从革命文学到工农兵文艺方向，"中国新文学就这样一步步走向了后来我们看到的那种为中国所特有的、稳定的，也是相当固化的、高度'统一'的文学形态"[②]这种从属于革命和政治的统一文学，根本无法进入世界性文学

---

① 贾平凹：《中国当代文学缺乏什么？》，载《小说评论》2000 年第 2 期。

② 谢冕：《重视对 20 世纪 50 年代文学的研究》，载《当代文学研究资料与信息》2000 年第 6 期。

批评的视野。今天，“重写文学史”，当谈到“十七年”和“文革”十年的文学成就时，总是理不直、气不壮，深感所能传世的佳作不多，能拿得出去供世界读者欣赏的作品又实在太少。

警惕“全球化”的陷阱

“全球化”对中国文学来说，简直是一把双刃剑。随着科技和网络信息的飞速发展，带来的思想和文化的相互渗透以及信息的传播、文化工业的产品市场、学术领域的话语权力等等一系列深层次的矛盾和竞争，将对中国文艺创作带来的影响也是双重的。

1. 文艺等精神产品的生产、传播与消费，实现了第三次革命。从文化史上考察，第一次革命是纸的发明，第二次革命是印刷术的诞生，第三次革命是网络信息技术的高速发展。它使全世界各民族的文艺产品的载体和交流都变得十分容易，而且这种超越时空的信息传播方式无孔不入，想拒斥它也十分困难。

2. 历来被视为神圣的一切经典的文学创作，都将被排挤到一种边缘，传统的精英文学和艺术越来越被当作一种国粹保存而搁置一边。相反，作为经济全球化语境中的文艺，将越来越呈现出一种世俗化、趣味化，各种快餐文化及其产品打着娱乐文化的旗号，更加风行于世，如鱼得水 。

3. 文艺创作作为精神产品的生产，逐渐纳入商品经营的轨道，一切经营的技巧和出发点都听命于市场的销售和观众的兴趣，经济效益与社会效益失衡，利润原则将逐渐替代审美尺度，文艺批评泡沫化、广告化，服务于商业炒作，由于人民只崇拜金钱、物欲，精神贫困，艺术审美欣赏向满足于感官的刺激滑坡。

4. 最重要的一点，就是从争夺经济政治霸权到强占“主流文化”，控制“文化霸权”。由于世界各国发展的不平衡性，导致信息交流的不平等，以英语为“主导语言”以“美国文化”为中心的“主流文化”大量地向其他弱势国家流入信息，占据主导地位。西方的意识形态包括价值观、宗教观、审美道德观将会形成慢性渗透，支配别国，成为领导者。许多人文学者对全球化的到来，充满了人类文化的危机感。几年前季羡林先生等人多次畅想下一个世纪，以中国传统文化为主流的东方文化将取代西方而主宰世界，近期又有一些学者畅谈21 世纪的“文学中国”将享誉全球。对于老学者们这些仰之弥高的放言高论，能否成为事实，仅仅是一个很遥远的畅想，我所最关注的还是现今，眼下中国文学艺术如何求得生存的问题。美国的一部大片《泰坦尼克号》打遍全世界，使国产电影黯然失色。中国的《还珠格格》纯属闹剧，在投票中竟轰然获奖。这些大家共见的事实，都意味着一种西方的"主流文化"的价值观和审美观正在与我们争夺另一种霸权。

上面列举的全球化带来的负面效应，在目前中国的某些方面初见端倪，作为塑造人的灵魂的文艺，将如何抵御有害文化在全球化进程中出现的和平渗透，保障作为人的理想、尊严和人性美不致受金融、物欲膨胀的侵蚀，通过文化艺术在人们的心灵中筑起一道精神的堤防，这是中国文人作家和艺术家所面临的世纪职责。但是拒绝污染采用隔绝、封闭、孤立主义的政策没有出路。全球化对外开放也给文艺打开一个广阔的世界文化市场，提供施展才智的无限商机。

首先，由于信息交流的便捷，各民族各国家间的文化艺术的个性、经验互相沟通，互相学习借鉴，将有利于大大提高中国文艺创造的总体水平。文艺家的眼界开阔了，将打破陈旧固定的思维模式，获得新的创造性灵感。

其次，全球化并非同一化，也不可能是单一的"美国化""西方化"。古老的中国有着世界上独一无二的民族艺术的优良传统，由于过去长期封闭，也由于以美国为首与中国长期的意识形态的对立，多数洋人不了解我们，而且常常带着偏见看中国。我们以正确的态度顺应国际潮流，将给中国文化艺术走向世界带来很好的机遇。古老的东方文艺经过由传统到现代化的转化，将会以更加灿烂的光华显耀世界。

第三，中国的民族振兴和繁荣发展离不开世界。通过文学艺术的传播可以架起同世界各民族相互了解的桥梁。文艺是以情动人为其特征的，文艺的传播不仅是以理智而且以情感的深处潜移默化地打动人、鼓舞人，尤其中国传统艺术中那种重亲情、友爱、善良的人性美以及诗情画意的艺术表达，将有利于增进了解，沟通感情，化解冲突，推动全球化向着和平健康的道路发展。

迎接挑战，我们能做点什么？

文艺走向世界实现全球化，首先是我们拿什么样的作品去给全世界的读者看？过去我们的误区是不把全世界读者看作是"服务对象"而奉行一种与别人"对着干"的哲学，所以"文革"时期，包括"十七年"创作的文艺作品，在国际上几乎无人问津。相反，像沈从文、张爱玲等作家更多地表现了人性美的作品，以及一些旅居海外和港台的作家的作品，在国外读者中享有盛誉。可见国外读者和观众欣赏艺术也是有选择的。比如，巴尔扎克的小说描写法国资本主义社会金钱崇拜对人性的摧残;《包法利夫人》和《茶花女》歌颂爱情的纯真和对弱者的礼赞;再如,老舍的《骆驼祥子》《茶馆》在法国演出时轰动欧洲,说它们揭示了人类的某种共同境遇。因此,不仅属于中国,还属于全世界。鲁迅没有获诺贝尔文学奖,但他创造的阿Q形象也成为某些国外民众反观自己的一面镜子。据"瑞典科学院新闻公报"说,高行健的《灵山》通过一个在困境中的作家在中国南部和西南部偏远地区流浪和神游,把现代人的处境同人类的生存状态联系在一起加以考察,进行历史文化的反思。他的另一部小说《一个人的圣经》和《灵山》在主题上一脉相承。"小说的核心是对中国通常称为'文化革命'的令人恐怖的疯狂的清算。作家以毫不留情的真诚笔触详细介绍了自己在'文革'中先后作为造反派、受迫害者和旁观者的经验。"[①]据悉这两部作品,已被译成瑞典文、法文、英文、意大利文、日文、匈牙利文在全世界发行。如果说瑞典科学院的公报属实,像《灵山》和《一个人的圣经》这样的作品,大凡经历过"文化大革命",到过中国西南地区去实地考察过的作家,都可以写得出来,为什么我们没有写?这就是问题的症结所在。从上述例子透露出一些信息,爱挑剔的国外读者和观众,他们到底需要什么?我认为,世界文学中有许多共同的主题,随着历史的变迁演绎出不同时代的新意。比如,歌颂青春和爱情,描写"忠"与"奸"的斗争,尊重个性,渴慕自由,同情弱者,揭露金钱、权力的凌辱,歌颂崇高与理想的美,反对战争,渴望和平,对人性丑陋的揭露,对民族性格缺失的反思。总之,一句话:"秀才爱姑娘,奸臣害忠良",把"文学"还原到"人学",这是一个不尽的永恒的主题。

其次,重提大视野的"全民文学"。真正的文艺是属于全人类共享的公共财产。但是在"文革"中,"全民文艺"论是被文痞姚文元作为"文艺黑线的中心口号"批判的。1962年5月23日的《人民日报》为纪念《讲话》发表20周年,发表一篇题为"为最广大的人民群众服务"的社论。这篇文章针对我国读者群体已经发生了变化的新形势,提出了"我们文艺服务的对象和工作对象"应该是"以工农兵为主体的全体人民",这一文艺方向的提出,是符合客观现实和文艺实际的。[②] 新时期20年来,中国文学创作的繁荣和发展更证明了这一观点的正确性。当前文学的失序状态表明,以往那种高度"一体化"的文学体制,那种从文学生产到流通都高度计划的和规范化的文学秩序已经被打破,一种多元并存的文学自然生态已经形成,全中国不同层次的文艺观众和读者,都

① 《瑞典科学院新闻公报》,转引自《当代文学研究资料与信息》2000年第6期。

② 朱寨:《中国当代文学思潮史》,人民文学出版社1987年版,第497~498页。

可以从中受益,这是文学大获发展的一个非常好的契机。

不仅如此,这种大视野的“全民文艺”观还促进了文学创作群体的多极化和作品的多样化。比如,诗歌的“民间写作”与“知识分子”(又称“学院派”)写作并存;纯文学的精英写作与通俗文艺相互补充;创作的个体化、私人化与为集团利益的公众化写作并行不悖;一大批自由撰稿人的出现,成为有组织有团体之外的文学新军;民间策划与政府口号井水不犯河水。文学的载体由原来纸面到网络,使文学的作者、读者以及文学传播和表现方式,达到了一种新的自由,这种五花八门丰富多彩的文字运作机制,不仅在更广泛的程度上,满足了不同读者层次的创作欲求和审美欣赏的需要,而且对文艺走向市场、回到民间寻找到一个新的生长点。在首先为国内全体人民服好务的基础之上,其中若有部分作品能够走出国门受到国外读者的喜爱,那中国文学就已经在世界中了。

第三,理顺国际国内审美标准的障碍。走向世界的文艺也应该是多元的,各民族各国家间由于意识形态和审美心理、习惯的不同,全世界的读者也是多极化分作若干层次的,但即使是这样,人类的感情兴趣和意向仍有许多共同点。审美尺度如果过于狭隘,就会阻碍情感交流的通道。通常容易想到的是批评标准中的政治问题,其实政治在世界各民族间都有其共同点,只有狭隘的党派政治才具有排他性,而涉及民族生存和发展的政治,无处不在,无处不有。文艺要描写生活于社会关系中的各种人,那种人际关系中的权力政治,只要有两个以上的人在一起,这种权力关系就存在着,小说《鲁滨孙漂流记》就是一个例子。所以,文艺批评讲“政治标准第一”,这只是一条最基本的最起码的标准,也是最低标准。但是,“起码的”“基本的”不是“惟一的”和“最高的”。因为,我们讲的是文学和艺术,不是讲具有意识形态的社会哲学,同时,政治代表集团利益有进步、革命和反动之分,也有最温暖、最残忍、最卑鄙之别,具体到文艺作品中的政治要通过艺术质量的高低去呈现,寓教于乐。没有艺术性的政治,在艺术作品中毫无用处。相反,文艺作品中有一类带有中性的,或不关涉政治的作品(如山水诗、风光游记散文和图像艺术等),甚至有个别思想反动、艺术质量很高的作品,都可以单凭艺术性而存在下去,而政治则不可能。所以在文艺作品中,政治是依附于艺术性而存在的。

我以为,文艺批评的政治标准,可以简化为一种法律(比如“文艺法”或“出版法”),它的任务只是解决是否“违法”,是否涉嫌抄袭或盗版的问题。在中国加入了 WTO 之后,这种“法”还应与国际版权法接轨。如果作家所写没有违法,艺术性就上升到衡量该作品标准的第一位了。近几年关于批评标准的议论很多,我以为季羡林老先生的观点较有代表性。他说:“根据我个人的浅见,衡量一部文学作品的标准,艺术性应该放到第一位。因为艺术性是文学作品的灵魂。如果缺乏艺术性,思想性即使再高也毫无用处,这样的作品决不会为读者所接受。”[①]季先生在这里并没有否定文学批评要有思想政治标准,只是不同意把政治标准放在第一位。我以为,这两个标准谁放在“第一”或“第二”都不是主要的,关键在于对它们的理解和运用。我们对文艺作品要求的最高境界,是思想和艺术、内容与形式的完美结合。当这种最高标准难以达到时,一种急功近利的“不求艺术有功,但求政治无过”的捷径,常常代替了艺术创造的艰苦努力。今天有一些写主旋律的作品,出现的“思想大于形象”,主题设置的模式化(如“清宫模式”“改革模式”),迷信“题材决定”论,或者只重视思想型写作而轻视艺术型写作等等,都可能与受“政治标准第一”的曲解和误导有关。由于我们对文艺作品在评价标准上重思想政治而轻艺术,也常常会遇到十分尴尬的情况,比如有些电影在国内获大奖,而国外观众不买账,而在国外观众看好的作品,国内又认为有问题。再比如贾平凹的小说《废都》,在国内曾一度被禁止并遭受批评,可在法国却获得了享誉甚高的女评委奖。甚至贾平凹本人也因这部小说被评为 1997 年度世界十大小说家之一。这种国内不香国外香,国内获大奖的文艺精品打不到国外去,个中因由不都是洋人的偏见,也有我们如何去适应更广泛的世界读者需要的问题。可见,强调文艺批评的艺术标准,鼓励和提倡艺术型的写作,对文艺创作实行立法,以协调围绕文化传播而产生的新的国际关系已经十分必要了。以法治文,减少因个别人的好恶而产生的行政干预,在法律允许的范围内把创作自由,写什么和怎么写,留给作家和艺术家去解决,给中国文艺走向世界提供了一个良好的生存的环境和土壤。

艺术是无国界的。演绎中国故事的歌剧《图兰朵》由法国又回到中国,中国的古诗《木兰辞》被美国迪士尼公司制成卡通片《花木兰》创下了全美票房价值的好纪录。格拉斯的长篇小说《铁皮鼓》在冷战时期由于意识形态的对立被埋没了 40 年后,重新获得世纪末的辉煌等等,说明真正的好作品是经得起时间检验的。如果我们看不到这一点,只是一味浮躁地追赶浪头,什么样能评奖、什么样来钱就写什么,目光短浅,急功近利,我们评出来的大奖、制造出来的“精品”却出不了国,而国外的文艺产品在国内铺天盖地,这是中国文化产业的世纪忧患。我担心,那时我们丢失的将不只是中国文化在世界市场上的份

---

① 季羡林:《我的学术总结》,载《世态炎凉》,大众文艺出版社 2000 年版,第 388 页。

额，而是在一个多极世界的国际舞台上，中国文艺成了一条与“文学大国”不相匹配的短腿。

该文载《学术交流》2001 年第 1 期
“人大”报刊复印资料《文艺理论》同年第 4 期转载
收录于《浪漫的思潮》2006 年 1 月版

《新青年》和老老头

有人告诉我:中国已进入了老年社会,退休之人要以健康为中心,活得潇洒一点,闲事少管一点。《新青年》出满了300期,搞周年庆典这样的活动,老年人最好是靠边站,不要去瞎掺和。可我这个老老头,与《新青年》有着特殊的感情,又想来凑凑热闹,表示我一点真诚的祝贺。

快40年了,我从没有断了读这份青年刊物,我不仅是她的热心读者而且也曾经是她的撰稿人。我目睹了这份刊物怎样由一张两开的小报,变成了16开本的《黑龙江青年》。那时候刊物办函授诗歌班,成千上万想当诗人、作家的文学爱好者,蜂拥在一条羊肠小道上,红红火火。编辑们都参与编教材、发讲义、辅导创作,我也凑热闹参加战斗,编写了关于诗歌创作灵感一章。《新青年》办青年学员诗歌专号,我参加对刊授学员的作品点评,写辅导创作的文章,与年轻人交流思想和感情,得到了许多快乐。那个时候刊物动辄即几十万份,成了青年真正的知心朋友。可是当年一批年轻的编辑们,并不满足于已有的成绩,他们想要《黑龙江青年》影响更大,走向全国,于是有了改名《新青年》的创意。而今,由一本《新青年》派生出了《小雪花》《男生女生》《车世界》《健身科学》等几个刊物,事业越办越兴旺,刊物越办越年轻。每当我翻阅那一本本华彩、亮丽、版式新鲜活泼、图文并茂的新期刊时,一股怀旧、羡慕之情,不禁油然而生,新时代真好,《新青年》真好!

上世纪60年代初,我从"天府之国"穿着单帮草鞋到黑龙江支边。家乡人以为我犯什么错误了,才去"充军黑龙江"!他们哪里晓得,当年的大学毕业生,没有选择分配的自由。"一生交给党安排,哪里艰苦哪安家。"班上有位同学要他去内蒙古,想跟我换,我想到内蒙古去,"骑着马儿过草原",那地方也不错呀,可是连两个人自愿互换组织上也不准,我就只好服从分配,阴差阳错地来到了黑龙江。初到他乡,无亲无故,白天吃不惯那硬得像枪子的高粱米,晚间勒紧裤腰带,难抵那彻夜难眠的饥寒,当年的《黑龙江青年报》就成了我的精神食粮。从读报刊中我结识了一帮青年文友,再后来我就从一位读者变成了刊物的作者。一开始,我不敢贸然投稿,只向刊物推荐了郭沫若的《我的读书经验》,还有一篇《假如我再是青年》。郭老的后一篇文章,我印象很深,也影响了我后来对待生活的态度。郭老说:年轻人最容易骄傲的有两个资本,一是年轻,有的是时间;一是力强,有的是健康。在这两点上,他们往往忽略,很自负,不能很好利用时间和保护身体,一旦到了某一天,当他们意识到时间所剩不多,疾病缠身之时,那已经是无可挽回了。我遵照郭沫若的经验,在从25岁到35岁这10年间,读了很多有关新学科和新知识的书,积学储宝、研阅富才,这给我在后来从事的研究和写作上帮助很大。此后,我写了《天才的密码》《作家成长的非智力因素》两篇文章,后者刊发在《黑龙江青年》1983年第4期。不久该文被《青年文摘》转载,给我从事研究的课题以极大的鼓舞。

1980年初我开始研究作家成才的规律,我感到,作家是一种特殊人才,在成功的道路上,有其自身素质、天赋、情感等许多特点;非智力因素是其中的一个重要方面。我通过采访当年在创作上崭露头角的几十位文学新人,积累了大量素材,写成了专著《文学人才学》,开辟了一个在文艺批评和文学史之外的新兴学科,这本专著的出版获得了多项大奖,而且也奠定了我在学术研究上的地位。当年的《黑龙江青年》给我提供发表文章的阵地,其功不可埋没。

还需值得一提的是1998年发表于《新青年》第7期上的一篇散文《吃的悲剧》。给我感觉《新青年》是不发文学作品的,这篇由编辑陈大霞约稿的文章是个例外。这篇散文写我在成都一所大学读书的亲身体验。当年全国人民饿肚子,当大学生的我们处于长身体的高峰期,每天每顿都吃不饱,那滋味难受极了。学校院里种亩产5万斤的高产田,学生撒的尿集中倒在游泳池种"小球藻",作为代食品。我在文章里说:"没有吃过'小球藻'的人,哪里知道中国的历史啊!"没有想到,我的这篇文章发表后,产生了极大的反响。首先收入了由著名诗人、中国作协书记处书记吉狄马加主编的20世纪作家、诗人及知名学者回首自己个人难忘经历的文集《百年烟雨图》(卷一);之后,这篇文章还被一些刊物、文集转载。2002年初,我突然收到由老舍文学基金会、首届中国散文奖组委会的奖状和奖金,说《吃的悲剧》一文被评为优秀散文奖,同时,还寄来一本该奖项的散文合集。由此,我想到,像我这样的作者还有编辑、主编、出版家(商)一辈子舞文弄墨,该给我们的历史、我们后人留下来什么呢?我的家人、我的儿子,对我发表和出版的几百万字的文章、专著几乎都不屑一顾,但他们常常翻阅《吃的悲剧》这篇短文。这其中一条重要原因是我讲述了我青年时代那段真实的历史。

《新青年》与老老头这种历史延续的关系,是一条无法截断的长河。就以刊物《新青年》来说，五四时期革命先烈李大钊创办《新青年》，高举科学与民主的两面大旗，为中国新文化运动摇旗呐喊。在将近一个世纪的岁月里，成千上万的革命前辈和先烈流血牺牲，才换来今天我们从温饱奔小康的幸福的好日子。我想，无论是办报纸、办刊物、写文章，有一点历史感都是十分必要的。现在有许多小报与期刊，追逐时尚、赶潮流、迎合阅读的低级趣味，眼睛只盯读者的钱包转，我这个老老头对上述种种缺乏历史责任感、对读者和未来不负责任的做法，总是不以为然。因为，历史是时代的镜子，咀嚼历史的痛苦，能够认识现实疾病之所在；相反，如果缺乏了历史感，不仅会带来人的精神气质、审美修养的深度缺陷，而且在立言立行、思维定式等方面，还会不自觉地流露出没有文化、人气浮躁的浅薄。我希望跨入 21 世纪的《新青年》在继续办好“友情”“亲情”“世情”等栏目外，增加一点别的声音，情感的丰富、陶冶对年轻人是需要的，但“情”之外，还有“理”“法”“历史”等，也不可或缺。

我知道现在有一些年轻人，很厌烦老年人“念婆婆经”，他们批评说：你们那一代人，就知道“忆苦思甜”，“没有条件艰苦，创造条件也要去艰苦”，不知道如何享受生活。我苦了累了一辈子，退休之后确实很希望享受一下。去年10 月我偕妻子回老家寻根。老乡见我的第一句话是：“会种地的人死了，年轻人跑了，地撂荒了！”老天下起了毛毛雨，回家的路不通车，两根竹竿拄着代马，引我们回到老家。岁月悠悠，老屋依然。我年高 80 的姐姐，从终日不见阳光的黑屋走出来。老屋的后墙靠山，后阴沟的流水，浸到屋里，穿着鞋子走路，发出一种粘鞋底的“疙瘩”声。不到 3 5 米的地盘，厨房、猪圈、茅坑都挤扎在这里。一种多年积攒下来的不通风、潮湿、阴冷的臭气、霉气、猪粪味，让人有一种窒息之感。天啊，这哪是人住的地方，何况一住就是 60 余年！为了改善住房条件，我姐的儿子、媳妇都曾到外地打工。老姐姐领我去看他们营造的新屋。在离老屋 500 米的地方，竖起了一屋一厅砖墙，上面开着天窗，砖墙还留着风眼。破旧的蚊帐罩在一张单人床上，床边放一根破竹竿。姐姐说：“幺儿媳妇每晚睡在这里，守她的粮食，竹竿是晚上赶耗子用的。”一个单身的年轻女人，就这样在荒天野地里过冬，盼望她丈夫在外地挣钱回家，把这间房修起来。据村里人估算，大约还需 3 万元。靠一个男人在外地打工，5 年内也挣不回这个数。这就是我那梦绕魂牵的故乡啊。有的孩子不能就近上学，读初中就交不起学费了，校长告诉我：这里还算不上国家级贫困县，沾不到“希望工程”和扶贫款的光，那国家级贫困县该是什么样子呢？而对那些仍处在温饱线上挣扎的老亲故友，我想潇洒也实在潇洒不起来。

我想我们的青年读物，仍然肩负有对青年进行艰苦奋斗和革命传统精神教育的任务。有一本名叫《上海宝贝》的小说,之所以受到广大读者尤其是年轻读者的抵制,是因为她书中写的新时代青年形象,属于"另类",是旧时代浪迹于上海滩十里洋场的花花公子的变种。他们吃饱了撑得慌才成天近乎疯狂地挥霍生命,来消磨时间。我们再看看那些考上大学因交不起学费而节衣缩食的贫困大学生,他们为生存而挣扎的性格里,表现出一种艰苦奋斗的刚毅。希望我们的刊物能拿出一点版面宣传他们的精神。中国经济要同世界接轨,中国没有外国有的许多东西,正在想方设法挤进来。追赶时尚迎接新潮,是年轻人思想活跃、容易接受新事物的一个特点,但时尚——现代文明,铸就的是一把双刃剑。有作家写文章,标题说:"时尚是一条狗",这条狗时而驯服,时而媚态,时而发疯,驱赶得你六神无主,精疲神劳。正像知识爆炸,信息全球化产生许多知识垃圾一样,时尚的也不都是好东西,有的正在引人做坏事,将丑恶说成美丽,将腐朽打扮得神奇。比如,报纸正在反对的"人体画展",争创吉尼斯世界纪录的"接吻大赛"都是时尚,是在同世界"接轨"中接来的。刊物走向时尚,不能单看印数,据说某地群众观看在姑娘胸口裸体作画的展览,人多得压塌了看台。如果以这样的"收视率"为评价标准,那时尚还有是非吗?我们的青年在享受现代生活带来的惊喜和亢奋的同时,还不要忘了那许多文化垃圾,道德沦丧,物欲横流,资源枯竭,环境恶化,及至伤天害理等等

我祝愿曾在"五四"时代引导中国年轻人寻求真理、走上革命道路的《新青年》在祖国东北边陲生根开花;我也希望这份受青年人喜爱、欢迎的刊物,能在青年与老老年之间,架起一道沟通的桥梁。让那些"狗拿耗子"、不甘寂寞的老老年拿起笔,把昨天亲历的丝丝缕缕写下来,与一些喜欢听"婆婆经"的孩子与子孙们谈谈心。人之老、人之死是生命的自然规律,人人都有这一天。而饱经沧桑的老人,即便倒下了,他本身就是一个青年。穿引时光隧道的路,他的经验、他的成功与痛苦,留下的是警示,是箴言,是昭示你前行的墓碑。

发表于《新青年》(300 期纪念)2003 年第 4 期

评韩乃寅的“知青三部曲”

在知识青年开发建设北大荒三十周年的时候，北方文艺出版社重版韩乃寅先生的长篇小说《远离太阳的地方》三部曲（《天荒》《苦雪》《泪祭》），这对当年的下乡“知青”们来说应是一件喜事，对北方文艺出版社来说是一个不小的举动。还是在1990年这部小说的第一部《天荒》问世的时候，给当时热情低落的文坛带来了小小的骚动。新华通讯社在一则电讯中报道：“韩乃寅的长篇小说《远离太阳的地方》第一部《天荒》出版后引起读者关注。黑龙江省评论界聚会座谈认为，它作为我国第一部全景式描写知青生活的文学作品，在主题的挖掘，人物的塑造上颇有新意。”接着是《天荒》出版的书讯、评论在省级和国家级报刊登出，电台开始小说连播，域外出版商来人来函洽谈翻译出版业务。正当作家一鼓作气将小说第二、三部清样送到出版社的时候，《天荒》又荣获了东北三省作协设立的首届文学大奖。韩乃寅历时四年精心营构的“知青三部曲”长达130万字，是作家用辛勤耕耘的心血为自己的文学追求树立的一块丰碑，我怀着喜悦的心情恭贺作家在领导岗位上用业余时间超越自我的收获。

“文化大革命”的悲剧反思

从1988年起，韩乃寅开始酝酿“知青三部曲”的创作。如果说创作是一种回忆的话，韩乃寅写的“知青”生活，不仅仅是因为记忆难忘，而是在更加广阔的背景上，以痛定思痛的激情反思历史，写“文化大革命”在中国历史上所造成的特殊文化现象，它导演了一个时代的悲剧，而直接受害者是“红卫兵”和知识青年。在这之前的知青文学，作为知青作家对自己自身经历的一种反思，已经出现了许多作品。比如以梁晓声、叶辛为代表的知青文学，多表现的是一种理想的激情，战天斗地的英雄气概，用青春去殉自己理想的大无畏精神；以张抗抗的《隐形伴侣》为代表的知青作品，则侧重写一种理念和人生哲理，表现青年人的自我价值和对个性解放的追求。还有另一些写知青的作品，着意渲染红卫兵下乡后，由于所处环境的改变，给他们身心带来的痛苦和折磨，而这些苦难的生活，又往往被知青作家们以献身的激情，比较轻松地打发了。

韩乃寅的“知青三部曲”，却有着沉甸甸的历史分量。首先，作家以“全景式”的构思，将知青文学的主题，从现实的“文革”背景，延伸到更广远的历史深处。从小说第一部《天荒》中的“楔子”看出，这个神圣的对“红卫兵”施行“再教育”的农场，不过是历史上曾经关押人犯的住地。当年劳改大队三支队的队长王大楞，而今摇身一变，成了“响当当的老贫农”，小说喻义深刻地描写了王大楞亲手树立的“创业碑”、“警戒碑”和“扎根碑”，这不仅是他的权力和功勋的象征，而且形象地暗示了一部阶级斗争的历史。在“劳改农场”这一特殊的文化氛围中，加之受到“文革”中关于无产阶级专政条件下继续革命理论的鼓舞，王肃、王大楞之流向来以改造者、征服者自居的思想性格得到恶性膨胀，“如今要摆弄这些黄毛丫未退的小青年，那还是不费吹灰之力嘛！”这是王大楞在接受知青来场任务时的心理活动，也是“史无前例”的“文化大革命”给他们提供这种发泄淫威和暴虐的契机。以后小说展开的这部破天荒的故事的描写，完全证实了这一点。可以这样说，这部描写知识青年“上山下乡”全过程的鸿篇巨制，是紧贴时代，反映“文革”文化的作品。这是一种阶段斗争倾斜到极“左”的政治文化与封建主义文化沉渣泛起的结合。新时期初期的知青作品，成为“伤痕文学”的一个分支，在批判“文革”的极左政治路线方面，起了重要的先导作用，可惜这种批评并未深入下去，相反，一场席卷神州的十年浩劫，似乎逐渐被人遗忘，一个以牺牲整整一代人的宝贵青春为代价的“上山下乡”运动，仿佛变成了一首人生的田园诗。韩乃寅《远离太阳的地方》，无疑是持续对“文革”否定和批判的一篇力作。其次，以严酷的真实描写了在以“阶级斗争为纲”的律令下，无辜的少男少女备受的人生摧残。随着故事的展开，我们仿佛回到了那个荒诞的岁月，在小兴安岭农场接受“再教育”的一群知识青年，从入农场举行的“欢迎晚会”开始，当初那种一路慷慨激昂、如火如荼的理想就被无情地拍卖了，紧接着就是不准恋爱的“入场教育”，栽“扎根树”接受改造。在一场旷日持久的改造与反改造的历程中，我们看到的是“响当当”、最革命的王大楞及其一伙“杂牌军”，他们仗着时代给予贫下中农这个名词的荣耀，作威作福，为所欲为。因为，极“左”的政治路线，赋予他们天生最忠于毛泽东思想的封号，所以王大楞本来是有文化的人，也要矢口否认，以“大老粗”为光荣，排挤、仇视为知青带队下乡的钟老师，把知识分子说成是“臭老九”，无情地亵渎科学和知识。在“抓阶级斗争新动向”的口号下，任意搞“大搜查”，私设公堂，对敢于对他们“起刺儿”的知青，进行“整治”陷害，关牛棚。而他们所做的这一切摧残人性的举动，都有光明正大的理由，都打着“无产阶级专政”的旗号。念着毛主席的“最高指示”办学习班，而实质上是“阶级斗争”的内容被他们阉割、专政的工具成了一小撮最愚昧、最没有知识的人物手中的特权。在《天荒》中第三十七章，我们看到了那个“恐怖的学习班”，李晋等知青险些被他们拷打致死，在《苦雪》中的第三章，为了要过一个统一的“革命化春节”不准知青回家过年，有母病回家探亲者当作逃犯追捕。这哪里是什么“再教育”，是愚昧和专制对文明和良知的扼杀。韩乃寅的“知青三部曲”给我们艺术地再现了知识青年接受“再教育”这个悲剧的历史。王大楞一伙，何以能够这样有恃无恐？因为他们有贫下中农的身份，有对知识青年进行“再教育”的权力。尤其在小兴安岭农场这个“远离太阳的地方”，个人专断、独裁达到了毫无人性的地步。小说中对于青年为了争取爱的权利和自由而斗争的描写，可谓惊心动魄，感人肺腑。一方面，他们宣布一道“圣旨”：二年内不准谈恋爱、搞对象，五年内不准结婚。但在私下里，王大楞的儿子王明明，可以肆无忌惮地和女知青白玉兰纠缠，恋爱不成用武力强奸了她。他们为了满足自己的私欲，维护他们的权威，白玉兰与郑风华纯洁的相爱，被斥责为生活作风败坏，腐化堕落，而当王明明看中了白玉兰，强令与其结婚时，又认为这是“热爱贫下中农爱到心里去了，是真的要扎根农场干一辈子革命”的表现。只准州官放火，不准百姓点灯。在王大楞这位土皇帝的封建王国里，这又是封建的禁欲主义和强权政治对自由爱情的扼杀。应该说，知识青年走与工农相结合的道路，是革命之路，是知识分子进行自我教育的成长之路。但在“文化大革命”中，这条道路被一撮反动分子歪曲，用来对知识分子进行惩罚。在小说中王大楞把愚昧当神圣，把“再教育”变成他谋取个人私利的一种特权。一些纯洁的青年举行恋爱问题讨论会，被认为非法；一对男女青年坐在一起谈谈心，也被捉了奸；许多无辜的青年当作现行反革命分子批斗。如此侵犯人权，制造悲剧是有群众、有组织、有武装的基干民兵参加的，说明王大楞决不是一个简单的坏人，他代表了一股势力、一种文化、一种反动的社会思潮。

第三，以流畅的纪实手法，展现了“文革”时期现实生活的荒诞和“红色恐怖”的文化氛围。这部系列长篇小说,构架宏伟,卷帙浩繁,包容了多彩的人生和壮美的生活图景,表现了“文革”时期种种畸形的社会大观。有宏观时代把握,也有一个农场、一个知青点的微观的现实描述,人物群像和事件铺陈,矛盾冲突的展开,一波一浪,富有层次感和立体感。然而,这种纪实首先是忠于时代生活,语言也富有鲜明的时代色调,比如,三连畜牧排,所养的“忠”字猪,炊事班所蒸的“忠”字馒头,知青宿舍所办的红海洋、“忠”字墙等,既荒唐又真实,显示“文革”年代一种特有的文化。再如,对马力等人批斗会的描写,那种群情激愤的气氛,丁向东、李晋等人那种滑稽、可笑的批斗发言,以及几位刑满就业农工挨批判的罪名等等,无不打上“文革”时代的烙印。一位农工用刊有毛泽东照片的报纸擦桌子,就认为反对毛主席,成了被打倒的现行反革命分子。“知青”张晓红,顺乎潮流,假装积极,牛犊落井,嘴里念着毛主席语录,手里举着“红宝书”下井救牛犊,转眼间成了“活学活用”的大红人。一个农场“知青”,用一枚毛主席像章换了一只老母鸡,被定为反对毛主席的坏分子,被群众专了政。今天,80 年代出生的读者们,已无法理解那个时代的真实了,革命的红色风暴,弄得人人自危。不敢相信,又不能不信,因为作家给我们展现的是一群活生生的人物,跳动着年轻人火热的心。每个从“文革”时代过来的,几乎都耳闻目睹了。从《天荒》到《苦雪》到《泪祭》,作家努力为我们还原了一个真实的历史过程,要感谢作家复苏了我们的记忆,让噩梦和痛苦成为过去,让子孙不要忘记中国历史上曾有这一段破天荒的故事发生。

形象比思想更有说服力

文学反映生活的一条重要规律,就是要通过典型化的方法塑造形象。形象永远大于思想。只有成功的艺术形象,才能对读者有充分的说服力和感染力。《远离太阳的地方》,这部三卷集的长篇小说,写入作品近百人,众多鲜活生动的形象,构成了文学画廊的知青群雕。

首先,作家倾注满腔热情,刻画了一群身处逆境,为自己悲剧命运敢于进行不屈不挠斗争的青年典型。小说中的知青,有的来自北京、上海、哈尔滨等现代化程度较高的城市,有的来自乌金市城矿混居的本土,他们所受的教育、年龄大体相仿,命运又把他们推到了同一个特殊的环境中,作家要从他们的众多“大同”中,刻画他们个性的不同,这有相当的难度。李晋、郑风华是贯穿小说的中心人物，作者从他们身上展现了知青们所共同经历的那种从希望到失望，从理想到幻灭，以及灵魂遭受巨大折磨的轨迹，但具体到每个人物身上，又各具特色。比如马广地只上了六年学，人称"冒牌知青"。他开朗、活泼，讲义气，够朋友，他的最大特点是好打抱不平。他嫉妒王明明对白玉兰的纠缠，同他斗智斗勇，"尿债要用尿来还"的情节，作弄得王明明有苦说不出。奚大龙又是知青中忠于职守、默默奉献的另一类型。他是名副其实的英雄烈士。他喜欢北国的冰雪，文质彬彬，风雪弥漫的三九天在保护羊群与野狼搏斗时牺牲。丁悦纯的机警、乐观，农场家属子弟钱光华的忠厚朴实，还有众多漂亮、多情、心灵美的女知青，如姜婷婷、竺阿妹、梁英、韩秋梅、奚春娣、杨丽丽等，个个纯情可爱，栩栩如生。表现了作家在描写人物上娴熟的技巧。其中有几个主要人物尤其令人过目难忘。比如，李晋这位诗人的儿子，他似乎比其他青年更有心计、更成熟。下乡不几天，他组织"恋爱问题讨论会"，这是向封建专制主义者发射的第一枪，显示了他杰出的组织才能。他性格随和、乐观，沉思中含幽默，诙谐中显机警。用竺阿妹对他的评价说："你是一种玩世不恭，而又那么艺术，让人从表面上抓不住把柄。"在"远离太阳"这个特殊的环境中，李晋确实是一位懂得斗争艺术的人。他常常在苦中作乐，让严肃的政治斗争变成了一场喜剧。比如王大楞"敲山震虎"，用批斗所谓的"反革命"来威慑青年，李晋模仿丁向东发言时的磕巴窘相，用"踢倒现行反革命"的可笑举动，引出全会场的哄堂大笑，让主持会场的王大楞出丑。王大楞极"左"的形式主义，每天"三敬三祝"，他骂知青出工时，举着的毛主席像牌和语录板倾里歪斜，"像他妈的出大殡似的"，李晋抓住把柄，反戈一击，指出"这是地地道道的反革命事件！"以其人之道还治其人之身。在恐怖的学习班里，他为了保护别人，承受非人的拷打，从不低头屈服。他主持正义，为奚大龙牺牲受屈鸣不平。为揭示王肃这个色狼摧残女青年的罪恶，他像搞地下工作那样分析情况，寻找战机，让王肃等人措手不及地露了丑。他深情地爱着竺阿妹，暗中保护她，像大山一样让爱他的人心里踏实。当发现郑风华在爱情上优柔寡断，对王大楞一伙心存幻想，斗争态度不坚决时，李晋当面批评他的"书呆子味"。当肖连长被王肃一伙排挤撤职时，他向他朗诵《正气歌》，并组织"知青"团结在肖连长的周围。小说对李晋形象的塑造达到了相当深度，他亲切、可信、有立体感，属于成功的知青文学形象中为数不多的佼佼者。

通过爱情来刻画人物是韩乃寅知青三部曲成功的另一方面。作家把握了那个时代的青年人的特点：一是美丽的谎言点燃了整整一代人的热情，他们怀着热情幼稚的幻想去试图改造对象时最终反被对象所吞噬；二是青春与爱情因“不准恋爱”的恶劣环境发生冲突，于是人性中最纯洁的而又不可抑制的爱的冲击波，无疑是荒野般心灵世界燃起的一堆“篝火”。薛文芹、钱光华在“捉奸”闹剧中，最终导致悲壮的爱的结合，催人泪下，同时给人以欣慰和鼓舞。薛文芹本是一位文静、美丽、有理想、有抱负的弱女子，她敢于去爱一个“劳改子弟”，是她忠实于自己的情感和心灵美的表现，被无辜“捉奸”之后，她感到自己的人格和尊严全被“他们给败坏了”，她为了好好地活着决心和他们斗，秘密地为自己主办了婚礼。这是一位斗争中成长起来的光辉形象，在她身上体现了聪明而勇敢的斗争性格。

与薛文芹对钱光华的爱相比较，郑风华之爱白玉兰，则显得缠绵而凄怆，曲折而悲哀。从总体上说，都是属于十年浩劫中的爱情悲剧，但由于悲剧主人公对自身命运所采取态度的不同，其结局自然两样。白玉兰与郑风华本是青梅竹马，邻居加同学的耳鬓厮磨，使他们从小就建立了纯洁的友谊。她对郑风华的爱是执著的、真诚的，一封“迟到的信”和“两个苹果”的风波，表明他们轻为了一个共同的理想，才走到一起来了。然而，在那个无爱的岁月里，美丽对姑娘往往是不幸的。白玉兰的漂亮和文艺表演天才在欢迎会上亮相以后，成了王大楞宝贝儿子追逐的目标，悲剧就随之发生。首先是王大楞利用职权把白玉兰调到连队办公室，不让她与郑风华接触，强迫白玉兰作他儿子的媳妇，软的不行就把她发放到养鸡场干苦工，同时，借商店被盗事件将郑风华抓进“恐怖学习班”，造成王明明强奸白玉兰的机会。作家通过他们的爱情悲情，控诉了王大楞一伙的罪恶，使读者悚然心惊。在《苦雪》里，作家把白玉兰推到更尖锐的矛盾冲突中，让她承受更大的打击和折磨，进一步对封建专制主义实行血泪的控诉和批判。她被强奸怀孕，母亲不容，作为一个弃婴妇，风雪天赶回农场与郑风华相聚，连在家过一个春节都不可能，这情景够惨的了。然而更令她痛心的是，郑风华爱她，却无力保护她。她的那颗饱受凌辱破碎的心，需要的不只是一种道义的同情，而是爱人的理解和支持，一种心心相印的奉献。“失身后的痛苦，使她执著地追求狂热的爱，……再不把自己当作他的恋友，而是妻子！”可是，太书生气的郑风华，还相信什么“合法结婚”，他根本不懂得王大楞、王肃之流，他们就是法律，以致酿成后来更大的悲剧。白玉兰再次受骗，被王肃在办公室用药物迷幻强奸。在白玉兰的爱情悲剧描写上，作家对郑风华的态度表现了一种复杂而矛盾的感情。一方面他是知青中的一位带头人,为建设农场,开煤矿、学技术,埋头苦干,对"荒友"热情帮助,称得上一位诚实、正直的好青年。另一方面他对当时的政治运动和王肃等人的认识,不如李晋那样头脑清醒。王大楞、王肃两次用"调虎离山"计把他与白玉兰分开,使白玉兰身受侮辱,他是有责任的。王大楞又利用暗娼"香水梨"去离间他与白玉兰的关系,他累累上当,直到受李晋批评后,他才有所悔悟地说:"我总是用善良的心地去揣摩别人,总觉得王大楞是在这里建功立业的革命干部,王明明作为一个革命干部子弟,无论如何也不会……"他缺乏斗争经验,看问题太表面化太天真,"还是个孩子"。鲁迅先生曾言:"青年又何能一概而论?有醒着的,有睡着的,有昏着的,有躺着的,有玩着的。"(见《华盖集·导师》)又说:"我在广东,就目睹了同是青年,而分成两大阵营,或则投书告密,或则助官捕人的事实!我的思路因此轰毁。"(《三闲集·序言》)我认为,作家韩乃寅塑造郑风华这类形象有充分的生活依据,同时,也显示了作家的一种眼力。

不仅如此,小说在塑造不同青年个性形象方面,张晓红、杨丽丽是有其特殊意义的。凡是从"文革"运动过来的人,对张晓红这类专会"浮上水"的风派人物非常熟悉。他尊奉"识时务者为俊杰"的信条,向上爬的野心很大,善于弄虚作假。举着"红宝书"下井救牛犊的事,使他青云直上,成了王肃手下的一个"大红人"。小说没有从品质上去否定他,他搞极"左"的形式主义,养"忠"字猪、蒸"忠"字馒头,是他邀功讨赏导演的一场戏。作家用无情的笔触,解剖了他的灵魂。他为了讨好王肃,要以牺牲自己的感情去做交易,明知杨丽丽作风轻浮曾与王明明勾搭连环,又被王肃诱奸,他答应了要娶她做妻子,以此换来一个副连长的官位。后来,他在办公室又亲自闯见王肃对自己的妻子行为不轨,他作为堂堂男子汉的张副主任,"扁屁都没敢放",尽管心里头不是滋味,也"只能是默默地忍受着"。作家刻画张晓红与杨丽丽这对"知青"中的风云人物,对我们有警戒的意义。

小说中刻画王大楞及其顶头上司王肃,代表着封建专制与官僚主义的典型。他们两人狼狈为奸,是封建专制下的一对主子与奴才。王大楞得势于王肃的提拔,才升任了副科级的劳改支队长,王大楞则因此不忘报恩和效忠。据作家介绍他们两个最初也并非坏人,曾在阶级斗争强化的岁月,作过有益于革命的事。问题是他们放松了自己的思想改造,在"文化大革命"的极"左"思潮的冲击下,原始的个人私欲恶性膨胀,唯我独左,唯我独尊,自己变成了主管一个地方的太上皇,腐化堕落,直到犯罪。他们个人的悲剧,是自己的思想品质和时代的思潮铸成的。毛泽东曾在中国革命胜利后说:“严重的问题是教育农民”。王大楞处处以自己的贫农出身为荣耀,“文革”中日益膨胀的极“左”思潮,更助长了他出身的优越感。“要说是让他们接受贫下中农的再教育,我王大楞也是没半点假的硬邦邦、响当当的老贫农。”他把愚昧当作神圣,无知当作聪明,错误地认为:谁是大老粗、谁最穷,谁就最最忠于毛主席,谁就是坚定的革命左派,谁就享有对知识分子实施改造和再教育的特权。王大楞这个混蛋逻辑是从哪里来的?是时代的潮流赋予他一种自大和自尊,一种出身的优越感,一种以左派自居的狂妄。他之所以敢于肆无忌惮地残害无辜,“法都被王大楞一伙就着良心吃了”,就是因为他有一种路线的保护,是现代迷信造就出来的一个“神人”。

小说对王大楞的刻画,用了一种本色白描的手法,从穿着肖像看,外表朴素粗鲁,“楞拉巴鸡”,没有丝毫修饰,“给人的第一个印象:亲切”。然而,在骨子里却是工于心计,权欲熏心,心狠手辣。在农场除了对他的上级王肃唯命是从而外,其余的人都不在他的眼里。他有句口头禅:“我说了算!”摆出他利用权势的威风。但涉及他的老婆丁香要在女知青中为儿子物色对象时,就得听老婆的了。此人的最大特点是善于伪装。从他管教犯人开始就学会了一种工作方法:“早起晚睡中间补”。早晨上班时,到各个作业点上“兜一圈”,“傍晚收工时,再去点个卯”,中午吃饱,下午睡好。给人的印象是:风尘仆仆,十分操劳。据此,他多次成了“活学活用毛主席著作,密切联系群众”的先进典型,上报省里,推荐中央。不巧,他的这一招,被一伙知青说破,两名农场报社记者来采访时,曝了光。

但是,小说描写的王大楞决不是一个一戳即破的纸老虎,因为在王大楞的背后,还有一位藏头露尾、不轻易出场的农场主任王肃作为他的靠山。如果说王大楞是一位粗鲁、愚昧和强暴的化身,而王肃则是显得有身份、有教养,而实际是一位深得为官之道的老谋深算的官僚。在劳改农场这个小社会里,他是革委会主任,掌握着农场职工和上千名知青的生杀大权。小说描写他的形象是:五短身材,不长胡子。喜欢穿“蓝布对襟褂”,内穿白色便服衬衣,由于这种便服领口小,“领子转圈都是鼓囊囊的暄肉”。他对农场其他干部,态度威严,常常“以骂代教”,唯独对王大楞不忘落水救命之恩,并亲自给王大楞介绍对象。他与王大楞有着心照不宣、互相利用的特殊关系。王大楞利用职权,让知青给他妻子手术输血,拿公款给输血的人发补助费,检举信到了王肃手中,王肃派人去搞假调查,大事化小,小事化了。知青竺阿妹、王尔根等人怀着满腔赤诚,要把知识献给边疆,提出了改变农场面貌,包括修建小型水电站,设计新式家属房等一揽子规划。王大楞认为,这是干扰了知识青年接受再教育的大方向,但自己又苦于找不到对付这帮"小知识分子狂热"的好办法。王肃则面授机宜:"用泼冷水的方法'冷处理'。"王大楞不懂这冷处理是何含义。王肃倒背起手来迈着方步慢悠悠地说:"说他们狂热,他们也会说我们中了'群众落后论'的流毒。""就说'商量商量'、'研究研究','商量'、'研究'半年、一年、二年……这样就把他们的狂热劲磨没了。"这种用软刀子割肉的办法摧残人才,使大批有作为的青年,在百无聊赖、渺无希望的日子里浪费青春。王肃用这毒辣一手,来消磨知青的革命意志,胜过李晋等人在王大楞的学习班里所受的皮肉之苦。小说描写王肃的专制、阴险还不止此。他在本质上是个坏分子,只不过比王大楞隐藏得更深、手段更狡猾些罢了。他可以利用职权,以安排好工作为诱饵肆意摧残女青年,手段之狠毒令人发指。谁要是不听从他的意志,就以不服改造为名,进行人身迫害。杨丽丽、姜婷婷、陈丹娅、白玉兰都直接受害于他。小说在这些方面的描写,交错复杂,悬念频生,扣人心弦。在小说第二卷《苦雪》中,王肃虽因坏事败露,被公安机关收容审查,王大楞也因道德品质败坏开除出党,回原单位接受改造,然而悲剧已经发生,那些被侮辱、被损害的弱女子,在绝望中欲哭无泪的呜咽,音犹在耳。

悲剧的喜剧化手法

综上所述,《远离太阳的地方》描写了知青下乡接受"再教育"的全过程,这场违反社会和自然规律的乌托邦运动,是以牺牲整整一代人的宝贵青春为代价的。全书笼罩着浓郁的悲剧氛围。读者可能没有忘记梁晓声的《今夜有暴风雪》《这是一片神奇的土地》,那也是描写知青悲剧的作品,如果同《远离太阳的地方》比较,会发现同样是写悲剧,其风格、氛围和感人的效果大异其趣。

首先,作家立足于今天,以"过来人醒悟,含着苦笑,向读者讲述往时的荒唐。"因为"文革"中所发生的一切,都是历史上的破天荒,不需要任何虚构和夸张,只要如实地写下来,就会叫人忍俊不禁。小说的作者韩乃寅是很会讲故事的，娓娓动听，如实道来的大故事里含小故事，一环紧扣一环，读来毫不费力。小说的喜剧构思来源于荒诞的历史依据，虽然小说中人物的命运经历坎坷，从精神到肉体均遭到令人难以置信的折磨，然而，小说的基调是明快的，没有一种压抑沉沦之感。这是因为作家对时代悲剧的超越，以喜剧的手法写悲剧，使小说呈现一种悲喜结合的风格。

在喜剧技巧的使用上，作家善于使用戏弄、反讽、自嘲、恶作剧、将计就计、苦中寻乐、以假证假、以其人之道还治其人之身等手法，在平淡无奇的生活中，表现出反常的内容，传达出对人生痛苦的体验，肯定真善美，鞭笞假丑恶，使读者在本该大哭之际，却又不得不露出笑容。比如钱光华与薛文芹的恋爱本是年轻人当中的正常现象，可王大楞把它当作"阶级斗争"，劳改子弟腐蚀"知青"的坏事来抓。钱光华被挂上牌子，拉到野地里正要进行批斗，这时小说描写薛文芹腰间系着长长的红布条子，脸上抹了黑灰，脖子上挂着炸药包，顺手拎着锄头，"冲啊——"杀将上来，吓得王大楞一伙丢盔弃甲，狼狈鼠窜。这场批斗会本是王大楞乱施淫威、扼杀纯洁爱情的悲剧战场，但由于薛文芹的装疯，使那帮正人君子吓得屁滚尿流，大快人心。这些喜剧手法的运用，在薛文芹是迫不得已的，表现了这位平时沉默寡言的弱女子，对爱情的责任感和不畏强暴的斗争精神。薛文芹的疯笑，给读者带来会心的微笑。这笑可能是含泪的、辛酸的，但它褒扬人物，伸张了正义，揭露、嘲弄了坏家伙的丑恶嘴脸。再如，马广地智斗王明明，在恶作剧中表现人物的性格。起初马广地赶集，被王明明欺辱，并在他给白玉兰的衬衫上撒尿，马广地发誓："尿债要用尿来还"。"还尿债"之说，唯有马广地这号"地癞子"才想得到，做得到。王明明后来在与马广地争风吃醋中，将马广地的半瓶尿误作止咳糖浆喝了。这种报复的恶作剧令人解气，也表现了马广地好打抱不平的性格。小说中对王大楞、张晓红等当权人物的描写，多用戏弄手法。如《天荒》第四十四章《曝光》，描写报社记者下农场采访王大楞的"先进事迹"，王肃等人事先做了安排，不让记者看到真实情况。不巧电话被薛文芹、白玉兰截获，她们设计圈套，把记者直接领到王大楞家，王大楞大白天的锁着门，在屋里炕上睡大觉的镜头当场曝光，使他这个假典型上了报纸，露出了虚伪的官僚主义者的原形。再如，知青张晓红，搞形式主义的假积极当了官，但他野心大还想借机会向上爬。小说处处以戏弄的手法揶揄他。他积极去抓奸，不小心踩着了捕狼的夹子伤了腿。他在三连抓"活学活用"的典型，在知青宿舍各个地方贴上"忠"字，吃的馒头上也印上“忠”字,使农场成为“忠海洋”。“在早午晚的‘三敬三祝’中,背诵一段毛主席语录,再吃‘忠’字馒头,就能使忠心更‘忠’。”他烧起的这“新官上任三把火”,意在邀功讨赏,出风头,请王肃和各连队领导来参观,梦想时来运转,做个“有政治抱负的人”。谁知马广地、丁悦纯一伙知青,故意给他脸上抹灰,他们被炕上的臭虫咬得不能入睡,抓住臭虫往粉墙上摁,摁出“臭虫之乡”四个大字,与张晓红墙上布置的大红“忠”字,赫然并列,使张晓红煞费苦心一场闹剧成为丑剧。这些喜剧手法的动用生动地表现了知青们的斗争艺术,他们用玩世不恭的态度发泄对丑恶事物的愤怒,有时用犀利的语言反讽,一语揭破假正经的画皮,悲剧喜剧糅合一起,增加小说的趣味性和可读性。

记得罗曼·罗兰曾经把艺术作品分为两类,一类是真正的艺术作品,具有永久的魅力,在任何时代都闪烁着天才的光芒;另一类作品,只具有相对价值,作为一个时代人们艺术活动的记录,使研究艺术史的人们不能绕过它们。作家韩乃寅创作出《远离太阳的地方》这部反映知青生活的大部头小说,作为一个时代“艺术活动的记录”,意义和价值是不容忽视的,它不仅帮助我们恢复不能忘却的记忆,追溯到我们曾经前仆后继为之献身所表现出的盲目、愚昧和荒唐,以便后人有可能寻着历史的回声,对我们曾经走过的道路和经历进行一番反省。从这个意义上说,我们不期望《远离太阳的地方》具有永久的魅力,但可以相信,如果我们后代要了解他们的父亲曾经有过怎样的苦难岁月,也是“不能绕过”这本巨著的。

载《北大荒文学》1998 年第 5 期

美感的耳朵对广播剧的形式规范

——关于提高广播剧艺术质量的思考

一、“序幕”拉开以后

广播剧是一门新兴艺术，在我省得到兴旺和繁荣，是近十年的事。

由于改革开放，人们突然发现了传播媒介的信息功能。戏剧艺术和无线电传播技术的结合，给广播剧增添了羽翼，使它拥有无限的空间，广袤的大地，舞台之大，听众之多，超越其他艺术之上。加之，它的生产周期短，制作成本较低，能迅速反映生活，对它的欣赏，不受时间、空间的限制，在满足不同文化层次听众的娱乐和欣赏方面，具有雅俗共赏，老少皆宜等轻便灵活的特点。由此广播剧的审美价值和社会功能，逐渐被人们所认识，承认它是一个独立存在的艺术新品种，而且，得到了世界性的认同。

我省的广播剧事业，在省委、省政府的关怀下，发展迅速，取得了全国瞩目的优异成绩。自 1981 年以来，每年举行一次广播剧征文评奖，大大推动了广播剧的创作的繁荣和质量的提高。1984 年，全国举行第一次广播剧大奖赛，省电台选送的单本剧《序幕刚刚拉开》，一举荣获了全国首届广播剧“丹桂杯”大奖，同时，还获得了包括导演、创作在内的几个单项奖，为全省人民争得了荣誉。自那以后，我省广播剧的创作，进入了一个繁荣兴旺的新时期。平均每年生产广播剧 80 余部(集)，无论是文学剧本和制作技术，都显示了黑龙江广播剧的独特风格和高水平。当年《序幕刚刚拉开》在全国大赛获奖后，有人担心保不住那个流动“金杯”，没有想到“序幕”拉开后，好戏还在后头。1987 年，全国举行第二届连续广播剧大赛，黑龙江台的《急流》、哈尔滨台的《伦敦启示录》、牡丹江台的《许穆夫人》，又一次三剧摘取了全国广播剧大赛桂冠。1989 年第三届全国广播剧评奖，黑龙江台参赛的连续广播剧《马铁匠、冯鞋匠和他们的女人》又一举获得了全国优秀剧目一等奖和表演、导演在内的三个单项奖。该剧作者李景宽同志首次荣获最佳编剧奖。至此，我省广播剧不仅连续三届荣获全国广播剧大奖赛冠军，而且，获奖数量也一直名列前茅，在全国享有较高的声誉，被誉为戏剧领域的黑龙江现象之一。

领导的支持，群众的鼓励，“三连冠”成绩的取得，绝没有借以骄傲的理由。相反，由于荣誉给我们带来了挑战和竞争，使我们产生了如何进一步提高艺术质量的危机感和紧迫感。

二、供听觉欣赏的艺术规律

广播剧是借助声音表演制作的综合艺术，这是它的局限，也是它的优势。提高广播剧的质量，关键在于对这种艺术规律的特殊性的把握。

就音响性来说，这是广播剧的表现手段，而且是唯一的。因为广播剧的形象、内容、情感、故事，离开了声音就无从表现。声音，包括了语言、音响和音乐。人们对广播剧的欣赏，除了耳朵，其他感觉器官都派不上用场。美感的耳朵、对广播剧的形式规范，构成了广播剧表现材料的局限性。因此，有人把广播剧定义为：以广播为媒介，运用戏剧技巧，将思想、文学与动作转化为听众头脑中赏心的图景。

可以认为，广播剧是一种特殊的戏剧。这种特殊性表现为两个主要特征：一是由听觉欣赏所带来的自由想象，二是由于否定了物质的场景而产生的时空自由。就想象而论，任何艺术的欣赏，都离不开想象的参与，真正的艺术创造，就是想象的心灵活动，模仿可以再现现实，只有想象才能创造美。想象创造了人类理想的东西，想象带来艺术美无限的丰富性。我们阅读小说，是通过眼睛，将文字符号“翻译”成形象，进入文学形象的意蕴。而广播剧的声音，没有文字的物质外壳，它依靠流动的音响、情绪和节奏、旋律，直接地幻化出某种形象和意境。当你打开收音机，或闭目聆听或一边从事劳作，你的想象会随着演员的语言对白、音响和音乐，进入角色，展开对环境气氛、戏剧情节、人物形象的想象，仿佛眼前横挂一幅天幕，人物与生活变幻无穷，一切形象都没有直观的可视性，然而想象再现的，却是你自己的生活、自己的理解和自己的感觉，你创造了你自己理想的美，你体验了创造的快乐和欣赏的自由。广播剧诱人的魅力，就在于它最大限度地调动了欣赏者参与艺术创造的能动性，它作用于人的审美感觉，介于交响乐和诗之间，既有音乐的情绪性，又有诗的意境美。

当然，我们对广播剧的理解应该首先是“剧”，广播仅仅是它的载体。一出吸引人的广播剧要有展开剧情的故事，引人入胜的戏剧冲突，塑造栩栩如生的人物形象。一句话，要有可供欣赏的戏剧性，引起听众的"听欲"。在这里，我们强调广播剧的文学脚本，要故事高度集中，内容富于现实感和生活气息之外，还特别强调广播剧用语言、音响在传达剧情和人物形态方面，注意体现自己的特色。语言的个性化和戏剧性是至关重要的。因为，广播剧是看不到人物的表演。它要求演员的对白，不仅是传达剧情，表达人物的思想，还要体现人物的个性和心态，让人听其声而知其人，引起对形象的身份、文化教养、性格、面貌的种种联想。所以，广播剧最初的称谓是"无线电戏"，或"空中戏剧"，它是一种可以称为"灵魂的艺术"，或"立体艺术"。用声音来塑造形象的广播剧语言，不是广播小说，不是朗诵诗，也不是人物的演讲或宣传，它的语言和音响中要包含着戏，要把戏剧场景、人物活动的舞台用声音演出来。

之所以反复强调广播剧上述特点，是怕有人仅从字面上，重视"广播"而忽略了"剧"。广播可以泛指宣传，借用现代科学技术为媒介，宣传时事和党的方针政策。广播剧虽然也担负着宣传群众、教育群众的任务，但广播剧作为戏剧艺术，它又有别于一般的宣传。它要通过形象魅力，诉诸情感，去感染听众、娱乐听众，达到寓教于乐的目的。

我省广播剧中许多上乘之作，都比较成功地运用了广播剧自身的规律。比如由李景宽创作、在全国获奖的两出广播剧：《起飞的小鹤》《马铁匠、冯鞋匠和他们的女人》无论就剧本的创作，还是导表演的录音制作方面，都达到了一种默契。剧本在环境描写、戏剧冲突的展现，以及人物语言的个性化方面，给二度制作提供良好的基础。以《起飞的小鹤》为例，这是一出儿童广播剧，曾参加 1987 年在西柏林举办的世界广播剧"未来奖"的评比。剧中的菲菲是残疾儿童，她在家庭的小圈子里，胆小、悲观，对前途无望，她的爷爷——自然保护区的仙鹤饲养员，带她到大自然中去玩，在广袤的旷野，风声鹤唳，随着温柔婉转的轻音乐伴奏，眼前立刻浮现一片无边的蓝湖，在湖边草地的中心，菲菲和她的爷爷住在高高的瞭望塔上，观赏着仙鹤的舞姿，辽阔、寂静、清幽的天然美景与孩童天真未凿的童心熔于一炉，使我们由听觉的音响，仿佛进入了角色，沉浸在美好的境界中。在这样一幅油画般风景的空白处，编导用仙鹤惊鸣、孩子急促而沙哑的呼救声，使我们体验了一场惊心动魄的小仙鹤同野狼的搏斗。受伤的小鹤在妈妈的帮助下，顽强地练飞，终于依靠她自己的毅力飞翔起来。于是，人与自然、人与动物之间，架起了一道想象的桥梁。戏剧冲突在孩子的心灵展开，使原来对生活充满忧伤、对什么都没有信心的孩子，随着小鹤起飞啼鸣的音响而升腾起理想之光。广播剧的主题有明显的象征性与寓意性，演员出色的表演与音响效果的美好结合，使这出戏呈现出一种淡淡忧郁的抒情诗风格。

这出广播剧成功的经验告诉我们，人们听广播剧是为了听戏的。真正的戏剧要刻画人物的性格和心灵，刻画出典型环境和人、人物的情感，要有支撑人物性格发展的戏剧冲突。这些东西必须从真实生活中去提炼，靠人为地创造戏剧性，用人物去阐释某种枯燥的思想，是不能收到戏剧的效果的。从我省每届广播剧征文和参加评选的广播剧看，真正称得上精品的广播剧仍然不多，多数是那种为着重宣传某种既定思想为目的，缺乏动人的戏剧情节和人物性格的“宣传剧”。这种剧主题思想明确、全面，写改革必写改革与保守的斗争，写变化必须有今昔对比，写人物必写左、中、右的类型，情节故事为大家熟知，千人一腔、一眼到底，形成一种简单的创作模式。之所以产生这种现象，既因生活的僵化，也有艺术思维定式的原因，同时，与我们对广播剧的审美效应和它所承担的艺术职能产生某些误解有关。

三、广播剧的戏剧性

听觉艺术要想抓住听者，只有让人“入戏”，才能有吸引力。经典作家把“戏”归结为戏剧矛盾，他们认为：“没有冲突便没有戏。广播剧的戏剧性关键在于如何组织好一出戏的戏剧冲突。冲突的形式，依广播剧的内容、容量、风格的不同而变化万千。一般说来，大型的连续广播剧，注重情节曲折、波澜跌宕，每一集的结尾，要有且听下回分解的“扣子”作为悬念，以吸引人下次接着听。单本剧要求冲突高度集中，截取生活的横断面，凝结一个“戏核”，然后成竹在胸，层层剖析，让听众入迷。广播短剧和小品以见微知著取胜，或涉笔成趣，指点弊端，或以事带人，褒贬生活，微尘中显现大千；或捕捉生活百态，或凝聚诗意哲理以新颖的意境开掘、启人心智，玩味无穷。总之，广播剧也同其他戏剧一样，最忌讳的是熟套子、老路子，冲突形式陈旧，情节雷同，人物类型化，表演“一道汤”。

这几年来我省的广播剧，在戏剧冲突的形式和内容方面比较注意创新，制作出了一批赏心悦目、可听性很强的好作品。比如《来历不明的人》以荒诞的手法，描写一伙隐居深山的“盲流”找党，歌颂了党的领导和改革开放的新时代，让人耳目一新。《海祭》和《窗》等广播短剧，以浓郁的诗情，歌颂人间的真情和美好，主题具有使人情感升华的寓意和象征，言近旨远，韵味绵长。单本剧《当代酒仙》《梦中有只黑乌鸦》《贝壳》，还有小喜剧《夜来麻将声》《钓》《厂长丢了一只猫》《铃声》等等，在探索广播剧形式风格如何更贴近时代、针砭时弊、拓展题材内容方面，摸索了创新的路子。

在突出时代主旋律,反映生活的深层矛盾,开掘人物心灵,使戏剧冲突向多重性多义性发展方面,我以为《马铁匠、冯鞋匠和他们的女人》是一个成功的范例。这出戏选择某城大院的一角,以改革为背景,描写马、冯两家曾经为一个女人几十年留下的恩恩怨怨展开戏剧冲突,表现改革大潮如何冲击着传统观念的束缚,使人的精神禁锢产生了裂变。

一开始,人物都带着戏上场,每个人的言行都直刺对方的心尖,有丰富的潜台词。马、冯两位老工人,同属一个工厂,都到了退休年龄,他们虽然同住一院,心中却有未曾了结的情缘,互相戒备着。首先是冯鞋匠谎报情况,"作损缺德",假造马铁匠在朝鲜战场牺牲的消息,把马铁匠的对象齐大凤,骗作了自己的妻子。然而大凤对马铁匠痴情未泯,但碍于"生米已成熟饭",认命而真情难断,对丈夫瞧不起。马铁匠情场失落,他拼命工作,换取了无数奖状,以政治上的优越压着冯,以求得感情上的补偿,冯鞋匠因此窝窝囊囊,在女人和马铁匠眼里矮半截,直不起腰。改革开放,工厂成立服务公司,发挥退休工人余热。马铁匠把自己多年得的奖状挂起来向冯鞋匠"示威",准备迎接顾经理上门聘用。谁知顾经理竟越门而不入,聘用了冯鞋匠当技师。这给马铁匠是倒浇一盆冷水,于是满腹牢骚:"当劳模的不用,偏用磨洋工的。"他发现"奖状"再不能给他带来威力,他矛盾、苦恼,开始了情感的醒悟和斗争。

首先,用对比照应的手法写了马、冯两人的斗心。冯鞋匠有过不光彩的一页,几十年来受压、抬不起头,改革给他带来了机遇,精神上解放,技术上被重用了,可这个人又做不到涵养和谦虚,他要在妻子和马铁匠面前显示自己作为人的价值。他在院子里故意高声谈话(从前总是低声小气的),他让小汽车开到他的家门口接他去谈公事,新安了电话后,冬天打电话也开着窗,故意让声音传到马铁匠的耳朵里。他的一言一行都是做给人家看的。过去马铁匠用劳模压他,而今他得到重用又反过来压人,这今昔对比一抑一扬针尖麦芒、直刺内心,每个人都按自己意愿在行动,一言一行在表现自己的性格。

其次,用戏剧纠葛的叠印、交叉,刻画人物性格的多重自我。剧中每个人物的性格都不是单一的。马铁匠有向社会奉献的一面,他长期压抑自己的情欲,不敢正视自己心中的爱,然而又常常禁不住要释放情欲,显露自己对大凤的真情。冯鞋匠自私,有长期受道德和舆论谴责的内疚,但也有自己真诚的反省。大凤处在二人纠葛之间,她的内心很苦、很复杂,任何一个涉及马铁匠的言行,都会引起冯鞋匠的醋意。戏就在这种纠葛之间,牵一线而动全身,戏活了,人物也活了。比如,大凤为自己的儿子小南向马铁匠说媒,想成就小南与马铁匠女儿小敏的婚事,把他们老一代未满足的心愿,实现在小一辈身上,谁知这一举动反倒激怒了马铁匠:“我这一辈子搭给冯家的还少吗?”好心遭误解,一句不起眼的台词,都会在对方心中激起波澜。

第三,通过重场戏刻画人物理智与情感的内在矛盾。戏中的小南与小敏,同住一个小院长大,两小无猜成了恋人,由于马、冯两家的宿怨,影响到年轻一代的结合。小南为发泄自己的怨恨,花钱雇用一位姑娘到家相亲,气哭了小敏,而自己也十分痛苦和后悔,他跑到江边,正好与钓鱼的马铁匠相遇,他恳求马铁匠开恩。让小敏与他相好,引出了一场精彩的对话:

> 小南:我真心爱小敏姐的!你知道,爱着一个人,要是得不到,心里是啥滋味吗?
>
> 马铁匠:(心里被利痛一下)你……我不知道,你走开!走开!
>
> 小南:没听说有篇小说吗?“爱,是不能忘记的”……
>
> 马铁匠:别当我说这个,我不懂!
>
> 小南:不,你懂!这些年,你一直爱着一个人,她也爱着你……
>
> 马铁匠:你,你再胡说,我……(捞起鱼竿)我揍扁你!

冯小南并不惧怕,他连珠炮似的揭了马铁匠的老底,说马铁匠把他的母亲当亲妹子看待全是假的,他不搬家,是为的舍不得离开他妈。说他老在欺骗自己的感情。“你爱我妈,可你对自己都不敢承认,多可悲!”

马铁匠越是要做正人君子,要欺骗自己,冯小南越是要揭伤疤,这一老一少的心理冲突形成尖锐对比。马铁匠怕人知道了他对大凤的恋情,他躺在那些以奖状为标志的荣誉上,实际上他的心是爱着大凤的。小南为了得到小敏的每一句哀求和表白,都像一把双刃尖刀,直戮他的心窝。最后迫使马铁匠承认,世上最了解自己的还是这位敢于为自己幸福抗争的年轻人。

人常常要在残酷中才能完善自己。这场戏剧冲突,写到了人的心灵深处,作家无情地解剖了人心的复杂,既有令人咀嚼的余韵又饱含着人生的哲理。

从上面看来,广播剧的艺术技巧和方法,已有了许多新的发展,随着审美文化层次和欣赏水平的提高,那种单线式的结构,扁平的人物性格,直奔主题的演绎结局,已不能满足听众的要求。今天听众欢迎的广播剧是要内容新、手法多样,追求人物性格的多色调、主题意蕴的多义性、多题材、多风格,能发人深省,留有余韵的佳作。

四、广播剧对文学剧本的要求

广播剧是一门综合性很强的艺术，文学剧本是广播剧创作的首要条件。提高广播剧创作的水平，抓剧本创作的质量，是第一道关口。

可以用作广播剧的题材十分广阔，改编现成的文学作品，移植别的剧本内容，不是繁荣广播剧的必由之路，自己独创新本子，充分发挥广播剧形式的特长，才是最佳选择。现实的、历史的、传说传统的故事，都能上戏，既可以突出时代的主旋律，又能做到形式、内容、风格多样化。

就一般而论，广播剧应以反映现实生活为主。因为广播剧覆盖面广，听众极多，反映现实及时，群众欢迎广播剧。紧贴时代和人民的心，对群众关注的社会敏感问题予以艺术表现，这是时代和听众的要求，也是广播剧的使命、作家的职责。

我省在组织广播剧创作时，曾经有针对性地提出了"四为主"的方针，即以现实为主、地方为主、创作为主、短小为主。经过实践证明，这种要求具有可行性和科学性，符合广播剧生产的规律，今后还应照此办理。在这种要求的指导下，我们生产了一大批有自己特色和风格的广播剧目。比如，在突出地域特色方面，成绩比较突出的有：《神奇的土地》《来历不明的人》《起飞的小鹤》《贝壳》《霖芬桥》《当代酒仙》《关东情》《矮子屯传奇》《蛇岭》等等，这些优秀剧目，已经走出黑龙江，蜚声国内广播剧剧坛。这说明广播剧的创作，也同其他艺术门类一样，只要注意发掘本土文化的特长，真正挖出有自己艺术风格的东西，不一定去追赶什么时髦和新潮，就能在强手如云的竞赛中，找到自己的席位。

广播剧的文学剧本除上面提到的"四为主"外，还有特殊的限制与自由。

首先，从时间长度上，一集广播剧要求限在 30 分钟以内，连续广播剧可以一本多集，但每集演播时间不能过长。单本剧和短剧都有明确的时间限制。这就要求在题材选择、情节提炼上高度集中，"立主脑减头绪"，将内容与矛盾作浓缩处理，那种平面铺叙、直线式的正面展开冲突的做法是不可取的。此外广播剧作为信息传播，快速及时，具有放大性和直接性，它要求内容以正面教育为主，有些内容可以写成小说，而不适于广播剧，这是广播剧的社会效果所决定的。

但是写广播剧又有着其他艺术所不曾有的自由。它的场景、舞台的限制很小，时空可以任意转换，作者可以介入解释，它不遵循写实性的现实主义，一切场景和时空可以通过音响虚拟。这样可以省下较多的笔墨来写戏。

其次，口语化、个性化是广播剧语言的基本要求。因为广播剧是看不到演员的表演，听话听音，语言符合人物身份、性格十分重要。简明生动、通俗易懂、造短句、语感明快，注意运用音色、音高去传达不同人物的感情色彩，使演员说出来的话，优美动听，表现出人物的性格。

第三，广播剧的文学剧本重写意，它不要求作家对时空使用太满太实。这一特点希望作家依据自己对生活的理解，选择富有特征性的材料（或细节），简括而又含蓄地描写生活，抒发主观情感，将客观生活心灵化、情绪化，而不是躺在现实的材料上，拘泥于生活的再现。

以形传神，以神写意，诗情画意结合，构成一种欣赏境界，是广播剧艺术的美学特征。观众面对收音机，不求其形似，他所听到的音乐、音响、语言，不过是传其客观生活与人物之神韵，与日常眼见的事实与人物存在一定距离。人物活动的场所，以及神态、面貌，只能闻其声而以想象意会之。我国古典戏曲常有这种特点。舞台本无门窗，演员一面唱念台词，一面手势舞蹈，虚拟出一幅画面来。所以，剧本在描写场景、人物时，也决不写尽说绝，留下空白，让表演和听者去想象发挥。这就要求在剧本的情节、结构上，删繁就简，对话要十分精练，能够不使用说白，而以音乐、音响效果去显示、暗喻或象征的地方，要给导演留出二度创作的余地，要给听众以充分想象的自由。从接受美学看，作家对文学文本的创造是有限的，只有欣赏者参与创作，艺术的审美才得以实现。因为，我们只能想见文本中没有的东西，只有没有写出的部分，才给我们想象创造的自由。“没有未定的成分，没有文本中空白，我们就不可能发挥想象。”（见伊瑟尔:《从阅读过程的现象研究》）既然如此，我们何不多为他人着想一些，把剧本写得含蓄蕴藉，输出较少的语言信息，而收获较多的效果。那种把对话写成拉锯似的你来我往，生怕别人听不明白，追求主题的直接性、结局的圆满性的做法，不仅费力不讨好，而且在很大的程度上，阻碍着广播剧艺术质量的提高。

《文艺评论》1992 年第 3 期

论梁南诗歌的特色

梁南,原名李启纲,四川峨眉县人,1925 年生。四十年代在成都读中学时就开始发表作品;五十年代曾以政治抒情诗《危地马拉兄弟,我望见你》在诗坛驰名;在 1957 年“反右”斗争之后,他的名字就在诗坛消失了,二十年后复出的梁南,给读者奉献了许多动人的诗篇,他复出后已出了两本诗集——《野百合》和《爱的火焰花》。此外,还有散见于报刊的新作约五百首。他的诗作已连续七年被选入全国诗歌年选集;国内外出版的诗歌选集已有四十多个选本选了他的作品,其中包括美国“世界丰收”组织编选的国际诗歌选集《诗人支援非洲》。今年他又有两本诗集即将出版:《寄美人香草》(作家出版社)和《热恋与诱惑》(漓江出版社)。他的诗作已在国内外产生了广泛的影响,有不少人正在潜心研究他的作品。他复出后的作品,据我看概括起来有三大特色。

一、高尚的人格美

郭沫若曾说;“诗,是人格创造的表现。”在生活中庸夫和强者对待逆境的态度会迥然不同。怨天尤人,悲悲切切,甚至痛苦绝望,这是一种表现;敢于直面人生,坚强不屈,永远充满理想和信念,这是又一种表现。梁南的表现无疑是强者。他的诗以自己热烈燃烧的情感的火焰,驱散命运的悲叹,以不灭的信息去慰藉心灵的创伤,清洗历史积淀的痛苦,从而传达出人格的高尚和理想的光辉。他在诗中写道:“我是‘绝望’的叛徒,永远手持希望之花。”“即使跌入墓穴,也要凿开窗口瞭望”(《我是“绝望”的叛徒》)。他把自己比作“艰难养育大的逆子”,含着珍珠泪,“让干燥的渴望,一次又一次充分燃烧。”

梁南的诗还表现了一个革命者忍辱负重的理解精神。他以监狱生活为题写的诗,诗人从一己之遭遇,想到了人民的苦难和祖国的不幸:

> 哎,我的愁怀怨苦通向了一个崇高的心灵,
> 我身世寥落的祖国,沉痛地挂在那里!

像革命的未亡人,披着黑巾。

——《我沉思过在监狱》

他把个人悲剧命运置诸脑后,并且以森林庇护"低矮的花草"来象征祖国,歌颂真正的共产党人,为保护人民免遭劫难所进行的"损枝折叶的斗争"。在《一代纤夫》和《自画像》等诗里,诗人把自己的不幸遭遇升华到一个崇高的境界,不以物喜,不以己悲,反而在"深隐的创痛里",在同底层人民的接触中"吮吸到甘蜜的旨趣"。于是诗人满怀欣慰地歌唱:"感谢采矿人催我从高温高压出世/感谢含辛茹苦的岁月有情留下了我//满身伤迹,已带笑用赤诚愈合/半头银白,已丝丝用炼火染过。"生活的辩证法就是如此,逆境和苦难,造就出一代坚强的猛士。使他们丢掉了渺小的自我,在同人民和时代的结合中,才真正认识到了自身的价值:

探索的岂止是我?是一支欢快的队伍。
是一个自强的民族,我是
走在队列里最后一人。

——《我追随祖国母亲》

诗人梁南把自身的痛苦融于集体,是在人民的海洋中,找到了自己的人格神的。这是一种集体主义的人格力量。所以,他的那些凝练、冷峻的诗篇,不是旨在表现人生的痛苦,而是以其深厚的意蕴和气魄,照亮了人们的心灵,赋予不幸的人生以精神的力量。歌德曾说:"如果想写出雄伟的风格,他也首先就要有雄伟的人格。"如果说,人格美是梁南抒情诗的灵魂和内核,那么,这核心就集中表现在诗人对祖国和人民深深的爱恋上。请听:

我在人民的泥土里已生活半生
依靠的,只是对大地的坚贞。

——《我没有祈祷,没有……》

二、崇高的悲剧美

梁南的诗不仅是他人格灵魂的自白,也是他悲剧命运的写照。他将时代的痛苦、欢乐、希冀、动荡集于一身,赋予诗歌以浓郁的悲剧诗情。传达出一种典型的"爱的痛苦"的时代情绪。在他以痛苦的人生经验凝成的许多诗篇中,塑造了可歌可泣的悲剧形象,抒发了至死不渝的对抛弃自己的人的恋情。例如:

> 纵然贝壳遭受惊涛骇浪的袭击/不变它对海水忠实的爱情/深深地,深深地/噙着珍珠泪,没有嫌弃……
>
> ——《贝壳·树好·我》

"悲剧使人崇高。它的产生乃是历史的必然要求与这个要求实际上不能实现之间的冲突。"(恩格斯语)梁南无疑是十年动乱的悲剧时代产生的一位悲剧诗人。他的许多诗表现了悲剧英雄主义的主题。比如《树和大地》《孤树咏》《野百合花》《冬青呵冬青》等,特别是《野百合花》一诗,诗人动情地刻画了具有象征意义的悲剧形象:"红滴滴的百合花","像怨女渗血的嘴唇,像无字的眼泪/泉炼狱烧红了的愤死挣扎的游魂",她"火化着民族的悲辛……"这扑朔迷离的诗意美,反映出诗人对献身时代的英雄的崇拜,对美好理想的憧憬。

梁南的许多诗,表现了悲剧主人公渴望为祖国献身的悲壮的使命感。诗人赞美落叶:"你默默地消灭自己/给大地添一层软泥"(《落叶的自白》)。诗人祈愿自己化为滋润大地的"季候雨",愿耗尽自己的"生命和爱",换来"压弯枝头的累累果实"(《愿我是季候雨》)。他希望做一名"纤夫","以生命的呼唤蹀躞在历史的江河两岸/以砥柱的筋骨把命运的航船匍匐牵引"(《一代纤夫》)。他甚至想把自己变成一块矿石,再次投入"猛烈的火阵",炼成"弹劾歹恶"的"利斧一柄"(《铁的矿石》)。从这种普罗米修斯式的殉道精神,从那对邪恶势力决不调和的英雄气概,可以看出我们的悲剧主人公,悲愤而不悲观的英雄性格。

梁南诗中崇高的悲剧美,还从许多柔情蜜意的爱情诗中表现出来。诗人处于悲剧命运的旋涡中,内心的痛苦和爱不能淋漓畅达,常以其爱情的外观,来倾诉其内心的隐衷。爱情组诗《久已结束的悲剧》,表现了一种缠绵而凄苦的爱情悲剧。这组诗最初发表在《诗刊》,后被美国《时代报》(中文版)转载。全诗完整地抒发了深藏于诗人心中不能忘却的纪念,一段爱情悲剧的"心史"。诗从回忆初恋时"黄桷树下"等候,"欢天喜地"散步写起,最令人痛彻心脾的,是那种"从不隐退"的凄苦动人的相思。绵绵情景,委婉忧伤,缕缕不绝,如山涧石缝呜咽而出的泪泉,正如诗人的自白:"我在恋爱痛苦了一辈子,我一辈子都在痛苦中恋爱”。如果说,悲剧是“诗的艺术顶峰”,可以认为,梁南以其自己的命运遭际写下的这些悲剧诗,代表了他诗歌艺术的精品,它是“万日酝酿,一日得之”的“血化”的“红宝石”和“泪化”的“珍珠”。

三、独特的意象美

梁南诗歌的魅力,除了注重人格的表现、悲剧诗情的抒发外,还有一种独特的意象美。

意象,是诗人内在的意与外在的事象和物象,通过想象活动而创造出来的一种具象。它是可感的,凝聚了诗人的理念和情感,是构成诗歌形象的基本单元。不过,梁南还不是西方那种纯粹的意象诗人,他只是使用了意象的手法。其手法有三:

1. 诗人广泛采集自然界有明媚色彩的物象入诗。比如“青青的梧桐叶”,“灼红的合欢花”,“红杏结满心壁,碧叶风发全身”等。关于刻画诗人自我形象的意象,就多达数十种。如“我是不竭的流泉,我是永远萌动的力/我是刚点燃的火把,我是人人吮吸的空气”;“我怀着凌霄花般鲜红的爱恋”,“我奇峭的心仍是一颗姹紫的苞蕾。”这些意象从不同角度刻画了诗人在特定时期的心态和理想,展现了诗人的人格品质。同时,这些意象还具有情感和音响的色彩,使诗具有一种图画美和情态美。诗人在意象色彩的选用上,偏重亮色,将悲痛化为火焰,有时还把忧伤变成为美:“我愿自由的手腕如果戴着镣铐/那镣铐定是情人装饰的花环”。这些意象的变换组合,给梁南的诗带来一种慷慨悲凉之气,形成凝重沉郁的风格。

2. 诗人常以连续的排句,一气呼出几十个不同的意象,去渲染、铺叙、颂扬某种事物。如《我愿……》一诗,全诗八节,46 行,诗人以 33 个“我愿”将感情直泻千里:

> 我愿人们议政情如对灯夜谈儿女的婚嫁/我愿人民选举公仆,而非公仆圈定人民/我愿衡量人的天平能标明人的是非优劣/我愿糊涂绝顶的左视患者视线逐渐归正/我愿权欲狂的歹徒被民主之手粉碎毛胎/我愿愚鲁不辨的权威被历史判处流刑……

诗人浮想联翩,把心中美好的祈愿通过一系列意象连接、勾勒,构成一幅广阔的图画,其势如波翻浪涌,万马奔驰,表现了诗人强烈而飞动的激情,在艺术感染力上收到了追魂摄魄之功。

3. 诗人运用艺术通感，调动各种感官，触发种种联想。如

我感觉我被轻笼子温柔的银弦之网/听觉、味觉、视觉都在一齐开放/似雾纱的舞蹈，似茶花的歌唱/颤动着红豆相思的美丽色泽/竖摆着杨柳梳风的垂地情长/无数的含香的花瓣流浴全身/嘴角像衔着汁液流淌的果浆……

——《遇弹吉他者》

这种随主体情感流动的意象，是一种意识流，心理流。这种意识流动是在现实世界里进行的。诗的下半首："呵，是否是我心中的命运在弹唱"一句，由现实过渡到幻觉、梦境，表现诗人情感的无意识流露。"我涉入遐想：月出三峡，船走三江/细雨蒙蒙，人如玉兰花枝依恋在春的臂膀。"这几句诗表现诗人在听吉他弹奏时所唤起的对青年时代生活的回忆。这里有暗喻，有象征，在艺术审美上，它增加了诗歌的流动之美和朦胧美。

总之，意象手法的运用，使梁南许多理性色彩较重的诗，读来不觉干枯，避免了"直言易尽"而有着"婉道无穷"的韵味。

今天，诗人梁南在诗歌题材的开拓上，已跨越了单纯的回顾与沉思，他的一些近作表现了关注现实，向生活纵深开掘的特点。但是，比较来看，梁南一些切近现实的诗篇，似乎缺乏"归来诗"的那种感情深沉的凝聚力。他避俗求新，追求意象的奇兀和语言的陌生感，但有时分寸失度，未免因奇害意，艰涩费解，削弱了诗歌的朗读性和大众传播的效能。诗人钟爱"独特感受"这一面很好，但"独特"不等于生涩。要避其浅薄，又不要导致破译之艰难才好。

发表于《黑龙江日报》1988 年 5 月 29 日

论郭沫若的爱情诗

假使春天没有花，
人生没有爱，
到底成了什么世界？
——《女神·梅花树下醉歌》

爱情，这个圣洁、光辉的字眼，曾有多少诗人、作家，为她谱写过一曲又一曲的长歌啊！

开一代诗风的郭老，不仅是我国新诗歌运动的奠基者，而且，也是我国爱情新诗的开拓者。在郭老早期的诗歌创作中，爱情诗占有相当的比重，据郭老自己说："当时写了很多，由于年代久远，底稿散失，现在大都忘了。"[①]今天，我们所能见到的，除了《女神》中的《Venus》(维奴司)《别离》《新月与白云》《死的诱惑》，以及爱情诗集《瓶》外，还有《集外》(一)中的《白玫瑰》，小说《牧羊哀话》中的《牧羊歌》和《离之前》中的《月下》《蔗红词》《春风吹入了我们的故乡》(注：原诗无题，系笔者所加)等首。

对于郭老早期的爱情诗作如何评价，自来意见不一。褒者、贬者大异其趣。二十年代就有人要以《死的诱惑》一诗，为《女神》的代表作品，当即受到闻一多先生的批评。对于《瓶》的评价，更是众说纷纭。有人批评《瓶》是郭老"最后的诗"，是"残余热情的最后火花"，是"儿女情长"的情诗。"它所表现的却全是小资产阶级的儿女私情，多愁善感"。[②] 但是，郭老早期的爱情诗，拥有众多的读者的事实，却是不能否认的。应该说，郭老青年时代的爱情诗，和他《女神》时代的其他新诗一样，都是郭老的"自我"表现，具有"五四"时代的鲜

① 海英：《郭沫若留学日本初期的诗》，载《中国现代文艺资料丛刊》第三辑，上海文艺出版社1963年版。

② 楼栖：《论郭沫若的诗》，上海文艺出版社1950年版。

明色彩。这一部分珍贵遗产，不仅在新文学史上有不可磨灭的思想价值和艺术价值，而且，对于研究郭沫若的思想及其文学道路，都是极可宝贵的资料。

爱情和诗

在郭沫若同志的创作道路上，诗歌与爱情几乎是同时发生的。这并不是说，郭老早期诗歌的创作欲完全产生于爱情，但是，爱情确实激发了郭沫若的诗，振奋了青年郭沫若的精神。

在青少年时代，郭沫若同志对于婚姻的自由幸福，曾有过美好的憧憬，但是，罪恶的封建礼教，又迫使他的这种理想幻灭了。事情的经过是这样。1912年，郭老21岁的时候，曾由父母包办结过一次婚（注：女方名张琼华，现年89岁无嗣。住四川省乐山市，生活由郭老供养，现在由国家供养）。事前，听说女方一切皆好，结果婚后大失所望。“隔着口袋买猫子，交订要白的，拿回去才知是黑的。”[①]这样的事情，在当时的旧中国，是每时每刻都在发生的平常事件，许许多多无辜有为的青年，成了这种封建婚姻制度的牺牲品。可是，具有新兴民主思想的郭沫若，看到了这种过渡时期的“社会悲剧”。他以满腔的怒火，对封建的家族制度，礼教积习，发出了雷霆般的诅咒：“到婚姻只能由‘父母之命，媒妁之言’以后，男女双方便都是隔着口袋买猫儿”了。“一错铸成，终身没改。男女双方的一切才能精力便囚系在命运的枷锁之下长此活埋。中国人的民族性日趋偷懒，日趋虚伪，日趋苟贱贪顽，日趋阴贼险狠，难道这种婚姻制度不正是一个主因吗？”[②]因此，青年郭沫若不怕承担“不孝”的罪名，他拒绝了这门包办婚姻，婚后五天就毅然出走，表示了他对封建礼教的决裂和反抗。对于郭沫若的这场不幸遭遇，冯乃超同志在评论《黑猫》时指出：“为什么作者那样诅咒封建的家族制度、礼教与习惯而揭起自由恋爱万岁的旗帜呢？里面有这样辛酸的经验，因为理想中的白猫变成现实的黑猫。”[③]由于郭沫若自身的惨痛经历！使他对吃人的礼教制度有着比别人更加深沉的愤懑。但是，在“冷酷如铁”“黑暗如漆”“腥秽如血”的旧中国，到处是“屠场”“囚牢”“坟墓”“地狱”，反抗没有出路，斗争却带来了牺牲。郭沫若同志用这样的诗句，描绘了自己痛苦的心情。

---

① 郭沫若：《黑猫》，原载《现代小说》三卷一、二期，现收《沫若文集》（六），第277页。

② 郭沫若：《黑猫》，原载《现代小说》三卷一、二期，现收《沫若文集》（六），第283页。

③ 冯乃超：《郭沫若的<黑猫>》，载李霖编《郭沫若评传》，现代书局1932年版，第165页。

莲子心酸，
莲子心苦，
为什么心酸？
为什么心苦？
莲房束缚太难处？

心恋自由，
心爱父母，
父母不许他自由，
所以心酸苦！

——佚诗《劳陀利华》(白莲花)①

诗人并不甘心在黑暗的旧世界里饮恨吞声，唯一的办法，是“离开当时的苦闷”。他告别慈母，把母亲“休作异邦游”的嘱咐，置诸脑后，怀着“烈火一样的雄心”，于1913年，“初出夔门”，东渡日本，寻找振兴祖国之路。青年郭沫若挣脱了封建礼教的枷锁，感到自己获得解放。在佚诗《黎明》②里，诗人把自己比作“脱了壳的蝉虫”，“出了笼的飞鸟”，“才出胎的羝羊”，“才发芽的青草”。诗人诅咒：“你们这些囚笼，你们这些幽宫，幽囚了我们几千年，束缚了我们几万重。我们唱着凯歌，来同你们送终。”但是，到了日本，残酷的现实，又使年轻的郭沫若碰了一次壁。一方面是日本近代资本主义的“文明”进一步培育了诗人革命民主主义的思想；另一方面，帝国主义的骄横倨傲，民族歧视，进一步激发了诗人的爱国心。民族的郁积，个人的郁积，使诗人郭沫若陷入新的苦闷之中。他“本是倾向于文学的人”，但在当时“实业救国”“科学救国”成为时髦口号的时代，他又不得不尽量克制自己“倾向文学的素质”。由于他的反封建、追求个性解放的民主主义思想根源，使他和当时流行的“泛神论”思想，一拍即合，受到了这种思想的积极方面，乃至消极方面的影响，使他从自小对《庄子》的热爱，进而开始了对王阳明的礼赞，从学习静坐，通入空门，直至想去“寻死”，差一步跨过了“疯狂的门阀”。郭沫若同志1936年回顾这一段历史，深有感触地说：

① 《劳陀利华》(白莲花)，刊于《时新报》副刊《学灯》1920年2月5日。

② 《黎明》，载《时事新报》副刊《学事灯》1919年年11月14日。

> 把我从这疯狂的一步救转了的,或者怕要算是我和安娜的恋爱吧?但在这儿我不能把那样详细的情形来叙述。因为在民国五年的夏秋之交有和她的恋爱发生,我的作诗的欲望,才认真地发生了出来。《女神》中所收的《新月与白云》《死的诱惑》《别离》《维奴司》都是先后为她而作的。《辛夷集》的序也是民五的圣诞节我用英文写来献给她的一篇散文诗。"①

民国五年的圣诞节,即 1916 年年底,这时,郭沫若与安娜已经由恋爱到正式同居。从郭沫若同志献给安娜的散文诗《辛夷集》的序里,可以看出来,当时的郭沫若,把自己比作一匹被潮水抛到岸上的"小小的鱼儿",得不到泉水的滋润,早已干涸死了。就在这个时候,诗人在诗中写道:

> 一个穿白色的唐时装束的少女走了出来,她头顶着一幅素罗,手中拿着一支百合,两脚是精赤裸裸的。她一面走,一面唱歌。她的脚印,印在雪白的沙岸上,就好像一瓣一瓣的辛夷。
>
> 她在沙岸上走了一会,走到鱼儿睡着的岩石上来了。她仰头眺望了一回,无心之间,又把头儿低了下去。
>
> 她把头儿低了下去,详细看那鱼儿时,她才知道他是死了。
>
> 她不言不语地,不禁涌了几行清泪,点点滴滴地滴在那洼穴里。洼穴处便汇成一个小小的泪池。
>
> 少女哭了之后,她又凄凄寂寂地走了。
>
> 鱼儿在泪池中便渐渐苏活了转来。②

纯洁、善良的少女,用自己点点滴滴的清泪,使干涸死了的鱼儿复生,这种浪漫主义的遐想,美丽、动人的神话般的比喻,简直写尽了青年郭沫若得到了爱情之后,感激、鼓舞、如鱼得水的心情。

爱情,这是青年郭沫若梦想了多年的现实啊!一位日本少女安娜(佐藤富子)"弃了她的家庭",冲破民族、国家的界限,把自己纯真的爱情,献给一个异邦的革命青年,甘愿为中国的新生献出自己的一切。这对于深受封建包办婚

---

① 《我的作诗的经过》,原载《质文》,1936 年 11 月 10 日 2 卷 2 期,现收入《沫若文集》(十一),第 137 页。

② 见《辛夷集·小引》,辛夷小丛书第一种,创造社编上海秦东图书局 1932 年版。

姻之害的郭沫若来说，是幸福，也是崇高的精神鼓励。真挚的情感，高尚而又大胆的爱，燃烧着青年郭沫若的心，诗人心灵里积蓄着的爱和恨、理想和追求，加之异国的情调，怀土的乡思，遂发而为诗，产生了诗的觉醒。因此，郭沫若同志说，他的诗很多是由爱情激发出来的。

由于有了和安娜的恋爱，使郭沫若同志从迷恋泰戈尔的诗，开始模仿泰戈尔诗的格调，试作新诗。同时，对海涅的爱情诗，发生了浓厚的兴趣，并开始了对泰戈尔、海涅诗歌的翻译。

郭沫若同志从少年时代培育发展起来的文学才能，他对封建制度的强烈反抗，对光明、未来的热烈追求，在“五四”革命浪涛的影响下，这时终于找到了用诗歌作为战斗武器的“喷火方式”。郭沫若之成为中国新文学史上承先启后的伟大诗人，有着多方面的因素和条件，但是，不能否认，爱情也是触发郭沫若同志诗歌创作欲暴发的一种媒介，一点星星之火。

火山爆发式的内发情感

郭沫若同志早期的爱情诗，同他“五四”时代的其他新诗一样，同样是有火山爆发式的激情。

远在五四运动前的1915年，郭老在冈山上学的时候，就写过一些情诗。现在保存下来的有两首。一是《月下》：“月下剖瓜仁，口中送我餐。自从别离后，怕见月团栾。”一首名叫《蔗红词》：“红甘蔗，蔗甘红，水万重兮山万重。忆昔醉朦胧：旅邸凄凉一枕空，卿来端的似飞鸿，乳我蔗汁口之中，生意始融融。那夕起头从，才将命脉两相通，难忘枕畔语从容：从今爱我比前浓！红甘蔗，蔗甘红，水万重啊山万重！”[①]这两首诗歌，尽情地抒发了对离去的恋人的怀念。“我”在“旅邸凄凉”之中，意外获得了爱情，犹如嘴嚼着红甘蔗的乳汁那样甜蜜、幸福。诗人高唱“卿来端的是飞鸿”，“从此爱我比前浓"。从形式上看，用了我国古典民歌赋、比、兴的手法，感情奔放、热烈，一泻无遗。

如果说，郭沫若同志在1915年写爱情诗《蔗红词》的时候，对于自由恋爱还只是一种憧憬向往的话，那么，到了1918年写《死的诱惑》，1919年写《Venus》（注。罗马神话中的司美与恋爱之女神。）、《别离》、《新月与白云》的时候，爱情对他已经变成了现实。深受旧式封建婚姻压迫的郭沫若，从冷漠的空气里，获得了真诚的情爱，他那浪漫的恋爱色彩，浓郁的情调，火爆的热情，就

① 载《离沪之前》一文，见《沫若文集》（八），第282页。

表现为大胆的、热烈的爱情歌唱：

白云呀！你是不是解渴的凌冰？
我怎得把你吞下喉去，
解解我火一样的焦心？

——《女神·新月与白云》

我把你这张爱嘴，
比成着一个酒杯。
喝不尽的葡萄美酒
会使我时常沉醉！

我把你这对乳头，
比成着两座坟墓。
我们俩睡在墓中，
血液儿化成甘露！

——《女神·Venus》

这就是郭沫若式的爱情：大胆、热烈，毫不掩饰，如醉如痴。也许有人觉得太露骨了，需要凄婉、含蓄一些，但是，如果改成别的，那就不是具有浪漫色彩的郭沫若式的恋爱，就不足以表现青年郭沫若反抗传统习俗、蔑视虚伪礼教的诗人性格。

郭沫若同志火山爆发式的爱情诗，表现的形式是多方面的。有的表现对爱情的焦渴期待：

我已成疯狂的海洋，
她却是冷静的月光。
她明明在我的心中，
却高高挂在天上，
我不息地伸手抓拿
却只生出些悲哀的空响。

——《瓶》第三十一首

有的是对别离的深切思念。如：

月儿呀！
你同那黄金梳儿一样。
我要想爬上天去，
把你取来；
用着我的手儿，
插在她的头上。
咳！
天这样的高
我怎能爬得上？
天这样的高，
我纵能爬得上，
我的爱呀！
你今儿到了哪方？

——《女神·别离》

有的诗歌颂炽热、纯洁、深沉的爱，如：

太阳迎我上山来，
太阳送我下山去，
太阳下山有上时，
牧羊郎去无时归。
羊儿啼，
声甚悲。
羊儿望郎，郎可知？
羊儿颈上有铃儿，
——是郎亲手系；
系铃人去无时归，
铃条欲断铃儿危。
羊儿啼，
声儿悲，
羊儿望郎，郎可知。

——摘自小说《牧羊哀话》

《牧羊哀话》是郭老1919年发表在《新中国》一卷七期上的第一篇短篇小说。小说描写的是朝鲜"李朝子爵"的女儿闵佩荑与其家仆户妈的儿子子英的恋爱悲剧。牧羊郎子英为保护爱国忠良佩荑的父亲,不幸被叛国投敌的奸贼杀害,佩荑接过牧羊鞭,思念情郎,唱着凄婉动人的牧羊歌。读之催人泪下,感人肺腑。

有的是曲折地表现诗人对爱情的热烈追求。如:

我有一把小刀,
倚在窗边向我笑。
她向我笑道:
沫若,你别用心焦!
你快来亲我的嘴儿,
我好替你除却许多烦恼。

窗外的清清海水,
不住声地向我叫号。
沫若,你别用心焦!
你快来入我的怀儿,
我好替你除却许多烦恼。

——《女神·死的诱惑》

郭老这一首最早公开发表的白话诗,构思十分奇特。诗人表面是写"死",实际上是写"爱",他把死神——"小刀""海水"拟人化,比作可亲近的爱人。"死的诱惑"实际是"爱的追求"。不过,这种表达爱情的方式,不如大声疾呼那样痛快淋漓,显得有点感伤。表现了青年郭沫若"爆发"之前最苦闷时期的一种叹息。

郭沫若同志早期爱情的这种火山爆发式的激情,从一个侧面反映了"五四"时代,"狂飙突进"的精神。"五四"时代精神的主要特点,就是彻底地、不妥协地反对帝国主义和封建主义。宗法的封建婚姻制度,是扼杀个性,戕害青年男女的一把屠刀,它是"五四"革命的对象之一。青年郭沫若在男女婚姻问题上,有他自己独立的早期民主主义的思想观点。他认为,"男女相悦,人性之大本",对于异性相爱,只能"因善利导,以扶助其正当发展,不能多方扼制,一味压抑，使之变性而至于病。”[①]而中国的封建制度，却视青年男女如罪囚，把男女间的自由恋爱，视若洪水猛兽，致使“数千年来以礼教自豪的堂堂中华，实不过是变态性欲者一个庞大的病院！”[②]“五四”时代的青年男女，为自己的爱情而烦恼，他们在圣贤名教的规范之中，在礼教的冷眼和厌恶之下，有的忍耐，有的颓唐，有的抗争，有的毁灭。青年郭沫若，用洪钟大吕的声音，呼喊出了许多人内心的痛苦，唱出了许多人想唱而又没有勇气唱出来的心中的歌。

青年男子谁个不善钟情？
妙龄女人谁个不善怀春？
这是我们人性中的至圣至神；
啊，怎么从此中有惨痛飞迸？
——《<少年维特之烦恼>序引》[③]

这几句诗本是译自歌德《少年维特之烦恼》卷头。但是，郭沫若同志说：“我译此书，于歌德思想有种种共鸣之点”。[④] 可以认为，青年歌德对于恋爱自由、个性解放的呼声，正是青年郭沫若内心的声音，也是“五四”时代千百万青年男女心灵深处共同的呼声。

内心“自我”的深刻刻画

郭沫若同志早期的爱情诗，也是诗人内心自我的写真。毋庸讳言，“五四”时期的郭沫若，是一个歌颂“自我”的诗人。抒情主人公的“自我”形象，就是借助于《女神》中那些是有“海涛底音调，雷霆底声响”（闻一多语）的战斗诗篇，和那些表现“自我”、追求个性解放的优美动人的抒情诗，刻画出来的。

早在1920年，郭老公开发表的第一篇文艺短论《生命底文学》中，就明确

① 《<西厢记>艺术上的批判与其作者的性格》，原载《西厢》（歌剧）卷首，现收入《郭沫若文集》（十），第186页。

② 《<西厢记>艺术上的批判与其作者的性格》，原载《西厢》（歌剧）卷首，现收入《郭沫若文集》（十），第187页。

③ 《<少年维特之烦恼>序引》，原载《创造》季刊一卷一期1922年3月5日，现收入《沫若文集》（十），第185页。

④ 《<少年维特之烦恼>序引》，原载《创造》季刊一卷一期1922年3月5日，现收入《沫若文集》（十），第185页。

地指出:“生命底文学是必真,必善,必美的文学” 。“创造生命文学的人,当破除一切的虚伪、顾忌、希图因袭,当绝对地纯真、耿直、淡白、自主。一个伟大的婴儿。”[①]因此,郭沫若同志认为,诗人必须诚实,不虚伪,敢于把自己的“人格公开”,反对瞒和骗的“矫揉造作”。我们从郭老的诗作中,可以看到这样的特点;那些发自内心的“自然流露”的爱情诗,真实地记录了诗人感情上的波动曲线,有高峰,有低谷,有积极进取的一面,也有彷徨、苦闷的时刻,呈现在读者面前的诗人“自我”的形象,是一个时代的、阶级的矛盾方面的结晶体。

《寻死》(1916年作)、《夜哭》(1916年作)、《春寒》(1919年作)三首诗,就比较真实地反映了诗人在获得爱情之后,曾二度产生思想矛盾的痛苦的心情。我们从这些诗中看出:爱情只是给诗人带来暂时振奋和欢悦,无情的帝国主义和封建势力的压迫,使诗人贫病交加,养生无计,国事家愁的忧虑,爱情的苦恼,生活的窘迫,使诗人陷入新的苦闷之中。他与安娜同居,感到是“破坏了恋爱的神圣”。又谴责自己是个结过婚的人,心中有“说不出来的痛苦”。[②] 封建婚姻制度留给郭沫若同志的阴影和伤痕,使他时时感到自己是一个“罪恶的精髓”。诗人在“茫茫何所之”中,一方面“痴心念家国”,另一方面感叹“有爱早摧残,”“画虎今不成”,“偷生实所苦”,以致“常望早死”。这些诗歌真实地表现了诗人所经历的思想苦闷,生活苦闷,乃至爱情的苦闷。它把“五四”前后一部分青年所面对的社会现实作了生动的描绘。

郭沫若同志最可宝贵之处,不仅在于他通过诗歌敢于暴露自己的阴私,向读者交心,重要的还在于他不甘“堕落”,不甘“颓废”,不停止于“懊恼”。而是不断进取,不断地追求。正如他在给宗白华的信中说的:“我现在很想能如Photnix(凤凰)一样,采集些香木来,把我现在的形骸烧了去,唱着哀哀切切的挽歌把他烧毁了去,从那冷静了的灰里再生出个‘我’来!”[③]

《瓶》这部长篇爱情诗集,正是郭沫若同志“新生”过程中的一段插曲。这部由四十三首诗歌(包括《献诗》)组成的爱情诗集,相当真实地再现了一段“过去的恋爱痕迹”,从对爱情的渴望,相见的喜悦,到幸福的憧憬,直至失望后的悲哀。诗人在《献诗》中写道:

月影儿快要圆时,

---

① 《生命底文学》,载《时事新报》副刊《学灯》1920年2月23日。

② 郭沫若:《给田寿昌书》,载《三叶集》,亚东图书馆版1920年版,第42页。

③ 郭沫若:《给宗白华书》,载《三叶集》,第11页。

春风吹来了一翻花信。
我便踱往那西子湖边，
吸取了清洁的湖水一瓶。

我攀折了你这枝梅花
虔诚地在瓶中供养，
我做了巡礼的蜂儿
吮吸着你的清香。
……
梅花呀，我谢你的幽情，
你带回了我的青春，
我久已干涸了的心泉，
又从我化石的胸中飞迸。
……

这段"献诗"大致可以说明《瓶》的主题。郭沫若同志曾经把《瓶》"用'苦闷的象征'来解释"。① 的确，我们从诗中可以看出抒情主人公的形象，是一个孤独、彷徨、苦闷，完全沉浸于爱情的人，他不是为老等情书不来而烦躁，就是为怀疑姑娘变心而焦虑不安。内容显得单调、贫乏。当然，其中也不无佳篇。特别是对恋爱中心理活动的描绘，十分细腻、生动，表现了革命浪漫主义诗人善于作精确的个性描写的才华。比如，当久等情书不来时，我们看到"我"焦渴期待的内心：

星向天边坠了，
石向海底沉了，
信向芳心殒了。
……
我望邮差加勤，
我望日脚加紧，
等到明天再等。

——《瓶》第六首。

① 《郭沫若创造谈》，载《现世界》创刊号1936年8月。

当接到来信以后：
啊，她的信儿来了！
我的心儿
好象有人拍着的
皮球儿般跳跃。

——《瓶》第十一首。

由衷的喜悦，跃然纸上。诗人对爱情的追求是如此热烈，他对那种中庸微温、忸怩作态的表白，简直急不可耐：

像这样半冷不温，
实在令人难受。
我与其喝碗豆浆，
我情愿喝杯毒酒。

要冷你就冷如坚冰，
要热你就热到沸腾，
我纵横是已经焦死，
你冰也冰不到我的寸心

——《瓶》第三十八首。

其中最能表现郭沫若的爱情诗歌的风格和特点的，恐怕要数第十六首《春莺曲》了。在这首诗里，诗人发挥了浪漫主义遐想。他幻想有一位姑娘，赠他一支梅花，这梅花就是姑娘的象征。以致使他爱不释手，到要死的时候，诗人吞下梅花。

在那时梅花在我的尸中
会结成五个梅子，
梅子再迸成梅林，
啊，我真是永远不死！

在那时，啊，姑娘呀，

你请提着琴来，
我要应着你清缭的琴声，
尽量地把梅花乱开！
……
在那时，遍宇都是幽香，
遍宇都是清响，
我们俩藏在暗中，
黄莺儿飞来欣赏。

黄莺儿唱着欢歌，
歌声是赞扬你我，
我便在花中暗笑，
你便在琴上相和。

其中《莺之歌》的构思与内容同《春莺曲》大体相似。只是增加了一些内容：

清香在树上飘扬，
琴弦在树下铿锵，
忽然间一阵狂风，
不见了弹琴姑娘。

风过后一片残红，
把孤坟化成了花冢
不见了弹琴的姑娘，
琴却在冢中弹弄。

——《瓶》第十六首

可以推测，这两首诗的构思，根源于《孔雀东南飞》与梁山伯、祝英台的恋爱悲剧。诗人继承了我国古代民间文学的优良传统，在新的时代又加以创造发挥，他把那种生死不渝的爱情，用诗人特有的火样的热情和革命浪漫主义手法，刻画得多么美妙动人啊！《瓶》可以当之无愧地是我国新诗坛上空前的抒情诗的杰作。

当然，《瓶》既是诗人“苦闷的象征”，它不可避免地也表现了郭沫若同志在那个时代人生观的一些弱点，一些在苦闷当中出现的多愁善感、失意嫉妒，以及人生如梦的消极因素：对于这些属于“小资产阶级的儿女私情”的部分(不是全部)，既要看到它对一些天真烂漫、世事不知的青年，可能“生出不好的影响”；但又要对它作历史的、具体的、阶级的分析，不可以偏概全，否定《瓶》在郭老新诗中的社会意义。

《瓶》写成于1925年初。正值五四运动与“五卅”运动两个革命高潮之间。1924年郭沫若同志在给成仿吾的信中说，他通过翻译日本河上肇氏的《社会组织与社会革命》一书，认识了马克思主义真理，使他成了“彻底的马克思主义的信徒”，形成了他一生中的“一个转换时期。”①在这个转换期中，诗人的思想情感是曲折复杂的，既有对真理的追求和探索，又有对过去“自我”作清算和批判，还有对现实的反抗斗争。在1923年郭老写成的诗集《星空》里，诗人已经意识到，像《女神》时代那样呼喊，用自己的个性解放和“泛神论”的武器去反抗，并不能打碎黑暗、污秽的现实，使“华美弦”“芬芳”的新中国诞生。所以，在《瓶》中，诗人一方面，真实袒露了自己“退潮后的一些微波，或甚至是死寂”的情绪。另一方面，诗人写出一个供养梅花的瓶来，结果使“一个破了的花瓶倒在墓前”：

我自家掘就了一个深坑，
我自家走到这坑底横陈。

——《瓶》第四十首

诗人埋葬了昔日的“自我”，而生出一个“新我”来。今天，我们重读诗集《瓶》的时候，应该看到，这是诗人昔日自我的宣判书，自我清算的“忏悔录”。对于这一点，郭老自己也有过类似的说明，他在1936年写的《我的作诗经过》一文中说：“《瓶》是一种独创的形式，那是在‘五卅’之前的一段插话，‘五卅’一来，那瓶也真如‘一个破了的花瓶倒在墓前’了。”②

《瓶》决不是诗人郭沫若“残余热情的最后火花”；而是“革命的顿锉”。在《瓶》之后，郭沫若同志的思想、生活、作风，“完全变了”。这不仅从他以后写的诗集《前茅》《恢复》里得到证实，而且他的思想转换的主张，还明白地记在

① 《致成仿吾书》(1924年)，载《郭沫若文集》，东方书局1933年版，第160页。

② 《我的作诗的经过》，原载《质文》1936年11月10日2卷2期，现收入《沫若文集》(十一)第137页。

《<文艺论集>序》里：

> 我从前是个尊重个性、景仰自由的人，但在最近一、两年间与水平线下的悲惨社会略略有所接触，觉得在大多数人完全不自主地失掉了自由，失掉了个性的时代，有少数的人要来主张自由，未免出于僭妄。①

此后，郭沫若同志抛弃自己原来的主张，立志为大多数人争自由、谋幸福，他把自己的残骸“付诸火花”，变成一个崭新的“为大众请命”的革命战士了！

郭沫若同志早期的爱情诗，有着多方面的成就和意义需要我们去研究，去探讨。前几年，文艺创作写爱情题材成了“禁区”以后，似乎研究作家的爱情作品也成了“禁区”。这个“禁区”也一定要打破。1925 年，郭老写成爱情诗集《瓶》以后，觉得“不够味”，“怕的是对于青年生出不好的影响”来，②不愿意公开发表，是郁达夫同志把它拿来编印出版了。郁达夫同志还为《瓶》写了一篇《附记》。他说：

> 我想诗人的社会化也不要紧，不一定要在诗里有手枪、炸弹，连写几百个“革命”的字样，才能配得上称真正的革命诗。把你真正的感情，无掩饰地吐露出来，把你的同火山似的热情喷发出来，使读你的诗的人，也一样的可以和你悲啼喜笑，才是诗人的天职。革命事业的勃发，也贵在有这一点热情。这一种热情的培养，要赖柔美圣洁的女性的爱。推而广之，可以烧落专制帝王的宫殿，可以捣毁白斯底儿的囚狱。
>
> ——《瓶》附记③

郁达夫同志的意见，大致可以说明郭老早期爱情诗歌的社会意义。如果把郭沫若同志青年时代那些像旋风、烈火的爱情诗，说成为浪漫、放荡行为，或者把那些袒露胸怀、暴露诗人内心苦闷的诗，简单地斥之为“儿女情长”“个人主义”，当作消极、颓废的糟粕，恐怕都是欠妥当的。

---

① 《<文艺论集>序》，载《沫若文集》（十），第 3 页。

② 《郭沫若创造谈》，载《现世界》创刊号 1936 年 8 月。

③ 《<瓶>附记》，载《郭沫若文集》（一），第 271 页。

郭沫若同志早期的爱情诗，再现了诗人思想发展的轨迹，是时代的脉搏的感应。正如田汉同志所评论郭老的那样，"与其说你有诗才，毋宁随你有诗魂。因为你的诗首首都是你的血，你的泪，你的自叙传，你的忏悔录啊。"①

忏悔，人贵在能忏悔！即使再现自己的"双重人格"，也比那种"衣冠文明""挥弦送鸿"的道德高尚得多。"人类的价值在能忏悔、能革新，世界的文化也不过由这一点发生的。"②我觉得革命前辈们的评论，似乎把郭老早期爱情诗歌的价值和意义全说清楚了。

1979年8月初稿

发表于《文艺百家》1979年第一期

---

① 田汉：《致沫若书》，载《三叶集》，第79页。

② 闻一多：《<女神>之时代精神》，原载《创造周报》第四号，现收《闻一多诗文选集》，人民文学出版社1955年3月第7版。

为《人到中年》辨正

《人到中年》从小说问世到电影上映，读者和观众云集，有口皆碑，被评为新时期中篇小说和电影佳作。对于一部得奖的优秀作品，如果有不足之处，当然也可以批评。不过，读了许春樵同志《一部有严重缺陷的影片——评电影＜人到中年＞》后（载《文艺报》1983 年第 6 期以下简称许文），我认为作者的批评是失实的。

如果尊重历史事实，许文的许多观点是不值一驳的。但作者引经据典，搬出了"现实主义"的理论，拿着"典型""真实""主流""本质"等名词术语乱套，把一部深受群众欢迎的作品，硬说成是"产生了一种极不好的社会效果"，进而无限上纲，认为影片的"矛头倾向"，是针对我们的社会制度的，"和《苦恋》有异曲同工之妙"。

既然，问题已经提到了如此重大的政治原则高度，我们不能不研究一下，影片在反映生活的现实主义原则上，到底出了什么问题。许文引证恩格斯关于现实主义那段著名的论述，来为自己的观点立论，而他对现实主义的理解，却是不确切的。现实主义的内涵是什么？作为一种方法，如高尔基所说："对于人和人的生活环境作真实的，不加修饰的描写，谓之现实主义。"鲁迅评价《红楼梦》高度的艺术成就时说："如实描写，豪无讳饰"是其现实主义成就的重要特色。可见，现实主义的一个核心，就是要真实的，而不是虚假的，按照生活的本来面貌描写生活。《人到中年》正是在现实主义的这一点上，取得了成就，赢得了读者和观众。影片和小说原作，以极大的尖锐性和政治敏感，把我国日积月累造成的中年知识分子工作负担重和他们家庭生活困境的矛盾提出来，带有深刻的现实性和时代的紧迫感。这些事实不仅以生动的艺术画面反映在陆文婷和傅家杰夫妇共同的生活中，而且，以悲剧性的事实出现在现实生活里。蒋筑英、罗健夫等中年知识分子，在他们工作的"最佳年龄"不幸夭亡，许多中年人,由于长期“超负荷运转”而造成的像“金属断裂”那样的后患,难道还不足以证明影片反映生活的真实,并非子虚乌有吗?“许文”指责影片反映的人物和“生活真实”不典型。他说:“《人到中年》中的真实,只是一种生活的真实,而不是艺术真实”。奇怪的逻辑!“艺术真实”是什么?难道不是生活真实的概括、集中和典型化吗?“许文”指责陆文婷遇到困难“流泪”不典型,工作了二十年仍住一间“难以转身的斗室”不真实,工作繁忙,回家误了做饭“吃烧饼”不典型。我不晓得许文作者指的“真实”“典型”的含义是什么?过去,我们常听到一种批评家的口头禅:“难道生活是这样的吗?”这些想当然的批评家,既没有生活的实际知识,又不甘心放下架子向社会做调查,只在那里以假想代政策,以主观感觉下判断。我不敢认为许春樵同志就是那样的批评家,我敢肯定他对“真实”和“典型”的理解是错误的。比如,他说“作家从陆文婷身上没有概括出这一代中年知识分子的思想主流和精神状态。”想见,在他心目中具有一个当代中年知识分子“思想主流”的框子——那是一种“高大完美”,不食人间烟火的英雄“模式”。他认为,只有“安排他们怎样同命运抗争,同困难挑战”才“真实”,才“典型”,否则就“表现出明显的虚假性和不真实性。”谁说影片中的陆文婷没有去“抗争”,去“挑战”呢?她二十年如一日,默默无闻地献出了自己的知识和青春,为了病人的眼睛她把属于自己的一切都忘了;功劳、委屈、丈夫、孩子、健康都忘了,她只知给予,从不计较个人得失,这种高尚的忘我献身的精神境界,不正是我们这一代中年知识分子基本性格特征准确而深刻的艺术再现吗?可是,许文竟然以蔑视的口吻责备陆文婷对工作积极负责、勤勤恳恳的态度,不过是尽了一个医生的“人道主义义务”,“一个常人的良心”。陆文婷凭自己的知识和本分,为人民尽职尽责。她在“马列主义老太太”心目中,连给焦部长做手术的资格也不够,她的“良心”和“人道主义”,正是她作为一个医生很宝贵的品质。影片写出了陆文婷这位普通医生的个性,包括她的“流泪”“吃烧饼”,昏迷中嘱咐给孩子买白球鞋、扎蝴蝶结等细节,这些正是陆义婷“这一个”典型形象的个性所在。许文认为写了陆义婷生活道路上的艰难困境,就是“片面地夸大了生活中的阴暗面”,就是“忽视了光明面”,就是没有反映出生活中的“主流”,就是歪曲了“生活的本质”。作者对“真实”“典型”“本质”“主流”的这种见解,使我们想起了文艺批评中曾经流行过的简单的公式:典型人物=阶级的代表(正面的)=社会力量的本质=生活的真实=时代的主流。这种主流本质论的公式化,庸俗社会学的错误,早为人们所唾弃了。许文仍把这些当作文艺批评的最高准则,用来评价《人到中年》,因此也必然得出错误结论。

基于作者对现实主义理解的片面性,许文的另一谬误,就是把描写生活的“阴暗面”,反映生活的矛盾,不加分析地同“削弱党的形象”,否定社会主义制度等同起来。我们不否认《人到中年》反映的生活现实,带有某种悲剧色彩,但这“一层阴影”,并不是作家强加于艺术的,它是我们祖国经受“十年磨难”而沉积下来的创伤。陆文婷是我们党辛勤培育出来的一代新型知识分子,可是,在一段相当长的时期内,歧视知识,把知识人才视为“臭老九”,这不能不说是我们头脑中的一种偏见,也反映了我们社会主义的政策和策略的某些不够完善的地方。这种方针和政策上的失误,已经影响着四化建设的步伐。三中全会以后,党中央拨乱反正,要从根本上扭转对待知识分子不正确的看法。这一政策得到了广大知识分子,包括全国各界人民在内的支持。小说《人到中年》,1980 年春问世,继后由小说改编成的电影,正是这一历史时期党心民心、“生活和时代情绪”的真实反映。怎能说是“典型环境”不真实呢?

不能认为,凡揭露社会弊端,反映我们工作中的某种缺点和错误,就会“产生一种对现实的不满情绪”。文艺的社会效果,并不只表现于“歌颂光明”的一个方面。不真实的歌颂与不真实的揭露,同样是效果不好。会不会导致“削弱社会主义形象”,这要看作家站在什么立场上,用什么态度去描写。恩格斯曾鼓动革命的现实主义作家,要表现出“真正艺术家的勇气”。我理解,就是要求作家不回避矛盾,不粉饰生活。因为缺点和错误本身,直接损害社会主义的形象,不利于社会主义的前途和发展,相反,那种说假话,只高唱“河水涣涣莲荷盈盈”的假“歌德”,社会效果反而不好。因为它掩盖矛盾,给我们国家正在实施的整顿、改革政策帮倒忙。所以,社会主义文艺肩负有扫清四化障碍,促进新生的历史使命。《人到中年》的作者,站在热爱社会主义的立场上,她怀着深沉的激情,给我们塑造了一位可以引为榜样的社会主义新人形象。我们从陆文婷身上,感到了力量和信心。影片也写了生活中的“阴暗面”,比如姜亚芬夫妻深感待遇不公而发牢骚,最后怀着苦涩的心情出走。比如,在评职评薪工作中,借口“僧多粥少”把中年知识分子排在分外的个别现象,还有领导的官僚作风,“马列主义老太太”公开以革命的名义索取特权的封建意识,这些东西出现在银幕上,可能有一些“幽暗”,但它是生活的“如实描写”。许文把刘学尧夫妇出走,视为“背叛祖国和人民的行径”,他们经过国家批准出国,能说成是

“叛国”吗？何况，这些描写，是作为“整个光明的陪衬”而存在着的。把它揭露出来，可以针砭时弊，起到引起疗效注意的作用。如果照许文的说法，描写社会弊端，都有攻击社会主义制度的嫌疑，那我们在报刊公开揭露的党内不正之风，又作何种解释？

《人到中年》从小说到银幕，产生的社会效果都是积极的。对绝大多数人根本不存在什么“畏惧和恐怖感”。所谓“与《苦恋》异曲同工”、社会效果“极不好”的说法缺乏根据，我怀疑这是许文的作者把个人的政治偏见充作“社会效果”以予招徕。

发表于《文艺评论报》

时间不详

小说文化层次与读者层次的关系

作为审美文化的小说，只有通过审美欣赏才能产生社会效果。文学作品的本质是承载艺术情感的符号，只有人类才有这种将艺术信息的符号“翻译”为有关视觉形象的能力。读者通过阅读作品，同作家进行生活经验的交流，也参与艺术的创造，分享一种审美的快感。所以，小说本体与作家和读者存在着一种互为默契、相互理解和信任的关系。

另一方面，由于人是一个社会存在的个体，个人的生活经历、文化教养、心理功能，又存在着各自不同的特征，这又使读者和作家在艺术情趣、文化水准、理解和认识能力的诸多方面很难协调起来。艺术欣赏也是一种劳动和创造。作家的心理动向异常敏锐，他们对现实生活的描写，往往要超越具象的本身，召唤着某种新的时代精神，他们的审美理想往往背离传统而处在人类文化的领先地位。罗曼·罗兰在谈论歌德、雨果、但丁、莎士比亚这些艺术大师的作品时说，在他们的作品中“总是有两股激流，一股与他们当时的时代运动相汇合。另一股则蕴藏得深得多，超越了那个时代的愿望和需要，直到现在它还滋养着新的时代。”文学史上有许多作品在作家当时被人讥笑，责骂或冷落，只有在时代嬗变、人类文化意识觉醒之后，才被突然重视起来。可见，小说文化层次与读者欣赏层次，又在许多方面表现为不适应，甚至是对抗性的。

在小说文化层次与读者层次的关系上，必须正确理解文化适应的意义与阻力。首先，适应性是不能否定的。因为，在任何一个社会里读者的文化层次十分复杂，下至文盲，上至学者、教授，他们都需要文艺欣赏。作为一个心中想着人民的作家，他要对读者接受能力进行预测。从创作选材构思，到技巧手法的运用，都要同时为自己作品设计读者模式，头脑中要时刻关照“隐在读者”的要求。这是文艺深入群众、作家同人民结合的需要。但是，决不可忽视潜在的消极适应的一面。人们的审美经验本身就有一种适应规范化模式的惰力，总是想舒舒服服不费气力地消费一种艺术成果。当一种新的文学样式、新的写法生出来时，有的人先是惊讶，不习惯，然后就回过头去寻找旧有的规范模式，并以此为准,对新的创造进行评头品足,不予认可。这样的较量在新时期文学十年中已屡见不鲜了。仅以《天云山传奇》和《人到中年》等优秀作品引起了多次反复论争为例,即可说明在读者层中希求消极适应的能量还是很大的。如果文艺创作只考虑追求某种浅近的直接的功利性,或者为适应一些读者浅薄的好奇心和平庸的审美经验,这不是真正的"雅俗共赏"。提倡这样的"大众化",我们的小说文化就可能在同读者舒舒服服的适应中而停滞不前。

适应与对抗的矛盾,这是小说本体文化自身运动的一项规律。法国当代作家让-查理·布洛克说:不管社会结构是什么样子,永远有一批利用现有形式写作的艺术家,和另外一批寻求新形式的艺术家。布洛克把后者称为宇航战线的"试飞员"。艺术上的打破常规,有创新,就是这些"试飞员"给人类文化留下的功绩。可是,创新的东西,往往一时不为人们所接受,和读者的审美惯性碰撞,打破了欣赏平衡。经常制造这种对抗、矛盾的人,就是勇于探险的艺术家。事实证明,艺术审美价值的实现,是常常处于矛盾之中的。没有矛盾就没有审美观念的更新,没有文学前进的动力。可是,这种对抗性又常常被人误解。比如:当创作中出现了与读者欣赏层次不相适应的作品时,有人就感到不安,认为:文艺又脱离时代、脱离群众了。甚至把这种"错位"现象说成是作家失去责任感。解决的办法,是把前进了的文学拉回来,向审美文化的低标准看齐。这是看不到审美"错位"现象还有积极的一面,它至少是对传统文学模式进行破坏,提供了一种新的艺术信息。文学只有在一种不安于现状的躁动不安的氛围中,理论和创作才有活力。

原题《小说本体文化论》,全文 12 000 字
发表于《文学评论》1987 年 10 月 28 日

讴歌民族之魂

——评新时期文学表现爱国主义的主题

我们的社会主义祖国在遭受了重大的创伤和挫折之后，开始了伟大的复兴，振兴中华的豪情壮志，正激励、鼓舞着亿万人民。新时期文学艺术，在反映这一历史转折期的时代精神方面，涌现了一批表现爱国主义主题的新作品。仅以1980年以来，部分短篇小说和报告文学为例，比如：小说《沟》《空巢》《西线轶事》《灵与肉》《内当家》；报告文学《祖国高于一切》《大洋的此岸和彼岸》等。这些作品生动地描绘了新的一代爱国者的动人形象，反映了我国人民在进行"四化"建设中，高昂的民族气节，民族自信心和民族自强精神，成为"引导国民精神的前途的灯火。"①这是新时期文学在表现主题和题材方面，现实主义的新开拓。总结这些作品的创作经验，继续发挥文学创作中的爱国主义精神，是时代和人民所急需的。

从《沟》谈起

通过文艺对人民进行爱国主义教育，是建设社会主义精神文明的重要课题。因为，爱国主义精神不是别的，它是一个民族"千百年来巩固起来的对自己的祖国的一种最深厚的感情。"②我们中华民族历史悠久，文明昌盛，有着光荣的爱国主义传统。可是，在十年内乱时期，由于林彪、"四人帮"的破坏，有的人对祖国的感情淡薄了，对社会主义前途失去了信心，甚至不以做一个中国人而自豪。粉碎"四人帮"以后，国家对外实行开放政策，又使得一些人滋生一种

---

① 鲁迅：《坟·论睁了眼看》。

② 《列宁全集》第28卷，第169页。

盲目的崇洋媚外的奴化思想。戴晴同志的小说《沟》(载《十月》1980年5期)从生活出发,揭示出来的这一社会现象,是发人深省的。

小说中的青年扬扬,吮吸着祖国母亲的乳汁长大,在音乐方面,从小显露了出色的才华,但他终于离开了自己的祖国,到美国去,像他舅舅那样去个人奋斗,去出人头地。他之所以经不起"海外游子"的物质引诱,产生崇拜西方物质文明的思想,其重要原因,就在于他从小"没有受到足够的中华民族精神的熏陶",对我们民族的勤劳、坚毅、克制、奋发的美德缺乏了解,甚至不了解他含辛茹苦的母亲。她跟母亲在生活理想、思想感情上都隔着一条"沟"。小说一方面以批判的笔锋,描写了扬扬的幼稚和虚荣,同时又以深情的笔墨,刻画了扬扬的母亲淑茵,对祖国、对人民的忠诚。

淑茵是一位热爱祖国、忠于职守的老助产士,她始终处于亲子之爱和对祖国之爱的矛盾之中。她的丈夫早逝,留下一个独子。当她知道儿子扬扬确有音乐方面的才能时,在事业上支持他,希望他将来成为国家有用之才。她的大哥从美国回来探亲,提出把扬扬带去国外深造,她也同意了。但当她发现扬扬开口闭口就是"那个美国",甚至产生一种嫌弃祖国的情绪时,她意识到自己的儿子,也将要像她大哥那样去过那种"客居屈辱"的生活,成为一个对祖国的"贫困与落后"漠不关心的人,她感到内心震惊,后悔对孩子的教育太晚了。"要是扬扬是个人才,我把他送走了,对得起国家么?他以后就是得了世界金奖,也只不过是一个黑头发、小鼻子的美国佬。"这位性格温和柔弱的母亲,她意识到自己的儿子。不会再回来了,心里充满了极度的痛苦。小说在描写淑茵的内心矛盾,写她对庄严、"宽厚的母性的大城"——北京的眷恋,以至写她最后哀婉地死去时,情调未免低沉了一点。但是,淑茵的悲剧结局,引起了我们的深思,从她身上迸发出来的爱国主义思想火花,光彩夺目。

淑茵母子之间的"沟",那是十年动乱遗留下来的精神创伤,而在小说《空巢》中"我"与梁先生之间存在的"满巢"与"空巢"的隔膜,则是历史留给我们的深刻教训了。八十高龄的女作家冰心同志,以她自己多年来的切身感受,写出来的小说《空巢》,是她献给我们的一曲爱国主义赞歌。小说运用对比对照的手法,表现两个老一代的知识分手,在不同的社会制度下的不同生活境遇,热情歌颂了党、歌颂了社会主义。应该说"我"与梁先生都是两个爱国的知识分子,只是由于梁先生在人生道路的转折关头走错了路,他不该在解放前夕,听信自己美国妻子的怂恿,登上"抢救教授"的飞机去了美国。一失足成了千古恨,使他成了一个晚景凄凉的他乡游子。

小说没有着重去描写侨居国外的知识分子那种眷恋祖国的乡情,而是以一种朴素的白描手法，平铺直叙地写了他们两人的一生。三十年前，“我”与老梁是同窗好友，一同去美国留学，又一同回祖国在一个大学里教书，那时，风华正茂，年富力强，可是，三十年后重逢彼此判若两人了。“我”老当益壮，焕发了革命青春，虽然“到了退休年龄，反倒忙起来了。”生活在“我”面前，敞开了一条光明幸福的路。而梁先生则变成了一个背驼得厉害，眼泡也有点浮肿了的老人。在美国他虽然是一个历史博士，但是，为了生活耗尽了他的精力和才华。如今到了晚年，夫人逝世，儿子出走，媳妇情愿“养两只波斯猫”，也不愿同老人在一起，使他孑然一身，“却入空巢里，啁啾终夜悲”，过着浪迹浮萍的日子。他面对“我”的“满巢”的天伦之乐，一股空虚、寂寞，无所依傍的情绪堵满了心头。老梁的精神悲剧，反映了侨居国外的知识分子晚年的遭遇。他们在生活方面可能是优裕的，但是，作为远离祖国的他乡游子，无法排解他们那种孤独、寂寞之感，这是资本主义制度的必然弊病。小说塑造的这一形象，有着现实的警策意义，他使那些瞅着“外国月亮也要比中国圆”的人，头脑清醒。

小说中，“我”作为一个历经沧桑的老一代知识分子的典型是深刻的，他对祖国有一颗拳拳之心，热爱共产党领导下的新中国。“我死也要死在中国的土地上”，这就是他对祖国和人民的坚定信念。解放后，“我”以巨大的热情，投身于社会主义建设，把自己的才智贡献给人民。尽管生活对“我”曾有过多次不公平的待遇，五七年反右以后，不让“我”教书，“文化大革命”中“我”又被“抄家搜书、住牛棚、写检查”，但他对祖国母亲赤子之心是没有变的。“我还是活下来了，我始终没有失去信念！我总是远望着玫瑰色的天边。”这种在个人逆境中充盈着的爱国之情，多么感人！回忆那浮云献日，动辄对“臭老九”批倒批臭的年代，有多少爱国的知识分子不是这样过来的？“我”，不仅是我，代表了多少颗金子般宝贵的心啊！

从小说《沟》到《空巢》，又使我们看到了生活中的另外一种“沟”。“我”同梁先生不同的生活道路，所得到的不同的结局，这种鲜明的对比，不正好是我们今天进行爱国主义教育的生动教材吗？

感人的“伤痕美”

文学，表现爱国主义的主题，有它鲜明的时代特征。爱国主义这个闪光的字眼，曾经是那样地吸引了诗人、作家，有人为之慷慨击节，有人高歌赴义。它从古至今生命不衰的原因，就在于作家在表现这个“永恒”的主题时，其内容、其表现手法，随着时代历史发展而变迁。各个不同时代的精神，给这个深刻的文学主题添上了浓重的颜色。今天，我们的民族正处于向"四化"进军的奋进时期，而且，我们是在十年动乱之后，在世界科技文化高度发达的包围中来建设祖国的。我们今天虽然也要有抗击外敌侵略的准备，但我们特别需要发扬的爱国主义精神，是那种自强不息的民族自信心，是那种决心在中国这块贫瘠的土地上创造世界文明的民族志气。在当代文学中，表现达一方面的主题和题材，不乏成功的作品。但张贤亮的小说《灵与肉》，给人留下的印象却异常深刻。

这篇作品在广阔的时间和空间的跨度上，刻画了一个饱经忧患，而又对祖国饱含深情的爱国者的形象。许灵均是一个被遗弃的不幸儿。他比一般"错划右派"更为不幸的是，在人们没有抛弃他之前，他就成了他父亲的"多余人"。"是共产党收留了他，共产党的学校教育了他"，才使他成了一位光荣的人民教师。可是，"因为学校支部书记要完成抓右派的指标，就又把他推到父亲那边去。"从此，他除了留下一个履历表上的"资产"外，头上又多了一项"右派帽子"，被流放到偏僻的农场去"劳教"。

三十年后，在国外当资本家的父亲突然回来了，而且是带着一种赎罪和忏悔的情绪来看望他，要他"向前看"，带着自己的孩子、媳妇"快些准备出国"。小说就在这样一个尖锐的现实面前，展开了人物的心理活动和描写，把人物的命运和情绪，通过两种境界的尖锐对比，由现实的酒绿灯红，珠光宝气，拉回到旷野田畴与牲口为伍。二十多年来历尽苦难的辛酸往事，虽然在许灵均的心灵上，留下了伤痕，但命运要使他的生活产生一个奇迹般的变化，去享受那种高度的物质文明时，可是许灵均没有动心，他也有他自己"所留恋的"。他终于"抛弃"了生身之父许董事长，返回了"他生命的根"——那个使他经历了痛苦，而又使他得到欢乐和幸福的草原。

也许有人觉得许灵均太傻气了，不真实。确实就有人写文章说，他是一个只知"恋乡守根"，不是个"勇敢抗争的觉醒者"，是"一个浑浑噩噩的人"，"一个畸形的灵魂。"[①]这种指责之没有道理，是他把我们的人民，都看作是浑浑噩噩之徒，以小人之心度君子之腹。我倒觉得许灵均的最可宝贵之处，是他没有去"抗争"，他向谁去抗争呢？他懂得我们的党和祖国，懂得我们的勤劳、朴实的人民大众。他依恋家园故土，是他爱国之赤诚，他"恋乡守根"，正是他长期同人民在一起，"看到了自己的价值"。小说通过充分的事实所构成的情节回忆对比，让我们真实地感受到了许灵均"灵与肉"的分裂，他不仅背叛了自己的

① 汤本：《一年浑浑噩噩的人》，载《朔方》1981 年 4 月。

出身,而且,获得了更广阔、更丰富、更高尚的理想和情操,这就是许灵均终于要回去的理由。因为,他在灵魂上,已经是属于祖国和人民的儿子了。

同时,这也是《灵与肉》比之同类题材在艺术上有所突破之处。粉碎“四人帮”几年来,文学作品的伤痕人物,有写得成功的,但是以仅仅揭露伤痕为快事的作品有之,以借揭露伤痕表露对党对社会主义不信任者有之,但是,怎样写出“痛苦中的欢乐”,“伤痕上的美”,“怎样有意识地把这种伤痕中能使人振奋,使人前进的那一面表现出来,不仅引起人哲理性的思考,而且给人以美的享受”,[①]这是新时期文学的现实主义需要“深化”的新高度。我觉得小说《灵与肉》的作者,这种探索和尝试是有意义的,也是成功的。

当然,我也不同意这样一种说法:把“伤痕美”,说成是我们这个时代一切新人都必须具备的特征。因为这样会把纷纭复杂的现实生活,仪态万方的人物,纳入一种新的模式,不利于创造多种多样的典型。事实上,在生活中像恩格斯所称赞的那种“倔强的,叱咤风云的和革命的无产者”,不是绝无仅有,在艺术典型中,塑造这样的人物,也不乏成功的先例,我们还是不要“一刀切”。不过,我也并不反对有的作家,根据自己掌握的生活素材,去刻画那种“痛苦中的欢乐,伤痕上的美”。近年来一些优秀的文学作品,在塑造人物形象上的经验证明:从生活出发,不回避现实生活中的矛盾,努力发掘人物心灵上的美质,如此这般地去刻画人物,比之单纯地写伤痕,去谴责、揭露社会弊病的作品,更能给人一种积极向上的鼓舞力量。

再以《西线轶事》中的刘毛妹为例。刘毛妹是新的一代最可爱的人。他的心灵深处刻有伤痕,但透过伤痕,我们看到了这一人物思想性格中爱国主义和革命英雄主义的火光。《西线轶事》描写的英雄人物,都有着鲜明的时代特色,他们是长在动乱时期的新一代,他们父辈当中,有的人为创建新中国流过血,拼过命。在十年动乱中有的人在“内部阴谋残害中”死去了。陶珂和刘毛妹的父亲,就是这样的无辜受害者,他们甚至没有来得及给后一代留下什么“遗产”。但当祖国的安危受到敌人的挑衅、破坏,中华民族“到了最危险的时候”,这些在动乱中长大的年轻人,他们自觉继承父辈的革命传统,又奋不顾身,临危不惧,为保卫四化建设做出慷慨牺牲。

刘毛妹形象的意义,表现了正义的中国人民,英勇抗击外敌侵略的献身精神。小说在刻画这一英雄形象时,把人物心灵上的创伤和人物心灵上的英雄美,做出了有机的统一。作为一个标准军人,刘毛妹显然是有缺点的,他“不讲

---

① 张贤亮:《从库图佐夫的独眼和纳尔逊的独臂谈起》,载《小说选刊》1981年1月。

军风军纪”，抽“伍角以上一包的烟”，还要求有异性的“温暖”，甚至玩世不恭，流露出对现实的某些不满情绪。他身上的这伤痕，是“十年动乱”的现实和他家庭遭际的不幸，反射到他身上的投影。如果，小说仅仅表现出这“伤痕”，刘毛妹的形象不可能有什么动人的光彩。刘毛妹不同于一般“伤痕人物”之处，就在于他意识到自己的民族有“危亡之忧”时，他受过创伤的心灵觉醒了。在保卫祖国的战场上，刘毛妹抛却了个人的一切，包括他的母亲和他的青梅竹马之爱，在连排干部牺牲，指挥中断之时，他挺身而起，大吼一声：“大家不要慌，现在听我指挥”，他身受四十四处枪伤，连牙床也被打得粉碎，还向指挥部报告胜利的消息。这位平时军容不整的战士，牺牲前反而“整整军帽，又扣好了风纪扣，闭上眼睛，像是过于疲劳，一下睡着了……”

从刘毛妹牺牲前写给母亲的遗书中知道，他是在耳边响着《义勇军进行曲》的歌声中，奔赴战场的。“《义勇军进行曲》不是我们的国歌了，是不是说，我们再不能从这首歌曲里吸取一点有意义的东西了？”这位仅仅活了二十一岁的英雄，他的美好的心灵，对祖国无私的爱，将永远感奋着我们民族的国魂。

新人——爱国者

具有爱国主义思想，应该是社会主义新人最起码，最基本的特征。文学，要讴歌民族之魂，就要满腔热情、浓墨重彩，写好闪耀着时代光彩的社会主义新人。近年来，用文学的彩笔及时地、生动地报告了在民族复兴、振兴中华的决战中，涌现出来的实干家、创作者，为祖国荣誉争光的科学家、运动员。报告文学这一文艺轻骑的形式，赢得了领先的地位。

《哥德巴赫猜想》率先突破。还在人们如梦方醒之际，作家就把一个曾被历史扭曲，而实际是在世界科学高峰上攀登的青年知识分子的形象，真实地报告了出来，震惊了中外文坛。之后，《亚洲大陆新崛起》《地质之光》，报告了我国老一代科学家，他们为祖国争光，奋发图强，在逆境中苦斗的英雄业绩。《船长》《励精图治》报告了在远洋运输战线上、工业战线上的英雄模范人物。他们为了祖国荣誉，为了民族“起飞”，在四化建设中，力挽狂澜，英勇奋进的精神，感人肺腑。

《祖国高于一切》，这是一篇记叙我国内燃机工程师王运丰事迹的报告文学。1936 年王运丰去德国留学，当日，谁都不愿学习内燃机专业，怕回国没饭碗。王运丰不相信中国就永远没有自己制造的轮船、汽车？他决心要给中国人的心灵，装上一架“自豪和力量的内燃机”。新中国成立后，王运丰响应周总理的号召，回国参加社会主义建设，他冲破重重阻挠，扔下柏林妻子，在“祖国”这个最有魅力的名词面前，义无反顾地带着三个孩子和一吨书，还有他的全部才智，回到解放后的祖国。他为祖国制造了新中国的第一辆坦克。不幸，在“文化大革命”中，他被当作“德国特务”，作为专政对象，送到一个山沟里担煤。磨难并没有折服他热爱祖国的意志，横逆更加锤炼了革命者的赤胆忠心，他把自己的生命同祖国连在一起。

作者陈祖芬同志，在报告这一人物时，不是按人物事迹编年铺陈材料，而是使用一种电影蒙太奇的技巧，以人物的意识流动为脉络，选取人物生活中一些闪光的细节和精彩的片断，主动灵活地表现人物的思想和情感。而且，特别着眼于生活中那些昂扬向上的东西，用以揭示人物崇高的思想境界和对未来美好的追求，给人一种虽处逆境而壮志不灭的艺术感染。

作者以浓厚的诗情，抒发了王运丰老骥伏枥、壮心不已的爱国情怀。尽管“文化大革命”给王运丰的生活、家庭带来如此众多的不幸，但他始终如一地关心祖国的前途。他说，我是“一个爱祖国母亲的科学家，母亲可以一时错怪她的孩子，但我不能不爱母亲。”从王运丰身上，我们感受到了，以中华民族优良传统哺育成长的知识分子那种默默献身的精神。

“你爱祖国，祖国爱你吗?”曾经有人提出这个似乎很尖锐的问题，作为向祖国讨价还价的砝码。让我们听一听报告文学《大洋的此岸和彼岸》中(载《人民文学》1981 年 4 月号)李嘉亮同志是怎样回答的。

蒙受了 21 年冤狱的李嘉亮，偕同妻子去美国探望年迈的老母，他拒绝了母亲和亲友们的苦苦劝留，毅然回到祖国。在我国爱国的知识分子当中，这样的情况，这样的人，可能不只李嘉亮一个，但对李嘉亮这个具体的人来说，他不为“满足一点可怜巴巴的物欲”，抛却自己“至高无上的民族气节”；不以满足慈母之念，而“失掉和祖国人民同甘共苦的美好品格”；不因自己曾身系囹圄，半生饱经忧患，而对祖国产生离异之心。是什么力量促使李嘉亮做出这样异乎寻常的抉择呢？那是一个共产主义者的崇高信仰，一个爱国主义者对祖国的痴情。

一场“去”与“留”的争执，袒露了一颗赤子之心：

“可你在大陆遭了二十多年的罪，难道还没有受够?”

“历史上有多少人为祖国抛头颅洒热血在所不辞，我吃的这点苦算得了，什么?”

“你都快五十岁了，回去也干不了多久了……”

“国家兴亡，匹夫有责。正因为我的时间不多了，前半生又无所作为，我才一定要回去。”

……

“回到那么穷，那么落后的地方，有什么意思?”

“祖国穷，落后，我们应该羞愧、着急，想办法赶快动手把祖国的四化建设起来！哪儿毕竟是自己的家。”

“天伦之爱”，“人之常情”，统统败在脚下。因为，他们遇到的对手，不是凡夫俗子，平庸之辈，而是一个中国共产党党员的“坚强实体”。

他把自己融入了党和祖国之中。谁不为祖国有这样爱国的儿子而骄傲吗?

如果，要回答什么是我们今天的新人？这种在苦难中兴邦，忧以天下、乐以天下的人，应是新人中的佼佼者。我们的作家，应该到生活的激流中去，发现这样的新人，为这些熠熠生辉的人物，礼赞颂歌。

“民族魂”

从以上分析看，新时期文学在表现爱国主义主题和题材方面，偏重于在科技领域和知识分子身上做文章居多。诚然，我国知识分子历来爱国传统比较突出，在今天，他们表现出来的热爱祖国，热爱社会主义，为“四化”献身的精神，是激励人心的时代主题，值得作家们为之动情、动笔。但是，还应该感受到，作为中华民族脊梁的“民族魂”，不只是表现在中国知识界，那种不为人下的民族骨气，不可侮辱的民族尊严，还存在于广大人民群众身上，因此，《内当家》这篇小说，出现在1981年的文坛上，是特别值得注意的。

小说描写一位农村妇女李秋兰，抵制在接待国外来客中的某些人，见了洋人骨头就发软的不正之风，对于针砭时弊，适逢其时。

小说的矛盾冲突，是由李秋兰要不要在她土改时分得的“果实房”里打机井展开的。她的丈夫锁成，听说当初占据这所房子的地主刘金贵，从日本回来了，县里来了一位孙主任，要在这个院子里给刘金贵“接风”。“一辈子心眼窄巴，经不起个大事儿”的锁成老汉，对“上头政策”吃不准，不主张打井。内当家李秋兰听了，笑得前仰后合，她数落着丈夫说：“你呀，神经病！……俺就不信日头能从西边出！俺就不信共产党的天下能叫人翻个个儿。”井不但要打，还要买盘鞭回来，“放响儿听”，大壮声势。仅这粗粗几笔，就把李秋兰的沉着、乐观和自信的性格刻画了出来。

矛盾接踵而来,县里孙主任来了,“话头很冲”,指令把井填上。他手上拿着两顶压人的帽子:一是“注意国际影响”,二是“不要给咱们中国人丢脸。”李秋兰斩钉截铁予以驳斥:“俺这家,不是当年的刘家衙门……刘金贵要回来,回来就回来呗,能不叫他进?俺家没养把门狗!可叫俺低三下四,没那步田地!”不可侵犯的凛然正气,银瓶炸碎的金石之言,驳得孙主任瞠目结舌。孙主任用大汽车拉来“摆臭谱儿”的“软椅子,花地毯”,也被李秋兰轰着抬走了。从她身上,找不到一点奴颜媚骨,看了真叫人解气,这是一位给中国人民长志气的社会主义新人。

同那位孙主任比起来,李秋兰的形象,是体现了我们民族之魂的。这位在旧社会深受剥削和屈辱的农村妇女,是党领导她翻了身,她由昔日的奴隶变成今日的主人,也是共产党带给她的。她坚信“天不能塌下来,共产党的龙墩也倒不了!”她对党有深厚的感情,对走社会主义道路是铁了心的。她拥护党对地富摘帽的政策,刘金贵要回来探亲她也欢迎。但要她忘记过去,还要摆着谱去逢迎卖好,她不干。因为,她是一个堂堂正正的主人。李秋兰形象的光辉,将给那些在洋人面前直不起脊梁的人,增加几分钙质。

《内当家》这篇小说,也给我们描写同类题材的作品,提供了有益的经验。近几年来,由于争取“台湾”归回祖国的宣传,在文学创作上,出现了一批称之为“回归题材”的作品,这一情况是可以理解的,写得好的,也受到了人民的喜爱。但是,就某些作品来看,却不是这样。比如,有的作品,歪曲了国共两党斗争的历史,把中国共产党领导人民进行的几十年的革命战争,说成是一场“误会”,把国民党反动派反共、反人民造成的民族分裂、人民惨祸,一笔勾销。有的作品,以抽象的人性取代阶级性,仅仅以思乡、血缘关系去解释他们的爱国之心,甚至替一些给人民带来的苦难、造成民族悲剧的罪人辩解。有的作品图解概念,没有生活依据地胡编,甚至模仿苏联电影《第四十一》的套子,演出一段风流故事,把“人性爱”作为争取“回归”的桥梁。以上这些情况,不能不说是有失体统,丧失了革命原则。写这些作品的人,多数可能是认识上模糊,但也不排除有的人像《内当家》中的孙主任那样,是“气象大学”的毕业生,沾染了某种赶时髦的庸俗气。

在此,我们还联想到近年来一些写“友好题材”作品的创作倾向。比如,有的作品在表现中、日所进行的这场战争上,混淆了正义与非正义的战争性质,丧失了民族尊严。甚至无耻地把当年替刽子手绘画的肖像,作为今日“友好的象征”。有的作品,一表现友好,就是一对异国男女如何钟情,甚至几十年以后,还超凡入圣地恋爱,似乎只有异姓之爱,才能体现友好。有的作品把杀人不眨眼的刽子手,美化成立地成佛的神仙,把实行“三光政策”的军国主义的遗孤所受的痛苦,夸大到超过日本帝国主义加给中国人民的灾难。这些想让人忘掉历史教训的“媚外文学”,污染了民族灵魂,是历史的倒退。

毛泽东同志说:“我们中华民族有同自己的敌人血战到底的气概,有在自力更生的基础上光复旧物的决心,有自立于世界民族之林的能力。”①毛泽东同志当年曾称赞鲁迅先生说;“鲁迅的骨头是最硬的,他没有丝毫的奴颜和媚骨,这是殖民地半殖民地人民最可高贵的性格。”②鲁迅先生逝世后,人民把“民族魂”三字赠给他,这是鲁迅光辉战斗一生的真实写照,是人民给他的最高褒奖。

我们的作家应该学习鲁迅先生的硬骨头精神,打掉自卑感,增强自信心,鄙弃“西崽相”,振奋民族气节,把讴歌民族之魂,作为自己神圣的职责。

1981 年 8 月初稿于黑龙江省社会科学院文学研究所

① 《毛泽东选集》第 1 卷,第 165 页。

② 《毛泽东选集》第 2 卷,第 69 页。

“北大荒诗派”的断想

（一）

近年来，创造区域性文学流派（或风格）的呼声，日见其高。这一股浪潮，显然是受到了创作中的“寻根”热的影响。我们“北大荒文学”，也有自己的根。这个根就是北大荒特殊的自然环境、民族习俗，及其深厚的历史文化渊源。

照丹纳的说法，影响文学风格诸因素有两种：一是“精神气候”（包括风俗习惯，时代精神），二是“自然界气候”（包括地理环境）。北大荒的精神及自然气候：质朴、凝重、原始蛮荒，天宽地大的自然风貌，粗犷、豁达的人物性格，以及抗日英雄悲壮激越的斗争故事，特别是在共产党的领导下，边疆儿女几代人奋斗拼搏，与大自然开战的精神，这开拓事业的本身，就是一首首雄风壮美的史诗。北大荒人的精神世界和文化堆积，为创造“北大荒诗派”的群体风格，准备了条件。虽说，目前有目的地自觉提倡创造北大荒文学风格，还仅仅是一种设想，但这是感应了时代要求而发出的呼声，北大荒的“精神气候”，会在时代的呼唤下进一步觉醒起来。我们生活在北大荒的诗人们，他们的许多优秀诗篇，已经使我们从中感到了一种有别于其他区域性诗歌的流派倾向。这倾向虽说朦胧，但春意盎然，“草色遥看近却无”。一种色彩浓重、散发着北大荒沃野清香的诗情意境，令人神往。

（二）

北大荒开发较晚，文风不盛。但我们仍可以自信地说，北大荒有诗。远的有“清代流人”诗歌，“寄羁臣之幽愤，写逐客之飘零。”吴兆骞是其代表。近的抗日联军的战斗诗篇，以严酷的自然环境，烘托出豪迈的献身精神。从“沦陷”

到“解放”，炼狱般斗争生活形成的民族性格，造就了这一片黑土的精神文化。建国以后，十万官兵、成千上万的闯关东汉子，开发北大荒，至今千里粮仓，煤炭、石油、木材等丰富资源成为我国现代化建设的资源宝库。北大荒的当代诗歌，随着经济开发而勃兴起来。这里成长了一批土生土长的诗人：王书怀、刘畅园、满锐、赤叶、中流等。他们的诗，以乡土气息取胜，凝结着北大荒人情风貌和地域特色。还有一大批诗人，从祖国各地汇聚而来，如严辰、吴越、彩斌、梁南、林子、巴彦布、陆伟然等，他们的诗，在感受北大荒精神方面，表现出更多的博采旁收的开放风格。新时期又一批年青诗人在北大荒土地上崛起，其中，如李琦、宋歌、陈景文、庞壮国、李方元、孙玉洁等。这批富于探求和创新精神的诗坛新秀，继承了北大荒诗风的特色，展示了一种未来和希望的前景。如今群众诗歌创作空前活跃，学校、农村、工厂、农场各种诗社如春笋丛生，这一切标志着北大荒诗歌的新时代。

（三）

可是，近读《诗林》四期上伊甸的文章，又引出了我的一点关于北大荒诗歌的感想。伊文的题目是：《南方，又一个崛起的诗群》，这位年轻朋友，将中国诗坛崛起的年轻大军分为“边塞派”“《今天》派”和“南方派”。伊文对今日诗坛现状，作如此肯定的命名和划分，是否恰当，能否为世人所认可，姑且不论，但他从地理区域上，把东北三省排斥于当代诗坛之外，是令人遗憾的，他遗忘了整个东北的诗人和诗歌，可是，他的文章又恰恰发表在东北边陲省份的诗刊《诗林》上，岂不怪哉。

不该遗忘，而被遗忘，又引出了我的一段情思。俗话说：“糖人不是吹的”。也许“北大荒”诗歌牌子不亮，还没有独树一帜、堪称诗派的领袖，还没有形成自己独具特色的群体风格。从这一方面说，我感谢伊甸的提醒，他的疏忽和偏见，从反面将了我们一军。现在，我认识到，凡“派”不可自封，今日文坛，想举旗称派的“山大王”已经不少了，而更重要的，是切切实实拿出货色来。

（四）

关于诗歌表现“北大荒精神”问题。

近来提倡区域性文学流派者，都有表现某种精神的说法。比如，“边塞诗”派提出表现“西部精神”。这种要求本身是正确的，问题是如何表现。按我的理解，“精神”是反映某一地区人物精神风貌、个性特征和地理气候，以及文化传统等综合因素。诗歌要表现这些本质特征，决不可以从概念出发，单凭理性思考。“北大荒精神”是总体的，也是生动个别的，只能通过诗人心灵的折射去具体地表现。过去，我们提倡从某种精神出发，写过许多无生命的概念诗，这一记忆犹新的教训不能再重演了。

诗歌不应有统一的模式，很难说一种统一的主张就能造成统一的流派或风格。北大荒是一个客观的整体，每个诗人眼中都有自己的北大荒，鼓励诗人们按自己观察和感受的北大荒，去创造属于自己的北大荒风格，不可以北大荒的统一精神，将诗人的视力和心灵迷住。所以，我们创造的北大荒诗派的群体风格，应该是多元化、多层次、百花齐放的。

北大荒精神，要诗人自己去发现，大家“共见”的精神，还不等于诗人发现的精神。

创作中常有这样的现象：生活在北大荒的“土著”，往往发现不了这里生活的美，倒是那些有较高艺术感觉的外来者，初到异地，被生活的新鲜感迷住了，激动不已，而爆发了心灵的诗。相反，那种以“北大荒”精神自缚，过分黏滞于北大荒生活的表象和理念，倒不如外来和尚的经念得好。这就叫“不识庐山真面目，只缘身在此山中”。

（五）

无个性，即无风格。“吐纳英华，莫非情性”（《文心雕龙·风骨》）。创造北大荒风格不能仅仅归结为对北大荒生活的摹拟。风格是自然的人化。“论画以形似，见与儿童邻”（苏东坡）。只求对于北大荒风俗民情、自然风貌的“形似”，那是像幼儿一样幼稚无知的见解。

风格，也不能简单归结为“人”（尽管有“风格即人”的说法）。从人的个性到风格，还有一段很长距离的质的转化，这个道理如同形象不等于生活，高粱不等于酒一样。

风格是诗人心灵自由创造的结晶。如何创造北大荒诗歌的风格，一般说来，要凭借诗人思想的解放和心灵的自由。而要取得这种自由性，除了外在的政治民主、气氛活跃之外，诗人主体审美意识、气质能力、情绪心境是十分重要的。诗人的视野和修养，起着至关重要的作用。

应提倡诗人开阔视野、放开文思、自由竞争，目前，尚不宜对北大荒诗派群体风格的美学特征作理论的规范。某种灰色的理论，反而会对创作窒息。

诗,由于它的抒情性,似乎比小说电影更加要求生活的心灵化。想象的北大荒可以比现实更迷人。没有情绪记忆,就没有诗;没有比较,也没有文学和美。

让我们鼓动想象的翅膀,在北大荒诗歌王国里腾飞吧!

无产阶级艰苦创业的志气歌

——评话剧《先锋战士》

丛深的话剧《先锋战士》是文艺工作者努力实践毛主席革命文艺路线的可喜收获。这出戏和电影《创业》一样,也是写的我国六十年代开发大庆油田的题材,也有一个王"铁人"式的英雄人物,还有学习"两论"的情节,该剧在多次试演中,受到工农兵观众的热烈称赞。1975 年《先锋战士》剧组到首都北京参加全国部分省、市自治区文艺调演,当时,正是江青一伙扼杀《创业》最疯狂的时候,《先锋战士》由于写了大庆红旗的题材,也同样遭到了"四人帮"及其安插在文化部的亲信的压制和扼杀。以华主席为首的党中央,粉碎了王张江姚反党集团,发表了毛主席关于电影《创业》的光辉批示,把《创业》从"四人帮"的铁蹄下解放出来。同时,也使话剧《先锋战士》得到了新生。这是毛主席革命路线的伟大胜利!

《先锋战士》以六十年代开发我国大庆油田的石油大会战为题材,描写了我国石油工人顶着帝修反的压力,在党的领导下,大干社会主义大反修正主义潮流的革命风貌,展现了我国石油工人艰苦创业的壮丽图景。剧本以党的基本路线为指导,深刻地描写了石油工业战线上的两条路线斗争,热情地歌颂了中国工人阶级独立自主、自力更生、奋发图强的革命精神,歌颂了毛主席革命路线的伟大胜利,歌颂了奴隶创造历史的伟大真理,是一曲无产所级艰苦创业的志气歌,是大干社会主义的进行曲。

剧本深刻鲜明的政治主题,是通过塑造战永生这个无产阶级英雄形象来体现的。作者运用革命现实主义和革命浪漫主义相结合的创作方法,在特定的典型环境中,集中地刻画了战永生顶妖风、战恶浪,敢创社会主义大业的革命精神。从剧中我们看到:六十年代,是国际国内阶级斗争空前剧烈的年代,帝国主义对我国实行封锁,苏联修正主义落下了列宁升起的红旗,为了胁迫我们跟着他们走,又处处压我们,卡我们的脖子。同时,我国又遭受了严重的自然灾害。在这样严重困难的形势下,石油会战,实质上是两个阶级、两条路线的大决战,能不能坚持会战,坚持自力更生、艰苦奋斗的方针迅速甩掉我国石油工业落后的帽子,是直接关系到我国无产阶级专政的前途和命运的大问题。战永生就是在这“高天滚滚寒流急”的险恶的环境中,涌现出来的大干社会主义的革命先锋。在他身上集中地概括了无产阶级当家做主人的高尚的阶级责任感。在国家遭受困难的时候,战永生从自己的阶级利益出发,把祖国缺石油,看成是我们“石油工人的耻辱”,他为了使中国人民不再受洋油的气,决心为社会主义祖国争光,他以掀天揭地的英雄气概,参加了夺油大战。战永生是无产阶级的硬骨头,困难压不垮,妖风刮不倒,迎着阶级斗争、路线斗争的风口浪头,高举《鞍钢宪法》的伟大红旗,挺身搏击逆流,从实践中摸索建设社会主义大油田的“必由之路”。他的高度的路线斗争觉悟,他那藐视一切困难“没有条件,创造条件上”的斗争哲学,他的那种革命加拼命,拼命干革命的英雄性格,他的那种信任群众,团结同志,“万马奔腾”的坦荡胸怀,都是中国工人阶级优秀品质的典型概括。战永生形象的意义,对于推动工业学大庆的群众运动,鼓舞我们积极投入社会主义革命和建设,都将发生深刻的影响。

恩格斯指出:“一个人物的性格不仅表现他做什么,而且表现他在怎样做。”剧本组织了三组典型化的矛盾冲突去刻画战永生的英雄性格。一是战永生急着“打井拿油”,可是面对的自然环境只有“青天一顶,荒原一片,要啥没啥”;二是战区副指挥尤非错误路线的干扰;三是暗藏阶级敌人殷福寿的破坏。在这三对矛盾中剧本坚持党的基本路线,抓住战永生与尤非的这个主要矛盾,层层深入地揭示了人物性格。

尤非是修正主义思想和路线在党内的代表。这个人在国外考察过三个大油田,满脑子洋奴哲学。战永生同他在如何开发油田上的斗争,是两个阶级、两条路线的激烈斗争。戏一开始,尤非就赤裸裸地端出一套修正主义的方案,煽动工人“先盖楼,后拿油”,战永生出于对修正主义的无比义愤,决心在夺油会战中打“一场志气仗”,他带领群众吃炒面,住地窝子,人拉肩扛运钻机,在极端困难的条件下打出了第一口争气井。第一个回合就战胜了尤非的进攻。紧接着第二个回合,是尤非煽动尚成带领全班工人进县城休息,妄图搞掉战永生周围的群众,使他成为“一马当先”的光杆司令,而向尤非的修正主义路线屈服。尤非这一着很厉害,因为他是从工人阶级内部进行分化瓦解的。然而,战永生的英雄性格,也正是从这里表现出来的。我们看到战永生,既有高度的政治警觉,善于识别潮流,又能游刃有余地战而胜之。当尚成出走之后,战永生先找尤非"汇报思想",这是主动出击,摸尤非思想的底,对尤非散布的"不管工人疾苦","过原始人生活"等谬论加以批驳。尚成回来之后,战永生怀着炽热的阶级感情帮助他,用"自力更生、艰苦奋斗、群众运动,都是马列主义"的道理,启发他的阶级觉悟,从路线斗争的高度上把尚成团结过来。剧中第四场,风云突变,苏修撕毁合同,断绝一切物资供应,尤非趁机掀起第三次反扑。他妄图用"看堆守摊"的"善后意见",进一步逼会战下马。面对着修正主义的严重压力,战永生"巍然屹立,无所畏惧"。他带领群众逆流而上,把建设工农村的任务交给家属,集中全体职工拼命打井,终于提前生产出一百万吨石油,打破苏修的封锁禁运,生动地刻画了战永生"越压越硬的钢铁性格"。

《先锋战士》在刻画战永生英雄性格主要特征的同时,还进一步从世界观的高度去揭示人物内心世界的光辉。毛主席教导我们:"人民,只有人民,才是创造世界历史的动力。"战永生之所以能够坚定不移地执行毛主席独立自主、自力更生的方针,就是基于他对人民群众力量的充分认识。他与尤非的斗争也是在对待人民群众问题上的两种世界观的冲突。尤非站在资产阶级唯心史观立场上,看不见群众力量,因而不相信自力更生的威力。他把群众当作"群氓",把自己打扮成"关心群众疾苦"的"救世主"。他自以为有知识,"懂得地球是有吸引力的",而偏偏不知道,依靠群众力量是可以克服地心的引力的。他迷信书本,轻视实践,根本不理解"依靠群众创造世界,创造历史"的真理。他认为大搞群众运动是"乱糟糟",是"左倾"盲动,把群众那种不怕苦、不怕死的英勇献身精神,看成是"由别人牵着往绝路上走"。他把群众看作是可以由少数英雄人物任意摆布的力量,这是地地道道的历史唯心主义。战永生与尤非不同,他坚信人民群众创造历史的真理,坚决信任群众,依靠群众,大搞群众运动,用毛主席的《矛盾论》《实践论》的思想去武装群众,依靠群众的力量,艰苦奋斗,自力更生,以"我们要做天下主人"的豪迈气概,带领群众,克服困难,战胜了修正主义的突然袭击。剧本第六场,通过采访战永生英雄事迹这一情节,生动地刻画了战永生壮阔的革命襟怀。他做出了成绩,却反对别人把他描绘成"三头六臂"的英雄,而把成绩归于党和群众。他说:"我个人有啥本事?不过就是按照党的要求,跟大家一块打了几口井么?"要是没有党和群众,我战永生不过是值二斗谷子的受苦娃!"这一情节的妙用,不仅表现了战永生的奴隶们创造历史的唯物史观,使他的精神境界得到了升华;而且,从思想深度上,歌颂了党和群众,歌颂了毛主席革命路线。

《先锋战士》通过战永生形象的塑造,热情地歌颂毛主席亲自树立的大庆红旗,歌颂了毛主席革命路线的伟大胜利。王张江姚"四人帮",出于他们篡党夺权,复辟资本主义的险恶用心,妄图砍倒大庆红旗。他们对描写大庆红旗题材的作品,总是百般刁难,肆意扼杀。革命文艺是“团结人民、教育人民、打击敌人、消灭敌人”的有力武器,新生的话剧《先锋战士》成了批判“四人帮”的战斗檄文,战永生的英雄形象将鼓舞我们沿着毛主席革命路线胜利前进!

该文载自《黑龙江演唱》1979 年第 3 期

诗歌开放意识的几点思考

文学上(诗歌)的许多"主义",也是一种"大前提"。比方说现实主义,在中国曾被推举到创作的"最高法则"并作为一种真理来进行捍卫。"现实主义广阔的道路"和"现实主义深化",都曾当作"黑八论"进行过批判。在茅盾撰写的长篇论文《夜读偶记》中,"现实主义与反现实主义"是作为"路线斗争"贯穿中国文学史的。他说:《诗经》中的"全部《颂》、小部分《风》以及大部分《雅》"都是反现实主义作品。这种对中国古典诗歌,贴外国洋标签的做法,是否荒唐可笑,姑且不论。我们从这一例子还可以窥见,中国当代文学中的左的教条主义,并非肇始于"文革"十年。

"主义"对于文艺的创作,难道真有那么重要吗?事实并非如此。记得60年代初,我们曾经虔诚地信奉"革命现实主义与革命浪漫主义相结合的创作方法",甚至把它作为评价一篇作品的"最高原则",后来不用了,诗歌不是照样写吗,而且还减少了一些"假大空"。从40年代起,我们从苏联照抄了"社会主义现实主义",后来人家发觉这一创作"主义",容易造成作品的公式化和概念化,弃而不用,唯有我们笃信不疑,还抵制人家"变修",现在我们也不用了,作品不也是照样写吗,而且还出现了新时期文学前所未有的大繁荣。今天,我们对现实主义内涵的界定,其说不一,有的理论家还在热衷制造什么"现代现实主义""新现实主义""心理现实主义"等等。

现实主义一词源于西方,是从哲学借用的一个批评术语,唯心主义与唯物主义两派对立的哲学都曾经使用它。后来被文艺批评家看中,在它的前面冠以各式各样的定语,据笔者的初步统计,大约有50余种之多。如动态现实主义,朴素现实主义,批判现实主义,无边现实主义,社会主义现实主义,传奇现实主义,造型现实主义,开放现实主义等等,组成一个庞大的现实主义家族。由于这一批评术语中"现实"一词变动不居,极富于弹性和主观性,它在学术论文中的稳定性极难把握。在中国至今还无法确定，文艺创作中的现实主义，究竟是“原则”、是“精神”？是“方法”还是流派？至于像诗歌、音乐这种以抒情为其主要特征的艺术，现实主义又如何体现呢？所以现实主义在外国批评家眼中，并没有那么神圣，甚至认为它“是个声名狼藉的靠不住的概念”，有人还提醒并建议说：“下一步无论出现什么事，如果都给它起个新名字，别再叫它‘现实主义’或‘某某现实主义’，将来我们谈论起来就会容易些”。[①] 从创作的实践还可以证明，诗人们不是依照什么主义的定义去写诗的，而读者读诗也不会首先去关注诗人的“主义”宣言，而看他们的作品是否是真艺术，是否是有广泛的人民性。

再以现代主义为例。它更是一个包罗万象，说不清的楚大杂烩。本世纪初西方一些反传统的作家，不赞成一成不变的“巴尔扎克”式的写法，主张创新，于是派别林立，论家蜂起，把凡是与现实主义写法相左的东西，都纳入现代主义范畴。其实，现代主义并不可怕，现代主义诗人和作家，写出了那么多的世界名著，供今天全世界的读者阅读。现代主义的许多创作方法和理论依据，也是艺术规律所共有的，它与现实主义好比人的左右手，相辅而又相承，是你中有我，我中有你，决不应成为你死我活的冤家对头。比如说，写人的异化，强调人与生俱来的内在矛盾，这恐怕不是只有资本主义社会才有的现象。在阶级社会里被压迫者善良的人性被扭曲，不就是一种“异化”吗？《雷雨》中的繁漪，《日出》中的女主人公陈白露是另一种“异化”。文化大革命，把人变成“牛鬼蛇神”，宗璞的小说《我是谁》也是写了人的异化的佳作。中国知识分子被认为是没有独立的人格，他们是“毛”，要附在一张皮上，“皮之不存，毛将焉附？”这与把人变成“甲虫”有什么区别？可见，文学上有些共同规律，并不是以“主义”来划分的，或者只被某“主义”所专有。再以支撑现代主义创作方法的心理依据——“潜意识”与“意识流”来说，做梦，思想开小差，跳来跳去地胡思乱想，外国人有，你我他中国人也有，难道可以区分出社会主义意识流、资本主义潜意识？我们不能因为偏见，自己划个禁区，自己把自己封闭起来。新时期文学（诗歌、小说）由于意识流方法的引进，才大大拓展了心理描写的内容，使诗的意象和象征更加丰富、优美。因此，我认为诗歌面临的全方位开放，有马列主义和社会主义总领其成就足够了，像“五四”时代的先辈那样，将其他

---

① 转引自达米安·格兰特著《现实主义》，昆仑出版社 1989 年版，第 3 页。

"主义"统统拿来,不管它姓"社"姓"资",都用来丰富和发展社会主义文学艺术,淡化"主义"的政治色彩,更不要以"主义"划线,长期纠缠于"主义"之争,受"主义"之累。

新时期诗歌领域,追赶"主义"新潮,吃了苦头,也出现过一些偏差。有的人自创"主义"先设想某个"主义"模式,然后照章制作诗歌,以求一鸣惊人。有的往往是一篇新作刚刚问世,就有热衷于标举流派的理论家,归纳出"某某主义"旗号,于是就有人群起而效法之,鼓吹之,把事情往往弄糟了。中国何曾有那么多"主义"和现代派啊!郭沫若早在20年代的《创造季刊》创刊号上,就撰文批评这种做法的愚蠢,他说:"他们爱以死板的主义规范活体的人心,什么自然主义啦,什么人道主义啦,要拿一种主义来整齐天下的作家,简直可以说是狂妄了。"

目前,困扰诗歌创作的,还有个"文化"问题。据说全国由于地形地貌的分割,已形成了不同流派的地域文化诗歌。如"京派""海派""岭南派""巴蜀文化""北大荒派"和"西部诗歌"等等。总之,大凡谈到某地区的文学振兴时,必先说到本土文化和地域特色。这种对本土文化的自觉,应该说是一种好现象。新时期以来,确实有不少诗人、作家,立足于对本土文化的"寻根"和开掘,创造了一些有地域特色的作品。在这方面卓有成就的,要数"西部诗歌",由昌耀、杨牧、章德益等人所创造的新边塞诗,已经走向全国,得到读者的认同,还有不少诗人,正在这方面艰苦探索,期望取得成功。

现在的问题是,谈文化成了一种时髦和风雅。每个省都要有自己的地域文化,都要创造自己的"地域诗",有的把地域特色等同于文学风格。

我这里无法把"文化"的各种定义说清楚,但我认为。渗透在诗歌中的文化,应该是一种超越于狭隘地域文化的大文化,同时,诗歌不同于小说和戏剧、影视,它对文化的要求和表现应该还有不同。郭沫若的《地球,我的母亲》、艾青的《大堰河——我的保姆》、李季的《王贵与李香香》都是进入到文化层次的优秀诗篇。文化在这些作品中,是一种笼罩全篇的氛围,一种深层次的意蕴。它的地域特色,乃至文化风情、风俗、文化心理结构都高度意象化了,只能意领神会,不可捉摸、指点,是一种"草色遥看近却无"的文化风味。如果把地域文化的表面现象,放到作品中去展览,或者以"本土画地为牢","把艺术蜕变为承载地域的容器",使艺术创作混同于考古学与民俗学,反倒是破坏了文化,没有文化了。

照季羡林先生的说法,文化是一种思维模式,思维模式是一切文化和文明的基础。东西方文化和文学的不同,首先是思维模式的差别。我们讲诗歌文化,应是指的这样一种大文化,它是由我们的思维模式、文化心理、语言构成、审美习惯所决定的。比如说,古典诗歌讲求意境、神韵,不必说透,字句之间埋藏着丰富的潜意识,至于风格的界说,也是朦朦胧胧,意会神到而已。“大漠孤烟直,长河落日圆”(王维诗),“野旷天低树,江清月照人”(孟浩然诗)几组互不相干的意象,造成一种意境,让人玩味其中,自得其乐。诗美就在这种似与不似之间,说白了,说明了,诗美也就被破坏了。所以,明代诗评家谢榛在他所著的《四溟诗话》中说:“凡做诗不宜逼真,如朝行远望,青山佳色,隐然可爱,其烟霞变幻,难于名状;及登临非复奇观,唯片石数树而已,远近有所不同。妙在含糊,方见作手。”这些见解的论述,可视为中国诗歌文化的一种特色。

至于地域文化与诗的风格,那是另一个问题。当诗人受本土文化的长期熏染,同他生活的土地融合一起了,他体验着自身的生命,也体验这片土地上的生命,他歌唱生活、描绘自然,表现自我,不言地域特色,自有特色在其中。诗人风格决不是地域文化的复制和翻版,由于诗人个体生命和气质的加入,同一地域文化,可以孕育出风格迥异的多个诗人。现在通常讲文化,存在着许多片面。一是对文化的理解特别肤浅,到处乱贴文化标签,或者先验地将某地域文化的特征,归纳为几个抽象的用语。诸如什么“粗犷豪放”呀,“沉雄博大”呀。这种所谓的“整体风格”,几乎可以套用在任何一个地域文化上,如果作家和诗人,轻信了这种结论的正确,他们会写出毫无风格可言的、千篇一律的“粗犷豪放”的作品来。二是对文化理解太狭窄。各省有各省的文化,省以下还有各地区、各行业,行业里头还有各工厂,到处都是文化,文化泛滥,到头来是文化尴尬,还有什么特色可言!一个文化区域的划分,恐怕要有个约定俗成,有长期积累而形成的语言、风俗、民情、经济乃至地理位置、气候、民族等等多方面综合的因素,不是少数人随心所欲就可以“占山为王”的。三是缺乏文化批判。我们讲弘扬民族文化,为增强民族的自信心和凝聚力,振奋民族精神,宣传我们民族文化的优秀传统,这是正确的。但是,还不应该忘记,我们的祖先有过昔日的辉煌,到近代落伍了,这也是事实呀!我不知道应该如何解释这样一种现象:昔日世界闻名的文化古国,今日都是第三世界,是不是背上有个沉重的文化包袱压的?它说明文化历史悠久,并不能决定一个国家的强盛和文明程度,也不能保证人的精神文明。阿Q先生不就是中国传统文化培养出来的怪胎吗？鲁迅坚持文化批判，把阿Q枪毙了。毛泽东同志称颂他的“骨头是最硬的”，是中国文化革命的“旗手”和“伟人”。新时期有位作家韩少功，在小说《爸爸爸》中塑造了一位阿Q式的新人物——丙崽，可他没有被毒药毒死。老作家严文井给韩少功写信说：“你画出了丙崽，帮我提高了警惕”；“从人类多元的文化结构看，中国作家有责任把自己的根挖掘出来，正视它们的特色，既不迷信瞎吹，也不盲目护短。”①可是这位刑天氏的后代还活在我们之中，难道不值得我们警惕吗？

就以新近有人命名的“黑土文化”来说，并不是只有开拓精神、创业精神、开放意识等等优点，也有它的负面。黑龙江的“流人文化”，就存在着一种消极的流亡意识。这些流人中，有盲流、囚犯、发配充军者，他们是不得已被迫来到北大荒的，与美国西部牛仔冒险家的开疆拓土不同。这些背负沉重的十字架，留恋故乡热土，为赎罪而劳动，他们自觉的创造精神长期被压抑，有的人即使服满了刑期，还要戴上“二劳改”的帽子，充当劣等公民。人的精神得不到解放，不是以土地主人的身份在这里扎根，这是黑龙江开发史积淀下的文化惰性。另一点原始游牧文化的破坏性也是很严重的。黑龙江原是契丹、女真部落的故乡，唐代建立的渤海国，也曾辉煌一时，公元755年契丹灭掉渤海国，使渤海文化荡然无存，后来清朝入主中原，民族的上层人士，到南边去享福、做官，结果不仅抛弃了自己的家园，而且自己被汉文化同化，自己的民族文化失落，导演了一场民族文化的悲剧。这些历史的基因，都是与开拓精神与创作精神背道而驰的。因此，我主张对文化要进行分析，不搞文化崇拜，以传统悠久自封。同时，还应该看到中国长期封建保守，科学与民主的文化相当地不发达，相反，是消极落后的、无用过时的文化多，礼仪之邦，等级森严，繁文缛节，天朝皇权思想像大山一样的包袱压得人喘不过气，举手投足都有文化的拖累，人的个性与创造力得不到充分发挥，不如人家活得潇洒自由。回顾我们眼前所进行的开放改革，为什么阻力如此之大，清除改革的阻力又如此之难，这恐怕与我们传统文化中的消极因素太多有关。所以，随着改革开放的深入，对传统文化中的弱点和保守性的批判，将是一项艰巨而困难的任务，我们的文学艺术（包括诗歌）在改造国民精神、重铸灵魂方面，应该有所作为。

诗歌的全方位开放，可以为自己“松绑”，活跃艺术生产力。然而诗歌要从

① 见《我是不是个上个世纪的丙崽?》，载《文艺报》1985年8月24日。

目前的困境中解脱,还必须更加关注现实,走向民间。因为,艺术的生命在人民,人民向往开放改革,也希望诗歌是他们行动的一支生力军。改革的社会像一个滚动的球,社会心态的激动与沸腾并没有过去,人们需要理性的思考,更需要一种凝聚力与自信心。一方面是神圣与庄严,另一方面却是腐败与无耻,这种极度的反差,使人忧国忧民、寝食难安。沉闷需要呐喊,痛苦需要鼓舞,魍魉需要诛戮,我们的诗歌如能把握这个时代精神,就是不脱离人民、富有生命力的象征,就能在人民——母亲乳汁的哺育下,枝繁叶茂,郁郁葱茏。

发表于《黑龙江作家》1992 年第 6 期

“大逃亡”与文学的“轰动效应”说

用“逃亡”而不用“困惑”“痛苦”的字眼，对当前文学现象做动态考察，为的是跳出惯常的正反两极的思维模式，以求得对文学是否存在困境的一种新解。因为，逃亡是一种流动，是文学结构的分化和组合。这是源于改革深化的动因，逃亡破坏了旧秩序，随之会出现一个新秩序；也许是文学价值的失落，给前景和繁荣布下阴影。

（一）

中国当代文学史上，曾经出现过两次大逃亡。一次是1957年“反右”以后，大批才华横溢的中青年作家，痛心地离开了文坛。第二次大逃亡，发生在“文革”的动乱中，中国作家几乎全军覆没。十年噩梦醒来之后，面对的是一片精神焦土。我们好容易唤来了文学的新生，谁知不到短短十年，文学又从“勃兴”到“辉煌”的高度跌落下来。纯文学的刊物和出版难以为继，严肃的文学创作和探索受到压抑，作家队伍如鸟兽散，出现了又一次大逃亡的文学景观。

从文学逃亡的走向看：

1. 作家逃向“自我”。在文坛“拨乱反正”之初，文学从“工具论”“从属论”解放出来，作家恢复了主体意识，重视表现“自我”，这是对过去抹煞自我，作家丧失人格独立和自我价值的一种反拨，这时，不存在“逃亡”的问题。笔者曾在1983年，写过一篇《论作家“自我”在创作中的地位和作用》的文章，充分肯定了作家“表现自我”的积极意义。问题是在主体意识确立之后，作家应该把实践的人（包括自己）看作历史运动的轴心去给予充分的表现，重新唤起人的自觉意识。可事实令人失望的是：新时期文学，从“伤痕文学”发展到“反思文学”之后，就止步不前了，文学的“反思”并没有深化，许多作家就弃置了自己光荣的使命，有的躲进自我狭小的内心世界，把现实和读者抛在一边，有的患了“诺贝尔情结”综合征，烦躁不安地去邯郸学步，抒发一种与国情和民情完全不相干的“世纪末”情绪,有的在波谲云诡的时代面前,盲目追求艺术的“超越”“淡化”和“空灵”,使得一些作品淘尽了中国社会生活的烟火味,与读者产生严重的隔膜。这里有可理解的一面,那是对以往政治强化的大反动。但也不排斥有的人由于对过去“干预生活”“干预政治”碰到的“麻烦”学乖了,从此,对政治厌倦,对现实改革的矛盾,采取逃避、观望的态度,连反映时代情绪、人民心声这样的话,也羞于启齿了。文学的人民性没有人再度提起,相反,还有人主张,文学“要有一种贵族意识”“文学本来就不是为大众的。”①主张文学不仅要与“政治离婚”还要同“社会离婚”,文学所要表现的不是“人与人对话”而是“人与上帝交流”,仅仅是一种“原始生命欲的骚动”,一个“赤条条的我”。人民原来寄希望于作家主体力量的实现,把自己精神世界中一切美好的东西推向社会,与人民一道推进时代的变革,重振民族精神。可惜,我们对作家主体性的认识,缺乏一种与人民同甘共苦的民族自尊,在主体性的喧嚣声中,恰恰出现了一种主体萎缩的现象:有的人把西方作家的主体,拿来替代自己的主体。不是中国作家的主体高扬,而是自己主体的丧失。

2. 文学逃回自身。文学作为本体,它有自身运行的规律,这是不容怀疑的。过去几十年来,当代文学一直受到许多非文学因素的横加干涉,扼杀了艺术的生机,我们曾一度呼唤艺术回归,这有其历史的针对性。但文学本体究竟包含哪些内容,要回归到哪里去?目标不明确,实践中就不免盲人骑瞎马。比如,有一种观点说:“文学就是文学”,“诗,就是诗”。“文学除它自身之外,别无目的。”这意思是,要创造一种没有任何“非文学杂质”污染的“纯文学”。

我怀疑,世上有这种文学存在。文学对象本体的内容,离不开社会生活和人类的精神世界。要说回归,首先是向文学本体的对象回归,也就是向文学赖以生存和发展的自然、社会、人生和人的本质属性回归,而不是回归到虚无缥缈的天外去。比如,人生的一个最基本的问题,就是生存和发展。文学本体的内驱力,也大半源出于此。当代中国人生与中国当代文学,是一根藤上的两个苦瓜,首要解决的是个生存问题。要生存就需要民主,需要法制,需要物资和经济。这样的生存环境,在 70 年前五四运动时期中国人就为之奋斗了。可是这个目标并没有达到,今天还提出要与“五四”精神“对接”,文学还有一个“新启蒙”任务,还要对妨碍民主化进程,阻挠变革潮流的保守观念、封建残余、自由化思潮进行揭露和批判。除此而外,还有一个切近现实主潮的回归,就是回归到当代中国的历史事件中去,把未曾深入的“反思文学”开掘下去,不是浮光

① 见《两大文学潮流的现状和未来》,载《文论报》1988 年 1 月 25 日。

惊影地，而是凝重精湛地去展现劫难深重的人民，充满荒诞而蒙昧的悲壮史诗。可以说时代赋予文学的使命（包括批判的）不是淡化了，而是更复杂、更艰巨、更繁重了。

可是，文学的逃亡，早在批评剧本《骗子》（又名《假如我是真的》）、《苦恋》（又名《太阳和人》），诗《将军，你不能这样》之后就初露端倪。继之崛起的"朦胧诗人"，改用迂回战术，他们或做戏谑嘲弄，玩世不恭，或作深奥的哲学游戏，终于以"我不相信"的叛逆，表达了自己对现存秩序的怀疑。不幸的是，这些直面人生的勇士，又在一场朦胧诗的大论战中败下阵来。再以后出现的朦胧诗人第二代、第三代，以他们前者的命运为戒，他们说："活在这个世界上，就常常看不惯。看不惯，就愤怒，愤怒得死去活来就碰壁。头破血流，想想别的办法。光愤怒不行。想超脱又舍不得世界。我们就撒娇。"①这个"撒娇派"诗会，诞生在 1985 年，可他们哪曾想到撒娇也不行。于是，"诗人退到最后一个角落，只好歪曲自己"，成了加缪笔下所描写的那个"局外人"。② 这里对诗人逃亡心态轨迹的描述，也大致适用于小说和其他。

3. 精明人逃向异域。任何概括都难免有片面性，用"逃亡"来表述这类现象，是蹩脚的借口。首先肯定，这类逃向是聪明的。因为，中国的开放改革，需要有世界性的眼光，需要引进外来文化，也需要寻求一种模式和参照物。"五四"前辈精英们的"拿来主义"，借西方现代文化的火种，焚烧了封建愚顽的大厦。今天，为挽救文学的人为的衰颓，也为了解脱现实的大痛苦，需要学习西方，借"他山之石"。但问题也有另一面，就是那种以鄙夷的眼光否定自己去盲目"走向世界"的逃亡。阳雨在《何必悲观》一文中称之为"西洋情结"，这个概括不错。作家冯骥才说："这种'走向'是失重，是放弃自己，这'走向'的过程是一种自我消亡的过程。"③两位作家的批评十分中肯，不再赘述。我要说的是理论界，对这类现象的批评一向过高，把中国汉语中最具闪光的字眼，如"精英""先锋""新潮""未来""现代意识"等等，都加冕在它们的头上。而以此来鄙薄描写现实和人生、富有传统色调和民族风格的作品，一时期文坛上流行着一种玩文学、玩技巧、重形式、轻内容，人生幻灭，虚无颓唐，不来劲，干什么都没有意思的盲流精神。一种文学理想失落的自卑感，一种苍白无力，像抽去了脊梁骨一样疲沓的文化心态，显示出中国当代文学的无家可归。

---

① 《撒娇宣言》，载《深圳青年报》1986 年 10 月 24 日。

② 梁小斌：《诗人的崩溃》。

③ 《一个糊涂的口号：中国文学要走向世界》，载《文艺报》1989 年 2 月 18 日。

4. 食利者逃进“孔方”。在商品经济的冲击下，文学日趋世俗化，一部分作家弃文经商，有的转向通俗文学创作，这种作家队伍的自然分化和流向，也许是一件好事情。“逃亡”专指那些受金钱的诱惑，单纯以赚钱为目的，去满足某种私欲的食利者。这几年假通俗文学的名义，倒腾和印刷“软黄金”（书、刊）腰缠万贯者不在少数。有人毫不讳言他们弄钱的绝招：一是跟着感觉走，二是跟着人民币走。感觉之于文学创作，的确十分重要，可他们的感觉旨在投读者之所好。笔者曾有意访问过几家出版商，他们说，现在写“色狼的覆灭”“性的报复”之类作品已不走俏，行情看涨的书，是写各式各样的“试婚”，写处女的“初试之夜”。为了弄钱，文坛的“庸俗”“媚俗”风气，愈演愈烈。可还有的理论家认为，文学的“商品化”不够，性开放不够，主张全面放开。并且举出西方世界已经怎样怎样了为例，进而上升到理论说：“一个经受不起性刺激的民族，是不文明、不健康的民族。”原来我们民族的“不健康、不文明”，是因为性不开放，果真如此，那太好办了。可事实并非如此。同时，当前的出版政策缺乏倾斜，把精神产品完全等同于商品，让其到市场上自由竞争。更为庸俗、低级的伪文学出台，提供了方便。许多憔悴的忧国之士所担心的文化和心态的塌陷，已成为事实。难怪有人把当前文化市场，归纳为“枕头”（色情与性文学）加“拳头”（打斗、凶杀）。这样的概括也许言重了。我想“枕头”加“拳头”等于什么呢？是文学的繁荣，还是文化的堕落？是审美品位的提高，还是欣赏情趣的下降？是国家赚了钱，支援了四化建设，还是坑害了群众，有损于精神文明？

通过上述四方逃亡之后，留下了什么呢？我们将看到一个十分重要的广阔的中心地带，文学在这里失去了平衡，留下了少数坚持严肃文学创作的作家的生存维艰和关心文学前途和命运的人的忧虑和焦急。

（二）

最早对文学这种“失落”“冷却”，或者说“逃亡”现象，做出理论阐释的是阳雨的文章《文学：失去轰动效应以后》。由于文章发表及时，兼之理论的权威性，和国内主要报刊的转载，这篇首次探讨“轰动效应”的论文，立刻在社会上产生了强烈反响。其观点被当作一种典范广为引用，成为对当前创作进行理论规范的“轰动效应”说。从此，“轰动效应”变成了一种贬词和禁忌，理论家在这样宣传，作家们也为自己写出了有“轰动”的作品感到羞辱，大家都在回避文学的“轰动”，更加剧了“逃亡”的趋势。有必要对“轰动效应说”的是非作一些理论探讨。我认为：

1."轰动效应"是一种很复杂的社会效应,用简单的肯定与否定都是说不清楚的。作品在社会上产生怎样的反响,既有时代的"热点"和人心向背的原因,也有作品内容、形式、风格和读者文化层次、审美好尚的依据。一般说来,一部作品要打到读者当中去,都是要有一点轰动的,只是轰动的程度、范围和时间的早晚不同。有的作品在小圈子里很热闹,而广大读者并不理睬,这可以说是一点"小动",不管是"大动"还是"小动",没有轰动,就没有读者。那是文学的悲哀,而不是它的光荣。

同时,作品能引起"轰动"的原因也很复杂,阳雨说:过去的"一些文学热浪,无不与政治热浪有关"。他把轰动的原因完全归结为,我们社会充满的"政治激动性"。这一点是对的,也可以说是很重要的一点。但是不够全面。比如,新时期文学之初,王蒙以"集束手榴弹"的形式,抛出了《布礼》《蝴蝶》《夜的眼》等六篇手法特异的小说,在当时读者中引起强烈震动,被后来评论家称之为"东方意识流"。这种轰动,显然不是政治的,而是一种艺术形式和技法的创新。后来崛起的"朦胧诗",话剧《车站》,小说《爸爸爸》《别无选择》等等,都是属于此类问题。还有一种以描写社会性内容引起的轰动。如小说《男人的一半是女人》,报告文学《人妖之间》《神圣忧思录》《西部在移民》,电视剧《星星》。理论专著《裸体艺术论》,以及后来的人体艺术大展等等,都不是以"政治热浪"可以概括的。轰动可以有各式各样,艺术的独创,形式的怪异,禁区的涉足,思想的新颖,历史的反思,社会问题的深刻揭露,甚至某些庸俗下流的"荒野女尸"、试婚、卖淫、按摩浴等等描写,也会成为书摊上的抢手货。都是同样的作品轰动,有正效应、负效应、恶效应、伪效应。一部非删节本的《金瓶梅》如果开禁,在不同层次的读者中,引起的轰动也会有不同。用"轰动效应说"作为评价作品的标准,内涵不确切,判断也会失误。文学的价值功能内涵丰富,结构复杂,知识的、文化的、审美的、娱乐的、经济的、政治的等等,据国外学者研究,有36种之多。文学的价值取向,也是多元、多层,有显价值、隐价值,近期价值、远期价值、短期价值和长远价值等等。总之,在迄今为止的文学史书上,还找不到一种无价值、无轰动的文艺。

2.从表征上,"轰动效应说",表明了它对文学驱赶政治浪潮、频频爆响、追求浅薄政治功利的反感,这一点也是对的。但文学不从属于政治,也离不开政治。有人对此打了个比方,说它们的关系有如数学上的"π"。文学就处在一种"对自身纯粹度的追求中生存和发展着"。当然,从愿望上我们都希望文学回到自己的家园,把社会性、政治性留给社会学家、政治学家去思考。可是,文学又偏偏要以“人”为描写的中心。人是一个个“现实的、单个的社会存在物”。[①]“社会实际生活的一切领域都是社会的人所参加的”。[②]这就决定了文学与政治、社会分不开。“文革”前,中国当代文学在政治漩涡里摔跟头,吃尽了苦头。新时期文学,从“拨乱反正”开始,到“伤痕”和“反思”,配合全民热点骚动,多元多向,行色匆匆,一浪接一浪,带有一种强烈的社会批判性,不同以往。与其说,这也是政治性,毋宁说是文学摆脱了往日的极左政治枷锁,在寻找自己的位置,从不同的角度反思过去,对人民进行民主的、思想的、审美的、自我价值的深刻启蒙,它的内在精神实质,是“五四”精神的复活。从这个意义上说,以往那许多有轰动的作品,是立了大功的。就以阳雨同志所举出的《于无声处》为例,也许今后的舞台上,不会再上演了(也说不定),但在当时此地,作家以艺术家的敏感和勇气,完成了文学的使命,它将活在亿万人民的心中,光荣地写在文学史上,怎能轻率地用“轰动效应”四个字就给抹杀了呢?既然,我们主张文学价值的多元论,文学的轰动和宣传作用,是不能排斥在文学的功能之外的。大家都希望作品的艺术生命不朽(我也希望),可是,中国文学几千年才出了一部《红楼梦》,用一个标准去要求所有文学,都要不朽,这不实际,也行不通。生在现实的中国,去做将来不朽的文学,这理想很美。可惜,还有个“时间差”。谁担保你今天写的没有轰动的作品,今后就能不朽呢?

3.“轰动效应说”,未能找到文学失却轰动的真正原因。阳雨在文章中说,目前,文学降温,失却轰动,原因是在于“社会安定化”,“开放的环境”和作家自身“后力不支”。这些观点及其阐述,都有道理,也的确是使文学“热度”下降的原因之一。窃以为除此之外,文学对社会问题的关注减弱,出现滑坡,仍存在有对政治的有意回避和商品经济的冲击。如果纵向考察一下新时期文学发展的历程就可知晓。1979 年 10 月全国四次“文代会”上,邓小平同志代表党中央所作的“祝辞”,肯定了文艺界解放思想、拨乱反正的成绩。那时期的文学创作,与时代和人民结合,幼稚与锐气并存,那是一个令人怀念的繁荣时代。“祝辞”中明确指出:“文艺批评领域的行政命令必须禁止。”“衙门作风必须抛弃”。写什么和怎样写,“不要横加干涉”。并且总结过去的教训说:“如果把这类东西看作是坚持党的领导,其结果只能走向事情的反面。”[③]这些文艺方针、政策的重大“拨乱”,是符合艺术发展的规律的。可是,由于刚从极“左”思

---

① 《马克思恩格斯全集》第 42 卷,第 125 页。

② 毛泽东:《实践论》。

③ 《邓小平文选》,第 185 页。

潮统治下解放的中国现实,以及作家自身的种种原因,都未能找到一个"如何服务"恰到好处的契合点。读者要求什么作品?作家可能写些什么?政策(包括领导)允许写些什么?由于各自把握的"尺度"不一致,于是在贯彻、执行"祝辞"的精神和方针时,十年间就出现了许多次反复。比如,前面提到的1980年春,对《苦恋》《骗子》《在社会档案里》《将军,你不能这样》的讨论和批判,就属于文学如何在一种夹缝中生存的问题。上述作品除《苦恋》涉及领袖人物历史功过评价,属于政治问题外,其余都是对官僚、特权、腐败等等不正之风的揭露和鞭挞。后来,影响中国的改革、开放,损害党的威望,破坏社会主义形象的,不正是这些社会的"污垢"和"垃圾"吗?剧本《骗子》终未能修改上映,有人说,这是"开了变相禁戏"的先例,使同类题材的作品"不寒而栗"。①试想,连《人到中年》《天云山传奇》这样的深得民心的优秀影片,都险遭不测,说明文学创作要把握各方面都通得过的"安全度"很难。于是一些慑于对过去政治运动和批判过于敏感、心怀余悸的作家,他们在时刻窥测方向,心态不宁静,不能潜心于自由创造。有的热情冷落,有的消极转向,有的对重大社会矛盾讳莫如深,一种"何必自作多情"的高级牢骚深入骨髓,就只好牺牲文学的社会性而取其他了。

从历史的教训考察,这次文学逃亡,与前两次本质不同,情况确有着某种相似,不同之处是增加了商品经济这支"看不见的手"。还有,前次逃亡,文学的神圣价值没有变,而这一次文学则从高贵的殿堂跌落,成了遭人白眼的"弃儿"。我们当然不能把"金钱魔力"说得很坏,在商品经济的西方世界出了那么多大作家。阳雨同志在分析文学失却轰动的原因时,对社会"空前的安定、稳定"的一面看到了但忽视了它潜在的危机,他分析商品经济发展,使人们"变得日益务实"时,又忽略了它带来的负面效应。他基于对社会"更加稳定",人们心态"缓和与宁静"的猜测,认为天下太平了,"我们只能额手称庆"。没有"轰动效应"的文学才好哩!大家不必着急也不必悲观,"前景仍然是乐观的"。这种形势大好,越来越好的腔调,不知是出于真心,还是一种饱含苦涩而又无可奈何的自慰呢?

4."轰动效应"是文学永远需要的一种功能,它不是文学之累。阳雨这篇不赞成文学轰动效应的文章,已在实践中产生了轰动的效果。许多人以鄙视和嘲笑的口吻谈论过去某某作品的轰动(如电视剧《新星》,艾青"归来"的诗,小说《班主任》等)。于是有的作家生怕坏了自己的名声,忙说:"我的作品不

① 沙叶新:《扯"淡"》,载《文艺报》1980年10月。

是追求轰动效应的”，“轰动效应”不是诗人的事，与诗不相干。[①] 有如瘟疫尤恐避之不及。原来回避“轰动”的原因，是因为“轰动效应说”背后有两条不光彩的辫子。第一，有轰动的作品都是“非文学常态”的、“迎合时尚”的、“浅薄功利”的；第二，有“轰动效应”的作品，都是“浅层次”的、“短命”的、艺术粗糙的。能一概而论吗？前面谈过作品有各式各样的轰动。《阿 Q 正传》当年曾引起很多人惴惴不安。《雷雨》在中国话剧舞台上轰动了几十年，至今仍是保留剧目。《滕王阁序》还没有写完就引起轰动，在文学史上留了下来。可见，生命力长短与艺术技巧的高低，都不能与是否轰动划上等号。文学创作的确不能靠走捷径，抢题材，破禁区，爆冷门，出风头，追加轰动效果取胜。但话又说回来，作家有那种素材的积累，又有艺术上的修养，他以快的手笔、熟练的技巧、高涨的激情，道人之所未道，写人之所未写，给读者开拓一种艺术的新境界、新天地，这样的禁区就破得好，就该轰动一下。简单用一种规格去要求作品，都是愚蠢而无用的。我们不是要每个作家都去赶时髦，比着胆子破禁区，哗众取宠追求轰动，但是，有些所谓“尖端题材”总得有人去破，有些社会性问题，借助文学之力，轰一轰，动一动，又有什么不好？文学不能治国，也不能亡国，但它的宣传、鼓动、训导和宣泄的功能，还是不可缺少的。审美也有各式各样，黄手绢，红杜鹃，风花雪月是一种美；炸弹和旗帜，号角和投枪，闪电与雷鸣，悲愤与呐喊，都不应视为观念陈旧，看你用在什么地方。

何况，中国的社会现实，并不是已经到达了“衣食足、礼仪兴”的天堂。人们关心改革，更关注如何清除改革的阻力，推进社会的民主化和法制化。改革的社会像一个滚动的球。社会心态的激动和沸腾并没有过去，人们需要理性的思考，更需要一种凝聚力的自信心。一方面是神圣和庄严，另一面却是腐败与无耻。这种极度的反差，令人寝食难安，忧民忧国。沉闷需要呐喊，痛苦需要鼓舞，魍魉需要诛戮。作品如能把握这个时代精神，就是不脱离人民，富有生命力的象征。阳雨说，现在无论你写什么“也掀不起几个浪头”来，甚至“写更大得多的贪污案，也难以收到 1977 年的轰动效应”。完全说错了！一部艺术手法平平的《血色黄昏》，从中国大陆轰动到海外，发行 40 余万册。许多并非无懈可击的社会性报告文学，在文学疲软后独占鳌头。可以想见，如果有朝一日有人把中国“更大的贪污案”，用艺术之笔曝光，不引起国人哗然才怪哩！如果认为以上都是非文学的变态，弃之不表。再以艺术创造而论，如果有作家能像雨果写《九三年》、托尔斯尔写《战争与和平》《复活》、巴尔扎克构思《人间

① 见《在繁荣和多元的背后》，载《文艺报》1989 年 1 月。

喜剧》那样，把新中国人民参与的重大历史事件，用艺术典型化的手法，予以生动的历史画卷般的展示，那将不只是一个引起轰动的问题，还会给当代文学树起几块艺术的丰碑。

载《文艺争鸣》1989 年第 6 期

论"文化小康"的目标及其可操作性

全面建设小康社会,文化也包含其中。正如十六大报告指出:"这次大会确立的全面建设小康社会的目标,是中国特色社会主义经济、政治、文化全面发展的目标。"这一惠及十几亿人口更高水平的小康社会,经济与文化必须协调发展。人民不仅享受到较高的物质文明,还有政治文明、精神文明。也正如十六大报告所言:"经济更加发展、民主更加健全、科教更加进步、文化更加繁荣、社会更加和谐、人民生活更加殷实。"像这样较高水平、范围全面、发展平衡的小康社会,文化充当了不可替代也不可忽略的重要角色。

文化,是一个说起来很重要,但实践起来又不好捉摸,难以把握和操作的问题。据专家们说,文化可分为"大文化""小文化",光是文化的定义就有几十种。前几年文化在中国成为时尚的时候,附庸风雅者,商业炒作者,都挂起文化的幌子,文化成为"托儿",造成文化泛滥。连澡堂子洗澡搓背都打文化牌,美名曰:"洗浴文化"。

就我们黑龙江来说,省委已提出建设边疆文化大省的目标。在省委九届四次全会通过的《黑龙江全面建设小康社会纲要》中,都表现了对文化建设的特别重视。但是,全面建设小康社会、边疆文化大省,应该从哪些方面着手呢?它的目标、任务是什么?文化形象定位的硬件和软件在哪里?是否也有一个可操作性的检验标准和方法?为了不把文化看作是"水中月、镜中花""草色遥看近却无"的琼楼玉宇。本文不揣冒昧,谈谈在我省建设全面的小康社会,实现文化小康的几个方面:

(一)首先要对我省的文化形象和目标定位,大力发展富有特色的文化工程。就宏观方面考察,远离中原文化的边疆性和多民族性是我省文化资源的总的特点。由于地处边疆,边地的自然风光同周边国家(地区)的文化交流,以及各少数民族的不同文化风情等等,都是发展黑龙江文化事业和文化产业的重要契合点。

更具体一点说,黑龙江建设边疆文化大省有四张名片:一是生态文化(含绿色、湿地、冰雪);二是民族风情文化(文化区、文化村、博物馆、民族文化艺术表演);三是地域历史文化(流人及金源历史遗迹的发掘和恢复);四是哈尔滨异国风情文化。

这四张名片,各具特色,只有黑龙江才独自享有。开发利用我们自己的有特色和个性的文化资源,以形成21世纪黑龙江地域特色文化的新形态,不仅可以大大提升我省与全国其他省份可比的文化的新水平,而且还会因为有特色引来商机,发展旅游,给黑龙江现在还十分薄弱的文化产业,带来一笔可观的文化经济收入。文化小康的目标,也就可以从经济效益上反映出来。

(二)加大力度投资文化设施和文化场馆的建设,建立人人共享文化服务的机制体系。文化场馆是文化形象工程的硬件,就像巴黎的凡尔赛宫、北京博物馆,是一个城市文化形象的标志一样,代表一个城市一个地区文化、文明的象征和灵魂。现存的省博物馆,已完全承载不起现代文化小康的重任,它的旧址可作为古建筑保留,而需要另辟新基,建设能包容我省文化精神和文化资源的现代新博物馆。这些属于公益性的文化事业,它的建成使人人享有优质的文化服务,以促进人的素质的全面发展。

使人人都能享受到文化服务,是小康社会的一个重要目标。就我省目前城乡文化消费的水平来看,距离这一目标还差得很远。以农村农民为例,他们除了电视村村通,休闲娱乐能看电视、听广播而外,基本上看不到报刊,书籍买得很少,有许多村屯的农民常年甚至几年看不到文艺演出,过去城镇和乡村的电影院、图书室,包括文化馆站,多数业已破损、闲置,名存实亡,或已改作其他用途。至于像参加体育竞赛观看体育表演等亚文化消费,更是如稀罕之物,一年难得遇上一回。农民用于娱乐、休闲方面的消费才刚刚起步,可以想象中的农业文明、网络信息、资源共享等,还是一个很长远的目标。农民文化小康的标志,不能笼统地说提高了多少。硬件工程要看得见摸得着,软件指标必须要有一个指数来衡量,人均GDP用于文化消费的支出,应通过一个适度的百分比显示出来。

(三)建设以城市文化为中心的先进文化产业范式,以带动、辐射农村文化和文化产业的发展。对于一个省一个地区,省会及地区中心城市,是文化标志的龙头。建设和发展文化,首先应有一个统筹规划,并辅之以鼓励和优惠的政策。就以哈尔滨龙头老大来说,文化建设首先也有一个形象定位的问题。前几年到处搞"文化搭台,经济唱戏",以牺牲许多重要的文化场馆来赚钱。更有甚者,在建设规划上,目标不明,形象定位不准,"见缝插针"盖楼房,破坏了哈尔滨原有的城市文化形象。在我曾经参加的一次会议上,亲耳听到一位哈市作家发言说:“我是哈尔滨人,但我不喜欢现在的哈尔滨。”(这位作家现在已去了南方)为什么过去的哈尔滨好,好在哪里? 我以为过去的哈尔滨,好就好在一个“洋”字上。“异国情调,洋气十足”,应该是哈尔滨城市文化形象的准确定位。我是南方人,到过全国许多大城市,在南方人眼里,哈尔滨有着令人向往的神秘感。她的音乐、艺术、西洋建筑、教堂、礼拜、洗礼、圣餐、野浴,碧眼红唇的外国女郎,粉面长身、穿布拉吉的中国女子,喝啤酒、饮格瓦斯、跳探戈,满世界弥漫着“洋味”。还有外国文人作家,在哈尔滨办报纸、期刊、学校。特别是俄侨作家,在哈尔滨组织文化社团,私人家庭的“文学沙龙”,研讨文化和艺术,创作小说和诗歌。俄侨文学的繁荣,使哈尔滨的文学艺术深受其影响。哈尔滨赢得“东方小巴黎”“东方莫斯科”的美誉,可以说是名副其实。这是哈尔滨开埠以来,近百年异域文化传入中国的积淀只有黑龙江才有的文化个性和特色。作为文化产业,这是一笔宝贵的财富。

发展哈尔滨文化产业,有两条路可走。一是复旧,二是创新。过去遗留的教堂和欧式风格建筑,让其凸现出来,修旧如旧。这项工程已经开始在做了,受到市民的欢迎。过去在哈尔滨有 16 个国家在这里设有领事馆或代表处,这样一笔国际交往的文化资源,还有待于我们去开发。近年来,省社科院建立犹太研究中心,举办《犹太人在哈尔滨》图片展览,引起世界各地的犹太民族的关注,纷纷来哈尔滨祭祖扫墓和观光,或进行商务洽谈。这只是例子之一。如果把俄罗斯、英、法等十几个国家的驻哈办事处都开发出来加以利用,不仅可以使哈尔滨在世界范围内扩大知名度,提升在国际上的文化地位,而且也是发展文化产业的一项基本建设,为文化小康展示一个广阔的平台。甚至还可以考虑在哈尔滨像英国人、美国人建“唐人街”那样,修建哈尔滨的外国人的“城中城”。把外国人的“衣、食、住、玩”及其商品特色搬过来,让外国人来经营管理,使之中西结合,洋为中用,使哈尔滨融入现代化的世界文化的新潮流。

在创新方面,哈尔滨还有两项文化建筑必须要办。一是修建一座可以代表哈尔滨文化形象和风格的大剧院;二是新修一座代表国际水平的多功能电影厅,用以培育市场,引导消费,提高人民文化生活质量,满足人民对高尚品味的精神文化的需求。城市文化产业基础雄厚了,才能带动和辐射乡村文化产业的发展。过去文化建设国家包办的多,发展乡村文化产业,应主要由私人资本经营。比如城镇文化剧团,农村电影的发行放映,鼓励私营企业经办,政府只需拿出优惠政策,予以鼓励和扶持。如果只靠现有的每年搞几次文化剧团送戏下乡,那是杯水车薪,难以为继。鼓励民营资本办剧团、办演出,才能依靠这支队伍留下一支永远不走的文化工作队。将健康的文化娱乐送到千家万户，活跃群众文化生活，提高农民的文化素养和审美情趣，是目前农民享受文化服务的当务之急。

(四)多出文艺精品，以为“三农”服务为重点，打造龙江品牌，推进先进文化占领城乡文化阵地。以我省的作家队伍的情况看，本土中青年作家成长起来，替代移民作家成为文坛的主力军，他们的创作思想和文艺观念紧贴时代要求，他们笔下的乡土文学，更加接近生活的原型，自然流淌着生活的原汁原味。比如王立纯、孙少山反映改革题材的小说，葛均义、王阿成表现城市文化风俗之美的作品，张抗抗、迟子建写历史、写乡情，韩乃寅写农场、写知青。在戏剧、电影、广播剧创作方面，都有一支过得硬、叫得响的创作队伍。这对我们创作文艺精品，提供了人才资源的保证。但从写作的题材看，仍然是反映农业题材的作品不多。农业、农村、农民的“三农”问题，之所以特别引人关注，原因是全面建设小康社会，他们是重中之重，是难点也是热点。农民的心愿、农民的困难、农民的喜怒哀乐，很值得作家去关注、去表现、去鼓与呼。我省作家除了八十年代初，刘亚舟写出了《男婚女嫁》外，至今还没有像《平凡的世界》(路遥)、《天高地厚》(关仁山)、《黑白命运》这样优秀的反映农民生活的长篇小说。在电视剧方面，也没有像《刘老根》《希望的田野》这样的既叫好又叫座的优秀作品。这是需要我们迎头赶上去的一个制高点。在未来的20年，表现农民在奔小康路上的困难，探讨“三农”的出路，赞扬农民摆脱旧观念、走向小康幸福新生活的作品，是农民迫切需要的精神食粮。

除此之外，体现龙江特色，深受农民欢迎的“龙江剧”“二人转”的演出剧本的创作，也是直接关系为“三农”服务的一个重要方面。为农民写唱词，写快板，写新“二人转”脚本，我们曾经有过好的传统，不晓得是什么原因，这几年许多作家都不屑于干这种小儿科了。许多农村艺人，没有新本子可供演出，致使一些比较“黄”的含有糟粕的旧段子又死灰复燃。如何用先进文化去占领农村这块阵地，关键也在于有好的演出本子。十六大提出小康社会的目标之一是“文化更加繁荣”，我想这“繁荣”和“更加”二字，代表了小康社会的农民享有文化服务的目标。我们要沿着先进文化的方向，实践“三个代表”，尽到我们自己的职责。

发表于《学术交流》2004年第1期

论作家"自我"在创作中的地位和作用

从一个被否定的提法谈起

作为艺术审美主体的"自我",作家在创作中免不了要随时表现的。可惜,直到而今,对这个带有规律性的艺术现象,还没有做出合乎科学的解释。

一个常识问题,在我国文艺界引起了长期的论争,这种情况表明,我们的文艺理论研究与创作实际脱节,人们不了解从生活到艺术,作家"自我"怎样在创作中起作用。加之某些习惯用语的影响,人们又把"自我"同资产阶级个人主义混为一谈,把"表现自我"看成是"小资产阶级自我表现",似乎"表现自我"同表现时代、表现人民完全是水火不能相容的东西。这恐怕是引起争论的一个原因。

其次,有的人由于对世界和历史知之甚少,不知道"表现我"的提出,并非思想解放潮流冲刷出来的新观点,而把创作中作家要表现"自我",说成是八十年代"崛起"的"新的美学原则",甚至有人认为,艺术的本质就是"内心的自我表现",作家可以无视生活,去顽强地表现自己"一个赤条条的我"。凭感情冲动发议论的理论家,又把这个文艺理论的常识问题搞到极端,他们绝对化的、不无偏激的言论,使问题的讨论更加复杂化了。

许多批评"表现自我"的言论和文章,有的联系实际,发表了很中肯的意见。但是,不加区分的批判或者讳言"表现自我"的现象,也是存在着的。所谓"朦胧诗"受到讨伐的原因,据说就是因为这些诗人表现了自我,他们写的那些"让人看不懂"的"古怪诗",据说是他们政治上朦胧,才有此内心世界的"自我表现"。又认为,今日创作上出现的许多弊端,诸如资产阶级的自由化倾向,胡编乱造,低级庸俗的感官刺激,信仰迷惘,自我暴露的"阴私文学",都是由于"自我表现"所致。

于是,有人又从西方资产阶级的思想武库里找来了根据,说文学创作提出要表现作家的自我,就是宣扬存在主义哲学的"自我意识""自我精神"。他们说:"不仅尼采,在现代西方,凡是属于主观唯心主义、反理性主义的哲学、心理学派,如柏格森的生命哲学、弗洛伊德的精神分析和梦幻心理学等等,几乎都同'自我表现'说有紧密的联系。"[①]我认为,这些同志举出西方的事实是没有错的,反理性主义的哲学思潮,无一例外的要鼓吹以"自我"为中心。但是,西方资产阶级的"自我表现"说,与我们所说文学创作中作家要表现自我,似乎还不应该划上等号。因为这是两种不同的"自我"概念和哲学范畴,简单的上挂下连的批判方法,又把一个可以讨论的艺术理论问题打入了"禁区"。

让我们先听一听具有实践经验的作家们对这个问题的比较权威的发言吧。

作家孙犁说:"其实,作家表现自己,这是不足为奇的,贤者也不免的。真诚的作者,并不讳言这一点。而作品之能具有一些生命力,恐怕还离不开这一点。你以为小说里就没有作家自己吗?那是古今中外,都无例外,有。"[②]

诗人张志民说:"实践告诉我们,没有'我',就没有作家,没有文学,没有诗。没有'我',就没有产生文学的大千世界。"他还认为,我国文学界许多"病"的临床表现,"就是忌讳谈'我'"。又说:"试想,如果没有不同的'我',我们又何以区分李白和杜甫,拜伦和雪莱呢?"[③]

作家巴金说:"作家经常把自己的亲身见闻写进作品里面,不一定每个人物都是他自己,但也不能说作品里就没有作者自己。法国作家福楼拜说爱玛·包瓦利是他自己,郭老说蔡文姬是他。这种说法是值得深思的。《激流》里也有我自己,有时在觉慧身上,有时在觉民身上,有时在剑云身上,或者其他的人身上。"[④]

作家严文井说:写了"我"并不等于自我表现,更不等于自我吹嘘。在我们这个国家里,我们这个时代里,"我"只能存在于"我们"之中,但"我们"又是由具有不同的特色甚至互相矛盾的许多"我"构成的,就是在将来,我也不能设想一个在"我们"之外的"我"的存在。[⑤]

作家们的经验表明,创作不能离开"自我",每个作家都在有意无意、自觉不自觉地表现"自我"。我们文艺理论研究,不应回避这样的事实,不能笼统地

---

① 叶朗:《"自我表现"不是我们的旗帜》,载《美术》1981年11月。

② 孙犁:《关于中篇小说:铁木前传的通信》,载阎纲《小说创作谈》,第228页。

③ 张志民:《从"我"谈起》。

④ 巴金:《随想录》。

⑤ 见《这些秘密等你解答——严文井复陈祖德的信》。

认为表现了“自我”就一定有害，甚至把产生一切不健康文学作品的根源都归在“表现自我”的账上。有些问题之所以产主分歧，可能是由于大家对“自我”的理解很不一样，以致“东墙而望，不见西墙”，发生了一场“各执牛尾”之争。

“表现自我”的应有之义

不管西方各种非理性主义哲学思潮和文学上的现代主义对“自我”作如何解释，我认为“自我”和“表现自我”，应该有它在文艺创作中相对正确的合乎艺术规律的含义。

从创作的实践看，文艺作品是客观现实生活经过作家头脑的产物，这已经是熔铸了作家的主观。当这些零散的生活现象，经过作家头脑的时候，大脑的职能就要对它们进行分析、筛选、比较、综合、改造，在这种艺术典型化过程中，单纯摹仿，或像镜子似的被动地反映现实，都是不可能的。作家不仅要把自己的感情、感受、体验、评价融和进去，而且还要把个人的经历、阅历、性格气质、审美情趣、文化素养等等，融和到艺术作品中。“我”既是我的生活经历、阅历、经验、感受，也是我对生活的独特发现和见解，也是我表现生活的独特手段和方法，这是不可以与别人雷同的。我们通常所说的文艺是社会生活的反映，实际过程是：生活溶解于“我”的心中，变成了“我”的一部分，然后才被“我”反映出来。鲁迅先生说：“作品大抵是作者借别人以叙自己，或以自己推测别人的东西(《怎么写?》)，这是作家借‘我’为手段，去表现生活，表现人民。

研究作家的头脑怎样工作还可以发现，作家创作的过程决不是无动于衷的。他是用自己的感情冲动在写人心。构成艺术形象的一切东西，都经过作家的头脑思索过，而且是饱含作家的激情和心血的，甚至每一个艺术形象部带着作家自己的一部分灵魂。作家可能先空盘构出一个人物来，他要把自己心灵的一部分分给他的人物，他甚至要像回忆自己的经历一样，进入人物经历之中，设身处地为他们着想，他们心灵中喜怒哀乐的每一枝神经的细微颤动，都联结着作家的心。正如海明威所说：“小说中的人物，是靠技巧编造出来的性格，必须出自作者自己经过溶化了的经验，出自他的知识，出自他的头脑，出自他的内心，出自一切他身上的东西。”①作家进入创作无一不是在挖掘自己的心灵，他好像要把自己隐蔽起来，但常常又在忠实地表现自己。在成功的艺术典型背后，读者可以捉摸到作家“自我”的影子。这里的“我”是作家的立场、情

---

① 《外国作家谈创作》，北京出版社 1980 年版，第 415 页。

感、心境、性格、艺术气质在创作中的体现,也是文艺区别于其他社会科学的基本特征。

作家认识生活,从生活中吸取艺术题材,带有强烈的主色彩。他在表现他对生活认识和理解的时候,也是带自己的个性特征的。文艺作品从来就是以它不可重复的独创性,在艺术殿堂内独树一帜。构成作家创作个性和艺术风格的一切东西,都可以从“我”找到它的成型的依据。作品的选材、构思;作品的意境、情调、色彩;作品的语言、形式、风格,……所有这一切,每个作家都各有不同的心境、情绪和眼光,有不同的趣味、感受和处理方法。有了这种“我”,我们才得以区分李白、杜甫、李贺;有了这种我,我们才认识了曹雪芹。文艺画廊中,百态千姿的艺术形象,琳琅满目的艺术美,都是由各个文艺家各自不同的“自我”汇聚起来的。

找到“我”在生活中的位置

有一种说法认为,在创作中提出要表现我,就是不要生活了,是主观唯心主义的口号。这种把生活与“我”完全割裂的认识,有很大的片面性。

创作必须从生活出发,这是不错的。但是,什么是生活,和作家“自我”是什么关系,大家的看法又不完全相同。马克思说,人的本质是一切社会关系的总和。毛泽东同志说:“社会实际生活的一切领域都是社会的人所参加的。”①这生活首先是人的社会实践。“我”生活在社会之中,不应该把“我”排斥在社会生活之外。我们只能说生活有主要、次要之分,我们鼓励作家到工农兵火热的斗争生活中去,但不能把“我”和生活的关系对立起来。对一个作家来说,生活就是他的经历、经验和感受。一个作家有没有生活的标志,一是看他的知识、见闻、阅历、经历广不广,二是看他对社会、历史、对人生的认识、理解、感受深不深。作家的生活来源,一是取自自己的直接经验,——自己所看到的和亲身经历的东西;二是来自间接经验,——间接经验也必须是经过消化、溶解,并激动了“我”,才能变成作家精神财富的一部分。这是认识论的一般常识。可是,我们常常受着某种习惯认识的影响,往往忽视了“我”也在生活中,仿佛生活全是人家的,与作家自己的经历无关。作家深入生活的意义,并不是到生活中去单纯索取人家的生活,而是去亲自实践,将客观的社会生活变为自己的主观感受。有些同志把“表现生活”与表现作家“自我”完全对立起来,认为“自

---

① 《实践论》。

我”就是作家个人身边的小悲欢,就是“纯粹的个人心灵”。我认为,这种“纯自我”的说法不很科学。马克思说:“人是一个特殊的个体”。这种特殊性,使人“成为一个现实的,单个的社会存在物。”[①]因此,“自我”应包括精神、肉体、社会性三部分。社会性是“自我”的最高性质。有的人可能主观上想做一个超然的“自我”,但实际上他早已归属了一定的社会和集团。生活在现代社会的每一个人,都处在各种错综复杂的关系之中,他的思想感情,无不打上时代的阶级的烙印。我们只能说这种“自我”代表的群众是多还是少,是正确还是错误,我们可以要求作家的“自我”代表的生活面更广一些,尽可能地通过“自我”感情的抒发,去表达多数人的愿望和理想,争取做一个反映时代的大诗人、大作家。比如:狄更斯的《大卫·科伯菲尔》,高尔基的自传体三部曲,夏绿蒂·勃朗特的《简·爱》,尼·奥斯特洛夫斯基的《钢铁是怎样炼成的》,曹雪芹的《红楼梦》。这些作品描写的作家个人的某些生活经历,直接联系着当时的时代、人民的思想、作家的个人遭遇,反映着人民的感情和呼声。在这里作家不再是一个孤立的个人,他处在和周围人的广泛联系的社会关系之中。这时,作家表现“自我”,就同表现时代,表现人民,表现生活取得了相对的统一。他是一个被时代生活充实的“我”,他在进入创作的时候,挖掘自己的心灵,通过自我表现的手段,去表达他对社会的见解和理想,去歌颂时代和人民,这是成功的艺术作品反映生活的途径,也是文艺家取得艺术成就的成功经验,不应该受到指责。

研究“我”在生活中的位置,不仅可以打破对生活的神秘感,还可以去掉一些获取艺术素材的盲目性。生活是文学艺术的唯一源泉,这是毫无疑问的。但是,“只有当对象对人说来成为人的对象”的时候,即是说,只有当作家对生活的某些部分有所认识,有所发现的时候,这生活才能成为作家“艺术的”源泉。马克思说:“对于没有音乐感的耳朵说来,最美的音乐也毫无意义,不是对象。”[②]这说明任何作家他只能根据自己的条件去感受生活,这些条件包含了作家的许多主观因素。比如,作家个人的经历、感受、性格、气质、思想的敏锐程度和修养,以及马克思主义的世界观等等。这些复杂的因素综合组成了作家个人感受生活的能力和方式,以及对艺术源泉认识的选择性和差异性。作家体验别人的感情,一般都要从自己的经验出发,与作家精神状态毫无相通之处的感情,则往往无动于衷。如果在他思想感情还没有转化之前(这种“转化”,

---

① 《1844 年经济学——哲学手稿》。

② 《1844 年经济学——哲学手稿》。

往往需要长期实践过程），要他描写这种感情和生活，他就免不了从概念出发，用编造的故事和情节去图解一个浅薄的思想，这样写出的作品，自然就不会是生活真实的反映。

问题的复杂性在于，我们时代的生活节奏很快，党和人民又要求作家紧紧跟上时代前进的脚步，努力开拓自己的生活视野，熟悉自己尚不熟悉的东西，比如，到四化建设第一线去观察、了解新时期我国人民，以怎样的新的姿态建设生活，写出激励人民献身四化的好作品。这是作家面临的新课题。作家认识到了"我"在生活和创作中的作用，应该更加自觉地用人民创作历史的奋发精神来哺育自己。因为，"我"的生活积累越丰富，"我"对时代的脉搏把握得更准确，"我"的作品就能取得更好的社会效果。所以，研究作家"自我"，并不是"引导作家脱离现实"，"钻到个人主义内心世界去自我欣赏"，[①]也不是叫作家"背对现实，面向内心"，由生活的外在世界，转向个人的主观世界。恰恰相反，是使作家学会认识"自我"，在作为主体的自我去认识客体——生活的时候，对自我也必须当作客体去做一番自我认识，只有这样，他才能对自己的内省智慧有自我意识，到生活中去成为一个自觉的人，在生活中寻找属于自己的东西，使他的良好动机及其艺术才能，收到文艺创作的最佳效应。

许多成熟的作家，都是这样去认识生活和创作的。比如茹志鹃，她擅长于写一些抒情、细腻的东西。六十年代讨论她的作品时，有人说她应该写重大题材，应该有粗犷的笔调，批评她的作品是"一朵浪花"。她想改变自己的处境，试着写了几篇矛盾尖锐的重大题材，结果都失败了。[②] 王蒙说：三十年来他面临着一个艰巨的任务，就是"寻找我自己。在茫茫的生活的海洋，时间与空间的海洋，文学与艺术的海洋之中，寻找我的位置，我的支持点，我的主题，我的题材，我的形式和风格。"[③]以上情况说明，一个成熟的作家，最终都要在生活中和创作中找到我，他若能把自己感受生活的方式，表达生活的形式熔于一炉，他就有可能在文艺园地的万花丛中不被淹没，而取得一个独立的席位。

有的人不认识这一点，找不到"我"在生活中的位置，不重视"我"在创作中的作用，他像一叶随风飘荡的浮萍，忽东忽西，把创作上的成功，寄希望于追逐某种形势的浅水浪头。所以，他写出来的作品免不了主观臆想，虚假造作，他们写来写去，不知道"我"在哪里？终于写不出自己的个性和风格来。这不

---

① 闻山：《提倡"表现我"有害》。
② 茹志鹃：《漫谈我的创作经历》。
③ 王蒙：《我在寻找什么？》。

能不说是一个作家在职业和事业上的悲剧。实事求是研究这个“我”，不仅有助于提高创作质量，还可以帮助一些由于“四人帮”的精神摧残而失掉了艺术个性的人找到“我”。

“大我”与“小我”之争

如果是这样去认识问题，我认为，作家在创作中表现了“自我”是没有害的。因为表现“我”不是降低了，而是提高了对作家的要求，不是否定了，而是更加肯定了作家深入生活，实行自我改造的必要。作家要在作品中塑造好人物，必定先在生活中塑造好自己。否定了“自我”，把创作纯然归之于客观，同时，也就否定了作家改造主观世界的必要性。

多少年来，我们的文艺创作，提倡表现“大我”，这样的道理是无比正确的，谁也不能反对它。但是，艺术作品中的“大我”如何表现，这也是需要认真研究的问题。作家作为阶级的、群众的一员，“大我”与“小我”，有时很难把他截然分开，即使是作家表现“大我”，如果不是从我个人熟悉的生活和人物出发，没有找到我的角度，我的感情上的共鸣点，画一百张大家都熟悉的面孔，说一百句大家都说过的豪言壮语，这样的“大我”，肯定是公式化、概念化的，失去感人的艺术魅力。文坛上出现过这样的作品：主题思想正确，挑不出任何毛病，该有的先进事迹和英雄的人物全有了，作家常用来烘托人物形象的手法都用过，但就是作品不感动人，这些缺乏艺术感染力和艺术个性的作品，可能就是由那些失去了“小我”的作家，按“大我”通用的公式生产出来的。在创作中多年来盛行的“大我”“小我”之争，也在某种程度上助长了作品的公式化和概念化的趋向。

当然，“我”的价值有大有小，有重如泰山，有轻如鸿毛，这也是不言而喻的。有的人“自我”很糟糕，灵魂肮脏，情操低下，如果他去表现这样的“我”，抒发自己内心的苦闷、迷茫、灰颓的情绪，这样的作品社会效果肯定不好，但是，你不让他表现“小我”，让他表现“大我”行不行？我看即使让他（或者他想）表现人民，表现时代，他那个卑微的“小我”，还会自然流露出来。表现“大我”还是“小我”，不过是一种形式，关键在“我”是否健康，包含的内容如何。

是否在创作中摒弃“自我”，只表现“大我”，就可以杜绝创作中的弊端，作品就可以写好呢？事实完全不是这样。有个瑞士心理学家卡尔·古斯塔夫·荣克，他提出一种文学只表现“大我”的理论。他认为，艺术是一种工具，艺术家已不是一个普通的人，“他是一个更高意义上的人——一个集体的人。”艺术家和人的个性处在矛盾冲突之中，作家要保持艺术家的品质，就必须抛弃自我，“个人色彩”在艺术领域中“甚至是一种罪孽”。他说：“当创作力量占上风的时候，人类生活就趋向、形成为一种潜意识的东西来对抗积极的意志，自觉的‘我’就被地方潜流冲走，成为不过是一个对事件束手无策的观察者罢了。结果，作品成为诗人命运所系的东西，并且，决定着诗人心理的发展，不是歌德创造了浮士德，而是浮士德创造了歌德。”①荣克的理论，为现代主义许多艺术流派所利用，他们提出在作品中“消灭自己”，完全排斥作家自我的感性经验，用高度抽象的形式去表现现实生活，使艺术呈现出光怪陆离的符号，不为人所感知，这正是资产阶级艺术堕落的一个方面。可见，以为把表现“小我”换成表现“大我”，就是革命文学，就能真实地反映生活，那是只见到了事物的皮毛。

一个尊重艺术规律的批评家，不应该无端地责备作家表现自我。相反，他应该鼓励作家重视蕴藏在自己身上的艺术矿藏，这些东西哪怕是微不足道的，可宝贵的是作家自己的。作家把自己的声音，属于自己的艺术个性、艺术风格带到作品中来，他就增加了人类艺术的公共积累，扩大了人们精神生活的范围。作品属于自己的东西越多、越强烈，作家独创的艺术个性就越鲜明，他对人类艺术的贡献就越大，害怕作家表现自我，无异于害怕艺术作品有个性、有风格。

因此，不能把西方“自我表现”说，与作家在创作中表现自我等量齐观。作家表现自我的内涵已如前所述，它是从生活出发，通过自我表现社会，表现人民。作家不是以自我为核心，与群众和现实隔绝，他是把“我”当作群众的一员去深入生活，改造主观世界，使主客观熔于一炉，在艺术作品中明显地表现出自己的艺术个性和风格，充分发挥作家艺术家反映生活的主观能动性和创造性。这是从艺术反映生活的规律和作品的社会效果两方面提出问题的。

“自我表现”说的哲学基础是“本体论”。德国唯心主义哲学家费希特和存在主义哲学的代表人物萨特，都宣传过这种主张。费希特把“完全抽象的形式的‘自我’，——看作知识，一切理性和一切认识的绝对原则”②。萨特认为“存在先于本质”，他把自我意识当作宇宙和人生的中心，只承认人的主观意识和心理体验的存在，才是唯一的真实存在。这显然是一种唯心史观。受这种哲学影响的一些现代派作家，宣扬以“自我表现”为中心，把人的感情、心理、欲望归结为人的潜意识的生物本能，他们的许多作品表现了人失去了自我的悲

---

① 转引自《作家的创作个性和文学的发展》，第 73 页。

② 黑格尔：《美学》。

剧。这些只从人的内在世界去寻找自我的作品,常常流露出一种狭隘的、个人颓废的感伤情绪,这正是现代派作品中需要扬弃的不健康的消极的东西。但是,对于西方文学史上出现的这股现代主义思潮,还需要作具体分析。首先要把现代派的美学观及其倡导的艺术方法与西方现代哲学思潮作某些区分,二者有联系,有影响,但政治不等于艺术。其次“自我表现”说作为一种艺术主张,在西方提出和发展有其深刻的社会历史原因。那是资产阶级用以反封建、反神权、反专制的思想武器。他们重视人的存在的价值、维护人的尊严,反对非人化的社会现象,因此才创造了一种反传统的艺术方法,把人的主题放在突出的位置来表现,希望通过对人的价值和人的自我的追求而获得自身的完善和发展。由于他们自身的种种局限,排斥生活实践,否认客观现实的实在意义,只相信自己心灵的真实,把艺术引向到表现主观精神,使“自我表现”渗透着主观唯心主义的反理性的色彩。但是,尽管如此,还不能不重视这股在世界上已经产生了广泛影响的文学潮流,要认真研究它之所以存在的合理因素,吸收其于我有用的东西。简单一句骂倒,或以为凡资产阶级所主张的我们则一概反对之,恐怕不是马克思主义的正确态度。

何况,艺术要表现自我的主张,并不始于西方,我国偏重“表现说”的传统文论中,早有与此类似的言论。比如:《诗大序》讲:“在心为志,发言为诗,情动于中,而形于言”。这是最早地指出了人的情感、意志在创作中的作用,以后,陆机的文赋,曹丕的《典论·论文》,刘勰《文心雕龙》中的《神思》《才略》《体性》等篇,都对作家的才、学、识,作家的主观精神,作家的个性气质,作家的艺术想象和形象思维,在艺术创作中的作用有过精辟的论述。我们何必一定要把一些带规律性的艺术见解,都看作是资产阶级的专利呢?尽管,“自我”二字听来有点刺耳,“表现自我”又有点受西方影响之嫌,但是,这一艺术见解的提出,确是部分地触及了创作内部规律的一些问题。比如,重视人的主观能动作用,深入挖掘人的内心世界,创造艺术表现的多种手法,有的还涉及现代生理科学和艺术心理学的一些问题。对待这样一种复杂的创作现象,需要去芜存菁,去伪存真,像马克思吸收黑格尔唯心主义哲学的合理内核那样,批判地吸收为我所用的部分,以发展无产阶级的文学艺术。

今天,在我们的文艺园地,确有一些脱离生活,以表现自我为能事的低劣作品。有的人借表现自我宣传一种超越时代和生活的伦理道德观念,抒发一种对社会、对人生的无望情绪,有的人还以“不屑于”的蔑视态度,轻视文学反映时代,歌颂人民的丰功伟绩,我认为产生这种情况,不是表现自我有罪,而在于作者的自我不够客观。正如鲁迅先生说:“根本的问题在作者可是一个‘革命人'，倘是，则无论写的是什么事件，用的是什么材料，即都是'革命文学'。"所以，我认为，应该提倡作家深入生活，改造世界观，提倡作家的思想品德和艺术的修养，使"自我"逐步完美和净化，而不必在谴责"表现自我"上大做文章。艺术作品是作家人格的化身，作品美不美在于人。一个作家如果心灵美，道德和情操高尚，他忠于人民，热爱生活，不管他表现的是"自我"或"非自我"，我相信，他写的作品，一定是有利于时代，有利于精神文明的。

《北方论丛》1983 年第 4 期

出精品,出人才

习近平同志指出:“中华优秀传统文化是中华民族的精神命脉,是涵养社会主义核心价值观的重要源泉,也是我们在世界文化激荡中站稳脚跟的坚实根基。”一个时代一个民族的文学辉煌,通常是以文学大师来命名和改写的。人民讲起英国文学、法国文学,首先就会想到莎士比亚、巴尔扎克。拥有世界人口五分之一的中国,多么希望我们的作家我们的民族文学也走向世界。新中国成立后,上个世纪过去了,我们曾寄希望于培养出无愧于时代和民族的大作家,产生公认的、能够划开一个世纪的文学巨著。也许是人们的期望过高了,难以兑现。在进入21世纪的今天,不知这种期待还有多少距离?

改革开放,中国作家成才能进入了一个新时期,时代给作家施展宏图提供了那种可能但还不是现实。现实的情况是我们已有国家级“作协”会员,九千九百余人,省级会员三万一千余人,每年发表文学作品的报纸杂志也不少,和建国后四十余年来的任何一个时期相比,我们不缺乏文学也不缺乏作家,缺乏的是大气磅礴、贯注着个性光辉的力作和创造这样艺术生命不朽的文学大师。在文学这个领域,永远都是要以质量取胜的,以能出版和发表几篇小说、几首诗,就将“著名大师”的头衔挥泪大奉送,这是没有层次的文化悲剧。

“树立精品意识,实施精品战略”,关键仍在于作家。精品力作是要作家去写的,只抓精品不抓人才培养,这是“缘木求鱼”而不可得。因为作家的才能和境界决定作品的深度和境界。创作一部成功的作品,是作家心灵的迸发,灵魂的呼号,整个身心的熬煎,需要学识渊博、人格峻洁和品德高尚的人才能胜任。有人说,抓精品先抓作家,选精品先选人才,这是很有道理的。一位大作家的培养成才,也是一个系统工程,该做的事,需要的条件,内部的、外部的可以说出许多,然而归结到一点,还是在于作家个人如何使自己的精神、品格和艺术功夫充实、完善和强大。屈原的《离骚》、蔡文姬的《胡笳十八拍》、司马迁的《史记》、曹雪芹的《红楼梦》,这些穿越时间隧道的民族文学精品,哪一部不是在外部条件十分恶劣甚至是在政治高压和迫害下创作的?甚于此,从作家个人方面，我想有三个问题。

（一）高举文学的理想旗帜重树济世救人的文学观。正如习近平主席说："随着人民生活水平不断提高，人民对包括文艺作品在内的文化产品的质量、品味风格等要求也更高了。繁荣文艺创作，推动文艺创新必须有大批德艺双馨的文艺名家。""我国作家艺术家应该成为风气的先觉者，先行者，先倡者。"

（二）走出工具论，投身到为时代的洪流中去，为政治而艺术的工具写作，使作家的艺术生命夭折，文学大逃亡。可是步入市场经济以后，又有一只"看不见的手"，从心灵腐蚀作家，那就是拜金主义写作，充当金钱的工具，摆脱"工具"的唯一办法是使作家强化主体意识，投身到时代洪流中去，用人民创造历史的奋发精神哺育自己，以求得精神支撑，以一位精神救赎战士的姿态站起来。"一切进步文艺工作者的艺术生命，就在于他们与人民之间的血肉联系。"①用人民的生活、情感思想作为创作资源的土壤和基石，文学就有了根；作家心里就有了底，服务有了对象就不担心作品没有了读者。习近平同志指出，"推动文艺繁荣发展，最根本的是要创作，生产出无愧于我们这个伟大民族、伟大时代的优秀作品。"我们 2014 年参加《中国当代文学研究第十八届学术年会》，到会 303 人，讨论的情况看：在会上发言，收到的评论、论文实在不多。许多从事当代文学研究和评论的教授、专家惊呼他们没有作品研究，自己即将面临失业。

出精品，出人才。这两个方面都重要，但人才才是最主要的，据我们的调查研究，全国有许多省份作家日渐减少。以黑龙江省为例，2002 年出版 4 卷本的《黑龙江文学通史》，从延安和十万官兵中到北大荒的作家多数已经故去。有的老迈年高不写了。年轻的一批知青作家，有的改行，有的从事别的工作。

总之"文艺是铸造灵魂的工程。"实现中华民族伟大复兴的中国梦，需要创作出更加美好的文艺精品，培养出更多的文学艺术人才。

---

① 邓小平：《在中国文学艺术工作者第四次代表大会上的祝辞》。

吃的悲剧

我个人从小受穷，常为吃饭担忧，饿怕了。几年前买粮食废除票证，我给自己留了一手，购粮本，全国的和省、市通用的粮票，至今还在我的老箱底压着。

今天即使让我天天吃生猛海鲜、肥牛乳鸽，我也忘不了那种饿肚子的滋味。“吃饭”为人性之大本。封建时代处死犯人，先得吃一顿酒饭，让其饱餐，免得死后当饿死鬼。记得小时候，母亲常骂我是饿死鬼投胎，因为，我常常哭天抹泪地向母亲要吃的。有一句成语叫“嗷嗷待哺”，大约就是说的这层意思。

我也曾有过吃饱肚子的快乐，那是1958年，人民公社化的初期，一步跃进共产主义天堂，全国农民进会共食堂，敞开肚皮吃饭。不过好景不长，几天工夫，粮吃光了，菜吃光了，米少菜多的稀汤也喝光了。正当我的老父老母还有我的兄嫂侄儿，一家五口也“嗷嗷待哺”的时候，我有幸考上了成都的一所大学，逃离农村饥饿的苦海深渊。可是，那时的华夏神州，好像一座充满“饿鬼”的大本营。“涂有饿莩，面有饥色”，哪里也找不到一个可以任意吃饱肚子的地方。有消息传来，爱吃红烧肉的毛主席也断肉了。我们在校的大学生，享受特殊优待。早餐一个小小的馒头半碗汤，中午和晚饭，8个人平分一小面盆米饭，没有蔬菜，没有肉蛋菜副食补充，一日三餐，也不过半饱，比之6亿农民，那时全国人口8亿，也算是饥肠辘辘中的幸运儿。可是一日不饱尚可，长年累月地挨饿，就受不了，那滋味那感觉，让你死不了、够不着一样抓耳挠腮地揪心，人饿急了，眼睛发蓝，见到地面上跑动的活物，都恨不得抓来吃到肚里头。

最难熬的是时间，刚吃完早饭就盼中午，午饭吃了盼到晚。人体是一架活的机器，坐着不动也消耗能源。那时，体育课早取消了，老师也劝说我们尽量少运动。可是，总躺着也不行呀，人饿了一个突出的感觉是浑身发冷，无法入睡。童话里哄那个卖火柴的小女孩说：“睡吧，孩子睡梦里是不想吃东西的。”他们哪里知道，只有饱暖才能安眠的道理。用睡眠来应付饥饿这个法子不灵光。

学业课程还是天天照上的。那时的口号是:要"红透专深",向科学进军,"十五年超英赶美"。学习也要"大跃进""放卫星",说大话、吹牛皮精神可嘉,可谁也无法回避吃不饱这个现实。当时,上课的教室在5楼,爬上去也会累得眼冒金花,坐在教室里无精打采。闲下来都琢磨什么东西可以吃。老爸从乡下来信说,家乡的榆树皮也被农民扒光了,凡是可吃的树皮树叶都捋光吃尽,现在正吃着后山梁上的"神仙米"(一种白色的黏土)。没有挨饿时,对老红军做报告说红军在长征中吃皮带、嚼草根还表示过怀疑,现在我相信若真有猪皮鞋、牛皮带子煮熟了我也可以吃。学校生物系的教授们搞科研,发挥专业特长,搞出了什么"人造肉"。还有一种名叫"小球藻"的绿色食品,营养丰富,方法简单,用学生们撒的尿就可以繁殖。那时,男生寝室门口,放有尿桶。早晨有人专门来把尿搜集起来,倒在校内游泳池里,在夏日毒热的阳光下,几天就长成了满池绿色,这就是小球藻。据说这东西富含高蛋白,还有好几种氨基酸,可以糅合在面粉里蒸馒头,是代食品中的上上精品。我想,这样好吃的东西,为什么没有申请专利,供当今那些吃遍了山南海北、美味珍馐的有权人有钱人也尝一尝,说不定还有壮阳补阴、减肥美容之功效哩。

没有吃过小球藻的人,哪里知道中国的历史啊!有人会以为我这个老朽又在念"婆婆经"了。可是有经不念,不是要忘了本吗?就以最常见的谈恋爱来说,你们知道当年送给情人最珍贵的礼品是什么吗?——粮票。

班上几位俊俏的男生,他们是被人另眼看待的白马王子。因为,他们衣兜里有女同学表示爱意送的粮票。那时的女生不用减肥,从牙缝里积攒出一口饭,送给自己心爱的人儿也就一举两得减肥了。要知道,几斤粮票可以救人一条命啊,街边上指着草圈儿出卖的小姑娘、小小子,交几斤粮票就可以领走。像我这样从农村来的穷娃子,满身乡土气息,很难享受到女同胞爱的关怀。班上有一位好诌几句歪诗的同学,常发表点像顺口溜一样的新民歌,每行可得八毛钱的稿费,外号人称"啊——八毛"。因为"啊"也可以独占一行呀。我没有诗才,要挣钱就只有下苦力,星期天一般都不休息,到工地搬砖,一天也可以获得八毛钱的收入,美其名曰:"勤工俭学"。这八毛钱的价值,就是可以在天黑时,到校园的围墙外边,悄悄买到一斤农民私卖的胡萝卜。按照马克思的价值规律,八小时付出的超强度的体力劳动才换来一斤胡萝卜的工钱,很显然我是一个被剥削者。但话还得说回来,为了解救饥饿,我欢迎剥削,自愿去受这一份活罪。这样,我可以在当周的星期天晚上,躲到一个谁也看不到的角落里,把一斤胡萝卜细细咀嚼,全部咽到肚里,使饿瘪了一周的空荡荡的胃肠,暂时饱胀起来。我感到自己过了一个很舒心的假日,那种吃饱了的幸福感,欲望满足感,简直飘飘欲仙,令人陶醉。

应付饥饿的另一招,就是有计划地使用我的1斤2两糖果票。这糖果票成都市民和大学生一视同仁,印在一张1尺见方的白纸上,分成12个小票,每票1两,可以买一个小糖饼。平均使用,每个月我才能享受一张。我把这1两糖果票放在贴身的衣袋里,每天掏出来瞧几次,有时到校园周围的商店转悠,观察比较哪家店铺里卖的糖酥饼大一点,货比三家,以免到买时仓促下手吃了亏。看时,喉间不免有馋液溢出,只好强忍咽下。终不忍就吃了它,我要把它用在最关紧要的日子,那就是我当值日分饭的这一天。当年,学生食堂分饭,是最有戏剧性也最能考验每个人的正直和良心了。大米饭是装在一个小瓷盆里的,下米时,大师傅过称,保证8个人的定量,生米直接加水,放到笼屉里去蒸。学生以寝室固定分成8人一桌,轮流值日,到食堂窗口领取饭盆,把饭分给大家。问题的关键在于如何将这一盆米饭分得丝毫不差的均等。米饭的盆体是不标准的圆柱形,每等份的平面角度为45度,我们这些读中文系的学生,目测常出现误差,有时平面角度线条划好了,一刀切割下去,常出现走线和挖心,做不到直线和垂直。就像当今的市场上黑心屠夫卖肉,从表面看是瘦肉,割下来的肉却是皮宽瘦少。出现这种情况,值日分饭者,就会招来斥责的目光,怀疑你有私心或偏心眼,想利用职权之便,多吃多占。不过当年饥饿的我们,比之现今的官场上、商场上利用职权,搞权钱交易、坑蒙拐骗、缺德做损的人好多了。一般都做到了饥饿不移其志、廉洁自律。同桌的八位饭友,自觉约定了几条不成文的默契:(1)值日分饭者最后取饭,别人取剩下的、最小的一块自己吃;(2)第一位取饭的人,轮流坐庄,饭盆放在桌面上的位置里,像如今席宴中喝鱼头酒那样,放好了,不能再移动;或者值日把饭盆在桌上用力转一圈,让它自己停下来,每个人只取自己面前的一份。这些规矩在当今人看来,是多么的不值一提,太可笑了。可在当时人人都需要吃的困难时期,它像一杆公平秤检验着每个人的道德和修养。由于我的眼神不济,分饭技术太差,每逢值日这一天,就要比平时少吃一些定量,这时,我那一两糖果票,正好派上了用场。

有时,饿急了出于私心我也曾动过心眼,去食堂饭店当小偷,又是我的性情和品质所不能为的。当时唯一想到可以补充的食品是药。大学生有公费医疗,吃药只花5分钱的挂号费。那时不像现在满世界都是强身壮阳的补药,学校医务所可以开出的含糖的药有“止咳糖浆”和“艾罗补脑汁”,只要你说患神经衰弱,大夫就给你开。可是这些药物是液体,虽然含有“糖”这样的碳水化合物,但也不顶饿呀。后来,我看准了中药“山楂丸”,这东西是固体,硬硬的,含糖分,吃下一丸准保能顶一阵子。但是学校诊所没有这种药。有人提供情报:

我们的合同医院——四川医学院的附属医院里有,并告诉说,他们在我之前已经光顾几次了。莫道君行早,更有先知先觉的早行人,各自心里明白就是了。我照着“先知”者的指引,毫不费力地就开了一张处方:“山楂丸一盒”。这一盒10丸能吃几次呢?我灵机一动,在“1”后面加上一个“0”,高兴地到窗口取药,不料被当场捉住。

药房一位大约50岁的老护士,把我叫到一间小屋里,把处方放在桌子上重重地一拍:“你搞的啥子鬼嘛!”她那肿泡的近视眼,凑近胸前瞧了一下我带的校徽说:“还是大学生哩,不怕羞死先人!”我低头承认错误,我也当面写下书面检讨,可这位“肿泡眼”坚持不放我走,通知了学校来领人。这一下子完了,我一个人坐在那里,好后悔、好悲伤。我不该做了这样丢人现眼的事,当初考上学校时,四邻八里都说我家祖坟冒青烟,八辈子才有我这样一个秀才上大学,要是学校把我退回去,我该怎么办?越想越后悔,后悔自己太贫、太自私、太不懂得医院的规矩……一直坐到中午,系里党支部派了一位组织委员来。这是一位从工农速成中学上来的复员军人,他一再向“肿泡眼”检讨,表示把我带回去,一定要好好教育,严加处理。我跟在组织委员后面走,穿过一条大街又一条小街,我们都不说一句话,也不知党支部将要怎么处理我。我胆战心惊,快到学校后门口了,他突然转身停下来,掏出一个小纸包,里面有两个小糖饼,交给我说:“吃吧,你比我年轻,身体需要。”这时,我两眼的泪突然哗哗地往外涌,嗫嚅地说:“我……错了。”40年过去了,至今他也许把这件事早忘了,可我不能忘,也忘不了啊!从今天某些吃的浪费和丑恶,让我想起了过去的吃的悲剧。

载《新青年》1998年7月

小说:"从小处说"

葛均义在创作上是多面手,能写诗能写小说,还写电视剧。当然成就最显眼的还是在小说方面。尤其是在2001年出版的长篇小说《浮世》使他的创作风格趋于成熟。从他的小说《浮世》的书名,我想起了日本的国画"浮世绘",那是用淡青的水粉创作的写意画,以淡雅、素朴的意象独树一品。"小说",从语义上讲:"小,物之微也。"①从小处说,是小说的本意。不反对有人喜欢从大处说。比如,写重大题材、重大事件和斗争,以及写重要的英雄人物。但是写重大题材,离不了细小的情节,"故事好编,细节难找"。作家如不着眼于细节进行描写,往往就陷入"说主题"和概念化的误区。《浮世》没有涉足重大题材,他写生活链条中小人小事,小矛盾和小纠葛,如大浪淘沙泛起的小浪花,其文小,其旨大。通过小人物和小事件展开绚丽多彩的社会生活。小小的"旗镇",三教九流、七行八作,算卦神仙的"神",烟花女子的"媚","赌徒"好汉的"侠",劫富济贫的"匪气",闯关东汉子的"仗义疏财"……把一个边疆小山城的人情世态,缤纷色彩,描绘得活灵活现。读他的小说,你眼前浮现的是各色人物的音容笑貌,如成都人坐茶馆,悠闲自得,谈古论今,有着舒缓,闲适愉悦身心的意境美。

《浮世》给我们提供了"距离产生美"和"想象创造艺术"的经验。举个简单例子:前几年回四川,说起哈尔滨,南方人心目中的太阳岛十分迷人,令人向往。我问他们:"去过哈尔滨吗?"他们说:"没有,只听郑绪岚唱过《太阳岛上》。"一首歌曲能唤起人们对太阳岛如何美的想象,这就是想象创造的艺术魅力,也是距离产生了美。《浮世》在创作上的独特之处,在于没有把艺术等同于生活。旗镇这个典型环境,是作者精心营造的艺术迷宫,作家有意识地将时代背景淡化,集中去刻画、渲染人物活动的环境和氛围,使读者从习惯性地关心政治和主题思想到关注人物的命运和归宿。艺术不是照搬真人真事,想象创

① 《说文》。

造艺术美的观点并没有过时,黄继光是英雄、阿Q是典型。英雄人物≠艺术典型。现在有些表现时代描写现实题材的作品,几乎就是生活原型照搬,人物面孔千篇一律,情节结构雷同,出现比较严重的新的“公式化”。模仿只能再现生活,想象才创造了生活中没有而又希望有的东西。面对《浮世》给我的审美期待,我感到了一股文本上“另类”作品的习习清凉之风。

《文艺评论》2004年第3期

“厕所文化”的联想

我生长在南方农村，也到过全国许多大城市，我感到外地人到黑龙江，最头疼的一件事就是不知如何上厕所。我曾在黑龙江农村工作过一年，农民大小便在房山头，挖一个小土坑，有“厕”而无其“所”，我很是不习惯。夏日炎炎，人解下的大小便，被猪鸡等牲畜刨满地，走路不敢下脚；冬天粪便冻结成金字塔，让你无法下蹲。我妻子曾到我工作的农村来过。她就不敢去房山头大小便。她说：天亮得早，好像周围都有人瞅她，便不出来。最后我陪她赶小火车，去到城里才解了燃眉之急，说起来简直是笑话。

我也曾在这个屯子里搞过“厕所革命”试点，劝说老乡们在地上挖一个大坑，上面盖上房，把粪便管起来，并且，反复讲这样做的许多好处。况且，修厕所的场地和材料，农村里并不缺，只需举手之劳就可以办到的。可是老乡们说：“不碍事，多年都习惯了。”我的“革命”终告失败。去年，我旧地重游，去看生产队当年的几位老朋友。农民的生活，有了很大的改善，可厕所仍旧是老样子。二十多年来，有多少个“猫冬”的农闲季节过去了。我们的农民朋友，我们的农村干部，对于这种落后的“厕所文化”，仍旧是漠然置之。

一种习惯势力，反映着一种文化和一种人的素质。尽管明知道是不文明的、不卫生的，甚至是很愚昧的，可就是改不了，还要代代相传，这是一种什么样的文化现象呢？古人云：知耻近乎勇。首先要有“耻感”，认识到落后的传统积习中，有许多文化糟粕，是我们步入现代文明的精神负担。人对自身的排泄物不加掩饰，不以较文明和科学的方法给予处理就是一个例子。

再说现代化的大都会哈尔滨，它的“厕所文化”现象，也是十分奇特的。一方面是哈尔滨人爱美，穿得漂亮，吃的也够档次。可是另一方面，吃饱了，喝足了，需要把肠胃里的废物排泄出去，却没有足够的与之相匹配的公共厕所。前年夏天我出差去重庆，那里街上的公厕没有臭味，没有苍蝇。每个公厕都有专人管理，每天早午晚用自来水冲洗三次，一点积存的粪便都没有。对比我们这里臭气冲鼻，难以下脚的公厕，单就创建卫生城这一点来说，我佩服人家重庆的精细和勤劳。人家打扫厕所，不是为了应付上级来检查，而是一年365日的日常工作；人家不把厕所看成负担，而是认为一个厕所就是一个肥料仓库，一点一滴的屎和尿都是钱啦，岂能让它白白浪费？我们的黑龙江太富有了！全省城乡对农家肥的浪费，是一个庞大的天文数字，可有谁出来说一声“不”呢？仅就300万人的哈尔滨来说，每天有多少吨肥料流进了松花江！怪不得南方到哈尔滨的打工仔，笑我们“捧着金碗要饭吃”。在化肥主宰农田的今天，人们呼唤绿色食品和可持续发展的生态农业。经过科学处理的人粪尿，是绿色食品的最好肥源，期盼着有远见卓识的企业家去利用它。人们可曾想到，厕所这件小事，不仅是一种文化，而且也有着不可忽视的经济效益。它和城市的建筑设施，人的精神面貌一起，构成了现代城市文明的面容。

据报载，国内有一位专门研究厕所做厕所设计的建筑师，他为某旅游城市设计的公厕，为该市平添了新的参观景点，吸引了许多游客来观赏。这不是又一种“厕所文化”吗？

厕所的出现是同人类文明的进程同步的，它与厨房、卧室同是人类生活之必需。今人那种随地大小便，在光天化日之下便溺；在公厕里涂刻淫词秽画；只管吃，不管拉；住在楼上的人，往厕所里倾倒垃圾、堵塞厕所的公共通道……如此种种不文明的行为，既反映了今天某些人文化素质的低下，也是对中华民族古老文明的亵渎。

世纪之交，厕所已成为现代人所关注的生活问题之一。据西方未来学家预测，下一个世纪的厕所，里面有空调、电话、环形壁镜和电视。不久前，已有环境专家设计和建造出了这种厕所的样品，那时的“厕所文化”将成为名副其实的一种文化，人们上厕所也将是一种美的享受。

中国厕所，也要与国际“接轨”，不知还要经过多少年啊！

载《技术监督纵横》1998年1月

现实主义与现代派

一、现实主义为什么交了“厄运”

二十世纪初，现代派在西方兴起之时，现实主义就处在评头品足之中，甚至有点近乎众矢之的。在中国一直走红运的现实主义，近年来已有人打起了反叛的旗帜。许多文章，不厌其烦地数落着现实主义的缺点，什么“全知全能的叙述角度”呀，什么“对社会环境做客观的包罗万象的描写”呀，……这些转弯抹角的意思，无非是说明两点：(一)现实主义已经无力表现当代现实生活了；(二)它的陈旧的艺术手法，已不能满足当代读者审美欣赏的要求，要用现代派取而代之。

这是牵动中国文学命脉的大问题，反对者自然不乏其人，笔者也不敢苟同妄谈“取代论”的观点。因为当今世界文学的潮流、中国新文学发展的历史，都还得不出这样的看法。当然，站在“保卫”现实主义的立场，对不同意见作一些简单的反驳和批判是容易做到的，我们过去在这方面的惯例很多，不过这对于解决认识问题没有好处，真正正确的东西不怕批评，真理也要在斗争中发展。为了使这场论战不是停留在简单地判定谁是谁非的笔墨官司，我认为平心静气地反省一下现实主义理论本身在中国发展中的一些问题，可能有助于把这场讨论引向深入。

现实主义为什么交了厄运，首先要从它的定义谈起。作为一种客观存在的艺术方法，现实主义源远流长，如果最远从卜伽丘的《十日谈》算起，它在欧洲发展的历史，已有五六百年了，但是现实主义的定义应该如何表述，至今还是一个纠缠不清、令人朦胧的问题。据恩格斯的意见认为：“现实主义的意思是，除细节的真实外，还要真实地再现典型环境中的典型人物。”这分明是指的一种创作方法。后来，高尔基对现实主义方法的特征作了补充，他说：“对于人和人的生活环境,作真实的、不加粉饰的描写,谓之现实主义。”①从恩格斯、高尔基的言论判断,现实主义的内涵及其外延是明确的,它只是一种有别于自然主义、浪漫主义的创作方法。可是,欧洲现实主义理论,传播到中国来,情况就相当复杂了。

建国初期,我们从苏联文学理论中引进了“社会主义现实主义”的定义。其定义是:“它要求艺术家从现实的革命发展中真实地、历史具体地去描写现实,同时,艺术描写的真实性和历史的具体性必须与用社会主义精神从思想上改造和教育劳动人民的任务结合起来。”按照这个“定义”,现实主义创作方法,有了两个方面的含义,一是艺术手段的,即真实地历史具体地去描写现实;二是政治目的的,即用社会主义精神改造和教育人民。给一种艺术方法加上社会主义政治概念,同时,把“方法”与目的统一起来,这样的解释的科学性如何,尚需研究,可是,在当时我们出于对苏联的迷信,是完全深信无疑地照搬过来了。其后,虽有毛泽东同志提出用“革命现实主义与革命浪漫主义相结合”的创作方法,代替“社会主义现实主义”的建议,但由于“两结合”的提法,难于找到一个科学的解释和范本,争论来讨论去,还是苏联的现实主义定义一直沿用至今。

应该说苏联社会主义现实主义文学的定义,对于指导建国初期一段时间内中国文学创作是起了积极作用的,因为它明显加强了文艺的思想教育作用,强化了作品的革命主题。但是,这一“定义”给中国当代文学带来的明显的副作用,则是长期以来人们不敢正视,甚至是不愿意正视的。比如现实主义的地位,由于它同政治结合,被抬到独一无二的吓人的地步,就是一个突出的例子。本来,一个作家可以有权利自由地去选择一种艺术手法,可是,当现实主义晋升为社会主义作家唯一的创作手法之后,这种选择的自由就堵塞了。

随着我国政治运动逐渐向着“左”的方向推移,由苏联引进的“社会主义现实主义”定义,又演绎出了一系列的政治概念。比如,这种创作方法具有神圣不可侵犯的尊严性,除党和国家最高领导人外,任何人不得对它议论、研究、解释。秦兆阳同志探讨现实主义应该有“广阔的道路”,挨了批判;邵荃麟同志提出现实主义需要“深化”,从 1964 年批判到“四人帮”时代,直至批判致死。现实主义道路不能“广阔”,现实主义本身不能“深化”,标榜以反映现实为己任的现实主义,不准“写真实”,“写真实”就成为被批判的“黑八论”之一。现实主义本来是一个可以在实践中不断“深化”和发展的创作方法,结果被人为

① 《谈谈我怎样学习写作》。

地封闭起来了。

其次,这种方法带有至高无上的权威性。1953 年我国召开的第二次全国文代会上规定:“社会主义现实主义”,“对一切文艺创作都是合适的”,是“我们整个文学艺术创作和批评的最高准则”(着重号笔者所加)。这就从国家的政策和条文上,将现实主义定为人人必须遵守的艺术法规,不仅排斥了其他创作方法在中国文艺领域存在的可能性,而且把作家创作中的成败得失都归结为艺术方法问题,给创作中的公式化、概念化,理论批评中的教条主义流行提供了口实。虽说 1956 年党中央提出了“百花齐放”的文艺方针,但是由于我们执行的只是一种“唯一正确”的艺术方法,所以,我们能够放出来的花,也仅仅是现实主义这棵大树上绽开的鲜花的一种。加之我们对现实主义解释的片面性,歌颂现实被认为是“社会主义现实主义”,而揭露社会的阴暗面,则认为是“批判现实”,造成我国文艺创作中一段时期内,过分美化现实,拔高现实,假、大、空,不能说与这种对现实主义定义的过分推崇没有关系。直到“四人帮”推行极“左”路线的时候,以革命现实主义为核心的“两结合”创作方法越捧越高,导致了文艺领域的“现实主义专政”,现实主义已经无视现实,成了不顾事实伪造生活的代名词,恩格斯、高尔基关于现实主义的概念,已荡然无存,现实主义在中国走向了自身的反面。

可喜的是,这一天终于结束了,党的三中全会开创的思想解放的路线,迎来了文艺创作现实主义传统的复苏。长期忍受精神饥渴的群众,面对从四面八方涌进中国来的文化思想潮流,不禁眼花缭乱,他们也从中蓦然发现,不用现实主义,采用其他非现实主义方法也能真实地反映生活。于是人们对现实主义“独尊”的地位开始了怀疑,也不满足于仅仅“恢复”现实主义传统而已。当人们反思中国当代文学走过的这段曲折的道路的时候,回首中国现实主义“定义”发源的故乡苏联时,又发现了另外一个不曾对中国读者公开的秘密:人家早在 1954 年全苏作家代表会上,就将“定义”的后半部分,关于用社会主义精神教育和改造人民的内容删去了。这是一种将“手段”与“目的”区分开来的删除。这种删除有没有道理,苏联理论界认为,“文学理论里教条主义流行”,“无冲突论”之所以“得到广泛的传播”,与定义的这段话有关。我们能否同意他们这个看法还可以研究,不过可以说明另一个事实:现实主义在苏联允许讨论研究,人家没有把它封闭起来进行“捍卫”,而是让他在实践中发展。现在我们虽然已不用“社会主义现实主义”名称,改用“革命现实主义”的提法,然而,从许多言论和文章看出来,苏联三十年代制定的现实主义定义的内容我们仍在奉行,而且明文写在大学文科的教科书和国家出版的辞典里。今天我们面对有人对现实主义的非难,要起而维护它,我们维护的现实主义内容究竟是什么? 是三十年代的苏联定义? 还是我们"十七年"的"最高准则"? 这是一个疑问,包括笔者在内的许多人都不十分清楚。如果说现实主义是一种文学传统,大家不会有异议,因为这个传统在文学史上是进步的、积极的,今后还要继续发扬光大;如果现实主义是一种流派,它已经存在几个世纪了,而且随着时代的进化而发展着,它的生命力最强,拥有的读者最多,其他流派与之比较都相形见绌。如果现实主义是一种方法,应该有它的职责范围,它只是许多艺术方法的一种,即使承认它在表现现实生活方面的优势,但它对其他非现实主义方法,包括浪漫主义方法都不应有排他性。如果现实主义是一种文学精神(已有人提出这种观点),这种精神在用其他创作方法写作的作品中也有,在现实主义精神囊括下,表现生活的方法不应限制,允许各种方法、流派自由竞赛。如果现实主义是一种原则、准则和法规,那就意味着人人必须遵守,就像我们坚持"四项基本原则"一样,"突破"了这个原则就要犯错误。如果我们"捍卫"的现实主义是最后一种,就意味着自觉或不自觉地提倡了单一的创作方法,或者说用一种创作方法,包罗艺术万象,去统一其他一切创作方法。事实证明艺术世界的千奇百怪,一种现实主义方法是统一不了的。即以代表现实主义的主要特征——"以生活本身的形式反映生活"这一条来说,它能概括的艺术也非常有限,对于艺术品种中的神话、科幻、音乐、舞蹈、建筑、抒情诗、绘画中的变形画等都不能用"生活本身的形式"来说明。

艺术世界的现象丰富得很,文艺发展的天地十分广阔。"围绕着实现四个现代化的共同目标,文艺的路子要越走越宽,在正确的创作思想指导下,文艺的题材和表现手法要日益丰富多彩,敢于创新。要防止和克服单调、刻板、机械化的公式化概念化倾向。"①应该说,邓小平同志的这一段话,还是比较符合艺术的客观规律的。从一个时代、一个民族文学发展的历史考察,文艺园地百花争艳的春天,并不是一种艺术方法、一个流派和风格的作家作品妆点出来的。只有题材、手法、形式、风格、流派竞相发展,文艺的道路才能越走越宽,才能满足人民精神生活多方面的需要。现实主义处在这样一个接受历史检验的紧要关头,时代要求现实主义发展,群众审美欣赏需要艺术形式、品种、风格、内容日益丰富。如果现实主义跟不上这种需要,它的弱点就会暴露出来。现实主义今天招致非难,不完全由于外因,而有一部分是现实主义本身的不足。比如,它的内涵不科学不确切,人们赋予它的解释艺术全能的任务,它胜任不

① 《邓小平文选》,第183页。

了,在中国加上大家知道的政治原因,现实主义的声誉也不太好。人们要求突破,要求更新表现手法,这种愿望和要求是可以理解的。有人说这是“一股现代主义之风”,是有人与西方“隐约呼应”,依我看这样的人可能有,但也不尽然。何况,中国的文艺要面向世界,有一点呼应,又有什么不好?如果不加分析地把一些严肃地进行艺术探讨和艺术实践的人,用一种口实堵住嘴,现实主义岂不又恢复到“十七年”的“最高准则”吗?历史证明了,这样做法是一条扼杀现实主义生机之路。

二、现实主义与现代派不是有“你”无“我”

尽管现实主义在中国发展的道路曲折,但是把现实主义与现代派完全对立起来,认为人类艺术已进入了“现代主义时期”,现实主义已完成了历史使命,也未免失之偏颇。文学表现手法现代化的前提,是社会科学文化和生产力的高度发达。现代主义赖以发展的某些心理学条件、社会因素,也是产生现实主义艺术的土壤。上世纪二十年代西方世界兴起的现代主义文学,不是上帝造物,而恰恰是现实主义发展中的一种变态、反向和不平衡。今天许多现代派头面人物高唱反传统的调子,把“巴尔扎克式”的写法说得一无是处,但是他们谁敢否认自己标新立异的屁股上,没有现实主义留下的印痕?就以心理描写这种手法来说,现代主义小说家创造一种“内视法”,直接去展示人物的内心活动,但是这种写法的发明权属于现实主义大师福楼拜。法国新小说的开创者们,把福楼拜尊为他们的保护神,说他为身后好几代作家开辟了小说创作的新途径。卡夫卡、乔伊斯、亨利·詹姆斯,都认为福楼拜启发了他们的创作新意。[①] 西方许多现代派文学评论家,也公认福楼拜是现代小说的奠基人。说在他的小说中,“作家的影子无处不在,可是没有一处看得见他,他避免对人物作出个人的反应,不对人物加以评论。”这个例子说明,任何一种艺术方法的诞生都有它的历史继承性,现代主义的某些派别的出现,可以说是它们过分畸形地发展了现实主义的某一种方法,或者是从反方向新增添了为现实主义所忽略的东西,比如,“象征主义”流派,我们可以从现实主义原始的比兴和象征手法找到它的母体;“荒诞派”艺术,也不过是将夸张手法发展到了极限,而产生了变形。“黑色幽默”,被认为是“绝望的喜剧”,这种幽默风格来源于《巨人传》《格列佛游记》,特别是马克·吐温小说中表现痛苦是可笑的,对不幸采取嘲讽的态度,更是“黑色幽默”产生的历史渊源。从亚里士多德的“摹仿说”,发展

① 见冯汉津《“新小说”漫步》,载《当代外国文学》1983年第1期。

起来的现实主义写实手法,经过了文艺复兴时期、古典主义时期、批判现实主义时期、社会主义现实主义时期,虽然在不同的阶段上,现实主义有明显的区分,但现实主义的基本特征仍然在不断完善和发展中承继了下来。今天世界文学由批判现实主义、社会主义现实主义、现代主义组成三足鼎立的局面。现实主义并没有因为现代主义的出现而消亡。相反,现实主义许多常用的艺术手法,比如陪衬、夸张、虚构、比喻、对比、渲染、抒情等,现代主义各派也都常常使用。说明表现方法,可以跨越流派的界限,互相渗透,互相影响,互补不足。

当然,我们并不主张现实主义与现代派合而为一,抹煞两大派别之间的对立与分歧,把现代派纳入现实主义之中,这样的做法对艺术的繁荣并不是有利的。但是,把两种创作方法绝对对立起来,互相排斥,有你无我,这也是将艺术反映生活的丰富性,和人类审美要求的复杂性作了平均、划一的理解。就它们的对立方面来说,现实主义忠于客观真实,主张通过对现实生活的如实描写,去沟通人与人之间的感情,所以现实主义文学人物性格单一,好坏分明,主题的基调是明朗的、清醒的、易于理解的。与现代派艺术特征相联系的艺术手法,是重主观。他们认为"文艺家是通过艺术想象创造客体,表现主体"。[①] 所以,他们着重表现的是"心灵的真实",用歪曲客观事物原貌的方法来曲折地表现自己的思想感情。其作品充满着形式上的花样翻新,令人目不暇接到晦涩难解的地步。从总的原则看,它们在哲学观和美学思想之间存在着根本分歧,但是从艺术掌握世界的方式说,它们又好像人的左右手,是既对立而又统一的两方面,具体表现在:

(一)"外向"性与"内向"性。现实主义描写客观的真实,着重从外部去描写事件、环境和矛盾冲突,塑造具有个性特征的典型人物,达到对现实本质直接的反映。这是一种从外部反映世界的再现法。现代派走向内心开掘的道路,强调表现人物的内在心理感受,他们突破对事物表象的直接描写,而着重揭示人物内在的心灵,使用的是一种由内向外的反射法。但它们都把现实社会作为自己表现的对象,在文艺反映生活本质这一点上是共同的,只是它们各自使用的方法不同,他们都把文学的社会性、用文艺来干预社会生活作为自己的共同目标。

(二)"人"与"非人"。现实主义描写一个正常的人的行为、思想、面貌、性格和心理特征,表现人与人之间理智的社会关系,那是一个在面貌和心灵、行为和思想、精神和品质方面都用一种道德化的善恶观念高度统一的人,表现人

---

① 袁可嘉:《外国现代派作品选·序言》。

物行为、性格的逻辑和清醒的理智。现代派所描写的人物,则着重人的自身内在矛盾,宣扬人与人之间的冷漠、敌视、互不理解,甚至自己也不理解自己,人的心中有一重地狱,或者说充满了自相矛盾,“半是魔鬼,半是天使”,他们表现的是一个被社会和“物”异化了的“非人”。或者说是一个自己不能掌握自己的命运的浑浑噩噩的人。按照现实世界人的本来面貌说,人的本质就是单纯与复杂的统一。现实主义与现代派对人的理解,可以说是各执一端,它们把自己的分歧统一在一个活人身上,它们的共同之点是:都把人作为自己分析、研究和描写的客体,没有离开文学是人学这个艺术反映生活的基本规律。

(三)“真善美”与“假恶丑”。现实主义追求艺术的真善美,认为美的东西必须是真的,同时也是善的,把追求美、创造美,作为自己艺术实践的中心工作,目的是以美的艺术去感动读者,引人向上,塑造美的灵魂,达到艺术对现实的功利性。现代派却是明显地不相信美的境界的存在。他们写丑恶、荒诞、病态、罪孽、恶心,把假、恶、丑作为艺术暴露现实的主要内容。照我们的观点看来,文学要有亮色,要给人以鼓舞和力量,写丑恶、病态怎么行呢?不是让人颓废、泄气吗?这就牵涉到对艺术掌握世界的方式作如何理解的问题。在现代派的作家看来,人生多变,社会复杂,单以真善美不足以掌握人生和世界的复杂性。资本主义危机四起,暴露出来的丑恶太多,过去传说中的观念和文艺宣传真的、美的、善的,现在统统暴露了原形,发生了他们的信仰危机,造成了他们的戒心。通常现实主义作品中理想的说教,道德的自我完善,虚假的光明尾巴,善有善报的大团圆,现代派作品中都没有。资本主义社会现实,形成了他们根深蒂固的反传统的美学观,改变了他们对“真善美”的看法,只相信假恶丑是真的。他们追求的艺术的真实,就是要使读者信以为真。认为虚假的真善美,不仅没有艺术感染力,而且把现实讲的太美了,一接触实际,理想幻灭,反而会沉沦,产生绝望感。以马克思主义作指导的革命现实主义,坚信共产主义理想,把实现美好的未来作为自己奋斗的目标,我们不可能接受现代派的美学观,他们对现实的看法有片面性。但是,他们指出现实存在假恶丑,创造出另一种掌握世界的方式,只会使我们增长见识,丰富美感享受,得到一些不容易蒙受欺骗的美感经验。这二者看来是对立的,但面对复杂的现实世界又统一了起来。因为世界既有真善美,又有假恶丑,只有二者统一,才能对世界做出全面、准确的艺术把握。

同时,现实主义与现代派在艺术方法上互相补充、互为利用,趋向结合的势头越来越明显。比如,在后现代主义的作品中,有的充满着强烈的现实主义精神。后期创立的“魔幻现实主义”,就是将现实成分加上幻想成分来构成自己的艺术特征的。比如马尔克斯的《百年孤独》(1967年)描写加勒比海岸一个名叫马孔多的小城的百年兴衰。小说虽然用了极度的夸张、虚构的手法,但是小说描写的这个小城所经历的历史事件,人民受奴役,他们起来反抗斗争,人民要求独立的强烈愿望,都不是虚构,而是对社会现实的真实反映。从总体上看,这是一部严肃的现实主义作品,而使用了一些“魔幻”手法。

从作家方面看,这种“结合”的现象也很明显。比如,海明威被认为是意识流文学大师,他的《乞力马扎罗的雪》是其代表作,然而,他写的另一些作品,如《老人与海》《永别了!武器》,现实主义手法的使用达到了相当严谨的程度。萨特是存在主义首领,他就主张现实主义与现代派合流。他提倡“介入文学”,用文学直接干预政治,与某些人“干预生活”为目的的现实主义作品基本上是一路货色。他的剧本《可尊敬的妓女》暴露和抨击美国白人社会对黑人的歧视,无论是剧情的组织,人物的刻画,都用的是现实主义手法。

上述事实表明,艺术表现方法(包括手法)上的严格界限,是很难一刀切的。王蒙就曾经表明过这种意见:“我也不赞成把一种手法和另一种手法对立起来……难道各种手法是互相排斥、有我无你吗?李白、杜甫风格手法是如此不同,然而,他们都伟大,他们实际是相异而相成,相异而相辉映,相异而相得益彰。”①某种方法只为某流派所专利的现象,早已经突破了。王蒙用意识流手法写的一组小说,仍然受到读者欢迎,他的中篇小说《蝴蝶》,改成电影《大地之子》,小说和电影都打破了传统小说以时间为序的结构,大量采用独白、梦境、自由联想,过去与现在、梦幻与现实交互为用,以“心理时间”为线索,贯穿人物的思想流。在短短的时间里,为我们展现了人物战斗的曲折的一生。难道你能说王蒙不是现实主义作家吗?再如象征手法,它的发展构成了象征主义的主要特征,但象征手法早已扩展到各种流派中,我国现实主义、浪漫主义诗歌,用象征暗示、起兴、言情者比比皆是。又如,意识流手法,据认为是现代小说心理描写的支柱,但鲁迅和莎士比亚都不是现代派作家,莎翁《哈姆雷特》中,国王阴魂出现表现人物心理,鲁迅的《狂人日记》中表现狂人潜意识的心理活动,也都用了大量的意识流。你能说现实主义与现代派,不是我中有你,你中有我吗?

尤其是现实主义传统,具有强大的生命力,各个时代、各个国家存在的社会问题,引起了作家的关心,这就给现实主义文学的生存和发展创造了条件。这种情况,不仅使一些像布莱希特那样曾经用现代派手法写作的作家,后期转

① 《倾听着生活的声息》,载《文艺研究》1982年第1期。

到现实主义上来,而且,使一些流派(比如,新小说派)开始强烈反传统,但经过一段实验之后,自觉读者寥寥,前途渺茫,又悄悄地向现实主义靠拢。所以,认为中国文学现代化,就容不了现实主义,提倡“各式各样小说”就把现实主义视为异端。有了“新式武器”,就排斥“传统手法”,这种绝对化的“排斥论”和“对立论”,恐怕也是辩证法少了一点。

三、现实主义“开放”与当代文学未来

就世界范围来看,对现实主义采取一概排斥的方针,是现代派“造反”起家而使用的一种宣传。中国文学要现代化,不必照现代派那样,虚张声势,把事情做绝。这是因为:一、现实主义再现生活的能力还没有充分发挥出来,它的潜力很大;二、现实主义传统,在人民心中根深蒂固,言过其实,群众情绪上通不过,做得过急、过火了,众怒难犯。中国的现实和国情,中华民族世代相传的传统和民族性,决定了我们民族文学的现代化,不是现代派横的移植,而是现实主义本身的开放。在不危及现实主义主流地位的前提下,有选择地容纳现代主义的一些流派和创作方法,不经改造的极端的现代派在中国可能会行不通。笔者对当代文学未来模式所作的预测,究竟有多大可行性,还有以下几点根据可以参考。

(一)“五四”新文学运动的历史经验可以借鉴。“五四”新文学运动的先驱者们,他们在寻求中国新文学发展的道路时,一开始就采取了“拿来主义”的开放政策。正如鲁迅先生说的,那是一个“收纳新潮,脱离旧套”的时代,各种现代主义都当作先进创作方法介绍进中国来,形成了中国文艺舞台各种流派自由竞赛的局面。许多作家可以凭着自己兴趣和爱好自由选择创作方法。比如,“为人生派”的倡导者矛盾,在揭起“写实主义”的文学旗帜之前,曾提倡过“新浪漫主义”。“文研会”的同人,虽然以“新文学的写实主义”为自己的宗旨,但它的成员王统照早期的小说《春雨之夜》《微笑》等受现代派神秘主义、印象主义影响较深,只是后来接触到了现实,感到了沉重的生活威迫,才又回到现实主义上来。以郭沫若为首的创造社,在介绍现代派创作方法方面,表现得最为活跃。诗集《女神》可以说是当时集现代派手法创作之大成。表现主义、未来主义、象征主义都可以在诗中找到它的影响。这一派作家对弗洛伊德的“精神分析学”,潜意识、变态的性心理兴趣颇高。郭老用“潜意识”说研究《西厢记》,认为王实甫是个变态性欲者。“春心荡,怪黄莺儿作对,怨粉蝶儿成双。”成双成对的鸟儿虫儿,都能引起性冲动,可见一斑,他认为《西厢记》是“利比多”的产物。郭沫若的小说《残春》,写一位有妇之夫爱牟同 S 姑娘发生

的一场婚外恋,直接用梦境表现潜意识。另一位创造社的成员郁达夫,对性心理的变态描写,也是很热衷的,也可看出弗洛伊德学说的影响,但他们都不严格按现代派的理论和方法去写自己的小说。只是“各个有意为之”(鲁迅语)。依照自己的理解,结合中国的实情,“我走我自己的路”(郭沫若语)。有选择地借用现代派一些手法,在艺术上创新,如鲁迅先生在《“木刻记程”小引》中谈到木刻如何实现民族化时所说:“采用外国良规,加以发挥,使我们的作品更加丰满是一条路,择取中国的遗产,融和新机,使将来的作品别开生面也是一条路。”(《且介亭杂文》)“五四”文学的道路,基本上是依照鲁迅所说的这两条道路,交织着向前发展的。尽管现代主义各种流派和方法,像潮水似的涌进来,但都像走马灯似的,在中国文学舞台上匆匆而过,只有十九世纪的批判现实主义与中国传统的结合,才在中国定居下来。个别离现实和传统远一些的,有的后来也改弦易辙纳入了现实主义主流,有的昙花一现成了文坛上来去匆匆的过客。可以说,是时代和人民选择了作家,决定了中国民族文学的现实主义道路的。

(二)苏联实行“开放体系”的现实主义,对我们也有启发。从五十年代起,关于创作方法问题,在苏联展开了广泛的讨论。苏共二十大、二十二大以后,在创作方法上众说纷纭,曾经出现过一段“解冻文学”。当时主要是反教条主义,有人呼吁“拆除批判现实主义和社会主义现实主义之间的铁幕”。主张“创作方法多元论”,也有人附和法国文艺理论家加罗提出的“无边的现实主义”文学。但这些似乎有点“出格”的言论,受到了苏联当局和舆论的批评,没有行得通。1972 年通讯院士马尔科夫在《论社会主义现实主义艺术概括的形式》一文中,正式提出了“开放体系”的理论观点,受到了多数人的赞同,后来又经过长达十年的充分讨论,“开放体系”理论逐步修改和完善,成了当前苏联文学创作的指导思想。这个“体系”的主要观点是:①体系的哲学基础是“社会主义思想,社会主义人道主义,列宁的艺术党性原则”;②现实主义是一个“发展的灵活的体系”,对客观现实的认识无止境,选择题材表现手段没有限制,这是现实主义本身对内的“历史开放”;③现实主义对外也必须实行开放,吸收“别的体系的诗学成分加入到社会主义现实主义的体系中来”,把过去和现在其他各种流派在表现手法上的成果结成一个整体。这个体系是放宽尺度的艺术“大容量”的思想,包括吸收现代派的各种艺术手法,但又不是“无边的”,没有原则的。这同我们今天有人提出的“开放”与“设防”的看法很相似。马尔科夫评论自己“开放体系”的政治意义说:这是由于“形形色色的教条主义原则所引起的独特反映”,是为了“既反对修正主义观点,又反对教条主义观点的”。(以上引文均见《七十年代社会主义现实主义问题》一书)我认为苏联文艺界提出的对现实主义实行对内对外的“开放”政策,是比较明智的。因为:正如他们自己所认识到的那样:“任何一个进步的体系也都是开放的,不然,就会丧失其发展的可能性,因而也就会丧失其进步性的特点。”现实主义是迄今为止被历史证明了的一种进步的艺术方法,这一点没有人怀疑,如果就以此认为,只有现实主义才是艺术反映生活的最好的唯一的形式,把作品艺术价值的高低与掌握艺术方法等同起来,或者不承认其他艺术方法也能达到对生活的真实的反映,这就使现实主义固步自封和作茧自缚了。所以“开放”是求得现实主义生存和发展的前提。首先是“拿来”,然后才有可能批判吸收。如果“拿来”都视为“异端”,何谈“批判”和“吸收”呢?

(三)还可以从决定文艺命运前途的几个主要因素进行考察。一般说来,文学艺术的前途要受其时代、传统、作家和读者的影响。时代因素是个大前提,包括社会发展的总趋势,国家政权的性质和文艺政策。就我国情况来说,文学的民族化、大众化也脱离不了这个时代的总趋势。我们是社会主义制度国家,对现代主义的哲学思想以及唯心主义世界观是不可调和的,“开放”必须同时“设防”,不能任资产阶级腐朽的哲学思想自由泛滥。同时,文学的表现手法和内容要跟上时代发展也是必然的。文学的现代化,必须在社会主义现代化的基础上实现其民族化和大众化,而不是停留于古典主义阶段上的民族化。但是,在这四种因素中最活跃的因素是作家和读者。他们是精神产品的生产力。今天,活跃在文坛上的一批中青年作家,经过十年磨难,好些人如梦初醒,当他们睁开眼睛看世界时,对外来的东西有某种新奇之感。他们思想解放,勇于探索,对传统确实存有某种不驯服的态度,再要他们像崇奉某种教义那样,虔诚地去执行一种万能的创作原则,大概不会那样言听计从了,他们有自己的追求和思考,特别是在破除了迷信之后,迫切要求对人的价值、人生意义的重新审定,这样一些因素使得某些青年作家与西方现代派蔑视传统、探索人生的主题不谋而合,这就是为什么有的作家,可能没有读过多少现代派著作,但他们表现出来的艺术见解和现代派极为相似的原因。当有的人暂时没有找到可供借用的东西去革新那些千篇一律陈旧的公式时,他们把现代主义视为文学未来的“救世主”,这当然是一种幼稚的不成熟的表现。他们一些过激偏颇的言论和探索,就可能要受到政治、国情、传统、读者的制约。这就决定了中国文学现代,不可能像西方那样异峰突起,新、奇、怪层出不穷,而只能在各种关系中找平衡,谋求一种大家都通得过的温和的改革。

如果再从传统势力和读者方面作一番考察,这一点还可看得更清楚。中国的读者群,分成若干层次,最高和最低层之间差距悬殊得很,还有相当多的不识字的文盲,他们的欣赏水平仍停留于《小放牛》的阶段,这是事实。而又有相当多的青年知识分子,要求文艺更新,企望满足更丰富更现代化的审美需要,他们是推进文学现代化的主力。但另有相当多的受传统影响较深的读者,传统的人生哲学、传统的道德观念、传统的审美心理根深蒂固,他们视"新奇"为"怪异",有的甚至达到抱残守缺、泥古不化的地步,这种传统的惰力,民族的审美情趣,将在很大程度上,牵制着文学现代化的趋向。"五四"新文学运动的经验证明了,即使引进外来手法,也必定是在中国这个熔炉里锻铸之后,符合中华民族道德和欣赏习惯的才可行通。与中国人那种处世中庸、平和、安于现状的人生哲学相适应,他们在艺术上追求一种含蓄、和谐和"温柔敦厚"的诗趣。这同现代派过分追求怪诞离奇、感官刺激不可调和。这几年来人们对"朦胧诗"、"意识流"小说、美术上的抽象画,以及对小说和银幕上庸俗刺激的描写意见颇多,对某些丧失民族尊严的作品的指责,都说明文学描写的内容和表现手法的更新,不是一厢情愿的事情,它要受到各个方面的影响、制约和干扰。那些有损于民族尊严的、违背民族审美心理和道德规范的"创新"把西方一套怪诞离奇、追逐拥抱、反理性的下意识描写照搬过来,会激起一种情绪上的反感和抵触。所以,有人担心当代文学的前途将被西方现代派垄断,这是没有看到影响文学发展的多方面的因素。实事求是地说,在这样一些力量的互相牵制中,中国民族传统与现实主义开放体系的合流,将会得到更多人的拥护和赞同。

文学的发展从来就是以不断创新的成果来书写它的历史的。一切严肃进行的艺术实践的探索,都应该受到保护,探索的东西不一定正确,但要欢迎试验、允许失败,不应该把在艺术上从事探险的"试飞员",通统以"资产阶级自由化"斥之。要以充分的热情去鼓励第一个敢于"吃螃蟹""吃蜗牛"的人。只有这样才能推动一批作家根据自己的才能,结合本民族心理气质的需要,批判吸收现代派文学的精神,以创造出适合中国国情的现代化的中国文学。

1983 年 8 月初稿

载《文艺评论》1985 年第 2 期

诗人“玲君”之谜

“玲君”何许人也？从80年代开始，国内十余家知名的出版社所出版的新诗名篇选集和新诗(现代诗)鉴赏辞典，都分别编选了“玲君”的诗，并做了解读和赏析，这些著名选家，他们慧眼识珠，所选玲君作品的篇目大体相同，但在对诗人“玲君”做生平介绍时，都显出十分混乱，有的简短数语，有的干脆说：“生平不详。”究竟“玲君”是什么人？他的诗30年代在国统区(主要是重庆)风靡一时，曾出版过现代诗集《绿》。1980年香港大学出版社和香港中文大学出版部出版《现代中国诗选(1917—1949)》时也将“玲君”的诗收编其中，并借此将玲君的诗传到了英国牛津大学。

1991年公木教授主编《中国新诗鉴赏辞典》(上海辞书出版社出版)时，选入了玲君的《喷水池》一诗。并在作者介绍中说：玲君，原名白汝瑗(1915—1987)，生于天津。曾就读西南联合大学。1938年到延安，建国后曾在黑龙江大学工作。早年曾在《新诗》《现代》发表新诗。公木教授的介绍虽然简单，但还比较准确。“玲君”实有其人，在黑龙江工作了30多年，但他到黑龙江以后再没有写诗了，而且也没有人知道他曾是一位著名诗人。即使在白汝瑗同志逝世后公开发表的《白汝瑗同志生平》中(见《黑龙江日报》1987年11月20日)，也只介绍了他到延安，以及后来到黑龙江省任省委宣传部副部长、黑龙江日报总编辑、黑龙江大学党委书记等，对于他在诗歌创作方面的经历和成就只简单一笔带过。

“玲君”之谜引发了不少读者和专家的兴趣。1998年笔者在主编《黑龙江文学史》时，经诗人陆伟然的告知，我找到白汝瑗的女儿白以众。她给我带来了她父亲“玲君”的诗集《绿》(复印本)和玲君生平的一些资料。其中以张天授先生的《玲君的两首逸诗和他的生平》一文最为全面。至此，我们知道了玲君(原名白汝瑗)，1915年8月出生于天津一市民家庭，曾在南开中学、辅仁大学、燕京大学读过书，在就读期间，接受革命思想影响，并以“玲君”的笔名发表了《二月的 Noctume》《乐音的感谢》《铃之记忆》等进步诗篇。后来流亡到重庆、西南联合大学，曾听过曹禺（万家宝）讲《戏剧概论》。万先生很赏识“玲君”的才华。1938 年 5 月，玲君、沈大经、拱德明和徐霞四个人，人称“四骑士”，从武汉转赴延安。1938 年人“鲁艺”学习，转年 8 月加入中国共产党，抗日战争胜利后，白汝瑗受党的派遣来到黑龙江，历任新闻报纸的领导工作。

引自汝瑗一首《北方的 Souvenir 哀北平》为例：

北平的头上戴着屈辱的和平，
北平的脚下踏着复仇的根；
几百年来被传诵的金碧的名字，
一阵风吹走这东方荣耀的古城。

不能忘掉的文化的母亲，你将何处行？
到哪里都有拦阻的风轮；
对着城墙的雄伟，你闭上蔚蓝的眼睛，
你枉为被祭祀的镀金的女神，没有感应。

这座传说用翡翠堆砌成的古城，
如今已经不能固守她那一点坚贞；
看天上一团火，点起下面鼎沸的人群，
她仰头想呼喊，可是没有答应。

再不要哀恸，哭泣也归无用，
北地的烽火终会燃烧到敌营；
到那里你要脱下被污辱的衣裙，发一声喊；
用尸骨盖满尸骨，从此再不见古城。

很有意思的是，玲君作为一个热情的青年诗人自到延安参加革命后，从此销声匿迹了，甚至他自己曾经出版过的诗集《绿》，似乎已被他自己遗忘。直到 1980 年，他的侄子到英国牛津大学进修，看到香港大学出版社出版的《现代中国诗选（1917—1949）》中，选了他的诗，才使诗人白汝瑗恢复了他忘却的记忆。

诗集《绿》由新诗社 1937 年 7 月 1 日在上海出版，只印了 350 册。集中收集了诗人写于 1934—1937 年间早期现代派诗歌，共计 53 首。这些诗如《喷水池》，诗人通过一个优美的造型，表现本是狂放不羁、变幻无穷的自由精灵的水，被扭曲造型被规范得如此优雅、散乱、喷吐花蕊。是赞美？是怜爱？还是感伤？象征着一种自由与束缚、文明与野蛮的对立的复杂体验。《铃之记忆》写一串平常而单调的铃声，如何唤起了诗人对过去、现在与未来，对春天、对梦境、对异国风情种种超越时空的想象和怀念。留给读者一长串单调、幽寂，甚至是一种无以名状的惆怅。正如诗人在诗集的“前记”所说：我写的是“一束脆弱的记忆”，是“呈现在朦胧的雾中的鲜花”。“是一封封对于世界、人生及其所生活的人的问讯”。“有不少属于孩童的幼稚的问题。”但诗人追求意象的新奇、飘忽，善于以音乐的形式寄托幽怨、迷惘的情绪，艺术地体现了现代派诗人的追求。玲君的诗在当时受到闻一多的赏识，1948 年开明书店出版的《闻一多选集》中“现代诗抄”将玲君的《铃之记忆》《山居》《喷水池》入选其中。1985 年上海文艺出版社的《中国新文学大系(1926—1937)》中的“诗歌卷”，选入玲君的《喷水池》和《雪》。新时期以来，据不完全的统计，《中国现代十大流派诗选》《现代派诗选》以及《中国新诗名篇鉴赏辞典》等近十家“选本”“辞典”都不约而同地评介赏析了玲君的诗，影响之深远，为诗人生前所未料及。

1986 年，诗人玲君通过同学与友人找到了他当年所出版的诗集《绿》，准备重新出版，他在病中还特意写了《后记》说：“我在 30 年代是一个寻梦者，体现在《绿》中的是我对理想、幸福、艺术爱好的问讯和向往。所有这些，在当时都不会有回音，也不可能实现。”可惜，过了一年，未等诗集再版，诗人就离我们而去了。玲君自投身革命后，就与他所爱好的写诗告别，甚至隐去了笔名，在文坛消失，把自己心爱的“宁馨儿”都忘却了，这是为什么？他留给中国诗坛的是一个谜。

这里将玲君生前所写的关于诗集《绿》的“后记”刊出，以慰诗人的在天之灵。

[附]：玲君诗集：《绿》后记

将近半世纪前出版的这本诗集，现在对我来说，是一个已经被忘却了又重新回想起来的纪念。

从 1934 年起，我写了一些诗发表在上海的《现代》和《新诗》上，以后将已发表和未发表的诗汇集成册，由新诗社于 1937 年 7 月 1 日在上海出版。当时《绿》的印数很少，出版后没有几天就发生卢沟桥事变，接着爆发了淞沪战争，《绿》的命运实际上是在炮火的硝烟中被埋没了。我在抗日战争中参加了革命的行列，和自己所爱好的文学包括写诗告别，《绿》在自己的脑海中也随之被忘却了。

重新唤起我对《绿》的记忆是在党的三中全会之后。1980年,从我的在英国牛津大学进修的侄子白以龙那里,知道由香港大学出版社和香港中文大学出版部出版的《现代中国诗选(1917—1949)》,刊载了我在30年代所写的诗;1982年,白以龙从牛津书店中为我买了这本书的上下两册。1984年,我的辅仁大学校友马英林从上海图书馆的藏书中发现了《绿》,并且做了照相缩微。在他的支持和帮助下,《绿》被复制并在1986年10月的辅仁大学返校日中参加了校友著作展览。已被埋葬多少年的《绿》就被发掘出来了。

八个香港青年从1967年至1972年,用了五年的时间,编选了从1917至1949年的现代中国诗作,在该书的《导论》中,对自"五四"以来的几个时期的新诗运动的发展,做了历史的回顾和简要的总结。其中对现代派的诗做了这样的概述:"30年代前期,象征派诗渐渐取代新月诗派,成为当时诗歌的主流。……现代派诗对30年代新诗的影响,比新月派广阔得多。固然不必把这派诗兴盛的原因全归于时代的阴暗,但这派诗确也反映出当时一些青年作者的彷徨犹豫、颓唐感伤的情绪。这派诗中的放荡与神秘的情调,也足以作为灵魂的逋逃薮。"我认为这个评价是比较客观中肯的。

我在《绿》的前记中,坦白地承认自己所写的诗"是一束脆弱的记忆","是一束幻想的书简,是一封封对于世界、人生及其生活的人的问询"。这些诗实际上反映了当时处于子夜的社会中一个知识分子的思想自白和思想矛盾。《绿》在创作上虽然注重追求意境和艺术的美,但因缺少太阳的照射,它的面孔则是苍白的。

我在30年代是一个寻梦者,体现在《绿》中的是我对理想、幸福、艺术爱好的问询和向往。所有这些在当时都不会有回音,也不可能实现。在抗日战争烟火正在燃烧的时候,我通过一首题为《前行——给重庆的友人们》的诗,把自己的理想、希望和志愿寄托和期待于:

纵然前面海浪卷来岁月的苦艰,
不能把我们钢铁一样的意志冲散,
这一串铁环坚固地联系着直到永远——
直到实现了那个新生的民族的春天!

现在,这个时候已经来临了。在党的三中全会以来正确路线的指引下,我们的祖国满园春色,前途似锦。我的心情恰如戴望舒在一首诗中所写的那样:

你的梦开出花来了，
你的梦开出娇妍的花来了，
在你已经衰老的时候。

1986年10月6日

发表于《诗探索》2001年第1、2辑(合册)

电影观念的“两极化”与“二律背反”

在对新时期电影艺术的审视中,我们发现影视艺术观念,总是在不停地转换视角,似乎在追赶着一股什么“风”。诚然,新时期电影的发展,也是在粉碎“四人帮”以后,从“拨乱反正”“为文艺正名”和解放思想起步的。不过短短的十余年,由于文艺思潮的快速更迭,艺术探索浅尝辄止,在紧锣密鼓的观念更新中,电影生产的背后,好像有一条鞭子在驱赶着,忽东忽西、在两个极端跳来跳去,潜伏着一种无定向的漂泊和丧失自己个性的危险。

比如:对文艺充分“政治斗争工具”的反拨趋于极端,反过来就将社会性视为文艺之害,从而产生一种对社会性的厌倦、排斥和反抗心理,于是一些电影就以“淡化”自娱,把时代、政治、国度涂抹得模糊不清,让观众不知所向。

在对其“教化”和认识功能弱化的同时,对其审美、娱乐功能的强调,又似乎达到极致,于是“娱乐本体”论,“观众上帝”说十分走红。任凭观众喜好牵着鼻子走,又流入为鲁迅所批评的“媚俗”状态。

承认电影有商品属性,不把票房价值视为资产阶级专利,认识到社会效益和经济效益都要通过观众去实现,同时,也学会了精打细算拍电影,这些观念的更新是对前三十年电影意识的反拨,然而,商品意识过了头,单纯为了卖大钱而迎合观众口味去拍戏,钱的疯狂又使一些电影走入“赵公元帅”的误区。

银幕形象曾一度十分单一,英雄人物公式化、概念化;然而,闸门一开,又来一个“反英雄”,凡正面人物必是“人格分裂”,灰不溜秋,而一些历史垃圾,太监、土匪、汉奸、痞子都富有“人情味”,俨然以主人公姿态登上主角位置,来一个历史大颠倒。

引进西方技巧,打破了电影语言的贫乏和形式僵化,然而,“拿来”后缺乏分析、批判,对西方艺术的迷信,导致彻底反传统的偏颇,甚至指向“谢晋模式”抨击。对外开放、引进西方艺术借鉴创新,是永远需要的,但是性急了,脱离了中国国情去搞电影的现代化,探索就成了“玩”技巧的自我欣赏。于是中国电影就形成了朝着两个极端倾斜:一部分电影过分追求高雅,只拍给下个世纪的观众看,一部分影片投合观众的低级趣味,掀起一股娱乐大潮。

之所以产生这两个极端,其主要原因,我以为是文艺上批判极左、思想解放以后,原先用来评价文学的统一标准打破了,文艺家们的主体意识觉醒之后,他们焦躁不安、六神无主,正在承受观念更新的折磨,缺乏"尺度"的意识。

马克思在谈到"尺度"时曾说:"人则懂得按照任何物种的尺度来进行生产,并且随时随地都能用内在固有的尺度来衡量对象,所以,人也按照美的规律来塑造物体。"①对于马克思的这一段话,可以得出两点认识:1. 人们从事"艺术生产",是按照"美的规律"来进行的;2. 任何事物都有自己的特殊规律,即"物种的尺度",电影艺术生产也绝不例外。就以"观念更新"和创作"突破禁区"来说,就不能没有一个"度"的极限。我们的电影曾经受极"左"思潮干扰,人为地制造了许多禁区,严重地束缚了艺术生产力。解放思想的矛头,指向以往的"禁区",使原先荒凉、冷落的文坛,重新获得生机,这些成绩要充分肯定。但是,还必须看到,建设具有中国特色的社会主义电影,要有别于西方,我们有些原则和规律,是不能当作"禁区"去突破的。相反,我们要通过艺术创作,坚持"四项基本原则",坚持"二为"方向,使电影在改革开放大潮中,在促进经济建设和精神文明建设方面发挥自己的威力。就以文艺与政治的关系来说,我们反对"工具论",把艺术完全视为政治的附庸,在"文革"中,江青、林彪一伙搞的"阴谋文艺"就是这样干的,破除"工具论"是文艺的一个解放。但是,社会主义电影又是不能脱离政治的,为了人民的事业,我们没有没理由反对政治指挥文学,不能认为,电影的"教化",只是"官方需要"。因为民族振兴,国力强盛,人民生活富裕,道德情操高尚,这是每一个中国人都梦寐以求的,问题是必须理解电影艺术所表现政治和"教化"作用,有它自己的客观规律。过去,还有一种不正确的观念:以为多讲政治,讲教育作用,只是社会主义艺术的专有。其实,这种看法的偏颇十分明显,可以说世界上一切有良心、正直、真诚的艺术家,都十分重视自己的作品的社会效益,以在世界电影史上享有盛名的获奥斯卡金像奖的电影为例,哪一部不是在宣扬大美国的生活方式、价值观,歌颂美国式的英雄,表现美国的道德观和大美国精神?最近在奥斯卡获七项大奖的电影《与狼共舞》,它的强烈的政治主题,唤起美国人曾经引以为自豪的征服西部民族历史的反思。这说明,人们从事艺术生产,不是在这样一

① 马克思:《1844 年经济学——哲学手稿》,第 51 页。

种尺度,就是在另一种尺度下进行。问题是要找到一个适合中国国情而又合乎艺术规律的、恰到好处的尺度,来促进文艺运动的正常运转。

把握正确的尺度,防止片面性,其关键是要摒弃人们习惯使用的两极思维。电影艺术要求得生存和发展,必须创新。在创造性的思维中有一种“倒过来”思考的方法。就是以“顺向”思考为参照系,将思维“倒推”,从而得出与顺向思考相反的结果。新时期以来的电影观念的更新,对以往极“左”思潮的拨乱反正,基本上也是用的这种逆向思考。比如,“文革”中的电影、样板戏,人情味、人性的东西通统不能写,甚至正当的爱情描写都成为禁区,英雄人物要高大完美,写中间人物、平凡小事都犯忌。新时期开始的电影,当时所谓的思想解放和观念更新,就是与极“左”思潮钳制下的电影模式“对着干”的。这种竹筒式的逆反思维,对于破除旧观念,打碎旧的枷锁,反正纠偏,能起到一定的拨乱作用。古人说:“举直错诸枉,能使枉者直。”①“矫枉”不能“过正”,要有一个尺度来限制它。回想我们当年观看电影《小花》《小街》《生活的颤音》《天云山传奇》《人到中年》等影片,给人留下的清新美感,再看看今天某些影片在表现男女之爱时,动辄就是“脱衣”“洗澡”“上床”,仿佛只有这样才够劲,才能表现出对过去不准写“人性”的纠偏。过去,涉及性爱的场面一点不能写,英雄人物打着光棍干革命。今天就来个“逆反”,“禁区”“闹区”,并且逐步升级。当然,绝大多数写爱情的作品是健康的和比较好的,但就其思维的两个“极端”来看,恰好构一个“逆向重复”的轨迹。马克思主义哲学告诉我们:“事物总归有个度”。黑格尔对度的定义为:“度是有质的限量。”任何事物要保持它的性质不变,必须有一个限量和范围,如果超出它的临界点和极限,该事物就变成他物了。我们还记得列宁的名言:即便是真理,“只要再多走一小步”,“真理便会变成错误。”②电影的创作和观念更新,不能没有“度”的哲学意识,忽视规律,骛奇求新,越怪越好,一味以自己的新奇怪去超越别人,这种创作欲望是盲目的。如果把观念更新的着眼点,单纯放在“破禁区”“爆冷门”,“别人不敢涉足的领域我敢写”,把创新视为比勇气,比胆量,这些都应算作观念更新的歧途。这再次证明:以逆反思维作为创作意识的尺度是不可靠的,它虽然有破除旧框框、正本清源的一面,但就其哲学基础来说,缺乏辩证法,盲目排斥异己,易走极端,给艺术思维和创作新思考带来自我封闭。

---

① 《论语·颜渊》。

② 《列宁全集》第13卷,第85页。

“尺度”包容了党的文艺方针，政策和批评标准，是管大方向的。这些理性的思考固然重要，但是如何将理论与创作实践结合，尊重艺术规律，创作出与尺度相吻合，内容与形式完美统一的电影作品，这当中还有很长的一段距离。有人曾针对过去文艺理论宣传中的“艺术教条主义”认为：“理论的框框多了，倒常常造成思想线索形象，造成概念化和图解。”这种“二律背反”的现象，在以往的艺术实践中确实有过，但不能用“倒过来”的两极思维方法，反对理性对创作的指导，而陷入完全无意识状态。当然，艺术家并非哲学家，“如果艺术家按照哲学的方式去思考，就知识的形式来说，他就是干预到一种正与艺术相对立的事情”。[①] 即是说，艺术家不能去图解理论，不能按“电影作法”规定的那几条拍电影，也不能先制定几条什么“社会主义新人”的标准去写新人。这样做的结果，只能出现公式化、概念化。过去我们在电影创作中的许多不足，并不全是理论指导的失误，而是对理论作了肤浅的、形而上学的理解。就以提出“突出主旋律，坚持多样化”的创作口号来说，它的辩证思维是完全正确的。它否定了我们过去那种各执一端，“非此即彼”的片面。但是如何“突出主旋律”？这决不是一个方法问题，技巧问题。有人认为，写重大题材或者写歌颂，就是突出了主旋律。有的电影题材重大，也歌颂了光明，但缺乏感人的艺术魅力，并没有成为观众欣赏的主导。我以为，提倡主旋律的深层意蕴，是一种出自艺术家使命感的自觉意识和创造精神。如果我们的编导真正认识到表现时代歌颂人民，是国家的需要、民族的需要，把理性的思考，溶解于自己的全部生活经验之中，化作自己的灵魂，就像微血管和神经末梢那样，伸展到艺术品的各个角落，去表现人民的愿望和呼声，即使所写的题材算不了重大，其主旋律也会自在其中。

今天电影表现现实的题材贫乏，艺术质量也不尽人意，有人认为，“是编导们缺乏生活，驾驭不了现实题材”。这方面的原因也有，我以为还有更重要的原因是编导没有深入“主旋律”的真正意蕴中去。“主旋律”是与人民大众的心贴在一起的。今天人民关心改革，更关注如何清除改革的阻力，以促进经济的发展和社会精神文明。人民需要理性思考，更需要一种凝聚力与自信心。没有对神圣而庄严的社会主义事业充满必胜，没有对贪赃枉法的腐败与无耻痛心疾首，那他就没有把握住我们这个时代的精神。正义需要高扬，鬼魅需要诛戮，如果电影能以它特有的艺术手段和优势，切入这个时代的脉搏，就是不

---

① 黑格尔：《美学》（一），第359页。

脱离人民，富有生命力的象征。郭沫若当年与人论战艺术的功利性时，他认为，“功利”的前提，是艺术家的自我改造，是“由灵魂深处流泻出来的悲哀”。那些高喊功利主义动机的人，“只抱个概念去创作，不以生活实践出发，好像用力打破鼓，只能生出一种怪聒人的空响。”①

再以目前呼声很高的创造“地域特色”的影视艺术为例。提出这一问题的功劳在于“寻根”小说家，这是基于对中国小说过分“西化”的一种反叛。已故的钟惦棐先生提出搞中国的“西部电影”之后，一批带有各自地域特色的影视纷纷面世。如《黄土地》《红高粱》《老井》《野山》《四世同堂》《龙嘴大铜壶》《凌汤圆》《篱笆·女人和狗》，还有我省《赵尚志》等。这些电影和电视，借地域特色，风俗民情，以及语言的韵味，给影视的画面、声情提供一种底色和风貌，其中处理好的，把触角伸向民族历史文化的优秀传统，在历史和现实的交融和碰撞中，去刻画个性鲜明的银幕形象，展现世态和人生，赢得了观众的赞美。然而，地域特色也要有一个“度”，弄不好，仍存在一个“二律背反”，为“地域特色”所误的问题。首先“地域特色”不全都是好的，有许多是长期封建迷信、宗教流毒结在人民身上的毒瘤；有的是属于没有文化、不懂科学、愚昧肮脏的生活习惯；有的是宗教头目、地主官绅用来麻醉人民、统治人民的工具。其次，地域特色除了有精华糟粕之分，它也是分层次的，表面的低层次，可以一眼望到，很容易从表皮去把握，而深层的地域文化，包含着民族的精华，它熔铸在人物的性格、素质和行为规范之中，影视艺术所要表现的地域特色，不是地域特色的一般(“一般”是极易表现的，往往是千篇一律，人所共知)，而是它深层的民族性精华。可是，有些以“地域特色”标榜的影视，很难说是有“特色”美的。比如，有的借表现“地域特色”宣传封建迷信，把早已禁止、绝迹的迷信活动重新挖出来展览。有如将群众中落后、愚昧的肮脏的生活习俗当作“地域文化”来颂杨(比如“拉帮套”、宗法式的家族、行帮)。有的专寻民众中的“劣极”满嘴脏话、形象猥琐、“土”得掉渣、丑得恶心，展览中国人的“丑陋”。这些都是地域特色的误区。

影视艺术也是客观现实生活通过艺术家心灵的折射。编导能够创造出呈现优美独特的地域风格的作品，首先是此时此地的山川地貌、风土民情、文化习俗，对他长期耳濡目染、潜移默化、心灵陶冶所致。试看鲁迅笔下的“未庄”“鲁镇”、老舍笔下的“小羊圈胡同”、沈从文笔下的“边城”、孙黎小说中的“白

① 《论国内的评坛及我对于创作上的态度》，载《文艺论集》，第111页。

洋淀”，这些鲜明的地域特色，无一不是因为染上了作家情感、心理的烙印，才显得那样有个性、有魅力。如果不是首先从生活体验出发，在艺术和文化修养上下功夫，而是仅仅从理论上归纳出几条地域的特征，什么“粗犷”“豪爽”“开拓精神”“大碗喝酒，大碗吃肉”，然后照着这些配方制作，可以肯定是不会创造出感染人的艺术作品出来的。

载于1991年《黑龙江省影视艺术理论评论研讨会专辑》

血染的诗篇　生动的教材

——读我省部分老干部的抗战诗词

“白山黑水飘红旗，浴血奋战十四年。”

时值东北人民世代难忘的“九一八”事件56周年、中国人民抗日战争爆发50周年到来之际，笔者收集到我省部分老干部吟咏抗战生活的诗词若干篇。有李范五同志的《壮怀集》、陈雷同志的《露营集》，以及录有强晓初、李延禄、于天放等人诗作的诗集《送“北大荒”》，还有一些老同志的散见于报端的作品。这些老干部过去是东北抗日斗争的参加者和见证人，解放后又是建设黑龙江的领导者。他们面对胜利的今天，追怀以往，述志抒情。他们留下的珍贵诗篇，成为当今我们在四化建设中进行“四有”教育的生动教材。

这些抗战诗词再现了当年的战斗画卷，颂扬了中华民族的伟大爱国主义精神和巨大民族凝聚力。

《露营集》辑古体诗词160余首。首篇《九月》，以1931年“九一八”事变起，终篇《后九月》述日寇1945年9月战败投降事。诗集首尾连贯，完整地记叙了东北抗日联军在中国共产党领导下，“艰难岁月十四春”的悲壮历程。诗的内容充实，题材广泛，笔力雄健，气势磅礴，为东北抗联将士们谱写了一曲英雄的战歌。

投笔离乡欲何求，卫国从军驱同仇。
问君谁继炎黄脉，关山难锁大江流。

这首诗直抒胸臆，表达了诗人在山河破碎、民族危亡之际的所思所想，没有半点儿女情长，有的是男儿热血、报国之志，展现了革命青年以天下为己任的壮阔情怀。诗人还以其身临其境的描绘，创作了许多战事诗。从不同侧面记录了抗联的斗争史迹,歌颂了革命志士在极其艰难险恶的环境中智歼顽敌的革命英雄主义气概。如《松江两日》对抗日联军在渔民的支持下全歼敌人经过的描绘;《库楚河突围》写我军在狂敌紧逼的情况下,机智突围的情景。还有《五大连池之战》《夜袭罕达气》等对重大战役的描绘和记叙。《洼地昼隐》《一张马皮度春节》等诗,生动地反映了我军在极其艰难环境中的革命乐观主义精神。这些具有真实历史事实的诗篇,是诗与史的结晶,不仅可作诗歌来欣赏,而且具有珍贵的史料价值。

灵活地运用五、七言古体诗书写革命史事,歌颂东北人民抗日斗争的光辉业绩,还有李范五的诗集《壮怀集》和李延禄《战斗在完达山》、于天放《难忘的长白山》等诗篇。

《壮怀集》为李范五同志生前自编诗集,卷首有陆定一同志的《代序》。诗集收入古体诗词 65 首。首篇《浪淘沙》也是以"九一八"事变为题的。李范五同志的诗多取材于自己亲身经历的战斗生活追忆,也有抒发自己宏图远志的诗篇,如《七律 · 傲风雪》:

> 封山大雪断炊烟,卷地朔风征衣单。篝火暖胸方知热,寒流冷背未觉寒。青松最耐千重雪,赤胆何惧万般难。自信弯弓能射虎,骨傲风雪志益坚。

诗的前四句刻画环境,写实。在大雪封山炊烟灭,人路断绝的处境中,我们的革命战士像青松般挺立的英雄,胸怀赤胆,保家卫国,信心满怀,坚定不移。展现的是一种雄奇、坚韧的诗的境界,也展现一种高尚可贵的品格。

我省老干部的抗战诗篇,怀着沉痛的心情、崇高的敬意,倾诉了对死难战友的怀念之情。在沦陷十四年,东北人民为驱逐日本侵略者所进行的浴血奋战中,无数革命先烈献出了宝贵的生命,他们用鲜血谱写了壮丽的诗篇,怎能不激起人们的深深怀念,更何况是当年与之同生死共患难的战友呢?这些身经百战幸存下来的老同志,把诗"作为一件微薄的祭品","敬献于烈士灵前"。这些用生死情谊铸成的诗章,是最令人感动的。如陈雷《黑金河月夜之战感怀 · 兼悼张传福同志》(节选):

> 兴安有意留青冢,黑水无情没汉魂。挥泪戚戚别战友,复仇旦旦记众心。今朝君作家乡鬼,此际吾乃马上人。江天纵我轻骑去,抖擞征衣付此身。

诗中表达了对死者沉痛哀悼之情和生者征战复仇的决心。《露营集》中收有悼亡诗十几首,如《烈女·悼张宗兰同志》《祭冯志刚同志》。前者痛悼张宗兰同志"姑嫂同罹难"的凛然气节,后者祭冯志刚"血染征衣","一曲歌哭九泉魂",其悲愤之情感天动地,催人泪下。在《悼赵尚志将军》《赵尚志将军之歌》两诗中,诗人以痛彻心脾之哀,历数赵将军一生的丰功伟绩。长诗起句不凡,动人心魄:

> 朔风卷白雪,兴安摇晚林。一弹巨星殒,哭天告何存。大地银花乱,梧桐水自呻。幽幽孤军愤,关山动哀音。

李范五的《亿周保中同志》诗同样慷慨悲壮,感人肺腑:

> 板荡河山英雄志,周公浩气贯长虹。横眉洱海擐金甲,砥柱白山旷代功。

开篇几笔就把周保中同志曾参加蔡锷的护国军讨袁,后转战白山黑水的史事含蓄引出,继以百余行诗句追忆其光辉战斗的一生。诗风高亢,气象雄伟,作金钟大吕之响。他的《满江红·英雄陈翰章》,描绘了这位伟大民族英雄的威武不屈形象:

> 敌悬赏,捉翰章,逼亲友,诱君降。岁寒知劲节,傲骨如钢。血战南湖伤情重,湾沟临危头亦昂。火山松,郁郁伴丰碑,千古长。

陈翰章同志临危不惧、顶天立地的形象跃然纸上。

此外,这些老同志的诗篇,发挥乐府诗歌重在铺叙的特长,放宽用韵的限制,使用活泼自然的口语去刻画人物,使古老的诗体形式萌生新意,散发出浓郁的生活气息。如陈雷的《老乾姜之歌》,是根据一位抗联交通员的故事铺叙而成的。老交通身材短小,年逾花甲,鹤发童颜,英勇机智。诗中是这样刻画他的:

> 今日交花甲,人争庆老仙。鬓白心怀少,快步夺三关。昨往巴木通,今下依汤川。人称飞毛腿,日行三百三。忽佯为乞丐,忽扮把头

山。送走鸡毛信,归来乘凯旋。谒晋声报告,抬手举眉间。老壮无倦色,皱纹喜笑添。话起前方事,竟夜不知眠。扭起秧歌舞,抖擞胜青年。

寥寥数笔,使老交通人老心红、可敬可亲的形象栩栩如生。他有对革命的忠心赤胆,又有孩童的天性,着实令人喜爱。用古体诗形式刻画当代英雄人物,达到如此个性鲜明,表现了很高的艺术造诣。

重读这些革命老同志的诗篇,使我们不忘历史,更加珍惜今天的幸福。就诗词的意义而言,他们的生命将永驻诗坛。

载《奋斗》1987 年 9 月

活成一条风景线　苦难永远是昨天

——读陈景文爱情诗选《与你倾诉》之二

文学作为一种精神产物,不可避免地流露着时代、民族、社会和历史的痕迹,但是有一种题材的创作,容易突破时空的局限,它可以直接深入到不同时代、不同民族、不同社会和不同地域的人们心灵中去,这就是表现“纯情”的爱情诗。

记得初次读到陈景文的作品,大概是十几年前的事。那时只是在报刊上看到他的一些政治抒情诗及歌词之类的东西,没有很深印象,至于他属于什么流派,我也没有细心去考证。据说这些年他连续出版了几部爱情诗集,尤其是《与你倾诉——陈景文爱情诗新选300首》出版后反响强烈,我也没以为然,可当又一部《与你倾诉》展现在我面前时,我着实吃惊了,我以为在市场经济主导下的今天,不会再有人写出好诗了,尤其是爱情诗集。然而我错了,当打开这本《与你倾诉》后,我被深深地吸引了。“爱你是一座监狱/期满释放/我也不会脱去囚衣/所以并不渴盼/你将无期变为有期”(《爱你是一座监狱》),如此残酷的痴情,不能不令人感动。“我向上帝申请流放/不求心灵的解脱/只为命运不在一处搁浅”(《我向上帝申请流放》)。“即使人间全都荒芜/我的展望中也有风光……亲爱的呼唤/永远是英雄的前方”(《亲爱的呼唤》)。这些雄性刚毅的诗句,在近几年诗坛中已经很少见到了,然而在他的整个诗集中,时时让人感到你是在听一个男人向你倾诉衷肠。它虽然也有柔情似水的语言,但更多的是让你体味到一种雄性对爱的渴望与呐喊!像他的“情是战场/我宁可阵亡/也不会投降/不是说那种顽强的争取/而是用拼搏的豪情/说明男儿的力量/落日走向海底/也有磅礴气势/我心抽泣/你也听不到/悲惨的歌唱”(《情是战场》)。“揣着雄性的心喷血/让万千血脉/汇成一片绿荫/你要庇护给你庇护/你要强悍为你强悍/异性胸中的太阳/饿死不失自尊”(《男儿》)。“男人最难的/是做女人时”(《是做女人时》)。这些掷地有声的诗句,难道不是在表现着这种男性的力量吗? 这些强音在诗句中的时隐时现构成了陈景文诗的一个突出特点,他比起那些没有能力从自身存在中捕捉到诗便开始模仿女人的所谓“男诗人”更具有魅力了,难怪在京的文学界著名人士都叹之为“雄性的风采,男子汉的美学”呢。他是一个战士,为了情随时都在低吟短叹;他是一个勇士,为了爱时刻准备冲锋陷阵。

诗人的生命意识是诗的艺术生命的根源,一首有生命价值的诗,应是一种庄严和热烈、苦涩和冷峻、永恒和亲切的混合。情和性则是生命意识的自然流淌,这种非刻意表露的自然性,作为一种爱情诗的现象,它只是表述了某个文明进程阶段的精神状态或缩影,而决不是精神范式或理想,更不是衡量人类文明或精神的尺度。在《与你倾诉》中,言情及言性的诗句,给人以耳目一新之感,所以表达得自然、含蓄而富有哲理,丝毫没有那种赤裸裸的肉欲之感,在当代诗中确是少见的。

“我要生前一寸新绿/不要死后一顷墓地/我要青春时节的一眼秋波/不要老态龙钟时/你给我的全部允许/情不是虚无梦幻/生活中没有比它/更为真实的东西”(《情》)。“想必倒在真情一夜/是比无情一生美好”(《私通》),充分地表白了平常人内心世界。也许世上真情实难求,也许作者对此颇有感受,才能用平淡的笔触写出足以令人反省一生的哲理。

在他的言情诗中,有很多是表述了感情上的失意以及婚姻上的不幸。“自从你把我心关闭/我便无家可归/狠心的你让我/浪迹天涯/我没有沦落/不是你在企盼光辉”(《把遥远招回》)。“当朋友已成为仇敌的日子/我才咀嚼出它的寒冷”(《要你当朋友的时候》)。“只有享受不了的幸福/没有忍受不了的痛苦/与你纠缠的感觉/是心旌摇晃/离开你的时光/我在制造/镇定自如/我望苦难之舟/驶向了风景深处/幽幽水域/是一片幸福的孤独”(《没有忍受不了的痛苦》)。“如果婚姻是一种手段/爱情也就成了欺骗”。“不要以为游戏了人生的就是胜者/结局的凄凉会使你永盼火焰”(《制造苦难》)。“我们共同拥有失败/同时也就滋润了/又一片感情的荒原”(《我是你再婚的指南》)。这些失落的情感带着幽幽的苦楚,透过作者的内心的颤抖,让人感悟到他感情上的巨大震动。也许是由于当初倾注了太多的爱,才会有最终的极大不幸。然而“尽管这筋疲力尽的消耗/和着滴血缓慢的心灵/那么多常人没有的遭受/我还是热爱爱情”(《我还是热爱爱情》)。“我已走过情的大漠/想必会有一缕孤烟/向着蓝天诉说”(《我已走过情的大漠》),又让人体味到了战胜感情的理智,在感情的浪花中,又翻出欢乐的歌。创伤沉淀后化为财富的《与你倾诉》又让人感受到了人生的那种积极进取。难怪许多青年人都会背诵他的"四处涌泉,别忘了干渴;八方断炊,仍有人间烟火",以及"天伦之乐情为本,吉祥门庭爱是神"等等闪光的哲言警句呢!

"久违的冲动/不是因为青春离开了身影/实在是缺乏美丽/勾引我的激情/真是这次的瞬间/还了我一次壮丽的人生/算是没有白白活过/谢谢苍天——/女人已不是憧憬"(《女人已不是憧憬》)。"过去的当属阴暗的激动/也许是对拂晓的欠账/什么是雄性的风采呢?/多请女人原谅"(《多请女人原谅》)。爱情诗中的"性"是一个敏感的话题,把握不当则由崇高沦为庸俗,反之失去了"性"在艺术中的魅力。陈景文在他的几首"言性"诗(《多请女人原谅》《即使有十二级台风登陆》《女人已不是憧憬》等)中,用普普通通的文字,将性爱含而不露地展示给了人们,向读者开放了自己的性爱——最隐秘的内心世界,正是这些朴实无华的文字,使人感到其实性爱也是生命中很普通的事,只是有时故弄玄虚而已。爱情诗的内容决定了表现形式,而形式在更多的时候是内容的生命,语言的表现与情感蕴含永远是不可分割的血肉。只有两者密切有机地结合,表现给人们的才是真实的、贴切的,源于生活而高于生活的。

在陈景文的诗集中,既不虚无,也不艰涩,更难见到浮华的辞藻,但是他所运用的吟诗技巧,又使得他的感情倾诉,不单单是一种写实手法的描绘或者浪漫激情的直抒,而是通过丰富的意象的曲折组合,使得他诗中表达深长、隽永的内心感情充满了张力,富于人生哲理,这是一首好诗、一本好诗集被社会认同的必然基础。

陈景文的爱情诗是角度的万紫千红,所以有人称誉它为爱情的百科全书,不妨举几例:"说我活得紧张/还不如说我为死奔忙……只好增加生活的频率/提高死的质量"(《提高死的质量》)。"升华生命/会长生不老"(《只求读懂苦恼》)。"爱是什么/动词掩饰下的交谈"(《夜间》)。"偷情的人/一定关心人家的伴侣/卑鄙没有学校/却可以毕业一批低级"(《卑鄙没有学校》)。在他这些富于哲理的诗句中,不由地使人们又想起了那些脍炙人口的哲理诗:"黑暗给了我一双黑色的眼睛/我却用它寻找光明"(顾城);"卑鄙是卑鄙者的通行证/高尚是高尚者的墓志铭"(北岛)。

哲理诗是诗的精华,而爱情哲理诗是爱情诗中的精髓,一首好诗并不是每一句都提炼得精辟,正如每一本诗集中并不一定都是好诗一样,哲理诗只是其中的一部分,甚至是极少的一部分,然而正是由于诗人对生活的真正理解、把握,才能用这短短的几句话,一语道破人生的内涵。人们往往记不住你整篇诗写的什么，但是诗中给人留下的印象最深的，正是那富于哲理的精华，人们会牢记它，甚至永生不忘。真正的诗总是给人以比字面上更多得多的东西，给人以美感享受和富于智慧的思想启迪。

追求自我之爱与渴望不朽是每一个诗人的本来存在。他们爱世界、爱生活、爱人们，同时也正是爱一个无限扩展的自我，没有人知道会不会不朽，因而渴望不朽是空幻的，但是爱的追求是真实、活生生的，于是爱与被爱、不爱与不被爱都成了诗人一生中的素材，是他们永远也说不尽、写不完的主题。幸福是美好的回忆，痛苦是深刻的反思，在这些交错中得到升华。当你全心全意地去感觉生活、去拥抱世界、去思考人生，去探求人与自然的过去、现在与未来的时候，你就会获得不绝的诗情诗意，获得富有诗意的哲理和饱含哲理的诗。

在新的《与你倾诉》这本诗集中，充分体现了力与美、爱与哲理的有机结合。既有男子汉阳刚之美的跃动，又有阴柔苦楚的心灵颤抖；既有爱的欢乐，也有失意的伤痛；既有美好的向往，也有对丑陋的鄙视摒弃；既有升华后的感情内涵，又有返璞归真的裸露。它是诗人心灵的声音、心灵的历史、心灵的轨迹，是他的个性气质的表现，是他的哲理思考的蒸发，是他事业、情绪与智慧的结晶。正如陈景文自己所说的那样：我始终认为苦难是人生的财富，不幸是一所大学。我的爱情诗不是把读者当作苦难的听众，而是把苦难升华为一种精神财富，那就是给人进取的力量，给人以生命的启迪。我呼唤人们以诚相待，在诗里展现真情，以真情与你倾诉。“我用不幸当家园，送走有幸与人谈……”诗言志，这是他人生轨迹的写照。

生活是美好的，让那博爱的诺亚方舟驶入每一个人心灵的港湾。一切都会改变，不变的是爱的永存。

摘自《特区时报》1997 年 6 月 26 日
又载《陈景文作品评论集》，南方出版社 1998 年第 1 版

漫谈我省文艺创作问题

站在全国文学潮头的制高点上,来审视我省的创作和理论状况是怎样的呢?我可以毫不避讳地用两个字概括:一般!说得再直白一点,就是长期以来处于中游状态,我们的作品打到全国去,引起强烈反响的不多,理论批评也不十分活跃。也许有人觉得这样的“一般”很好很好。可是,许许多多有热血的同志,却不甘忍受这种“一般”的沉闷和寂寞,他们在私下里忧虑地沉思;“黑龙江的创作为什么就上不去呢?”

记得,两年前,一批“北大荒”的诗人,写了一封热情洋溢的信,呼吁老一代“北大荒”作家,发扬当年“开荒”的精神,在沉默中奋起,把文学上“北大荒派”的旗帜,高高地插在生养我们的这块黑土地上!我当时赞同这位诗人的观点。“北大荒”的确是一块盛产诗文的宝地,许多客籍黑龙江的作家,或在这里作短期逗留的作家,都写出了许多反映北大荒风貌的优秀作品,我不相信,我们这里的人都是低能的。

一批从“兵团”走上文坛的知青作家,他们在北京、上海、浙江,红红火火地把北大荒的气派和风格,带到了全国各地,号称“北大荒作家群”。眼看“北大荒”派这杆旗,要由他们扛走了,连我这个不是“北大荒”土著的人,都感到羡慕和眼气,不知我们列位文坛诸公有何感想?

我们的创作没有上去,除了别的因素外,其中,我认为,很重要的一条,就是我们的创造性思维观念陈旧,文艺理论批评不活跃,指导创作的理性思维层次低,同当代文艺理论发展的新水平相去太远。

新时期文学的崛起,可以说是从文学的“反思”中蜕变而来的。这场“反思”,使许多作家和评论家,从痛苦的自我否定中觉醒。他们用开放性的眼光,站在世界文化潮流和当代新文化的高度上,回顾过去,展望未来。努力吸收世界文化的新知识,对自己长期形成的固定化的思维模式自我否定,对在极“左”思潮下形成的文学观念和创作手法自我超越。变直观反映论的一元单向思维,为多元多向思维,打破了习惯性思维模式,眼界宽了,思想活了,审视生活的角度，表现生活的手段也多了。作家的审美追求深化，就不再满足于文学简单地摹写生活，满足于甚至追求低水平的发表率，数量可观，影响不大，满足低层次的社会需要，而要给自己树立一个目标。在历史文化和现代文化发展的进程中，对现实生活作较深层次的开掘，写出具有深沉历史意蕴和深厚社会内容的优秀作品。当然我们单方面地责怪作家无能是不公平的，理论工作基础薄弱，自身缺乏生气活力，也是造成这种"不景气"的原因之一。近一、二年来，国内文艺批评空前活跃，一批中、青年评论家如异军突起。他们披荆斩棘，不囿于前人的理论，为创作起了开路作用。而我们的评论工作，还处于"散兵游勇"的即兴式阶段。首先，从事文艺评论工作的人日趋减少，没有形成一支力量。在大学和科研机关，由于"评论"算不算"科研"还没有"正名"，有的人耻于写这种不算科研的"报屁股"文章，怕影响到评职称，而纷纷改行去搞"学术"。其次，发表当代文艺评论的园地少。对从事评论工作的新人培养不力。评论著作出书也是困难重重。第三，理论资料的整理储备甚少。许多人不知道黑龙江的古今文化有什么优秀地产，文学的寻"根"，在我们这里似乎是无根可寻。试想对一个地区民族的过去，对他们的文化积淀、心理结构，不甚了了，如何指望有文艺创作上的腾飞？成熟的文学赖有生存它的文化背景，而作家的文化素质的提高，需要经过文化环境和文化气氛的长期熏陶和耳濡目染。我们处在传统文化和当今世界文化的"断裂带"上，文化背景的缺陷，文化素质差，加之当代意识的微弱，这是我们文艺创作长期上不去的根本原因所在。

为了扭转我省"文风不盛"的状况，需要多方面的通力合作，有许多工作要做，然而，最最迫切的莫过于两点：

第一，增加对文艺理论建设的投资。这种"投资"，一是思想上的重视，二是物资上的支持。应该鼓励、提倡文艺理论工作者，关心本省的创作。同时，有计划地组织人力搜集整理黑龙江古代、近代文化遗产，编辑出版黑龙江沦陷时期的文艺资料，黑龙江文艺志，当代文学大事记等基础资料的工作都需要有人去做。一方面以战略的眼光搞理论的基础建设，同时，对当代文艺思潮，本省创作倾向，作家的道路和作品的风格，作宏观、比较的综合研究。对正在孕育中的"北大荒"文学流派和风格，要在理论和实践两个方面大力扶持，希望能从这里出成果，出人才，"打"到全国去。

第二，扶持文艺新秀，加强学术交流。从全国范围看，在当代文坛打头阵卓有成效的是中青年作家。青年是文学的未来和希望。我省现有的文学第三梯队，力量是雄厚的。无论写诗或写小说，已经涌现出一批出类拔萃的新人。他们思想活跃，创作手法新颖，艺术起点的层次高，有的已经在省外小有名气。

如果能抓住这些新苗着力培养，在成名之前推他们一把，使之迅速出世。本省的刊物、出版应该把培养本省的文艺家，评论家，放在自己工作的出发点上。

在文艺队伍内部提倡学习理论，了解国内当代文学的新思潮、新方法，实现知识更新。组织作家、评论家同堂商讨技艺，交流学术思想，同当代学术新观点实行对话。我在黑龙江工作了二十多年，和南边各省相比，深感于这里的文化的气氛稀薄。我想一个真正热爱黑龙江，关心她文化的前途和命运的人，都会想到给这块美丽的土地贡献一点什么。基于此，我发表了如上一些见解，希望引起与我有同感者的关切和讨论。

发表于《黑龙江日报》1986年1月29日

旅行偶感

一次公出机会,应朋友相约去游镜泊湖。头一天上午先找来导游图,又请来去游过镜泊湖的同志作了介绍,不要说那初秋的镜泊风光有多美,单就那有关镜泊湖形成的神话故事,便足以令人神往了。可是,当汽车行驶快到湖边的时候,远远地跑来几个人挡驾,说:“今日有上边首长游湖,闲人不得入内。”方圆百里的湖光山色,竟被几位首长独占,我的满腹兴致,倒浇了一瓢凉水,几个人只好远远地望湖兴叹而归。

谁知道祸不单行。回来后宾馆又撵搬家,原因是:整个二楼要腾出接待首长,普通旅客要通通搬出。没得办法,只好唯命是从。

今年六月,我陪几位学术界的老同志去成都杜甫草堂参观。参观之余,大家提议去看看商店出售的文物,远远的我就看见一个“供应外宾”的牌子,心里就有几分胆怯。当我离商店还有二三十步远的时候,便听见一串“去,去,去!”的声音,简直像吆喝牲畜一样粗野。我立刻感到脸上发烧,心灵上好像受到一种莫大的侮辱。

到重庆的时候,我们决定晚上登枇杷山看夜景。六月的山城,夏夜空气灼人,攀登了几百个石级之后,大家都早已汗流浃背,气喘吁吁了。快到山顶五星楼的时候,迎面走来几个警察打扮的人,态度还算比较客气地说:“上面有外宾游山,请大家到别处去玩。”随即,我看见潮水般的人流,遭受与我们同样的命运,被赶下山去,大家脸上忿忿然,有的口中骂骂咧咧。

几件不顺心的事,都被我遇上了,可能别的同志没有我这个缘分。事过很久了,可是我的脑子里总是回旋着一些问题:为什么首长去游湖,普通群众就不能去?首长住宾馆,非要把一层楼的旅客赶出来不可?这是首长的旨意,还是别人给他的安排?为什么中国的山川景色,外国人可以独自欣赏?而不准中国人一道参观?是不是凡外宾都有某种高贵之处?

恕我不才,曾看过几则古戏,粗读几本中国历史,遇事爱将今比古。当我在重庆枇杷山和草堂商店被呵斥的时候,仿佛看见了旧中国上海公园门口挂着的那个“华人与狗不准入内”的牌子；当我在镜泊湖边被阻挡的时候，我想起包公“陈州放粮”的戏文，那封建时代的统治者包丞相，尚且不回避老百姓，在途中体察民情，处理民案，接受群众的状词，铁面无私，斩了自己的独生侄子。为什么在我们社会主义国家当官的不能与民同乐，不能借游山玩水之际，深入群众，听一听群众的呼声呢？

鸣呼！新中国经历了整整三十年，可封建的等级制度这般森严，某些人奴相竟如此十足，可叹！

发表于《黑龙江日报》1979 年 10 月 14 日

“假作真时真亦假”

在一次关于“文学塑造社会主义新人”的讨论会上，蒋子龙发言说，有人说他写的乔厂长是假的，他很伤心。乔厂长的生活原型有四个。他的中篇小说《开拓者》中车篷宽的形象，也是在生活中确有其人，他收到一些读者来信，都说车篷宽是假的，甚至一个读者写信告诉他：如果你写个厂长贪污受贿，搞不正之风，我相信。他说：“明明写的是活人，为什么又被说成是假的呢？”

事有凑巧，我联想到最近报刊上展开的对小说《灵与肉》的讨论。小说中的主人公许灵均，分明是个感人的爱国者的形象，可是，也有人认为他不真实。说他是“一个畸形的灵魂”。读了小说作者张贤亮《关于短篇〈灵与肉〉的通讯》（载《作品与争鸣》1981年9月号）后，了解到许灵均的形象，也是作者以一对侨眷夫妇的事迹为原型创造出来的。当然，从生活真实到艺术真实。已经熔铸了作家的艺术加工，不能完全等同，但是，可以说明，像乔厂长、车篷宽、许灵均这样的先进人物，不是子虚乌有、凭空捏造，他们确实是存在于今天现实生活中的新人。

真实的为什么要被说成是假的？使我想起了《红楼梦》中甄士隐在“太虚幻境”中看见的那一副对联“假作真时真亦假”。确实，在十年动乱时，有过把谬误当真理，以假作真的愚蠢行为，许许多多心怀善良愿望的人们，受了蒙骗。今天，当我们要从思想路线上进行“拨乱反正”的时候，有的人出于对“四人帮”搞的那套瞒和骗的义愤，矫枉过正，把许多本来正确的、需要肯定的东西，也当作假的、不真实的给否定了。

表现在文学创作中，有的人不相信今天现实生活中真有什么新人，也不相信有什么大公无私的英雄人物。“四人帮”鼓吹写的“高大完美”的英雄个个皆假，那是以假当真，因此，就误以为今天写的新人也真不了。甚至认为：提出写社会主义新人的建议，会不会重犯“根本任务论”的错误。有的人对创作方法上重提浪漫主义、理想主义也很反感，他们又往往不自觉地把浪漫主义和假、大、空联系起来。诚然，我们有过对浪漫主义作片面宣传的失误；革命现实主义和革命浪漫主义相结合的创作方法，又曾被规定为“创作唯一的最高法则”。但是，我们在否定“四人帮”文化专制主义的时候，又导致一些人对一种可行的创作方法的否定。事实证明，浪漫主义作为一种创作方法，在文艺发展史上曾起过重要作用，在许多优秀作品中，浪漫主义与现实主义相结合的情况也是存在的。

再以作家必须深入生活这一点来说，现在很多地方已经提出了“创作要上去，作家要下去”口号。可是，有人又把过去“四人帮”用劳动下放惩罚作家的做法当成不需要生活的借口，以致某作者在创作上初露锋芒之后，源泉枯竭，显现出“江郎才尽”的势头。

这事实说明：对于过去“四人帮”曾经插手、利用过的理论，只能否定其必须否定的东西，不能采用简单的办法一概排斥。“假作真时真亦假”，在思想方法上是形而上学。今天，创作上出现某些作品的失误，大约也是这种形而上学的苦果。

发表于《黑龙江日报》1982 年 12 月 8 日

张 抗 抗 论

初读张抗抗的短篇小说《夏》的时候,我就感到这位初露锋芒的青年女作家,对新的生活和艺术,有一种赤诚的、执着的追求。小说中刻画的女大学生岑朗,是一位具有鲜明个性的新人。她开朗、活泼,思想解放,遇事能独立思考,不畏人言,敢于斗争进取。小说的背景是在夏天,读小说时,让你仿佛生活在火热的夏天里。张抗抗的小说创作,就沿着这样一种开拓和开放的道路,写青年题材于当代文坛著称。由于她的敏锐发现和大胆探索,使得她的作品在同龄的文学新人中,名噪一时。文学的魅力,常使人联想起这位创造了众多当代青年形象的作家。她是经过怎样的道路,登上文学殿堂的呢?

痴情是成功的起点

张抗抗来到这个世界上,正是我们的祖国从苦难中解放的第二年。她的父母是在艰苦的革命战争年代结成的患难夫妻,在给孩子取名上,熔铸了这两个知识分子的艺术思维。"抗抗",女孩取个男名,含有"抗争"的意味,读来朗朗上口,不同凡俗。这个名字还有一层为他人所不理解的含意。前一个"抗"字,寓意他们相识于抗日战争时期,后一个"抗"字,表示孩子出生在抗美援朝这一年。把两个值得纪念的年代用在呼唤孩子的口语中,可以时常勾起甜蜜的回忆,颇有几分文化人的罗曼蒂克。

文学的种子是怎样播入抗抗幼小的心灵的?这一方面要归功于"家教",另方面要得力于她的读书。张抗抗说:"少年时代接受的书本教育是难忘却的,在知识和情感的海洋中,书本早于社会教育为我奠定了人生观与性格发展的基础。"她还发现文学作品有着一种神奇的魔力,不仅能给人以温馨和快慰,还可以寄托和表达人的思想和感情,她开始幻想着自己长大了也去写书。

终于,她的第一篇处女作《我们学做小医生》在上海的《少年文艺》上问世了。当时抗抗十一岁。接着,她又在《少年文艺》上,发表了两篇散文,一篇

《五彩的墙壁》,写她淘气的小妹妹学雷锋的故事;另一篇《茶花》,描绘江南茶乡迷人的景色。“野花夹在绿草丛中,迎着太阳微笑,翠绿的竹林,在山腰摇摆着沙沙作响……”简短几笔,写出了茶山景色多姿,给人一种如临其境的感受。

童年,是温馨艺术情感的绿荫。照海明威的说法,“不愉快的童年”,是“对作家最好的早期训练”。1963 年秋天,抗抗考入了杭州市第一中学。入学的第一年,由于她各方面成绩突出,又在作文比赛中获得全校第一名,被选为班级文体委员,受到老师和同学称赞。可是,好景不长,只因她在一张学生登记表上,泄露父亲的“秘密”,倏忽间,荣辱反常。从此“出身不好”的包袱压在她的身上,成了低人一等的“贱民”。

她唯一的兴趣,就是和文学书籍交朋友。她参加学校组织的“文学兴趣小组”,不知疲倦地练习写作和读书。她也曾幻想自己像小说《军队的女儿》中的女主人公那样,离开家庭,到很远的地方去,过一种新生活。她也想如当时宣传的那样,到火热的斗争生活中去,为工农兵写作文学作品。后来,她选择了上山下乡的道路,1969 年 9 月,从美丽的西子湖畔来到北大荒。

北大荒农场生活八年,对抗抗文学创作的影响,具有决定的意义。如果说是生活哺育了作家,“北大荒”对张抗抗来说,是孕育艺术才情、陶冶艺术心灵之母。在这里她经历了人生的“炼狱”,既使她磨炼了意志,也使她更多地体察了人生。如果说,这段生活没有给她带来多少幸福,也要感谢它赐予她那么多的不幸。因为,这些不平凡的遭遇,使她比别人更多地体会了人生的甘苦、生活的艰难、社会的复杂,以及人的情感的复杂。因为,酿造艺术的原料,就是由这些有意识与无意识的情绪记忆,沉淀于心灵之后再生出来的。“北大荒”使播入抗抗心灵的文学种子得到了萌发。正如抗抗自己所说:“我们耕耘大地,播种绿色,总会收获。”

“一个人爱什么,大概是不能阻挡的。”这是张抗抗写在小说《爱的权利》中的一句话。爱,可以是一种力量,是事业成功的起点。在文学的道路上,她踏过了荆棘丛生的道路,是对文学的执着和痴情,引导她实现了理想的目的。

“分界线”在哪里?

1975 年,张抗抗的长篇小说《分界线》列入“上山下乡知识青年创作丛书”,在上海人民出版社出版了。

这是张抗抗在文学道路上初露锋芒的第一个成果。小说的素材来源于抗抗几年来所在的农场生活,其中许多人物素材都有一定的生活依据。小说取名为《分界线》。作者的用意是想反映在农场建设中,两种思想、两条路线斗争的分界线。小说的构思,显然是受了当时流行的政治观点的影响,是一种"主题先行"的产物。

作者选取某国营农场在兴修水利中的一场斗争,从路线出发去安排小说的人物和矛盾,这种以"阶级斗争为纲"的指导思想去进行创作,不可能客观地反映生活的真实,而是剪裁生活纳入"纲"的模式。因此,小说要回答人们什么是"分界线"的问题,既带有时代的局限性,又有着作者的主观性,在很大的程度上,是一个现成结论的思想框子。

作者虽然在生活中看到知识青年逐渐发生分化的事实,也看到了当时农场生活中出现的种种矛盾,小说极力歌颂的知识青年的英雄人物耿常炯,是被作者理想化了的。这样的人物不管在当时是否真实,但历史决定了他们的理想和事业不可能实现,也不可能依靠他去解决现实中存在的问题。作者想通过对自己笔下的人物的鞭挞和歌颂,去号召人们分清路线是非。但是,真理和谬误的界线在哪里?连作者本人都没有搞清楚,怎能叫别人去分清界线呢?

但是,这部小说对于张抗抗走上文学道路的意义还应作充分肯定。它首先是检验了作者的才华,表明了她今后从事文学创作的可能性,打破了对创作的神秘感,增强了进一步努力的信心。其次,在语言文字的表达能力、艺术构思和刻画人物技巧方面也得到了一次全面练笔。这部小说虽说是抗抗步入文坛后的一次教训。但是不能不看到,这是她走上文学道路之初留下的一个带有历史印痕的起点。

真正能代表张抗抗文学创作分界线的,是短篇小说《爱的权利》。小说发表于1979年《收获》杂志第三期上,标志着张抗抗文学创作的又一个新起点。

粉碎"四人帮"以后,抗抗由农场来到黑龙江省艺术学校编剧班读书。在两年的学习期间,使她有机会阅读了大量中外名著,冷静地思考了自己前段走过的路。随着思想解放运动的深入,多年沉寂的文坛,开始露出了新绿,刘心武的《班主任》和芦新华的《伤痕》引起人们对十年浩劫带来精神创伤的深思,也使抗抗从苦闷中觉醒。她终于承认这样的事实:自己曾经是一位用心良苦的蹩脚画匠,总想回避模特儿本身的缺陷,把她画得太美,结果反倒不像。她说:"我们就这样背叛了生活的真实,成了一个说谎的孩子。"

《爱的权利》是抗抗而对现实和人生进行思考的第一个成果。

小说的故事不复杂。一个音乐知识分子之家,在"文化大革命"中遭受毁灭,只剩下舒贝和舒莫姐弟两人。舒贝跟父母一同饱经了人生的忧患,直至粉碎"四人帮"之后一年多,她还牢记父亲的遗训,不要爱知识分子。当一位大学生李欣闯进她的生活中来以后,她虽然渴望着爱情,但终于把爱情“挂上铁锚”沉入海底。而弟弟舒莫,追随思想解放的潮流,加入了“异教徒”的行列。理直气壮地去爱他自己的事业,报考了音乐学院,当姐姐用父亲的遗言阻挡他入学时,他痛苦地喊出:“谁也没有权利不要我爱!”今天看来,小说提出这样的“爱的呓语”,似乎觉得可笑,然而在那个“无爱”的暴虐年代,恢复作为一个人的权利,真诚地去爱自己所爱的一切,这是思想解放的春风,是人性复苏的最初标志。舒贝终究无法抵御新生活的召唤,去爱了一个知识分子,抛却昔日创伤的余痛,走向新生。在塑造舒贝这个形象时,作者说,她倾注了“心中全部被新时代唤醒的爱”,并且让主人公以震撼心灵的呼声喊出:“人们,我爱你们……”张抗抗文学道路上弃旧图新的“分界线”,就是这样怀着对新生活不可遏止的激情开始的。她热爱我们的时代,带着青年人新的喜悦和躁动不安的情绪去审视生活,对于被“四人帮”残酷践踏的人性美进行热情的呼唤和讴歌。

向生活索取“爱的权利”,是张抗抗小说在一段时期内的基本主题。继《爱的权利》之后,她发表了小说《悠远的钟声》《夏》《淡淡的晨雾》《牡丹园》《去处》和《白罂粟》。这一组作品有一脉相承的主题,仿佛是一部爱的交响乐变奏。其中《白罂粟》在呼唤“人性”“人道”,揭露灭绝人性的“四人帮”及其极“左”思潮、传统习惯势力方面,有独到之处。

《白罂粟》完全突破了作者通常以爱情故事反映社会问题的习惯,刻画了一位刑满就业人员老司头的悲剧,提出了应该把人应有的权利还给人的社会问题。小说在处理这一题材时不落俗套。也许“老司头”就是一位曾经有罪的人。问题是他已经伏法接受了法律的制裁和改造、“从鬼变成人了”。像这样的人,他能否享受到作为一个人应有的平等和尊严呢?作者把批判的锋芒,指向“四人帮”灭绝人性的封建专制,为恢复无产阶级人道主义而大声疾呼。通过老司头的命运和内心世界的解剖,我们看到他作为人的品质,勤劳、善良,深沉的父爱以及助人为乐的精神是感人的。尽管他忠于职守、恭顺而谦卑,还主动为“我”的困难解囊相助,可是他得不到感激和谅解,反而“有赎不清的罪”,成为“阶级斗争新动向”的批判靶子!他凭劳动挣来的钱,平白无故地被人掠夺,最后还因为积攒了一笔回家看儿子的路费惨遭杀身之祸。他死了,“同死了一条狗差不多”。面对老司头的悲剧,人们毫无顾忌地谈笑着,表示自己的愤怒,“都快归天的人了,还攒哪门子钱?”人们如此麻木,缺乏同情心,多么可怕!在那个“全面专政”的时代,无产阶级人道主义“莫非也被专政了吗?”看来杀害老司头的凶手,不只是那个不识王法图财害命的“狮子头”,小说给人以深刻的启迪,也仿佛如作品结尾感叹的那样:“心里好似有一点儿什么在渐渐苏醒起来。”罂粟是有毒的，而象征善良人性的洁白的罂粟花却是那样美！

好一个“多边形”

越过了“分界线”，张抗抗作品的题材和主题开始转向对当代青年的切身问题进行关注和思考。她笔下所描写的人物，大多数是在现实生活中遭受压抑的不幸儿，有过精神创伤。他们曾受过极“左”路线理论的迷惑，如今发觉上当受骗之后，起来拨乱反正，重新探索生活的意义，寻找自己在生活中的位置。可以说，抗抗本人是以同龄人的经历和眼光去审视历史，体验当代青年的心灵的。她的作品可以看作是以“当事人”的身份，去表现时代的“自我表现”。也许是由于作家本人的切身遭遇不平凡，以及她个性、气质的原因，抗抗笔下的青年形象，一开始就越过了“伤痕”的跨度，而进入了对人生价值和个性解放的热烈追求。用《夏》中“我”的一句话说：“‘好’——假定这是一个三角形的框子，而岑朗这个人，却是多边形的。”用“多边形”来概括抗抗笔下的青年形象，我以为是恰当的。他们有共同的特征。思想解放，没有框子，有独立的见解和人格。通过这些形象序列，反映了同生活保持同一步调的张抗抗，创作思想的演进，以及她对生活的思考逐渐趋向成熟的轨迹。

以女性青年形象为例。《淡淡的晨雾》中的梅玫、《夏》中的岑朗、《北极光》中的陆芩芩，呈现出一种序列特征，她们性格的主旋律，是渴望个性解放，追求美好的人生。作者为表达自己对新生活理想的追求，在作品的情绪和意境方面，为人物罩上一层理想主义的光环。梅玫生活在“淡淡的晨雾”中，雾虽然还是“浓浓的”，但“朦胧的云层中正透出几道橙黄的光束”。岑朗翱翔在莺飞草长的夏天，她同传统的旧思想、旧观念横冲直撞，吕宏想用无形的精神枷锁锁住她，终究无济于事，最后她“唱着歌儿到远方去”，学习“敢于从悬崖上跳下来”的“瀑布精神”。陆芩芩思想起点较低。她的理想虽不如岑朗那样空灵而高远，但她想往着奇异迷人的“北极光”，寄寓了人生的希望。

如果把梅玫、岑朗、陆芩芩三位女性形象连贯起来考察，可以看到她们的性格内涵具有某种连续和延伸。虽然，觉醒和追求是她们共同的性格美，但其个性均不雷同，表现了作家审美认识的多样性。

梅玫同她的丈夫郭立枢，最初是“站在一条起跑线上的”。她幼稚、单纯、感情脆弱，满足于虚荣、温饱的假象。只有当严冬过去，一种本质的变异来到人间之后，这位少妇才对自己失落的青春，产生了一种痛惜之感。“二十六岁了，竟好像还没有开始生活。”她这才意识到，自己“像一样东西”绑在丈夫身上一样可悲。当她用刚刚觉醒的新的眼光去审视生活时,她发现原来纯洁的信仰,竟被政治骗子所玷污,偶像坍塌,使她在精神崩溃的痛苦中,到处寻求重建人生理想的慰藉。最后终于识破了丈夫的阴谋,为保持她的人格和尊严不受侮辱,毅然和郭立枢分手。抗抗以女性特有的情感细腻,剖析了梅玫在觉醒中的痛苦和挣扎的历程。但作家赋予人物感伤的情调,似乎过于浓重了。小说中描写梅玫与其弟郭立楠忸怩作态交往,显得轻浮,以及她贸然造访荆厚的行动,也感到唐突和不真实。

如果说梅玫的个性解放,还只限于冲决保守僵化的罗网的话,而岑朗的追求,更带有政治色彩,意义更深,具有一种咄咄逼人的进攻性。岑朗是抗抗笔下较早地感受春天信息的使者,她是第一个突破了框框的"多边形"人物,在她身上洗去了某些青年由受骗而怀疑、由怀疑而幻灭的"时代病",她是带着明朗、活泼、向上的新人气质走上文坛的。有些评论指责岑朗过于天真,脱离实际,是一位只追求"个人如何求得某种精神解脱"的利己主义者。这种意见的偏颇在于把岑朗的斗争,仅仅看作是她个人的事。岑朗生活在春天信息初到人间的七十年代初。她的个性和环境不协调。她把自己的对手吕宏看作是可以同情的受害者。她的我行我素的性格,既表现了作者胸中郁结的"憋闷"情绪,也刻画岑朗作为新人的广阔胸襟。作者说:"她(岑朗)活跃在我脑子里,足足有半年之久,最初是我的中篇小说《淡淡的晨雾》中的一个人物(指梅玫),后来,'她'多次提醒我,'她'必须独立成篇,才能成为比较丰满和完整的人物。"看得出来,岑朗是作为梅玫性格的"丰满"和"完整"而出现的,是作家整体地、历史地把握现实,探索青年形象塑造的延伸。梅玫对现实和环境的反抗,带有反封建的不彻底性,而岑朗才是现代社会应该造就的那种个性"全面发展"的新人。在《夏》中,作者让人物自己表述了这种观点,她的"多边形"性格,预示了一种做人的观念。"我总是不能去想到别人会怎样看待我。"可是,传统的做人观念,历来注重别人的议论和眼光,常常为了讨得别人的欢心,而不惜削足适履,将自己个性中独特的优点打光磨平。岑朗作为新人的特质,就在于她比旁人更及时、更深刻地意识到内心对新生活的渴望,以及对这种渴望的追求。她勇于同"自己心灵的绳索搏斗",亲尝了"苦夏难熬"的滋味,她的个性是属于一个新的时代的。

当《夏》及其续篇《去远方》在读者中引起争论的时候,作者也似乎感受了同主人公岑朗一样的迷茫和痛苦,岑朗要求个性得到自由发展,四处碰壁,使抗抗不得不重新调节自己审视生活的角度,由浪漫的幻想到苦苦的寻求。中篇小说《北极光》是这种探索和寻求的艺术结晶。这篇小说实际是概括了当代青年中几种类型的特征,傅云祥、费渊、曾储是现实生活某种青年“类”的代表,而陆芩芩正是那种起步较晚,“从朦胧到清晰,从彷徨到觉醒,从寻求到投身”的青年一类,她比之岑朗,在精神生活的追求上更现实一些。在人生的道路上,她正处在自身命运的选择关口,刚学会用自己的头脑思考生活,有追求精神充实、不虚度此生之志,但信念不甚坚定,行动游移;有奋发成材的愿望,但理想又受着自身和环境的束缚。她属于当代青年中的“中间人物”,有极大的可塑性。陆芩芩这一形象的出现,是张抗抗对青年形象探索的创造。在她身上的追求和失误,痛苦和欢乐,不甘委顿和渴望理想人生的心愿,都会成为许多青年的一面镜子。她经过选择、比较,经过灵魂的搏斗和痛苦的挣扎,在庸俗市侩和实地献身之间选择了后者,摆脱了母亲按“流行标准”、替她“凑合”的那个丈夫,掌握了“自己命运的舵”,再不像“没有翅膀”的雪花那样飞着,毫无目的。

从梅玫、岑朗到陆芩芩,她们敏锐地感受了新的生活方式,给我们正在探求中的青年心理,带来某种兴奋和喜悦,对于扭转这一时期“伤痕文学”给青年心灵带来的痛悔和沉闷,都是一种新的呼唤。不过,随着思想解放运动的深入,她们那种茫然无措的寻求,显得比较轻飘,也反映作家对新的时代主流把握不定的困惑感。生活的辩证法在不断地启示作家,在另一些青年身上,我们看到了作家思考的深化,笔触凝重的特色。

奋进者跋涉的脚印

笼统地以“迷惘”“困惑”“虚飘”和“不够成熟”来概括张抗抗笔下的青年形象,我以为是不准确的。相反,这位富于激情和敏感的作家,比之同辈人笔下的知青形象,更有着光明的“亮色”。从她粉碎“四人帮”后的第一篇小说《爱的权利》算起,她笔下的人物,很少有绝望情绪,既不沉溺于历史的伤痛不能自拔,也不是不着边际的虚飘幻想。相反,有的正在同心灵的枷锁搏斗,度过精神危机,有的则是把陈旧的以往抛在脑后,在新生活的道路上迅跑。这些人物形象,可以以《北极光》中的曾储,《红罂粟》中的纪小明,《塔》中的顾亦非、宋为良为代表。这些存在于不同时期,面貌各异的人物,也有着性格内涵互相照应和延续的连贯性,通过他们折射了时代的进化,留下作家向生活的深层探求的足迹。

这一组系列形象,较早的有舒贮、李欣(《爱的权利》)、郭立饷(《淡淡的晨雾》)、梁小波(《夏》)。这几个人物站在刚刚被否定的精神废墟上来审视现实，总不免绝对化。但他们冲决旧思想的勇气，对新的人生信念的寻求和探索的精神是可贵的。比如，《爱的权利》中的李欣，自称是一位“异教徒”，敢于明确对现代迷信制造的教义和清规提出挑战，他和舒贝相爱，当舒贝提出：“我请你，在我和你的哲学、你的政治之间作一种选择”时，他断然回绝说：“我不能因为爱你而放弃自己所爱的事业。”和《淡淡的晨雾》中的郭立楠一样，他们的精神世界充满了新的生气，是敢于创造新生活的人。然而，他们对新生活的理解还比较朦胧，由盲目崇拜走向盲目否定，他们的思想和进攻的武器都不够成熟。比如，那个天真、幼稚有点接近“怀疑派”的郭立楠，“对一切都不满意，对一切新思潮都如饥似渴，幻想着一夜之间现实社会会变得无比美好。”这个人物身上遗留着三十年代反封建、争自由的青年形象的影子。他们那种愤世嫉俗的偏激情绪，和对生活罗曼蒂克的幻想，也反映了作家张抗抗那时对新人理解上的偏激。

《北极光》中的曾储，是从幻想走向实际，从天上回到人间的一位新人。当然，这个人物并不成熟，坐而论道的书卷气还比较严重。然而，他当水暖工，从事平凡而具体的劳动，他业余研究经济学，搞社会调查。当陆芩芩向他介绍“北极光”时，他说：“我现在已经不像小时候那么急切地想见到它了。”他检修暖气管道，一根一根检查，从事具体的劳动。他对生活的理解由虚渺、空幻，变得接近实在了。写傅云祥的实惠哲学以及费渊的虚无主义相比，他的思想境界是高尚的，追求是执着的。他对工作不挑不拣，抱着不发光也要发热的诚实态度去干“四化”，把自己的命运、前程，同祖国人民的命运相连。当费渊对他大谈“自我发现”的人生观，讨论今天的青年是“先救国呢还是先救自己”时，曾储说：“每个人都不是一座孤岛，而是大陆，即社会整体的一部分，如果每个人都仅仅追求个人幸福，其结果是谁也得不到幸福。”基于这种认识，他把平凡工作同远大理想结合起来，将个人的处境和不幸置之度外，自觉投身于振兴中华的斗争中去，在生活的实践中认识社会，领悟人生的真谛，寻找自己在生活中的落脚点。他这匹不知疲倦地奔腾的“小鹿”，变成了为人民负重的马。这种精神应该说是当代热血青年的基本性格，被作家认识和发现了。这是张抗抗对青年形象审美意义的新开拓。

沿着曾储的道路走下去，张抗抗笔下的奋进者青年形象，呈现出多层次的结构特征。《红罂粟》中的纪小明，《塔》中的顾亦非、宋为良，可以看作是当代青年求实和献身的代表。

纪小明是一位实践机关工作改革的新青年形象，他有才干有魄力，属于那种年富力强的开拓型干部。只因为他与农场书记隋大忠的关系没有搞好，几次提拔都被否决。此人勤于思索，注重实际。从机关领导干部之间钩心斗角的反常现象，使她学会了讥讽和幽默。他熟谙提拔干部的秘诀，面对干部体制改革中的不正之风，曾大不敬地称“后备干部”为“后备母猪”。对那种为了提拔，不惜阿谀奉迎、丧失了人的个性的祝融十分鄙视。把她视作“妖冶迷人”的“红罂粟”。纪小明的改革失败了，当组织处长遮遮掩掩地通知他仍旧回原单位当干事时，他以轻松的微笑来承受这一沉重的挫折，并且想起了家乡照相馆的一个招牌：“二我也”。一场干部体制改革，如同照相一样：“翻版、复制、脱坯。”一切如旧。

中篇小说《塔》在塑造知青形象方面表现了张抗抗富有哲理的深沉的反思。小说通过一批“北大荒”兵团战士在“六和塔”聚会，用人物交错和内心独白的手法，表现生活和社会地位的多层次(像塔一样)和他们精神境界并无对应关系的人生哲理，小说中刻画的三位老知青形象各具特色，他们今天经过生活的重新编排之后，大家对当年的北大荒生活都有一种眷恋之情。顾亦非和其他返城青年比较，他穷困潦倒，而立之年还在“待业”。他虽有苦闷，但不悲观。在自谋生计的紧张劳动中，仍然坚持自学，在生活中寻找人生的支点。别人称他为“多余人”，他不以为然，鄙弃那种“追逐金钱”，不断用“流行标准”改变自己的价值观的人，而自己仍然保持一种洁身自好、奋勇拼搏的人生态度，他只希望若干年后人们用轻蔑的口吻谈论这“垮掉的一代”时，会有人出来摇头说：“我看不见得。”

另一位知青宋为良，把自己比作返城潮水退走以后，“留在沙滩上的小虾。”其实他留在北大荒的真正原因，是爱情的许诺成了他的“扎根树”。他不是那种没有追求，只满足谋生的庸人。而是要在北大荒踏踏实实干一番事业。她对农场生活充满自豪，并不以为当初报名去北大荒是“受骗了”。这在许多诅咒上山下乡运动，把“北大荒”(或农村)视为苦海炼狱的知青小说中，宋为良的认识可谓空谷足音。他把自己放在普通人“乡巴佬”的位置。他的人生信条是：“总归都是要活下去的，活下去就要劳动、建设、创造。”一个伟大的真理，他如此平常地讲出，可见他的思考，已不像岑朗、曾储等那样带有强烈的理想色彩，而且深深扎根于现实生活的土壤之中的。宋为良的形象已经摆脱了那种缺乏历史感的不成熟性，在眼花缭乱的人生价值观面前，作者能联结广阔的历史和整个社会来思考生活，这是张抗抗笔下青年形象趋向成熟的标志。

她，找到了“我”

综观张抗抗的创作，可以看到她几年来，在艺术追求上所走过的路。她，是新时期受党的三中全会路线方针的影响而成年的一代新人，一同经历了她的欢乐和忧伤。她和许多青年一样，不断地寻觅人生内含的新模式，并借用她那支灵巧的彩笔，把思索付诸人物形象表达出来。也许她比别的青年经历了更多的人事沧丧，所以她厌恶思想僵化，更渴望思想解放的潮流。她思考的社会问题，有的是极其尖锐的。常常通过爱情描写表现政治和人生，为个性解放和恢复人的价值及其尊严呐喊。她的有些作品引起争论，臧否有之。但她从没有停止过探索和追求。在“源与海之间”不断寻求自己创作的新跨度。可以毫不夸张地认为：张抗抗是一位有个性、有才情的青年女作家。她的审美观、她的思维模式、她传达时代情绪的艺术方法，同她笔下的人物形象一样，也是“多边形”的。

这种“多边形”的特征，就是努力寻找“自我”，寻找表现自己内心情绪的最佳角度和最佳方式。她的小说内结构的整体模式是传统的。比如早期的一批小说《爱的权利》《红罂粟》《淡淡的晨雾》《夏》及其续篇《去远方》《无雪的冬天》《在丘陵·在湖畔》等这些作品，情节跌宕多姿，人物图像清晰，尤其《北极光》以陆芩芩辗转周旋于三个不同青年的爱情线索，大幅度地勾勒了当代青年的不同世相。又以陆芩芩的爱情比较后，将生活的美丑和盘地托出，撩拨着年轻人敏感的心。但是，传统的小说的结构模式，在她的小说中，又是寓有变化的。《北极光》《塔》《红罂粟》在构思的寓意上，有明显的象征。《水下·空中》用浓烈的浪漫主义笔调，描写鸟和鱼的对话。表现生活中人与人之间需要理解又难以理解的距离感。在叙述方法上，《塔》《在丘陵·在湖州》以及《潮峰出现之前》用第一人称口吻，多角度、多镜头地去剖视人物的内心世界。有时，作者也追求情节的戏剧性效果，如《悠远的钟声》《北极光》中陆芩芩从照相馆里仓皇出逃等。但有时也将情节作淡化处理，转向对人物内在情绪的主观抒发。也有时采撷科学文化知识纳入作品的叙述之中(如“北极光”“钷”和“硒”的微量元素)，铸成作品的结构框架。同时用艺术的审美观，超越题材的适用性，揭示出题材之外的“象外之旨”。比如，对“塔”的层次结构的描写，对北国冬天的冰和雪的描写，都具有耐人寻味的象征性。她的作品的基调明朗、健康，内涵素质有较多的理想色彩。

理性的思辨和强烈的抒情，可以看作是抗抗文学性格的主调。这一特点的形成与抗抗本人思想开放，激情和敏感的气质有关，同时也与她长期形成的反叛传统的艺术观念不无关系。张抗抗重视在作品中突出表现自己的人格和个性。她笔下许多人物，都有自己的影子。她甚至公开说，舒奠也许更接近自己一些。《夏》中的岑朗，寄托我的很多感情。其他一些作品，无论是倾吐人物内心的欢乐和忧伤，或者褒贬人物的得失，都溢于言表，直抒胸臆。这种“表现我”的艺术追求，构成她的作品的“外向”性特点鲜明的文学性格。

她终于找到了可以发挥自己优长的题材。找到了传达当代青年思想和情绪的表达方式。她作品的语言，有一种特殊明快的抒情风格。冥思苦想的思考者形象，和她那富于哲理、蕴含丰富思想的语言，使她的小说弥漫着一层思辨的云雾。她说过：“文学也需要雾”。这一层思辨的云雾，给她的作品笼罩一种朦胧的意境。她常常从意念得到小说构思的灵感，善于运用散文细腻的笔法，把一个不太精彩的故事描写得娓娓动听，仿佛一汪清泉流过读者心房。在人物形象的塑造上，她重视人物“怎么想”，更重于“怎么做”。在《北极光》和《塔》中，成功运用了内心独白和叙述相结合的方法，把心理描写的手段加以丰富。比如写陆芩芩的心理活动，有时是解剖自己灵魂的回想，有时是对他人合乎逻辑的猜想和推想，有时是触景生情的联想，还有幻想、冥想、苦想、扪心自问和想象中的对话等等。这种多种手法，有助于刻画人物复杂的内心活动。同时也表现了张抗抗勇于创新的文学才能。她不太注意去描写那种完美无缺的全新的新人，而是将笔触深入到人物饱经忧患的心灵中去，揭示出他们心灵深处升起的一线新思想的曙光。

然而，张抗抗的创作自然也有她的不足之处，她希望通过青年一代的遭遇和命运来深刻地反映我们的时代。但是当代青年的思想和生活，处在一种急剧变革和历史的转折中，他们是社会的一支最敏锐、最活跃的力量。作者常常急于想把自己对新生活的感受表达出来，参加对现实新问题的论战和探讨，因此，这就给作家在创作上带来一个难题：她必须紧紧追赶着时代的脚步。写作时也来不及精雕细刻，常常流露出一些人为的痕迹。甚至理胜于情，有的人物形象成了演绎某种思想观念的符号。这种不足在她的小说《去远方》《我要不是这些》以及《睡神在太阳岛》中都可以看出。这些艺术上的不成熟，既有客观上的原因，也有属于“我”的主观上的原因。在创作中作家应该给予自己内心世界以自由，把自己意识中关注的思想、情感和诗的力量解放。尊重“自我”，重视作家的主观性是必要的，但是，这种主观还要尊重生活的本身和人物自身性格发展的逻辑，不应该把自己的理念主观随意地外射到人物身上，更不能仅仅靠挖掘自己内心感受去写作。抗抗也似乎认识到自己在创作上的那些短处,她曾在一篇文章里说:“提高的秘诀,首先在于敢于否定自己。”近年来,抗抗对自己存在的不足,确实有许多自我否定。比如,不追求作品的爆炸性效果,尽力从“观念小说”“问题小说”中解放出来。最近发表的长篇小说《隐形伴侣》就比较重视去展示人的自身内在本质的双重性,相对减弱了人与社会和环境的冲突。前面说到张抗抗十年前否定了《分界线》使自己的艺术得到新生。我们相信,她在今后的创作实践中注意扬长避短,发挥优势,将会给新时期的文坛奉献更多的佳作。

选自《黑龙江作家评论集》,北方文艺出版社 1988 年版

张抗抗和她的“多边形”人物

众所周知,张抗抗是以写青年题材而著称于文坛的。从她 1979 年在《收获》第 2 期发表短篇小说《爱的权利》算起,短短五年间先后发表了中、短篇小说近三十篇,其中《夏》《淡淡的晨雾》《北极光》《白罂粟》《塔》《国魂》《在丘陵,在湖畔》《红罂粟》及近作《潮峰出现之前》,在青年读者中有广泛的影响。这些作品多视角多层次地反映了当代青年的生活、思想和追求,塑造了具有某种整体联系和性格、心理特征有序联系的青年群象。用《夏》中“我”的一句话说:“‘三好’——假定这是一个三角形的框子,而岑朗这个人,却是多边形的”。思想解放,没有框子,有独立的见解和人格追求,可以看作是张抗抗笔下“多边形”青年形象的基本特征,作家在典型塑造上的美学追求。这个“多边形”形象序列,以几组性格内涵相连而递进的形象层次,展现了时代的进步和青年思想发展的全景,同时,也隐约显现了同生活保持同一步调的张抗抗创作思想的演变,以及她对生活和艺术的思考逐渐趋向成熟的轨迹。

新人的理想之光

张抗抗是以同龄人的经历和眼光去审视历史,审验当代青年的心灵的。她的作品可以看作是,“当事人”的身份表现时代的“自我表现”。也许是由于作家本人的个性和气质的原因,抗抗笔下的青年形象,一开始就越过了“伤痕”的跨度,而进入了对人生价值和个性解放的狂热追求。是的,抗抗本人可能是属于那种有创见的开放型的作家,她的灵魂常常躁动不安,她的思索总是敏锐地追赶着生活前进的节奏,以追求人生要义和对自我价值的思考者形象,取代了迷惘彷徨摩挲着伤痕而叹息的青年的位置。《爱的权利》中的舒贝,曾消极地接受了父亲的遗训,把爱情“挂上铁锚”沉入江底。可是,她终究无法抵御新生活的召唤,违背父亲遗嘱的初衷,去爱了一个她不应该爱的知识分子,恢复了作为一个人应有的权利。在塑造舒贝这个形象时,作家说:他倾注了“心中全部被新时代唤醒的爱",[①]并以震颤的心灵的呼声喊出了:"人们,我爱你们……"可知,"爱"这个圣洁的字眼,曾经像"瘟疫"一样,受到无情地亵渎,人们几乎忘记了自己还有热爱生活、憧憬未来的权利。舒贝抛却昔日创伤的余痛,勇敢地同"无爱"的暴虐年代告别,走向新生。热爱新的生活,追求美好的人生,向往两心相契的爱情,成为抗抗作品的主调。从此,爱的暖流一直奔涌在她的作品之中,闪耀着青春的理想之光。

梅玫、岑朗、陆岑岑这一组系列形象具有渴望个性解放,追求美好人生的审美价值。作者为表达她审美理想的新认识和追求,这些作品的标题都是具有象征意义的,人物头上都多多少少罩上了理想主义的光环。梅玫生活在"淡淡的晨雾"中,晨雾虽还是"浓浓的",但"朦胧的云层中正透出几道橙黄的光束。"岑朗翱翔在莺飞草长、欣欣向荣的夏天,她同传统的旧思想、旧观念、旧道德横冲直撞,吕宏想用无形的精神枷锁锁住她,终究无济于事,最后她"唱着歌儿到远方去",学习"敢从悬崖上跳下来"的"瀑布精神"。陆岑岑思想起点较低,她的理想虽不如岑朗那样空灵而高远,但她被奇异的"北极光"笼罩着,寄寓了人生的希望。这一人物出场的贯穿动作,是寻求理想的爱人,她的行动被一些评论家和读者所误解,说她是一位"朝三暮四,喜新厌旧"的"利己主义者","爱的追求为什么虚飘?"等等,经过长期讨论,人们已经认识到《北极光》的主题不是写爱情,陆岑岑是以"寻爱"的方式,对理想的人生作自己的选择。但是作者塑造这一形象的典型意义,至今恐怕有人仍不甚了了。在作者的观点看来,今天"老三届"的青年,历经磨难,把青年作为单纯教育对象的"洗礼文学",已不适应时代的要求,而是要以青年的自身遭遇和命运启发他们,使读者从这些艺术形象中看到自己。所以《北极光》实际上是概括了当代青年中几种类型的特征。傅云祥、费渊、曾储是某种"类"的代表。而陆岑岑还是那种起步较晚,"从朦胧到清晰,从彷徨到觉醒、从寻求到投身"[②]的青年一类。他们正处在自身命运(包括婚姻、职业、人生等)的选择关口,刚刚学会用自己的头脑思考生活,有追求精神充实、不虚度此生之感,但信念不甚坚定,行动游移:有奋发成材的愿望,但理想又受到自身和环境的束缚。他们是当代青年中的"中间人物",有极大的可塑性,陆岑岑这一形象的出现,无疑会成为许多青年的一面镜子。她经过选择、对比,经过灵魂的搏斗和痛苦的挣扎,终于摆脱了母亲按"流行标准"替她"凑合"的那个丈夫,掌握了"自己命运的舵",再不像

① 张抗抗:《从西子湖到北大荒》,载《西苑》1982 年第 3 期。
② 张抗抗:《我写 <北极光>》,原载《文汇》1982 年第 4 期。

"没有翅膀"的雪那样飞着,毫无目的,"而落下去,又不甘心……"

如果把梅玫、岑朗、陆岑岑三位女性形象连贯起来进行考察,可以看到他们的性格内涵具有某种连续和延伸。其共同的性格美是:觉醒和追求,但个性均不雷同,显现出各具个性的"多边形"特色。表现了作家审美认识向纵深发展的阶段性。

梅玫同她丈夫郭立枢,最初"是站在一条起跑线上的"。她幼稚,单纯,感情脆弱,满足于虚荣。温饱的假象,只有当严冬过去,一种本质的变异来到人间之后,使这位少妇才对自己失落的青春,产生了一种痛惜之感。"二十六岁了,竟好像还没有开始生活。"她这才意识到,自己"像一样东西"绑在丈夫身上的命运可悲。当她用刚刚唤醒的新的眼光去审视生活时,她发现原来纯洁的信仰,竟被政治骗子所玷污,偶像坍塌了,精神崩溃的痛苦折磨着她,到处寻求重建人生理想的慰藉。她冲破樊篱反抗的方式,虽然幼稚一些,但信念是执着的。当她的丈夫郭立枢指使她去告发诬陷刚刚平反落实政策的右派荆原,并偷看她的日记攻击她已成为"堕落的女人"时,她感到自己的人格和尊严受到侮辱,意识到分手已成为一种必然。抗抗以特有的女性细腻,剖析了梅玫在觉醒中痛苦挣扎的苦难历程,但她赋予人物的感伤情调过于浓重了。梅玫作为一个经过文化大革命"战斗洗礼"的工农兵大学生,世事如此无知,与郭立楠忸怩作态的交往,以及贸然造访荆原的行动,都显得唐突不真实。

如果说梅玫的个性解放,还只限于冲决保守僵化的罗网的话,而岑朗的追求,更带有政治色彩,意义更深,更具有一种处处逼人的进攻性。岑朗是张抗抗笔下较早地感受春天信息的使者,她是第一个突破了框框的"多边形"人物。在她身上洗去了某些"伤痕"青年,由受骗而怀疑,由怀疑而幻灭的"时代病",她是带着明朗、活泼向上的新人气质走上文坛的。有些评论指责岑朗过于天真、脱离实际,是一位只追求"个人如何求得某种精神解脱"的利己主义者。这种指责的偏颇在于,是把岑朗的斗争仅仅看作是她个人的事了。七十年代末,春天的信息初到人间,然而残雪未尽,寒潮阵阵袭人。生活中飘散着一种无形的精神压力,"像个隐身人"。造成吕宏这种"左撇子"人物的土壤犹在。岑朗面对的是这样一种现实。她把吕宏仅看作是可以同情的受害者,所以她一直不把吕宏的盯梢、流言和人身攻击记恨在心。"照片事件"引起的轩然大波,她也毫不在乎,"让他们去说好了"!这种我行我素的个性,既表现作者胸中郁结的"憋闷"情绪,也剖析岑朗作为新人的广阔胸襟。作者说:"她(岑朗)活跃在我的脑子里足足有半年之久,最初是我的中篇小说《淡淡的晨雾》的一个人物(指梅玫),后来'她'多次提醒我,'她'必须独立成篇,才能成为比较丰满和完整的人物。”[①]看得出来岑朗是作为梅玫性格的“丰满”和“完整”而出现的，是作家整体地历史地把握现实，探索青年形象塑造的延伸。梅玫对现实和环境的反抗，带有反封建的不彻底性。而岑朗才是现代社会应该造就的那种个性“全面发展”的新人。在《夏》中，作者让人物自己表述了这种观点，她的“多边形”性格，预示了一种做人的观念：“我总是不能去想到别人会怎样看待我。”可是，传统的做人观念，历来注重别人的议论和眼光，常常为了讨得别人的欢心，而不惜削足适履，将自己个性中的独特优点打光磨平。岑朗个性中有点棱角，这正是作为新人的可贵之处。

当然，岑朗在《夏》及其续篇《去远方》中，并没有干出所向披靡、惊天动地大事业。她与现代迷信遗留下来的“陈规陋习”宣战，最终归于失败，在《夏》中选“三好”学生无言退出教室就是例子。所以作者才在《去远方》中，让岑朗发出感慨说：“其实我们只不过发出了几声微弱的呼喊，根本什么也没有做，什么也没能做。我们的时间、精力，都花在提防暗箭，澄清谣言上去了。”我觉得这是新人岑朗的苦恼，也是作者张抗抗的呼声。它反映了在中国的大地上“左”的余毒是如何在扼杀着一切新事物的诞生和发展。岑朗作为新人的特质，就在于她比旁人更及时、更深刻地意识到内心对新生活的渴望，以及对这种渴望的追求，她勇于同“自己心灵的绳索搏斗”，亲尝了“苦夏难熬”的滋味，她的个性是属于一个新的时代的。

奋斗者跋涉的足迹

张抗抗笔下的“多边形”人物，还有以曾储、纪小明、顾亦非、宋为良为代表的奋斗者形象，这些存在于不同时期，面貌各异的人物，也有着性格内涵互相照应和延续的连贯性，通过他们折射了时代的变迁，留下作家探索青年形象塑造的足迹。这一组系列形象，较早的有舒莫、李欣(《爱的权利》)、郭立枢(《淡淡的晨雾》)、梁小波(《夏》)，他们站在刚刚被否定的精神废墟上来看待现实，总不免绝对化，但他们冲决旧思想的勇气，对新的人生信息寻求的探索精神是可贵的。比如，《爱的权利》中的李欣，自称是一位“异教徒”，敢于明确对现代迷信制造的教义和清规戒律提出挑战，舒莫不顾姐姐舒贝的劝阻，也参加了这“异教徒”的行列。李欣和舒贝相爱，当舒贝提出：“我请你，在我和你的哲学，你的政治之间作一种选择”时，他断然回绝说：“我不能因为爱你而放弃自己所

① 张抗抗：《让它生长——关于<夏>的写作》，原载《小说选刊》1981年第3期。

爱的事业。”和《淡淡的晨雾》中郭立枢一样，他们的精神世界充满了新的生气，是敢于创造新生活的人。然而，他们对新生活的理解还比较朦胧，由盲目崇拜走向盲目否定，他们的思想和进攻的武器都不够成熟。比如，那个天真、幼稚，有点接近“怀疑派”的郭立枢，“对一切都不满意，对一切新思潮都如饥似渴，幻想着一夜之间现实社会会改变得无比美好。”这个人物身上遗留着三十年代反封建、争自由青年形象的影子。他们这种愤世嫉俗的偏激情绪和对生活罗曼蒂克的幻想，也反映了作家张抗抗那时对新人理解上的偏颇。

《北极光》中的曾储，是从幻想走向实际，从天上回到人间的一位新人。如果是细心的读者还会发现：张抗抗笔下的青年，都是平凡的小人物。她似乎不太喜欢去描写那种通体光明、叱咤风云的英雄，也不把“新人”写成“完人”。曾储是一位水暖工，平凡的职业并不影响他有远大的抱负和切实的追求。他与同时代的青年有大致相同的经历：失恋，坐牢，写过遗书，也曾有过幻灭。然而，他能从落后、阴暗的现实中，看到光明。与傅云祥的庸俗、实惠，以及费渊的虚无、自私相比，他的思想境界是高尚的，追求是执着的。“我宁可撞死在自己的理想上，也决不回头。”他对工作不挑挑拣拣，抱着不发光也要发热的诚实态度去干四化，把自己的命运前途，同祖国人民的命运相连。当费渊对他大谈“自我发现”的人生观，讨论今天的青年是“先救国呢还是先救自己”时，曾储说：“每个人都不是一座孤岛，而是大陆即社会整体的一部分，如果每个人都仅仅追求个人幸福，其结果就是谁也得不到幸福。”基于这种认识，他把平凡工作同远大目标结合起来，将个人的处境和不幸置之度外，自觉投身于振兴中华的实际行动中去。在生活的实践中认识社会，领悟人生的真谛，寻找自己在生活中的位置，他这匹不知疲倦的“小鹿”，变成了为人民负重的马。这种精神应该说是当代热心青年的基本性格，被作家认识和发现了，这是张抗抗对青年形象审美意义的新开拓。

沿着曾储道路走下去，张抗抗笔下奋斗者青年形象，呈现出多层次的结构特征。《红罂粟》中的纪小明别具特色。他可以说是一位实践机关工作改革的新青年。他是留农场的老知青，担任过指导员、分场长、局机关干事。就因为农场最大的官隋大忠书记看他不顺眼，他这位具备“四化”条件的干部几次提拔都被否决。隋书记猝然去世，这回提拔的“后备干部”又选中了他。他带着人事处长的口头指示去绥化农场任团委书记，接替原书记祝融的工作。此人勤于思索，注重实际，机关领导干部之间钩心斗角的反常现象，使他学会讥讽和幽默。他把“后备干部”说成“后备母猪”的谐音，当堂堂团委书记把《西施泪》说成是意大利电影时，他狡黠地揶揄说：“不，嗯……是 罗马尼亚的！”他走马上任的第一天,就深入基层团支部了解情况,从抓团员自身的文化科学知识学习,提倡智力开发入手,提高团干部质量。这些措施都是实现共青团工作改革的迫切问题。可是由于上任后,没有"把上、下、左、右"的关系"整明白",他的"任命"迟迟不下来,他的改革以他的"罢免"而告终。

凭工作的责任感和才能纪小明是当之无愧的团委书记人选。可是在习惯于听奉承话的领导面前,纪小明的合理化建议和独立思考变成了"不成熟",不尊重领导的"异端"。而那位善于迎合领导口味,僵化凝滞,充满惰性的祝融,却重新得到赏识。当组织处长遮遮掩掩通知他仍回去当干事时,他以轻松的笑来承受沉重的挫折。并且想起了家乡照相馆的一个招牌:"二我也"。这时改革之风还没有吹到的农场边远的角落,一切如旧,"翻版、复制、脱坯"。新上任的"一把手"与刚死去的方宝岭"公国"第一"大公",惟妙惟肖。纪小明的改革暂时失败了,但他并没有消极退缩,他重新陷于对现实和历史的沉思,从鸦片战争想到了"红海洋",从妖冶迷人却灌满毒素的红罂粟,想到了"这撒下了罂粟子的土地!"他的思索耐人寻味,思索将蓄积力量,带来更大的奋起。

在中篇小说《塔》中,顾亦非、宋为良可以看作是曾储性格的延伸和发展。不过他们比之在《北极光》时候的曾储,显得更加深沉老练,扎实多了。顾亦非是"老三届"去北大荒,而后返城的青年,宋为良是留在"北大荒"扎根的"兵团战士"。在他们俩的身上都闪现着普通人的求实和献身精神。小说通过一批"北大荒"知青在"六和塔"聚会,用人物交错和内心独白的手法,表现生活和社会地位的多层次(像塔一样)和他们的精神境界并无对应关系的哲理。而顾亦非和宋为良就是这种哲理的代表。

顾亦非和其他返城的青年比较,他穷极潦倒,三十而立的人,还在"待业",要文凭没文凭,要工作没本事,但他仍刻苦自学,在街道工厂糊纸盒,自谋职业,专为顾客设计、剪裁新式童装,在生活中寻找到了自己的人生支点。别人把他比喻成"多余人",他不以为然。"如今人们像疯了似的追逐金钱",而他却认为,"世间真正宝贵的东西"是"难以用经济价值来衡量"的。他对同学中有些人投机、钻营、见风使舵,不断用"流行标准"改变自己的价值观,投以鄙视的目光,而真正钦佩那种"用生命去捍卫自己心中的目标,而不受世俗和'行情'干扰"的人生态度。所以,他并不颓丧自卑,用拼搏的勇气去对待生活。即使没有成功的希望,甚至没有人理解,也要去奋斗。他的目的是要替一代青年长志气、为祖国争光。"只希望若干年后人们用轻蔑的口吻谈到这'垮掉一代'时,会有人摇头说一句:'我看不见得!'"

宋为良把自己比作是"知青"返城潮水退走以后,"留在河滩上的小虾"。

其实他留在“北大荒”的真正原因,是爱情的许诺成了他的“扎根树”。他不是那种没有追求,只满足谋生的庸人,而是怀着切实干一番事业的大志,去边境地区垦荒,放着现成的机耕队长不当,而去当一名拖拉机手。他讲起新开垦农场的生活和远景充满自豪,并不认为当初报名去北大荒是“受骗了”。这在许多诅咒“上山下乡”运动,把“北大荒”(或农村)视为苦海炼狱的知青小说中,宋为良的认识可谓空谷足音。他始终认为自己是普通人、“乡巴佬”,他的人生信条是:“总归都是要活下去的,活下去就要劳动、建设、创造。”一个伟大的真理,他讲的是如此平常轻松。他的思考方式不像岑朗、曾储那样带有强烈的理想色彩,而是既有崇高的信念,又深深扎根于生活土壤中。当然,宋为良他有从实际出发考虑问题的庸俗之念,曾有过“我如果有办法,回来扫马路也干。”但他的真实的思想主流,是要在“大和塔”内搜寻十三年前去北大荒时写下的警言。宋为良的形象已经摆脱了那种缺乏历史感的不成熟性,这是迄今为止张抗抗笔下青年形象趋向成熟的一个重要标志。

“第四种人”的苦恼

与上述两类青年形象相对立,张抗抗笔下的“多边形”人物,还有以祝融为代表的“第四种”人。这一名称是纪小明在《红罂粟》中,向祝融随便说出的一句俏皮话。“不是‘三种人’就进了保险柜啦,暖,不过,有没有第四种。”

“第四种人”那是指与“四人帮”有牵连的,在“文革”中有严重打砸抢行为的“第三种人”相比较而言,这里可以泛指那些在“文革”中得势,或者在政治上顽固坚持极“左”路线的食利者。这样的人物在张抗抗塑造的青年形象中,占有一定的比例,同样构成了一个心理和性格承续和延伸的形象系列。

《红罂粟》中的祝融,这是抗抗为我们刻画的“第四种人”的典型代表。他也是老知青,生着“白净而端庄”的面孔,不苟言笑,叫人“高深莫测”。然而,骨子却是虚伪、无知、刻板,一位熟谙官场的关系学的庸人。祝触当年不过一小小“知青排长”。他是借陷害一位“留场就业”的农工邬德福而飞黄腾达的。邬德福“怕那些娃娃复天吃菜不卫生,跑肚拉稀,在那水里搁了点儿自家种的大烟花的面面”,可是,祝融反诬老邬头在水里放了“六六粉”。结果,老邬头坐了班房,祝姑娘到处讲用,成了“阶级斗争警惕高”的样板。他的荣升是靠了制造别人的悲剧为自己的垫底。人妖颠倒的扭曲岁月,就这样造就了她这个“幸运儿”。几年来她凭着“紧跟”和对上一级领导的溜须拍马,使她如“罂粟一般红得发紫”。直到三中全会以后,她仍被某些领导所信任,成为纪小明所嘲弄的“后备母猪。”

透过祝融的形象,我们回顾一下张抗抗对这类青年形象认识和探索。早在1979年写作的中篇小说《淡淡的晨雾》里,她就为我们刻画了郭立枢这位“两栖类”的政治动物,在继后写的小说《夏》中,又描写了一位“谢惠敏式”的人物吕宏。如果把《白罂粟》中图财害命的“狮子头”也算在内,祝融式的“第四种人”,可以排列到第六种、第七种。这一类人物都是吃“狼奶长大”,吸收极“左”路线营养培植起来的“罂粟”。他们在张抗抗的作品中,成为思想解放的障碍和阻力而存在,他们的面貌也随着时代潮流的演进而改变着颜色,这一组“多边形”形象序列,不仅表达了作者对人生价值的政治态度,同时也是我们对生活做历史考察的一面镜子。

吕宏出现在《夏》中,并不是刘心武笔下的谢惠敏再版。作者赋予这个人物保守僵化和假道学特征,还让我们看到了她性格中封建思想的复活。她高谈自己的“责任”,以教育改造岑朗自居,把一切新思想都视为异端邪说。她本来也春心萌动,有恋爱之图,却不免又装着正人君子的样子,处处充当“我”的好心人,替别人“保管”照片,还说要帮助“解释”,却暗地里四处张扬,“都传到七八级去了”,意在把岑朗搞臭。她找梁一波谈话,分明是摸岑朗和梁一波的秘密,自己也怀着不敢直露的隐衷,但她偏要以革命的名义,把自己的私心说得冠冕堂皇,弄得梁一波口口声声感谢她。可以说抗抗是写到这个人物的心里去了。看到了吕宏在“评三好”会上拉帮结伙,突然袭击,才使人觉得她这个“阴森的黑影”,多么令人可怕。

在《淡淡的晨雾》里,吕宏演变成为郭立枢,他同样是假道学、伪君子,他与吕宏不同之处,在于郭立枢政治上有野心,是很会观风向的政治扒手。在“四人帮”时他是“评法批儒”的红人,“四人帮”倒台后,又拿出批“四人帮”的文章,大谈自己对“评法批儒”如何强烈不满。他极端反对思想解放,却口头上一本正经地发表演说:“谁不解放思想,谁就跟不上时代。”他把解放思想变成自己招摇过市的“时髦的名称”,像大街上流行的“超短裙”。此人更有阴险之处,还在于他政治上要弄权术,打小报告整人。他偷偷对荆原作的解放思想的报告进行录音,还指使爱人梅玫和弟弟去投寄诬陷荆原的匿名信,“文革”时代“四人帮”整人的那一套手法他全部继承下来了。他是“四人帮”极“左”路线培养出来“政治动物”。

从吕宏、郭立枢到祝融,可以看到这类人物的一条行动线。像祝融这样的人,已经不像郭立枢那时公开地露骨地反对三中全会了,她懂得了在新的环境中,要保住自己的既得利益,除了以更加激进的“革命”面目和圆滑的人事关系外,还须要依附一个靠山。祝融本是隋大忠生前选去万宝岭的接班人,可是隋大忠没有把后事安排妥定就离开了人间,新上任的"老滕头早对她火火的",本想用纪小明把祝融"替下来"。祝融能够在不利于自己的情况下,扭转领导对自己的看法,把新派来"纪书记"挤走,可见一斑。小说通过祝融把我们机关行政工作中积沉下来的弊端,诸如干部选拔、人才标准,以及极"左"路线残余危害的全部复杂性都揭示出来了。

祝融就是那个"同时造就天使与魔鬼的年代"生长起来的红罂粟。十年前的黄毛丫头如今成熟而老练,此人十年前曾诬好人,把邬德福送进监狱,今天见了邬德福的儿子,镇静自若不感到内疚,更没有想给别人平反落实政策,自己承认错误。还大言不惭地宣称:"组织部这次清查的结果,机关的后备干部中,一个'三种人'也没有"!"一个再也无人追究、无人知晓的秘密将永远埋在这儿,做那坚定而正确地微笑着的、四季不败的鲜花的底肥。"这就是那个时代种下的"大烟花"!作者的愤慨和忧虑很明确:"当心红罂粟!"

然而,时代前进的潮流终究无法阻挡,郭立枢想用他软硬兼施、温情脉脉的手腕,笼络住梅玫,到底无济于事,分手已成必然;吕宏机关算尽,打着关心同学、"注意影响"的旗号,插在梁一波和岑朗之间,私心加隐衷和他的僵化思想结合,做出了一系列发泄私愤的行为,然而也不免去当了她的"左派"害了单相思;祝融道貌岸然,走着红运,但她的生存总不免要依附于某棵"大树",一旱树倒,便丧失了安全感,可是自然的规律、社会的规律是无情的,她还能"妖冶迷人"多久!?

她,找到了"我"

上述"多边形"青年形象,留下了张抗抗在艺术追求道路上蹒跚的足迹。也许她比别的青年经历了更多的人事沧桑,所以她厌恶思想僵化,更渴望思想解放的潮流,她思考的社会问题有的是极其尖锐的,常常通过爱情描写表现政治和人生,为个性解放和恢复人的价值及尊严呐喊。她的许多作品引起争论,臧否有之,议论颇多。追求,是一个充满冒险精神和诱人的字眼,可她一刻也没有停止追求,既不重复别人,也不重复自己。上述一组组系列形象可以看出,她的追求是上升的,在"源与海之间",不断寻找自己的跨度。可以毫不夸张地说,张抗抗是一位有个性、有追求的作家,她的审美观、她的思考方式、她的艺术表现手法,同她笔下的人物一样,也是"多边形"的。

这种"多边形"的特征,就是努力寻找"自我",寻找表现自己内心的最佳方式和最佳角度。1980年抗抗在《芒种》第七期上写了一篇理论文章,题目就叫《找到"我"》,开头就说:"'我'是一个罪孽的种子,在文坛,一向被打入冷宫,深埋于九尺重岩之下。"多少年来,作家、评论家不敢讲"我"。"'我'自幼学文,没有一个有胆量的老师敢对我提起过'我'。"是否可以说那许多缺乏个性作品,都是缺乏个性产生的。张抗抗还在另一篇文章里说:"提高的秘诀,首先在于敢于否定自己"。[①] "文革"当中,张抗抗就开始了文学创作,写出了长篇小说《分界线》。后来,她总结自己的教训说:"我不得不承认自己是一个用心良苦而技法蹩脚的画匠,总想回避模特儿本身的缺陷,把他画得太美,结果反倒不像。""我们就这样背叛了生活的真实,成了一个说谎的孩子。"[②]粉碎"四人帮"以后,抗抗从否定过去的自己中得到新生,题名"分界线"的长篇小说,只给她留下内疚的回忆,而她创作上真正的"分界线"则是从粉碎"四人帮"后的第一篇小说《爱的权利》开始的。

她终于找到自己可以发挥优势的题材。在艺术上努力追求的是要突出表现自己的人格和个性,她笔下许多人物都有自己心灵的影子,她甚至公开说:舒莫也许更接近我自己一些。《夏》中的岑朗寄托我的很多感情。在人物形象塑造上,重视人物"怎么想"更重于"怎么做"。在小说《北极光》和《塔》中成功地运用内心独白和叙述相结合的方法,把心理描写的手段加以丰富。比如,写陆岑岑的心理活动,"有时是解剖自己灵魂的回想,有时是对他人合乎逻辑的猜想、推想;有时是触景生情的联想:有幻想,苦思冥想,扪心自问……还有一种想象对话。"[③]这些多种手段的处理描写,是抗抗为表现当代青年对人生理想思索追求的一种创造,有助于刻画人物复杂的内心活动及其"多边形"性格。

张抗抗所写的是青年题材。当代青年生活在一个变革时代和历史转折中,作者常常急于想把自己对新生活的感受表达出来,参加对现实新问题的论战。因此,这就给作者在创作上带来一个问题:她必须紧紧追赶着时代前进,她的作品有时来不及精雕细刻,常常流露出一些人为的痕迹。有的细节描写缺乏生活依据,理胜于情,作品倾向性外露,表现出她在艺术追求上的不够成熟。在创作中,作家应该给自己的内心世界以自由,把自己意识中关着的那些思想、情感和诗的力量释放出来,尊重"自我",重视作家的主观性是必要的。但是这种主观还要尊重生活本身和人物自身性格发展的逻辑,不应该把自己

---

① 张抗抗:《源与海之间》,载《上海文学》1984年第8期。
② 张抗抗:《从西子湖到北大荒》,载《西苑》1952年第3期。
③ 张抗抗:《我写<北极光>》,原载《文汇》1982年第4期。

的理念主观随意地外射到人物身上，更不能仅仅靠挖掘自己的内心感受去写作。好在抗抗已经认识到了这一问题，下一步就要看实践了。张抗抗在小说《夏》的结尾中说："我是喜欢夏天的，让夏天更繁茂，更舒畅，更热烈些吧。"她的思想、性格和艺术才情，似乎也正处在生气勃勃的夏天。我们赞美夏天，更盼望着她的是十月金秋的丰收。

1985 年春节于哈尔滨

刊于《当代作家评论》1985 年 6 月

张抗抗的文学之路

活跃在当今文坛的新人中,张抗抗可称是其中的佼佼者。继 1979 年她在《收获》第二期发表小说《爱的权利》之后,三年来连续发表了小说、散文三四十篇。其中短篇小说《夏》、中篇小说《淡淡的晨雾》,分别获 1980 年全国优秀小说创作奖。这样一位才思敏捷的文学新人,不免受到读者和社会舆论的关注。许多文学爱好者,则希望从她这里洞悉成才之路,窥测创作秘密。

痴情是成功的起点

张抗抗来到这个世界上,这是我们的祖国从苦难中解放出来的第二年。她的父母是在艰苦的革命战争年代结识的患难夫妻,在给孩子的取名上,熔铸了两个知识分子的艺术思维。“抗抗”,女孩取个男名,读来朗朗上口,不同凡俗,这个名字还有一层为他人所不能理解的意思,前一个“抗”字寓意他们相识于抗日战争,后一个“抗”字,表明孩子出生在抗美援朝这一年,把两个值得纪念的年代用在呼叫孩子的口语中,可以时时勾起甜蜜往事的回忆,颇有几分文化人的罗曼蒂克。

抗抗对于文学的爱好,从小得力于她的家庭教育。她的父亲早年从事报纸副刊的编辑工作,母亲是教师,他们对文学的强烈兴趣,培养了抗抗对文学的痴情。还在抗抗牙牙学语的时候,她的母亲就教她念诗,抗抗至今还清楚地记得“太阳眯眯笑,老牛吃青草”的儿歌,就是母亲最早教给她的。那时她的父亲,因为历史问题的疑案,受到审查,一直遭到不公正的待遇,给她们的家庭生活罩上了阴云。她的母亲承担了家庭生活的重担,每天母女俩步行到校上课,晚上回来,一同开家庭晚会,作诗,朗读《渔夫和金鱼的故事》。“路灯亮了,我和妈妈回家了”,抗抗最早做出的两句诗,受到母亲的鼓励。

一般说来,文学创作的启蒙是从读书开始的。抗抗的母亲疼爱孩子,不是把钱用在打扮女儿上面,她自己动手给孩子缝制朴素的衣服,节省下来钱来买书,从安徒生童话,到《鲁宾逊漂流记》,凡适合儿童读的文学书,都尽量找来给孩子读。小学三年级的时候,抗抗已经不满足于读那些富于幻想的、优美动人的童话了,她开始大量涉猎为成年人阅读的现代、当代著名小说。有一次,她从妈妈的枕头下找到一本新出版的《苦菜花》似懂非懂地读起来,她说:“小说中广阔的世界使我惊奇,也使我神往。我开始觉得文艺家是最可敬的人,因为,他能告诉人们什么是好,什么是坏。”从那时起,她到处搜寻爸爸和妈妈读的“大书”。她的父亲喜爱苏联和俄罗斯文学,因此,她早期读过的外国文学有《青年近卫军》《钢铁是怎样炼成的》《勇敢》等。中国小说《红岩》《青春之歌》《林海雪原》等,也是抗抗早期喜爱读的小说。她读小说,不像别的孩子那样,追求情节紧张、热闹,跳着读,而是把自己置于作品的意境中去,与书中的人物同欢乐、共悲哀,有时被书中的人物迷住了。她发现了文学有着一种神奇的魔力,可以寄托和表达自己的思想和感情,她开始幻想自己长大了也去当作家。

在抗抗十一岁的时候,她的第一篇习作《我们学做小医生》在上海的《少年文艺》上发表了。这篇习作写的是他们班里办红领巾小医院的真实故事,文中形容一个瘦高个的男生,好像“长条丝瓜”,语言生动、形象,描写准确。接着,她又在《少年文艺》上发表了两篇散文,一篇《五彩的墙壁》写她的淘气的小妹妹学雷锋的故事;另一篇《茶花》描写了江南茶山迷人的景色,“野花夹在绿草中间,迎着太阳微笑,翠绿的竹林,在山腰里摇摆着沙沙作响……”简短几笔,写出了茶山景色的特征,给人一种如临其境的艺术感觉。

“一个人爱什么,大概是不能阻挡的”,这是张抗抗写在小说《爱的权利》中的一句话。爱,可以是一种力量,是事业成功的起点。在文学的道路上,她踏过了荆棘丛生的道路,是对文学的执着的爱好和痴情,引导她实现了理想的目的。

逆境中奋发成才

1963 年秋天,抗抗考入了杭州市第一中学。入学的第一年,由于她各方面成绩突出,又在作文比赛中获得全校第一名,被选为班级文体委员,受到老师和同学的赞赏。可是,好景不长,只因她在一张学生登记表上,泄露了父亲的“秘密”,倏忽之间,荣辱反常,变成了阶级路线之外的异己,考验接踵而来,班委会干部被撤职,政治考试只给三分,连国庆游行也不让参加了。从此,她背上了出身不好的包袱,自视为低人一等的“贱民”。但是,她没有悲观失望,即使在最困难的日子里也很少哭泣,她一直记住父亲的教诲:“只要你百折不挠地努力,总会获得成功”。她甚至做了一个可笑的梦,梦见自己想游过太平洋,果真地就游过去了。

她唯一的兴趣,就是和文学书籍交朋友,她参加学校组织的“鲁迅文学兴趣小组”,胸前佩戴着印有鲁迅手迹的“杭州一中”四字的校徽,常常漫步在后校园的鲁迅纪念亭旁,心里激荡着一股对鲁迅先生的敬仰之情。她的语文老师看中了她的才气,常把她的作文拿到同学中去宣读。在别人都以为她的血管里流着反动的血统因子的时候,只有语文老师才另眼看待她这只“丑小鸭”。

她也有过幻想,幻想自己像小说《军队的女儿》中的女主人公那样,离开自己的家庭,到很远的地方去,重过一种新的生活;她也想不再念书了,像当时宣传的那样,到火热的斗争中去,为工农兵写作小说。还没有等她把幻想的美梦做完,历史又旋风般地向前推进了,史无前例的“文化大革命”开始了。这一年,抗抗十六岁,对于一个姑娘来说,那是如花似玉的年华。可是,生活又以一种光怪陆离的色彩呈现在她的面前,使她处于极度的苦闷和矛盾之中。她在学校积极参加批判“封、资、修”的大毒草,回到家里又把那“封、资、修”的书籍藏起来;她日夜提心吊胆怕有人来抄家,但又向往着社会上那种“破四旧,大民主”的气势;她在学校参加批判“黑五类”的子女的大会,但又怕自己“出身不好”遭到同样的下场。终于,她选择了上山下乡的道路,1969 年 9 月,从美丽的西子湖畔,来到了北大荒。

小鹰原本是来这广袤的大地练翅的,可她刚一试飞,就被生活的风折了翅膀。给抗抗又一个打击的,就是那个来得不是时候的爱情。

爱情挫折以后,抗抗又从天真的幻想回到现实中来,面对现实,又使她陷入极大的忧郁和痛苦之中。这里面既包含了周围朋友的不理解,也有着外界那杀人不用刀的留言,还有个别过分“关心”她命运的人的不怀好心,生活的全部复杂性,像莫测的黑云一样挤压在这个仅有二十一岁的女青年身上。想当初她从美丽的西子湖边出发之时所憧憬的北大荒,是鲜花铺地的无边无际的大草原,而现实却又要她在这个并不美好的环境进行着苦斗。

但是,她始终不渝地坚信自己的理想和事业,相信人生的道路还长,生活是可以改变的。她甚至想到了文学史上许多伟大作家的不幸遭遇,艰难困苦、玉汝于成。生活的辩证法,往往如此。逆境使人苦恼,使人堕落,也使人成材。她咬紧牙根,跨过许多人为的障碍朝前迈步。她回避着自己的同伴和朋友,沉浸在读书和写作之中。当时的农场,难得找到可读的书,她就想法从家里弄书来读。她说:“当我与作品中的人物一起呼吸思考的时候,我可以忘记、丢弃一切。”“那些优秀的文学作品,悄悄治愈了我心头的创伤,也洞开我的心扉,使我变得聪明和顽强。”她把生活中的酸甜苦辣,变成了自己成长的营养,终于写出了饱含自己人生经验的作品。

“炼狱”里进行苦斗

也是文学的力量,鼓舞着抗抗勇敢地走向生活。她到农场菜排种菜,参加砖厂压瓦,到小兴安岭深山老林伐木。用集体劳动的快乐,挤去心灵上的忧伤,用消耗自己体力的疲劳,换得一夜安眠。她把自己的痛苦,深深埋藏在心底,一心向往着理想的目标。她偷偷地观察人,记日记,搜集素材。但是,作这项工作,也有一个女青年的难处。比如,他们同去伐木的队伍中,有一个小拖拉机手,每天很早就起来练车,工作很认真,这不就是需要歌颂的新人吗?她很想找他聊聊,但是不敢,怕他误会了,因为人家不知道搞创作的人对这些东西感兴趣。一次,她鼓起勇气找他谈了话,有几个男青年见了就故意做鬼脸,吹口哨,事后又传出风言风语来,逼得抗抗只好出来解释,才平息了这场风波。后来,她根据这次采访的材料,写成《大森林的主人》这篇散文,文章中写的小萝卜头,就是那个开拖拉机的小伙子。

生活虽然是丰富多彩的,但对抗抗来说,似乎显得吝啬了些。她生活在这同龄的青年当中,稍有一点不谨慎,就会无端地生出一些议论来。她既要作生活的有心人,而又要本能地保卫自己。所以,在一些人的眼中,她是那样的孤傲、清高,有时还要忍受那些“名利思想”“成名成家”之类恶言冷语的讽刺。

当别的女伴在休息时间闲聊,编织花边毛衣的时候,她就把那些“扯淡”的时间,用来读书和做笔记了,她住在女生宿舍里,铺位总是靠在边上,因为这样可以免去一些干扰。她自己花钱买回蜡烛,一边写着笔记,一边支着耳朵听姑娘们谈心,偶尔一段有趣的新闻,飞到她的耳朵里,就立刻储入她记忆的仓库。她就是像蜜蜂采集花粉那样,一点一滴地积累自己创作素材的。

当时农场的学习和写作条件是很艰苦的。时间只能占用业余,这还不要紧。最难堪的是没有一张写字的书桌。看书、记笔记、写文章,只能盘脚倚着被褥垛,把稿纸放在膝盖上,下面整一块硬板来写。后来,捡了人家一张破炕桌,她在上面贴了一张鲁迅像,再在最外边包了一层透明的尼龙纸。这就是她当时写作的书桌了。有时,宿舍漏雨,还得用一块塑料布,撑起一个避雨篷,才能躲在下面读书。

为了更多地读书,更多地积累生活素材,她除了劳动和吃苦以外,还要有更多的冒险。一年冬天,农场派人到山里伐木,干这样笨重的力工活,女同志是可以免去的,可是,作为一个想体验一下伐木工人生活的作者,她也积极要求参加了。但是,她不满足自己进了森林,还想去探索一下这个大千世界的秘密,要亲自去看一看原始森林,听一听伐木工人"顺山倒"的吼声。一天,她一个人跑到公路上,截住一辆去山里拉木头的大车,一个人跑到深山老林去,观看了伐木工人火热的战斗生活,聆听了楞场工人集装木材喊号子的歌声。她说,山里那段伐木生活,给她留下深刻的记忆,那黑暗的帐篷,用杨木杆搭成的床,从枕头边那潮湿的树干上长出来的嫩黄的叶芽,还有那总也烤不干的棉靰鞡,这些实际生感受,都成了她后来创作的宝贵财富了。

北大荒农场生活八年,对抗抗后来文学创作的影响,是有着决定意义的。如果说,这段生活没有给她带来多少幸福,但也要感谢它赐予她的那么多的痛苦,因为,这些不平凡的遭遇,使她受到了锻炼,饱尝了生活的艰辛,比起那种浑浑噩噩,单调平庸的人生来,要有意义得多。正如抗抗自己所说:"我们耕耘大地,播种绿色,总会收获。"

找到了"分界线"

1975 年,张抗抗的长篇小说《分界线》问世,这是她在文学之路初试锋芒的第一个成果。小说的素材来源于抗抗所在的农场生活,其中许多人物、故事都有一定的生活依据,作者的用意是想反映在农场建设中,两种思想、两条路线斗争的分界线。小说在构思上受了当时流行的政治观点的影响,是一种创作上"主题先行"的产物。

作者选择某国营农场在兴修水利中的一场斗争,从路线出发去安排人物和矛盾冲突。按照这种以阶级斗争为纲的指导思想去进行创作,不可能反映生活的真实,而是裁剪生活,填入"纲"的模式,小说要回答人们是"分界线"的问题,既带有时代的局限性,又有着作者的主观性,在很大程度上是一个现成结论的思想样子。

作者想通过对自己笔下人物的歌颂和鞭挞,号召人们分清路线是非。但是,真理与谬误的界限在哪里?当时连作者本人都无法搞清,怎能叫别人去划清界限呢?

但是,这部小说对于张抗抗踏上文学道路的意义,还是应该肯定的。它首先是检验了作者的才华,表明了她今后从事文学创作的可能性,打破了对创作的神秘感。虽说这部作品是张抗抗步入文学经受的一个教训,但不能不看到,这是她走上文学道路之初,留下的一个带有历史痕迹的起点。

真正代表张抗抗文学现实主义的革命路线的，是短篇小说《爱的权利》。这篇小说写成于1979年，但它的酝酿和构思，可以说是已在她的心中孕育了多少年了。

1976年5月，抗抗从杭州返回北大荒，这时我们的祖国正处在光明与黑暗、革命与反革命的搏斗中，她的视野已经从东北边陲的一个农场伸展到更广阔的社会了。她所思考的已经不是一个农场的路线是非问题，她甚至怀疑起了自己的信仰，产生了一种朦朦胧胧希求变革的愿望。1977年初春，“四人帮”倒台后不到二个月，她就以一种抑制不住的喜悦心情，在《黑龙江文艺》上，发表了一篇题为《迎新》的散文纵情讴歌人民的胜利，欢呼新时期的来临。

就在这年四月，黑龙江省文化局在省艺术学校办了一个编剧班，抗抗受到了新生的党和人民政府的关怀，从农场来到这个学校读书。从此，她结束了八年艰苦的游牧生活，获得了一个安定的学习环境。尽管在编剧班的学习只有两年，但对抗抗文学上的长进作用很大，她不仅有机会阅读了大量中外名著，而且，还冷静地思考了自己前段走过的路，开始认识到文学创作一定要扎根于生活的沃土之中。在拨乱反正的斗争中，她经历了长期的艺术探索的苦闷，但是，事实迫使她承认，自己曾经是一个用心良苦的蹩脚画师，以前总想回避模特儿本身的缺陷，把她画得太美，结果反倒不像。她在给友人的书信中说：“我们就这样背离了生活的真实，成了一个说谎的孩子。”她卸下了自己身上的重负，开始了文学创作的新的追求和探索。

《爱的权利》是张抗抗面向现实和人生进行思考的艺术结晶。小说的素材是她在去大庆女子采油队体验生活时，偶然获得的。她听那里的同志讲，“文化大革命”中，有个知识分子临终前给女儿留下遗嘱：日后婚事以择工人为宜，不要找知识分子。可是粉碎“四人帮”后，这姑娘偏偏爱上了一个工程技术人员，是遵照父亲遗训不要去爱呢，还是不违背自己的感情去爱？姑娘很矛盾，很苦恼。这个偶然听到的故事，引起了抗抗的深思，她隐隐约约感觉到这个故事的背后，有许多发人深省的问题。当时，她想把这个故事写成一篇题名为《遗嘱》的小说，但又觉得不能深刻反映它的全部底蕴。她带着生活给予她的启示反复思考，并且融进了她自己的切身感受。她想到“爱”这个圣洁的字眼在人们的心灵上的分量，也想到在自己的同龄战友中，都曾有过的对于爱的追求，但由于各种各样的原因，他们又忍痛抛弃了自己的爱。她自小就有着对文学的爱好和兴趣，她为它奋斗，为它苦恼，可是人们并不理解她，她不能一帆风顺地去实现自己甜蜜的梦。她也曾倾心于她所爱的人，但是，生活又使她失去了她的爱。她的父母怀着对祖国、对人民的爱，做了许多革命工作，可是，这一切反被罗织成莫须有的罪名。她似乎觉得自己听到的那个知识分子的遗嘱的背后,包含着一种更深刻的社会内容。那就是“四人帮”极“左”路线造成的一个时代的伤痕,使许多人忘记了热爱生活、憧憬未来的权利,以致这种历史后遗症,并没有因那个悲剧时代的结束而立即消失。因此,她酝酿了“爱的权利”这个主题,倾注了自己的心中被新时期唤醒的全部的爱,写出了这篇小说。

《爱的权利》的发表,把张抗抗的创作道路明显地划分出一条界线,如果说写作《分界线》,她只是出于一种对文学的兴趣,而被动地使生活屈从于政治的图解,那么,在写《爱的权利》的时候,她已经挣脱了极“左”路线的枷锁,自觉地用文学形式,去表达自己对社会和人生的关注了。继《爱的权利》之后,她陆续发表了小说《白罂粟》《悠远的钟声》《夏》《淡淡的晨雾》《空白》《北极光》等,标志着她在革命现实主义文学的道路上,迈出了新的步伐。

飞来峰下一颗草

今天,抗抗的名字已经蜚声文坛,成了小有名气的青年作家了。但是,她仍然把自己比作西湖飞来峰下探头的一棵草。是母亲的乳汁,春天的阳光哺育她成长起来。

她没有忘记,在她刚刚懂事的时候,处在“政治审查”中的父亲,就教育她要热爱祖国,热爱党,热爱人民。尽管她的童年生活,因父亲的历史冤案罩上了部分阴影,但是,她从自己朝夕相伴的父亲那里,深深体会到的,是一个老共产党员对信仰的执着,对党和人民的忠诚。

最使抗抗终生难忘的,是在精神上养育她,在事业上帮助他的前辈作家。她的第一篇习作发表以后,儿童文学作家任大霖,给她写来热情洋溢的信,叮嘱她不要骄傲。当时,这位素不相识的编辑同志,他没有去想自己发现了一位多么难得的人才,他只是把党赋予他的教育青少年的任务,当作自己义不容辞的职责。

“四人帮”搞“全面专政”的那几年,文学创作的生机几乎全被扼杀了,文坛一片死寂。可是,有了八年农场生活的抗抗,像初生牛犊,敢冒血雨腥风,想写一部反映知识青年战斗生活的作品。初稿写了二十万字左右,她累病住院了。上海人民出版社两位文艺编辑,拎着苹果去医院看望她,随即要去了她的草稿。当时,她是不名一文的“知青”,衣兜里连吃饭的粮票也没有,两位编辑不仅在生活上热情地帮助她,还在创作构思上启发她挖掘生活素材。农场党组织支持她的写作,也为她提供了创作假的方便。在风雨如磐的艰难岁月里,老一辈文艺工作者，有的还身系囹圄之中，他们为扶掖新生力量，帮助抗抗的文学起步，倾注了满腔心血。

党和人民渡过了"文化大革命"的难关之后，抗抗这株文学幼苗，也像久旱逢甘露一样，吸足阳光、雨露，在自由的天地里成长了起来。为了促进抗抗成材，党的组织和文艺界领导，几次派人去农场调抗抗到省艺术学校编剧班学习，在商调工作暂时没有得到落实的情况下，学校给她留下一名空额等着，决定不招收别人，待抗抗报到入学的时候，编剧班已经开课半年多了。

在学校学习的时间里，组织上多次安排她重新回到生活里去，为了扩大她的生活视野，更多地了解社会，还组织他们到边疆、林区访问、参观，到大庆油田体验生活。她在编剧班毕业后，省作家协会把她留下来，培养她当专业作家，不久又送她到中国作家协会举办的文学讲习所学习。她的成名之作，在这段时间里相继问世，一条洒满阳光的文学之路，在抗抗的面前伸展开来。

抗抗在回顾她走过的道路时，深有感触地说："我大概是这一代青年中极少数实现了自己理想的"幸运儿"，可称是"如愿以偿"了。她也深深懂得，她不是孤立的个体，她的每一篇作品都凝着祖国、人民、党和老一辈的心血。她是同党和祖国共同着命运走过来的年轻人，她更加懂得我们的党懂得生活的甘苦所在，更加珍惜今天的光阴，今天，她仍然把自己的命运、前途同祖国、人民紧紧地联系在一起。他说：我今天写作，已不仅仅是出于对文学的兴趣了，而是生活本身的需要。需要我用文学来表达自己对人生、对社会的一种理想。她说，"我知道我还很年轻，稚嫩，文学的根基也很肤浅，但是，我们会努力，会成熟的。"

当然，抗抗的文学创作某方面还明显地存在缺陷，她的作品的现实主义深度，还有待于到丰富的生活源泉中去开掘。但是，她勤奋的写作热情，旺盛的工作精力，令人钦佩。她在小说《夏》的结尾说："我是喜欢夏天的，让夏天更繁茂，更舒畅，更热烈吧！"抗抗的思想和性格，似乎也正处在生气勃勃的夏天。读者赞美夏天的枝繁叶茂，但更盼的是金色秋天的丰收。

该文发表于《益友》
时间不详

评陆岑岑及其“爱的追求”

如何对小说《北极光》进行公正的评价，陆岑岑算得一个关键人物。就已发表的文章看，多数对她持否定的态度。比如，曹坚平《陆岑岑的追求值得赞美吗?》一文（载《文汇报》1981 年 9 月 22 日）认为：陆岑岑在为期不到两个月的时间里，就闪电般地搞了三个对象，她是一个“在爱情选择上喜新厌旧、朝三暮四”的“利己主义者”。陈文锦《创作意图与作品实际倾向的矛盾》一文（载《光明日报》1981 年 9 月 26 日）指责陆岑岑选择对象只“注重恋爱对象未来的发展前途”，她只不过是“一个独具慧眼能够在风尘中识知己的‘大家闺秀’，而不是一个真正懂得爱情和生活的新时代的战士”。曾镇南《爱的追求为什么虚飘?》（载《光明日报》1981 年 12 月 24 日）也认为“陆岑岑之所以与傅云祥决裂，说明一点，还是因为傅不能满足她对爱的那种过高的（因之也就有点虚飘的）精神需求罢了。”“也是因为傅的气质还不够‘恋爱至上’”。还有的人指责陆岑岑作风轻浮，“追求精神时髦”，如果肯定了她的积极意义，就无异于鼓吹道德败坏等等。

读了上面的评论，给我这样一个印象：陆岑岑无论在道德情操和思想品质方面都是一个很不好的女人。虽然，我不否认陆岑岑这个人物还存在着缺点，但是我怀疑上述的看法的正确性，因此，冒昧地把我的一点浅薄的意见提出来，与同志们共同探讨。

（一）

陆岑岑究竟是个什么样的人？首先我觉得她并不是如某些人所说的那么坏。她只是一个非常普通的二十五岁的青年女工，在生活的道路上，陆岑岑不过是小鹰展翅。她并不是对现实人生有十分清醒认识的弄潮儿，只不过刚刚开始在时代的“潮头”和“潮头翻起的泡沫”中进行着比较和选择的青年。“岑岑对于社会的最初了解，就是从农场开始的，可惜那时间太短。”“文革”开始时她刚十岁，父亲也挨过斗，没几天就“结合”当了厂政宣组副组长。她下乡、上调，“用不着像有的人那样煞费苦心地为自己的生活去奔波。”既无涟漪，又无烦恼的平淡无味的生活，使她的精神世界还浮游在孩童时代的童话里。作者赋予陆岑岑思想性格的这个起点，说明她不是要为我们塑造一个完美无缺通体透亮的完人，因此，我们的批评也不应该脱离人物性格所能达到的境界去苛求她。何况，我们见到的仅仅是她漫长生活中的两个月，她的性格还没有来得及发展到更加完善。但是我们透过人物在矛盾苦恼中的心理活动和她在受挫折后不屈于压力的表现，已经看到她的性格中的新的素质。她热爱我们今天的新生活，正在积极追求着美好充实的人生。和傅云祥那些“用得着”的朋友相比，陆岑岑是这些同代人中的佼佼者。她不因十年内乱的摧残而失去善良、纯真的本性，不因时事多艰难而对社会的前途丧失信心。“四年来，不断发展和变化的社会生活，常常给人以信心和力量。”陆岑岑满怀着这种“信心和力量”，在各种牢骚、怨气、庸俗、市侩所形成的压力和包围中，勇往直前，去追求象征人生美好理想的北极光。

描写像陆岑岑这样正在摆脱身上沉重的枷锁、由旧到新的“新人”不仅不应该受到责难，而且还应该受到赞许。因为，我们的祖国也是在蒙受了重大创伤之后，刚刚开始了伟大复兴的。在青年中有傅云祥式的“实惠”派，也有费渊式的虚无主义者，还有曾储式的实干家。陆岑岑是处在他们之间的青年，但并不是甘居中游的中间分子。党的思想解放的春风，悄悄渗入了她的心田，她再也不能走她母亲为她安排的生活道路了，再也不能照“流行的标准”，找一个“合适”的丈夫“凑合”下去了。对美好人生的向往和执着追求的精神，不就是陆岑岑这一形象的积极意义吗？

陆岑岑是不是社会主义新人，这涉及对于新人的内涵及其定义的论争，按下暂且不表。但是我想，我们的文艺创作和批评不应该从定义出发，而应该研究实际生活。陆岑岑这一形象是从生活中来的，“因为极平常，所以和我们更密切，更有大关系”①。从她身上表现的当代青年的某些心理特征，如热爱生活、寻求真理、鄙薄庸庸碌碌的物质私欲、向往着更加纯洁高尚的精神文明，这些都是难能可贵的。如果我们抛开文学作品的主人公必须“高、大、全”的成见，这样一位没有熄灭心中理想之火的成长中的人物，不也可以为千姿百态的文艺形象画廊，增添一个新的角色吗？

---

①　鲁迅：《叶紫作<丰收>》。

（二）

对岑岑“爱的追求”如何评价，这是在《北极光》讨论中争论的焦点。当然，我们并不认为，凡有追求都是好的，就应该肯定，而要看追求的内容是否健康积极，是否符合人民的利益和要求。有的文章指责陆岑岑爱的追求是“喜新厌旧”“见异思迁”，“是披着漂亮外衣的利己主义意识”。我认为，这样的看法是把小说的主题理解歪了。《北极光》不是一篇纯爱情的小说。陆岑岑爱的选择不过是作者借用来表现对人生道路的选择。她对傅云祥“终究是没有爱过”，不是始爱终弃，根本谈不上“喜新厌旧”“见异思迁”。她与傅云祥决裂的原因，不是因为傅云祥不爱她，而是她觉得人“总不能像傅云祥和他的朋友们，在一片浑黄的大海上，没有追求、没有目标地随意漂泊”。因此，单单从爱情的角度去看待陆岑岑追求的意义，难免要失之偏颇。陆岑岑之倾心曾储，并非“虚飘”的“恋爱至上”，而是追求一种在人生的征途上勇于跋涉和攀登的精神美。法国艺术大师雨果曾说：“人类的心灵需要理想甚于需要物质。”《北极光》通过爱情线索去表现对人生理想的追求，是不应该当作“庸陋无聊”的恋爱小说来指责的。《创作意图与作品实际倾向的矛盾》一文认为，作者的“创作意图”是通过陆岑岑与傅云祥爱情事件的描写“鞭挞和批判资产阶级的恋爱观和生活观”。这是把《北极光》看成了纯爱情小说。从这种偏颇的见解出发，该文对岑岑爱的追求的批评，就有许多失当之处。比如，要求陆岑岑“应该去调动发掘傅云祥的积极因素”，应该为傅云祥尽到“义务和牺牲”等等，这就是强人所难了。我们从小说的介绍知道，岑岑与傅云祥的恋爱，是她母亲用“袖珍标准秤”给她选定的，她始终“没有爱过他”。强制一个姑娘，去“发掘”一个自己不爱的男性身上的“积极因素”，最后同他结婚，不结婚就是“利己主义意识”，这是什么样的逻辑？那么“利他主义”又是什么意思呢？就是牺牲“自我”把爱情无私地献给傅云祥吗？傅云祥的无聊空虚、庸俗的市侩气使陆岑岑感到窒息。经过比较岑岑终于明白了：“无论如何，我不应向命运妥协。过去，是无知，是软弱，自己在制造着枷锁，……生活不会总是这样，它是可以改变的。在那枷锁套上脖子前的最后一分钟，为什么不挣脱？不逃走？”岑岑终于从照相馆跑出来，与傅云祥分道扬镳，这是她的思想由朦胧到觉醒发展的必然。她承受着家庭反目、社会舆论的沉重负担，去追求她心中的小鹿——曾储，正是她开始新生活的表现。

岑岑在经过同傅云祥、费渊的比较之后，对曾储产生敬意和好感，是因为岑岑从曾储对信仰的执着,对生活、未来充满了乐观的信心的表现,看到了自己一直在苦闷中寻求的理想目标。不管曾储的那些经济结构改革的言论能否成为治国的药方,但他与傅云祥、费渊不同,他关心国家大事,关心祖国和人民的命运、前途,他对生活不挑挑拣拣,不发光也要发热的诚实的劳动态度是可取的,陆岑岑对他的追求,可以肯定。至于他们能否最终相爱结成伴侣,这不是《北极光》所要回答的问题。有人根据"岑岑不愿为改变傅云祥的平庸而做出牺牲",就"断定"岑岑也不会在曾储真正碰到困难挫折的时候为他担风险,这样的预测根据是不足的。有人说岑岑追求曾储是看他"有希望成为未来的经济学家",这才是"失之毫厘,谬以千里"。如果岑岑追求的只是夫荣妻贵,那她把爱情献给大学生费渊是最实际的了,而曾储连个好工作都摊不上,何言辉煌前程?这些离开了作品实际的批评,不是实事求是的文艺批评方法。

有人严厉地批评了陆岑岑"好高骛远的比较观"。我认为这样的批评也是欠妥当的。比较有什么不好。社会主义优越于资本主义,就是经过比较看出来的。不见高山,不显平地。只有比较才能泾渭分明。一个姑娘爱张三不爱李四,其中就有个比较存在。问题在于经过比较确认之后,是否忠实于自己的理想和信念,是否忠实于自己的诺言。陆岑岑在未遇见费渊之前,对傅云祥根本就没有打心眼里"看中"。岑岑偶遇费渊,她确实把费渊与傅云祥进行了比较,"她突然产生了一种很想结识他的愿望",但这并不能说明她又"看中"了费渊。她受了费渊那种口若悬河的夸夸其谈所迷惑,渴望把内心的痛苦"与人交谈",求得"有人对她的理解","这种期望与其说是一种感情上的呼唤,不如说是一种对生活的执着寻求"。她没有向费渊作过任何倾心的爱情表白,怎么说又"看中"了呢?如果我们抛开男女之间唯有爱情可言的流俗鄙见,"见异思迁"这样的责难,是加不到陆岑岑的头上的。经过比较之后,陆岑岑真正"看中"了的是曾储,这是事实。如果说,这就是"好高骛远",那么,好精神境界之高、骛生活理想之远,又有什么不好呢?

(三)

陆岑岑的"爱的追求",是否在某些方面表现有不道德的地方?这需要具体分析。只是笼统地对她进行谴责,不利于维护正确的恋爱、婚姻道德观。《婚姻法》第二章第四条规定:"结婚必须男女双方完全自愿",这是讨论婚姻是否道德的前提。如前所述,岑岑同傅云祥的"恋爱"一开始就缺乏这种"完全自愿"的基础,这也是造成了岑岑后来"逃婚"的重要原因。恩格斯说:"如果说只有以爱情为基础的婚姻才合乎道德,那么也只有继续保持爱情的婚姻才合乎道德。”可以认为,岑岑与傅云祥的婚姻,一开始就潜伏了不合道德要求的因素。小说中对岑岑逃婚这一场面的描写是有其独到之处的,然而这一情节也是看法最有分歧的地方。我认为,照岑岑的性格发展来看,她这样做是合乎逻辑的,这也是她反抗这场无爱的婚姻的最后行动,把岑岑的个性特点表现出来了。但是我觉得作品在这里似有败笔,至少有一个顾此失彼的缺点。问题倒不在于要中断这场关系的本身,而在于中断关系所采取的突然行动。岑岑从照相馆逃走,一方面表现了她对法律的无知,她把照结婚相,看得比在结婚证上签字还重要。另一方面,表现了岑岑的幼稚。因为,小说在岑岑逃婚之前虽然也淋漓尽致地描写了岑岑不满世俗婚姻的痛苦,但岑岑始终也没有明确地表示过中断他们的婚约,只在她从照相馆逃走之后,才告诉傅云祥说:“我根本不愿同你结婚。”这对对方的感情自然是一种损伤,也表现了岑岑对已经构成的婚姻关系不够严肃。指出小说的这种缺陷,是不无道理的。但是,问题还有另外一面,我认为结束岑岑与傅云祥的婚姻关系是合乎道德的,阻止他们分离,硬要他们“凑合”这才是不道德行为。至于如何分离,由于每个人的修养、觉悟程度的不同,可以有不同的方式。如果过多地注重形式,而忽视了是否应该分离的内容,那又是另一种顾此失彼。从几篇批评岑岑的文章看,有重形式轻内容的不足。应该说,首先应受到道德谴责的是给岑岑“套上世俗的婚姻枷锁”的“世俗条件”,还有驱使“岑岑‘自愿’地与傅云祥结合的那种世俗力量”。曾镇南在《爱的追求为什么虚飘》一文中,不承认有“世俗力量”“世俗的婚姻枷锁”给岑岑心灵带来的创伤,而把责任完全归之于岑岑个人品质上的不道德,那也是不公平的。事实证明,无论在现实或小说中,世俗的婚姻观念还作为一种力量存在着。比如岑岑的母亲,给她作的无爱的“配婚”就是一例。难道说这种以“门当户对”为条件,把爱情当商品的“配婚”,也可以认为是一种理想的婚姻传统吗?把“现有的婚姻形式”和“现行的婚姻生活”完全视作无爱的、不合理的,是错误的,但是,把一个女人一生“再没有接触过别的男人”,理解成男女之间只有性爱而没有友谊那恐怕也是一种偏见。何况,小说中的陆岑岑在逃婚之后,自知“对不起”傅云祥,当面作了自我批评,事后她还在内心里呼喊:“原谅我吧,原谅我。我记得你给过我的所有关心,可是我却不能爱你……假如我早些知道自己应该怎样生活,也许这样的事就不会发生了……”这种良心上的自我责备是否也可以抵偿她所犯下的这部分过失呢?陆岑岑是一个比较复杂的人物形象,在她身上明显地表现了作者张抗抗同志在创作上的长处和不足。这篇小说虽然在思想和艺术方面还有许多缺点,但是,它是作者由“写社会问题”转向“写人生”的开端。《北极光》就是这种探索的一个成果。它的不足之处,除了有的同志谈到的外,我觉得作者在岑岑身上倾注的个人偏爱的感情太多了,就是在岑岑身上的许多明显的缺点,作者都给予了同情。这大约是岑岑这一人物,引起纷争的重要原因。我想通过陆岑岑形象得失的讨论,对于作者总结经验教训,提高创作水平,是大有好处的。

发表于《学习与探索》1982 年第 5 期

“吹尽狂沙始到金”

——记年轻的女作家航鹰

近年来，在文坛上新起的一批青年女作家中，天津的航鹰，算得是一位文笔俏丽的多面手。1970年她的处女作独幕喜剧《计划计划》搬上舞台后，引起重视，年仅二十五岁的她，便决定弃丹青拾文笔，由原来的舞台美术工作者，转向文学创作。她写过话剧、歌剧、电影剧本和报告文学。继话剧兼电影《婚礼》之后，近一年来它又发表了《开市大吉》《金鹿儿》《杨树的眼睛》《名角儿》《原告与被告》《明姑娘》等小说，这些作品有的已改为电视剧，有的正在拍电影。她的短篇小说，以情节结构上的戏剧性取胜，语言优美抒情，人物形象新鲜活泼，富有时代气息和浓郁的生活情趣。

在一个飘着鹅毛大雪的上午，我来到航鹰的家。一位头上包着毛巾的女同志正蹲在地上捅炉子，一问，原来她就是航鹰。

谈话从她的名字开始。她说她是1944年在革命根据地太行山出生的，乳名“行婴”，“航鹰”是爱上了文学之后才改用的。从童年起，她就迷上了美术，想当一名画家。初中毕业后，她考入了天津艺术学院舞台美术训练班，在那里学习素描、水彩、油画，听老师讲授文学、音乐……。长期的文学艺术熏陶，引着航鹰走上创作的道路。谈话中她翻出一本笔记，上面写着《文艺学图集（十）》。她告诉我这是当年老师让她做的“文学速记”，把大自然景色的瞬间变化用文字描绘下来，回去再进行补画。我随手翻阅一页，读到这样一段文字：“我站在汽车站等车，看见树叶被路灯投在地上的影子，摇曳、抖动，那叶子影大得出奇，竟有人的手掌那么大，调皮地拍着过路行人的肩膀。”多么形象生动的描绘啊！她写这样的“写作小品”坚持了许多年，日积月累，锻炼了自己敏锐细微的观察力，也训练了文字表达的基本功。

当然，引导航鹰最终走上文学之路的，还要得助于人民生活对她的滋养。

她说，她写的每一篇作品基本上都有生活的原型。她在写小说《开市大吉》时，为了写活“百果神仙”这一人物，多次去商店采访，终于写出了“小满见青杏，桃是五月鲜”一段话。她笔下的金鹿儿的形象，也是同一位“金鹿儿式”女售货员交了朋友才创造出来的。在创作《婚礼》的过程中，她几次深入建筑工地，给工人当小工，冒着严寒住在帐篷里，围着毯子进行剧本的构思。

当我问到她的新作《明姑娘》这篇小说的素材来源时，她告诉我，这是她多次访问了天津重光五金厂（盲人小工）和盲人宿舍之后，受了感动写出来的。她亲眼见到一位盲姑娘编织的一件毛背心，树叶形的编花规格精巧，真像那充满生机的绿荫。一个不曾饱览过大自然青翠的盲人，竟能在想象中用双手织出她的美，这是多么动人的情景啊！在我们充满光明的国度里失去光明的盲人，也会深感自己沐浴在光明中。

最后，说到创作的甘苦，航鹰随口背诵出两句刘禹锡的诗：“千淘万漉虽辛苦，吹尽狂沙始到金。”作家的劳动就是在生活的土壤中，淘取金沙，制作金蔷薇——艺术作品，把它奉献给人民。我想，航鹰正在做着这样的淘金人。

发表于《中国青年报》1982 年 3 月 18 日

重视作家成才规律的研究

一个时代一个民族的文学辉煌,通常是以文学大师来命名和改写的。人们讲起英国文学、法国文学,首先就会想到莎士比亚、巴尔扎克。拥有世界五分之一人口的中国,多么希望我们的民族文学也走向世界。笔者几年前写了一本名为《文学人才学》的书,研究一位大作家的诞生需要一些什么条件。1996年该书再版后,常收到读者来信索书,求教怎样才能成为作家?从他们身上仿佛看到了40多年前的我自己。文学,真是一位妖冶迷人的灰姑娘,她的成长道路,确有自己的特殊规律。本文所要表述的,就是一位在文学道路上的朝圣者,半生追求的辛酸。

一、作家成才有规律可循

文学作为精神产品,它的创造主体是人。把作家作为特殊人才来研究,可以发现作家职业对于人才素质的选择,是十分苛刻的。有的人费劲吃力写了一辈子书,也未能进入作家的档次;有的人拿起笔来,全身心的每一个毛孔、细胞都冒着灵气,好像他们天生就是吃这碗饭的主儿。于是人们常在大师们的精神产品面前惊叹,对作家的创造性劳动感到某种神秘。一种观点认为:作家不可以人工培养,只能物竞天择,自然出之。曹雪芹谁培养他当作家了?这其中隐含着一种"天才"决定论;另一种观点认为:只要有决心学习,人人都可以当作家和诗人。这让我想起"大跃进"年代,那时"人人作诗,人人作画","一个县要出一个郭沫若"。当年天津有位青年作者王昌定,写了一篇《创作,需要才能》的小文章,结果批判他鼓吹唯心论的"天才论",罪名是,"反对工农兵占领文艺舞台"。新中国的社会主义新文艺,有从革命斗争实践中培养作家的经验,也有否定人才素质,违背艺术规律的过多干预和折腾,使许多有才能的作家和诗人"短寿"的教训。提倡从工农兵中培养作家,给作家队伍"换血""掺沙子";对知识分子作家,实行"脱胎换骨"的思想改造;还有提倡领导出思想、群众出生活、作家出技巧的"三结合"创作方法。这些都是"强扭的瓜不甜",

违背了作家成长的规律。

创作需要才能是否定不了的。这种才，既是一种“偏才”，也是一种“全才”。有的“才”可以培养当物理学家，但不一定能当作家。作家需要全方位的知识，需要有高深的文化艺术修养的学者型，然而，大学教授和学者，也未必能写出好诗好小说来，他们讲“小说作法”之类，也许头头是道。所以古人说：“诗有别才，非关书也。”据我的理解，这种“别才”就是创作过程的情绪性和心灵性，这是作家职业的重要特征。情感不仅是想象的动力、灵感裂变的催化剂，而且由情感引发的情绪记忆，也是作家生活积累、情绪积累的重要方法。加之，情感的产生因人因事而异，它同人的素质、心理、感觉、认知、理智与思维联系在一起，它有高下尊卑的品质，有正确与谬误、真善美与假恶丑之分。在人的精神活动中，情感是一种最敏感最活跃的不稳定因素，一切创作的复杂性和作家成才的奥妙，以及许多难以言说的现象与神秘，无不根源于此。以作家如何从生活中吸取素材为例，通用的经验可能是很简单的几条。可是一旦同每个作家不同的情感素质和心境结合起来，就复杂多了。有的作家对某种人、某些现象特别敏感，而对另一些东西可以引不起兴趣。一般说来，作家体味别人的心情都是从自己的经验出发的，与作家格格不入与他的精神状态毫无共同之处的东西，他自然要忽略过去。即是说，作家如何从生活中吸取艺术材料的经验，融进了他自己的经历、情感、兴趣和气质，他深入生活的方式，在生活中如何联系群众、分析生活、提炼主题等一整套艺术典型化的技巧和方法，都渗透着他个人的禀赋的心灵，这些浸染着作家主观感情色彩的东西，别人学不去也学不会。以往我们的教训，就在于过分迷信了那些粗糙的、概念的政策条文，单方面强调写某种题材、某种人物、主题的重要，而忽略了如何将生活转化为艺术的“个人”。文学的创造是一种非匠艺而乞求于灵性的精神劳动，每个人的心灵世界都是独特的，一个无法穷尽的生命本体。文学成才的规律，存在于每一个作家的心灵、情感，与客观的现实生活结合，向艺术转化微妙而复杂的运行之中。

先秦哲人庄子有言：“可以言论者，物之粗也；可以意致者，物之精也。”[①]把一件事物分成精、粗两部分，粗的才可以言，精的只可以意会，不能言说。这种“至精无形”的东西，人们如何才能把握它呢？那就是庄子在《庖丁解牛》中讲的，经过长期操作，超越了普通的技术阶段，而达到一种高深的修养，即所谓“以神遇而不以目视，官知止而神欲行”的自动运作。

---

① 《庄子·秋水》。

作家成才的规律,似乎也存在着这种精和粗两部分。可以见诸文字,当作经验传授的是物之“粗”,只可以意会,而很难用言语表达的是物之“精”。这种“精”的东西,存在于每个作家的潜意识和深层心理之中,起着重要的作用。

作家的创作经验,有的可以学,有的不可以学。描写人物的技巧、方法,谋篇布局的手段,语言文字的基本功等外在的包装,这是可以学习和摹仿的,由作家的个性、心理、气质、经历所养成的那种精微的语言感觉、艺术体悟和独特的审美眼光就学不到,而要依靠作者结合本人的特点,去到实践中经久磨炼、习养而成。

文学创作的许多外表工作,很接近于手工工艺的技术,可以后天习得。然而,写作又不是一种手艺,“只靠学来的熟练,决不能产生一种有生命的艺术作品。”(黑格尔)艺术资质的特殊性,表现在对客观世界和心灵世界的独特感受,表现在对这种感受的优美、形象和精确的表达。这样一种艺术能力,不是靠主观意志的强弱可以实现的。它跟一个人的特殊大脑系统,特殊的心理机制有关,需要进行作家禀赋的微观研究。

文学的天赋和气质,往往在童年时就明显地表现出来。文学的种子很可能在这个时期无意识地落入幼儿的心田。儿童眼中的生活,就是一首动人的诗,谁要能永保这种独特的心灵魅力,那他就可能成为作家或诗人。

作家才能的微观研究,涉及许多领域和许多学科。科学尚无力解答的问题,可以走经验回顾的道路,从成功的文学大师们的经验分析,去探索某些问题。比如,研究作家的个性、心理、思维特征,智力与非智力结构,宗教与民间文艺等传统对其创作的承传和影响;研究机遇、意志与毅力等人格品质,对其成才的辅助作用;研究气质、心境、情绪、趣味、好奇怎样影响着对生活的采撷、风格的酿造;研究潜意识、潜感觉、内部语言等深层结构,对记忆、想象、灵感的蓄积和触发;研究心理的变态、超常、精神深处的苦闷,把握创作中主体真正的解放和自由,以及创作冲动的来潮与内驱力;研究受辱、失恋、丧亲、家道中落、际遇坎坷等痛苦和不幸,去了解从情感的郁结到艺术升华的逆境成才。总之,以“人”为本,研究作家“才能”的源泉、“才能”的培养,研究作家创造的精神资源来于何处,高瞻远瞩地解放艺术生产力。

二、时代与作家成才的双向选择

时代和环境对作家成才的重要意义,在于它给予人才的成长提供一种适宜的气候和土壤。这其中既有政治、经济、文化等精神气候,又有山川地貌、风土人情、民族性格,乃至家庭环境的熏陶和影响。任何人都不能主观地选择自己的时代,也无法逃离环境对他的制约。一般说来作家作为社会人,他的思想观念离不开他的阶级、民族、社会的规范,但是作为精神产品生产劳动的特殊性,作家有较强的独立自主意识,又使他与时代的政治保持着某种自由思考的和不安分的眼光,思维的求异性与开放性,满怀忧患的同情心,对现实永不满足的批判思维,是作家创造性思维的一般规律。先进的社会制度,发达的生产力是作家成长的优越条件,然而艺术生产力,与社会发展的水平,又具有某种非同步性和不平衡性,艺术天才的产生,要常常突破这一规律。历史上许多伟大作家,可以在物质条件极其匮乏的环境中从事创作,他的创作激情,来自于崇高的理想和使命感的发挥。如果社会政治保守,自由思考受专制统治的恶性钳制,则会虐杀一代艺术天才。欧洲中世纪发源于意大利的文艺复兴运动,由于哲学解放导致了人的精神解放,恢复了人的理性尊严,解放了艺术生产力,才诞生了但丁、彼得拉克和卜伽丘三位文学巨人。18 世纪启蒙运动又把文艺复兴的旗帜举到一个高峰,资产阶级反教会神权和封建专制文化,追求政治和学术思想上的自由,又一次刺激了文学艺术的大繁荣,诞生了像狄德罗、卢梭、伏尔泰、莱辛等这样一批大作家。政治比较开明,学术思想活跃,社会环境相对地稳定和宽松,加上当时新兴的资产阶级哲学思想的活跃和引导,给当时及以后的古典主义和批判现实主义文学的发展,提供了生存和发展的土壤。

在我国文学史上,首次推出作家群的时代是汉魏,它的繁荣源于先秦诸子的百家争鸣,同时也与魏武帝曹操“广罗人才,力修文治”,对文学创作实行鼓励和开放的政策有关。曹操是一位有名的政治家、军事家,他以“相王之尊,雅爱诗章”,在他的比较开明的政策的鼓励下,建安文学首开我国文学史上的一代诗风,除“三曹父子”是建安诗坛的杰出代表外,还形成了以“建安风骨”为核心的“建安七子”。在文学风格上实行“百花齐放”,以阮籍、嵇康为代表的“正始玄言诗派”和“竹林七贤”等诗人的不同风格的诗都得到了发展。

作家要求于时代的不在于物质,而是一种使他们能够展开想象翅膀自由飞翔的精神。在这方面,五四运动以后,诞生的 30 年代一批大作家是很能说明问题的。五四运动打破闭关锁国,开风气之先河接纳新潮。大规模的外国文学横向冲击,使中国作家眼界大开,早期的郭沫若、鲁迅、郁达夫之所以成为大作家,除了他们自身的文化素质修养外,与他们留学国外,直接受西方文化思潮的启蒙是分不开的。在他们之后的许多作家和诗人都受益于文化开放与交流的影响。所以,一个开放的时代,让思想冲破牢笼,产生交流与碰撞是“五四”时代作家成长的幸运,也是作家成才的经验。正如李大钊在《什么是新文学》一文中所说:“我们若愿园中花木长得美茂,必须有深厚的土壤培植它们,宏深的思想、学理,坚信的主义,优美的文艺,博爱的精神,就是新文学新土壤的根基。”

可是,时代赋予中国作家成才的“新土壤根基”并不是一直很丰腴。新中国成立后,我们在相当一段时间,拒绝洋人和古人,把他们归入“封、资、修”,关起门来,在自己的小天地里培养“土作家”,从识字不多的劳苦大众中选拔作家“苗子”,学的也尽都是经过了认真消毒的革命文学。他们有的遵照革命文学理论和革命导师的指导,写作了一辈子,可他们的作品也未能进入作家的档次。在对待一些已有相当成就的老作家方面,片面地强调写新人,歌颂新事物,进行无休止的“脱胎换骨”的改造,致使相当多的作家,疲于紧跟政治运动,停止了创作,形成一种“思想上进步,艺术上退步”的奇怪现象。比如说巴金,他擅长写旧社会知识分子的长篇小说,硬要他去写工人、农民、革命干部,就显得力不从心。尽管巴金十分热爱新中国,努力去接近工农群众。他到过工厂、农村、部队、工地、山区、海岛,去熟悉他所不熟悉的新人新事。从主观上巴金说:“我想丢掉我那支写惯黑暗的旧笔,改写新人新事……结果写出来的作品连自己也不满意。”[①]试想,如果让巴金留在他自己熟悉的生活领域写下去,给他更多的想象和创作的自由,他还会给中国当代文学创作多少精品力作啊!可是解放后像巴金这样的大作家,只勉强出版了几本通讯、短篇和散文,将来在文学史上讲巴金,还只是讲他解放前写的“激流三部曲”为代表。

岂止一个巴金啊!还有老舍、曹禺、柳青、何其芳等,说他们是一种“现象”,我看不为过。确实是中国作家成长道路上一个值得研究的“现象”。创作对作家来说,是一个系统工程,每一个环节都要像柳宗元在《种树郭橐驼传》中所说的那样“顺木之天,以致其性”。有时可能是好心好意,“爱之太殷,忧之左勤”,拔苗助长,其结果是“虽曰爱之,其实害之”。因为,创作是作家精神和情感的自我燃烧,客观的现实生活必须经过作家心灵的融化才能成为精神生产的资源。每个作家只能成功地表现他所认识到和体验到的那一部分生活。作家不是写作机器,不是你要他写什么、怎么写,他都能写好的。作家在生活的海洋中,有他自己的领域,有自己对生活的敏感区和“视力范围”。这种生活对作家的选择性,是由每个作家的生活经历、心境、个性和气质所决定的。比如,老舍对旧中国城市下层人民比较熟悉,他的艺术天才,在写《骆驼祥子》《月牙儿》《茶馆》时,得到了尽情发挥。他写《西望长安》就捉襟见肘,成为败笔。曹禺的《雷雨》《日出》《原野》成为今天舞台的保留剧目,解放后,他写的

① 巴金:《我和文学》,载《巴金论创作》(代跋),第724页。

《明朗的天》和《王昭君》，都不为观众所知。梁斌创作《红旗谱》、杨沫写《青春之歌》是写了他们的生活，写了自己之所长，找到了生活中的“自我”位置，获得了成功。作家艾芜，青年时代流落西南边疆少数民族地区，《南行记》写他自己的生活，很有特色。解放后他一直紧跟各项政治运动，参加土改，到朝鲜战场、到工厂、到农村，北方“四清”运动未完，接着又参加南方“四清”。每次运动他都写了小说，但大部分都是“半成品”，死后还保留着“未完成的土改小说”和“四清小说未定稿”几部。[①]

无情的事实告诉我们：浅薄的功利目的，随意驱使作家去充当某一目的或某一运动的工具，那是对作家创作才能的毁灭。这不是说，作家不可以写“遵命文学”，鲁迅称他自己的创作所“遵奉”的，“是那时革命前驱者的命令”，也是他自己“所愿意遵奉的”救国救民的心，而“决不是皇上的圣旨，也不是金元和真的指挥刀”。[②] 所以鲁迅的创作无所顾忌，有一种崇高的理想和滚烫的激情作为动力，他才嬉笑怒骂皆成文章，篇中许多都是从“血管里流出来的”精品。

长期以来我们不理解创作的这种心灵性和“自我”性，给作家的自由天地太窄，想象的空间太小。头脑里装着总也改造不完的资产阶级思想的负担，还有那么多这不能写那也不能写的“禁区”，创作如搞拼贴画似的统一口径，纵有普希金、曹雪芹之才，也无从施展。泯灭作家精神自我，把作家改造、驯化为追逐潮流、迎合时尚的工具，这是中国作家成才中的泥淖和误区。

发表于《文艺界通讯》1997 年第 4 期

① 艾芜：《关于三十年文艺一些感想》，载《文学：回忆与思考》，人民文学出版社 1980 年版，第 100 页。

② 鲁迅：《〈自选集〉自序》，载《南腔北调集》。

“新诗潮”在北大荒

滚滚而来的青春潮

新时期文学十年，北大荒诗歌，在几代诗人的艰苦求索中，已渐成兴旺之势。年轻的女诗人，新秀迭出。群星灿烂的男青年诗人群，像“男性的季风”，吹拂着北国黑土地。这是一股滚滚而来的诗的青春潮，是北大荒诗坛的希望之星。

诗，是属于时代的，当然，也首先是属于青年的。我省青年诗人，虽不如京都诗人北岛、顾成等人所经历的“朦胧诗”的困扰，起步较晚，但新诗变革的孕育，却在他们年轻的心灵中悄悄地发生。

事情可回溯到1980年，诗在许多文学期刊被挤压到只能当作“点缀”的地位。当时所谓的“危机”，实际是新的诗歌在临产前的“阵痛”，由危机感带来了紧迫感。这时，在大学，爱好诗的青年，组织起文学社团，用诗呼唤春天。一批中青年诗人，动员社会力量集资兴办诗歌刊物。《诗林》的诞生，为我省新诗潮的到来，起到了推波助澜的作用。这家刊物以“时代精神和青年特点”为她的旗帜，一批陌生青年名字登上了诗的宝座。如今新人成林，新诗成林。

我们的诗仅仅蛰伏于黑土地上浅吟低唱的时代已经过去了。一大批青年诗作者走向全国，他们作品有的以显要位置刊登在全国诗刊和中央及其他省市文学刊物上，有的诗被转载、评论；有的诗分别收入各种诗选集，还有的诗获奖。在目前诗集出版困难重重的情况下，有不少青年诗作者还幸运地出版了个人诗集。（非正式公开出版的诗集除外）

我们诗歌队伍结束了常从外面植入的时代。北大荒地处边陲，开发较晚，文风不盛。从历史上看，这里作者多数是“江南才子”充黑龙江的“戴罪之人”。直至解放以后，由黑土地上产生“土著”作家和诗人，依然很少。可是，现在情况完全不一样了。年龄在四十岁以下小有名气的青年诗作者，多数是吮吸着白山黑水风土民情之精英成长起来的。他们不是几人而是几十人,不是一个断层,而是形成梯队,从年龄结构和创作水平,都体现了“江山代有才人出”。全省城市、学校、工厂各种诗社林立,青年人爱诗、写诗、朗诵诗,已成为精神文明的时代风尚。

如果细加分析,这批诗作者还有许多十分可贵的特点。(一)他们当中许多人受过正规的高等教育。比如:李琦、马合省、孙玉洁、潘洗尘、陈士果、王雪莹、杨川庆、岛子、潘红莉、陈景文等。他们在读大学期间,都是诗歌创作的活跃分子,如今走向社会,好像种子撒在了肥沃的土壤中。其中,还有一位正在上大学的陆少平,22 岁,已在全国十余种报刊上,发表诗作百余首。(二)他们各有自己的生活领地。比如在林区,谭德生、雪林、郑建桥、陈士果、李跃先、张树方等,他们的诗,在继承我省老一代森林诗人优良作风和诗歌传统的基础上,有了新的开拓,他们的森林诗,已在全国诗坛产生了良好影响。在油田和矿区,庞壮国、戴立然、杨川庆等,正开动着掘进的钻机,往自己脚下的土地进尺。在农村,李凤清、何抒秀(又名何塞)、李凤岐等,他们的作品,讴歌农村新貌,以浓郁的乡土气息赢得了读者。在城市,正有一大批人在致力于新起自的“城市诗”的创造。比如罗凯、吴马克,衣晓峰、马秋阳等,他们的诗为新诗如何反映高度现代化的城市生活迈出了第一步。(三)他们各自经营着自己的诗的“缪斯”。一种规范的诗的模式,已不为大家所信奉和苛从了。他们放开思想,依照自己对诗的理解和审美,进行着富有个性的创造。多品位、多元化的诗歌,正在经年轻人的手创造出来。那些颇具异端色彩的大胆探索的诗人,不是引来诧异的目光,反而更加受到青睐。那些能在眼花缭乱的诗歌现象中,坚定走自己的路的年轻人,令我特别赞赏。比如,李琦、马合省、李凤清,他们的诗用的传统写法,由于做到了抒真情、写实感,依然写出了读者欢迎的好诗。还有一些作者,以传统的形式和写法为本,适当融会吸收一些现代诗的手法,加重诗的意象浓度和快节奏,这也不失为一种创新。这些情况说明,我们的年轻诗作者,是有个性的。他们的独立思考,有助于形成他们未来诗的风格。

总之,北大荒兴起的这股诗的青春潮不同以往。他们人数众多,实力雄厚,眼界开阔,创作的起点高。从目前已经露出的勃兴的好兆头,真叫人要对她刮目相看了。

青春和时代的主旋律

思想解放和改革的春风,萌动了黑土地沉睡的诗情。一批振兴北大荒的热血青年，把创作无愧于时代、无愧于北大荒人的作品，视作自己的神圣职责。许多诗歌以鲜明的时代色彩和青春的旋律，反馈了青年诗人的使命感和追求。岛子、潘洗尘的诗，首先传达了这方面的信息。

岛子，本名王敏，1956 年山东青岛生人，因不屑于当“黑帮子弟”流浪到北大荒。诗集《北极村梦歌》记录了诗人在这片土地上留下的脚印。他的诗表现了对诗的模式的叛逆。组诗《黑龙江狂想曲》对北大荒人独特的历史文化和民族心理的发掘，显示了诗人开阔的视野和雄深的力度。他主张诗应“反映精神深层次中的现实”，所以，他的诗与那种“如实描绘”和“直奔主题”的诗大不同。鲜明的意象，幽玄的灵境，结合着对历史的反思，是他诗歌的主要特色。《北方的五月》《雪祭》把对自然景物的描绘，同历史的深邃、哲学的思辨凝聚起来，使诗获得了深沉的意蕴。《达紫香开放的季节》《大山 · 森林 · 我们》都是诗人对时代春天的呼唤。前者通过对北方的“追索”，我们看到了一个“属于北方野性的儿子”对“母性北方”的热恋和痴情。后者表现了诗人自我，已经与大自然合而为一，达到了诗人的个性化与北大荒气质的一致性。这首诗写从冬到秋四个季节，作者以广袤而飞动的思绪，挥洒跳跃的语词，使思维表达充满弹性。“季节在更新中遗弃霉烂和枯萎”，同时，也“聚结着绿的躁动与紫的勃起”。这是自然的规律，也是生活的哲理。而四月，森林演出了变奏：“所有雄性的头颅飞扬绿色的长发。”这又说明规律是不可逆转的。尽管，在十年漫长的冬夜里，“行人的嘴/被厚厚的毛巾省略了/而眼睛，只有眼睛在传递问候。”(《达紫香开放的季节》)无声的呼唤，犹如地热传动的力，是它带来了春天。

一切生命之根在逾越禁锢中
获得青春的力量

如果说，我们从岛子诗中，感受了时代脉搏的律动，青春信息的交流，那么，可以认为：潘洗尘的诗，是这股青春潮的鼓号。这位在上大学期间，就开始了诗歌创作的年轻诗人，以开放的思维，不同于传统的心态，塑造一个在时代的潮峰中，渴望奋飞的诗人“自我”。

身前身后都是寂寞的旅程
可我仍要找寻啊，白桦林
——《泪光盈盈的白桦林》

我相信我会完成一个个过程
因为道路在注定了坎坷的同时
也无力抗拒我不屈的魂灵

——《历程》

希望和寻觅，向往搏斗和拼杀，是我们当代青年在经历了痛苦、迷惘与沉思之后的一种爆发。潘洗尘的诗，正是在捕捉青春情绪这一点上叩击了时代的心弦。无论是他的诗集《历程》，还是诗歌及评论集《多情的天空》，诗人似乎在不知疲倦地咏诵着这样的主题：一个北大荒农民的儿子，含着热泪倾诉对家乡、土地、父老的思恋，一个八十年代的新青年，为了一个坚定的信念，向着“远方的召唤”，开始人生“历程”的进发。

如何把这一切思索化而为诗呢？潘洗尘较好地运用了哲理的思辨和意象朦胧的有机化合。诗和音乐一样富有情绪性和空灵感。它的意象往往超越具体题材而带有某种不确定性。从《历程》看出，诗人似乎在向读者诉说他关于人生历程的思考。“我的全部存在，只是一个过程/是一个开始于人又结束于人的过程”(《过程》)。可是，这个过程是短暂的，又是永恒的，正因为如此，诗人怀着焦躁不安在“苦苦地寻找”。“也许，渴望辉煌就要付出代价”，然而寻找，是谁也不能替代的。“你能帮我找吗？可我无法告诉你它是什么样子。”(《寻》)总之，要说的又不和盘托出，欲擒故纵，晕晕乎乎，留下一些期待和思考。

也许这正是作者对诗美的一种追求。在《六月，我们看海去》《七月，我们冲浪》里，作者又以无拘无束的形式，挥洒自如的语言，欢乐的节奏，传达出另一种青春时代曲。再如《诗人之死》凝重而洒脱，《大荒原》气势而有力度，《山冈；黑发轻扬》《夜，无主题演奏》等，表现诗人自主意识，执着而不轻浮。在诗的凝聚力，感情奔放，富有音乐的节奏方面，正在形成作者“雄性”的诗风。

当然，我们还不能忽略，改革是当代历史的主题，评论诗歌的当代性，首先就要考察我们的诗人，对这场关系国家、民族前途、命运的改革，做出了何种反映。

应该说我们这批年青诗人的时代感是自觉的。也许是由于地域和气候生成的天然气质，使他们具有广阔的胸襟，韧性的活力，以粗门大嗓，唱出了时代的新歌。

在诗坛爆响的庞壮国，他的许多诗作，都是从改革的潮流中吸取了诗情的。即以《关东第十二月》为例。这首表面看是写冬景和风俗画的诗，作者以生动活泼的生活口语,排列成长长的句子,使形象和意象叠加,造成一种喧啸、火爆、热烈的时代气氛,把今天改革中的新农村面貌,开放、搞活、"充满传奇充满生机充满矛盾充满笑语"的新气象活脱脱地描绘了出来。庞壮国很善于以景喻事,感世运而抒情怀,言在此而意在彼。比如:《在沼泽地里,白桦躺成一条路》这首诗不仅写了白桦树被砍伐,要离开大森林之前的惊恐、留恋之情,更重要的是表现了事物在变革当中旧的习惯势力的顽固("用泪滴、用碎屑/我反抗命运的斧刃"),写出了风暴到来之前人们的惊惶和不安("真害怕昏眩的空气/和躺倒前的一瞬")。一旦真正的改革风暴到来了,一切又是那样的快意和自然("痛苦消失得太快了/一个短哲而快乐的雷鸣")。这首诗象征地表现了不可抗拒的改革潮流,和在改革中一部分人的心态。与其说它是一首白桦树死亡的颂歌,毋宁说是献给改革者的进行曲。

庞壮国目前在诗的形式和风格上正在作着多样化的开拓和尝试。《永久的脚步声》以上下几千年、纵横几万里的历史回顾,用直抒胸臆的笔法高歌:"中国/没有终点/刚刚开始飞腾。"而《鹤鸣》《仙人掌》则别有一番诗趣,前者粗犷豪放,后者风趣幽默。如《仙人掌》:"想起来就浇浇/想不起来就不浇/图轻巧我专养仙人掌/懒汉自有时髦的诀窍/掰下一块绿肉/按到泥里就活了/不必发根不必压条/不担心凉着饿着晒着/你自强不息/我自在逍遥/反正你是盆中花我是育花人/谁也甭想把咱俩掉个包。"用一种寓庄于谐的手法,刻画了诗人的自强和内省。

感情热烈而不外露,向往拼搏而执着进取,给庞壮国的诗带来一种深厚、凝重的色彩,这不仅可以从《大马哈鱼群》和《老鳇鱼》中看出,还表现在他的许多描写以大庆工人生活为主体的工业题材上。仅从《钻塔群》《雪路》《钻台上,青春倔强地睁大眼睛》看出,作者那种雄放、劲健的诗风,在表现这些创业者艰苦卓绝的战斗生活上,正好发挥了所长。多少年来,诗歌艺术如何抒写大庆石油工人的壮志情怀,大家都感到难度很大,读了庞壮国的石油诗,还有戴立然的组诗《逐油而迁的部族》,感到时代色彩鲜明的诗,不一定都是声高气壮,高昂激越的硬调子。像《遥远的小屯》《草原上,有一群下夜班的钻工》选取石油工人业余生活的几个小镜头,把这些"疲倦而快乐的石油王子",还原成一个有血有肉有感情的人。他们"脱下浸满泥浆的疲劳,换成小伙子特有的浪漫。"一下子挤到村口的小店里,喝酒、打闹、聊天,也谈姑娘、爱情,还有"直来直去的牢骚",生活中的英雄的开拓者,并不是只有"铁人"和"战斗",他们也热爱生活。

诗,应通过感情的浪花,去折射时代的光辉。

多品位的北大荒风格

长期以来,人们把区域性的内容和特色等同为文学风格,这是极大的误解。

风格,是人的主体的创造。环境对人、对文学的关系是相互作用而又矛盾的。在同一环境中,作家的心灵、气质、趣味的不同,带来了诗歌的形式和风格的多样化。

正如,大兴安岭的年轻诗人陈士果所说:"我探求我尝试我苦思我寻觅:我的诗怎样才能更像我自己……"生活在伊春林区的郑建桥,是以长篇叙事诗《外公》受到读者重视的,他的诗朴实、流畅。叙事娓娓而谈,抒情从心泉中自然流出。以后发表的《少女菱子》表现对南方童年的回忆,弥漫着一股水塘、荷叶的幽香。杨川庆这位在大学期间就小有名气的青年诗人,他的《初雪》《她,去挖野菜》写少年时代朦胧的初恋,在"思念的小路上",寻找他童年失去的"稚嫩的向往"。自他走上社会工作之后,他的诗已从昔日早春情调的歌唱中走出来,《哈尔滨抒情》(二首)前首"题松花江防洪纪念塔"写历史,颂扬哈尔滨人在那场抗洪抢险中的"自豪和勇敢"。后首"写给哈尔滨第一座立交桥",气势雄伟,寓意中明显地透露着现代生活的节奏:"历史,再也不能平行跋涉/让立体交叉桥作为起步吧/时代,从这里/春笋一样地拔节"。

谭德生,这位以写森林诗为主的年轻诗人,对诗的见解颇具新意。他主张:"写历史有反思现实之精神,写时代有回目历史之感觉,源于生活能'跳',施展想象有'根'。"他的理论帮助了他的创作。新颖、风趣、幽默、机智是他诗的主要特色。叙事诗《猎人》以轻松的笔调,讲述一个迷人的故事,以原始森林的神秘美,诱人向往。《他的路》《墓碑》《老收发的葬礼》《山林女人》都有小叙事诗的特点。以高度凝练的语言,取人物的典型事件,自然出之,毫无雕琢的印痕。《墓碑》以简短的诗行概括了老石匠的一生。"那位雕塑石头的老人/被石头雕塑被岁月风化了/他蹲在山上的时候/山也蹲着。现在/他躺下了。石头,也/躺下了……他躺下了/钢管和锤也躺下了"。《他的路》作者完全避开了繁冗的叙述,以高度的凝练和概括,把事升华为诗,淡化故事情节,融入作者的抒情哲理。

他的一生只走了两条路
一条很长

从关内到塞北
一条很短
从道班到沟口
长路一生只走一次
短路天天在上面走
长路留下了他的脚
短路是他用脚印留下来的。

这样的诗好读易懂,韵味绵长,通俗而有诗意,平淡而不粗俗。是雅俗共赏的好诗。

可见,在诗歌创作上,主观设计某种模式让人仿作,那是徒劳的。"新诗潮"中的年轻诗人们,每个人心中有一片自己的绿荫。何抒秀的《黑土地上的旋律》,陈士果《大兴安岭短歌》、组诗《大森林啊,我的太阳》,李琦《无名的河流》《我站在北方》等诗,对北方风情的描绘,意趣盎然。需要特别提到的是马合省,近年来他以部队生活为根据地,创作了许多"军旅诗"。诗集《向津草》,反映了诗人作为一个工程兵战士,对祖国、家乡的爱。他赞美泥土里壮美的灵魂,山谷中金色的理想;歌唱边关绿色的风和战士对故土的绵绵情愫。他的近作《为士兵雕像》,组诗《少女的天空》歌颂了当代军人严明律已、以苦为荣,为保卫祖国,不惜牺牲自己的一切的献身精神。他的诗用语平淡,朴实自然,摆脱了写战士诗常用的那种豪言壮语。比如写战士在边关的思乡之情:"以往,都是故乡搂着我/现在已该我搂着故乡"。写儿子在炮火里倒下了:"母亲不是来流泪的/她是来收获故乡的光荣/她想对我们微笑,却没有成功/这坚韧比眼泪更叫我们动情啊。"这样的诗句,把诗人感情的烈火,溶解在平淡的语言里。从他的《厚土苍天》更可看出,作者对社会现象的思索融入了更多的哲理(这是马合省诗中曾经少有的)。比如写《小溪》:"忐忐忑忑地走路/所以才弯弯曲曲/容易激动又总是被动/生怕跌落又总是跌落/路越走越低"。又如:"笑着的未必快乐/哭着的未必悲痛/痛饮者未必糊涂/劝酒者未必清醒"。这些诗表现了诗人要把"生活的情人"与"生活的哲人"合而为诗的那种向往。

年轻的诗人们为"歌北方人,塑北方魂",都在致力于创造各自所理解的北大荒风格。雪村说,她的诗就是雕塑"北方的灵魂"的。这位生活在大兴安岭偏远山村的姑娘,她的诗作意象新奇,言词峻利,表现出一种原始初民的野味和神秘感。在《雪野》一诗中,她描绘"坚硬如铁的十二月/风里,不允许有一丝蜡梅香"。在大自然威严的统治下,"绿色被女神垄断了",然而,奔腾的生命不息,“车前子在/沉默的深谷里/悄悄地发言了”,显示着北方不可征服的坚毅。她广泛采撷北方的自然景物入诗,并把自己化作大自然的精灵,赋予它们以奇特的形象。比如,描绘大兴安岭一座很高的山峰——“白嘎啦,现有黑色沉默的雪冠”,“用兽皮项链饰的玉颈”(《白嘎啦》)。写扑在干风里哭泣的小树,怀疑南方的大雁,把它“绿色的伞”偷走了(《小树的话》)。冷酷、无情的严冬,令人恐怖,然而,通过诗人想象的创造,北方是美好的,那飘飘的雪花“扑打着脆薄的翅膀/没有一片被太阳烤焦/给我一个会飞的想象。”(《雪》)北方冬日的太阳,也有自己独特构成方式和语言,“就像一艘红色的船/追寻着/被遗忘的岸。”

雪村的诗无疑是在追求某种格调和意境,尽管在探索过程中还有某些矫揉和做作,但她改变了诗的固定角度和视点,追求人意识深处的意象潜流,加大时空的跨度(如《旅行者》),虽然像谜似的,非几读不可,但有韵味。只有理解了她如何将自己全身心融入北方,才能懂得她这只大森林的“知音鸟”,“螺号一样开阔的声音”和把自己“完全交给了风的自由/完全交给了缤纷的幻想飞翔的高阔。”(《踏着苹果花的步子》)

在同是为北方灵魂塑像的新诗中,李琦、陆少平的诗比之雪村,又是另一种风格。就她俩诗的共性而言,不作经意地雕刻,朴实、自然。不过李琦更倾向于传统,而陆玉平有较多的现代色彩。

李琦善于通过冰雪来塑造北方。尽管这种题材已经不新鲜了,然而,作者选取新的角度,融入自己的个性,使古老题材获得了新的意境。她笔下的冰雕,美丽神奇寄寓人生哲理。她咏雪,童年的欢乐,纯洁的心灵,与雪的洁净交相辉映。她赋予雪的形象,“像少女初恋一样纯洁/如婴孩的眼睛一样清澈”(《雪的赞歌》),同时,对雪的礼赞,显示着生活的哲理。“是呵,人间的一切/都应该是洁白做底色/而后,才有五彩的斑斓”,可见,李琦的诗向往的是一种明净、恬淡的美,淡而不腻,乐而不哀,她善于选择故乡风物人情、生活小景入诗,平中见奇,小处见深,她的诗心是敏感的,像冰城五月的紫丁香,虽不浓艳,却幽香袭人。

带着少女羞涩步入诗境的陆少平,她献给北方的诗,有一种剽悍的男子气。她写的《冰帆与舵手》,晶莹的北方,不再是白雪公主躲在小阁楼里,听老祖母诉说古老的童话,而是有着架长风、驭烈马、勇敢征服的意志和力。“年轻的舵手以他安详的微笑/驾驭野马长鬃一般疯狂的北风”。她写《鄂伦春女猎手》:“枪声,终于响了/老林子为之一震”。语出惊人。陆少平是作为“北大荒的后代”来追忆“北方的记忆”的,她的诗比较注意通过历史的回顾,去塑造北方民族的性格。虽然是刚刚举步，显得稚嫩和粗浅，但她已自觉意识到了对北方民族文化、心理积淀的开掘，坚持下去，对于塑造北方诗魂，会取得某种庄严的历史感。

北方女儿多情的恋歌

有人说："北国女儿多情诗"，这话不假，北大荒写情诗的作者，大部分是女青年，而且取得了相当的成绩。除林子的爱情诗集《给他》在全国获奖，引起强烈反响，孙玉洁的《少女的心》，选入爱情诗选《恋歌》，被评论家认为，就其"感人的脉脉情愫和再现我们现代人生语"方面，"是白朗宁夫人所望尘莫及的"。此处如李琦、冯晏、陆少平、王雪莹都以爱情诗的创作，赢得了大量读者。

这些出自年轻女性的爱情诗，感情细腻而真实。长期以来诗人写爱情，不敢直抒胸臆，自诉衷肠，而是代写他人之爱曲，不免有隔靴搔痒之感。而"新诗潮"的女诗人们，冲出了世俗的樊篱，在爱情诗的创作上突破禁区，她们毫不掩饰地把自己对爱情的欢乐和忧伤的体验，坦诚地交给读者，使北国女青年富有情感的魅力传留人间。

孙玉洁、李琦她们年岁和经历相仿，而爱情诗的形式和风格迥异。李琦诗的形式自由，内在热情如山涧清泉平静地缓缓流出，热烈而不刺激。孙玉洁自创十行抒情诗，形式整齐规则，她的《少女的心》，如滔滔江河，将溢满心潮的绵绵情愫和盘托出，荡击着人的心弦。也许是由于她们个人的经历和爱情的美满，她们的情诗极少舒婷式的忧伤，有的是"东方的忠贞"和令人迷醉的幸福感。

李琦诗中抒情主人公的"自我"形象是突出的，她以切身的体验写真。献给军人的妻子的诗《无名河三首》，既有着作为军人妻子的自豪，又肩负着作为军人妻子的责任：

"永远，不羡慕富裕与实惠/她拥有一座/草绿色的山冈/这山冈如果开出一朵花/她的心便是/一万朵花的土壤"。

这是一种纯朴而深厚的爱。这种爱的支撑甚至可以转化为承受别离相思，乃至战死沙场的力。正如诗人在《望夫石》一诗中说，有一天，当兵的丈夫为祖国捐躯了，"我们，决不化为石头。"而是"用石头的意志/去追寻我们的亲人/或者，走进他们的功勋/或者，用我们柔软的手臂/搭一座凯旋的门。"这种化传说为神奇的构思，显示了诗的力度和净化灵魂的美。

和李琦一样，孙玉洁的诗品和人品令人赞美，实践了郭沫若所说，要做诗必先做人的箴言。这位从农村经过奋勇拼搏而成才的青年，最初是写一些精巧的小短诗而涉足诗坛的。在上大学期间创作的《少女的心》使这位沉默的姑娘，走到了读者之中。她的诗善于使用美丽、动人的比喻，将热恋中姑娘的一腔柔情，化作彩虹般的形象。

我愿听到你的声音
它像沙漠里的流泉淙淙地响
而只要对我说一句话
我心中的荒原就会百花芬芳。
我愿意看到你的眼睛，
它使天空的星月也减却辉煌；
而只要你投我以轻轻的一瞥，
我心中的浮云就会让路给霞光。
多愿你的心是一个海啊，
我宁做一枚珠贝，只要被海珍藏……

那情意绵绵的少女初恋，经过形象渲染，成了甜蜜的回忆的永恒。初恋的情怀，细如游丝，我们的诗人，有捕捉这种情思的"灵眼"和"圣手"。"假如你是园中初绽的蔷薇/我会变只小蜂，去偷取花香/假如你是枝头可啖的小果/我会像儿童，把它摇落地上/假如你是遥空斑斓的云霞/我会化缕清风，携它飞向远方。"(《爱的琴弦》)作者站在男性青年的立场，向姑娘作的爱情的表白，足以使世界上最高傲的公主也为之倾倒。

巴尔扎克说："爱情不只是一种感情，它同样是一种艺术。"冯晏、陆少平、王雪莹的爱情诗，作为情感的艺术，脉脉含情，宛如艺术中的"微雕"。

"感情的浪尖上/我把心托给你"(《我与你》)。这是冯晏的诗，流露出不加收敛的激情。冯晏近年来致力于抒情诗的创作，有的发表在香港的报刊上。她不是描写全景性的爱，而是采撷爱情生活中闪烁的火花，写得情真味浓，不乏警语。比如："你是为我遮挡风的树/我随时都愿为你撑起遮阳的伞。"(《真诚》)"你是我心中的花所选择的绿叶/也是我初春的雨所选择的土。""你若是大海/我就甘愿做一只小舢板/永远颠簸在你的生活里。"(《选择》)这如此贴切、生动的比喻，毫不掩饰地展现出少女初恋中温柔而多情的胸怀。从冯晏诗中，我们可以感受到一颗被爱情烈火燃烧的心在扑扑地跳动着。

陆少平《初恋的回归》和《爱的回声》写得清秀，隽永。作者似乎要在少女初恋这一情感领域显示自己的才情。她的诗形式自由，构思新颖，仿佛一位成竹在胸的画师，自由挥洒她的彩笔，任情感的细流从指缝间缓缓流出：

想不到
思念的你是鹅黄的忧伤
我的两颗黑葡萄一般的眸子一闪一闪
圆圆的月亮是酒杯
最后一次
喝下满眼的相思泪
然后沉淀
把那首海蓝色的情诗
缓缓放飞

值得注意的是，作者把着眼点放在写爱情的"回归"上，而不是单一地去表现爱情的幸福和欢乐。相聚与别离，幸福与痛苦，"二律背反"是生活的辩证法，那种经过了曲折磨难后而"回归"的爱情，更具有诗的魅力。"败叶填满了瞳孔的时刻/爱远离了我们/花还没有开就已凋谢/初恋在默默地哭"。比起那些乐观的恋歌来，陆少平笔下初恋的悲歌，更能赢得读者回忆的热泪。

此外，王雪莹和雪村的爱情诗都比较含蓄，耐人寻味。如王雪莹的《红枫林》对孩童时代纯情的赞美。《致远方的星》抒发了对远方心上人的思念。《秋别》写爱情未及表白就匆匆离去的怅然思绪。《走向你，走向你》把少女初恋中惊喜交集，欲说还休的心态，刻画得惟妙惟肖。特别值得一提是雪村，她的一首题名《爱情》的诗，将爱情比作是由"一颗心，一枝玫瑰，装成一本书的封面"。想象十分奇特。"那里，芦管鼓出的声音/是粉红色的/是开放在纸上的凤仙/那里，锁环撞击的声音/是金黄色的/是抛向心底的锚链/那里，神秘的星座上/相思木支成绿荫/任夜鹰分洒甜蜜的音节"。把爱情写得有音有色，有滋有味。这男女恋情的主题，在不同时代，不同诗人笔下，达到永恒了。

总之，"新诗潮"在北大荒，涌入了无数新泉，使诗歌的长河加宽，流量加大，多元化多风格的诗歌局面正在形成。如何建构北大荒诗歌风格，形成区域性的文学流派，从理论和创作上，都还是一个探索和实践的问题。有人提出"北大荒"天宽地大，又有闯关东汉子的剽悍和豪情，我们的诗应以阳刚之美为其主要特征。我想风格是不可人为设计的，它只能依据各人的条件去创造。一是客观的现实生活，二是诗人的主观因素，三是对传统的继承和借鉴，都是创造的源泉和参照系统。现在是面向传统回归东方,用现代意识对传统以烛照,熔铸现代新诗的时代了。

目前,“新诗潮”还面临一个如何正确理解诗歌的现代意识和新观念的问题。我以为,时代性、人民性和开放性应是现代意识的核心内容。从当前诗歌总体流向看,写诗人对心灵感觉的瞬间捕捉,写象征性、超越性的诗多,然而整体的、感应时代的、有力度的诗少;提倡新诗潮,诗的社会功能向审美主体转化,这是对的。但是,反映人民意愿,干预社会时弊,歌颂时代的史诗,不应减弱它的热情。现代意识不应只产生一种意象空灵、形式新颖的现代自由诗,而应有多种多样的品类。目前单从形式上理解诗歌的现代性趋向有所抬头,使诗日渐“雅化”,散文美和抒情诗代替了诗形的一切。通俗的叙事诗、现代格律诗、朗诵诗、民歌体、讽刺诗、快板诗、说唱诗受到鄙薄。在理论的导引上,显然存在着顾此失彼,厚此薄彼的不足。用多元化、多层次的诗歌,去满足社会多层次的审美需要,是一个社会效益问题。人民需要醇酒、鲜花、小夜曲,也需要旗帜和号角。如果“新诗潮”以失去大量读者来获取自己的桂冠,这样的“诗潮”新在哪里,是令人怀疑的。

我们的年轻诗作者们,似乎已经注意到了这一点,但还存在不足。比如为改革奔走呼号,争取科学与民主,对历史沉积反思的诗数量不多,佳作更少,有少数人在眼花缭乱的诗坛景观中,似乎六神无主,还没有从苦吟病觅,雕琢形式故作高雅态的创作中解放出来。不过,不足是过渡现象,年轻人会在实践的颠簸中成熟起来的。一股振兴北大荒诗歌之气在燃烧。我们从这里似乎隐隐约约看到了北大荒诗坛的希望。

1987 年 1 月稿

载《大庆师专学报》1987 年第 4 期

“哭吐精诚赋此诗”

——读郭沫若《归国书怀》

又当投笔请缨时，
别妇抛雏断藕丝。
去国十年余泪血，
登舟三宿见旌旗。
欣将残骨埋诸夏，
哭吐精诚赋此诗。
四万万人齐蹈厉，
同心同德一戎衣。

郭沫若同志这首诗写于1937年7月。“七七”事变以后，郭沫若同志在友人的帮助下，摆脱了日本警察的监视，抛妻别子，只身回国。7月24日，在日本神户上船，27日回到上海。诗作于归国船中，步鲁迅“惯于长夜过春时”（七律）原韵。

诗的起句包含的内容极为丰富。“投笔请缨”是化用班超“投笔从戎”和终军请缨出使南越的典故，同时也是写实。因为，郭老在第一次国内革命战争时期，曾投笔从戎，参加了北伐革命战争，任北伐军政治部副主任，后来，追随朱德和周恩来同志，参加“八一”南昌起义，事后，受到蒋介石的通缉，在周总理及创造社友人的安排和帮助下，郭老于1928年移居日本。诗中用“又当”二字，就把这一段历史事实连贯起来了，表明郭老对即将投入抗战的欣喜之情。

可是，郭老这一次回国参加战斗，除了要摆脱日本反动当局设置的重重障碍外，还有家事之累。当时，郭老已是七口之家。郭老曾在日记中记述：“昨晚由我的暗示，安娜及大的两个儿子，虽然知道我已有走意，但并不知道我今天便要走。我怕通知了他们,使风声声张了出去,同时,也不忍心看见他们知道了后的悲哀。我是把心肠硬下了。”表现了郭老献身民族解放事业的壮志和决心。但是,夫妻之爱,骨肉之情,总是藕断丝连的。临行前,郭老给儿女们写下了“勤勉”二字贴在墙上,为他最小的六岁的鸿儿也写了留白,趁儿女们在熟睡中,吻别了妻儿,含着热泪离去。

郭老回国后,接到安娜来信,知道妻子儿女受了不少苦,为此,写了这样一首诗:“相隔仅差三日路,居然浑似万重天。怜卿无故遭笞挞,愧我追情绝救援。虽得一生离虎穴,奈何六口委骊渊。两全家国殊难事。此根将教万世绵。”道出了郭老思念家庭骨肉的无限深情,在“两全家国殊难事”的矛盾中,更表现了郭老对灾难深重的祖国的热爱。

第二联,诗人用“余泪血”三字,诉说了“去国十年”身受的凌辱和辛酸。因而回国参加抗日,诗人的心情,好像久别的孤儿,骤然回到母亲身边那样不能平静。全联诗句,以鲜明的节奏感,工整的对仗,寓抒情于记事,写出了诗人此时由悲而喜,悲喜交织的复杂心情。

第三联,由叙事转人重点抒情。诗人为自己能将有生之年,奉献给祖国人民而欣慰不已。在欣喜之余,禁不住热泪泉涌,这种“哭”,是郭老自己“哭吐精诚”,是要把他的赤子之心掏出来,用诗的语言,饱蘸着精诚之泪,来表达自己对祖国、对人民的深沉之爱。

诗的最后两句,郭老借用周武王伐纣“一戎衣天下大定”的故事来说明只要全国人民精诚团结,定能取得抗日救国的最后胜利。

我们尊敬的郭老,不仅是位伟大的诗人,而且是一个革命战士,他的诗充满着对祖国和人民的热爱。今年6月12日是郭者逝世两周年,吟读此诗,以寄托对郭老的怀念。

发表于《黑龙江日报》1980年6月14日

郭沫若与《三叶集》

近年来发表的一些研究郭沫若早期文艺思想的文章中,许多引文出自《三叶集》。这本书收集了宗白华、田寿昌(田汉)与郭沫若三人,1920 年 1 月至 3 月的书信 19 篇,同年 5 月由上海亚东图书馆出版。由于该书比较真实地记录了郭沫若青年时代对社会、人生,对文艺的一些看法,且出版时间久远,难以寻觅,成为今天研究郭沫若的一份珍贵资料。

在写这些书信的时候。郭沫若时年 28 岁,他与田汉正在日本求学,还只是一文不名的小作者,宗白华这时担任着上海《时事新报学灯》的编辑,是他首次在自己编辑的副刊上发表郭沫若写的新诗,也是他第一次把郭沫若介绍给田汉认识并通信,他说他"发现了一个东方未来的诗人郭沫若"。

郭沫若在给宗白华和田汉的几封信里,真诚地和朋友交心,倾诉自己忧国忧民,"读的是西洋书,受的是东洋气"的苦闷,介绍自己同日本姑娘安娜恋爱的经过,和朋友讨论对歌德、孔子的看法,互相交换诗稿进行评论,广泛地讨论了当时急迫的社会道德和恋爱婚姻问题。他们当时对诗歌的一些新颖见解,成为后来新诗创作的理论基础。

比如:在"作诗"和"做人"的关系上,宗白华希望郭沫若"一方面多与自然和哲理接近养成完满、高尚的'诗人人格'。一方面多研究古昔天才诗中的自然音节,自然形式,以完满'诗的构造'。"郭沫若认为,这是"铭肝刻骨"的精辟见解,他诚恳地检讨自己人格不美,不配做"我国新文化中的真诗人。""我的诗形不美的事实,正由于我感情不曾美化的缘故。我今后要努力做'人',不再乱作诗了,人之不成,诗于何有?"

在写诗基本功的训练上。郭沫若说:"我想诗的创造是要创造'人',换一句话说,便是在感情的美化。"他认为,不能拘泥于他人已成的诗歌形式,"艺术训练的价值只可许在美化感情上成立",反对无病呻吟的"矫揉造作",主张以"自然流露"为上乘。

对诗歌本质的认识上,郭沫若提出了"诗的本职专在抒情"的见解。他说

“抒情的文字便不采诗形,也不失其为诗。”真正的好诗不是“作”出来的,只是“写”出来的。田汉高度评价了郭沫若的诗作,他说:“与其说你有诗才,毋宁说你有诗魂,因为你的诗首首都是你的血,你的泪,你的自叙传,你的忏悔录啊!”

后来。郭沫若在同友人的通信中把他在《三叶集》中的信稿,说成是“赤裸裸的我”。今天我们读《三叶集》,仍感到作者在同我们交心,这些袒露自己胸怀的书信,都是“人格公开”的代表作。

发表于《哈尔滨日报》1982 年 6 月 24 日

读郭沫若论“国防文学”

——兼评“两个口号”的论争

在重新评价“两个口号”论争的过程中,我们推倒了“四人帮”强加给“国防文学”的许多诬蔑不实之词。但是,作为学术问题,仍有很不相同的意见。为了从实际出发分析评论“两个口号”的论争,有必要回顾郭沫若同志当年对于“国防文学”的论述。郭沫若同志不是“国防文学”的倡导者,但他是主张“国防文学”的有影响的作家。他当时发表的许多意见,得到了论战双方的一致赞同,有的被公认为是对“国防文学”最权威的解释。学习郭沫若同志对“国防文学”的论述,对我们今天正确认识这场斗争的意义,还历史的本来面目,是有帮助的。

“做党的喇叭”

发生“两个口号”论争的1936年,郭沫若同志正亡命日本。据当时由“左联”指定与郭老联系的林林同志回忆,1936年春,他们从国内寄往日本的邮件中,得到《八一宣言》。他们和郭老非常兴奋地讨论了这个文件,然后才引起请郭老写关于“国防文学”讨论的文章。郭老对“国防文学”的认识,也有一个过程。一开始他深知当时的“国”是蒋介石在统治着,对提倡“国防”有所犹豫。但郭老体会了党的意图,看到了祖国正受着帝国主义的欺侮和侵略,民族矛盾超过了阶级矛盾。他毅然表示:“党决定了,我就照办”,“愿做党的喇叭”①。郭老怀着对党的忠诚,对祖国深沉的热爱,热烈支持“国防文学”的主张。他亲自主持留日文艺青年座谈会,讨论“国防文学”,并亲自把讨论记录稿编成《国

① 林林:《做党的刺叭》,《人民文学》1978年第7期。

防文学辑谈》,同时又自己撰写文章,参加国内的讨论。同年6月14日,郭老写出了《国防·污池·炼狱》一文,旗帜鲜明地表明了他赞成"国防文学"口号的观点和立场。接着郭老又撰写了《在国防的旗帜下》、《我对国防文学为意见》《蒐苗的检阅》等几篇文章,全面地阐述"国防文学"的理论,对当时阻碍统一战线建立的宗派主义、关门主义和戴着"白手套"干革命的极端"洁癖"的人,作了诚挚的批评。

郭沫若同志是站在维护党的建立统一战线的正确思想立场上,支持和赞成"国防文学"口号的。郭老指出:"国防文学"的用语,从字义上说,简单,概括,新鲜,内涵也有充分的伸缩性,"最适宜于作为一个统一战线的共同目标"①。从意义上说,"目前国难紧迫的时候之所以强调'国防',正是有意要容纳那种真实的爱国者","中国的'国'如'防'好了,帝国主义只好崩溃"②。同时,他还主张把"国防文学"扩展为"国防文艺","凡是不甘心向帝国主义投降的文艺家,都在这个标帜之下一致的团结起来"③,批评了文艺界存在着的小集团主义、宗派主义的干扰,也批评了在讨论"国防文学"中,从定义出发,死抠字眼,脱离实际的不良倾向。这对促进文艺界抗日民族统一战线的建立,起了推动的作用。

郭沫若同志不只是从字义上主张"国防文学",最主要的是从政治上、从社会实践上肯定了"国防文学"的产生是人心所向,是时代的呼声。郭老非常明确地指出:"目前的文艺界树起了'国防文学'这个旗帜,得到了多数派的赞成,而结成了广大的统一战线,我认为是时代的要求之一表现","这个运动不是某一个人的主张或发明,而是客体上已经具备了那样的要求,大众都已经陆续在动员了,你自以为大众喉舌的文学家怎能例外?"④郭沫若同志对"国防文学"产生的时代意义和历史必然性所作的分析是完全正确的。它说明"国防文学"的产生,完全是形势使然,有广泛的群众基础,并非是某一派或某几个人的个人作用。

郭沫若同志为了捍卫"国防文学"的正确性,他首先把批判的锋芒指向反对"国防文学"口号的徐行。徐行在《评国防文学》和《我们现在需要什么文学》两文中,指摘"国防文学"的倡导者是"资产阶级的辩护士",陷入了"爱国

---

① 郭沫若:《我对于国防文学的意见》,载《质文》第7期。

② 郭沫若:《我对于国防文学的意见》,载《质文》第7期。

③ 郭沫若:《国防·污池·炼狱》,载《文学界》第一卷第2期。

④ 郭沫若:《在国防的旗识下》,载《文学丛报》第4期。

主义污池”。郭老针锋相对地指出：假使是帝国主义的国，这种爱国主义自然是一个“污池”，然而，生在被帝国主义侵略的国家，大家觉醒了起来爱国，开展反帝斗争，“这样的爱国主义或者可以目为‘炼狱’，然而，怎好视之为‘污池’？”[1]因此，他对“有极端的洁癖”的关门主义和对“非同一立场的人爰施以毫不容情的打击”的宗派主义，都提出了批评。他明确地指出：“要认定凡是非卖国的，非为帝国主义作伥的人或作品，都和我们的目标相近，我们都可以和他们携手。”[2]郭沫若同志的这种思想，从客观上体现了当时毛主席在《论反对日本帝国主义的策略》一文中提出的“党的新策略即广泛的统一战线的出发点”的基本思想。

“都为着同一的目标”

正当“国防文学”口号受到文艺家和广大群众的拥护，革命文艺运势方兴未艾的时候，胡风趁鲁迅在病中，发表一篇《人民大众向文学要求什么》的文章，把鲁迅拟议的“民族革命战争的大众文学”的口号，以他自己的名义发表出来，另树一面旗帜。大家不明了胡风所提口号原来出于鲁迅先生的授意，以为是胡风要“标新立异”，取“国防文学”口号而代之。由胡风直接挑起来的“两个口号”的论争，结果造成周扬等人与鲁迅的对垒。由于郭老是主张“国防文学”的，自然也就同鲁迅成了论战的双方。但是，我们仔细研究了鲁迅先生《答徐懋庸并关于抗日统一战线问题》和郭老写的《蒐苗的检阅》两篇文章之后，可以发现，中国新文化运动的两位巨人，他们的观点虽然不尽相同，但大方向是基本一致的，根本不存在所谓路线上的分歧。

（一）他们都衷心拥护党的统一战线的策略。郭沫若同志，愿做党的喇叭，服从党的决定。为挽救民族危亡，当党的路线策有新的改变的时候，郭老在理论上和行动上都是坚决支持的。鲁迅先生更是明确地指出：“目前的革命的政党向全国人民所提出的抗日统一战线的政策，我是看见的，我是拥护的，我无条件地加入这战争。”“我赞成一切文学家，任何派别的文学家在抗日的口号之下统一起来主张。”[3]。

---

① 郭沫若：《国防·污池·炼狱》，载《文学界》第一卷第2期。

② 郭沫若：《国防·污池·炼狱》，载《文学界》第一卷第2期。

③ 鲁迅：《答徐懋庸并关于抗日统一战线问题》，载《作家》第一卷第5期。

（二）他们都主张国防文学的存在，“并没有把‘两个口号’看成两家”。鲁迅肯定了“国防文学”口号“颇通俗，已经有很多人听惯，它能扩大我们政治的和文学的影响”。这与郭沫若同志对“国防文学”口号的肯定和解释意见都是一致的。

（三）他们对“国防文学”所下的定义、界说是相同的。鲁迅先生说：“我很同意郭沫若先生的‘国防文学是广义的爱国主义的文学’和‘国防文艺是作家关系间的标帜，不是作品原则上的标帜’的意见。”郭沫若同志主张一切爱国的文艺家，“在国防的旗帜下联合起来”，主张“国防文艺应该是多样的统一而不是一色的涂抹”，“应该包含着各种各样的文艺作品，由纯粹的社会主义的以至于狭义爱国主义的，但只要不是卖国的，不是为帝国主义作伥的东西。”这些意见不仅得到鲁迅先生的赞同，而且得到了茅盾和其他一些不赞成“国防文学”口号的人的同意。

（四）他们在反对宗派主义、关门主义的意见上也是一致的。郭老指出：“我们站在社会主义立场的人每每有极端的洁癖，凡是非同一立场的人爱施以毫不容情的打击，在目前我们确应改换这种态度了。”①这里批评的“站在社会主义立场的人”的“洁癖”，就是宗派主义、关门主义的同义语。鲁迅先生不仅批评了徐懋庸等人比“‘白衣秀士’王伦还要狭小的气魄”，还建议“‘文艺家协会’应该克服它的理论上与行动上的宗派主义与行帮现象”，同时，对赞成“民族革命战争的大众文学”口号的聂绀弩、辛人等的宗派主义立场也进行了批评。可见，他们都主张“把围墙的内战停止”，打掉宗派主义和关门主义。

（五）他们都主张文学描写的题材要反映广阔的现实生活，为抗日反汉奸主题服务。鲁迅先生批评了周扬同志所主张的“国防的主题应当成为汉奸以外的一切作家的作品之最中心的主题”，“必须采取进步的现实主义的方法”的狭隘观点。他认为，在“国防文学”与“汉奸文学”之外，“确有既非前者，也非后者的文学”。他主张文学描写的题材不应该“只局限于写义勇军打仗，学生请愿示威”，“它广泛得多，广泛到包括描写现在中国各种生活和斗争的意识的一切文学。”鲁迅的这些意见，与郭老所说的“并不是一定要写满蒙，一定要写长城，一定要声声爱国，一定要句句救亡，然后才是‘国防文艺’”的意见，完全一致。

以上五个方面的共同点，说明“两个口号”在方向、路线上的基本原则是一致的。当然，这并不是说它们之间一点分歧也没有，分歧仍然是有的。

① 郭沫若：《国防·污池·炼狱》，载《文学界》第一卷第2期。

从鲁迅方面说，他认为，提出新口号，为的是“补救‘国防文学’这名词本身的在文学思想的意义上的不明了性”，以及“纠正一些注进‘国防文学’这名词里去的不正确的意见”①。而郭老则认为，新口号名词太长，不大众化，不仅不能达到补救“国防两个字的宽泛与不正确的意见的窜入之容易”，反而，“把宽泛而易被曲解的缺点，至少是增加了五倍”②。而且，郭老认为，这种“补救”和“纠正”的工夫，现在“由许多战友讨论已做了不少。”郭老并没有否认“国防文学”尚有可“纠正”的缺点，也同意需要把“国防文学”“严密地定义起来”。他只是认为，新口号的提出，没有经过“适当的诠议”，没有指出“国防文学”的错误在那里，而又是“由胡风个人”提出来，这在手续上和方式上都“有点不大妥当”。这是他们产生的分歧之一。

其二，“国防文学”提法本身有无缺点？它的“文学思想的意义上的不明了性”应作怎样解释呢？郭老认为，“一切的用语都是一种有社会性的规约”。口号本身并不是万能的，而在于给口号规定明确的定义和正确运用。这样看来“国防文学”名词本身是没有错的。有无错误，就看大家对它如何解释。目前流行有两种观点：一种认为：国防文学缺乏明确的阶级观点；另一种认为：国防文学的解释，“未能鲜明地提出”无产阶级领导权问题。关于这两种观点，是不是如某些人所论断的那样呢？不是的。有郭沫若同志言论为证：

1.“我们并没有放弃我们更高级的意识和更远大的目标。我们在强调救亡，强调爱国的军号中，同时要吹奏着我们的意识和目标的。”（《我对于国防文学的意见》）2.“我们当然并不放弃我们奢望，要拥护着——我特意用着‘拥护’这个字——一切爱国的人和我们同路到底。”（《国防·污池·炼狱》）3.“究竟文坛的‘赫格摩尼’（英语音译，即领导权的意思）是在我们的手里，我们一作起理论斗争来，便集中了天下的视听，使‘诸侯皆作壁上观’。”（《蒐苗的检阅》）4.“我们自己的原则是坚定着的，而对外的发挥则随着客观的形势要改换一下阴晴。”（《蒐苗的检阅》）5.“在国防文学的旗帜之下，我们自然要保守住我们的救济中国并救济全人类的立场。”（《对于国防文学的意见》）6.“正确的世界观是唯一客观的真理，这是使我们认识客观世界的明灯”，“没有正确的世界观而能把持着客观真实的人，我们能够容许，但希望他要有正确的世界观。”（《国防文学谈》）

从以上六例中可以看出，郭沫若同志不仅提出了“国防文学”的阶级性

---

① 鲁迅：《答徐懋庸并关于抗日统一战线问题》，载《作家》第一卷第5期。

② 郭沫若：《蒐苗的检阅》，载《文学界》第4期。

(例1),提出了坚定无产阶级的领导权(例2、例3),坚持无产阶级文学的独立性(例5),同时还提出了如何根据政治形势改变策略(例4),以及坚持无产阶级世界观等问题(例6)。当然,郭老的那些意见,有的不如鲁迅先生说得那样明白,那样准确,但是,意思是清楚的。作为郭老当时所处的环境,作为当时的政治形势,作为文艺上的一个统战口号,似乎也只能说到这个份上,不能过高地苛求。相反,对于革命文艺运动的领导权问题,郭老还有自己不同的看法。他认为:"前进的主义不是跨在云端里唱出的高调,不是叫人洁身自好地在亭子间里做左派神仙。"[①]郭老的这个意见,对当时某些人的批评可能是切中要害的。

究竟对"国防文学"的"不明了性"应作如何解释呢?我认为,就是鲁迅先生所说的"在文学思想的意义上"不如"民族革命战争的大众文学""意义更明确,更深刻更有内容"。这一个"更"字,说明它们只是程度不同,没有质的差别,方向是一致的,不存在路线上的分歧。正如郭老自己总结说,提出及赞成"民族革命战争的大众文学"者,"是并没有反对'国防文学'的,其所主张的理论与'国防文学'的理论其实也并无根本上的大差"[②]。可见,论战双方都一致认为,他们的分歧是非本质的,次要的,是"为着同一目标"的,完全可以求同存异,达到认识上的统一。

用什么标准评断"两个口号"论争的性质?

拨开"国防文学"的层层迷雾,"两个口号"论争的性质是不难澄清的。今天,大家的意见之所以不一致,除了每个人的思想水平和看问题所站的角度、立场不同而外,还有一个重要的原因,就是所用标准不同。

比如,有的同志认为,在"两个口号"论战中,鲁迅是代表正确路线的,鲁迅的言论就成为判断这次论争的唯一标准。因此,就把"国防文学"放到鲁迅的对立面进行裁判,以"两个口号"划线,把"国防文学"推到错误路线一边去。其二,有的同志以是否受了王明路线影响为标准,用"查背景""追后台"的法子,千方百计证明"国防文学"是王明"右倾思想""产生直接的影响"。"解散左联和提倡'国防文学'"都是根据"王明的意见办的"。王明的"报告"和"文章""起着指导'国防文学'运动的作用"。一句话,在他们看来,"国防文学"的

① 郭沫若:《国防·污池·炼狱》,载《文学界》第一卷第2期。

② 郭沫若:《蒐苗的检阅》,载《文学界》第4期。

提出全是王明一手操纵搞起来的，硬把“国防文学”与“王明路线”捆在一起。其三，还有的同志，以“完美无缺”为标准，离开当时的具体环境和条件，抓住论战中个别人的个别意见，否定“国防文学”的本质和主流。用以上这些“标准”去评断“两个口号”的论争，都是欠妥当的。

马克思主义认为，检验真理的标准只能是社会实践。就以所谓“王明路线影响”来说，不能因为周扬等同志看了王明在共产国际“七大”的发言，就证明“国防文学”是王明路线的产物，而应首先从当时的社会实践去考察。王明的报告发表于 1935 年 8 月，当时“一二·九”运动和“西安事变”都没有发生，抗战还没有爆发，统一战线刚刚开始酝酿，这时党内的主要危险倾向是“左”倾关门主义，而不是右倾。王明报告中关于建立抗日民族统一战线、组织“国防政府”等正确的部分，是为当时和以后党中央和毛主席的许多指示和讲话中肯定了的。“国防文学”的提出，虽然与组织“国防政府”的建议有关，但它不属于王明的右倾机会主义，而是属于党中央的正确路线的。

“国防文学”的口号，是革命文艺工作者，在参加抗日救亡的斗争实践中产生的。历史的事实是：在全国人民抗日救亡高潮的推动下，早在 1934 年 10 月间，周立波同志把苏联的“保卫文学”译作“国防文学”介绍到中国来；同年十月，周扬同志也写了《“国防文学”》一文，指出：“在战争危机和民族危机直迫在眼前”的今日，“国防文学”是中国所最需要的。但是，周立波与周扬同志的意见，当时并没有引起重视。直到 1935 年“华北事变”和“一二·九”运动以后，全国文艺界在党中央的号召和全国人民抗日救亡运动的感召之下，都在积极地探讨革命文艺如何同时代结合，为现实斗争服务的问题，当时，各种抗日救亡组织纷纷成立，各种救亡刊物如雨后春笋大量涌现，仅上海一地就有一百多种，在全国“救亡图存”形势的推动下，1935 年底，不少报刊提出开展“一个新文学运动的建议”，同时提出了“民族自卫文学”“民族战争文学”“民族的革命文学”等口号进行讨论。“国防”一词已见于许多文章中，《救亡进行曲》里就有“我们要建设大众的国防”的词。“国防文学”就是在这种时代气氛中重新提出来的。它之所以获得多数人的赞同，除了有周扬等左翼文艺运动领导的提倡外，还有一个重要原因，就是它“颇通俗”（鲁迅语）明了，内涵“有充分的伸缩性”，而且，同政治上“国防政府的建议提倡”“相呼应着”（郭沫若语），这就是“国防文学”产生的背景。

“国防文学”不是王明路线的产物，它的正确性还可以从它产生后在社会实践中的影响得到证明。“国防文学”的理论，在实践中得到不断的健全和发展。在“国防文学”的倡导下，全国先后组织了各种文艺团体，如剧团、合唱队、影片公司和各种群众文艺组织，此外还创办了很多文艺刊物。在“国防文学”这个中心口号之下，相继提出了“国防诗歌”“国防电影”“国防戏剧”“国防音乐”“国防漫画”等口号，团结动员了一切可以团结的抗日救亡力量，“造成了文学上的一个新时代”①。茅盾的《在第二章》，萧军的《八月的乡村》，肖红的《生死场》，夏衍的《包身工》《秋瑾传》，沙汀的《兽道》，由洪深执笔的《走私》，田汉的《阿比西尼亚的母亲》《回春之曲》，宋之的《一九三六年春在太原》，尤竞等的《汉奸的子孙》，章泯的《东北之家》，以及群众业余创作的街头剧《放下你的鞭子》和《国防诗歌丛书》，还有脍炙人口的抗日救亡歌曲《打回老家去》《毕业歌》《开路先锋》《义勇军进行曲》等等，这些优秀作品，起到了抗日救亡的鼓动作用。如果把“国防文学”运动产生的这些成果和影响，说成是王明的“讲话”和“文章”在“起着指导”作用，无论如何也是解释不通的。

有人可能会说，现在把“国防文学”口号，由“敌我矛盾”改为“内部矛盾”，已经是拨乱反正了。我们认为，这个“拨乱”，就承认三十年代革命文艺运动是王明路线统治这个“诬陷”来说，性质没有变，不过是“五十步”与“百步”耳！我们应该“思想再解放一点”，敢于冲破一些“禁区”，从实际出发，按照实践的标准，对三十年代文艺这个“老大难”问题，做出比较科学的总结。

发表于《北方论丛》1980年第2期

① 立波：《小说创作——丰饶的一年期间》，载于《光明》二卷二号。

王书怀和他的乡土诗歌

在北大荒的诗坛上,称王书怀为乡土诗人,是当之无愧的。他把一生献给了为农民写作,在五十五岁短促的生命里,一共出版了《扬帆集》(1958 年)、《桦林曲》(1959 年)、《宝山谣》(1963 年)、《青纱集》(1964 年)、《行吟集》(1979 年)等十本诗集。这些诗歌不仅真实而生动地表现了五六十年代北大荒农村的生活面貌,歌颂了北大荒人的创业精神,而且,为创造北大荒的乡土诗歌,做了值得纪念的实践和探索。

抒劳动人民之情

王书怀诗歌的一个突出特点,是诗人的感情与劳动人民的感情息息相通。他出身贫苦农民,为农民写作,后来成为专业作家以后,又搬家到农村落户,真正做到了从思想感情上与农民打成一片。他的诗有着不假修饰的朴素和健康的本色美,抒写了劳动人民之情。《桦林曲》《轻轻的桦皮船》《阳光普照鄂伦春》等诗,歌颂党的民族政策给边疆少数民族生活带来的新变化。《塞外江南曲》《第一座小房》等诗,表现了垦荒战士的精神风貌。还有大量的诗篇是以农村现实生活为题材的。诗人以极大的热情,歌颂了新农村的新面貌,描绘了一代新人的新风尚、新品德。

尤其《这铺炕》一诗,表现革命干部与人民群众水乳交融的革命情谊,亲切、深厚,引起我们许多回忆和联想。诗的开始,写一位干部重返土改时住过房东家,受到老大娘的盛情接待,为他准备了新的毡子、褥子。可这位干部却婉言谢绝了,他说:

谢谢您吧/老大娘。/毡子不要铺了,/褥子也不要放。/……可,再好的被褥,/再好的毡,/怎比得/这又光又滑的细眉子席,/又宽又暖的家乡炕!/盘腿上炕伸伸腰,/全身的筋骨酥酥响,/倒在炕上嗅一嗅,/席子底下呵/飘出了谷米香……

这一席盛赞土火炕深情絮语,表现了革命干部对农村生活朴素的阶级感情。但是,干部对火炕怀有深厚的情意,还有更深一层的意思。因为:"土炕呵,/是我们的摇篮","也是我们的营房"。诗人用回叙的方法,历数当年在这土炕上曾经进行过伟大的革命斗争,回忆起当年在斗争中,同乡亲们结下的阶级情谊。说明,这铺炕不是一般的炕,它"教养了多少革命儿女,/珍藏了多少历史篇章。/他的热,/他的光,/至今呀,/还留在我们的身上。"诗人怀念那如火如荼艰苦斗争的岁月,对火炕也自然产生了感情。自己睡在这细眉子席的家乡炕上,不忘革命传统,就像是乡亲们伸给他的"滚热滚热的手掌"一样。

这首诗在相当的历史跨度上,歌颂革命历史和光荣传统,刻画了从土地改革到建设社会主义新农村这一历史时期,党的干部的革命本色和深厚的阶级感情。这可以说也是诗人自己曾参加过土改,自己长期做农民知心朋友,内心感受和真实体验的写照。

抒人民之情,最根本的一条,是关心群众的疾苦。不但能从大的事件、斗争和历史转折关头去体察民情,还要善于从日常生活发现诗意,写出感情上的波澜。比如《小河流水哗啦啦》和《搭车》,就比较成功地表现了农村建设的发展给农民心灵上带来的欢乐。

小河流水哗啦啦,/河东河西住人家。/往年一听河水响,/两岸亲家忙喊话:/"淹啦?"/"涝啦?"/——不是亲家太胆小呵,/山水一下来真毁庄稼!//小河流水哗啦啦,/河东河西住人家。/如今一听河水响,/两岸亲家笑哈哈:/"放啦?"/"满啦?"/——不是亲家问顺了口呵,/社里的水稻都萌了芽……

这诗写于1956年,反映农村大兴水利建设之后,农民的心情变化。诗人用简朴的语言,将日常生活中两位亲家的对话,对比地写出。既有今昔对照的历史感,又有生气勃勃的盎然诗意。

健康、幽默的情趣美

王书怀乡土诗歌的另一特色,是他用自己敏感的观察,广泛采撷农村生活素材,为我们刻画了一幅北大荒农村多彩多姿的风情画,表现了一种富有特色的情趣美。我们先看诗人笔下的农家小院：

> 一样的秫秸障，/密叶不透风，/一样的瓜菜园，/花开几多种，/翠生生，/水泠泠，/东院韭菜西院葱，/豆角挎小刀，/辣椒打灯笼，/西葫芦结纽满地滚，/向日葵，/探出脑袋逗孩童……（《宝山谣·满园春》）

一幅多么美妙的农家生活画，把东北农村小院充满生机的景象刻画得既形象逼真又鲜活自然。

在日常生活中发现诗意，在生活的细微处找诗，这是王书怀捕捉诗的生活气息的常用手法。诗人以“社员生活素描”为总题目，写过几首诗。其中《赶鞋忙》，情美意浓，别有一番农家风味。这首诗写农闲时节，几位妇女坐在麦场上，纳鞋底聊天，诉说自己丈夫的情景。她们一个个都“埋怨穿鞋人”不体谅。其实，都怀着没有明言的用心。队长的爱人说队长：

> “当干部的/都是铁脚掌。/好鞋穿不上，/坏鞋补不上，/大雨下个不住点儿，/他呀，还要去下洼看高粱！人家说咧，/河南水要涨……

赶车的妻子说“老板儿”，不说出车说上岗：

> 辕马不上道，/不用鞭子晃，/跟头把式/一跑二里半，/豁出拧碎了鞋，/豁不出马出汗。/他这个人哪，/出门得跟个掌鞋匠！

这些含着女性的娇嗔和有趣的对话，表面看是唠家常嗑，心眼儿里都各自使着一股暗劲儿，争着夸耀自己的男人，流露出不加掩饰的自豪感。既怨且爱，怨是假象，夸是本。把农村妇女对自己丈夫朴实而深情的爱，刻画得委婉情长。

诗人还通过刻画农村青年男女的恋爱，给北大荒农村风情，赋予新颖的诗意。举其有代表性的《拖拉机手和少女》组诗分析。这组诗由《送水》《串门儿》《合影》三首小诗组成。表现一对青年男女，由相识、相爱到合影订婚，感情深化的过程。全诗没有用一个“爱”字，姑娘和小伙子复杂的心理活动，全是通过他们自己的表情、动作、语言和神态表现出来的。写姑娘“送水”：

> 第一次送水，/代表生产队，/小担儿撂在田埂上，/大大方方敬一杯：/受累了，/驾驶员同志，/给，喝碗水！
>
> 第二次送水，/代表十姊妹，/小儿提到脱谷场，/羞羞答答叫小崔：/“唉，/歇气儿咧，/还不下来喝口水！”
>
> 第三次送水，/姑娘代表谁？/小水罐蒙盖白毛巾，/悄悄递进驾驶室，/光听说，“给给”！/天知道，/那里头装的啥东西……

三次送水，三种表情，三种态度，姑娘内心的秘密，只有“意念”，没有“言传”。比起那种过分亲昵的海誓山盟的爱情表白，要美得多。表现出农村姑娘情感表达方式的独特风味。再看写拖拉机手“串门儿”：

> 第一次串门儿，/他说借根针儿，/不找姑娘，/找大婶儿，/钉上了扣了，/又要缝裤腿儿。/唉，谁知道他，/缝完了裤腿！还要纫几回针儿！
>
> 第二次串门儿，/他说借个盆儿，/洗了汗衫，/洗背心儿，/白手套揉得稀糊烂，/他还说这肥皂不褪泥儿。/唉，谁知道他/投完了这遍，还要换几回水儿！
>
> 第三次串门儿，/老大婶儿看出了这里有步棋儿，/不等小伙子再开口，转身出了门儿：“得咧孩子，你们唠着，/我到东院借个锤儿……”/唉，这样的小伙子，/真叫人没法子儿。

和前诗一样，诗人用了民间歌谣重复的手法，还使用了东北二人转的“儿化”音。不同的是，对姑娘心理的刻画，含蓄中流露出善良的揶揄，而对小伙子则着重刻画他对爱情表现的那种“憨劲”，借故找岔子串门，磨蹭时间，在幽默中含着调侃。手法自如，富于意境，表现浓厚的生活味。

当然，乡土诗歌的创造，离不开地域特色和风俗人情。我们通常所说的生活气息，也就包含时代气氛和地域的特色在内。王书怀许多受群众欢迎的好诗，都是在这二者的结合上比较成功的。比如《鞭声》《接姑娘》《关怀》等诗，就真实地表现六十年代初，农村生活的风貌。这里有农村社员欢天喜地闹春耕的情景：那茫茫晨雾的东北大平原上，处处鞭声，一望十里的花轱辘车，后车接前车地催赶着向地里送肥。这雄伟壮观的情景，是时代的，也是地域的。再从诗人写景来看：“不闻鸟啼杏枝上，/二月里，/但见一路/鞭打银树霜花飞。/赶车人，/哼小曲，/回望车队龙摆尾，/心里头，早有几分丰收醉。”（《鞭声》）此情此景,不正是北大荒特有的生活芳馨、泥土的清香吗?

风味独特的语言风格

广泛采用农民家常口语入诗,构成了王书怀乡土诗歌独特的北大荒风格。这风味清香、活泼、风趣、幽默、自然、流利,富有音乐美和节奏感。如前面引用的诗《赶鞋忙》中妇女们的谈话,哪一句不是出自心灵,出自天然。人物语言有个性,抒情主人公的叙述语言,也搭配得天衣无缝。比如:"贴心话,/扯起来,/均匀,/绵软,/都比线线儿长。"这比喻从纳鞋底的形象顺手拈来,多么贴切。"密针密线密密纳,/蜜言蜜语蜜蜜讲,""缝啊缝,/一行行,/唠啊唠,/一桩桩,/几家大嫂子/话题转了十八弯,/不知为啥,/转来转去还在'他'字上。"这种音韵谐美,简洁、明快而有风趣的语言,生动地展示了人物内心的微笑。

王书怀诗歌那种整体的和谐,音乐性强,节奏明快,是与诗人善于提炼民间口语分不开的。如《三月雨》:

> 三月雨,/飘飘下,/三月风,/催柳芽。三月大地笑展眉:/酒足啦,/饭饱啦!/布谷鸟啊,/叫吧!/叫吧!
>
> 叫吧!/叫吧!/春播的日子到啦!/村里村外,/山上山下,/满田粪香,/满路佳话,/及时雨,/何止天上洒!
>
> 看:/雨中送伞,/城里人马,/一转,/一家家,/来啦……

诗人用短句、排比,紧锣密鼓似的,造成一种雨点般的节奏,刻画了农村春耕时节,千家万户火热的备耕景象,同时又把各路大军支援春耕热火朝天的喧闹气氛渲染出来。如果说,诗是情绪的摄影,情绪是诗的节奏,这节奏就是由语言的韵律,句子的长短组合,分行、停顿、断句、排列等形式的外观综合构成的。王书怀的诗,易读上口,活泼轻快、有韵有味、雅俗共赏,深受农民群众欢迎,这与此有关。诗人对群众口语的熟练,达到运用自如的程度,他可以出口成诗,毫不费力。

不仅如此,王书怀的诗歌,还不时地流露出民间口语中那种轻松、愉快的幽默感。北大荒农村流传许多这方面的俏皮话、玩笑话。这些生动的语言,是群众的创造,有的是正话反说,有的是一语双关,表现劳动人民的聪明才智。王书怀得天独厚地获得了这些语言的财富,他的许多诗,语言机智,不经意地开了玩笑,让你忍俊不禁。

在《关怀》一诗里，乡亲们对刚返回农村的知识青年，送米送菜，热乎乎的。谁知老支书不了解情况，犯了“官僚”。他说：“人就是一遭生两遭熟，/何况你们还是出嫁的闺女回到娘家来，/打这往后可不能再见外……支书这话引起了笑声。因为，姑娘小伙刚刚恋爱，还未结婚，这时，有人冒了一句说：“支书呀，你这片话里头可欠周到，/凤梅子姐姐是娘家人，/人家这位同志咧，可是才挂号……”这一句话把小屋子的空气点着了：“红丹丹，不是那小伙子有点臊，/也是阳光映照。”这一语双关，点缀了生活中一个小插曲，幽默风趣，富有喜剧色彩。诗人也常用拟人化的方法，将自然“人化”，表现出另一种风趣和幽默。请看《果园杂咏》中的《题“铃当果”》：“姊妹群里，/你是早熟的少女。/不等看园佬提媒回来，/自己便偷偷地抹好了胭脂，/约‘花红’，妹子说：快打扮呀！/赶七月七，/我们逛街去……。”又如在《“特殊”说》一诗里，通过老农的对话，用正话反说，去歌颂农村干部艰苦奋斗、先人后己的本色不变。“要说特殊也特殊，/一‘特殊’：住破屋，/漏棚朽木烂泥堵，/社员盖上了‘一面青’，/他的老房子才想补。”全诗用层层剥笋的方法，去历数这位干部为农民吃苦、克己奉公的“特殊”之处，最后说明，他的生活行为是一个普通人：“人群里认不出他是干部。”这是一种用幽默的反语去褒扬农村干部的方法。将一个严肃的题材，表现得轻松、风趣。

诗人也通过截取生活的一个场景，一个小镜头，进行巧妙构思，结合语言的机智、俏皮，去刻画人物性格，表现生活的美。比如《银幕前掠影》写在观看电影《李双双》时，在银幕前的一段思考和议论。“这人咱好熟咧！/——一个婆子悄悄说道，/可不是，人家上电影了！’/——前边的老头儿指指前排的枣红袄。/小凤子嗤嗤地笑了，/王二嫂高兴地臊了，/她狠狠捏了下灵芝的手说：咱照人家，那可差得远了……”疏淡的几笔，就勾勒出人物精神面貌，很有生活的趣味。

总之，王书怀诗歌，在语言、形式和风格方面的成就，得力于诗人熟悉农村生活，和民间文艺的滋养。从语言上他吸收东北秧歌调、二人转的板式和口语，民间歌谣、民间曲艺、说唱快板等句式常常融汇在自己的诗句中，他在诗的结构上，又常常将民间说唱文学中叙事与抒情的特点结合，用于刻画人物性格。他写了许多带故事情节的小叙事诗，深受喜欢听故事的农民群众欢迎。他把民歌体作为自己诗歌形式的基调，融入自由诗和古典小令、散曲、长短句的形式，形成自己清新活泼、舒卷自如的诗风，具有鲜明的东北民歌响亮、风趣、叙事的特色。他的一些诗经过谱曲演唱，流行于民间经久不衰就是例子。今天，我国广大农村读者，很需要像王书怀这样通俗易懂、健康明快的通俗诗，可惜,写这样诗的人不多了。

应该肯定,王书怀在实践诗歌革命化、群众化方面,是一位很有成就的诗人。他的经验证明,要创造只有北大荒风格的诗歌,必须深入了解农民,熟悉农民的口语和农村的风俗民情,懂得他们的文化心理,用农民熟悉的感情表达方式写诗,把诗写得通俗易懂,并注意发掘存在于农民身上那种美的素质,写出他们的人情世态,表现"人民大众的人性"。同时,注意把地域特色和时代精神结合,把诗人的文学性格和地域特点熔于一炉,王书怀那些流传至今还有艺术生命的好诗,都是在上述几方面做到了较为完美的一致。

当然,王书怀还有许多诗歌,已经被时代淘汰了,这是由于大家都知道的原因,是诗人的悲剧,也是从那个时代过来人难以幸免的。他的经验和教训,对今天的诗人来说,都是一笔珍贵的遗产。

发表于《学术交流》1987 年第 6 期

“北大荒”文学在前进

——记“北大荒文学风格”讨论会

新年伊始,“北大荒文学风格”讨论会,在冰雪之城哈尔滨召开。来自黑龙江省的作家、评论家、报刊编辑、大学教授、讲师四十余人,参加了这次讨论会。历时三天的会议,集中讨论了以下几个问题。

一、如何从时间和地域上界定“北大荒”文学?

问题的提出,可以追溯到八十年代初,一批从“兵团”走上“文坛”的“知青”作者,分散到全国各地,形成一支很有影响的“北大荒作家群”。比如有梁晓声、陆星儿、肖复兴、陈可雄和我省的青年作家张抗抗等。他们的小说从各个不同的侧面,反映了北大荒的风貌,以诱人的魅力,吸引着读者对这片神奇的土地的向往和沉思。“北大荒派”的名称,已在全国部分读者中流传开来。在艺术领域,早有“北大荒版画”驰名中外,显示了北大荒独特的风格。北大荒的沃土,哺育了几代富有才情的作家、艺术家,北大荒成为文学艺术的摇篮,已得到舆论所公认。

但是,北大荒文学的内涵是什么?如何从地域和时间上去界定它?这是讨论中首先碰到的问题。一种观点认为,北大荒文学,应指狭义的垦区文学。地域范围即今三江平原及牡丹江以西的军垦农场部分,时间从五十年代十万官兵开发北大荒开始,到七十年代四十万知青奔赴北大荒,形成两代人的垦区文学,或者又叫“开拓者文学”。这是黑龙江文坛的一支劲旅,时间、地域集中,有组织、有队伍、有刊物、有代表作品。他们有共同的取材范围,都是描写开发北大荒的战斗生活,歌颂北大荒人的战天斗地的豪情壮志,这一支文学潮流与开发北大荒的历史几乎是同步的。早在1958年,在虎林就创办了军垦农场的第一份文艺刊物:《北大荒文艺》,一批诗人、作家、版画家,在这个刊物的培养和帮助下成长了起来。以后一批受政治牵连而下放的作家又来到北大荒,加上第三代成长起来的知青作家一起,形成一支有广泛影响的北大荒作家群。

另一种观点认为,北大荒文学应以垦区文学为中心,包括整个黑龙江的乡土文学在内。是一个广义的北大荒派。在这一派里头里,除了垦区的开拓者文学,还有乡土文学。因为,这些作家,都生活在北大荒,都受着这里的气候、景物、山川地貌的熏陶,客观的自然因素、社会风俗,对作家的心理、艺术气质和美学追求,都产生了共同的影响,形成了共同的特征,使他们的作品染上浓厚的地域特色,形成一种雄浑、凝重、豪放、开阔的格调。北大荒文学,应是这种广义的乡土文学的总称,是一个广义的北大荒派,它容纳了几种风格,集合起一个范围比较广的北大荒作家群,他们的作品风格,显示出这一派作家的群体特征。在题材内容,人物系列,乃至语言风格上,都保持着自己的独特性和一贯性。

大家认为,一个"北大荒派"的存在是无疑的。五十年代一批军垦农场的作家,就写出了许多反映开发北大荒生活的作品。比如林予的长篇小说《雁飞塞北》、宗涛的《大甸飞云》,晓范的话剧《北大荒人》,张惟的小说《第一书记上马记》,此外,还有郑加真、平青、林青、谢树、史方、正忠瑜、林哨等人的小说和散文,以及满锐、陆伟然、梁南、赤叶等人的诗歌,都有相当的影响。七十年代后期,从"兵团"成长起来的一批"知青"作家,他们更是以锐意进取的强大阵营,在文坛上造出了声势。大家说,有了"创作自由",不敢称派的时代已经过去了,今天应该把"北大荒派"的旗帜鲜明地举起来。

二、"北大荒"文学风格的特色是什么?

大家说,北大荒文学风格,可以从多角度着眼进行研究。

首先表现在地域特色方面。许多作品真实地描绘了北大荒的自然风貌,显示出这一区域独异的风光。同志们认为:外界一谈到北大荒,就离不了"傻大黑粗",一提起北大荒人,就联系到"东北虎"。他们说,北大荒确实有"天宽地大"的特点,大荒原、大农场、大森林、大风雪、大草甸子、大酱缸、人的个头也大,还大量地消耗烈性酒和啤酒。这些特点进入文学领域,代表北大荒的"大派",具有关东特色,是一种粗犷、壮阔的阳刚之美。表现在作品中,如周立波的《暴风骤雨》,李克异的《历史的回声》、骆宾基的《山区收购站》、林予的《雁飞塞北》、郑加真的《江畔朝阳》、张抗抗的《荒原》,还有梁晓声的《这是一片神奇的土地》和《今夜有暴风雪》等。

除此外,北大荒文学还有一种散发着沃野芳香的"小派"。这些作品描写小家小院，小泥河，小蛤蟆岛，小水泡子，荒原上的小草小花，小窝棚，荒原小路。如肖红的《呼兰河传》、鲁琪的小说《丫蛋》《妻子》和电影《勿忘我》，刘畅园、王书怀的抒情小诗以及门瑞瑜、鲁秀珍等人的散文，这些作品语言不甚雕琢，风格淡雅、清秀，洋溢着恬静的美。

其次，表现在人物气质方面，许多作品突出地表现了北大荒人粗犷、豪放和开拓进取的创业精神。什么是北大荒人性格的基调？有人归纳成四句话："粗犷中带着不难觉察的蛮荒般的强悍；豪放中带着丝丝缕缕冰雪般凛冽，豁达中带着点什么都不在乎的味道；开朗中带着几分原始气息的单纯。"但是，这些基调表现在不同作家的笔下和不同时期的作品中，又是富于变化的。在描写早期垦荒生活的作品中，突出的是一个"壮"字，那时十万官兵转业到北大荒，生活十分艰苦，环境恶劣，但是战士们来到这里，脱下军装，向地球开战，许多作品表现了北大荒人开荒斩草的豪情壮举，其作品风格足以"壮情、激昂"为主调。到了八十年代"兵团战士"作家笔下，这种"壮情"又含有几分悲剧的色彩，由豪壮变成悲壮。原因是，十年动乱之后，经过历史的"反思"，以往许多狂热的英雄行为，都染上了悲剧的色彩，《今夜有暴风雪》表现这种悲壮的色调是很突出的。

此外，大家还谈到北大荒人性格的其他方面，比如：豪情、重义、强悍、豁达。这些特征经过作家创作主体的熔铸，反映到作品中，情况就相当复杂了。这样北大荒文学风格，就不是一个单原色，它是由多重色调组成的一幅北国风光色彩浓厚的油画，由几种不同的层次组合而成。

第三，北大荒文学风格，还通过语言特有的个性表现出来。当然，这不仅只是说用北大荒的方言土语进行写作。北大荒语言富于色彩，节奏明快，表现力强。注重形象性和节奏感，一听就有一种"北大荒味"，用这种关东大嗓门，去刻画北大荒人彪悍的个性是很贴切的。

三、北大荒文学的前景展望。

讨论中有人认为：北大荒文学是东北乡土文学的一个分支，受"东北作家群"文学风格的影响。一些早期垦区的作家说，他们创作的初期，李准的《老兵新传》，谷峪的《罗北年月》，曾给了他们许多创作上的借鉴。1958 年以后，从中央下放到北大荒来许多作家。如丁玲、艾青、吴祖光、聂绀弩、丛维熙等，他们在北大荒辅导创作，撒下了文学种子。有的还写出了北大荒味很浓的作品。比如《北国草》（丛维熙）、《杜晚香》（丁玲）、《北大荒呼唤》（陈锐情）这些作品对北大荒文学的创作起着示范作用。大家认为，"北大荒派"目前之所以还不够理直气壮，是因为在北大荒本土，还缺乏可以称之为“风格领袖”的代表作家，虽然，在较低层次上的代表作家已有不少，但像孙犁、赵树理那样突出的风格代表还不成熟，这原因恐怕要归结到长期以来，我国文艺领域风格流派不发达的历史，所以，今天还不能指望对“北大荒派”求全。北大荒文学在成长的过程中受到极“左”思潮的干扰是很明显的。六十年代初期许多老北大荒作家，在艰苦的条件下从事创作，理想之光不灭，大力塑造正面英雄人物，精神可嘉。但这些作品都没有摆脱传统的路线斗争结构模式，图解概念，人物的个性受到束缚，作家的艺术个性也没有得到充分发挥。有许多人说：北大荒的十万官兵，内心世界都有一部不平静的历史，许多人是带着这样那样莫须有的政治问题下放的，但他们把个人创伤置之度外，在劳动和工作中都表现了无比的英勇和高度的热情，他们在与自然搏斗的同时，要克服多少内心的伤痛啊！遗憾的是，那时的文学作品，甚至包括一些写得较出色的作品，对这些人物的内心世界，几乎没有去触及，虽然是“头顶蓝天，脚踏荒原”，慷慨陈词，英雄豪壮，但仍然显得干瘪、单调，和实际生活有某种虚假的距离感。有同志发言说，老一代北大荒作家，他们要重视自己的生活积累，他们文学创作发展的前景，是要站在今天时代的高度，对历史进行“反思”，充满信心和自由地去表露自己的精神面貌，勇敢地“用自己风格去写”。年轻的北大荒作家新秀，包括许多已离开北大荒的知青作家，他们创作的势头方兴未艾，有的在全国已有广泛影响。但是，他们的创作也存在一个如何全面正确认识北大荒的问题。因为，北大荒毕竟不是“炼狱”，继续坚持在这片土地上的老一代垦荒战士，同样可以为四化做出贡献。今天，特别需要发扬的是那种为了人民利益，不惜牺牲自己的献身精神。

时代为“北大荒派”勃兴提供了良好的条件。有同志说，风格与流派虽然不是凭主观愿望可以强求的，但作家可以有自己的美学追求，应该认识自己的长处和短处。如果……（后面缺失）

该文出处不详

郭沫若的笔名和别名

郭沫若同志原名郭开贞，号尚武，乳名文豹，因排行第八，母亲呼之为“八儿”，家乡农民称他为“八老师”。“沫若”是他 1919 年 9 月 11 日，在上海《时事新报》副刊《学灯》上，第一次发表新诗时用的笔名。这个名字的起因，据郭沫若同志在《我的童军》中说：他的家乡乐山县有两条河，一名沫水（即大渡河）一名若水（大渡河的支流雅河，古书上叫若水）取名号“沫若”，即由此而来。后来，郭沫若同志在《鼎》一文中，记叙了他改名的经过说：“我的父母替我取的大名原来叫‘开贞’，开是排行名，贞便是本名。前些年我在日本做学生的时候，家里由上海的银行汇款来，曾经被人把我当成‘女士’。我对于这个大名素不喜欢，随后便另外取了一个‘沫若’的笔名。”[①]可见，郭沫若同志改名，包含了对家乡的怀念和对“父母之命”的叛逆。

1926 年，郭沫若同志投笔从戎，参加北伐。蒋介石叛变革命后，他义愤填膺，书写了讨蒋檄文《请看今日之蒋介石》，毅然出走。从此，他被国民党反动派列入通缉名单，完全失去了自由，不能公开用“沫若”的名字发表文章。郭沫若同志为了同反动派作殊死的斗争，常常变幻自己的名字，同敌人作壕堑战。他在潜居上海期间，开始用麦克昂的笔名发表文章，1928 年移居日本之后，郭老受到日本刑士、宪兵的监视，在极其艰苦、险恶的白色恐怖中，潜心学术研究，坚持继续写作，翻译介绍马克思主义和世界进步文学作品。在这以后，发表文章和与友人通信时，用了麦克昂、杜衎、鼎堂、郭鼎堂、杜顽庶、易坎人、坎人、谷人、石沱生、沱生、石沱、羊易之、高汝鸿、爰牟、江耦、龙子、克拉克等笔名。

郭沫若同志，使用这些笔名，多半有些讲究，他一方面要骗过那些“高明的侦探”，一方面又要切合自己的身份，既表现了他的学识渊博，又显示了他的斗

① 见《沫若文集》十一卷，第 119 页。

争艺术。

“麦克昂”,是郭老1928年1月在《创造月刊》一卷八期上发表文艺论文《英雄树》时,第一次启用的笔名。之后,郭老用麦克昂这个笔名,连续发表了《桌子的回顾》《普罗文艺的大众化》等文艺论文,同年1月,郭沫若同志与鲁迅合作,筹备恢复《创造周报》,发表《创造周报复活宣言》时,郭老用麦克昂这个笔名,排列在鲁迅名字之后。郭老使用麦克昂这个笔名的时候,当时英国的宰相是工党麦克唐纳(MacDonall),有人以为郭老有意模仿他,“想和他攀为兄弟”,这是很荒谬的。后来,郭老在《跨着东海》一文中说:“我这个‘麦克’是英文maker(作者)的音译,‘昂’者我也,所以麦克昂,就是‘作者是我’的意思。”①

“杜衍”“杜顽庶”。1929年郭老曾用杜衍的笔名,在《东方杂志》上发表过关于《易》《诗》《书》的研究文章。据郭老自己说:“我的母亲姓杜,而我母亲的性格是衍直的,我为纪念我的母亲,故假名为杜衍。”②

易坎人,其源于《易经》上的坎卦,其“于人也为聋”。1927年底,郭沫若同志在上海患斑疹伤寒后,听觉只恢复到半聋以下的程度,假名易坎人,暗示自己是个聋子。郭老1928年在日本翻译的美国进步作家辛克莱所著的小说《石炭王》《屠场》和1930年翻译的小说《煤油》,都是用这个笔名发表的。

“郭鼎堂”,是郭老1925年作《<约翰沁孤的戏曲集>序》和《<异端>序》时,开始启用的。以后,郭老与一部分友人的通信中,又用了“鼎堂”笔名。1931年11月,郭老在《东方杂志》上发表《“毛公鼎”之年代》的论文时,应编辑要求,公开使用了“鼎堂”这个名字。“鼎堂”其源于东汉许慎所著《说文解字》一书,“古文以贞为鼎,籀文以鼎为贞”。据郭老自己解释说:“鼎而附之以堂者取其音‘丁当’,取其义‘鼎当’,它的作用也就在有意取其陈腐。”③

“石沱”,也是和鼎相关联的。周代末期的鼎铭中,称鼎为“石沱”,或者“石它”,或者在“石它”旁边各加鼎旁(“沱”或“它”应该写作“也”字),这是鼎的别名,或许是南国方言。1931年,郭老作《<生命之科学>译者辩言》曾署名“石沱

“谷人”,这一笔名,最初见于郭老1934年11月,在《太白》一卷六期上发表的《历史和历史》一文,1935年发表在《杂文》一卷一期上的杂文《阿活乐脱

① 《沫若文集》八卷,第286页。

② 见《我是中国人》,《沫若文集》八卷,第349页。

③ 见《沫若文集》十一卷,第119页。

人》，也是署名谷人。

“羊易之”这是郭老在1947年，写诗讽刺当时上海市市长吴国桢用的另一个笔名。原诗发表在《群众》十四卷八期上，题为《这个就是最民主》，后收入《蜩螗集》时，改题为《猫哭老鼠》。

“江耦”，这是郭老在1959年《历史研究》三期上，发表《曹操年表》时，启用的另一个笔名。这篇文章后收入1974年中华书局版的《曹操集》。1960年6月13日《北京日报》的《美帝末路走下坡》也用了江耦这个笔名。

“龙子”，郭老在1956年7月18日《人民日报》发表一篇短文《发辫的争论》用了笔名龙子。

“克拉克”，1956年8月4日，《人民日报》上《乌鸦的独白》一文，郭老是用笔名克拉克发表的。

不仅如此，郭沫若同志在1927年公开反对蒋介石以后，为了给党多做工作，避开国民党特务盘查搜捕，他多次改名换姓，从事革命活动，现在已知他使用过的别名有：

“高浩然”：1927年3月30日，郭沫若同志脱离蒋介石以后，由九江赴南昌，为了避免敌特的盘查，郭老冒充第三军的一个参谋，改名高浩然。

“吴诚”：1928年2月24日，郭沫若为避开蒋介石的追捕，决定赴日避难，行前购买船票时，假借南昌大学教授去日本考察教育为名，化名吴诚。

“林守仁”：1928年郭老在日本刑士、宪兵的严密监视下，从事甲骨文研究。他为了从日本东洋文库里得到研究资料，请求日本作家藤村成吉帮助介绍。在介绍信上用了林守仁这个别名。

“杨伯勉”：1937年7月25日，郭老在友人的帮助下，抛别了在日本的妻儿，回国参加抗战，在归国的船上，使用了杨伯勉的化名。

“爱牟”：郭老在与友人的通信中，以“爱牟”为号。在一部分小说中，又以爱牟为作品的主人公，如《漂流三部曲》《行路难》《未央》等。

“白圭”：1937年11月，郭老去南洋为抗日募捐，曾用白圭的化名，办理过出国护照。

此外，郭老在学生时代，在作业本、笔记本和试卷上用过汾易主人、竹君主人、定甫等别号。

使用笔名和别名，是郭沫若同志进行革命斗争的一种策略和手段，而决不是文人逸士的附庸风雅。在郭老生活的旧社会，反动派及其御用文人，也曾化用各种名号，对郭老进行中伤和攻击，但郭沫若同志，始终保持着高昂的革命斗志,和敌人辗转周旋。我们从郭老使用笔名和别名这一个侧面,可以看到郭沫若同志为党、为人民英勇战斗的一生。但是,郭老曾使用过的笔名和别名,并不止此。有的需要考证核实才能确认,有的需要从事郭沫若研究的有识之士作进一步的探索。

发表于《社会科学战线》1979 年第 4 期

访"文工会"成员秦奉春同志

记得在乐山参加全国首次"郭沫若研究学术讨论会"的时候,王廷芳同志听说我来自哈尔滨,他要我捎信给秦奉春向他问好。

秦奉春的名字是我后来在翻阅《洪波曲》时才发现的。郭老在《下乡去》中,有这样一段记述;

> 走回卡车的时候,秦奉春也在那儿送行,我拿着花向他打招呼:"奉春,我们折回去插花瓶。"
>
> ——好的。已经没有剩下什么花了,都被人偷了去。文委会被解散的消息一传出,菜也被人偷,花也被人折。开始是折,后来索性连根和土的搬走了。
>
> 秦奉春说着这话时的表情和声调,不是愤激而是忧郁。水牛山公园是他一手一足经营出来的,连水牛山和银杏亭两个匾额都是他刻的字。他是美术家,做事很精细,因而也就徐缓,同人们背地里称之为"施乐先生"。施乐是英文 Slow(慢)的音译。他费了一年多将近两年的经营,结果遭了蹂躏。这心情,我能够了解,决不会是寻常的。

郭老四十年前记述的这位"施乐先生",原籍江苏无锡人,字侠农(三十年代毕业于上海新华艺术大学),系当年"文工会"第二组成员,现为哈尔滨市政协委员。

下面我将秦奉春同志和我几次谈话的记录综述于后。

九月二十日

晚上,将曾健戎编纂的《郭沫若在重庆》一书给奉春送去。他翻阅书上的照片，打开了记忆的闸门。

我与郭老相识是在1938年。那时，我是“无锡青年抗敌救亡工作团”的成员，“台儿庄大捷”后到武汉搞宣传，认识郭老的。

搬到重庆后，我先在邹韬奋先生的生活书店工作，后来又转到“全国慰劳抗日将士总会”。这个“慰劳会”也属三厅，不久，我进到了文化工作委员会第二组。这一组是一些搞音乐、美术、戏剧、诗歌的同志组成，由田汉任组长。我喜欢画画，郭老称我为“美术家”，我哪里算得一家呢？半个也不够。有时画一点，也谱过一些曲子，还喜欢摄影。“文工会”仅有的一个摄影机由我保管。一有什么会议、活动，我跑前跑后为大家拍照。当时，我年轻，喜欢跑跑跶跶，张罗点什么事情，虽然，我当时不是郭老的秘书，郭老却常把一些事交给我办，我也乐意跟郭先生这样一位长者在一起。

郭老当时在重庆就像一盆火，我们追随他就像追随到了真理，重庆那时白色恐怖，国民党特务比老鼠还多。蒋介石对郭老统领下的一批进步文化人士，早就怀恨在心，他们下令强迫三厅所属同人，集体加入国民党。郭老根据周恩来副主席的指示，三厅全体进步人士请长假，实行总辞职。1940年9月，蒋介石虽然同意成立文化工作委员会任命郭沫若为主任委员，但是，他们的目的，是想把这批进步的文化人笼住，软禁在一个牢笼里，不准我们乱说乱动。郭老曾经称“文工会”为“变相的集中营”。周恩来和郭沫若就巧妙地利用“文工会”这块牌子作掩护，团结一大批进步的文化人，搞抗战同盟，跟国民党当局斗。郭老家住天官府四号，“文工会”办公室设在天官府七号，一部分设在赖家桥，这三处地方，都是重庆当年革命文化活动的中心。天官府七号有个小饭厅，偶尔在那里举办晚会和舞会，记得周恩来也曾去跳过舞，讲过话。党中央许多重要会议的精神，也常在郭老家中传达。

“文工会”开展工作很困难，我们就组织起来学习，举行多种学术专题讲座。1942年延安整风文件，以及毛泽东同志的在延安文艺座谈会上的讲话，也都是由周恩来带来给我们学习。郭老亲自为我们辅导，作了关于古代中外文化交流史的研究报告，翦伯赞和鹿地亘还给我们分别讲历史课和文学课。

除了学习，安排好“文工会”成员的生活（包括孩子的教育）也是个大问题。使我最感动的是，郭老除了处理繁多的政务外，对同人们的生活也极其关心，他像我们的一家之长那样，许多生活小事都替大家考虑到了。比如，幼儿的教育问题。“文工会”搬到赖家桥后，办了个“七七幼稚园”。“文工会”干部的小孩，可以就近免费入园。请阿姨照看小孩，教孩子唱歌做游戏。郭老为幼稚园写了园歌。歌词是:“白果树下有花园,一群小主人。我们大家真高兴,有志气,有精神,都像白果树一根。又高大,又端正,我们要撑到天边摩到云。”歌词的第二节是:“水牛山上有好花,小鸟在歌唱。我们大家真快活。学读书、学写字,都像水牛推磨儿,不作声,不歇气,我们要迈着脚步踏着地。”

每到夏季,郭老就由天官府搬到赖家桥住。他住在全家院子。郭老在那里写下了《十批判书》,《甲申三百年祭》和《青铜时代》等历史著作。进院门的左侧,有一棵挺拔参天的银杏树(又名白果树),据当地老乡说,这树已有二百多年的历史了。郭老写作的空隙常在这树下散步,他还写过一篇散文题名《银杏》,高度赞扬白果树的真、善、美。称银杏为中国的“国树”,说它皮白如银,核仁富于营养,枝叶葱茏,端直、庄重,象征人的品格。他曾想将他的《十批判书》改名为《白果树下书》。建国后,郭老到了北京,也在他居住的前海西街大院里栽了几棵银杏树。前几年我去他的故居,看见白果树亭亭玉立,枝叶遮天,微风吹来,飒飒细语,睹物思人,勾起我对郭老的无限思念。

郭老对职工的福利也很关心,我们每有建议都能得到他的支持。在赖家桥,我们还组织了消费合作社,开了个“内部商店”,方便职工购置生活用品。办商店没有资金怎么办呢?我同乐嘉宣想了一个花招:将过去的日文宣传品,重新换个封面,从印刷厂开出发票,再向国民党军委政治部报一次账,这样就领回了一笔钱,把商店办起来了。郭老在赖家桥负责总务,我们都称他“副官”,商店事务就由他负责。

此外,我们还办了个小农场,自已种菜,解决职工吃菜的困难。这件事我提出立即得到郭老的支持。我们在全家院子租了一块地,这地中央有一片荒坟,我们把它加以平整,栽了芭蕉和棕树,点缀一些石桌、石凳,并在中间最高处修了个亭子,供大家游玩,建成一个别有情致的小花园。当时,郭老看了颇感兴趣,欣然把花园命名为“水牛山”,把亭子命名为“银杏亭”,郭老还挥毫为“水牛山”“银杏亭”写了字。我把这些字刻在两块匾上,挂在园门口和亭子上。“文工会”解散时,亭子被人拆了,一位五十岁左右的农民听说“水牛山”的匾是郭老书写的,他从我手中把匾要了去。至今四十多年,这位农民可能早已离开人世,我想这“水牛山”的匾,如果认真查访一下,或许能找得着。

我经营了将近两年的农场,郭老每次到赖家桥来都关心我的工作,问我有什么困难没有。他还非常尊重我的劳动。“文工会”解散了,于立群想去折几枝花,郭老都要事先征求我的同意,可见他对下属是从不摆架子的。

郭老除了喜欢白果树,还特别喜欢水牛。农场中那荒坡地把它命名为“水牛山”,不是随口说出的。郭老认为,水牛精神最可宝贵。他为赞颂水牛,曾写过一首诗,名叫《水牛赞》。那时,李可染天天关在屋子里画水牛。郭老为李可染的“水牛画册”题了诗。那诗说:“任劳兼任怨,努力事耕耘,谁解牺牲意,还当问此君。”盛赞水牛的牺牲精神和任劳任怨的品德。1941 年 4 月,郭老又在李可染的水牛图上题诗说:“落拓悠闲感,泱泱大国风。农功参化育,气宇混鸿蒙。知足神无馁,力充度自雄。稻粱麦黍稷,尽在一身中。”这首诗与其说是写水牛的雍容大度、气宇轩昂,毋宁说是郭老以水牛自比。1942 年 5 月,郭老又在《西江月·牧童与水牛唱和》一诗,是这样歌颂水牛的。“牧童:我有全身蓑笠,尔无半点披挂,当前走石又飞沙,赶快回家去吧。水牛:身上皮肤似铁,胸中胆量无涯,由来锻炼不争差,哪怕风吹雨打!”

每当读起这些诗句,联想起郭老在白色恐怖下坚持斗争,不正是像水牛那样“胸中胆量无涯”,“哪怕风吹雨打”吗?

在郭老身上,有我们永远值得学习的白果树的品德和水牛的无私精神。

九月二十三日

晚上,我再去奉春同志家,他的孙女说:“爷爷前天送你下楼,冠心病发作,经过一番抢救才缓过来。我十分抱歉,不忍心进去再麻烦他,不过奉春同志还是坚持要继续往下讲。

1945 年,“文工会”面临解散的严重时刻,郭老去了一次赖家桥。下车以后,郭老在院子里转了一圈,那时,院子空荡荡的。他写的匾额,布置的“儿童乐园”还在那里,他说,文工会被解散,幼稚园无法维持下去,他想到的是孩子们受如此打击,太残酷了。

郭老心绪万端,他拿出一张宣纸,首先自己挥笔题词:“始于今日,终于今日,憎恨法西,毋忘今日。”写完签上自己的大名,然后叫大家签名留念。当时,大家心里都有许多话要说,只是说不出来。

郭老事先吩咐乐嘉宣备办了一些酒菜为大家犒劳。当时美术家芦鸿基正患肺病,用滑竿把他抬来赴宴。酒菜都很丰盛。事后,郭老说,没有专门为勤务兵搞一桌席,感到抱歉得很。

郭老为“孩子剧团”一直十分关心。在武汉“三厅”时,有人认为,这些十来岁的娃娃,又没有父母,带着他们麻烦,不如送交给慈善机构,或者政治部“二厅”去管。郭老坚持由三厅把他们管起来。

郭老也为“孩子剧团”题了字:“宗教家说:‘儿童是天国中之最伟大者’。

我敢于说:‘儿童是中国中之最伟大者’,因为他们的爱国是出于热诚,行动是毫无打算。”在重庆组织这些孩子到街头宣传抗日,卖报纸。“皖南事变”后,周恩来还亲自领着这些孩子去卖报。我们也领着孩子,在中山公园搞了一次露天音乐会,演唱抗日战歌。我写了一首词:《打东洋》,由刘雪庵配曲,也在那些会上演唱了。我们为孩子办了不定期刊物《抗战儿童》,郭老题了刊名,我帮助跑印刷厂,搞些编务工作。

郭老和于立群,每年春节都要到赖家桥,挨家挨户拜年。当时,冯乃超、杜国庠、刘仁、绿川英子、傅抱石、李可染住在金刚坡一带,郭劳为、胡风住在陈家院子,杨晦和我,住在石墙院子,阳翰笙、何成湘又另住一处。彼此分散数里远,郭老虽然工作繁忙却几乎家家户户都要走到,充分表明郭老对文工会同事的关怀。

最令我痛心的是:我保存了多年的郭老在五十诞辰,以及《屈原》剧照底片在“文化大革命”中丢失了。

《屈原》写出后,从排练到演出,我都参加过拍照。演出前,郭老把剧本拿到赖家桥读给大家听,也是在赖家桥用钢板印成册的。排演前,在天官府四号,邀请导演、演员参加,郭老又把剧本朗诵一次,我记得那次还有周恩来在场。郭老读到“雷电颂”时,慷慨激昂,会场鸦雀无声。读到婵娟误吃了毒药,屈原悲痛地呼喊“婵娟,我的弟子,我的女儿”时,大家都掉泪了。演婵娟的演员张瑞芳,哭得最伤心。

《屈原》正式演出是在重庆国泰大戏院。

郭老去观看演出,也常常叫我同他一起去。他有时坐到观众席听剧场观众的反映,有时站在舞台旁边参加一些临时工作。我呢,带着照相机抢一些镜头。我几乎把《屈原》每场每幕演员的化妆、布景都拍下来了。收集成厚厚一大本子。当时,要想买个正式照相册很困难,我用黑布、硬纸壳做了个相册。郭老为相册的封面写了《屈原》两个字。我让老伴用草绿色丝线把字绣上。在相册的扉页上,我还写了几句话,对剧照做了说明。最后一页贴了我的一张照片。剧照弄好后,我送给郭老保存。郭老离开重庆去香港时带走了,我把那些底片一直保留着。记得建国后,我在卫生部工作,苏联上演《屈原》想参考一下服装设计,郭老打电话到卫生部找秦奉春,被另外一个人去接了电话,把这事搞错了。后来,我把剧照底片带到哈尔滨,想重新整理一份,送给将来的郭沫若纪念馆,可惜,这些珍贵资料,随“文革”的灾难荡然无存。

郭老对参加《屈原》演出的人员十分爱护,他分别为他们题了诗,和他们一起研究台词的朗读重音,帮助设计服装,有时到化妆室替演员作些服务工作。

有一次,我陪他去看戏,戏散了他不走。等到演员下妆后,他让司机把他那辆破旧的小卧车开过来,先用车送张瑞芳回家。张瑞芳当时住在曾家岩,重庆社会秩序很乱,那一带特务多。我们一车同行,把张瑞芳送到家门口,眼见她进了门,我们才离开。

郭老平易近人,说话很风趣,我们都称他"郭先生"。他五十诞辰时,很热闹。同人送他一支高五尺许的巨笔,我自己用一张手帕,用套色板刻了一只小笔送给他,寓含以笔作武器之意。五十诞辰后的1944年郭老生日,我们为他出了黑板报纪念,我还写过一首小诗。

郭老平时工作忙,接待任务很重,写作常常在深夜进行。他有晚上写日记的习惯,不论长短,坚持每日必写。日记就是他的自传。现在看到的《洪波曲》基本上是用日记编写的。如果,今后把郭老的全部日记发表出来,那将是一份研究中国新文化运动,研究郭老的一份最珍贵的材料。

十月三日

上午去奉春同志家未遇。晚上,奉春独自一人到我家来。

奉春从一个大封筒里,拿出他珍藏了多年的郭老留给他的遗墨。他已经把这些翻拍了下来,顺便还带了他的一张近照。我理解他的心情,这是他要带到重庆参加会议时作为献给中国郭沫若研究学会的礼物。

我看了郭老的遗墨手迹有五帧,有题额,条幅,楹联,诗词。其中有两幅奉春同志记得是在重庆赖家桥时,郭老事先写好送他的。

我看其中一帧写于虎皮宣上,是一首五言诗。

郀居闲适惯,沽酒为驱寒。
呼童栖素琴,提壶相往还。
有酒且饮酒,有山还看山。
林梢栖宿露,流水响潺湲。
此道竟何似,悠悠天地宽。

诗词右上方有"侠农先生"字样。奉春回忆说,他曾向郭老求墨宝,是郭先生事先写好后送给他的。

这首诗《沫若文集》未曾收录,诗的意趣不难理解,似乎抒发了一种"郀居闲适"的心情,寓情于景,情景交融,表现了郭老不甘寂寞、怡然自得的心绪。和郭老"少年诗稿"中一首《郀居即景》的意趣相近。

另一个条幅是:“大河前 ,流水今日,生气遽出,明月雪时。”这也是写景,但气势不凡,有吞吐山河之势。

奉春说,郭老给他的题词还有好几幅。有的是建国后,他去郭老家中时亲笔写给他的,他还保留了一帧于立群同志写给他的条幅,毛主席诗词:《清平乐·会昌》和另一帧楹联。

奉春同志多次回忆起郭老和于立群同志对他的关怀。他说:1963 年我去北京到郭老家去,事前用电话告诉了郭老,我到门口按门铃,门卫就说出了我的名字。说明,这已经是郭老事先关照过了。进家后,郭老和于立群问及我的工作和生活情况,他们听说我在管工艺美术,就给我写了“百花齐放,推陈出新”的题额。郭老还把他当时写的诗“纵有寒流天外来,不教冰霜结奇胎,东风吹遍人间后,紫万红千次第开”,用条幅写给了我。

奉春同志说,郭老离开我们已经七年了,“文工会”的战友活着的已不多了,他嘱咐我到重庆的会上,见到“文工会”当年的老同志一定要替他问候。真巧,在重庆小泉宾馆,我真的打听到几位“文工会”的老同志如翁植耘、胡仁宇,我向他们转达了奉春同志的问候。

收录于《郭沫若在重庆学术讨论会论文集》1985 年 10 月

收录于《郭沫若研究(第四辑)》1988 年 4 月

一篇论文的诞生

我写《论作家“自我”在创作中的地位和作用》一文，前后历经了三年，文章在《北方论丛》1983 年第 4 期发表后，《新华文摘》同年第 10 期转载。由于文中涉及“自我”字样，还闹出了一场苦恼和虚惊。理论工作者写理论文章的甘与苦，真是别有一番滋味在心头。

一

论文写作，首先碰到的是选题。一个好的选题的诞生，往往受着生活的启示和触发，渗透着作者的人生经验，凝聚着评论家痛苦的思考。

我选择“作家自我”这个题目来研究，起先是受了《假如我是一个作家》这篇文章的启发。那篇文章提出的一个鲜明观点是：“假如我是一个作家，我要努力做一件在今天并不容易做到的事，那就是表现我。”把“表现我”作为创作的一个口号提出，自然有许多不严密、不科学之处，但它是针对多年不准谈“我”的“左”的思潮而发，富有启发性。当时，引起了一场论争。批评这种观点的调子越来越高，有的甚至把它同现代派的祖师爷们连了起来。使我感触很深的是：“假如我是一个评论家”，我应该怎样来认识这个问题呢？党的十一届三中全会以后，我认准了“解放思想，实事求是”八个大字。我觉得自己从事理论工作 20 年的教训，关键就在于没有“实事求是”。当年，我怀着沸腾的热血，以圣洁的虔诚，写出的那许多文章，有多少是实事求是的呢？错误的理论，有过把创作引向歧途的教训；当年在理论上归纳和批判的许许多多的“论”(比如“写中间人物”论、“写真实”论等)，曾经多么无情地挫伤了作家艺术想象的翅膀啊！

一种“觉今是而昨非”之感，使我有勇气去面对现实。其中我联想起又一件事情：“文革”中黑龙江省作家创作出版了 16 部长篇小说，数量列全国之冠。当时，我们还庆贺过创作的丰硕成果。可是，后来的事实证明，这些东西都成了废品。曾经为之付出心血的作家们,面对自己的“成果”,仿佛是患了一场心病。他们多年辛辛苦苦积累的素材浪费了不说,还要承担一种舆论上的嘲讽和谴责。真是咬碎舌头咽到肚里,有苦说不出来。平心而论,作家们是没有过错的,他们不正是受“触及时事”、“写走资派”和“路线斗争”的理论指导,响应号召才积极从事创作的吗?多少年来,宣传一种作家必须忘掉自己的理论,作家不能畅所欲言地讲真话,抒真情,向读者交心,他们根本忘记了自己是作为艺术创造的主体而存在着的。

粉碎“四人帮”以后,文艺批评面临着一种危机感,一些读者和作家都不相信评论家的高论。评论家要转变自己在群众记忆中的形象,适应新时期的要求,必须面向创作实际,用实践去检验过去的观点,对许多问题作重新认识,改进批评的方法。比如,对艺术生产主体的研究,就存在一个重新认识的问题。20世纪50年代初,我们批判过舒芜同志的《论主观》,批判过胡风同志的“主观战斗精神”。创作中提倡重视主观的观点,是个学术问题,可以讨论,力求把问题讲得辩证一些。而不能认为,在创作中作家要表现自己的生活、情绪和体验,都是“自我扩张”,都是“小资产阶级的自我表现”,更不能像“四人帮”搞的那样,连在自己作品上署名都不准。文艺创作中多年不准谈“我”,或者只讲“大我”的理论,使许多有独创性的诗人和作家,丧失了自己的风格。正如诗人张志民所说,文艺界存在一种“病”的临床表现,“就是:忌讳谈‘我’。”(《从“我”谈起》)这个批评可以说是一针见血的。艺术生产的客观规律证明:不能把“我”同政治上的个人主义,同哲学上的主观唯心主义等同起来。尽管西方资产阶级哲学家和现代主义理论家,对“自我”都做过许多荒谬的解释。但是,用马克思主义观点来研究作家自我,澄清在“自我”问题上散布的种种迷雾,使作家从极“左”思潮的束缚中解放出来,正确认识自己,从而解放艺术生产力,这是新时期文艺实践向理论家提出的一项光荣任务。

二

研究一些有争议的理论问题,会遇到许多风险,它要求理论家独立思考,有辨别是非的能力,有辩证的思想方法,有不怕犯错误的勇气。可以说,我是顶着两股风头,来研究“作家自我”的。一股是鼓吹现代派文艺思潮的旋风;一股是批评“自我表现”说的热风。前一股风来势凶猛,打的是“解放思想”的旗号,其中不乏反传统的“勇士”。他们在美术、诗歌、文学领域,鼓吹创作就是“表现自我”。作家可以脱离生活,去表现“一个赤条条的我”,进而上升到“新的美学原则”，认为艺术的本质，就是“内心的自我表现”，这些观点带有许多幼稚的盲目反传统的偏激情绪；后一种批判“自我表现”的观点，从大的原则上说都没有错，但是，有的文章，对作家在创作中不可回避地要表现自己的事实，缺乏具体分析，没有划分清楚“自我”有两种内涵的界限。而是过于简单地上挂下连，把一切产生不健康作品的根源，都归结为是“自我表现”所致。

要是在以往，我会采用“顺坡滚石头”的办法，找出几句经典作家的言论，用大原则一套，批倒批臭。这样的文章好写，且政治上保险，发表容易。可实践证明，教条主义的批评，既不能把人压服，也不能把人说服。我试用分析的方法，把“自我”划分为若干层次：一种是哲学上的“自我”，一种是艺术表现中的“自我”。这两种“自我”还可以分：一种是马克思主义的解说，一种是资产阶级反理性主义的解释。他们在观点和内涵上有什么联系，有什么分歧，有什么意义，用辩证法把正确和谬误，做多层次的切分，明确我们应该抛弃的是什么，应该继承的是什么？

在一次创作会上，我把自己研究的成果在会上发了言。对于我的观点，有人赞同，有人反对，会后，还有人私下打听我是不是共产党员。言外之意，当前报刊上都在批判“自我表现”说，你在那里谈作家“自我”，岂不是要顶风上？果不其然，我的发言稿，从会议出的专刊上撤了下来。我的观点被认为是否认作家深入生活的，使我在研究这个问题上狠狠地碰了一次壁。

失败逼得我去认真读书。过去在学校受的是“正面教育”，对于现代西方哲学思潮的知识知道得很少。为了弄清楚“自我”的理论渊源，我阅读了《现代西方哲学》，专门从书店买回费希特《人的使命》，浏览柏格森、弗洛伊德、萨特等人的有关著作。弄清楚到底什么是反理性主义，同我要研究的作家自我是什么关系。

理论要说服人，最重要的是拿出事实。既然有人怀疑谈“自我”会导致否认作家深入生活的意义，那我就从研究作家自我与生活的关系做起。照习惯的说法，生活是客观的，客观存在的社会生活，是一切文学艺术的源泉。但是，无数作家的创作经验证明：作家对生活的体验和感受，是有明显的选择性和差异性的。这说明客观生活要受作家“自我”的主观条件所支配。作家所能利用的生活素材，一部分来自亲身实践，一部分来自观察和体验，都不能同“自我”截然分开。我们只能说生活有主要、次要之分，要求作家到火热的斗争生活中去充实自己，而不应把“我”和生活对立起来。

其次，研究“自我”与时代、人民的关系，我不同意有“纯自我”的说法。马克思说：“人是一个特殊的个体”，这种特殊性，使人“成为一个现实的、单个的社会存在物。”①我们只能说“自我”代表的群众是多还是少，是正确还是错误，我们可以要求作家“自我”代表的生活面广一些，尽可能通过“自我”去表达多数人的理想和愿望，争取做一个反映时代的大诗人、大作家。

第三，研究作家“自我”，同艺术个性和风格的关系，我发现所有有独创性的作家，他的艺术个性和风格，都是属于他自己的。所以，成熟的作家，都懂得如何在创作中“认识自己”。刘绍棠说：他有“三不写”，对我很有启发。他不写知识分子，不写历史题材，不写诗。他认为这些都不是他的长处。巴金、孙犁把作品中有“我”视为艺术的生命。王蒙苦心地“寻找自己”；邓友梅读书和写作都找与自己“性相近”的东西。屠格涅夫希望作家们用自己特殊构造的喉咙，发出“自己的声音”。这一切都说明，作家勇敢地表现了自己，才有艺术的独创性，才有艺术的个性和风格。

我研究作家自我在创作中的地位和作用，重视作家表现自己的特点和优势，不是现代主义的自我表现，也不是引导作家脱离时代和人民，钻到个人主义内心世界去自我欣赏。恰恰相反，是要作家学会认识自己，更加积极地去生活，做一个自觉的艺术家。这不是降低了而是更加提高了对作家的要求，不是否定了，而是更加肯定了作家深入生活，实现自我改造的必要。因为，作品是作家人格的化身。作家要在作品中塑造好人物，必得先在生活中塑造好自己。如果完全否定了表现自己，把创作全然归之于客观，那提倡作家深入生活，改造世界观，还有什么必要呢？我认为这样去研究作家自我，就同西方“自我表现”说，划清了界限。

三

当然，我对作家的认识，并不是一次就正确了。我的论文初稿反复征求了二十余人的意见，重大修改有五次。我的稿子先后寄给六家期刊，有的像石沉大海，一张油印的退稿条都没有回我；有的委婉地回信，说几句无关痛痒的客气话。有个和我很知心的朋友看了稿件说：“可写的题目那么多，你何必要自讨苦吃，去碰这个惹麻烦的问题？”朋友的忠告是真诚的，但我想到了评论家的责任。实践提出了许多问题，评论家要不要给予解答？如果大家都同现实保持距离，回避尖锐的矛盾，理论指导实践的意义，岂不是一纸空文？记得国外有位作家说过：任何时代都存在着两种类型的作家，一种是利用现成的格式写

① 参阅《马克思恩格斯全集》第42卷，第123页。

作的作家，一种是打破常规、不断地创造新的写法的作家。他把后一类作家称之为宇航中的试飞员。试飞员的可贵之处，在于他的探险，为别人开辟新的道路。多年的评论工作，使我形成一种观念：我认为大凡有争论的问题，都是有某种研究价值的。所以我喜欢阅读《作品与争鸣》，对凡引起争论的理论学术文章，也有浓厚兴趣。就是读一些有定评的文章，也常常神经过敏地找出一些疑问，我的这种思维方法不是“怀疑一切”，而是职业养成的一种“病”。①

“求异思维”常使我产生某种奇怪的想法。比如“表现自我”的问题，它是西方现代主义反理性哲学思潮的核心，名声够臭的了。为什么古今中外都有不少作家、理论家在信奉它和研究它？我国古代文论中，论述这个问题的就有不少。刘熙载的《艺概》说，无论诗文，“皆有个自家在内”。《随园诗话》又载：“为人，不可以有我，有我，则自恃用之病多。”“作诗，不可以无我，无我，则剿袭敷衍之弊大。”②我国古人，同西方现代派作家生不逢时，他们早就在讨论这个问题了。把表现自我说成是西方现代资产阶级的专利，显然不符合事实。这种古人今人都感兴趣的现象，说明问题复杂；常批不臭的原因，说明这其中必有可资利用或借鉴的因素。

有人说“爱思考是一种不幸”。追求思维的求异性是容易犯错误的。顺着习惯思维，说大家说过的话，说起来顺嘴，不动脑筋，即使话说错了，还可以受蒙蔽无罪。可是，这对于研究工作有什么意义呢？在思想理论战线上，要宣传马克思主义，高举社会主义旗帜，我们要力求做到少说错话，不犯错误。但是，要想搞出一点儿有创见的研究，错误又常常是不可避免的。错误从总体上看不正确，但它用实践忠告人们“此路不通”，启示后来者另寻新路。从真理发展的道路上说，它从反面映照着真理的光辉，引导人们向通往真理之路前进。

我是抱着一种“试飞”的心情去研究我的论题的。在搜集资料和写作过程中，我常常设想，在我的对面站着许多准备同我辩论的人，我要认真推敲我的论点和论据，尽可能把话说得周全一些、客观一些，不要给对方留下把柄。我抱着一个目的，讲真话，讲自己的观点，真话不一定都正确，我的真话也可能是谬论，但它是通过我的头脑讲出来的，即使挨了批判，心里也舒坦，知道自己错在什么地方，好从中获得对真理的认识。在学术研究上，最可宝贵的是一种老实的态度，我希望自己做一个这样的人。

---

① 载《文艺评论》，原文为“求异思维”。

② 袁枚：《随园诗话》卷七。

四

（一）一篇论文如何写出来，在它背后的思想活动是极其复杂的。《文心雕龙·神思》篇说："意翻空而易奇，言徵实而难巧。"写在稿纸上的意思，抵不上想到问题的百分之一。人们常用"十月怀胎"来形容文章的酝酿和构思之不易，在我看来，"怀胎"还有个"十月"为期，文章的酝酿却是无年无月的。有时许多想法纠缠在一起，叫你心烦意乱，这一过程实在痛苦难熬，然而也是令人兴奋的。一个搞研究的人，最好是心里常有许多"胎"怀着，说不定在某个时候，会有一篇文章诞生出来。

（二）要有饱满的政治热情，要关心现实的斗争，要思想与时代同步。对一些有争议的问题，保持浓厚兴趣，有影响的研究成果，常常在"浪头上"跳出来。

（三）理论要说服人，关键在于确凿的事实。搜集资料的工作，要细水长流不断线，花毕生的精力。资料就是财富，就是生产论文的资本。我要在理论上说服你，就得拿出我的证据来，你要是不同意我的观点，我只要占有了这方面的充分论据和资料，你就驳不倒我。

（四）多一点辩证法，事物的复杂性，教会了我看问题不要绝对化。一种倾向掩盖着另一种倾向，"左"是"右"的影子。反倾向斗争要两面作战，写批评别人的文章，不要落井下石，想到自己也有可能犯错误的时候，不要轻易使用最高级的形容词和程度副词，说话留有余地，多用商量的口吻，要防止把辩证法搞成"诡辩法"。事非经过不知难。教训是经验的反面，错误和曲折使我变得聪明一些。写文章也是一样，知道了过去那样写文章不对头，就懂得了文章应该这样写。

1984 年"五一"写于安和居

发表于《文艺评论》1984 年第 1 期

收录于《浪漫的诗潮》2006 年 1 月版

第三辑 附 录

笔耕岁月

他为时代放歌

——记文学评论家、研究员彭放

泉 淙

如果说,1999年夏季那场中南海风波以前,彭放的知名度还只限于文学圈子里,现在,彭放则快要家喻户晓了。《彭放挑战"法轮功"从自卫开始》,"省社科院研究员彭放及其夫人王巾中是我国较早揭露'法轮功'真面目的学者之一"。数家报纸的专访,电视台的频频亮相,使彭放一夜之间成了大众明星。一些圈子里的朋友,则又有些为彭放身份的戏剧性变化而不解。据我的观察,彭放就是彭放,因为我是他的朋友,才有可能将那几个面目不同的彭放——著名文艺评论家、关注社会问题的活跃人物、鲜为人知的文学创作爱好者——其内在的联系寻找出来。这种内在联系体现出的特性,不只属于彭放一人,而是在某种程度上反映出了与新中国一起成长的那一代知识分子的责任与良知。

对"彭放"笔名的一种注释

30年前,在哈尔滨电机校宿舍的昏暗灯光下,我认识了还在该校当教师的彭贤贵。那时,他是一位常写点评论文章的业余作者。我和彭放成为同事已经20载有余,亲眼看着署有"彭放"二字的文章和论文已有二三百篇问世,著作有五六部之多。就写东西而言,彭放是属于"快手"和"高产"的那一类。这是他的勤奋,也许和他的对问题十分敏感、能做出快速反应的热情个性有关。

有人爱把彭放的名字同他性格和文章联系起来,哪里的讨论会有彭放在场,哪次发言、讲话(包括他给学生、研究生讲课,到大学和外地做报告)无论就其四川口音的别有风味,还是就其观点的新颖和不拘一格、放言高论,都常常语惊四座，使会场活跃起来。

当全国一片“文化热”时，好像粘上“文化”二字就风雅得很。彭放直说：文化积淀中，不好的东西多得很，封建迷信文化也是好的吗？世界上的几大文明古国，今天都是第三世界。所谓“黑土文化”，其中就有许多阻碍经济和文化发展的拖累，他把自己的观点写成文章发表在报纸上。前几年文学创作中各种“主义”、各种“后”学满天飞，彭放说：哪一位作家也不是看“主义”创作的，读者也不会因为你的“主义”伟大就读你的作品。他为此写了《论文艺创作中的“文化”与“主义”之累》的文章。有许多人批评贾平凹的小说《废都》，以性描写过度而否定小说，彭放说：这是没有读懂。《废都》的高明就在一个“废”字上。西京的“四大文化名人”哪一个不是我们建国后的学校教育，包括政治文化和精神文化培养出来的废物？庄之蝶和我有相似之处，我就是庄之蝶。相反，长篇小说《丰乳肥臀》获大奖，赞扬好评之声不绝。可彭放则放胆坦言：《〈丰乳肥臀〉炒煳了》！文章指出小说趣味低下，把一个变态性欲的色情狂美化为“新人”，把母亲化解为“大奶子大屁股”，停留于原始的“生殖崇拜”，这是对“伟大母亲”的亵渎。

新时期文学初期，当“朦胧诗”刚刚冒出新芽，就遭到一片非议的时候，彭放立刻做出反应，撰写了《话说新诗危机》《关于“朦胧诗”的废名论》两篇文章，予以支持。后来“朦胧诗”的第二代、第三代越走越朦胧，许多奇奇怪怪的“主义”“派别”“宣言”应运而生，他们否定“古典朦胧”，自立旗号，占山为王，成为“自大透顶的一代”。现代诗变成谁也读不懂的“天诗”。彭放则心情沉重地写出了《论文学创新的尺度》等多篇论文，指出：这种“找不到根的痛苦”与某些年轻人“对传统的‘虚无’，对现实的‘虚空’和对自我的‘虚妄’有关”。

1958 年产生于“大跃进”的新民歌，被编选成《红旗歌谣》，钦定为“社会主义时代的新国风”“共产主义文艺的萌芽”，那在当年是够权威的了。可彭放则认为：那是“大跃进”政治运动的副产品。“它背离了民歌的优良传统，走向了自己的反面。”1980 年他把自己研究的成果拿到在广西南宁召开的全国首届新诗讨论会上去发言，他这篇题为《“大跃进”民歌与新诗道路》的论文，后来发表在同年的《辽宁大学学报》上，立即在全国引起强烈反响，八九家报刊给予“摘要”和转载，《民间文学》还为此文在全国展开专题讨论，成为中国新民歌发展史上不可多得的一篇力作。

“作家梦”不成转而研究作家

去年夏天我在彭放家中闲聊，他拿出了珍藏40多年的一本小说初稿说：“我一直倾心的是作家，用笔直接讴歌给了我新生命的时代……可惜，我再也写不出那样鲜活的语言了。”彭放是在少年时代就参加了土改工作的“红小鬼”，当过乡村干部，熟悉农村生活，也熟悉四川农民的语言。1957年读中学时就有小说《爸爸的故事》发表在南充市文联的刊物《百花》上。经过大学回炉后，彭放说：“他的手足已完全被学校学的那些东西捆住了。”对作家成才的思索和对文学成长历史的关注，便成了彭放终其一生的情结。前一思索，促使彭放最终完成了国内第一部《文学人才学》专著，后一关注使彭放在80年代以后的后半生，全身心投入了对作家创作过程及其作品与作家的内在气质和地缘关系的探索，他立足于黑龙江，提出了创造“北大荒文学风格”的倡议。他说：“我呼唤的‘北大荒文学风格’，是希望从作家们的笔下能摸到北大荒人的性格、气质和胸怀，听到由北大荒人的口语组成的富于音乐美和节奏感的乡音，欣赏到北大荒的山川秀色，采集到无边原野上滚着清凉露珠的山花野草。”①他参与组织了全省第一次“北大荒文学风格讨论会”，写出了《北大荒文学在前进》的文章，与人合作组织编写了《北大荒文学艺术》《黑龙江作家评论集》《黑龙江作家论》等三本专著。而今，一部纵贯古今四卷本的《黑龙江文学史》正在由彭放任主编的运作中顺利进行，他希望在有生之年给黑龙江文学事业从来还没有过“历史专著”的遗憾补上一个空缺。

1992年彭放的一本30万字的《文学人才学》专著在中国文联出版公司出版。彭放在“后记”中说：“这本薄薄的小册子凝聚了我半生的经历和痛苦的反思。”在完成这本专著的过程中，彭放还专门对鲁迅和郭沫若的成才进行了比较研究，认为他们是不同的两种人才类型，编选了《郭沫若谈创作》一书，为探索被世人争论不休的“灵感”的奥秘，彭放响应钱学森提出创立一门“灵感学”的倡议，他学海泛舟，搜集古今中外的学者文艺家和科学家关于灵感的论述，辑成了一本40万言的《灵感之谜》出版，这也是迄今为止最全面的、权威性的灵感资料著述。与此同时，彭放为了补充新的知识，更新观念，自修了十几门完全陌生的，诸如“脑科学”“生理心理学”“遗传学”“人才地理学”“优生学”“思维科学”等专业课，走南闯北采访了几十位不同经历、年龄的作家，包

① 见《我呼唤“北大荒文学风格”》。

括新时期成长起来的那一批文学新人，从作家们大量的心得、成功经验及其创作成果的背后，去窥探作家的头脑怎样工作，作家成才的奥妙所在。该书出版后，《作家报》迅速做出反应称："一门研究作家成才规律的新学科——文学人才学，因彭放的专著《文学人才学》的出版而得名。"《人民日报》也发表评论认为此书"使文学人才学附庸人才学、偏倚文艺学的现象发生了根本改观，获得了独立学科的属性和地位。"《文艺报》评论，除了肯定"这是一本具有独创性、开拓性的书，是文学人才学的第一本书"外，更指出其"重大意义在于，帮助人们更深刻地认识自己，尊重文学人才素质的特殊要求"。此外，尚有近20家报刊陆续就此书发表了评论和报道。许多文学爱好者也来信求教索书，彭放也因此而名声大振。可彭放说，"要形成一门新学科的体系，还有许多工作要做"，"笔者只在这里开了一个头。"①该书后来的获奖及再版，那是情理之中的事情了。

为继续《文学人才学》的研究，彭放应中国文联主办的《文艺界通讯》之约，撰写了长篇论文《重视作家成才规律的研究》，指出，"作家成才是有规律可循的"，过去我们干了许多违背规律的事，使一些本可以成为大师、问鼎"诺贝尔文学大奖"的作家、诗人"短寿"了。他认为，作家不是什么人都可以当得的，给作家队伍"掺沙子"，让识字不多、不具备那种资质和才能的人去占领文艺阵地，虽然可以成为时尚，但实际效果不佳。他认为"文学创作确实是一种最具个人化的过程"，只有当作家有了那种积累，有了那种艺术能力，加上强烈的表现欲望时，他才能写出好作品来。而今，已届花甲之年的彭放，仍发誓要圆了这个"作家梦"，现在一边忙着编写《黑龙江文学史》，一边已经开始了长篇自传体小说的创作。"不然，便来不及了。"彭放的感叹，让人感受到了早年理想在他心中占的分量。

人生从四十岁开始

彭放在推出他心底秘密的同时，还再三强调了一句："我的人生从40岁才开始，40岁前白活了。"进一步深入到彭放的历史河流中，我才理解了其中饱含着辛酸的人生感悟。彭放的几百万字论文中，有一篇名为《"论作家自我"在创作中的地位和作用》，一直在他心中占有重要的位置。尽管他在写作时和终于发表在《北方论丛》后几次经历风险，差一点被抓了"自由化"的典型。但

① 《文学人才学·后记》。

我认为，对于彭放，此文已超出了单纯的文艺评论，更包含了自己对人生领悟的一次升华。出身于旧社会佃农的他，一旦认识到，自己的一切都源于翻身解放的新社会时，感恩的火焰便将其“自我”尽溶于时代之中了。17 岁前的彭放，一直被新生活的歌声与鲜花包围着。可就在高中即将毕业，“反右”运动接近尾声的当时，一直担任着校学生会干部的彭放，突然在团支部会上遭到批判，罪名是：“附和右派‘党天下’的言论”。“团内警告”处分，虽然被上一级“团支部”否决了，但“材料”装进了档案，一夜之间彭放便成了“有政治问题”的人。

“两个自我”在彭放身上纠缠不清。“真实自我”的彭放，凭着朴素的直觉，看到自己一向尊敬的老师成了阶级敌人，看到到处放“高产卫星”所糊弄的虚假，看到校园外面蔓延的饥饿和狂热，甚至自己远在农村的父亲，也没能逃过这场劫难，活活饿死在大路旁。而另一个人“符号自我”的彭放，却分明听到另一个声音：“你不要去相信那些右派言论”，“你必须用阶级斗争、路线斗争的眼光来看待这一切。”今天，当彭放回忆那一段历史时，他从不避讳在“文革”期间写过的一些为政治服务的“遵命”文章，他说：当时我是怀着“圣洁的虔诚”这样做的。如果没有那一段特殊的经历，就不会真正认识到一个文艺评论家坚持“真我”的必要性，也没有真理标准大讨论给彭放带来的思想解放和人生的第二个春天。

“一种‘觉今是而昨非之感，使我有勇气去面对现实。”这是彭放 1983 年在《一篇论文的诞生》中说的一句心里话。摆脱“符号自我”之后，彭放推出的第一篇有分量的成果，就是 1979 年发表在《学习与探索》创刊号上的那篇《为大连小说会议平反——“写中间人物论”必须推倒》的长篇论文。这在当时是第一次站出来说这样的话，公开为写“中间人物论”和冤死的邵荃麟平反。今天再读此文，令人感受至深的仍然是彭放敢于说真话的勇气和由此而产生的激情。此文一发表，即在全国产生了强烈反响。但彭放更看重的则是超出文艺评论的正义伸张，以至多年后提起此文的反响，彭放只在意的是：北京召开邵荃麟追悼会时给他这个不相识的作者寄来的那份唁电和请柬。

此后的彭放，把对时代的热爱与对生活的理性思考结合起来，他追踪当代文艺思潮，写出了一篇篇有分量的理论文章，如《为〈人到中年〉辨正》《“大逃亡”与文学的“轰动效应”说》《也谈〈文化守成思潮〉》等。他对自己生活所在的黑龙江情有独钟，当“重写文学史”的风潮蔓延时，上海有位教授写了一篇长文，要否定我省剧作家丛深创作的话剧《千万不要忘记》。彭放立时在《作品与争鸣》发表文章与之商榷，他认为：这牵涉到对十七年中产生的那一批优秀作品，如《年轻一代》《李双双》《创业史》等的评价问题。他认为，“左倾”政治路线对作品的影响有直接或间接的不同层次之分，《千》剧是从生活出发的，成功地刻画了人物，有教育意义，只是“主题”被人为地拔高了，不能否定。如果一律用“左倾”的棍子打下去，中国当代文学史将会被打成一片空白。①

工作需要，仍在超期服役的彭放说：人已经到了靠回忆过日子的时候了，似乎还有很多事未完，他还有许多文章要写，许多已发表的论文要整理出书。他不久前写了两篇散文，一篇名《吃的悲剧》收入全国的“百年烟雨图”文集，另一篇名《我命运中的几个“假如”》。文章的开头说：“假如，我早生了几年，我就不是我了。”“每一个假如，都是人生的十字路口”。他说，假如没有解放了的新中国，就没有他这个从山沟沟里走出的苦娃娃，也不会有今天的成就。

作者系黑龙江省社会科学院文学所研究院 喻权中

《学术交流》2000 年第 1 期

① 《也谈对〈千〉剧的重新评价》。

读彭放新书

江南尘

案头摆着彭放著《浪漫的思潮》,副题为“20 年文学思潮之嬗变”是“1978 年—1998 年中国学术前沿性论题文存,龙江学人卷”的一种。全书收入 20 多年来的文艺评论文章,时间跨度长,内容广泛,涉及文学思潮、创作心理学、作品评论,是作者勇敢探索和缜密思考后留下的硕果。

回眸流逝 20 多年,自然会想起文学思潮奔腾激荡,不断流变的过程。每一次争论,每一回冲击,那狂飙突进昨日风雨,有人还记得,有人已经隔膜,乃至淡忘。对我来说,却是刻骨铭心,终生难忘。

在这部著作里,我看到评论家彭放突出的品格就是敢说真话,说实话,不随波逐流,不赶时髦,不怕风险,能言人所不敢言、不愿言、不能言。在“文艺和政治”“文艺和生活”“文艺与人性”“西方现代派与中国文学”还有大跃进的诗歌、朦胧诗、纯文学危机、文艺创新、全球化背景下的中国文学、各种不同主义、多样流派、价值取向和美学选择这些领域里,始终坚持探索,关注前沿变化,坦言自己的见解,而且言之成理,持之有故,不愧为一家之言,这样做并非容易。回想“三中全会”刚刚开过,人们远未完全摆脱层层束缚之时,他就在 1979 年写出《写“中间人物”何罪之有?》和《二十年沉冤中昭雪——为“大连小说会议”平反》两篇文章。翻历史旧案,这样做需要冒风险的决绝和坚持真理的勇气。其后,在他的一系列论文里,他始终如一地坚持着这样的精神,如《“大跃进”民歌与新诗道路》《“大跃进”民歌再评价》《诗还是朦胧一点好》《纯文学的危机及其出路》,无不显示其评论家的独特视角与个性。当我们以宽远的视角阅读这本书时,仿佛看到了一个时代的背影。

彭放在黑龙江度过半个世纪,贡献是多方面的。作为文艺评论家,他有《浪漫的思潮》《彭放文论选》为证;他热心研究文学人才学,有 1992 年出版的《文学人才学》;他还喜欢揭开灵感之谜,于 1986 年编著出版了《灵感之谜》;

他重视本土文学研究,有与人合作的《北大荒文学艺术》,1989 年出版的《黑龙江作家评论集》;2005 年的《黑龙江文学通史》、2005 年的《中国沦陷区文学研究》,则是对黑龙江文化研究的拓展。

彭放主编《黑龙江文学通史》煌煌 4 卷,以翔实的资料,精心梳理、科学总结黑龙江文学不同于中原地区的独特发展规律,从移民文学到作家的本土化。古代黑龙江就有本土作家在从事诗歌创作,并有逐渐壮大的趋势,但移民文学则构成其主体。到了现代,东北作家群的崛起使黑龙江的文学创作突飞猛进,出现令人惊奇的"黑龙江现象"。这样的大部头作品,允许有缺失、有不同议论,其"筚路蓝缕,开启山林"之功,则为研究黑龙江文学发展提供了一个重要的参照。

只有勇气未必是学者,值得敬佩的是他做学问的刻苦。看到他的研究成果,我仿佛看到一位不倦的探索者,在他的书房里,"焚膏油以继晷,恒兀兀以穷年"。"补苴罅漏,张皇幽眇",不以为苦;"沉浸浓郁,含鹰咀华",以为快乐。彭放以他那不算高大的身躯毅然负重前行,给我留下"贪多务得,细大不捐"的印象。他曾动情地说:"生我养我的是四川,但黑龙江对我有养育知遇之恩!中国有句古话'士为知己者死',我无法割断这种千丝万缕的牵系。"

黑龙江是一片开放的土地,许多从各地来的知识分子做出了重大贡献,我们不能忘记他们。

发表于《哈尔滨晨报》副刊 2006 年 10 月 22 日

文学千秋史　功及后来人

——著名文学评论家、文史研究专家彭放

一、个人小传

彭放，原名彭贤贵，中共党员，四川南充人。1937 年出生。1963 年四川大学中文系文学专业毕业，支援边疆分配到哈尔滨。出身佃贫农家庭，家境十分贫寒，童年曾流浪到川陕边城广元县当童工。1949 年四川解放后回到家乡，参加农村“减租”和“土改”运动。1951 年进入乡政府工作，享受供给制工资待遇。1952 年入南充市第一初级中学读书，1955 年毕业，保送进入高中，直到大学毕业。历任教员、公务员，1980 年，由省文化局“创评办”（省文联文学研究所）合并到省社科院文学所。1993 年评为研究员。中国作家协会会员，国务院特殊津贴专家。中国当代文学研究会理事，黑龙江省当代文学研究会副会长，黑龙江省文学院副院长，黑龙江省政府科顾委专家，省政协文史组特邀委员。四川师范大学外事学院特聘客座专职教授等。

二、退休前科研成果概况

彭放在退休之前的主要任务是研究中国当代文学。任文学所当代室主任。他思想解放，看问题尖锐敏感，对“文革”后西方现代派的各种文艺思潮进入中国，对新生的“伤痕文学”“改革文学”和“朦胧诗”“意识识”等新生事物给予了热情鼓励和支持。写过许多有分量、有新锐观点的文章，在批判文艺上极“左”思潮“拨乱反正”方面始终站在新时期文学先锋性的前列。在上世纪八九十年代，彭放是当时中国文学批评界最活跃的人物之一，在国内有影响的学报、学术杂志和文学报刊上发表的论文和“评论”文章受读者欢迎。他的文章观点鲜明，文风活泼，有其自我的个性。其论文选题，注重前沿性和独创性。

敢讲真话,讲自己的观点。论据充分显示其放言高论的风格。有30余篇论文被中国人民大学“报刊复印资料”《新华文摘》《文艺报》《光明日报》等国家级文摘类报刊“提要”或转载。有的论文收入学术会议论文集并获奖,如《关于“朦胧诗”的废名论》《论文学精品的诞生》《文学人才学的总体构思》《探索的折磨与困惑》《也谈文学的“守成思潮”》《“全球化”语境中的中国文学问题》等。

论文代表作有

(一)《作家自我在创作中的地位和作用》①在中国长期哲学思潮中,不准谈人的“自我”,只谈“大我”。认为“人”是渺小的、无谓的,对人的尊严,人的处境缺乏科学与民主。并认为“自我”就是“小我”,就是个人主义,就是“小资产阶级的自我表现”。“大我”或“我们”方代表集体、“人民”。但是“文学是人学”是刻画人物个性和内心世界的,文学创作就是一种别人或“我们”都无法代替个人劳动。在我国十七年的文学作品中的人物,没有自己鲜明的个性,只有千篇一律工农兵英雄模式。如果写了工人、农民有缺点,就是丑化工农兵,就被打成大毒草。这种只有“大我”的哲学观,是对马克思主义的歪曲和误解。也是极“左”思潮,在中国长期泛滥、扼杀人的思想和个性的祸根。文章中“四人帮”强制推行“样板戏”创造所谓“高大全”的超级英雄,把所有的作家,如沈从文、巴金、老舍都打倒,把所有的作品包括像赵树理的作品都打成毒草,用的也是“资产阶级人性论”、“小资产阶级自我表现”这根棍子。在写此文之前彭放自学了西方人文主义思潮大师们的许多论述,明确了解放人必须首先解放自我。认识到作家“人”作为文学创作的主体,在创作中的特殊作用,不能否定彭放冒着风险研究写出这篇论文。刚发表不久,就遇上全国掀起批判“资产阶级自由化”运动,他的这篇文章,被内部检查刊物时,摸底搂了上来,差一点抓了“反自由化”的典型。幸好,在1983年10期的《新华文摘》转载了这篇文章,才救了驾。后来,彭放接受记者采访时说:其实人的自我是多元的。比如,在我身上,就存在两个“自我”,“真实的自我”,我热爱党、热爱新社会,凭我朴素的直觉看到自己尊敬的老师一夜间成了阶级敌人,看到全国到处放高产卫星所糊弄的虚假。但另一个“符号自我”告诉我感恩的回报,我应该“听话”,上级的方针路线是正确的,你不要去相信“右派言论”。要用阶级斗争、路线斗争的观点去看问题。彭放的这篇论文收入他的文集《浪漫的思潮》中首篇。他在

① 载《北方论丛》1983年第4期。

一篇回忆录中说:回想我的前三十年参与过的那些发热浮夸的大合唱,总是难以忘怀,回想我写过的那些做政治工具的遵命文章,也常怀愧疚之心。这篇作家"自我"的研究,是对中国极"左"思潮鸣放的第一枪,也是我思想解放拷问自我的一次反省。①

(二)《写"中间人物"何罪之有?》(载《黑龙江日报》1979年4月12日)和《"中间人物论"必须彻底推倒》(载《学习与探索》1979年创刊号)

以上两篇文章是彭放为"写中间人物"翻案,批判极"左"思潮,在全国最先发表的两篇代表作。1942年毛主席在延安整风运动中曾发表演讲说,文艺为政治服务,为工农兵服务,就要描写工农兵,歌颂工农兵。当时中国文艺界领导高层,受极"左"思潮推动,把毛主席的讲话精神,引申到只能写工农兵中的先进人物和英雄人物,使建国后的当代文学严重脱离实际,脱离了群众,成为政治运动的传声筒。1962年8月时任中国作协副主席的邵荃麟,在大连召开农村小说题材创作会议上讲话说:"强调写先进人物,英雄人物是应该的,……但整个说来,反映中间状态的人物比较少,两头小中间大,好的坏的都比较少,广大的各阶层是中间的,描写他们是很重要的,矛盾焦点总往往集中在这些人身上。"邵荃麟讲话对工农兵人群的分析完全符合实际。可是,中国作协领导高层思想"左倾",攻击邵荃麟提出"写中间人物"是"反对写英雄人物",是提出了一个"资产阶级的文学主张"。他们在《文艺报》《人民日报》发表长篇批判文章,并加"编者按语"号召全国展开对"写中间人物"进行铺天盖地的大批判。一直批判到"文化大革命"开始。江青伙同林彪炮制《部队文艺工作座谈纪要》,污蔑文艺界已经滥透了,存在一条"黑线专政"。把"写中间人物"论作为例子,再把"写真实论""现实主义深化论""现实主义广阔道路论"一共凑成"黑八论",作为文艺界的八条罪状,实际上是拿起文艺界自己制造的"写中间人物论"的这根子横扫中国文艺界,造成文坛百花凋零的悲剧惨不忍睹,批斗致死的好人、好作家,决不止邵荃麟、赵树理两个。1979年4月三中全会刚过,彭放在《黑龙江日报》上化名易佳言在全国率先发表为"写中间人物"平反的第一篇文章——《"写中间人物"何罪之有?》。当时"真理标准"大讨论正在全国展开,文艺界正进行"拨乱反正"的清理,彭放听到来自文艺界高层坚持极"左"思潮的人反映说:"这不是要否定我们当年的批判吗?"彭放没被这些顽固"左派"的大人物吓倒,他三次上北京查资料,紧接着把第二篇《"中间人物论"必须彻底推倒》的长篇论文写出,在本院《学习与探索》创刊号

① 见《人生从四十岁开始》,载《小说林》2009年第4期。

上发表出来。彭放说,我顶着被抓自由化现行的帽子,鸣放我心中的义愤。文章发表了如嫁出去的姑娘,泼出去的水,管它的。他说:“我最感欣慰的是1982年,北京召开邵荃麟同志追悼会时,给我这个不相识的作者发来的那份唁电和请柬。”①

(三)《大跃进民歌与新诗道路》(载《辽宁大学学报》1980年4期)和《大跃进民歌再评价》(载《民间文学》1981年4期)

这是两篇彭放在全国率先发表的批判大跃进浮夸风,对中国新诗道路作学术探讨的论文。

1958年3月,中央工作会议在成都召开。毛泽东主席会上讲话说:“要搜集点民歌”,中国新诗的出路“要在民歌和古典诗歌的基础上产生出新诗来。”毛主席的这番话作为对中国新诗发展道路的一种指导意见,无可厚非。问题在产生于“大跃进”的民歌,完全背离了民间歌谣的传统。中国古代帝王有采诗之风,朝廷每年派“乐官”深入民间采集人民的口头创作,借此了解民情民怨,以“观风俗、知得失、资考证”。所以,民间歌谣的产生是“饥者歌其食、劳者歌其事。”是劳动群众有感而发的自由创作。《诗经》就是集古代优秀民歌之大成,被称为《国风》。历代文人诗歌创作,都从民歌中吸收丰富营养。民间歌谣的现实主义传统,哺育了一代又一代诗人。可是,大跃进民歌就不同,先是大跃进政治运动的产物,它产生于浮夸风,反过来又推动浮夸风的发展。完全脱离了现实生活,脱离了人民。它歌唱的内容是假的,把说假话、吹牛皮当浪漫主义,把比高产指标、“放卫星”当作英雄业绩。彭放说当年他是川大中文系学生被抽调到农村搜集民歌,亲眼看到各级地方组织,如何“提刀代笔”,把写民歌当作政治运动来完成。比如全民大炼钢铁,到处修炼钢炉,那些人民公社的搜查队到农民家中,把煮饭用的铁锅切菜刀强行搜来,用炉火烧成铁渣成为废品。可是歌颂大炼钢铁好得很的民歌铺天盖地,首首都是“钢花怒放”“铁水奔流”“滚滚钢水像海洋”“搬来东海盛不了”。如此这般弄虚作假、坑害农民的“奇迹”,还居然发成了诗,成为优秀民歌,被周扬、郭沫若等选编入《红旗歌谣》和成千上万的优秀民歌集,文艺界的最高领导周扬在《党刊红旗》杂志创刊号上为之作序,标题为《新民歌开拓了诗歌的新道路》,并说这是“共产主义文学的萌芽”“社会主义时代的新国风”,是社会主义、浪漫主义“两结合”的典范。

1980年“三中全会”之后第一次全国诗会在南宁召开,彭放带着他的论文

① 见泉淙《他为时代放歌——记文学评论家、研究员彭放》,载《学术交流》2000年第1期。

赴会,并在大会上发言,他论文的观点和内容引起与会的诗人和学者的强烈反响。

同年《辽宁大学学报》第四期把这篇论文发表出来,一石击起千重浪。首先是《光明日报》《新华文摘》以“学术提要”介绍了彭放这篇论文的观点。同年7月29日《解放日报》以“大跃进民歌是浮夸风传声筒”为题介绍了本论文的观点,同年9月《新闻战线》杂志以“大跃进民歌给新诗带来消极影响”为题,摘编刊登了彭放的观点。本文收入这次会议论文集《新诗的回顾和展望》,又全文收入“人大”报刊资料中。1981年有读者陈光瓒发表《如何正确对待五八年新民歌》一文表示不同意彭放论文的观点。彭放撰写了《大跃进民歌再评价》,回应“陈文”的商榷。《民间文学》发表彭放论文时加“编者按”号召在全国展开讨论。讨论一年后,中国社科院文学所动态组,对这场全国大讨论发表《1958年新民歌运动再评价讨论综述》,彭放的观点得到了学界同仁的广泛认可。

以上三组论文,可以代表文学评论家彭放的成就。此外,他跟踪新时期文学思潮,还发表了关于郭沫若研究、“朦胧诗”研究,作家创作中的灵感思维研究,作者爱情、性心理与文学创作研究,女性作家成才规律研究,人才地理学与文学研究,现实主义与现代派比较研究等多篇论文。他的论文标新立异,成一家之言。他曾在自己的“文论选”出版“自序”说“我所批评的就是我”,他也曾深感于文坛学风不正,比如甘当金钱的工具,“讲真话难,真批评文章难写”等,发表一篇《来世不当批评家》的短文,引起多家报刊转载,还有同行朋友给他来信表示“深有同感”。

上世纪90年代末期,在彭放的科研中,还需特别一谈的是他关于“法轮功”的调查和研究。也许有人认为,这不是学术,但彭放作为一位学者的良知,他亲眼看到全国上下成千上万善良的人民受到李洪志歪理邪说的蒙蔽和毒害,他甘冒身家性命的危险去搞“法轮功”的社会调查。写出了引起社会公众强烈反响的调查报告和研究文章——《“法轮功”的社会问题须引起严重关注》。该文首先在黑龙江省社会科学院《要报》上发表,揭露“法轮功”反科学、反人类、毒化社会的罪行,应立即取缔。他同时还打印出《“法轮功”的言论摘编》,将其反动的言论公之于众,进一步揭露“法轮功”的邪教本质。我省彭放研究员与中国工程院的何祚庥院士是当时全国最早公开揭露“法轮功”真面目的两位学者。彭放同志关于研究“法轮功”的论文载《黑龙江社会科学》1999年第5期。还有当时报纸、电台对他的多次采访。

三、退休前后出版的著作

(一)《郭沫若谈创作》(编),黑龙江人民出版社 1982 年版,1984 年再版。

(二)《灵感之谜》(编著),北京师范学院出版社 1986 年版。

(三)《黑龙江作家评论集》(专著,合作),北方文艺出版社 1986 年版。

(四)《文学人才学》(专著),中国文联出版社 1992 年版,1996 年再版。

(五)《北大荒文学艺术》(专著,合作),北方文艺出版社 1988 年版。

(六)《黑龙江作家论》(专著,合作),北方文艺出版社 1997 年版。

(七)《彭放文论选》(专著),北方文艺出版社 2000 年版。

(八)《黑龙江文学通史》(专著,全书四卷),彭放任主编,并参与组织、构思、撰写和统稿、定稿。北方文艺出版社 2002 年版。

(九)《浪漫的思潮》(专著),黑龙江人民出版社 2005 年版。

(十)《中国沦陷区文学研究》(大型资料研究工具书)彭放主编。黑龙江人民出版社 2007 年版。

以上十部著作中,具代表性的作品有四部:

(一)彭放主编《黑龙江文学通史》(全四卷)190 万字,插图 400 余帧,多人合作。该课题是彭放 1997 年 6 月在本院《要报》上写的一份《建议》提出:“黑龙江要有自己的文学史”。时任省委文教副书记单荣范当即批示说:“这个建议很好,很重要,应抓紧付诸实践”,“由省社科院文学所牵头”。彭放任课题组组长,负责全书的创意、结构、主编,并参与全书的撰稿,最后负责全书统稿、定稿。《黑龙江文学通史》的完成出版,彭放功不可没,他是为黑龙江文学写史的第一人。省委文教书记杨光洪为文学史出版写序时作了高度的评价,他说:“黑龙江还不曾有过自己的文学史,这是千年写的第一回”。“完成这项成果既有益于总结经验,探索我省文学发展的规律,又有益于积累资料,传之后人,是我省文艺界的一件功在当代,利及千秋的大事。”彭放本人为完成这部填补空白的宏观的大文学史做出了突出的贡献。

首先在资料的搜集和研究上,彭放几十年如一日,做了大量的写文学史的准备工作。因为写文学史非同一般,不是谁想写就能写出来的,必须占有资料。1960 年在文学所成立于之初就立志要写文学史。1985 年写文学史课题又在省规划办立了项,但也没有人敢写。《黑龙江文学史》的诞生,酝酿了 40 年,到彭放接手成立课题组,正式写作了 6 年才成功。

这期间彭放把全身心投入研究黑龙江地域文学,他是南方人,对黑龙江文化与文学都比较陌生,他把这里当成他的第二故乡,把为黑龙江文学写史当成自己的职责，仅就研究黑龙江作家和文学就与人合作出版了三本专著。如《黑龙江作家评论集》(1988)、《北大荒文学艺术》(1988)、《黑龙江作家论》(1997)、《彭放文论选》(2000)在以上四本书里分别单个地研究了85位黑龙江作家，写出了他们的专论，约计230万字。为求得资料的真实可靠，彭放还带着他的课题组成员，到全省各大县市的文联、作协、"史志办"采访、讨论、搜集第一手资料，做到写入文学史的资料，言必有据、无证不信。同时，为获得我省古代文学史料、民族民间文学史料，彭放都是亲自去齐齐哈尔图书馆、哈尔滨图书馆、省文联资料室、地下书库实地查录。该书出版后，经过读者6年的阅读、检验是站得住脚的。

其次，黑龙江文学史另一重大贡献是它比较准确地分析和归纳出了黑龙江文学与全国其他地区所不同的地域特征。彭放的文学史观，表现在他为文学史写的前言《从"移民文学"到作家本土化》一文中，省委原宣传部老部长陈凤翚在以笔名江南尘发表的《读彭放新书》一文中，对此有一段准确而深刻的评价，他说："彭放主编《黑龙江文学通史》皇皇4卷，以翔实的资料，精心梳理、科学总结黑龙江文学不同于中原地区的独特发展规律，即从移民文学到作家的本土化。古代黑龙江就有本土作家在从事诗歌创作，并有逐渐壮大的趋势，但移民文学则构成其主体。到了现代，东北作家群的崛起，使黑龙江的文学创作突飞猛进，出现令人惊奇的"黑龙江现象"。这样的大部头作品，内容或有缺失、有不同议案，其"筚路蓝缕，开启山林"之功，则为研究黑龙江文学发展提供了一个重要的参照。陈部长还对彭放的为人和做学问的品德进行了评价。说："只有勇气未必是学者，值得敬佩的是他做学问的刻苦精神。"①

第三，这部贯穿古今的文学通史的写作，既是对黑龙江文学千年的总结，又是利用现有人才，抢救资料，实现广大文学工作者的心愿。我省文学中有许多十分珍贵的非物质文化遗产，比如刁绍华教授研究的"俄儒文学"、赫哲族的史诗《伊玛堪》等如不及时抢救，就会人文俱亡。要在今天来写文学史让后来的人从头做起另起炉灶，恐怕就更加困难了。2003年3月31日，《文学史》刚出版，《黑龙江日报》就发了整版新闻《千年辉煌文学史，铸就龙江半世梦——记<黑龙江文学通史>的诞生》。该报记者采访中用了五个小标题概述这部文学史的诞生和特点。"几代文化人的半世夙愿"；"六年成史书"；"四作者辞世"；"站在反法西斯斗争前列"；"本土作家成果骄人"。紧接着同年5月19日在文学史召开首发式座谈会时，《黑龙江日报》又以"一名批评家的精神之

① 载《黑龙江晨报》副刊2006年10月22日。

旅"为题,对本书主编彭放研究成果和风格特征进行了整版专访。国内十余报刊对黑龙江文学通史的出版,也发表了书讯和书评。指出:该书是"建设边疆文化大省的奠基之作"。著名的诗人、评论家陆伟然以《千年写一回》为标题发表评论说:"作为一个省份,一个地区,全面展示从古至今文学的方方面面,在国内尚属少见。"省作家协会主席冯健福在《文艺报》上发表书评说:"编著者遵循'言必有据,无征不信'的史学精神,从现有存在的史料出发,提出'从移民文学到作家本土化'的史观,概括了黑龙江文学史的基本特征。"此外,还有国家级报刊《中国文化报》《中华读书报》也发表了书讯和书评。《黑龙江文学通史》不仅是我省文化建设的一项标志性工程,填补了空白,也是对大中华民族文学史的补充。

(二)《文学人才学》全书30万字,是彭放独立完成的个人专著。由中国文联社1992年版,1996年再版。转引关于本书的专访为例:"该书出版后《作家报》迅速做出反应称:一门研究作家成才规律的新学科——文学人才学,因彭放的专著《文学人才学》的出版而得名。"《人民日报》"海外版",迅速向海外发表了书讯,"国内版"于1994年4月22日发表书评,指出此书"使传统的作家研究附庸人才学、偏倚文艺学的现象发生了根本改观,获得了独立学科的属性和地位。"《文艺报》1993年8月7日也对此书发表评论,除了肯定"这是一本具有独创性、开拓性的书,是文学人才学的第一本书"外,更指出其"重大意义在于,帮助人们更深刻地认识自己,尊重文学人才素质的特殊要求"。此外,还有近20家报刊陆续就此书发表了评论和报道。彭放也因此而名声大振。为继续《文学人才学》的研究,彭放应中国文联主办的《文艺界通讯》之约,撰写了长篇论文《重视作家成才规律的研究》,指出:"作家成才是有规律可循的,过去我们干了许多违背规律的事,使一些本可以成为大师、问鼎'诺贝尔文学大奖'的作家、诗人'短寿'了。"①

(三)《浪漫的思潮》(专著),全书35万字,该书为省重点课题。收录了文学思潮、创作心理学、作品评论选相关论文50篇。这些文章是从彭放30多年来在国内几十家大学学报和报刊发表的约300篇论文中精选出来的。可以说,本书出版是彭放几十年来,追踪国内外文学思潮,发表学术成果的一项总结。有读者冯海燕以"思与真的结晶"为题在《黑龙江日报》(2006年6月29日)发表该书的评论说:"作为黑土地成熟起来的文艺评论家,彭放先生一贯求真务实的治学态度,深深反映出他作为与新中国一起成长的那一代知识分子

① 参见泉淙《他为时代放歌》,载《学术交流》2000年第1期。

的责任感与使命感。他勤于思索,善于讲真话,文笔犀利,总能淋漓尽致地直抒胸臆,这常常让他的文章一发表就引来社会公众的关注。"2007 年《中国文学年鉴》将该书收入本年度《论著评介》第二名,载入国家史册。评介说:"在这部著作里,我看到作为资深评论家的彭放,特别突出的品格,是敢说真话,敢说实话,不随波逐流,不赶时髦,坚持实事求是,能言人之所不敢言。在'文艺和政治','文艺和生活','文艺与人性','西方现代派与中国文学',还有大跃进的诗歌,朦胧诗,纯文学危机,文艺创新,各种不同主义,多样流派等,彭放始终坚持探索,关照前沿变化,坦言自己见解,不愧为一家之言。回想三中全会刚刚开过,还是乍暖还寒,人们远未彻底摆脱层层束缚的时刻,他在 1979 年就写出《"写中间人物"何罪之有》和《二十年沉冤昭雪——为"大连小说会议"平反》两篇文章,翻历史旧案,今天的读者也许无法理解其风险,但在'阶级斗争为纲'阴魂未散去之时,这样做,需要卓越风险的决绝和坚持真理的勇气。当我们以宽远的视角阅读这本书,仿佛看到一个时代的背影。"(易佳言)

(四)《中国沦陷区文学研究》(大型资料总汇工具书)(编著彭放,多人合作)。为省级重点课题。2003 年彭放以书信形式向省委宣传部领导提出申请。这是为纪念抗战胜利 60 周年献礼的全国性大课题。涉及全国及港台沦陷区,彭放负责组织牵头运作。在历时五年间,彭放退休利用"川师大"聘任教授之机,坐镇"川师""川大"两大图书馆查阅旧报刊,又去上海、北京、长春等地图书馆查阅资料,完成了这部关于"日占区文学"资料总汇巨著。全书收录了从 1931—2004 年间关于在中国沦陷区所有相关的作家作品、研究论著及海外研究、年表、大事记、综述、小传、笔名、回忆录、报刊目录、专著、作品、名录等,包括内部交流资料都在收编之列。分五编:东北沦陷区;华北沦陷区;上海"孤岛"及沦陷时期;台港澳及海外研究。共十五章 230 万字。其中包括中国现、当代文学研究中,学界同仁所关注的"张爱玲研究""周作人研究""萧军、萧红研究",台湾"日据"时期"皇民文学"研究。还有所谓"汉奸文人""落水作家"的商榷与争鸣等等。该书的出版既是积累资料、填补空白,保留历史文献传之后人,又是为今后中国及海外日占区文学的深入研究,提供一部比较全面权威的文献参考。

该工具书现已传到日本、台湾和香港。2008 年 8 月 1—3 日,在日本名古屋爱知大学召开的《帝国主义与文学——殖民地?沦陷区?①》国际学术讨论会上受到与会国际学者的欢迎。国内《中国现代文学研究丛刊》(国家级)

① 伪满州国。

2008年6期发表题为《评彭放主编〈中国沦陷区文学研究资料总汇〉》一文给予了向全国宣传和推荐。

四、彭放学术成果获得省部级以上的奖项

（一）《文学人才学》（专著），荣获省政府第五届（1994年度）创作成果“大奖的大奖”。黑龙江省大奖评委会1994年8月4日颁发。

（二）《北大荒文学艺术》（专著），荣获1988—1989年度，第三届文艺创作大奖一等奖。黑龙江省人民政府颁发。1990年12月。

（三）《“全球化”与中国文学问题》（论文），在黑龙江省面向二十一世纪文化艺术发展战略研讨会上荣获一等奖。中共黑龙江省委宣传部颁发，2000年1月。

（四）《美感的耳朵对广播剧的形式规范》（论文），荣誉第二届全国广播剧业务论文一等奖。中国广播剧研究会颁发，2000年10月。

（五）《“法轮功”的社会问题须引起严重关注》（论文），荣获第十届社会科学优秀科研成果一等奖，2002年10月15日。

（六）《黑龙江文学通史》（专著），荣获第十一届社会科学研究成果二等奖，2004年10月28日。

（七）《中国沦陷区文学研究资料总汇》（编著），荣获省社科科研优秀成果三等奖，2009年3月20日。

（八）《浪漫的思潮——20年文学观念之嬗变》（专著），荣获中国当代文学研究第10届优秀成果表彰奖，中国当代文学研究会颁发。又获黑龙江省第五届“黑龙江省文艺奖”（2004—2005年度）二等奖。该奖项有省政府文件称——与省社科研究优秀成果奖等值。同时，入选《中国文学年鉴》2007年度，文艺理论专著排行榜之二，进入国家图书史册。

五、彭放所获个人单项奖

2003年彭放被评为黑龙江省科顾委优秀专家。

此外，退休后的彭放，在聘任川师大外事学院客座专职教授期间，连续两次评为优秀教师。彭放认为，这个奖虽然级别不高，他很看重，因为，这个奖是近千名大学生，用打分投票，海选选出来的。

以上关于彭放研究员在文学评论、文学史、文学资料研究方面的成果评述，显示了彭先生的学术成就、贡献和光荣的业绩。

编 后 记

《笔耕岁月——彭放文论别集》一书历经三年收集、整理，共分两辑：第一辑是彭放先生在退休闲暇之余，以回忆录的形式写的几篇个人自传，本意是对从童年的生活到晚年的退休工作的回忆，但后期因年龄身体的缘故，已无力完成，故仅此三篇文章就倍显珍惜。第二辑筛选的是彭老自1979年起所发表的有关学术论文、文艺评论和生活杂文等，并且有些文章由于时间久远，并未被当今网络所容括，所以收录这部分文章显得更加有意义。此外，该书不同于那种纯学术著作，这里收录了许多散见于报纸杂志上发表了小评论、杂文和趣事。如《吃的悲剧》《“厕所文化”的联想》《假作真时真亦假》等，让我们看到了另一个角度的彭放。

彭放先生，生于四川，青年时就来到黑龙江，扎根至今。他，敢说真话，文学观点鲜明睿智，从严探究。在晚年完成四卷本《黑龙江文学通史》，对黑龙江文学进行了完整的梳理，为黑龙江的文学研究留下了宝贵的财富，为黑龙江文学的未来打下了夯实的基础。

在彭放先生80岁之时出此书，一则为庆祝彭老的80寿辰；二则为感谢客居人的彭放先生，对黑龙江文学研究的付出和贡献，同时也表达彭老对黑土地的那种深厚感情。从市场买菜到伏案默诵，生活上不拘小节，尽显多样性格的彭老，身上处处流露着四川人的那种悠闲倔强、东北人的那种豪放仗义。

该书在黑龙江人民出版社出版，是彭老晚年指定的，突显出他对黑龙江的那份感情，感谢责任编辑孙国志老师在出版各方面的大力支持。

彭晓川

2016年6月　于哈尔滨